Martin Krüger

Der Zorn der Vergeltung

EDITION M

Das Buch

»Leid ist Gerechtigkeit. Je größer das Leid, desto größer die Gerechtigkeit.«

Ein brutaler Mord an einem angesehenen Kunstexperten erschüttert Frankfurt. Kriminalhauptkommissarin Marie Winter und BKA-Profiler Daniel Parkov ermitteln gegen eine Gruppe von Menschenhändlern, die sich selbst die Vier Apostel nennen.

Die Spur führt das bewährte Team von Deutschland über Russland bis in die Schweiz, doch ist ihnen ein Auftragsmörder, der die Apostel ausschalten will, immer einen Schritt voraus. Sie geraten in einen gnadenlosen Kampf zwischen zwei verfeindeten Organisationen, in dem sich die Grenzen zwischen Gut und Böse immer weiter auflösen …

Der Autor

Martin Krüger, Jahrgang 1986, studierte die dunkle Kunst der Juristerei in Frankfurt am Main. Heute lebt, arbeitet und schreibt er als freier Autor und Musiker in Süddeutschland und der Schweiz. Mit seinem Thriller »Gaben des Todes« gelang ihm 2016 der Sprung in die Top 10 der Kindle- und der BILD-Bestseller-Liste. Weitere Informationen zum Autor finden sich unter www.kruegerthriller.de und www.facebook.com/kruegerthriller.

MARTIN
KRÜGER

DER ZORN DER VERGELTUNG

EIN
WINTER-UND-PARKOV
THRILLER

EDITION M

Deutsche Erstveröffentlichung bei
Edition M, Amazon Media EU S.à r.l.
38, avenue John F. Kennedy, L-1855 Luxembourg
Oktober 2019

Umschlaggestaltung: bürosüd° München, www.buerosued.de
Umschlagmotiv: © Igorsky / Shutterstock;
© Reinhold Leitner / Shutterstock; © Kjpargeter / Shutterstock;
© Miloje / Shutterstock; © Sergey Orlov / Shutterstock
1. Lektorat: Joern Rauser
2. Lektorat: Rotkel Textwerkstatt
Gedruckt durch:
Amazon Distribution GmbH, Amazonstraße 1, 04347 Leipzig /
Canon Deutschland Business Services GmbH, Ferdinand-Jühlke-Str. 7,
99095 Erfurt /
CPI books GmbH, Birkstraße 10, 25917 Leck

ISBN 978-2-91980-928-8

www.edition-m-verlag.de

Das Schicksal findet seinen Weg.
Vergil, Aeneis X, 113

Kapitel 1

Sonntag, 4. August, 23.44 Uhr

Alles in dieser Nacht stank nach Verbrechen, nach Tod und Grausamkeit, als wäre etwas Böses auf die Straßen gekommen, heimlich und still wie ein Raubtier, angelockt vom Geruch. Eine bleierne Ruhe lag über den Vorgärten des Frankfurter Westends, die Hitze, die nun seit sieben Wochen anhielt, hatte die Rasenflächen in bleiche, vertrocknete Streifen verwandelt, die nach Regen und Abkühlung dürsteten. Jetzt, gegen null Uhr, zeigte das Thermometer noch immer fast dreißig Grad.

Zwei junge Männer, vielleicht zwanzig Jahre alt, kamen die Straße entlang, aus ihren Smartphones plärrte Musik, die Flasche Jack Daniel's, die einer in der Hand hielt, war zur Hälfte geleert. Eine stinkende Mülltonne lag umgekippt am Straßenrand, die Abfallentsorgung war drei Tage überfällig, und zwei struppige Kater zankten sich um eine halb leere Fischdose. Einer der beiden Männer klatschte in die Hände und fluchte auf Türkisch; die Kater stoben in die Dunkelheit davon. Irgendwo in der Nähe setzten sie den Streit fort, gedämpfte Schreie, sinnlos und nervtötend. Ein aufgedunsener gelber Vollmond hing über der Stadt. Es war Mitternacht.

»Und letzten Abend, weißt du, da lief es richtig gut. Haben ein ziemlich großes Ding gedreht. Die *trauen* mir jetzt. Glaub mir, ich kann dir auch einen …« Der Mann mit der Jack-Daniel's-Flasche in der Hand hielt inne und wechselte die Flasche in die andere Hand. »Hörst du mir zu? Ich erzähl von dieser Hammergelegenheit, und du …«

»Sieh dir das an.« Der andere deutete voraus, auf eine frisch sanierte Maisonette, die sich mit Rundbogenfenstern und roter Fassade von den umliegenden Neubauten abhob. Am Straßenrand parkte ein Lamborghini, signalgelb wie eine zornige Wespe.

»Geile Karr…«

»Nicht das, guck genau hin!«

Der Mann mit der Whiskyflasche zuckte zusammen. Eine Spur auf dem Bürgersteig, die nicht dort hingehörte. Sie führte durch den Lichtkegel über der Eingangstür in die Dunkelheit.

Blutige Abdrücke auf den Steinplatten. Glänzend, frisch.

Und die massive Eingangstür stand einen Spalt offen.

Plötzlich ein Schrei von oben, spitz und verängstigt, doch gleich darauf brach er wieder ab. Die beiden jungen Männer sahen sich an, als wären sie nicht sicher, ob all das gerade wirklich geschah.

»Alter, wir sollten …«

Oben krachte etwas, Glas splitterte.

Dann wieder Stille.

»Hauen wir ab.«

Sie beschleunigten ihre Schritte, Mr Jack Daniel's trat in das Blut und prallte gegen seinen Freund, der ein paar Meter weiter stehen geblieben war. Auf der Bank am Stamm eines Ahornbaums saß ein Mann. Er schien zu schlafen, sein Kopf war auf die Brust gesackt, die Linke gegen den Magen gepresst und zur Faust geballt.

»Was? Ist der betrunken?«

»Nein, schau hin, er …«

»Scheiße, wir sollten *wirklich* abhauen.«

Scheinwerfer bogen in die Straße ein. Ein silberner Mercedes kam näher. Als sein Licht über die Bank strich, schrien die beiden jungen Männer auf. Nun sahen sie deutlich, was mit dem Sitzenden geschehen war.

Dann rannten sie.

Kapitel 2

Schließlich fragte der Geistliche: »Daniel, willst du Marie zur Frau nehmen?«

Parkov sah Marie in die Augen. *Wie schön sie ist.* Marie strahlte ihn an, ihr fiel das lange dunkle Haar auf den Rücken, auf das elegante weiße Kleid. Er spürte ihre Hände warm in seinen.

»Wirst du sie lieben, sie ehren, sie mit deinem Leben beschützen?«

Parkov sah zu dem Mann, der sie trauen sollte: Er trug den Talar eines Pfarrers und hielt eine große Bibel vor sein Gesicht. Marie Winter und Daniel Parkov standen auf der obersten Aussichtsterrasse eines alten Grand Hotels in den Schweizer Alpen, es war Sommer, der Himmel über ihnen wie aus einem einzigen stahlblauen Stück Glas gefertigt. Das mächtige, alte Gebäude, aus Stein, robustem Stahl und altem, abgehangenem Holz erbaut, lehnte sich gegen die schroffen Felsen und ragte erhaben mit seinen Erkern, Türmchen, schrägen Vorsprüngen und Dächern hinter ihnen auf.

Du kennst diese Stimme.

Du weißt, wer sich hinter der Bibel verbirgt.

»Wirst du sie für immer in Gefahr bringen, sie für alle Zeiten verdammen? Willst du sie betrügen, Daniel Parkov?«, fuhr die Stimme fort. »Ihr wieder und wieder wehtun, sie belügen, ihr die Wahrheit vorenthalten, ihre Tochter und sie immer aufs Neue in Gefahr bringen? Willst du Verzweiflung und Leid über sie bringen für den Rest eurer Tage?«

Nun erkannte er ihn. Das war nicht der Abt des Klosters. *Er* war es. Der Mann, der sich Professor genannt hatte. Sein Feind. Er grinste Marie an.

»Und du, meine Liebe? Willst du es auch?«

»Nein, hör doch, was er sagt …« Parkov versuchte, Marie auf die drohende Gefahr aufmerksam zu machen, doch sie reagierte nicht. »Sag nichts, hörst du denn nicht, was er …«

Argo senkte die Bibel und Parkov erkannte, dass er die Seiten entfernt und eine scharf gemachte Sprengladung eingesetzt hatte, deren Leuchtziffern zählten einen Countdown Richtung null.

»Willst du ihr all das geben, Daniel Parkov?« Der Professor trat näher, das Grinsen eine bedrohliche Maske.

»Du bist tot«, sagte Parkov. »Du bist gestorben, vor meinen Augen.«

»Ich bin«, Argo streckte die Hand aus und tippte Parkov gegen die Stirn – die Finger waren eiskalt –, »genau hier. Immer. Willst du Marie belügen, sie betrügen, sie …«

»Halt den Mund!«

Parkov spürte, wie sich Maries Hände aus seinen lösten.

»Alles brennt, Parkov«, sagte der Professor. »Sieh nur.«

Parkov riss entsetzt den Kopf herum, starrte auf das Grand Hotel, er konnte die Flammen hören, das Lodern eines Brandes, der rasend schnell näher kam. Felsbrocken lösten sich, schlugen herab, Geröll stürzte donnernd ins Tal.

Noch etwas anderes nähert sich, begriff Parkov. Er sah in der Ferne eine Talsperre. Ein Staudamm stemmte sich über ihnen zwischen zwei Berghänge, Millionen Tonnen Wasser hielt er zurück. Noch. Dann ein dumpfes Brausen, die Erde bebte, etwas rollte heran …

»Denn nichts anderes wirst du geben können. Nichts als Schmerz und Leid. Nichts anderes geschieht mit all denen, mit denen du dich umgibst«, fuhr Argo fort. »Sie *verbrennen. Ertrinken.* Und alles, was du berührst, stirbt mit ihnen. Für immer.«

Kapitel 3

Daniel Parkov schreckte aus dem Schlaf, instinktiv griff er nach der Dienstwaffe neben dem Bett – doch anstelle des Metalls tastete seine Hand ins Leere, berührte die Holzmaserung, stieß gegen ein Wasserglas. Das Glas fiel zu Boden und zersprang.

Wo war sie? Hatte er sie verlegt?

Nein. Natürlich nicht.

Die Waffe war Teil seines anderen Lebens. Seines *alten* Lebens.

Ein Albtraum, ging ihm durch den Kopf. *Nichts von Bedeutung*. Er sah sich um. Im Mondlicht, das durch die hohen Sprossenfenster fiel und die seidig schimmernde Bettdecke beschien, erkannte er, dass er nicht allein war.

»War das wieder«, ihre Stimme klang kehlig, schlaftrunken, »einer dieser Träume?«

Er sah sich nach ihr um. Im Zwielicht hätte sie Suzann Mirandier sein können, seine Frau, die er vor Jahren durch die grausame Hand eines Mörders verloren hatte. Sie hätte eine von jenen Frauen sein können, die ihm in jüngeren Tagen so zahlreich zu Füßen gelegen hatten, da sie das Konto erahnten, das sein Erbe so reichhaltig befüllt hatte – aber so war es nicht.

Sie war es, sie, *die* Frau, die ihm der Zufall zugeführt hatte.

»Hab ich dich geweckt?«

»Mhm«, machte sie, »hast du.«

In den ersten Jahren nach Suzanns Tod hatte es nur *eine* Art des Erwachens gegeben, ganz gleich, ob seine Nächte unruhig oder traumlos gewesen waren: das Begreifen kurz nach dem Aufwachen, mehr verloren zu haben, als er glaubte, verkraften zu können. Das Erwachen eines Mannes, dem man genommen hatte, was er mehr liebte als alles andere, unersetzbar und endgültig. An jedem einzelnen Morgen hatte er damals gefroren und nichts konnte die Schwere vertreiben, keine Ablenkung, in die er sich flüchtete, kein Wort, keine Erinnerung.

Später kam eine andere Form des Aufwachens hinzu: das allmähliche Gefühl zu vergessen. Als hätte man ihm Novocain injiziert, das den Schmerz betäubte, unmerklich war ein Narbengewebe über die Erinnerungen gewachsen … Ja, gestand er sich, die Bilder waren noch da, aber weniger schmerzhaft.

Sie setzte sich auf. Die Decke rutschte ihr von den Schultern und enthüllte im sanften Mondlicht einen Teil ihres Körpers. Sie war Suzann, aber zugleich auch nicht, sie war, wie Suzann hätte sein können, aber zugleich auch wieder nicht.

»Wieder ein Albtraum«, sagte Parkov. Er berührte ihre Wange und sie hob ihre Hand und umfasste seine. »Du bist *wirklich* da«, hörte er sich sagen.

»Musst du dich davon immer wieder überzeugen?«

»Es ist anders«, sagte er leise. »Anders als früher.«

»Wie das?« Sie bewegte sich ein Stück zur Seite, das Mondlicht veränderte sich auf ihrer Haut, schimmerte silbern, weiß, durchscheinend. Mit ihren grünbraunen Augen sah sie ihn an. Der Blick eine Mischung aus der Benommenheit des Schlafes, einer unterschwelligen Wachsamkeit, Neugier und Versuchung.

Parkov wollte etwas erwidern, doch ehe er den Satz beenden konnte, raschelte einer der Vorhänge bei den bodentiefen

Fenstern, die hinauszeigten in Richtung der weitläufigen Parkanlage seines Anwesens. *Da steht jemand*, begriff er. Hinter dem Vorhang. *Er beobachtet euch beide.*

»Es ist eine Lüge«, sagte eine schnarrende Stimme aus der Dunkelheit. »Es ist nur eine Lüge. Du betrügst sie, du belügst sie, und sie … na ja, sie vertraut dir, weil sie deiner Beteuerung traut, dass du dich *angeblich* endlich geändert hast. Aber wir beide, Parkov, wir wissen es doch besser, nicht wahr?«

»Wer bist du?« Parkov spürte, wie Marie neben ihm den Atem anhielt. Sie hatte die Decke gepackt und bis unters Kinn gezogen, ihren Blick starr auf einen Schatten in der dunklen Ecke gerichtet.

»Ich bin sie alle. Alle, die du jemals eingesperrt hast, Parkov. Du kannst sie mit deinem Justizsystem verurteilen, du kannst sie wegsperren, doch eines Tages werden sie wieder frei sein, einer von ihnen wird aus den Gefängnistoren herausspazieren und sich an dich erinnern … und an sie … und vielleicht auch an ihre kleine Tochter. Du weißt, was das bedeutet.«

Blitzschnell riss der Schatten den Arm hoch, in der Hand eine Pistole. Der Schuss hallte von den Wänden wider, Marie wurde zurück auf das Bett geschleudert. Blut strömte auf das Kissen, umfloss ihren Kopf, ihr dunkles Haar.

»Ist nur ein Traum«, sagte Parkov laut. »Ich weiß, dass ich träume.«

»Bist du dir sicher? Wieso?«

»Weil *du* nicht hier bist. Und …« Parkov sah sich nach Marie um, die regungslos neben ihm lag, kaum mehr als eine Silhouette im Mondlicht. Dann hob er die Rechte, die er, vom Eindringling unbemerkt, unter das Kissen geschoben hatte, zog die dort versteckte Waffe hervor und feuerte in die Finsternis neben dem Fenster. Die Kugel schlug in die Holzvertäfelung ein. Splitter stoben durch die Luft. Der Vorhang schwang sanft hin und her, doch niemand rührte sich, kein getroffener Feind. Die Ecke war leer.

Natürlich.

»Und mehr noch«, beendete Parkov den Satz und senkte die Pistole, »weil *sie* nicht hier ist.«

Als er zur Seite blickte, war die andere Hälfte des Bettes leer.

TEIL EINS

Ein Gespür für Tod

Kapitel 4

Montag, 5. August, 0.14 Uhr

»Du weißt, dass ich freihabe«, sagte Marie Winter und legte eine Hand auf das kühle Fensterglas, durch das sie aus ihrer Wohnung im Frankfurter Nordend auf die nächtliche, seltsam unruhige Stadt blickte, die hell und in Hitze erstarrt vor ihr lag. »Noch *ganze* drei Tage. Lucie nennt es hitzefrei. Sie denkt wirklich, ich hätte …« Marie unterbrach sich. Da war etwas, sie konnte es spüren. »Isa? Was ist los?«

»Nichts Gutes. Und ich weiß«, erwiderte Isabelle Odinsdottir, »dass du jetzt sowieso nicht mehr schlafen kannst.«

Marie blickte auf ihr Smartphone – 0.15 Uhr. »Im Westend, sagst du?«

»Es ist übel. Ich bräuchte dich hier. Dringend.«

»Weil es *übel* ist?«

»Nein, weil …« Ihre Kollegin seufzte. Marie kam es vor, als wäre sie in diesem Augenblick viele Tausend Kilometer weit entfernt. »Weil ich denke, dass wir ihn brauchen werden. Und du bist nun mal die *Einzige*, die Parkov zurückholen kann.«

Zurückholen. Schon wieder.

Die Vorstellung rief in ihrem Inneren so viele Bilder hervor, all die Erinnerungen, gute und schlechte, viele Schattierungen, viel Grau …

»Du bist Kriminalhauptkommissarin beim K11, meine Kollegin und beste Freundin. Parkov und du, ihr habt nicht mal vor einem Jahr eine furchtbare Geiselnahme beendet. Jetzt ist er seit mehr als zwei Monaten verschwunden. Wenn ihn jemand überzeugen kann, dann du.«

»Stimmt.« *Parkov.* Nach einem wochenlangen Krankenhausaufenthalt aufgrund einer schweren Vergiftung hatte er sich vor gut zwei Monaten von ihr zurückgezogen. *Daniel Parkov*, dachte sie. *BKA-Hauptkommissar, Sohn russischer Einwanderer und Erbe eines milliardenschweren Unternehmens, dazu fünf Jahre älter als sie – ein Exzentriker, ein sehr guter Freund. Vielleicht mehr als das?*

Marie seufzte. »Niemand weiß, was er gerade macht. Keiner hat ihn gesehen.«

»Nicht mal du?«

»Nein«, erwiderte Marie. »Ich habe versucht, mit ihm zu reden, aber du weißt ja, es … kann manchmal schwierig sein.« Sie zögerte. Ohne es zu merken, hatte sie die Faust geballt. Ihr Blick wanderte über die nächtliche, hell erleuchtete Skyline mit den Bankentürmen. *Du weißt nicht mal, ob er noch in der Nähe ist, weißt nicht, was er macht. Und eigentlich willst du das auch nicht wissen. Oder?*

»Marie?«, fragte Isabelle vorsichtig. »Was denkst du?«

»Es ist kompliziert. Komplizierter als sonst, meine ich.«

»Und das hier ist genauso.«

»Bist du schon vor Ort?«

»Ja. Die Kollegen haben abgesperrt, KDD und Rechtsmedizin sind längst da. Wir gehen jetzt gleich rein.«

»Wieso denkst du, dass ich ihn anrufen sollte?«

»Ich glaube, du solltest erst wissen, was die KDD-Kollegen im Penthouse gefunden haben.«

Isabelle erklärte es ihr. Nachdem sie geendet hatte, holte Marie tief Luft.

Oh Gott. Das ist entsetzlich.

»Ich versuche es«, erwiderte sie. »Ich werde mir anhören, was er zu sagen hat. Wenn er denn da ist.«

»Wie lange hast du ihn nicht mehr gesehen?«

»Zwei Monate und einundzwanzig Tage.«

»Hast du das so genau gezählt?«

»Sehr lustig.«

»Ich hoffe, er ist da«, erwiderte Isabelle. »Ich drück uns die Daumen.«

Sie legte auf. Marie war sich sicher, dass in ihrer Stimme eine gewisse Erschöpfung gelegen hatte. Angesichts dessen, was geschehen war, kein Wunder.

Und angesichts dessen, was uns womöglich noch bevorsteht, auch nicht.

Ihre sechsjährige Tochter Lucie war heute Nacht bei Elise, Maries Mutter. Marie warf einen Blick auf das Weinglas auf dem Couchtisch und die Rotweinflasche daneben.

Es gab da jemanden, den sie vor ein paar Tagen getroffen hatte. Er hatte sie auch heute Abend sehen wollen, doch sie hatte ihm abgesagt. Es war, als wollte sie irgendetwas tief in ihrem Unterbewusstsein warnen. *Das* ist nicht der richtige Weg, schien diese Stimme zu sagen.

Denk jetzt nicht darüber nach.

Fahr einfach los.

Marie schlüpfte in T-Shirt und Jeans, dann eilte sie die Treppen runter. Ein paar Minuten später lag das nächtliche Frankfurt hinter und die Straße in den Taunus vor ihr.

Die Fahrt zu Parkov dauerte dreißig Minuten, die so zäh waren, dass sie der klebrig-heißen Luft draußen in nichts nachstanden. Marie dachte an ihren ersten Besuch in Parkovs versteckt gelegenem Landhaus zurück. *Wärst du gefahren, hättest du gewusst, was du heute weißt? Wärst du gefahren, hättest du gewusst, was geschehen würde? All das Gute, all das Schlechte?*

Eine Antwort darauf zu finden fiel ihr schwer.

Als die Wälder dichter wurden und ihr Dienstwagen schließlich das einzige Fahrzeug auf der nächtlichen Straße war, setzte Regen ein. In der Ferne zuckten Blitze über den kohlschwarzen Himmel, doch das Hitzegewitter würde keine Linderung bringen – denn versiegte der Regen, war er bereits verdunstet, ehe er auch nur die oberste Schicht des staubtrockenen Bodens befeuchten konnte.

Marie erkannte die Ausfahrt. Keine Minute zu früh, sie bremste scharf und bog ab. Nach gut fünfhundert Metern versperrte ein massives Tor aus onyxschwarzen Metallstäben den Weg. Überwachungseinrichtungen überragten die Zufahrt, stumme Augen in der gleichgültigen Nacht. Im Unterholz raschelte es. Eine große Schleiereule, die etwas in den Klauen trug, landete auf einem der Scheinwerfer, von denen die Zufahrt ausgeleuchtet wurde, und fraß.

Sie schickte ihm eine Nachricht.

Steh vor deinem blöden Tor, schrieb sie. *Kennst du mich noch?*

Als sich nichts rührte, stieg sie aus und näherte sich dem Kontrollpanel an der monolithengleich aufragenden Marmorsäule, die das Tor zur Linken stützte.

Ein kleines blaues Licht leuchtete dort auf einem Display – die künstliche Intelligenz, die Parkov zur Kontrolle seines Anwesens und zu Recherchezwecken einsetzte, schlief nie.

»Mach auf«, sagte sie leise und kam sich dabei etwas lächerlich vor – wie immer, wenn sie mit dem elektronischen Lage- und Verwaltungssystem – kurz E.L.V.I.S. – sprach.

»Guten Abend, Frau Winter«, erwiderte eine androgyne Stimme. »Wenn Sie möchten, öffne ich sehr gern das Tor.«

»Ist er zu Hause?«

»Daniel Parkov ist anwesend. Soll ich ihn über Ihre Ankunft informieren?«

»Ist mir egal.« Marie sah sich zur Straße um. Ein warmer Wind strich durch die hoch aufragenden Weißtannen rechts und links der Zufahrt. Ihre Hände zitterten. *Was machst du hier? Du hast geschworen, nicht zurückzukommen. Dafür hat er dir zu wehgetan. Er war zu kalt, zu ignorant. Hat dich zu häufig alleingelassen.*

Das Tor glitt lautlos zur Seite. *Wahrscheinlich hat allein diese Installation mehr gekostet, als manche Leute in einem Jahr verdienen*, dachte sie und stieg zurück in den Wagen.

Bei ihrem letzten Besuch vor einem Monat war sie von Johann Münz, Parkovs einzigem engen Vertrauten, an der Tür empfangen worden. *Er ist unterwegs*, hatte Münz erklärt. *Ich weiß nicht, wie lange er fortbleibt, aber ich selbst werde auch nicht lange hier sein.*

Münz hatte sie nicht belogen, da war sie sich sicher, aber die Tatsache, dass ihr Parkov aus dem Weg ging, machte sie mehr als traurig. Nach allem, was geschehen war, hatte sie nicht erwartet, dass er sich noch einmal zurückziehen würde, aber Parkov war noch immer Parkov … Marie blickte in die dichten Baumreihen der Parkanlage hinein, die das Anwesen umgab, während sie versuchte, all diese frustrierten, enttäuschten Gedanken zu verbannen.

Was hattest du erwartet? Dass du für ihn mehr bist als nur ein Zeitvertreib oder ein Spielzeug, das man beiseitelegen kann, wenn einem die Lust danach vergangen ist?

Im nächsten Moment ärgerte sie sich über sich selbst.

Parkov ist nicht so. Er denkt nicht so, und wenn du ihm das vorwirfst, tust du ihm unrecht.

Feiner Kies knirschte unter den Reifen, als sie den Platz vor dem Haupthaus erreichte. Das Landhaus ragte vor ihr in den

Nachthimmel, das mächtige, dreistöckige Gebäude im herrschaftlichen Stil mit Ost- und Westflügel. Sie lief die Treppe hinauf zur massiven Eingangstür unter dem von Säulen getragenen Vordach. Marie wusste, dass sich unter dem Gebäude eine Kellerebene befand, in der Parkov ein großes Labor installiert hatte.

Es ist wie damals, als du zum ersten Mal hier warst. Die hier und da angebrachten Überwachungskameras beobachteten sie und sie fühlte sich klein vor diesem mächtigen Bau, der so dunkel und verschlossen mit seinen Walmdächern, Erkern und Fledermausgauben in den Himmel ragte.

In der Ferne grollte Donner, lauter als zuvor, bedrohlicher, näher.

»Mach auf, Blödkopf«, sagte sie und drückte den Knopf. »Dein dummes Häschen ist hier. Die Frau, die sich immer wieder überreden lässt, einem Angeber hinterherzulaufen.«

Nichts.

Nicht einmal ein Licht hinter einem Fenster.

Und wenn niemand da ist? Wenn du hier deine Zeit verschwendest?

Sieh dich erst mal um. Zum Glück kennst du noch einen anderen Weg hinein.

Sie umrundete das Gebäude Richtung Westen, bis sie auf eine Veranda stieß, auf der verwitterte Möbel herumstanden. Von dort führte eine Tür direkt in die Küche.

Marie drückte die Klinke, die Tür schwang auf. Für einen Moment hielt sie inne, fürchtete, dass eine Alarmanlage losheulen würde. Doch nichts geschah.

»Im Westen wurden Eindringlinge einfach erschossen«, sagte eine raue Stimme hinter ihr.

Sie fuhr herum. Ein roter Kreis glühte in der Dunkelheit, die Spitze einer Zigarette. Der Mann dahinter blickte zu ihr, sie sah den Widerschein der Glut in seinen Augen. Parkov. Vor ihm erkannte sie die Wölbung eines Whiskyglases. Und vielleicht, da war sich Marie nicht sicher, ruhte seine Hand auf einer Pistole.

»Du würdest auf mich schießen?«, fragte sie und gab sich nicht mal Mühe, die Anspannung aus ihrer Stimme zu nehmen.

»Wenn du versuchst einzubrechen ...« Wieder glimmte die Zigarette.

Ein Wetterleuchten tauchte die Wipfel der Parkanlage für den Bruchteil einer Sekunde in taghelles Licht. Donner rollte heran, dann kam der Wind. Marie beschloss, nicht lange um den heißen Brei herumzureden. »Wir brauchen dich.«

»Du kennst die Antwort.«

»Wieso?«

»Weil es ein Fehler war, mich zu sehr einzumischen. Und weil du weißt, was mir zugestoßen ist. *Uns allen.*«

Marie versuchte, sein Gesicht in der Dunkelheit zu erkennen, doch es gelang ihr nicht und Parkov machte keine Anstalten, für etwas mehr Licht zu sorgen. »Hör auf zu reden, als wärst du allein davon betroffen. *Ich* war dort letzten Herbst. Ich weiß, was passiert ist. Ich träume heute noch davon.«

Darauf schien Parkov nichts weiter antworten zu wollen, jedenfalls erwiderte er nichts. Wieder blies er Rauch aus, die Zigarettenspitze glühte erneut, sonst blieb Parkov unsichtbar.

»Eine ganze Familie wurde heute ermordet«, sagte Marie in die Dunkelheit hinein. »Brutal. Grausam. Boshaft. Eine Tat voller Zorn ...«

Glut. Rauch. Parkov griff nach dem Glas. Seine Hand zitterte.

»Wer ist es?«

»Ferdinand Meersen. Privatier, Kunsthändler. In seinem Penthouse, mitten in der Stadt.«

Wieder blieb Parkov still, nahm einen Schluck aus dem Glas und einen Zug von der Zigarette.

»Nein«, sagte er dann.

»Nein? Wieso? Weil du keine Zeit hast?« Marie machte einen Schritt auf ihn zu. »Weil du lieber hier sitzen und dich selbst bedauern willst?«

Sie sah, wie Parkov in der Dunkelheit lächelte. »Du bist wütend auf mich. *Gut.*«

»Sehr wütend.«

»Wieso?«

»Weil da draußen Menschen ermordet werden und es danach aussieht, als ginge hier schon wieder eine große Scheiße los. Eine Sache, bei der du helfen könntest, aber nein, du sitzt lieber hier, und ich …«

»Und das ist der Grund, weshalb du wütend bist?«

»Nicht nur.«

»Ich durfte hören, was du an der Fronttür gesagt hast.«

»Ja? Hat es dir gefallen?«

»Ich bin betrunken, Marie.« Parkov hob das Glas, doch anstatt zu trinken, stellte er es wieder ab. »Ich kann nicht mehr fahren.«

»Wie lange sitzt du schon hier?« Sie machte noch einen Schritt auf ihn zu. Vor ihm lag tatsächlich eine Waffe, erkannte sie jetzt, seine Dienstwaffe, eine Walther P99. Was hatte er vor?

»Seit … seit Stunden«, antwortete er heiser. »Ich sitze hier und trinke. Ich trinke und rauche. Manchmal gehe ich auf und ab und denke nach. Dann trinke ich wieder.«

»Ganz toll.«

»Wirklich alle? Eine ganze Familie?«

»Ja.«

Parkov sah lange in den dunklen Park, hin zu den im Wind rauschenden Wipfeln.

»Ich werde dich nicht darum bitten«, sagte Marie leise.

»Was ist mit Lucie heute Nacht?«

»Bei Elise.«

Parkov räusperte sich, stand auf und ging aufrecht an ihr vorüber, ohne auch nur das Anzeichen eines Schwankens. Marie roch sein Aftershave und den Whisky. Entweder hatte Parkov weitaus weniger getrunken, als er behauptete, oder er vertrug jede Menge.

»Dann sollten wir es uns wohl ansehen, nicht wahr?«

»Ich fahre«, erwiderte Marie.

»Aber selbstverständlich. Was wären Regeln, wenn sie niemand befolgen würde?« Parkov öffnete die Tür, die von der Veranda ins Gebäude führte. »Zuvor ... eine Sache. Kommst du?«

Marie folgte ihm ins Innere des Landhauses. Es war stockdunkel, nur vereinzelt entriss das Licht der fernen Blitze der Dunkelheit einzelne Objekte: Parkov hatte vieles umgeräumt, seit sie das letzte Mal hier gewesen war, das bemerkte Marie sofort. Da waren einige afrikanische Statuen und Masken, der Kopf eines ausgestopften Hirsches, ein Ölgemälde in einem Rahmen, der so dunkel und verwittert aussah, als wäre er aus dem Holz der Arche selbst gefertigt, ein paar kunstvoll bemalte Vasen, die eher in ein Museum für chinesische Dynastien gehörten als in Privatbesitz.

»Hast du deine Stromrechnung nicht bezahlt?«

»Was?« Parkov blieb so abrupt stehen, dass sie fast gegen ihn geprallt wäre. Marie hielt sich an seinem Arm fest. Parkov schüttelte den Kopf. »Nein. Ich übe nur, mich in der Dunkelheit zurechtzufinden.«

Marie war sich nicht sicher, ob sie ihm das glauben wollte. »Nicht dein Ernst.«

»Immer mein voller Ernst, meine Liebe.« Er sah zu ihr herab. »Licht«, sagte er dann laut und prompt schalteten sich alle Lampen auf einmal ein und es wurde hell, unglaublich hell.

Marie trat einen Schritt zurück. »Was in aller Welt ist das?«

Parkov und sie betraten den großen Salon im Erdgeschoss, der in einem luxuriösen Schweizer-Chalet-Stil eingerichtet war, mit viel Echtholz und Stein, mit gemütlichen Sesseln und Couches, über denen Felle lagen. Ein hoher, aus Naturstein gemauerter Kamin reichte bis unter die von massiven Holzbalken gestützte Decke; die ganze bewegliche Einrichtung aber hatte Parkov beiseitegeräumt, an die Wände geschoben, damit in der Mitte des Raumes etwas anderes stehen konnte, etwas *Neues*.

»Das«, sagte Parkov und deutete auf den großen schwarzen Kasten, der wie ein Monolith aufragte und aus dem unzählige Kabel und Leitungen kamen wie Tentakel, »ist ein Upgrade.«

»Von deiner künstlichen Intelligenz?«

»Exakt. Du weißt, dass Michail und ich uns in den vergangenen Monaten immer weiter voneinander entfernt haben. Ich brauchte etwas, das von den Zentralrechnern bei Parkov Industries unabhängig ist. Von meinem Bruder … *losgelöst.*«

»Das weiß ich eben nicht«, antwortete Marie und verschränkte die Arme. »Wir haben seit fast drei Monaten nicht mehr gesprochen, schon vergessen? Oder sprichst du einfach mit der Wand und tust so, als wäre ich das?«

»Wirklich?« Ein schmales, ironisches Lächeln huschte über Parkovs Lippen. »Ich dachte, ich hätte gerade vorhin …«

»Sehr witzig. Ich hab mir wirklich Sorgen gemacht.« Hier, im Licht, konnte sie ihn zum ersten Mal seit vielen Wochen wieder in Augenschein nehmen. Parkov, über eins neunzig groß, blond, auf eine verwegene Art attraktiv und durchtrainiert … jedoch etwas dünner, als sie ihn in Erinnerung hatte. Als hätte etwas an ihm genagt, ihm den Schlaf geraubt, Kraft gekostet … und mit den unglaublichsten blauen Augen, die sie jemals gesehen hatte. Sogar jetzt trug er einen seiner maßgeschneiderten englischen Anzüge, wie üblich mit einer gewissen lässigen Verachtung, darunter ein T-Shirt, das sich über seinen Muskeln spannte. Darauf stand etwas in Kyrillisch. Auf Parkovs

Stirn entdeckte sie ein wenig Schweiß, und das obwohl hier, im Inneren des Landhauses, Klimaanlagen arbeiteten und es so ausgesprochen kühl war, ein krasser Gegensatz zu der anhaltenden nächtlichen Hitze draußen. »Du siehst müde aus.«

»Lass uns nicht über mich sprechen.«

»Wie du willst.« Sie nickte knapp. »Bitte, dann aber auch keine Vorträge über dieses Ding da. Davon abgesehen müssen wir los.« Marie spürte, wie der Ärger über ihn verrauchte. Er war seltsam, ganz sicher. Und doch fühlte es sich an, als wäre sie zurück an einem vertrauten Ort, der zwar Geheimnisse und Abenteuer, aber auch Sicherheit versprach.

»Ich brauche nur …« Parkov sah sich um und wirkte etwas zerstreut. Dann entdeckte er, was er suchte: ein kleines Steuergerät mit vielen Tasten und blinkenden LED-Leuchten. Er legte es in eine Box und reichte sie Marie. In einer zweiten Aussparung der Box lag ein weiteres technisches Gerät, das wie ein Laserprojektor im Miniaturformat aussah, den man auf den Boden stellen konnte.

»Und das ist?«

»Eine Revolution«, erklärte Parkov ausweichend. »Treffen wir uns am Wagen. Ich bin gleich wieder da.«

Marie sah ihm nach, wie er mit schnellen Schritten hinausging. »Eine Revolution«, wiederholte sie leise, »und bescheidener wird er heute Nacht wohl auch nicht.« Dann machte sie sich auf den Weg zur Tiefgarage, während sie sich vorkam, als durchschritte sie einen Ort, an dem die Zeit stehen geblieben war.

Oder anders, korrigierte sie sich, *ein Ort, an dem keine Zeit existiert. Parkov sperrt alles aus, was die gewöhnliche Welt da draußen bedeutet. Er hüllt sich in den Mantel des Exzentrischen, weil er glaubt, dass er sich nur in diesem Kleidungsstück der Welt präsentieren kann, ohne von ihr verletzt zu werden. Sein Schutzschild. Wenn du eines über ihn gelernt hast, dann das.*

»Ich sehe, du hast dir noch was Neues gekauft«, sagte sie, als Parkov kaum fünf Minuten nach ihr die Tiefgarage betrat. Ein nagelneuer Range Rover stand dort, den sie vor einem Jahr noch nicht gesehen hatte, ein paar Sportwagen und Motorräder und …

»Der neue Bentley Continental GT«, sagte Parkov, als würde er über eine kleine nebensächliche Ausgabe sprechen. Er hatte sich umgezogen, trug jetzt einen frischen Anzug mit weißem Hemd. »Es ist bereits alles eingebaut, wie schon im alten Wagen. Ich musste sichergehen, dass keines der Fahrzeuge von den Leuten des Professors mit einer Überwachungseinheit versehen wurde … du weißt schon, damals, als er noch lebte.«

»Also hast du sie einfach alle getauscht?« Marie schüttelte den Kopf. »Das ist selbst für deine Verhältnisse leicht übertrieben.«

Parkov erwiderte nichts, er stieg ein, und erst als Marie den Bentley das Grundstück hinunter und auf die Zufahrtsstraße lenkte, schien er bereit fortzufahren.

»Du weißt, was nicht mal vor einem Jahr geschehen ist. Du weißt, dass es womöglich nicht das Ende war.«

Sie nickte. »Knapp sechshundert Millionen Schweizer Franken. So viel war es, oder? Das haben sie von den Konten gestohlen.«

»Solitude …« Parkov blickte in die Dunkelheit. »Ich bin ihnen keinen Schritt näher gekommen.«

Marie warf ihm einen schnellen Blick zu. Sagte er gerade die Wahrheit oder war das ein weiteres Manöver, damit sie nicht erfuhr, was er in den vergangenen Monaten wirklich getrieben hatte?

»Willst du«, begann sie vorsichtig, »darüber sprechen?«

»Falls ich dir wehgetan habe, dann sei versichert, dass dies keinesfalls in meiner Intention lag.«

»Hä?« Marie hatte ihn natürlich verstanden, aber sie wollte nicht, dass er sich in diese verklausulierte Sprechweise zurückzog.

»Lass es mich so sagen: Ich wollte nicht, dass wir uns *nicht* mehr sehen.«

»Okay.« Marie bremste vor dem Tor und wartete, bis es sich öffnete und die Ausfahrt auf die Landstraße freigab. »Du hast aber in den letzten paar Monaten seltsamerweise alles unternommen, damit es genau so kommt.«

Parkov nickte langsam. Er fuhr sich durch das blonde Haar, dabei rutschte der Ärmel seines Hemdes ein Stück nach oben. Marie sah eine Narbe auf dem rechten Unterarm, die dort vor drei Monaten ganz bestimmt nicht gewesen war.

»Die Narbe, Daniel …«

Parkov warf ihr einen Blick zu und schob den Hemdärmel wieder herunter.

»Die ist neu.«

»Gut beobachtet.«

»Was ist passiert?« Marie versuchte, sich auf die Straße und Parkov gleichzeitig zu konzentrieren. Der Himmel im Rückspiegel war ein einziges Meer aus Blitzen. »Wo in aller Welt bist du in den vergangenen Monaten gewesen? Was hast du nur auf dich genommen?«

»Viel«, erwiderte Parkov. »Zu viel vielleicht.«

»Dir ist etwas zugestoßen.«

»Ich will nicht darüber sprechen.«

Marie atmete tief ein. Aus den Lüftungsschlitzen strömte kühle, entfeuchtete Luft der Klimaanlage des Wagens, eine Wohltat nach der schwülen, heißen Hochsommernacht. »Du hättest mich jederzeit … anrufen können. Das weißt du doch.«

»Vielleicht. Aber ich wollte«, erwiderte er, ohne sie anzusehen, »dass du dich nicht mit Dingen beschäftigen musst, die etwas, na ja, zu abseitig sind, gefährlich und …« Er beendete den Satz nicht.

»Und was? Die mich nichts angehen? Ich *war* dort. Ich habe es ebenso miterlebt wie du. Manchmal träume ich von dieser Geiselnahme. Davon, dass ich den falschen Weg nehme. Diese Leute nicht retten kann. Dass ich selbst von einem dieser Terroristen überrascht werde. Dass es dort endet.«

»Ich weiß.«

»Nein«, antwortete sie. In der Ferne kam die Skyline Frankfurts in Sicht. »Nein, weißt du eben nicht. Du warst nicht da.«

»Ich war …«

»Irgendwo da draußen. Ja. Und weißt du, was …« Sie schluckte. Da war eine Bitterkeit, die sich in den letzten Monaten in ihr angestaut hatte, all das wollte auf einmal aus ihr heraus. »Weißt du, was ich getan hätte, wenn du bei einer dieser Solotouren ums Leben gekommen wärst?«

Nun sah Parkov sie doch an. Für einen Moment leuchtete Wärme in seinen Augen und er lächelte. »Ich würde das nicht wollen.«

»Was denn?«

»Dass du um mich trauerst. Oder dich überhaupt wegen mir noch einmal in Gefahr bringst. Dass du in dieser furchtbaren Nacht während der Geiselnahme dein Leben riskieren musstest, Lucie womöglich als Waise aufgewachsen wäre … Ich kann diesen Gedanken nicht verdrängen, ich kann ihn nicht ausblenden, er ist immer da, ein … ein Schatten, Marie. Ein Schatten, der mich dazu treibt, dir aus dem Weg zu gehen. So etwas darf nicht mehr geschehen.«

»Aber du trägst keine Schuld daran.«

»Ich trage die Schuld daran, dich mit Dingen und Menschen in Berührung gebracht zu haben, die … Böse Dinge und böse Menschen, von denen man nichts wissen sollte. Solitude zählt dazu.«

»Und Solitude ist irgendwo da draußen. Und sie werden bestimmt nicht denken: Oh, Parkov hat Winter vergessen, also lassen wir die in Ruhe, auch wenn sie vermutlich am meisten über all diese Dinge weiß, die geschehen sind.«

Parkovs Lächeln wich ebenso schnell, wie es erschienen war. »Vielleicht. Oder auch nicht. Was geschehen ist, ist geschehen. Aber ich habe mir geschworen, dass es *nicht* wieder passieren wird.«

Marie lenkte den Wagen auf die Autobahnausfahrt, fuhr hinein nach Frankfurt, über das Nordend und vorbei am Grüneburgpark näherten sie sich dem Tatort.

»Ich habe geträumt letzte Nacht«, sagte Parkov. »Von dir.«

»Von mir?« Marie warf ihm einen überraschten Blick zu. Sie spürte, wie Wärme in ihre Wangen stieg.

»Wie es hätte sein können.«

»Erzähl.«

Parkov schüttelte den Kopf. »Nein. Nur so viel: Es waren zwei Träume. Aber sie beide endeten …«

»Glücklich?«

»… so, wie ich es befürchtet habe.«

»Ach Daniel. Es ist doch nicht immer so …«

»Später.« Er schüttelte den Kopf und deutete nach draußen, wo die Kollegen der uniformierten Streife einige Reporter davon abhielten, sich an einer eilig errichteten Absperrung vorbeizudrängen. »Wir sind da.«

Marie stellte den Motor ab, stieg aber noch nicht aus. »Sag mir die Wahrheit. Hast du darauf gewartet?«

»Auf was?«

»Auf *das* hier. Nicht auf mich, nein, aber auf das hier. Dass wieder etwas geschehen würde, das gewisse … Handschriften trägt. Oder auch nur daran erinnert. Darauf, dass die Dinge sich wieder zum Schlechten wenden.«

Parkov blickte zur Frontscheibe hinaus, auf die Lichter, die Absperrung, die Menschen. »Ich habe«, erwiderte er mit rauer Stimme, »gehofft, meine Liebe. Gehofft, dass es nicht käme.«

Dann stieg er aus.

Kapitel 5

Die Nachricht von den Morden mitten in der Stadt hatte sich wie ein Lauffeuer verbreitet. Parkov blickte in die Gesichter zahlloser Reporter und Fotografen, in die blitzenden Kameras, die die Nacht erhellten.

Viele der Medienleute sahen aus, als hätten sie in dieser Nacht noch nicht geschlafen. Es war schwül, sicher an die neunzig Prozent Luftfeuchtigkeit, schätzte Parkov, er sah Schweißtropfen auf den Gesichtern der Polizisten und Schaulustigen und hörte die Polizeisirenen der Verstärkung, die angefordert worden war, um der stetig anwachsenden Menge Herr zu werden.

Er sah all die Blicke, die man ihm zuwarf.

Da ist er, tuschelte jemand. *Parkov, siehst du nicht? Wieder da, zurück. Wo hat er gesteckt?*

Er betrachtete das vierstöckige Gebäude, die edle Maisonettewohnung mit den Säulen, den Holzfenstern, der Natursteinfassade und dem mit dunklen Schindeln gedeckten Dach.

Parkov folgte Marie, die sich ihren Weg zum Eingang bahnte und mit einem Kollegen der Spurensicherung sprach. Er sah, wie sie ihren dunkelbraunen Zopf von der Schulter strich und sich energisch durch das Gewirr von Kriminaltechnikern und Schaulustigen drängte. Sie war kaum größer als eins sechzig und schlank, und selbst mit ihrem einfachen T-Shirt und den Bluejeans strahlte sie eine geschmeidige Eleganz aus. Sie schien ganz ungeschminkt zu sein, was ihre glatte Haut zusätzlich betonte. Als sie bemerkte, dass er stehen geblieben war, winkte sie ihn näher heran. Ihre Augen waren von einem sanften Grünbraun, sie wirkten ernst, so als habe Marie in mehr Abgründe geblickt als die meisten Menschen. »Alles okay?«

»Soweit es die Umstände zulassen«, erwiderte Parkov.

Sie betraten den weiten Eingangsbereich, die hohe Altbaudecke war mit Stuck verziert, der Boden mit dunklem Parkett ausgelegt, eine geschwungene Holztreppe mit einem bordeauxfarbenen Teppichläufer führte in den ersten Stock. Noch herrschte eine gewisse Kühle, doch Parkov spürte, wie die Hitze durch die offen stehende Tür hereindrängte. Ein Kriminaltechniker untersuchte das Schloss und den Boden. Im Licht der Polizeischeinwerfer zu arbeiten war eine ermüdende, schweißtreibende Angelegenheit.

»Die anderen sind oben«, sagte er und nestelte an seinem Mundschutz herum. Als er Parkov erkannte, blieb sein Mund einen Moment offen stehen. »Und außerdem ist draußen, ein Stück die Straße runter, *noch* jemand …«

»Den sehen wir uns später an«, antwortete Parkov.

Als er Marie die Treppe ins erste Stockwerk hinauffolgte, spürte er die Blicke des Kriminaltechnikers in seinem Rücken.

Oben wimmelte es von Spurensicherern. Sie hatten auf dem Parkettboden einen schmalen Pfad abgesteckt, auf dem sie sich bewegen konnten. An den Fenstern, die auf den Grüneburgpark hinausgingen, stand Isabelle Odinsdottir beim Leiter des K11, Nicolas Krantz, der ein verwaschen-blaues Hemd trug, auf dem sich Schweißflecken abzeichneten, und eine erdfarbene Jeans. Sein Haar stand ihm vom Kopf ab, als wäre er erst vor wenigen

Minuten aus dem Bett gekrochen. In der Hand hielt er eine Flasche Mineralwasser, den Kondenswassertropfen nach zu urteilen war sie eiskalt.

»Marie«, sagte er, ehe sein Blick Parkov fixierte. »Und *Sie*. Wer hat das autorisiert?«

»Ich wüsste nicht, dass man mich autorisieren muss, Krantz«, erwiderte Parkov, ehe Isabelle oder Marie etwas sagen konnten. »Fokussieren wir uns auf den Fall. Die ganze Familie?«

Marie warf ihm einen Blick zu, den er sofort deuten konnte: *Bitte, versuch, ihn wenigstens heute Nacht nicht zu provozieren.*

Isabelle nickte. Sie hatte das nordisch hellblonde Haar zu einem unordentlichen Dutt zusammengebunden, war blass und deutete nach oben, zur Decke hin. »Die ganze Familie. Die Ehefrau liegt im Wohnzimmer. Der Mann ein Stück entfernt, das Kindermädchen in der Toilette … und die Kinder, die … wurden beide in ihren Zimmern gefunden.«

»Oh verdammt«, sagte Marie leise.

»Und der Tote unten? Auf der Straße?«, fragte Parkov.

»Der ältere Sohn wurde getötet, als er ankam … er stieg aus dem Sportwagen und ging einige Meter in Richtung Parkbank. Dort wurde er ermordet.«

»Zeugen?«

»Zwei Männer, die zufällig hier vorbeikamen. Zwanzig Jahre alt, sie haben den Sportwagen und den Toten unten entdeckt.«

»Sind die Toten einwandfrei identifiziert?«, fragte Parkov. Er bemerkte, wie Krantz ihn bei dieser Frage irritiert musterte.

»Das ist etwas schwierig«, erwiderte Isabelle. Sie wirkte, als müsste sie sich jeden Moment übergeben. »Seht es euch einfach selbst an.«

Marie nickte. Dann begleitete sie ihre offensichtlich sehr von dem Tatort mitgenommene Kollegin hinüber zu Fischer, dem Leiter der Spurensicherung. Krantz bedeutete Parkov, dass er mit ihm sprechen wollte. »Nur einen Augenblick«, sagte er,

»aber nicht hier drin, nicht bei den anderen.« Sie traten auf einen überdachten Balkon hinaus, der sich über die gesamte Gebäudesüdseite erstreckte. Von unten hallten laute Stimmen herauf, dann die Aufforderungen eines Streifenpolizisten an der Absperrung, der Mühe hatte, die Schaulustigen zurückzuhalten.

»Eine unruhige Nacht«, sagte Parkov. In der Ferne rasten die Blitze über den düsteren Nachthimmel, doch es würde nicht mehr lange dauern, bis das Unwetter die Stadt erreichte und alle Spuren dort unten fortwusch.

»Haben Sie den Technikern und den Rechtsmedizinern gesagt, dass der Tote im Freien Priorität vor den übrigen haben sollte?«

Krantz nickte. »Ja, das hat Odinsdottir schon getan. Hören Sie, Parkov, ich weiß nicht, was Sie heute Nacht hier verloren haben oder was Sie denken, hier tun zu müssen … aber ich bin mir sicher, dass Sie bestimmt auch an einem anderen Ort … *gebraucht* werden.«

Er sprach das Wort absichtlich betont aus.

»Ich werde *hier* gebraucht. Und ich werde das auch nicht diskutieren.«

Krantz öffnete den Mund, um zu einer Erwiderung anzusetzen, doch Parkovs Gesichtsausdruck ließ ihn verstummen. »Nun … ich denke, wir können jede helfende Hand gebrauchen. Was ist Ihr Status beim BKA?«

»Ich bin nach wie vor im aktiven Dienst. Und man mag mich noch immer nicht besonders.«

»Nicht nur beim BKA.« Krantz grinste, als hätte er einen guten Witz gemacht.

»Dann haben wir ja etwas gemeinsam«, sagte Parkov kühl. »War das alles?«

»Wieso sind Sie zurück?« Krantz trat einen Schritt auf ihn zu, rückte näher. »Ich weiß nicht, was Sie getrieben haben in den vergangenen Monaten, aber ich kenne die Gerüchte …

Und wenn Sie sogar Winter außen vor gelassen haben, muss es etwas Wichtiges gewesen sein. Es hat mit *der* Sache zu tun, nicht wahr?«

Er ist hartnäckig, dachte Parkov. Dann lächelte er. »Letztes Jahr? Was ich da getan habe? Das wollen Sie wissen?«

»Ich kenne Leute, Parkov. Ich habe Verbindungen. Wir beide könnten zusammenarbeiten. Wir müssen nicht auf diese Weise agieren, Sie müssen das nicht. Sehen Sie, ich könnte vielleicht dafür sorgen, dass man Sie mal in eine Position bringt, von der aus Sie ... etwas wichtigere Entscheidungen treffen können.«

»Will ich das?«

»Jeder will das. Aufsteigen. Ich meine, Sie haben doch alles. Sie tun es wohl kaum des Geldes wegen, das ist klar. Aber wenn ein Mann wie Sie ...«

»Ein Mann wie ich«, sagte Parkov.

Krantz ließ sich nicht irritieren. »Wenn dieser Mann – anstatt sein Leben mit irgendwelchen teuren Frauen zu verbringen, was Sie sich ja ohne Zweifel leisten können –, wenn ein Mann sich dennoch hierfür entscheidet, wenn er stattdessen in der Scheiße herumwühlen will, und das freiwillig, dann will er eines Tages vielleicht auch mal die Anerkennung bekommen, die ihm verwehrt bleibt. Vielleicht könnte ich Ihnen dabei helfen. Vielleicht könnten wir uns beide helfen.«

»Krantz«, erwiderte Parkov, »Sie kennen meine Aufklärungsquote.«

»Natürlich. Sie sind gut. Das bestreite ich ja auch nicht. Aber Sie sind trotzdem ohne Bedeutung. Das BKA funktioniert ohne Sie, diese Arbeit hier funktioniert ohne Sie.«

»Sorgen wir einfach dafür, dass dieses Monster, das hier gewütet hat, gefasst wird. Dann sind Sie mich los, Krantz. Das ist alles.«

Krantz' Schultern sackten nach unten, als er begriff, dass er mit seinem Ansinnen bei Parkov auf Granit stieß. »Die Öffentlichkeit hat noch im Kopf, dass man Sie gesucht hat, Parkov. Das waren die großen Bilder im vergangenen Jahr. Das ist es, was in den Köpfen hängen geblieben ist. All diese Erfolge … wer erinnert sich schon daran? Und das wissen Sie auch. Sonst würden Sie sich nicht verstecken.« Krantz packte Parkovs Arm. »Ich kann Ihnen nur raten, geben Sie acht, dass Sie mir nicht mal eines Tages auf der falschen Seite gegenüberstehen. Sonst sind Sie erledigt, das verspreche ich.«

»Drohen Sie mir?« Wieder schlich sich ein Lächeln auf Parkovs Lippen, doch diesmal war es kühl und zynisch. »Krantz, schon so viele Menschen haben das versucht, aber keiner war dabei in einer so schwachen Position wie Sie. In dieser netten kleinen Rechnung haben Sie nämlich eine Sache übersehen: Es *kümmert* mich nicht. Für mich zählt nur *eine* Sache. Wir haben einen Mörder und ich werde ihn fassen. Ich werde liefern, und danach …«

»Was danach?«

»… werde ich mir vielleicht wieder ein Jahr oder mehrere Urlaub nehmen. Weil ich es, wie Sie es richtig formuliert haben, *kann*. Und Sie, mein Lieber, werden weiter zusehen.«

Parkov wandte sich ab. Er spürte, wie sich Krantz' Augen in seinen Rücken bohrten. Er hätte damit rechnen müssen, dass sich Krantz' Ansichten nicht verändert hatten, nicht verändern würden, auch nicht in einem Jahr oder in zehn Jahren, dass er ihn verachtete … und doch, da war mehr. Parkov konnte es spüren.

»Parkov?«, rief ihm Krantz hinterher. Als er sich umwandte, zuckte ein mächtiger Blitz über den Himmel, schlug direkt in die Spitze des Messeturms ein. Unten schrie jemand, als der Donner erdbebengleich über sie hinwegrollte. »Immer wenn Sie hier auftauchen, geschieht eine Scheiße wie die da drin. Oder sollte ich sagen, *damit* Sie auftauchen, geschieht die Scheiße. Weil irgendwer da draußen weiß, womit er Sie hervorlocken kann.«

Solitude, dachte Parkov. Diese Organisation, deren wahre Ziele im Schatten verborgen lagen.

»Und weil das so ist«, fuhr Krantz fort, »müssen Unschuldige sterben.«

»Wer hat gesagt, dass Meersen unschuldig ist?« Parkov nickte Krantz zu, ließ ihn draußen stehen und kehrte ins Penthouse zurück. Hinter ihm schlug der Wind die Tür zu.

Dann folgte neues Donnergrollen.

Kapitel 6

»Wir haben eine Unwetterwarnung der Stufe Rot für ganz Frankfurt«, sagte Fischer. »Hoffen wir, dass das Gewitter diese verfluchte Hitze vertreibt.« Dann steckte er sein Handy wieder in die Jeans und nahm ein frisches Paar Handschuhe aus dem Koffer.

»Sie starb zuerst«, sagte Isabelle und zeigte Marie das Blut, das über die großen anthrazitfarbenen Küchenfliesen gespritzt war. »Christine Meersen. Die Frau von Ferdinand Meersen, zweiundvierzig, seit acht Jahren mit ihm verheiratet, zwei Kinder aus der Ehe: Jakob und Linda.«

Marie betrachtete die Glasscherben und die dunkelrote Lache aus Rotwein. Eine Flasche war heruntergefallen und zersplittert, ihr Inhalt hatte sich mit dem Blut des Opfers vermischt.

»Der Schütze stand ungefähr hier«, sagte Fischer und trat in die Mitte des Raumes. Von dort deutete er in Richtung des offenen Küchenbereichs.

»Sie ist zuerst gestorben?«

»Wie ich sagte, das können wir wohl ohne Zweifel so annehmen.« Isabelle zeigte auf das Bedienpanel neben zwei übereinander angeordneten Backöfen. »Sie hat versucht, dort die Notfallfunktion zu aktivieren. Sie muss den Täter gesehen haben, als er hereingekommen ist, oder sie ist ihm weiter unten begegnet und danach hier heraufgerannt. Vielleicht hat sie auch um Hilfe gerufen. Die beiden Zeugen sagen, sie hätten einen weiblichen Schrei gehört.«

»Die Notfallfunktion?«, fragte eine sonore Stimme hinter ihnen. Als Marie sich umwandte, sah sie Parkov bei der Treppe stehen; was immer Krantz und er zu besprechen hatten, war offenbar im Handumdrehen erledigt gewesen. Die Müdigkeit, die sie zuvor noch an ihm bemerkt hatte, war verschwunden. Er wirkte hellwach und höchst interessiert.

»Ja, es gibt eine Art …«, Isabelle warf Fischer einen Blick zu, »eine Art Panikraum mitten im Gebäude. Er ist von jedem Stockwerk aus zu erreichen, besteht aus besonders gesicherten Wänden und hat im Inneren diverse Kommunikationseinrichtungen. Internet, Telefon, eine Direktverbindung zu einem privaten Sicherheitsdienstleister und so weiter.«

»Aber dieser Notruf wurde nicht ausgelöst?«, fragte Marie.

»Doch. Aber niemand hat es bis in den Panikraum geschafft. Der Täter war zu schnell.«

»Also wusste er von dem Versteck.« Marie runzelte die Stirn. »Er wusste, dass er sich keine Zeit lassen darf.«

»Das würde ich auch sagen.«

»Nicht zu vorschnell urteilen, die Damen. Ein Mouton Rothschild«, sagte Parkov und betrachtete die Reste der zertrümmerten Rotweinflasche. »Wirklich ganz hervorragend.« Dann warf er Fischer einen Blick zu. »Gibt es einen Weinkeller?«

»Gibt es.« Wenn Fischer überrascht war, Parkov hier zu sehen, ließ er sich nichts anmerken. »Liegt neben dem Pool.«

»Wissen wir, wie der Täter reinkam? Panikraum, Sicherheitsfirma, er hat wohl nicht einfach geklingelt und wurde reingelassen.« Marie beobachtete, wie Parkov durch die offene Küche ging und dabei leise zählte, als würde er etwas ausmessen.

»Er hat das Türschloss überwunden«, sagte Isabelle. »Mit erstaunlicher Präzision und Kunstfertigkeit.«

»Ein Profi«, meinte Parkov von der anderen Seite des Raumes. »Ohne Zweifel.«

»Ein Profi, der dennoch …« Marie blickte auf Christine Meersens Leiche hinunter. Der Frau war zahllose Male in den Rücken und in die Brust geschossen worden. »Der dennoch irgendwie durchgedreht ist. Das hier ist wie … ein Rausch. Blutrausch. Eine Kugel ging in den Kopf, die hat sie getötet, alles andere war nicht nötig.«

»War es nicht«, stimmte Isabelle zu. »Und doch hat er es getan.«

»Welche Munition hat er verwendet? Eine besondere?« Marie bemerkte, wie Parkov innehielt und auf Fischers Antwort wartete.

»Nein. Ganz gewöhnlich. Neun-Millimeter, Hohlspitzgeschosse.«

»Das überrascht mich«, sagte Parkov. »Das überrascht mich wirklich.«

»Wieso?«, fragte Marie.

»Weil es riskant ist.«

»Wir werden die Riefen prüfen. Und die verwendete Waffe«, informierte Fischer.

»Wie ging es weiter? Der Mann starb als Zweites, nehme ich an?«

»Nein, das stimmt nicht. Er starb als Letzter der Familie. Nach ihm wurde dann noch das Kindermädchen ermordet.« Isabelle führte Marie und Parkov an der offenen Küche vorbei in das weitläufige Wohnzimmer: Marmorboden und luxuriöse Einrichtung, an den Wänden moderne Drucke. Auf der grauen Designercouch lag Ferdinand Meersen. Sein Gesicht nur noch eine blutige Masse, sein Körper von zahllosen Einschüssen übersät.

»Zwanzig Kugeln, mindestens. Ich hab versucht, die Treffer zu zählen, aber Genaueres wird erst die Rechtsmedizin sagen können, falls es überhaupt eine Bedeutung hat.« Fischer deutete auf eine offen stehende Tür, hinter der ein zweiter Flur tiefer ins Gebäude führte. »Da geht es zu den Kinderzimmern. Und werft bitte einen Blick auf den Boden.«

Parkov hatte die Blutspuren auf den Marmorfliesen bereits entdeckt, die zur Couch hinüberführten. »Er hat ihn also gezwungen … zuzusehen.«

Marie warf Parkov einen Blick zu. Ihre Pupillen waren geweitet, ihr Gesicht war blass. »Was meinst du damit?«

»Parkov hat recht. Er hat die Frau zuerst getötet, und als der Mann, von den Schreien und Schüssen alarmiert, hier runtergestürmt kam, zwang ihn der Täter unter vorgehaltener Waffe, in die Kinderzimmer zu gehen.«

Fischer winkte sie in den langen Flur, wo Wandlampen brannten und große, abstrakte Ölgemälde an den Wänden anstrahlten. Auf dem Marmorboden zweigte die blutige Spur einmal nach links und einmal nach rechts ab.

»Muss ich mir das ansehen?«, fragte Marie. Ihre Stimme zitterte kaum merklich. »Ich weiß nicht, ob …«

»Es wäre sinnvoll«, erwiderte Fischer. »Auch wenn es schwerfällt. Bringen wir es hinter uns.«

Parkov folgte Marie, Isabelle und Fischer den Gang hinab. Die Gemälde an den Wänden waren Originale, bemerkte er, von namhaften modernen Künstlern aus der internationalen Kunstszene. Was hier an den Wänden hing, konnte eine Million wert sein, und die Werke, die er weiter unten gesehen hatte, dürften die Summe noch einmal verdoppeln.

Fischer öffnete die Tür zur Linken. »Ich …«, sagte Marie, noch ehe sie einen Blick hineingeworfen hatte. »Entschuldigt mich bitte einen Moment.« Sie machte schlagartig kehrt und flüchtete förmlich den Flur entlang.

»Es ist nicht leicht, sich das anzusehen«, meinte Isabelle. »Ich kann sie verstehen. Ich musste es schon sehen, also … nur zu.« Sie senkte den Blick, als Parkov an ihr vorbeiging und Fischer in das Kinderzimmer folgte.

»Jakob Meersen. Dreizehn Jahre alt«, sagte der Leiter der Spurensicherung. Parkov blickte auf den Körper des Jungen, der von Kugeln getroffen rücklings auf dem Bett lag. Eine Blutlache hatte sich rings um ihn ausgebreitet und war auf den Boden geflossen.

»Der Vater war gezwungen zuzusehen, wie sein Sohn von zehn Projektilen getroffen wurde. Danach gingen sie weiter … zur Tochter.«

Parkov betrachtete die Poster an den Wänden – ein paar Rapper und schnelle Motorräder. »Als die Mutter den Alarm auslöste, wieso haben die Kinder da nicht sofort reagiert?«

»Gute Frage. Aber darauf habe ich keine Antwort, Parkov.«

»Hatten die vier zu Abend gegessen?«

»Ja. Es gibt Teller in der Spülmaschine und Essensreste im Müll.«

Parkov ging in den Raum hinein und um das Bett herum, dabei hielt er sich strikt an den von der Spurensicherung markierten Weg. »Was ist das hier?«

»Haben wir auch gesehen, natürlich. Eine Lache Erbrochenes.«

»Von ihm?«

»Ja. Die Proben sind schon unterwegs ins Labor. Ich hab die Kollegen rausgeklingelt, sie beginnen heute Nacht noch mit den Untersuchungen.«

»Ich denke, die werden den Verdacht nur bestätigen.« Parkov blickte zur Tür, wo Isabelle stehen geblieben war und mit blassem Gesicht zu ihnen hereinblickte. »Die Kinder wurden betäubt. Sie haben mit ihrem letzten Abendessen etwas zu sich genommen, das sie davon abhielt, rechtzeitig in den Panikraum zu laufen. Die Dosis war nicht hoch, wirkte aber auf die leichten Kinderkörper ausreichend stark, um sie von einer schnellen Fluchtreaktion abzuhalten.«

Isabelle und Fischer starrten ihn an. »Aber das würde ja bedeuten …«

»Dass jemand das Abendessen mit einem Betäubungsmittel versehen hat? Langsam. Ziehen wir keine voreiligen Schlüsse.« Parkov verließ das Zimmer und wandte sich der zweiten Tür zu, die fast exakt gegenüberlag.

»Linda Meersen«, sagte Isabelle und trat neben ihn. »Fünfzehn Jahre alt. Das ist furchtbar.«

Auch die Tochter war von mehreren Projektilen niedergestreckt worden. Parkov sah in das Zimmer eines jungen Mädchens, das sein ganzes Leben vor sich hatte. »Träume, Wünsche, Hoffnungen«, murmelte er, »im Bruchteil eines Augenblicks zerstört.«

»Wer tut so was, Parkov?«

»Mord … Mord ist eine teuflische Sache. Ich weiß es nicht. Noch nicht. Aber die Kinder …« Parkov hielt inne, weil Marie hereinkam.

»Ich brauchte etwas frische Luft. Habt ihr …«, sie räusperte sich, »alles angesehen?«

»Ja.«

»Was denkst du?«

»Die Kinder mussten vor dem Vater sterben, um ihn zu quälen. Deshalb hat der Täter ihn gezwungen, alles anzusehen.«

»Aber wieso hat sich Meersen nicht gewehrt?«

»Weil er nicht konnte. Die Räume hier sind alle groß und weitläufig, auch die Zimmer der Kinder. Unser Täter war ein Profi, er hat ihn nie nah genug an sich herankommen lassen. Hätte Meersen etwas versucht, einen Angriff etwa, hätte er ihn einfach erschossen.«

»Aber wieso?« Marie schüttelte den Kopf. »Er musste zusehen, wie seine Kinder *starben*. Wieso ist er nicht einfach trotzdem auf den Angreifer losgegangen? In so einer Situation würde ein Vater sein eigenes Leben doch nicht über das seiner Kinder stellen.«

Isabelle berichtete ihr von Parkovs Betäubungsmitteltheorie. »Wahrscheinlich war auch er betäubt.«

»Wer hat gekocht?«, fragte Marie.

»Vermutlich seine Frau, oder?«, rief Fischer, der schon auf dem Weg zurück in den weitläufigen Wohnbereich des Penthouse war.

»Natürlich, wer sonst? Und das waren dann auch alle Chauvi-Kommentare für heute, hoffe ich«, sagte Isabelle leise.

»Das habe ich gehört, Odinsdottir«, bellte Fischer.

»Das war Kabeljau an Weißweinsoße. Sammelt alle Reste ihres Abendessens ein«, sagte Parkov, als sie wieder in der Küche standen, »und schickt sie ins Labor. Wenn meine Theorie stimmt, findet sich darin ein Betäubungsmittel. Und wir sollten ganz besonders eilig herausfinden, wer es hineingegeben hat.«

»Wir haben die Weinflasche sichergestellt. Was die Teller und Essensreste angeht ... die Spülmaschine ist gelaufen«, sagte Fischer. »Sie lief noch, als wir hier ankamen. Ich habe versucht zu retten, was es zu retten gab, aber ich würde nicht darauf wetten, da noch irgendwelche Fingerabdrücke zu finden. Wasser vernichtet fast alles, aber im Müll ... da waren noch ein paar Fischreste und etwas Soße. Ich tippe auf die Soße.«

»Was ist mit dem Kindermädchen?« Marie sah zu, wie Parkov in die Küchenschubladen spähte.

»Die war nicht betäubt, nehme ich an. Liegt in einer der Toiletten und hatte von innen verriegelt. Sie war die Allerletzte«, erklärte Isabelle. »Der Täter hat wahrscheinlich nicht damit gerechnet, dass sie um diese Uhrzeit noch anwesend war.«

»Sie haben wohl spät zu Abend gegessen, das ist wahr.« Parkov hob einen Einkaufszettel hoch, der zwischen zwei Kochbüchern eingeklemmt war. »Aber in den Sommermonaten ist das nicht besonders ungewöhnlich.«

»Der Koch muss nicht zwangsläufig gewusst haben, was er da mit hineinmischt«, gab Marie zu bedenken. »Vielleicht hat man ihnen das Betäubungsmittel irgendwie untergeschoben.«

»Irgendwie, Marie? Wie genau soll das geschehen sein?«

»Keine Ahnung. Wenn das Kindermädchen ...«

»Eine Komplizin des Täters?« Parkov schüttelte den Kopf. »Nein. Glaub ich nicht.«

»Und wieso nicht?«

Parkov erwiderte nichts. Er spürte, wie sie ihm alle mit Blicken folgten, als er durch den Raum schritt und sich den Gemälden näherte. »Er war also Kunsthändler«, sagte er laut. »Und finanziell so gestellt, dass er für den Rest seines Lebens keinen Tag mehr arbeiten musste.«

»Kommt dir bekannt vor, was?«, meinte Isabelle. Dann nickte sie. »Er hat mit dem Kunstgeschäft ein Vermögen verdient. Aber er hat auch junge Künstler unterstützt.«

»Ein Mäzen?«, erwiderte Parkov. »Nun, das ist noch eine wahrhaft ehrliche Beschäftigung.«

»Nachdem die Kinder tot waren, hat er ihn zurück ins Wohnzimmer auf diese Couch gedrängt ... und dort einige Minuten später erschossen. Mehrere Magazine geleert. Dann ist er gegangen.« Fischer stieß einen Seufzer aus, er klang nach Erschöpfung und Müdigkeit angesichts des Tatorts, der Hitze und der stickigen Luft.

»Und nicht eine Spur, das höre ich zwischen den Zeilen heraus, nicht wahr?«, fragte Parkov. »Weil er weiß, was er tut. Weil er sich trotz seiner so ausgesprochenen Brutalität, die wir hier vorfinden, vollkommen unter Kontrolle hat.«

»Bist du dir sicher?«, entgegnete Marie.

»Es soll vielleicht danach aussehen, als wäre er in einen vollkommen wahnsinnigen Blutrausch verfallen … und vielleicht könnte man das bei einem anderen auch annehmen. Aber ich denke, so verhält es sich in dem Fall nicht. Er hat getan, was er tun *sollte*.«

»Ein Auftragskiller, Parkov?« Sie drehten sich alle zur Treppe. Dort stand Krantz. Mit verschränkten Armen starrte er sie an. »Behaupten Sie das gerade?«

»Schauen wir mal, Krantz. Meersen ist ein Kunstsammler, ein vollkommen unbeschriebenes Blatt, seine Frau ist eine erfolgreiche Investmentmanagerin bei einer Privatbank. Die Kinder gehen auf eine Eliteschule. Das Kindermädchen ist BWL-Studentin.«

»Ja.«

»All das klingt so sehr nach Saubermann, nach perfekter Ehe, dass *zwangsläufig* etwas faul sein muss.«

»Sein muss, Parkov? Wir sind hier nicht im Spekulationsgeschäft.« Krantz schüttelte den Kopf und schnaubte. Seine Selbstzufriedenheit widerte Parkov an. Aber dann erinnerte er sich, dass er vor wenigen Minuten beschlossen hatte, solche Emotionen nicht mehr zuzulassen.

»Nein, sind wir nicht«, erwiderte er. »Wir sind im Finde-die-richtige-Spur-Geschäft, wenn ich mich nicht irre.« Mit diesen Worten hielt er den winzigen Schlüssel hoch, den er, eingeklemmt hinter dem schweren Rahmen eines abstrakten Gemäldes, gefunden hatte – hatte ihn jemand verstecken wollen?

»Prüft alle Gemälde«, wies er Fischer und die Kollegen der Spurensicherung an. »Aber schaltet zuvor die versteckten Alarme ab.«

»Was ist das?«, fragte Marie und kam näher. Er roch das Shampoo in ihrem Haar, den Duft nach Bergblumen und frischer Minze, sah, wie das Licht auf ihren dunklen Haarsträhnen schimmerte, und blinzelte. »Was hast du da gefunden?«

»Sieht aus wie ein Lagerschlüssel.« Parkov hielt den Schlüssel gegen das Licht. »Da ist eine Adresse eingeprägt. Hier in der Stadt.«

»Nähe Osthafen, würde ich sagen.«

»Ja.« Parkov reichte den Schlüssel an Fischer weiter, der ihn sofort in einen Spurensicherungsbeutel steckte. »Also, Kollegen, überlegen wir: Wieso dieses Ding, wieso hier, wieso an dieser Stelle? Wo finden wir das passende Schloss?«

»Weil es jemand dort platziert hat?«, fragte Isabelle.

»Und wenn es so wäre …«

»… wäre es eine Falle.«

»Es ist mit Sicherheit eine Falle. Aber zugleich …« Parkov ließ den Satz unvollendet. Er berührte den Bilderrahmen des großen Gemäldes an der Wand gegenüber der Couch, auf der Meersen erschossen worden war. »Sind Kunstkenner anwesend?«

»Bitte, Daniel. Hör auf damit.«

Parkov wandte sich zu Marie um. »Ein Kunstsammler wird getötet. Brutal ermordet, wie auch seine ganze Familie. Meersen wusste, womit er handelte, er wusste, womit sich am Markt – an einem Markt, der so komplex und Schwankungen unterworfen ist wie dieser, so sehr von Persönlichkeiten, Exzentrikern und Mauscheleien durchwoben – immer wieder aufs Neue Geld verdienen lässt. Bei all seinen Kenntnissen bezweifle ich, dass er unabsichtlich eine *Fälschung* in sein Haus gehängt hätte.«

»Eine … Fälschung?« Krantz sah aus, als hätte ihm Parkov enthüllt, dass er dieses Jahr seinen Jahresurlaub ausfallen lassen müsste. Parkov ignorierte ihn, hob den Rahmen ein Stück von der Wand ab und spähte dahinter. Dann lächelte er.

»Fischer, würdest du mal kurz mit anfassen? Dieser Schlüssel … vielleicht war er nicht zufällig genau hier.«

Gemeinsam hoben sie das schwere Gemälde von der Wand.

Kein Alarm ging los. Dahinter war eine schwere Stahltür mit einem kleinen elektronischen Tastenfeld in die Wand eingelassen. »Ein Wandtresor«, sagte Parkov. »Nicht anfassen«, fügte er scharf hinzu, als Krantz die Hand nach dem Griff ausstrecken wollte. »Er ist noch immer verschlossen. Unser Eindringling kannte die Kombination nicht. Vielleicht hat er Meersen deshalb bis ganz zum Schluss am Leben gelassen, aber er konnte ihn nicht dazu bringen, den Code preiszugeben.«

»Und die Fälschung?«

»Es ist *ganz sicher* eine.«

»Was Sie nicht sagen, Parkov. Und wieso hängt er sie ausgerechnet hier hin, mitten ins Wohnzimmer, ausgerechnet vor den Tresor? Er *muss* das doch erkannt haben.«

»Vielleicht wollte er auf etwas hinweisen.«

Marie nickte. »Möglich. Was immer sich in diesem Tresor verbirgt, war wichtig für ihn, so sehr, dass er auch andere auf die Existenz hinweisen wollte, vielleicht für den Fall des Falles … Was auch immer sich dahinter verbirgt, er wollte, dass *jemand*«, sie warf Parkov einen langen Blick zu, »es entdeckt.«

»Nicht irgendjemand«, antwortete Parkov. »Er wollte, dass *ich* es finde.«

»So bescheiden, Parkov.« Krantz schüttelte den Kopf. Als ein Kollege ihm auf die Schulter tippte, drehte er sich ungehalten herum. »Was?«

»Da ist wieder diese Freundin. Yo Nguyen. Sie hat in der letzten Stunde schon zehnmal versucht, Christine Meersen zu erreichen.«

»Ja, und?«

»Sie sagt, es gebe etwas, über das sie Christine Meersen dringend informieren müsse.«

»Was denn?«

»Sie will es nur *persönlich* mitteilen.«

»Na schön, dann … Wir schicken jemanden vorbei.« Krantz seufzte. »Fischer! Können wir den Tresor in nächster Zeit öffnen? Was meinen Sie?«

Fischer schüttelte den Kopf. »Dafür brauche ich Zeit. Viel Zeit.«

»Vielleicht haben wir … vor allem das«, erwiderte Parkov nachdenklich.

»Was soll das nun wieder bedeuten?«

»Dass Zeit in dieser Lage unser einziger Verbündeter ist.« Parkov wandte sich zum Gehen. »Suchen wir diese Lagerhalle.«

Kapitel 7

»Ich hab die exakte Adresse, zu der dieser Schlüssel passt«, sagte Isabelle einige Minuten später. »Eine Lagerhalle im Frankfurter Osten, von Meersen persönlich angemietet, vermutlich hat er dort Kunst eingelagert. Der Schlüssel gehört zu einer der Transportboxen, die man von dem in der Stadt ansässigen Logistikdienstleister TransFlexInternational anmieten kann ... aber natürlich wissen wir nicht, zu welcher genau. Ich vermute ...«

»Wir vermuten immer noch nicht, Odinsdottir«, sagte Krantz und beobachtete, wie Fischer den Tresor begutachtete, mit Pinsel und größter Sorgfalt nach Fingerabdrücken auf dem Tastenfeld suchte. »Parkov und Winter, ihr übernehmt das.«

»Ich, ähm ...« Marie trat einen Schritt zur Seite, als wollte sie sich bewusst ein Stückchen von Parkov entfernen, bevor sie weiterredete. »Ich würde lieber mit Christine Meersens Freundin weitermachen. Die jetzt schon zehnmal angerufen hat. Ich denke, das ist wichtig. Ist das okay?«

»Wie du willst«, entgegnete Parkov.

»Also gut, Isabelle und Parkov, prüft ihr das Lager? Ist das ein Problem?«

»Oh, nicht doch. Ich stöbere mit Vorliebe in staubigen alten Lagerhallen.«

»Dann los. Marie, du fährst zu der Freundin. Und wir sehen zu, dass wir den Tresor öffnen können. Fälschung hin oder her, ich kann mir nicht vorstellen, dass er jemanden auf das Versteck hinweisen wollte, um dann eine Kombination zu verwenden, die niemand erraten kann.«

»Niemand, der zufällig auf den Tresor stößt. Für alle anderen gilt: Gründliches Nachdenken dürfte wie immer weiterhelfen.«

»Was soll das heißen, Parkov?«

»Ich sagte doch: Hier gibt es mehr zu entdecken, als es auf den ersten Blick scheint. Meersen hat etwas verborgen. Finden wir heraus, was es ist, dann können wir den Tresor öffnen. Das hier«, sagte Parkov und deutete auf die Stahltür, »ist das innerste Geheimnis. Das, was er weggeschlossen hat, vor allen anderen, sogar vor seiner Familie. Nur *er* wusste, dass das Werk gefälscht ist. Warum eine Fälschung? Weil er nur eine Fälschung regelmäßig von der Wand nehmen würde, um den Tresor zu öffnen.«

Mit diesen Worten wandte sich Parkov zum Gehen, hielt bei der Treppe jedoch noch einmal inne. »Die sechste Tote, das Kindermädchen, wie viele Schüsse waren es dort?«

»Nur einer. Platziert. Sofortiger Tod.«

»Das dachte ich mir. Und jetzt möchte ich noch einen Blick auf den ältesten Sohn werfen.«

Isabelle und Marie folgten ihm hinunter. Draußen auf der Straße traf sie die nächtliche Hitze wie eine Wand, ein schweres Tuch, das jede Bewegung erschwerte, jeden Gedanken zu ersticken drohte, alle Sinne lähmte. Lorenz, der Rechtsmediziner aus dem Institut an der Kennedyallee, kniete über dem Toten, den die Zeugen auf der Parkbank gefunden hatten. Marie sah die zwei jungen Männer in einiger Entfernung stehen, noch immer sprachen sie mit einem Kollegen des KDD.

»Ich werde mir mal anhören, was die beiden zu sagen haben«, verabschiedete sie sich.

»Marie?«

»Ja?«

»Das hier sieht nach einer üblen, großen Sache aus. Also … pass auf dich auf.«

Marie musterte Parkov einen Augenblick, dann lächelte sie knapp und nickte. »Das mach ich doch immer.«

Professor Lorenz wischte sich den Schweiß von der Stirn, als Parkov und Isabelle zu dem Toten auf der Parkbank traten. »Robert Meersen. Er kam erst zurück, als alle anderen bereits tot waren. Vielleicht hat er den Täter überrascht, vielleicht wurde er auch vom Täter bemerkt, als der nach den fünf Morden gerade das Gebäude verlassen wollte. Jedenfalls stieg Meersen gerade aus dem Sportwagen, als ihn die erste Kugel ins Bein traf.« Er zeigte den Gehweg hinunter. »Von dort schleppte er sich bis hierher, zu dieser Bank.«

»Wo er wie alle anderen Familienmitglieder hingerichtet wurde.«

»Er lag ungefähr fünfzehn Minuten hier, ehe die beiden Zeugen kamen und ihn entdeckten. Die erste Streife ist dann gut vier Minuten später eingetroffen.«

Parkov sah zu den umliegenden Gebäuden. »Isabelle, wer wohnt da? Haben wir Zeugen? Jemand, der dieses Massaker beobachtet haben könnte?«

»Die Kollegen gehen von Haus zu Haus, aber da drüben sind nur Geschäftsräume, ein großer Immobilienmakler und eine Anwaltskanzlei, und weiter östlich und westlich stehen derzeit mehrere Wohnungen leer. Die Leute sind im Urlaub.«

»Im Urlaub?« Parkov klang, als verwunderte ihn dies zutiefst. »Weil sie der Hitze entfliehen wollen oder weil es ihnen noch nicht heiß genug ist?«

»Weiß ich nicht«, erwiderte Isabelle.

»Manche Fragen bleiben für immer unbeantwortet.«

Isabelle zuckte mit den Schultern und folgte Parkov zum Bentley. »Wir müssen wissen, wie das Betäubungsmittel in das letzte Abendessen der Familie kam. Wenn wir das herausgefunden haben, haben wir den Täter. Oder zumindest einen Komplizen.«

»Kein Komplize. Diese Männer arbeiten meist allein. Ich kenne solche Typen.«

Isabelle sah ihn etwas ungläubig an. »Du kennst …?«

»Ich habe ein paar von der Sorte verhaftet. Aber keine Sorge, sie sitzen alle hinter eisernen Gardinen, wie man so sagt.«

»Schwedische Gardinen«, verbesserte Isabelle.

»Ja, genau. Wenn sie eines Tages wieder auf freien Fuß gesetzt werden, sollte ich vorsichtig sein.«

»Also machst du dir doch Sorgen?«

»Um mich? Weniger.« Parkov warf Marie, die zwanzig Meter entfernt die beiden jungen Männer befragte, einen langen Blick zu. »Steigen wir ein«, sagte er dann, »und suchen die Lagerhalle.«

»Wir wissen nichts«, sagte der größere der beiden türkischen jungen Männer und seufzte, als hätte er das schon ein paarmal zu Protokoll gegeben. »Wir haben nur den Wagen entdeckt und die Fußspuren …«

»Das Blut auf dem Boden!«, warf der andere ein.

»… und dann haben wir den Mann gefunden. All die Löcher in seinem Körper, das ist …«

»… Wahnsinn«, beendete der andere den Satz.

»Und ihr seid euch sicher, dass ihr niemanden beobachten konntet?«, fragte Marie.

Sie tauschten einen Blick.

»Die Kollegen haben einige Gramm Marihuana zu viel bei euch gefunden. Das wäre ein Verstoß gegen das Betäubungsmittelgesetz und eine Anzeige wert.«

Sie tauschten noch einen Blick. »Wer so was macht«, sagte der Größere, »will keine Zeugen.«

»Also habt ihr Angst? Typen wie ihr haben doch keine Angst, oder?« Marie sah aus den Augenwinkeln, wie Isabelle und Parkov sich von Lorenz verabschiedeten und zu Parkovs Wagen gingen.

»Er trug irgendeine beschissene Kapuzenjacke. In Schwarz. Und eine Waffe in der Hand, mit Schalldämpfer oben draufgeschraubt.« Der Größere der beiden deutete Richtung Süden, die Straße runter. »Und er ist da lang. *Wenn* er es war. Keine Ahnung. Aber das war der einzige Typ, den wir gesehen haben. Aus der Entfernung.«

»Ich weiß noch was«, meinte der andere.

»Und was?«

»Er hat gehinkt. Das war's doch. Er lief … wie so 'n Spasti. Das rechte Bein.«

»Bist du dir sicher?«

»Ja.« Sie nickten beide. »Doch, das war so.«

»Na schön. Dann geht jetzt. Und behaltet das alles für euch, ja? Kein Rumgeprahle, dass ihr hier am Tatort wart, verstanden? Und kommt morgen zur Dienststelle. Die Aussage nicht vergessen.«

»Verstanden, Chef.« Sie gingen davon, augenscheinlich erleichtert. Marie war froh, den süßlichen Marihuanageruch losgeworden zu sein.

Marie holte Isabelle und Parkov an Parkovs Wagen ein. »Ich weiß nicht, inwieweit wir ihnen trauen können«, erklärte sie. »Sie haben Joints geraucht und Alkohol getrunken. Null Komma neun Promille bei dem einen, etwas mehr bei dem anderen.« Dann fasste sie die Täterschilderung der beiden zusammen.

»Eine Gehbehinderung?«, wiederholte Parkov. Seine Augenbrauen wölbten sich vor Verwunderung. »Oh, das wäre …«

»Was?«, fragte Marie scharf. Die Luftfeuchtigkeit, das ständige Donnern und dieser Tatort machten ihr zu schaffen. *Es wird Zeit*, dachte sie, *dass du aus der Hitze raus- und unter die Dusche kommst.*

»Vielleicht ein Trick. Er hinkt, um sich selbst schwächer darzustellen. Einem Täter mit einer offensichtlichen Behinderung begegnet man mit weniger Vorsicht.«

»Ich hatte das Gefühl«, sagte Marie leise, »dass du vorhin, als es um das gefälschte Gemälde ging, nicht alles gesagt hast.«

Parkov nickte. »Nicht ganz. Hier dagegen, im Kreis meiner beiden Lieblingskommissarinnen …«

»Hör auf. Es ist spät, ich bin genervt, müde und verschwitzt und mir ist immer noch übel von alldem dort oben.«

»Vielleicht hat jemand den Schlüssel da oben platziert«, erklärte Parkov und klang nun sehr ernst, »das habe ich angedeutet. Was ich nicht erwähnte: Vielleicht wurde der Hinweis nicht vom Täter hinterlassen, sondern von jemandem, der später ankam. Der *möglicherweise*, betone ich, aus unseren Reihen kommt.«

Isabelle starrte ihn an, Marie wirkte skeptisch. »Und wieso?«

»Weil niemand wusste, dass *ich* heute Abend hier erscheinen würde. Erst als man mich gesehen hat, war es dem- oder derjenigen möglich, einen Hinweis auf eine Falle zu platzieren. Kannst du mir eine Liste der Kollegen besorgen, die heute Abend vor und während meiner Ankunft Zugang zum Tatort hatten?«

»Kann ich«, erwiderte Isabelle.

»Das dürfte spannend werden.«

Marie runzelte die Stirn. »*Wieso*, Daniel? Wieso jemand von uns?«

»Ist nur eine Theorie. Die Möglichkeit besteht, weil niemand wusste, dass ich wiederauftauchen würde … aber genauso gut kann der Täter den Schlüssel hinterlassen haben.«

»Du theoretisierst heute Abend etwas viel«, meinte Marie. »Ihr solltet jetzt fahren. Und ich werde mich dieser Anruferin widmen. Yo Nguyen, Christine Meersens Freundin.«

Marie ging die Straße hinunter bis zum Parkplatz, wo Isabelle ihren Dienstwagen abgestellt hatte. Sie dachte an Parkov. Wie er da auf seiner Veranda gesessen hatte, angetrunken und … irgendwie anders als in ihrer Erinnerung.

Sie hätte ihm Worte ins Gesicht rufen wollen, ihn packen, schütteln … *Wieso hast du dich nicht gemeldet? Was war so wichtig?* Dann dachte sie an das Gespräch im Wagen, die Narbe auf seinem Arm, den erschöpften Blick, den er ihr zugeworfen hatte …

Nicht zu viel nachdenken, ermahnte sie sich. *Fokussier dich. Was heute Nacht geschehen ist, ist furchtbar und hat Priorität. Parkov … kommt erst danach.*

Marie stieg in den Dienstwagen, als der Regen losbrach und der Himmel sich in ein stroboskopartiges Flackern aus Gewitterblitzen verwandelte. Der Wind, der den Staub über den Asphalt blies, roch nach Glut und Unrat und Eisen, als käme er durch ein offenes Fenster direkt aus einem der mit Blut übergossenen Stockwerke des Penthouse.

Marie hatte nur kurz in die Kinderzimmer hineingesehen, länger hatte sie es nicht ertragen – und doch verfolgten sie nun die Bilder der weit geöffneten Augen des Jungen und des Mädchens.

Ihre Hand am Lenkrad zitterte.

Wenn du die Zeugin befragt hast – wenn sich danach nichts bahnbrechend Neues ergibt –, wirst du Parkov suchen. Und mit ihm sprechen.

Über alles.

Das Leben war kostbar. Die Zeit nur knapp. Gerade diese Nacht zeigte ihr, dass in diesem Spruch mehr Wahrheit lag, als sie in manchem achtlosen Augenblick ahnte.

Kapitel 8

»Wir sind da«, sagte Parkov. Isabelle parkte den Wagen. Vor ihnen ragte die dunkle, matte Fassade einer Lagerhalle auf. Das Unwetter wusch die Hitze aus der Luft. Sie stiegen aus und rannten durch den prasselnden Regen zur Halle, wo ein Vordach Schutz vor den Sturzbächen bot und eine flackernde Lampe eine schmale grüne Tür beschien. Rost hatte sich hier und da in die Blechverkleidung der Fassade hineingefressen, die Farbe blätterte ab.

»Als wäre seit vielen Monaten niemand mehr hier gewesen«, meinte Isabelle. Parkov sah, wie sie ihre Dienstwaffe zurechtrückte. Ein mächtiger Donnerschlag ließ sie zusammenzucken.

»Seit *Jahren*. Ja, so wirkt es.« Parkov ging unter dem Vordach bis zum Rand des Gebäudes und blickte in den Regen hinaus, der nun vom Wind fast schräg gegen die dunklen Eternitplatten der Lagerhalle gepeitscht wurde. Dazu blitzte es und Donner rollten in Abständen von nur wenigen Sekunden heran. Das Gewitter war nah.

»Wie kriegen wir das auf?« Isabelle trat neben ihn. Parkov sah, wie sich das spärliche Licht in ihrem hellblonden Haar verfing, wie die Regentropfen funkelten, als wären sie kleine Diamanten.

»Wenn mich meine Augen nicht täuschen, sehe ich da hinten ein Fenster.«

»Klingt nicht besonders lautlos.«

»Dann werden wir es auf die leise Art tun.« Parkov ging zur Tür zurück und zog einen kurzen Dietrich aus der Tasche.

»Das ist aber ebenso wenig legal …«

»Hast du nicht die Schreie von drinnen gehört? Wir *müssen* nachsehen.«

»Parkov, Parkov, Parkov«, erwiderte Isabelle und schüttelte lächelnd den Kopf.

»Jetzt wollen wir mal sehen«, sagte er, »wie gut ich …«

»Mit zwei Promille …«

»Nein, dafür ist meine Familie zu sehr standhafte Trinkergemeinde«, gab er zurück.

Isabelle sah ihn fragend an, dann zuckte sie mit den Schultern.

»Ich frage besser nicht nach. Wie lange brauchst du dafür?«

»Zu lange. Zu kurz. Einen Augenblick noch.«

»Sie hat dich vermisst, weißt du das?«

Parkov spürte, wie der Dietrich auf den letzten Widerstand im Schloss traf. Sie waren kurz vor dem Ziel. Ein gleißender Blitz erhellte die Nacht.

»Hast du das gesehen?«

Als sich das Schloss endlich mit einem leisen Klicken öffnete und die Tür aufschwang, sprang Parkov hoch, ließ den Dietrich verschwinden und zog mit einer schnellen, geschmeidigen Bewegung seine Dienstwaffe. »Wovon sprichst du?«

»Da auf dem Gelände.« Isabelle deutete auf den Zufahrtsweg. Er führte zu anderen Hallen, nah am Osthafen, nah am Main, wo sich von Zeit zu Zeit Junkies und Obdachlose herumtrieben. »Ich hatte nur kurz den Eindruck, als stünde da jemand, der uns beobachtet. Dann … war er wieder weg.«

»Wir müssen vorsichtig sein.«

Isabelle tat es Parkov gleich und zog die Heckler & Koch P30 aus dem Gürtelholster. Dann folgte sie Parkov hinein.

»Zuerst … Licht«, sagte Parkov und tastete die aus Backsteinen gemauerten Wände nach einem Schalter ab. Es summte, dann fiel Licht aus brummenden, surrenden Glühlampen, die an langen Kabeln von der Decke herabbaumelten.

Sie blickten in eine lange, düstere Halle, die bis unter die Decke mit großen Transportkisten vollgestellt war – aufeinandergestapelte Boxen an den Wänden, daneben umgekippte Kisten mit herabgefallenen Deckeln, das Verpackungsmaterial, alte Zeitungen und Holzwolle, lag herausgequollen am Boden.

Irgendwo in der Tiefe der Lagerhalle tropfte leise Wasser.

Poch. Poch-poch.

Isabelle und Parkov tauschten einen Blick, Parkov legte einen Finger an die Lippen, dann deutete er nach links, während er selbst den Gang zwischen den Kisten zur Rechten wählte.

Isabelle spürte, wie ihr Herz klopfte.

Sie ging weiter. Irgendwo draußen, jenseits der Sprossenfenster, tobte das Gewitter, doch hier im Inneren, hinter den dicken Mauersteinen, schien es weit entfernt …

Ein Geruch nach … Verwesung? Oder spielte ihr die Fantasie einen Streich? War dies nur ihr Kopf, der nach all dem Schrecklichen, das sie im Penthouse gesehen hatte, etwas konstruierte, was gar nicht da war?

Aus der Dunkelheit kam ein Quietschen wie rostige, ungeölte Scharniere. Für einen Moment dachte sie an eine Dokumentation über Kriegsverletzte, die sie als junges Mädchen im Fernsehen gesehen und nie vergessen hatte: Ein Mann war darin auf Beinschienen gegangen, sein mühsames Humpeln durch die Krankenhauskorridore hatte ganz ähnlich geklungen, langsam und qualvoll.

Sie dachte an die Aussage des jungen Zeugen: Der Täter hatte gehumpelt, ein Bein nachgezogen, als würde er ein unverheiltes Leiden mit sich herumschleppen.

War er nun hier? Beobachtete er sie?

Isabelle spürte, wie Gänsehaut über ihre Arme kroch. Sie hob die Waffe, hielt sie ausgestreckt umklammert.

Parkov, Parkov, schien eine Stimme in der Dunkelheit zu flüstern. Über ihr summten die Lampen – dann blitzte es erneut und das elektrische Licht in der Lagerhalle erlosch. Isabelle stand in der Finsternis, umgeben von unzähligen riesigen Transportkisten und dem Geruch von Moder. Alter Staub rieselte von den Balken herab, berührte ihr Haar wie die kalten Finger eines Toten.

»Parkov?«, fragte sie leise in die Dunkelheit.

Ein Licht erschien. Es hüpfte auf und ab, schien sich zunächst von ihr zu entfernen, ehe es wieder näher kam. »Hallo?«

»Ich bin's.« Parkov hob das Licht etwas höher, es war eine Laterne, die er hier irgendwo entdeckt und entzündet haben musste. Parkov kam näher. »Von uns abgesehen, scheint die Halle menschenleer zu sein, aber das ist alles so verwinkelt und vollgepfercht mit Dingen, dass ich mir kaum mehr als einen groben Überblick verschaffen konnte.«

»Hast du dieses Geräusch gehört?«

»Das Quietschen?« Er nickte. In der Dunkelheit wirkten seine Wangen bleich und blass und die Ringe unter seinen Augen noch viel tiefer als üblich. »Ja. Da war etwas, aber ich weiß nicht, was. Lass uns zusammenbleiben.«

»Das hätte Marie wahrscheinlich auch gesagt.« Isabelle musste halblaut lachen. »Sorry, ich bin nur nervös.«

»Wie bitte?«

»Nichts.«

Parkov warf ihr einen Blick zu. »Du hast vorhin schon einmal Marie erwähnt.«

»Ja. Du hast doch bemerkt, wie sie reagiert.« Isabelle fand es nicht gerade angenehm, ausgerechnet hier mit Parkov über dieses Thema zu sprechen, doch ihn schien es nicht zu kümmern.

»Sie wirkt verändert.«

»Überrascht dich das?«

Parkov spähte in die Dunkelheit, die immer wieder vom bläulichen Schein der Blitze durchbrochen wurde. »Nein. Ich war fort. Das hat sie nicht erwartet.«

»Du warst *schon wieder* fort. Das ist noch eine … na ja, freundliche Umschreibung der Sache. Du hast ihr wehgetan, begreifst du das nicht? Ziemlich wehgetan, Parkov. Du musst doch verstehen, dass ihr nach all dem, was ihr gemeinsam durchgemacht habt …«

»Was?«

»Sie dachte, du würdest dich ändern. Dass du dich geändert hättest. Dass du nicht einfach verschwindest und wieder monatelang fortbleibst, ohne ein Wort zu sagen.«

»Es gab Umstände, die plötzlich eintraten. Unvorhergesehene Umstände, die meinen Aufbruch – überstürzt, das gebe ich zu – sehr kurzfristig nötig machten. Ich hätte natürlich …«

»Sie informieren können? Hast du aber nicht.« Isabelle seufzte. »Darum geht es. Manchmal bist du wirklich …«

»Menschenleben standen auf dem Spiel. Marie hat dir sicher erzählt, was wir in Erfahrung gebracht haben. Über diese Organisation im Schatten, Solitude, die immer irgendwo im Hintergrund hinter den verschiedensten kriminellen Aktivitäten, Verschwörungen, Umstürzen und Attentaten zu stehen scheint.«

»Hat sie erwähnt.«

»Da hast du deinen Grund.«

»Und trotzdem. Du weißt, dass es nicht richtig ist.« Isabelle senkte die Waffe ein Stück und spähte in die nächste Kiste, die in einem Regal vor ihnen lag. Der Deckel war entfernt worden, im Inneren lagen Rollen, allesamt etwa eineinhalb Meter lang, mit einer Schnur zusammengebunden. Drucke und Gemälde, wahrscheinlich. Für die Spurensicherung würde es ein Albtraum werden, all das zu katalogisieren.

»Marie weiß, was auf dem Spiel steht. Dass wir nicht alberne …«

»… Gefühle über den Beruf stellen dürfen?«

»Ein ungewöhnlicher Ort für eine solche Unterhaltung.« Parkov warf ihr einen neugierigen Blick zu, es kam ihr vor, als wollte er ihr Inneres durchleuchten. »Wer spricht von Gefühlen?«

»Ah. Verstehe.« Isabelle schüttelte den Kopf. »Gefühle sind natürlich nichts für den großen Parkov, der über den Dingen steht. Und Marie ist für dich …«

»… ist mir sehr wichtig«, unterbrach er.

»Sie hat sich bei mir ausgeweint. Auch weil sie nicht versteht, wie du so kalt und zugleich … Verflucht, Parkov, es ist doch nicht so schwer. Ich hab mir geschworen, mich nicht in eure Sache einzumischen, du weißt schon, *Kollegen*, das ist ohnehin immer heikel, aber … denk mal nach. Du willst sie beschützen? Das funktioniert am besten, wenn sie in deiner Nähe ist.«

»Ja?«

»Aber dafür ist es jetzt ohnehin zu spät. Sie trifft sich mit jemandem, weißt du das?«

Isabelle war, als huschte ein Schatten über Parkovs Gesicht. »Das wusste ich nicht.« Parkov ging weiter, war einen Augenblick später nur noch ein Schatten, der sich kaum mehr von der flackernden Finsternis ringsum abhob.

»Seit Kurzem.«

»Genug davon«, sagte Parkov scharf. »Etwas an diesem Ort …«

»… ist unheimlich. Ja, das ist mir gleich aufgefallen.«

»Da vorn«, sagte er und deutete voraus, »ist etwas. Etwas Neues. Still jetzt.«

Isabelle sah ein seltsames Licht über den Boden flackern.

Sie umrundeten eine hohe Regalreihe und fanden sich vor einer Transportkiste wieder, in die ein Mann von Parkovs Größe gut hineinpassen würde. Der Deckel war abgenommen worden, das Verpackungsmaterial beiseitegeworfen … aus dem Inneren warf ein alter Röhrenfernseher sein blaugrau schimmerndes Licht auf den schmutzigen Boden. Ein Videorekorder, der aussah, als wäre er aus einem Museum für Unterhaltungselektronik, stand darunter, verkabelt. Darauf lag etwas.

»Eine … Im Ernst, eine alte Videokassette?«, fragte Isabelle. »Und wie kann das sein, dass dieser Fernseher jetzt noch Strom hat?«

»Ich finde nicht, dass wir die ansehen sollten«, erwiderte Parkov und klang besorgt. »Nicht jetzt. Vielleicht besser nie.«

»Was steht da drauf?« Isabelle kam näher. Ein Etikett war auf die Kassette geklebt, auf das jemand in einer dünnen, spitz zulaufenden Handschrift vier Worte geschrieben hatte.

»Die Wahrheit über Angst«, las Parkov.

Draußen donnerte es, Isabelle zuckte zusammen. Irgendetwas tief in ihrem Inneren, eine Neugier, die sie sich selbst nicht recht erklären konnte, brachte sie dazu, die Hand auszustrecken und nach der Kassette zu greifen. Und ehe sie sichs versah, steckte sie sie in das Abspielgerät. Das Bild zuckte über den alten Fernseher, der Bildstand war unruhig, sprang hin und her. Dann war eine Frau – *war es eine Frau?*, fragte sich Isabelle – zu sehen, eine Gestalt im Halbdunkel, die sie an eine ätherische griechische Schönheit der Antike erinnerte.

»Ich bin das Orakel«, sagte die Fremde durch einen Stimmverzerrer. »Ich verkünde die Zukunft. Was heute geschieht, ist nur der Anfang. Ihr wollt Gerechtigkeit? Ihr wollt das Blut derer durch die Straßen fließen sehen, die euch verachten, die euch betrügen und euren Kindern wehtun? Dann seht zu. All das wird kommen. Es *wird* kommen.«

»Parkov, was …« Isabelle starrte Parkov an, doch der hob die Hand.

»Warte.«

Die Fremde war noch nicht fertig. Das Bild hüpfte, wurde unscharf, doch dann beugte sie sich vor, schien Isabelle und Parkov direkt anzustarren. »Ihr da, was wisst ihr über Angst?«

»Sie kann uns sehen«, sagte Isabelle und erschrak, als sie begriff, dass sie diese – zugegeben irrationale – Vorstellung gerade wirklich ausgesprochen hatte.

»Kann sie nicht«, antwortete Parkov.

»Angst«, fuhr die Fremde im Video fort, »ist etwas Besonderes. Sie ist rein, pure Emotion. Es gibt Menschen da draußen, die es sich wirklich verdient haben, einmal von ihr zu kosten, sie einmal wirklich zu fühlen. Ihr denkt, ihr wisst, was Angst ist?« Sie schüttelte den Kopf. »Nein. *Diese* ist anders. Eine große Flut wird kommen, am Ende wird sie all den Abschaum *hinwegspülen*. Leid ist Gerechtigkeit. Je größer das Leid, desto größer die Gerechtigkeit.«

Mit diesen Worten endete das Video. »Moment«, sagte Isabelle nervös, »war das schon all…«

Hinter ihnen krachte etwas zu Boden. Sie fuhren herum, hoben die Waffen. Jenseits des bläulichen Fernseherlichts nichts als Finsternis. Dann löste sich eine mannshohe Gestalt aus der Dunkelheit, stürmte schnell durch eine der verwinkelten Regalreihen davon.

Jemand ist hier, schoss es Isabelle durch den Kopf. *Jemand ist die ganze Zeit hier und beobachtet uns.*

»Stehen bleiben«, rief Parkov, »stehen bleiben, Polizei!« Seine Stimme klang ruhig, ganz wie immer, dann spurtete er den Gang hinab. Isabelle war dicht hinter ihm. Adrenalin floss durch ihre Adern, ihr Herz schlug schnell. Sie hörte den

Donner und das Schlagen der Tür – dann war sie draußen, wo das Unwetter noch immer mit brachialer Kraft wütete. Ein paar Meter vor der Überdachung sah sich Parkov im strömenden Regen um, das blonde Haar wirr und wild. Dann drehte er sich um. Zum ersten Mal an diesem Abend wirkte er verblüfft.

»Wo ist er?«, rief ihm Isabelle über den Donner hinweg zu. »Wie kann das sein? Wie kann er so schnell verschwinden? Parkov, was ist hier los?«

»Er ist …« Parkov erstarrte, dann schrie er etwas, das sie im Regen nicht verstand, doch sie erkannte den warnenden Ton und wirbelte herum. Aus den Augenwinkeln sah sie eine Bewegung – dann knallte es. Ein Schlag traf sie in die Seite.

Sie taumelte nach hinten, prallte gegen die Wand. Ein heißer, stechender Schmerz breitete sich in ihrer Seite aus, als steckte dort ein rot glühender Schürhaken. Alle Kraft verließ ihre Beine.

Nein, ging ihr noch durch den Kopf. *Das kann nicht sein.*

Der Boden kam näher, sie rutschte, mit dem Rücken an die Wand gelehnt, nach unten. Als sie hinabblickte, sah sie ihre Hände voller Blut. Dann war Parkov da, warf seine Taschenlampe beiseite, riss sich das Hemd über den Kopf und presste es mit Kraft gegen ihre Seite, dorthin, wo die Hitze und der Schmerz am größten waren und sich allmählich in Taubheit verwandelten, Taubheit, die sich ausbreitete.

»Ich …«, Isabelles blutverschmierte Hand tastete nach Parkovs Arm und packte ihn, »ich bin … getroffen.«

Sein Blick fand ihren. »Bleib wach. Der Notarzt kommt. Wir bringen dich hier weg. Bleib einfach hier, rede mit mir.«

»Ich bin … bin …« In ihren letzten wachen Momenten versuchte sie, ihren Blick auf Parkovs Gesicht zu fokussieren. Aber es verschwamm, als versuchte der Regen, es fortzuspülen. Irgendwo in der Nähe gurgelte Wasser in einem Gully, das

Geräusch wurde lauter und lauter, als wollte das Wasser die ganze Welt verschlingen.

»Weiß er es?«, fragte Parkov.

Sie nickte schwach.

»Bleib«, sagte Parkov leise, doch Isabelle wusste, dass weder er noch sie etwas tun konnten, um die Dinge umzukehren. Er hielt ihre Hand, während die Dunkelheit in ihr Gesichtsfeld kroch und alles verdrängte, sogar die grellen Blitze.

Kapitel 9

Der Regen wusch das Blut von Parkovs Händen, während er neben der blonden Frau kniete. Der Fremde beobachtete die beiden durch den Feldstecher, die Restlichtverstärkung hüllte sie in sumpfgrünes Licht. Er sah, wie der Polizist – *Parkov* hatte ihn das Orakel genannt, *Daniel Parkov*, die einzige wirkliche Bedrohung, die sich ihm in den Weg stellen konnte – die Hand der sterbenden Polizistin hielt.

Wenn man ihn wieder zurückholt, hatte das Orakel gesagt, als er es wie üblich über seine gesicherte Verbindung kontaktiert hatte, *wird er sich dir bestimmt in den Weg stellen. All die anderen sind keine Gefahr für dich, dafür wurdest du zu gut ausgebildet, aber Parkov hat die Fähigkeiten, dich zu stoppen. Holt man ihn wieder zurück, musst du vorsichtig sein. Du musst all dein Können anwenden.*

Er ließ die Hand über die Pistole gleiten, die er an einem Holster an der Hüfte trug. Er hatte einen Regenmantel darüber gezogen, die Aufschrift *Polizei* auf der Rückseite hatte ihn für die Augen der Polizisten fast unsichtbar werden lassen, als er in der Menge verschwunden war, die sich um das Penthouse im Westend versammelt hatte – sie hatten nur Augen für diejenigen, die nicht zu ihnen gehörten.

Eine Tarnung ist nur so gut wie die Augen deiner Beobachter, dachte er. *Und deine Beobachter geraten in Aufregung, in Panik, zu vieles geschieht gleichzeitig, auf das sie nicht vorbereitet waren in dieser unheilschwangeren, tropischen Nacht.*

Er hätte die Frau dort nicht treffen müssen. Er hätte sie gehen lassen können, doch sie hatte die andere – die Winter hieß – dazu gebracht, Parkov zurückzuholen, er hatte es mit eigenen Ohren gehört und dafür wollte er sie bestrafen.

Parkov dagegen ... dieser seltsame Mann reagierte schnell auf die Umstände ... Parkov hatte das Feuer erwidert, fast hätte ihn eine Kugel gestreift, doch dann hatte er die Verfolgung abgebrochen. Wieso?

Bedeutete ihm diese Frau dort etwas?

Oder war es, weil sie die andere mochte und ihm diese andere etwas bedeutete, wie es das Orakel gesagt hatte?

Frauen gehören nicht in diesen Beruf, sie machen alles kompliziert, sie sind schwach.

Parkov wusste das. Er wusste, dass ihn die Verletzte dort am Boden nur hinderte. Und doch hatte er sich entschieden, ihn wegen ihr nicht zu verfolgen.

Was verriet das über ihn?

Er zuckte mit den Schultern. Er durfte sich nicht mit solchen Gedanken aufhalten. Die Morde im Penthouse des Kunsthändlers waren nur der Anfang. Wenn die Polizei erst einmal herausgefunden hatte, was Meersen vor ihnen allen verbarg, würden sie ebenso überrascht sein, wie er es selbst gewesen war, als ihm das Orakel dieses Geheimnis enthüllt hatte.

Meersen hatte es verdient zu sterben. Daran gab es keinen Zweifel, davon war er vollkommen überzeugt.

Der Mann dachte an den Satz, den die Unbekannte, die sich das Orakel nannte, zu ihm gesagt hatte, als sie zum ersten Mal auf ihn zugekommen war und ihn gefragt hatte, ob sie seine Dienste in Anspruch nehmen dürfte.

Wir beide, hatte das Orakel gesagt, *wir beide werden Gerechtigkeit in eine sterbende, morallos verkommene Welt bringen. Wir werden die faulen Stellen ausmerzen, wir werden es ohne Gnade tun. Was weißt du über Angst, mein Freund?*

Ich kenne sie gut, hatte er erwidert. Lange war sie mein einziger Begleiter.

Dann werde ich dich lehren, wie du sie nutzen kannst.

Auch jetzt, da er an dieses Gespräch zurückdachte, kroch ein kalter Schauer über seinen Rücken. Das Orakel hatte mit einer leisen, warmen Stimme gesprochen, mit einer Stimme, die keinen Zweifel daran ließ, dass sie vollkommen überzeugt war von all dem, was getan werden musste.

Und jetzt war er ebenso überzeugt.

Werde mein Werkzeug, hatte das Orakel gesagt. *Bring ihnen die Angst, erledige, was ich selbst nicht mehr vollbringen kann.*

Das werde ich, hatte er geantwortet.

Angst ist nur der eine Teil. Was weißt du über Leid?

Es ist überall, hatte er gesagt. Ringsum. Manchmal verborgen, manchmal offen zu sehen.

Leid ist wahre Gerechtigkeit, erwiderte das Orakel. *Wir werden es denen bringen, die es verdienen. Es kann keine Gerechtigkeit ohne Leid geben. Je größer ihr Leid, desto größer wird die Gerechtigkeit sein.* Unsere *Gerechtigkeit.*

Kapitel 10

»Bleib wach«, bat Parkov, während er zusehen musste, wie Isabelle das Bewusstsein verlor. »Bleib am Leben, hörst du?«

Isabelle atmete flach und schnell und er spürte, wie sich das Blut unter seinen Fingern mit dem Regen vermischte. Der Regen war kalt, kroch tastend wie die Finger eines Toten unter den Stoff seines Hemdes, über die Haut. In der Ferne heulten Sirenen, doch es dauerte weitere drei Minuten, bis der Rettungswagen sie erreicht hatte. Parkov wich zurück, gab den Sanitätern Raum, trat in den prasselnden Regen und starrte in die Dunkelheit.

Sein Handy läutete.

Unbekannt, stand auf dem Display.

Er nahm den Anruf entgegen.

»Parkov«, säuselte eine Stimme, sie glich der Stimme der Unbekannten in der Videoübertragung, »*ich* bin es.«

Parkov nahm das Smartphone sofort wieder vom Ohr, aktivierte den Lautsprecher, drückte einige Tasten und leitete den Anruf so zur Leitstelle weiter, wo er womöglich zurückverfolgt werden konnte. »Hast du auf sie geschossen?«

»Nein. *Du* warst zu langsam. Nur deshalb ist sie jetzt verwundet und in Lebensgefahr. *Ich* war nicht dort. Aber ich habe jemanden gefunden, der bereit war zu tun, wozu ich nicht in der Lage bin.«

»Wo bist du?«

»Fern. Und doch ganz nah.«

Parkov sah auf. Als es erneut blitzte, sah er die verräterische Reflexion einer Kamera, mit der die Zufahrt zu den Lagerhallen überwacht wurde. Gerade war sie herumgeschwenkt, nun blickte sie direkt in seine Richtung.

»Ja, Parkov. Ich sehe dich. Ich bin überall. Mach dir nicht die Mühe, mich zu suchen. Du wirst mich nicht finden, nicht ehe ich es will. Ich bin das Orakel. Es wird Tote geben – und Gerechtigkeit.«

»Hast *du* Meersen getötet?«

»Er war einer der Ersten, aber nicht der Letzte.«

»Wieso?«

»Wieso?«, höhnte die Fremde. »Bist du blind? Womit hast du deine Zeit in den vergangenen Monaten verbracht? Du hast etwas gesucht, den Ursprung all dieses Abschaums, und doch hast du nicht begriffen, dass man ihnen nicht mit den Methoden beikommen kann, die ihr euch selbst auferlegt habt. Man kann diese Menschen nur zerstören, wenn man frei ist, frei von all den Zwängen, die dich binden.«

»Diese Leute? Meersen …«

»Suche und finde, Parkov. Meersen war viel mehr, als es den Anschein hat.«

Parkov sah direkt in die Kamera, dann fuhr er herum. Ein dunkler Mercedes raste heran, bremste mit quietschenden Reifen. Marie sprang aus dem Wagen und lief durch den Regen zu Isabelle, die von den Sanitätern gerade in den Krankenwagen geschoben wurde.

Der Wagen rauschte mit Blaulicht davon, Marie blieb zurück, sah sich um und entdeckte Parkov.

»Deine Hände, Parkov«, säuselte die weibliche Stimme, »ist das die schlechte Übertragung oder zittern sie? Hast du getrunken? Hast du vor etwas Angst?«

»Es war eine Falle«, erwiderte Parkov tonlos. »Du wusstest, dass wir herkommen würden.«

»Und ich wusste, dass du es nicht lassen kannst, es auf deine Weise zu tun. Es war nicht nur *eine* Falle«, fuhr die emotionslose Stimme fort. »Es sind *drei.*«

Mit diesen Worten verschwand sie aus der Leitung. Im selben Augenblick knallte es in der Ferne und ein Feuerball stieg in den Nachthimmel auf. Parkov und Marie fuhren herum, starrten Richtung Westen.

»Was in aller Welt war das?«

»Das klang wie eine Explosion.«

Marie sah ihn an. Ihre Unterlippe bebte, sie war durchnässt und zitterte. »Verfluchter Mistkerl«, stieß sie hervor und funkelte ihn an. Sie schien erschüttert, außer sich. »Isabelle! Was war hier los?«

»Beruhig dich«, sagte Parkov und fasste sie am Arm, aber Marie schüttelte seinen Griff ab. »Hör mir zu: Man hat uns reingelegt. Hier geschehen mehrere Dinge zugleich. Der Schlüssel passt zu irgendeiner Kiste da drin und der Mörder, der auch Meersen ausgeschaltet hat, wusste, dass wir kommen.« Neue Sirenen heulten durch die Nacht: die lauten Drucklufthörner der Feuerwehr. Parkov erzählte von dem Fernseher, von dem Anruf und dem Angreifer, der auf Isabelle geschossen hatte.

»Konntest du nicht früher sehen, dass er versucht ...« Sie beendete den Satz nicht. Er schüttelte stumm den Kopf, doch Marie wandte den Blick nicht ab, sie sah ihn weiter an, die Augen vor Aufregung geweitet, während der Regen fiel und sie beide bis auf die Haut durchnässte.

In diesem Augenblick meldete sich Parkovs Handy erneut. Es war Krantz. »Hier ist gerade was hochgegangen«, rief er aufgeregt, »ein Sprengsatz oder was Ähnliches, in einem Fahrzeug, ein paar Hundert Meter die Straße runter!«

»Drei Fallen«, sagte Parkov. »Ich habe mit dem Orakel gesprochen.«

»Sie haben …«

Parkov berichtete alles, danach war Krantz einige Momente lang still. »Also ist es eine Ablenkung?«

»Nein. *Wer* saß in dem Wagen? Stellt das fest. Und noch eins: Öffnet den Tresor nicht«, sagte Parkov mit kühler Stimme. »Wir brauchen den Code. Alles andere kann zu großem Unheil führen.«

»Sie meinen, noch eine Sprengladung?«

»Womöglich. Er muss unfassbar geschickt darin sein, keine Spuren zu hinterlassen. Er ging rein und kam wieder raus, vollkommen ungesehen, wie ein Geist. Aber das war nicht alles, er hat seine Flucht vorbereitet, er stiftet Chaos, er sieht voraus, was wir tun. Er ist viel besser, als ich es erwartet habe.«

»Parkov, wo ist Winter?«

»Bei mir.«

»*Sicher?*«

»Wieso fragen Sie das?«

»Was ist denn?«, fragte Marie, ihre Stimme klang noch nervöser als zuvor. Parkov schaltete das Smartphone auf laut, sodass Krantz' Stimme nun deutlich zwischen ihnen zu hören war.

»Ich bekomme gerade die Nachricht, dass der zerstörte Pkw Yo Nguyen gehören soll. Die Kollegen sind dort: Eines der Nummernschilder ist eindeutig zuzuordnen. Das ist die Freundin von Christine Meersen, die uns etwas Wichtiges mitteilen wollte.«

»Verdammt«, sagte Marie erschüttert. »Ich habe mit ihr telefoniert, wir wollten uns in der Stadt treffen. Aber dann war das Handynetz wegen des Unwetters ständig überlastet und …«

»Sie *lebt*«, unterbrach Krantz. »Der Wagen hatte einen Defekt. Nguyen stieg aus und wollte die letzten paar Meter zum Penthouse laufen, weil sie nicht glauben wollte, dass Christine Meersen wirklich tot ist … und das hat ihr das Leben gerettet.«

»Und was sagt sie?«

»Nichts. Steht unter Schock. Hier ist ein Sanitäter, der sich um sie kümmert. Ich werde sie sofort von Bodenfeld ins Präsidium bringen lassen.«

»Verstanden. Wir kommen.« Parkov legte auf. »Wir müssen mit ihr reden. Die beste Freundin seiner Frau, am Abend ihres Todes furchtbar aufgeschreckt? Eine gute Spur.«

Marie wollte zu ihrem Wagen laufen, doch Parkov winkte in Richtung seines eigenen. »Sicher ist sicher.«

»Und wenn er es auf dich abgesehen hat?«

»Der Wagen war ihm nicht zugänglich. Da bin ich *sicher.*«

Marie setzte sich auf den Beifahrersitz. Parkov sah nicht aus, als würde er sich auf eine Diskussion einlassen, wer nun fahren sollte, er wirkte zornig, fokussiert, ja bedrohlich.

»Der hätte dich treffen können«, sagte er, nachdem sie ein paar Minuten wortlos durch den peitschenden Regen gefahren waren. »Dieser Sprengsatz im Wagen von Nguyen.«

»Ja«, brachte Marie hervor.

»Isabelle, du … und die dritte Falle haben wir noch nicht entdeckt«, sagte Parkov leise. »Er hatte Zugriff auf die Kameras dort bei den Lagerhallen. Und mein Kontakt beim LKA hat mir gerade mitgeteilt, dass sich der Anruf auf meinem Handy nicht zurückverfolgen lässt – zu viele Schleifen, zu viele Tricks. Er besitzt herausragende technische Kenntnisse.«

»Mist.« Marie öffnete den Mund, schloss ihn wieder, räusperte sich, sah aus dem Fenster, dann wieder zu Parkov. »Tut mir leid wegen eben. Ich wollte nur …«

»Ist okay. Du bist wütend auf mich, das ist in der Situation nicht ungewöhnlich. Ich gratuliere dir übrigens zu deiner neuen …«, Parkov schaute kurz zu ihr und rümpfte die Nase, »… Bekanntschaft.«

»Keine Bekanntschaft.« Marie schüttelte den Kopf. »Hat Isa dir das erzählt? Wenn ja, hat sie das falsch verstanden. Da ist nichts. Ich weiß nicht, *was* es ist. Nur … nur jemand, der mich gern treffen möchte.«

»Nur Freunde mit gewissen Vorzügen?«

»Nein. Aber dass du *diesen* Begriff kennst, überrascht mich.« Marie lächelte schwach. Dann blickte sie in die Dunkelheit, sah zu, wie Windböen den Gewitterregen gegen die Scheiben wehten.

»Du musst dich nicht rechtfertigen.«

»Oh, wie gütig«, schnaubte Marie. »*Wie* schwer ist sie verletzt?«

»Schwer.«

Marie erwiderte nichts.

Einige Zeit waren nur das Trommeln des Regens und der Wagen auf dem nassen Asphalt zu hören. »Es tut mir leid«, brach Parkov schließlich das Schweigen.

»Muss es nicht.«

»Doch. Du bist mir keineswegs egal, nur weil ich dich von meiner Abwesenheit nicht in Kenntnis gesetzt habe. Ganz im Gegenteil.« Parkov bog in die Zufahrt des Polizeipräsidiums an der Adickesallee ein, wartete, bis sich das Rolltor anhob und den Weg hinab in die Tiefgarage freigab. Dann parkte er gleich bei den Aufzügen.

Marie legte ihre Hand auf seinen Arm. »Warte«, sagte sie. »Ich …« Sie senkte den Blick. »Ich wollte dir sagen, dass ich froh bin, dass du wieder hier bist.«

»Ich auch, meine Liebe. Glaub mir, ich auch.« Parkov stieg aus dem Wagen und ging zum Kofferraum. Dort lag in einem

Koffer frische Kleidung – *BKA* war auf den T-Shirts aufgedruckt. »Wir sind beide ziemlich nass.«

»Was du nicht sagst.« Marie zog sich das T-Shirt über den Kopf und schlüpfte in das frische dunkelblaue mit dem weißen BKA-Aufdruck. Dann band sie sich das Haar im Nacken zusammen.

»Bereit?«, fragte Parkov.

»Ach, ich bin doch immer bereit.«

Yo Nguyen erwartete sie in Maries Büro, wo Jörg Bodenfeld leise mit ihr sprach. Vor der asiatischen Frau mit den aufmerksamen grünen Augen stand eine Tasse Tee, aus der es dampfte. Sie war blass, wirkte aber relativ gefasst; als sie Winter und Parkov sah, huschte ein Ausdruck der Erleichterung über ihre Wangen und eine dunkle Haarsträhne fiel ihr ins Gesicht.

»Frau Nguyen«, sagte Marie und warf Jörg Bodenfeld ein dankbares Lächeln zu – *Ich finde raus, wie es Isabelle geht*, flüsterte er ihr noch ins Ohr, ehe er hinausging und die Tür hinter sich schloss –, »ich möchte Ihnen zunächst versichern, dass wir alles unternehmen werden, um die Hintergründe des Anschlags auf Ihren Pkw aufzuklären.«

»Ich bin vollkommen fertig«, erwiderte Nguyen mit unsicherer, zitternder Stimme.

»Das verstehen wir gut, Frau Nguyen. Aber Sie wollen schon den ganzen Abend sehr, sehr dringend mit Christine Meersen sprechen. Erzählen Sie uns, wieso?«

Yo Nguyen nickte, strich sich die Strähne aus der Stirn und legte beide Hände um die Teetasse, als müsste sie sich daran festhalten. »Es war mir irgendwie klar«, begann sie, »dass etwas geschehen musste. Entweder hätte sie sich endlich dazu durchgerungen oder … ich hätte es getan.«

»Was getan?«, fragte Parkov sofort. Im Gegensatz zu Marie war er stehen geblieben und sah aus dem Fenster auf die nächtliche Skyline. Das Gewitter war vorüber und durch den Regen, der jetzt in breiten Schlieren über das Glas lief, wirkten die hellen Lichter der Bankentürme sehr fern, wie durch einen Schleier von ihnen getrennt.

»Zur Polizei zu gehen. Das meine ich. Entweder Christine oder ich. Vielleicht auch zusammen.«

»Wegen Ferdinand Meersen?«, fragte Parkov weiter. »War es wegen ihm?«

Nguyen nickte. »Ja … er hat sich verändert. Christine hat mir erzählt, sie erkenne ihn kaum mehr wieder. Ich meine, es gab auch früher schon Momente, in denen er aus der Haut gefahren ist, aber … nein, so schlimm war es noch nie.«

»Hat er Christine geschlagen?«

»Manchmal. Aber das war es nicht. Sie vermutete immer mehr, dass er etwas vor ihr versteckte. Ein Geheimnis.«

Der Tresor, dachte Marie.

»Hat er ihr verboten, die Bilder zu berühren?«, fragte Parkov. Noch immer hatte er sich nicht umgedreht. Marie überlegte, ob er sein eigenes Spiegelbild im Glas betrachtete.

»Das stimmt. Das hat sie mir erzählt. Woher wissen Sie davon?«

»Nur eine Vermutung ins Blaue hinein. Hat sie Ihnen Näheres zu diesem Geheimnis erzählt?«

Nguyen schüttelte den Kopf. »Nein. Aber ich konnte sie überreden, hier alles auszupacken. Wir wären gemeinsam hergekommen und …«

»Hat sie gern gekocht?«, fragte Marie.

»W-was?«

»Bitte beantworten Sie einfach die Frage.«

»Sie liebte es.«

»Und sie hat selbst eingekauft?«

»Nicht immer. Es gab da so einen Lieferservice …«

»Erzählen Sie uns bitte alles darüber, Frau Nguyen.«

Das tat sie und danach gab Marie die Information an Jörg Bodenfeld weiter, der den Geschäftsführer des Lieferservice kontaktierte.

»Kann ich sie sehen?«, fragte Yo Nguyen, als die Befragung zu Ende war. »Ist sie ...«

»Christine Meersen ist tot, Frau Nguyen«, sagte Parkov kalt. »Ihr Mann und alle drei Kinder ebenfalls.«

Nun wich auch noch der letzte Rest Farbe aus ihrem Gesicht. »Oh nein. Ich ... ich dachte mir schon, dass etwas Furchtbares geschehen sein muss, aber ... die Kinder? Auch die Kinder?«

»Auch die.«

»Und ich bin *ebenso* in Gefahr. Was dem Wagen zugestoßen ist ... Die wollten mich aus dem Weg räumen.« Sie klang erschüttert, ihre Hände zitterten.

»Wir fahnden und werden eine Polizeistreife vor Ihrem Haus abstellen. Aber diese Attacke galt allein Ferdinand Meersen – die anderen waren nur Mittel zum Zweck.«

»Was soll das bedeuten?«

»Dazu dürfen wir uns nicht äußern, Frau Nguyen«, sagte Marie und warf Parkov einen wütenden Blick zu. »Aber ich kann Ihnen zusichern, dass wir alles unternehmen werden, um Sie zu schützen und die Herkunft dieses Sprengsatzes zu ermitteln. Ich begleite Sie hinaus.«

Yo Nguyen folgte ihr durch die langen Korridore des K11 bis hinab in die Eingangshalle. Marie kontaktierte einen Kollegen, der die Frau nach Hause fahren sollte. Vor der Pforte warf ihr Nguyen noch einen Blick zu. »Was immer es war, was Ferdinand da getan hat ... es hat Christine furchtbare Angst gemacht. Und wenn sie alle tot sind, muss er den Zorn eines mächtigen Gegners auf sich gezogen haben. Vielleicht passen wir besser alle auf uns auf.«

Mit diesen seltsamen Worten, die in ihren Gedanken lange nachhallten, ging Marie die nun fast leeren, halbdunklen Korridore zurück, während das automatisch gesteuerte Licht über ihrem Kopf summte und sich abschaltete, kaum dass sie vorübergegangen war. Oben entriegelte sie den Zugang zu den Räumen des K11 mit ihrer Codekarte. Jörg kam ihr entgegen.

»Die Meersens«, sagte er, »wurden nur von zwei Fahrern des Lieferservice Food and More beliefert. Der eine ist im Urlaub, also bleibt nur einer, der Zugriff auf die letzte Bestellung hatte. Ein Mann namens Hector Alvarez, ein Mexikaner, seit fünfzehn Jahren in Deutschland. Ich hab die Bestellung hier …«

»Fisch in einer Weißweinsoße«, las Marie. »Also ist es der Weißwein, darauf würde ich wetten. Sag mir, dass dieser Bote den Meersens Weißwein geliefert hat.«

»Hat er. Drei Flaschen.«

»Und genau damit hat Christine gekocht. Meine Güte. Ich bin wirklich gespannt, was das Labor zu dieser Sache zu sagen hat.«

»Was machen wir mit dem Fahrer?«

»Den besuchen wir.« Marie sah den Korridor entlang, der zur Hälfte im Dunkeln lag. »Wo ist Parkov?«

»Der ist in dein Büro gegangen.«

»In … Wie bitte?« Marie schüttelte den Kopf. »Augenblick.«

Sie ging zielstrebig auf ihre Bürotür zu. Ganz wie erwartet steckte der Schlüssel noch im Schloss. Parkov saß hinter ihrem PC und tippte etwas ein, wirkte völlig konzentriert, doch seine Mundwinkel verzogen sich zu einem schmalen Lächeln, als er sie bemerkte.

»Sitze ich auf der falschen Seite, Frau Hauptkommissarin?«

»Wenn du meinst, es ist besonders witzig, mir den Schlüssel aus der Tasche meiner nassen Jeans zu klauen und dann hier herumzustöbern …«

»Ich brauchte nur einen Computer mit Zugang zu eurem Netzwerk. Sieh dir das an, Marie.« Parkov tippte auf den Bildschirm. »Eine Kunstausstellung. Vergangene Woche erst – und Meersen war dort. Aber viel interessanter ist dieses Sicherheitsprotokoll, erstellt von einem Kollegen der Abteilung für organisiertes Verbrechen. Neben Meersen war eine Reihe von Männern dort, die sich in ihrem Vorleben durch gewisse … Unschicklichkeiten ausgezeichnet haben.«

»Vorbestraft?« Marie beugte sich zu Parkov hinunter und betrachtete die Fotos auf dem Bildschirm. »Du wusstest davon. Von diesem Treffen.«

»Ich hatte eine Ahnung. Einen gewissen Instinkt, meine Liebe.«

»Und das ging nur hier?«

»Oder an einem anderen PC im Präsidium … aber deiner war gerade, na ja, *in der Nähe.*« Parkov lächelte entschuldigend und Maries Ärger löste sich in Luft auf.

»Also wissen wir, Meersen hatte womöglich Kontakte …«

»Weil sie auf derselben exklusiven Party waren?« Parkov schüttelte den Kopf. »Nein, Marie, das wissen wir noch *nicht.*« Er drehte sich auf ihrem Bürostuhl herum und sah aus dem Fenster auf die Straße hinab, hinaus in die Dunkelheit. »Aber ich kenne einen Weg …«

»Der da wäre? Oder darf ich das nicht wissen? Wie die letzten drei Monate?« Marie verschränkte die Arme.

»Du darfst, meine Liebe, aber vergiss nicht die wirklich wichtigen Fragen: Was befindet sich wohl in der Kiste, die der Schlüssel öffnet? Wer ist das Orakel? Wen hat es heute Nacht beauftragt, Meersen zu töten?« Parkov schüttelte den Kopf. »Nein, das ist es nicht. Wir übersehen etwas. Wir müssen …« Er sah zu Marie auf, als hätte er gerade eine Erkenntnis gewonnen. »Ich bin mir sicher, wir müssen noch mal zum Tatort zurück.«

Kapitel 11

Spurensicherung und Kriminaltechnik waren noch immer im Penthouse beschäftigt, doch Parkov, der die seltsame Box aus dem Bentley mitgebracht hatte, bat sie alle, die Räume für einige Minuten zu verlassen. Marie beobachtete die Szene skeptisch.

»Und ich?«, fragte sie.

»Bleib.« Parkov öffnete die Box und entnahm ihr die beiden Gegenstände – den seltsamen Laserprojektor im Miniaturformat und das kleine Steuergerät mit den vielen Tasten und einem kleinen Display. Den Laserprojektor stellte er mitten ins Wohnzimmer auf den Boden.

Meersen lag nicht mehr auf der Designercouch, die Rechtsmedizin hatte ihn bereits abgeholt, doch ein durchdringender Geruch von Eisen und Kupfer lag in der Luft und raubte Marie den Atem. Parkov schien sich daran überhaupt nicht zu stören – vielleicht war er zu sehr auf das fokussiert, was immer er da gerade tat, um den Geruch überhaupt zu bemerken.

»Tritt jetzt ein wenig zurück«, bat er.

»Und dann? Kommt dann die angekündigte Revolution?«

»Genau.« Parkov betätigte eine Taste. Das kleine Gerät auf dem Boden entfaltete sich wie eine Lotusblüte. »Licht aus«, sagte er. Marie berührte den Lichtschalter und prompt versank das Penthouse in Dunkelheit, die nur durch das schräg hereinfallende Licht und die Spiegelungen der nächtlichen Großstadt hinter den Panoramafenstern gestört wurde. Inmitten des Raumes erblühte ein gleißend heller Lichtstrahl in eisigem Blau. Er begann, schnell durch den Raum zu wandern.

»Was in … Was ist das?«

»Es erstellt einen Scan des Raumes.«

»Und dann?«

»… werden wir sehen, was womöglich *übersehen* wurde. Sieh nicht hinein.« Das blaue Licht zuckte weiter durch den Raum. Parkov wartete, bis der Scan abgeschlossen war und der Strahl verschwand.

»Fertig«, sagte er. »Das Ganze wird auf mein Smartphone übertragen und …« Er berührte das Display und machte ein angespanntes, zugleich aber äußerst zufriedenes Gesicht.

»Und stürzt ab«, ergänzte Marie ironisch, doch Parkov schüttelte den Kopf.

»Sieh nur«, sagte er. Auf dem Display war eine dreidimensionale Aufnahme des Raumes zu sehen – mit allen Spuren, die Rechtsmediziner und Spurensicherer entdeckt hatten –, farbig hervorgehoben, dreh- und schwenkbar wie ein virtuelles Abbild.

»Wie funktioniert das?«

»Nun, ich habe es mir aus der Entwicklungsabteilung von Parkov Industries, sagen wir mal, *ausgeborgt*. Man hat es für das Militär entwickelt.«

»Ausgeborgt also.« Marie musste lachen.

»Und hier … haben wir etwas Neues.« Das Bild veränderte sich und visualisierte die Flugbahnen der Projektile, die der Täter verschossen hatte. Parkov drückte eine andere Taste und prompt projizierte das Gerät die ballistischen Fluglinien der Kugeln in den Raum hinein.

»Das … *Wow.*«

»Und nun …«

»Warte mal, Daniel.« Marie nahm seinen Arm, um ihn davon abzuhalten, noch eine Taste zu drücken. »Diese Flugbahnen … Hier sind überall Markierungen unserer Techniker, Fischer hat gute Arbeit geleistet, sie haben alle Projektile entdeckt, die in die Wände eingeschlagen sind, als er das fliehende Kindermädchen verfolgte …«

»Sein einziger Fehler. Aber er hat ihn wieder ausgebügelt.«

»Das klingt, als würdest du ihn bewundern. Aber nein, das meine ich gar nicht.« Marie deutete in dem Gewirr aus roten Linien auf die eine, die sie entdeckt hatte. Sie verlief vom Osten des Raumes in Richtung der großen Rückwand – dort war aber keine Markierung angebracht.

»Die hier, Daniel, die haben die Kollegen übersehen.«

Parkov war verblüfft, das bemerkte sie sofort. Dann nickte er. War ihm nicht auch etwas Bewunderung anzusehen? »Du hast recht. Hast du ein Messer?«

»Nein, Daniel. Lass es die Kollegen da rausholen. Und *untersuchen*.«

Als Parkov sich der Einschlagstelle an der Wand nähern wollte, hielt sie ihn zurück, sanft, aber bestimmt. »So muss es sein. Das ist der richtige Weg.«

Parkov blieb stehen. »Aber wir haben etwas entdeckt. Es funktioniert.«

»Ja. *Aber?*«

»Du hast recht. Überlassen wir alles Weitere den Kollegen.«

»*Ich* hab …?«, erwiderte Marie. »*Natürlich* hab ich recht.«

In der Uniklinik trafen sie auf Jörg Bodenfeld und Christian Hanke, Isabelles Lebensgefährten. Marie bemerkte die Blicke, die Chris Parkov zuwarf, als wollte er ihn dafür verantwortlich machen, dass Isabelle getroffen worden war, ihm vorwerfen, dass er nichts unternommen hatte, obwohl er als Einziger in der Nähe gewesen war.

Wenn er sich auf ihn stürzt, wird das hier sehr unschön, dachte sie.

»Sie wurde angeschossen«, sagte Chris tonlos. »Und du … konntest *nichts* tun? Sie ist diesem Verbrecher einfach blindlings vor die Waffe gelaufen?«

»Sie ist noch immer im OP«, sagte Jörg und schob Chris sanft, aber bestimmt zurück in Richtung der Stühle, die im Warteraum angebracht waren. »Eine Fünfzig-fünfzig-Chance.«

»Sie schafft es«, sagte Marie. »Ich weiß es.«

Parkov wandte sich ab und ging allein den Korridor entlang. Chris ließ sich in einen der Stühle sinken und verbarg den Kopf in den Händen.

»Habt ihr etwas Neues?«, fragte Jörg.

»Eine Kugel, die übersehen wurde. Scheint anders zu sein als die anderen. Fischer untersucht sie. Und dann vielleicht einen Hinweis auf Meersens Geheimnis.« Sie bat Jörg ein Stück den Korridor hinab und berichtete ihm dort ungestört von Parkovs Fund.

»Mit den betreffenden Herren sollten wir uns wohl mal unterhalten. Aber diesen Lieferwagenfahrer halte ich für noch viel interessanter. Wir fordern das Einsatzkommando an und gehen noch heute Nacht hin. Du bleibst hier. Pass auf Chris auf, ja?«

Jörg nickte. »Okay. Und du? Kommst du zurecht?«

»Ich … Ja, ich versuche es.«

Marie fand Parkov draußen auf dem Parkplatz der Klinik unter einem Vordach, Regen prasselte auf den Boden. Das Unwetter war vorüber, hatte die Hitze fortgewaschen und das Ozon aus den Wolken gespült. Parkov versuchte, eine Zigarette zu entzünden, doch das Feuerzeug wollte keinen Funken schlagen. Dann gelang es, der Rauch stieg in die Dunkelheit auf, schwebte davon. »Es war nicht deine Schuld und das weißt du doch auch«, sagte Marie leise.

»Vielleicht doch. Wäre ich nicht halb betrunken gewesen …«

»Was du *nicht* warst, Daniel. Meinst du, ich hätte dich allen Ernstes mitgenommen, wenn ich dich betrunken auf deiner Veranda gefunden hätte?«

»Hättest du nicht?«

Marie schüttelte den Kopf. »Nein. Ganz sicher nicht.«

Parkov warf die Zigarette in hohem Bogen treffsicher in den nächsten Mülleimer. »Ich weiß gar nicht, wieso ich mir die Dinger überhaupt antue.«

»Seit wann rauchst du denn überhaupt?«

»Ich rauche nicht.«

»Du *bist* nervös, versuchst, Stress abzubauen, ihn zu kontrollieren. *Normale* Menschen machen dann manchmal so was.«

»Und ich bin keiner von ihnen?«

»Ja, weißt du … nicht immer. Vielleicht heute Nacht etwas menschlicher, normaler als sonst.«

»Und?«

»Und was?«

»Magst du normal?«

Marie musste lachen. Sie spürte, wie Parkovs Nähe ihre Nervosität steigerte – er, hier, während er in der letzten Zeit durch ihre Gedanken gegeistert war wie jemand, den sie einmal gekannt und gemocht hatte, für den sie vielleicht sogar mehr empfunden hatte, den sie aber vergessen wollte, weil sie ahnte, dass es nicht funktionieren konnte … »Normal bist du doch ohnehin nie.«

»Ich hätte etwas schneller sein müssen. Isabelle hätte nichts zustoßen dürfen.« Parkov schüttelte den Kopf, sah in die Dunkelheit hinaus und die Lichter spiegelten sich in seinen Augen. »Jemand ist da draußen. Ich kann ihn fast spüren. Dieses Orakel hat die Wahrheit gesagt, wenigstens was das angeht. Da ist jemand, der sich mit den schlimmsten Verbrechen abgibt, sie ausführt, als würde er bloß Aufträge erledigen. Er ist hier. Ich weiß es, und ich weiß auch, dass er mich kennt, mich beobachtet.« Parkov warf ihr einen Blick zu, den Marie sofort verstand.

»Und nun? Sagst du mir wieder, ich soll gehen? Weil ich sonst in Gefahr wäre?«

»Du *bist* in Gefahr. Ebenso wie Isabelle dort oben – und all die anderen. Wenn du das nicht begreifst …«

»Wer sagt, dass ich das nicht begreife?«

»Du hast mich zurückgeholt. Auf ihren Wunsch. Und jetzt sieh dir an, was geschehen ist.« Parkov fuhr sich über das Kinn, wo ein stoppeliger Dreitagebart wuchs. »Nein. Nein, das kann nicht sein. Das haben sie nicht geplant. Das passt nicht. Wenn Meersen etwas verheimlicht, einen Kontakt zum organisierten Verbrechen, und dies eine grausame Rachetat war, dann macht es keinen Sinn, Isabelle anzugreifen. Er hat sich unter Kontrolle. Er muss …« Parkov hielt inne.

»Was denkst du?«

»Er muss etwas getan haben, was das Orakel nicht wollte. Er hat Grenzen überschritten.«

»Du sprichst, als würdest du sie kennen. Aber du hast nur mit der *mutmaßlichen* Auftraggeberin gesprochen.«

»Die Audiodatei liegt deinen Leuten schon vor«, sagte Parkov gedankenverloren, während er zum Wagen über den Parkplatz schritt, »aber ich bezweifle, dass sie uns weiterbringt. Ja, ich … werde das Gefühl nicht los, dass ich sie kenne. Sie *beide*, seltsamerweise.«

»Und? Kommst du drauf? Ein bisschen Nachdenken, dann fahren wir los und verhaften die zwei?« Als Parkov nach dem Wagenschlüssel des Bentley suchte, hielt sie ihm den Schlüssel unter die Nase. »Hier. Und hier bleiben die auch, bis du wieder nüchtern bist.«

»Gerade sagtest du …« Parkov streckte die Hand aus, wollte nach den Schlüsseln greifen, doch Marie wich ihm flink aus.

»Im Leben nicht. Ich fahre. Nicht Mr Betrunken-ich-rauche-nun-Parkov.«

»Und wann hast du dir angewöhnt, dich über mich lustig zu machen?«

»Irgendwann Anfang dieses Sommers, Süßer. Warst du nicht da? Nicht mitbekommen?«

Parkov verzog das Gesicht zu einem gespielten Lächeln. Dann rieb er sich den rechten Unterarm, eine beiläufige Geste, sicherlich unbewusst, die Erinnerung an einen nicht allzu lang zurückliegenden Schmerz schien ihn gepackt zu haben.

»Daniel«, sagte sie leise, »ich wollte nicht …«

»Wir haben ein Date mit Krantz und dem SEK bei einem gewissen Lieferwagenfahrer, Marie. Keine Zeit für Gespräche.«

»Ein Date und keine Zeit für Gespräche. Verstehe.«

Sie stieg ein. Der Bentley Continental GT erwachte mit raubtierhaftem Knurren zum Leben und im Handumdrehen waren sie auf der Autobahn.

Parkov drehte am Radio.

Radio hat er sonst auch nie gehört. Nur die große Klassik-Sammlung … Marie spürte, wie sich ein Lächeln auf ihre Lippen schlich, als ein Classic-Rock-Sender Journeys »Don't Stop Believin'« spielte und Parkov auf seinen Knien den Rhythmus trommelte.

»Ich mach mich *nicht* über dich lustig«, sagte sie. Das Navi wies ihr den Weg zur Adresse des Lieferwagenfahrers – nur ein paar Kilometer außerhalb von Frankfurt in einem Dreihundert-Seelen-Dorf –, doch der Regen hinderte sie daran, besonders schnell zu fahren. Parkov sagte nichts, sie wusste nicht einmal, ob er sie überhaupt gehört hatte. »Diese Narbe …«

»Ist ziemlich neu.«

»Ich weiß.« Marie schluckte, biss sich auf die Lippe. »Was machst du jetzt noch?«

Nun sah er sie doch an. »Nach dem Besuch?«

»Ja.«

»Schlafen. Es war ein langer Tag.«

»Nur schlafen? Es dämmert doch schon bald.«

»Marie, hier musst du rechts abfahren.«

Sie sah die Ausfahrt und stieg auf die Bremse, gerade noch rechtzeitig. Der Bentley legte sich in die Kurve.

»Langsam«, sagte Parkov.

»Wieso? Es ist nicht mehr weit.«

Parkov warf ihr einen Blick zu, aus dem milde Überraschung sprach, sagte jedoch nichts weiter.

Das Blaulicht der Streifenwagen war schon aus der Ferne auszumachen und Marie sah, dass die bewaffnete Spezialeinheit bereits in das Gebäude eingedrungen war und den Mann namens Hector Alvarez festgenommen hatte – er saß auf der Liege in einem Rettungswagen, bewacht von zwei Polizisten.

Krantz stand in der Nähe, sein Hemd war schief zugeknöpft, er fluchte.

»Der Typ da drin«, sagte er und wies auf den Rettungswagen, »leistet überhaupt keinen Widerstand. Und wir fahren hier die große Show auf, Parkov. Was soll das?«

»Was sagt er denn? Der *Typ*? Können wir mit ihm reden?«

»Bitte, nur zu. Er gehört euch.« Krantz winkte die Polizisten vom Rettungswagen zurück. Als Marie zum Haus hinüberblickte – ein kleines Ding mit schiefem First –, sah sie, wie jemand hinter den Fenstern mit einer Taschenlampe herumleuchtete.

»Und ihr seid …?«, fragte Alvarez von der Liege aus. »Noch mehr Bullen?«

»Familie Meersen«, sagte Marie. »Sie haben sie beliefert.«

»Streite ich nicht ab.« Er zuckte mit den Schultern. »Und?«

»Was war heute dabei?«

»Paar wirklich leckere Sachen, *Süße*.«

Sie konnte den schleimigen Typen nicht ausstehen. Wie er sie angrinste – am liebsten hätte sie ihm eine verpasst.

»Reden Sie. Oder das Ganze kann unangenehm werden.«

»Wie unangenehm, hm? Wie sehr wirst du daran beteiligt sein?«

»Ich? Gar nicht.« Marie hob eine Braue und warf Parkov einen Blick zu. »Aber ich kann *ihm* hier freie Hand geben.«

»Ihm?« Alvarez' Blick flackerte zu Parkov hinüber. »Und wer ist er?«

»Dein größter Albtraum.«

»So läuft das hier nicht«, erwiderte Alvarez. »Das könnt ihr nicht machen und ich weiß das auch.«

»Nein?«

»Nein. Ihr seid Polizei. Ihr könnt nicht …«

Parkov schloss die Türen des Krankenwagens. Alvarez starrte ihn an. Marie war beinahe ebenso überrascht wie er. Sie hatte nicht damit gerechnet, dass Parkov so schnell auf ihr kleines Spiel eingehen würde.

»Marie, warte einen Moment. Hector Alvarez«, sagte Parkov, »lassen wir dieses alberne Manöver. Wir beide wissen es doch besser. Wer du bist. Was du da draußen treibst.«

Marie starrte ihn an, als sich ein verschlagenes Lächeln auf Alvarez' Gesicht schlich.

»Parkov, es ist eine kleine Überraschung, dich hier zu sehen. Aber besonders angenehm ist es nicht. Oder sollte ich sagen, es ist immer ein angenehmes Gefühl, einen Polizisten zu *treffen*?«

Marie entging der unterschwellig bedrohliche Ton dieser Äußerung keineswegs. Dann fiel ihr Blick auf Parkov. Alvarez' Worte schienen ihn kaum zu überraschen. In die Stille hinein läutete Parkovs Handy.

»Einen Augenblick«, sagte er und verließ den Krankenwagen.

»Ihr kennt euch also?«, fragte Marie Alvarez.

»Parkov steht auf der falschen Seite. Das habe ich ihm früher schon gesagt und ich sage es heute noch. Insgeheim liebt er die Dunkelheit, den Dreck und alles, was mit ihm kommt … die Schmeißfliegen, die ihn umschwirren. Er fühlt sich wichtig.«

»Wegen Schmeißfliegen wie dir?« Marie schüttelte den Kopf. »Kann ich mir nicht vorstellen. Parkov ist besser als das.«

»Pass auf, was du sagst.« Alvarez stand auf, wollte noch etwas hinzufügen, doch in dem Moment öffnete sich erneut die Tür des Krankenwagens.

»Hinsetzen!«, befahl Parkov. Er stieg wieder ein und schlug die Tür zu. »Das war Fischer aus dem Labor. Ich habe ihn gebeten, die Kugel ganz oben auf die Prioritätenliste zu setzen. Es ist eine andere als alle anderen. Sie passt zu der einzigen gefundenen Patronenhülse und bei einer näheren Untersuchung ist es seinen Leuten gelungen, etwas in der Holzverkleidung der Wand, in die das Projektil eingeschlagen ist, sichtbar zu machen. Eine Art Symbol. Es war auf dem Projektil eingeprägt und hat seinen Abdruck im Holz hinterlassen.«

Alvarez starrte Parkov an.

»Es war das einzige selbst gefertigte Projektil, das da oben verschossen wurde. Er folgte einer Absicht … hat den Tatort *signiert.*«

Marie war es, als suchte Alvarez mit einem Mal nach einem Weg, der ihn aus diesem Rettungswagen herausbringen würde, fort von Parkov.

»Du *kennst* diesen Mörder«, fuhr Parkov fort. »Es gibt nur wenige, die eine solche Signatur hinterlassen. Also sag mir, Alvarez … was weißt du noch?«

»Ich …« Alvarez' Augen huschten zu Marie, als erwartete er Hilfe von ihr. »Ich weiß nicht, wovon du sprichst.«

»Du bist nicht zufällig hier. Du bist nicht zufällig ausgerechnet der Fahrer des Lieferdienstes, der die Meersens beliefert hat … Du hast für sie ausgekundschaftet. Und überwacht.«

»Das … ist eine Lüge. Lass mich hier raus, Parkov. Lass mich gehen.«

»Wieso? Fürchtest du ihn?«

»Du hast keine Ahnung, mit was du dich hier anlegst! Du hast keine Ahnung, was er ist!«

»Was ist er denn?« Parkov legte den Kopf schief, schien höchst interessiert. »Harter Junge wie du, wie kann er dir nur Angst machen?«

»Halt den Mund«, rief Alvarez. Er wollte aufstehen, doch Parkov schob ihn zurück auf die Liege.

»Hinsetzen. Wag es nicht.«

Alvarez zitterte. Marie traute ihren Augen nicht, er konnte seine Angst nicht mehr verbergen.

»Wenn ich rede, kriegt mich irgendwer dran. Entweder der oder … oder die anderen.«

»Für die du arbeitest?«, fragte Marie. Sie versuchte, ihrer Stimme einen etwas weicheren Klang zu verleihen, doch die Enthüllungen schockierten auch sie und es fiel ihr schwer, dies zu verbergen und eine kühle Professionalität zu wahren.

»Ja«, erwiderte Alvarez. »Ich sollte …«, er räusperte sich, »… für Meersen Dinge erledigen.«

»Indem du ihn beliefert hast?« Parkov wirkte nicht überzeugt. »Wie das?«

»Auf diesem Weg kam ich in die Wohnung rein, ganz unauffällig … Manchmal sollte ich etwas mitnehmen. Meersen bezahlte mich immer persönlich, und dann …« Alvarez schluckte. »Dann gab er mir etwas mit, das ich abliefern sollte. Er … Verflucht, ihr habt es nicht erlebt, er konnte sehr überzeugend sein, bedrohlich, brutal, all so was … Es waren nur Pakete. *Verschlossene* Pakete.«

»Also warst du so eine Art Bote, der etwas hin und her transportiert hat? Wer sind *die*? Meersen und die anderen?«

Alvarez nickte. »Ich weiß nicht. Parkov, du kennst mich. Ich bin immer nur ein kleiner Fisch …«

»Ein kleiner Fisch in einem Haifischbecken«, erwiderte Parkov. »Ja, vielleicht. Vielleicht lügst du mich aber auch an. Soll ich ein bisschen in der Stadt spazieren gehen und ein paar Leuten verraten, dass Hector Alvarez mich belügt? Dass er Märchen erzählt?«

»Meersen hatte mit ein paar wirklich üblen Typen zu tun. Typen, die andere Leute nicht in der Stadt haben wollen! Ich will nur meinen Kopf unten halten, mehr nicht.«

»Ist ja nicht besonders gut gelungen.«

»Mit dem Mord hab ich nichts zu tun, das schwör ich dir.«

»Schwör es besser auch vor ihr«, sagte Parkov mit einem zynischen Lächeln und nickte in Maries Richtung. »Es ist ein *Panther*, Alvarez. Der Abdruck im Holz, das Zeichen, das der Mörder auf die selbst gefertigte Kugel geprägt hat … ein Raubtier.«

Alvarez starrte Parkov verständnislos an.

»Wahrscheinlich wird er auch dich ausschalten. Ich denke, wir werden dich gehen lassen, auf freien Fuß setzen.«

»Nein«, rief Alvarez. »Nein, scheiße, das könnt ihr doch jetzt nicht mehr machen!«

Marie warf Parkov einen Blick zu. So eiskalt hatte sie ihn schon lange nicht mehr erlebt.

»Gib mir was, Hector. Du weißt Dinge und ich muss sie von dir erfahren. Jetzt sofort, nicht in fünf Minuten. In fünf Minuten bist du frei und wer weiß, wer dich heute Nacht noch aufspürt …«

»Einmal hab ich in eine dieser Nachrichten reingesehen. Bevor ich sie an den Briefkasten geliefert hab.«

»Welcher Briefkasten?«, fragte Marie.

»Das … war ein altes, leer stehendes Haus am Stadtrand. Wir wussten, dass Meersen dort mit den Leuten, mit denen er diese Dinge getrieben hat, zusammenkam … manchmal. Aber wir haben nicht eingegriffen.«

»Wir? Es gibt kein Wir, Alvarez. Verarsch mich nicht. Du warst nur ein Bote. Und eingegriffen hat niemand … das Orakel kam euch zuvor.«

»*Wer?*«

»Was stand in der Nachricht?«, fragte Parkov und ignorierte die Rückfrage.

»Dass sie eine Neue hätten. Und dass sie eine Zeit lang an einem Ort untergebracht werden musste.«

»Stand da auch dieser Ort drin?«

»Das …«, Alvarez schluckte, »… war genau derselbe, an den ich die Nachrichten bringen sollte. Leute … wenn ihr dort auftaucht, wissen die doch alle, dass ich es war, der geredet hat.«

»Ja. Sieht ganz danach aus, als wärst du in jedem Fall am Arsch.« Parkov wirkte ungerührt. »Da kann man wohl gar nichts machen.« Er fasste nach der Tür. »Kommst du?«

»Scheiße, Parkov.« Alvarez stieß einen spanischen Fluch aus. »Gib mir was zum Schreiben und du bekommst die Adresse.«

»Schon besser.« Parkov sah sich einen Augenblick im Rettungswagen um, bis er einen kleinen Schreibblock und einen Kugelschreiber gefunden hatte.

»Schreib es auf«, wies er Alvarez an. »Und dann werden dich die Kollegen in Gewahrsam nehmen. Das ist erst mal alles, was ich für dich tun kann.«

»Aber …«

»Kein Aber. Du hattest die Wahl. Du bist eines Tages falsch abgebogen. Und – wir hatten diese Unterhaltung schon einmal.«

»Perdido, ich will es wiedergutmachen!« Seine Hand zitterte, als er die Adresse aufschrieb.

»Vielleicht gibt es die Gelegenheit. Ich werde sehen, dass du eine Chance bekommst.« Kaum war Alvarez fertig, nahm ihm Parkov Stift und Notizzettel weg. »Das war's. Wir sind fertig.«

»Eine Sache …«, flüsterte Alvarez kaum hörbar, als Marie und Parkov schon dabei waren, den Rettungswagen zu verlassen, »… eine Sache fällt mir noch ein. Meersen … war mal in einem seltsamen Zustand, als ich vorbeikam. Er … Weiß nicht, er hat in der Bibel gelesen.«

»In der Bibel?« Parkov hielt inne und wandte sich verwundert um. »Was genau?«

»Das konnte ich nicht erkennen. Aber er fragte mich, ob ich ein gläubiger Mensch sei. Und natürlich, ich antwortete ihm, ich bin einer, ganz so wie Mama mich erzogen hat. Aber dann fing er an, von den Aposteln zu sprechen und … dass *diese* Vier Apostel nichts mit denen zu tun hätten, die ich kenne … von anderen, die jeden Glauben, jede Hoffnung auf Vergebung längst hinter sich gelassen hatten, die diesen Namen nur als Verhöhnung trugen …«

Marie spürte sofort, wie sich Parkov neben ihr anspannte, sah, wie er blass wurde. »Daniel?«

»Nichts. Das ist nur eine Geschichte«, sagte er barsch. »Wir gehen.«

Marie wollte noch etwas zu Alvarez sagen, doch der Mexikaner sank erschöpft auf die Liege zurück und schloss die Augen. Parkov eilte zielstrebig zu seinem Wagen hinüber, stieg ein und ließ den Motor an, sie musste rennen, um noch rechtzeitig einzusteigen.

»Spinnst du? Wolltest du ohne mich losfahren?«

Parkovs Hände umklammerten das Lenkrad. »Nein. Ich war nur gerade, hm … entsetzt.«

»Entsetzt?« Marie drehte sich um und sah, wie Krantz aus dem Haus rannte und ihnen hinterherblickte. »Wegen dem, was du erfahren hast?«

»Die Vier Apostel, Marie. Dieser Name schlägt eine Saite an, aber ich muss … Ich brauche etwas Zeit, um es zu überprüfen. Ruf Krantz an. Er soll die Nachforschung vorantreiben – wir brauchen Namen zu den Gesichtern der Männer, mit denen sich Meersen zuletzt auf dieser Ausstellung getroffen hat.«

»Wird erledigt. Und der Panther? Das Symbol auf der Kugel?«

»Ein Auftragsmörder. Einer von der effektiven Sorte.«

»Es gibt auch *uneffektive* Auftragsmörder?«

»Die bleiben nicht lange im Geschäft.«

»Hast du Angst?«

»Wie bitte?« Ein Schleier lag in seinen Augen, er griff sich an die Seite, als habe er Schmerzen. Ob das mit der Narbe auf seinem Arm zu tun hatte?

»Ich bin für dich da«, sagte Marie. »Aber du musst mich einweihen. Anders kann ich es nicht.«

»Der Panther ist nur eine Legende. Ein Mann, der seine Signatur am Tatort zurücklässt, das Symbol des Raubtiers … ein Mann, der keine Fehler macht, einer, der von jedem beauftragt werden kann, der bezahlt und weiß, wo er ihn findet … kaum mehr als ein Geist.«

»Und dennoch war Alvarez überzeugt, dass Meersen von dem Panther bekommen hat, was er verdiente.«

»Wenn Meersen das war, wofür ich ihn halte … dann hat er das womöglich wirklich.«

Parkov warf ihr einen langen Blick zu, den sie erwiderte. Erinnerungen stiegen in ihr hoch, komplexe Emotionen, Zuneigung, Ärger, Wut und Tränen … Noch nie hatte Parkov so allein und verloren gewirkt. *Wie jemand*, dachte sie, *der drauf und dran ist, unter der Last der Dinge, die er sich ganz allein aufgeladen hat, zusammenzubrechen.*

»Ich rufe Jörg an«, erklärte sie schließlich, »und bitte ihn, sich im Lager dieser Lieferfirma umzusehen, denn wenn Alvarez nicht lügt, bedeutet das wohl, dass dieser Panther dort Zugriff auf den Wein hatte. Ich erkundige mich auch noch mal nach Isabelle. Dann suchen wir diese Adresse.«

Kapitel 12

Das Haus am Rand der Stadt ragte schief in den Nachthimmel, als wollte es beim nächsten großen Sturm in sich zusammenfallen, als hätte es beschlossen, dass es schon viel zu lange seinen Dienst tat, für Menschen, die es schließlich achtlos zurückgelassen hatten.

Unkraut wucherte durch die Bodendielen im Erdgeschoss, Tapeten blätterten mitsamt dem Putz von den feuchten Wänden. Ein einsamer Kronleuchter schwang hin und her, als hätte ihn erst vor Kurzem eine Hand berührt, ein unsichtbarer Gast, der hier umging, allein durch die krummen Gänge und Hallen streifte, weil er, ganz wie das Haus, niemanden sonst mehr hatte.

»Wir sind nicht allein«, sagte Parkov. Er kniete auf dem Boden, die Walther P99 in der Hand, und begutachtete eine achtlos weggeworfene Konservendose mit Erbseneintopf. Er roch daran. »Frisch«, sagte er, »vielleicht zwei Tage alt.«

Das Versteck des Panthers?

Marie hatte ihre Dienstwaffe gezogen, der dunkle Stahl lag kühl in ihren Fingern. Wachsam sah sie sich um, lauschte auf jedes Geräusch, jedes Knarren. Hier gab es viele dunkle Ecken, durch die Ratten huschten, Laub wisperte im Wind, der durch die spärlich vernagelten Fenster hereinstrich.

»Du meinst, jemand hat hier gegessen? Dieses Zeug?« Sie spürte, wie nervös sie war, wie ihre Unruhe mit jeder Minute zunahm und wie sie immer nervösere Scherze machen wollte, den ganzen Abend schon, um davon abzulenken. Ihre Gedanken kreisten um Isabelle, sie dachte an ihr Blut auf dem regennassen Asphalt vor den Lagerhallen, an das furchtbare Gurgeln des Regens dort in den Fallrohren und Abflüssen.

»Ja, hier hat definitiv jemand gegessen«, erwiderte Parkov nach einer weiteren Minute und hob eine zusammengedrückte Dose Cola hoch, »und getrunken.«

»Erbsen und Cola. Das ist …«

Parkov hob die Hand. Marie verstummte. Ja, sie hörte es auch. Das war nicht nur der Wind, der hier rauschte und die zerbrochenen Fenster und das alte Holz ächzen ließ … da war noch etwas.

Jemand.

Parkov richtete den Lichtkegel der Stabtaschenlampe auf den vom Wasser aufgequollenen Dielenboden. Irgendwo in der Dunkelheit zog eine große Ratte ihren langen Schwanz durch das tote Laub, das der Wind hereingeweht hatte. Marie roch den Schimmel in der Luft, sie spürte Gänsehaut über ihre Arme kriechen, und das nicht wegen der Temperatur.

»Also bist du dir sicher«, fragte sie leise, »dass er es ist? Der Panther?«

»Das bin ich.«

»Und die Apostel?«

»Später.«

Auch im nächsten Raum, von dem eine hohe Spindeltreppe in die oberen Stockwerke führte, tropfte Wasser von der Decke. Die Spindel hing schief, die Stufen waren krumm und teilweise durchbrochen, nichts daran wirkte, als könnte man sicheren Fußes nach oben gelangen. Die Regentropfen hatten sich in Lachen voll brauner, übel riechender Brühe am Boden gesammelt.

»Noch mehr Dosen«, flüsterte Parkov. Er ließ den Lichtkegel über mehrere an der Wand aufgestapelte Reihen gleiten.

»Aber noch gefüllte.« Marie nahm eine in die Hand: Dosenfleisch, das Ablaufdatum lag einige Monate in der Zukunft.

»Jemand ist hier«, murmelte Parkov, »aber vielleicht nicht unbedingt jemand, der sich *freiwillig* an einem so heruntergekommenen Ort aufhält.«

»Hier, eine Tür.« Marie hatte einen Bücherschrank entdeckt, der halb gegen eine verschlossene Tür lehnte. Auf dem Boden waren tiefe Kratzspuren. »Jemand verschiebt ihn von Zeit zu Zeit.«

»Das sollten wir auch tun.« Parkov reichte Marie die Taschenlampe und stemmte sich gegen den Schrank. Einige Bücher fielen heraus, die Buchrücken zerrissen beim Aufprall, die Seiten verteilten sich über den Boden. Dann schrammte der Bücherschrank zur Seite.

Marie öffnete die Tür und hielt beide Stablampen hinein, wie eine Revolverheldin, die sich einem Duell stellte. Vor ihnen lag eine schmale Kellertreppe, die weit in die Tiefe hinabführte. Gemauerte Ziegelsteinwände waren zu beiden Seiten von Spinnennetzen und Schimmel überzogen.

Das Geräusch, das sie vor einigen Minuten zu hören geglaubt hatte, war verklungen. *Oder vielleicht*, dachte Marie, *ist es auch nie da gewesen, ein Produkt deiner Fantasie.*

Aber Parkov hat es auch gehört.

»Gehen wir runter?« Ihre Stimme klang wie eine dünne Faser, zum Zerreißen gespannt.

Parkov nickte, legte einen Finger an die Lippen und deutete zuerst auf sich, dann auf sie. Es war klar, was er sagen wollte. Marie nickte, dann ging er voraus.

Sie erreichten ein Kellergewölbe aus nacktem, roh gemauertem Stein, feucht und klamm, in der Luft ein beißender Geruch von menschlichen Fäkalien, Moder und Verwesung.

Unter den Torbögen, die in kleine, zellenartige Räume führten, waren Eisengitter und Tore angebracht, Ketten, an Ringen befestigt, die tief in die Wände eingelassen waren.

»Wie ein altes Gefängnis«, hörte sich Marie sagen. »Bloß für welche Gefangenen? Wen würde man hier unten festhalten? Und wer würde das *heute* tun?«

Parkov bedeutete ihr mit einem Kopfschütteln, dass er hier und jetzt nicht darüber reden wollte. Sie dachte an ihr Telefongespräch mit Jörg im Wagen auf dem Weg hierher: Isabelle wurde noch immer operiert, es gab keine Neuigkeiten, weder positive noch negative.

Jetzt, wo sie neben Parkov mitten in der Dunkelheit stand, die zu ihren Füßen, über ihren Köpfen, hinter und vor ihnen so undurchdringlich war, zweifelte sie daran, das Richtige getan zu haben. *Du kennst ihn doch. Parkov neigt dazu, sich in Gefahr zu bringen, er neigt zu Alleingängen und insgeheim hast du dir geschworen, dass du alldem in Zukunft aus dem Weg gehen wirst.*

Also, wieso bist du dann doch hier?

Hat es vielleicht damit zu tun, dass du Isabelle nur aus einem Grund geholfen hast, Parkov zurückzuholen? Weil du ihn nach wie vor für den Einzigen hältst, der mit Situationen wie diesen schnell fertigwerden kann?

Nein. Nein, das ist es nicht. Dein eigenes Team ist effektiv genug dafür. Es gibt einen anderen Grund.

Weil du ihm das Leben gerettet hast. Und er dir. Und weil du genau weißt, dass diese Erlebnisse euch stärker zusammengeschweißt haben, als es viele Jahre im gewöhnlichen Polizeidienst tun würden. Weil du weißt, wie Parkov in Extremsituationen denkt. Und natürlich weil du genau gespürt hast, dass alles, was heute Abend beginnen würde, wieder einmal in diese Kategorie fiel. In die der Extreme.

Und für Extreme war Parkov wie geschaffen.

Deswegen ging Parkov nun voraus und wirkte, als würde er kaum mehr als einen nächtlichen Spaziergang unternehmen – und deswegen folgte sie ihm in ihrer Kevlar-Schutzweste, während die Lichtkegel ihrer beiden Taschenlampen über den Moder und den feuchten, vor Nässe glänzenden Stein huschten.

»Etwas hier unten«, sagte Parkov leise, »ist nicht so, wie es den Anschein hat.«

»Nein? Wieso wundert mich das nicht? Meersen hatte Geheimnisse, und wenn er mit diesem Ort wirklich etwas zu tun hat …«

»Natürlich hat er das. Alvarez arbeitet für einen lokalen Feinkostgroßhändler, dem man schon seit längerer Zeit Verbindungen zur Mafia nachsagt … selbstverständlich wollen die wissen, was es mit Meersen auf sich hat. Also haben sie Alvarez vielleicht ebenfalls genutzt, um die Botschaften, die Meersen verschickte, abzufangen. Vielleicht wusste Meersen nicht, wen er da mit Alvarez als Transporteur benutzte …«

»Aber was wollte Alvarez überhaupt hier?«

»Das ist die Frage, Marie. Vielleicht haben wir es mit einer geschickten Täuschung zu tun … Sieh dich um. Hier ist nichts.«

Marie richtete ihre Lampe auf ein rostiges Gitter, das einen Durchgang versperrte. »Vielleicht ist es die dritte Falle.«

»Deshalb solltest du wachsam bleiben.«

»Bin ich immer.«

Sie konnte Parkov in der Dunkelheit lächeln sehen. Trotz aller Anspannung brachte er das zustande. »Ich bin froh …«, begann er.

»… dass du wieder zurück bist«, beendete sie seinen Satz. »Ja, das bin ich wirklich.«

Marie entdeckte ein Eisenrohr auf dem Boden und beugte sich hinab. »Blut«, sagte sie. »Eine Waffe, vielleicht.«

»Fischer wird jubeln, wenn er nach Penthouse und Lagerhalle auch noch hier reinmuss.« Parkov hielt inne, drehte sich auf der Stelle, lauschte.

Zunächst hörte Marie nichts. Dann ein leises, gequältes Stöhnen … nicht direkt vor ihnen, aber auch nicht besonders weit entfernt …

»Hier ist *noch* was«, sagte sie.

»Aber wir waren schon überall. Ich bin mir sicher, dass wir hier unten keinen Raum übersehen haben.« Parkov richtete den Lichtkegel von Raumecke zu Raumecke, zum nächsten Durchgang, zum Boden und zur Decke.

»Nein, Daniel. Du hast schon recht. Es *ist* ein Versteck.« Marie packte das Eisenrohr und warf es gegen die Ziegelsteinwand. Der Aufprall hallte ohrenbetäubend durch das ganze Gewölbe.

Nun schrie jemand – viel lauter als alle Geräusche zuvor. »Da drüben!«, rief Marie. »Ich bin mir sicher!«

Mit wild klopfendem Herzen eilte sie voran. Am Ende des Korridors nur nackte Steinwand … und dennoch war hier etwas anders. Es war zu sauber. Als wäre der Rest dieses Hauses nur Tarnung, eine Maske für …

Maries Finger tasteten über den rauen Stein. Sie spürte die Feuchtigkeit und dann noch etwas anderes, eine kleine Vertiefung, eine Unebenheit, in die sich ihre Finger krallen konnten.

Es war eine versteckt angebrachte Klappe, verborgen unter Steinimitat. Im Licht von ihrer und Parkovs Taschenlampe legten sie einen Hebel frei, neben dem eine Kontrolllampe rot leuchtete.

»Können Sie uns hören?«, fragte Parkov.

Ein weiterer Schrei. Und mehr noch, dieses Mal konnte Marie Worte heraushören, panische Worte, die von irgendwo hinter dieser Wand kamen.

»Das ist keine Wand«, sagte Parkov. »Es ist eine Tür.« Ohne abzuwarten, zog er an dem Hebel, woraufhin das Licht auf Grün schaltete. Mit einem leisen elektrischen Surren schob sich ein Teil der Wand nach hinten und glitt zur Seite, gab einen Durchgang frei.

Sie blickten in einen nüchternen, aus frischem Beton gegossenen Raum, der mit einem Vorraum und einer Plexiglasscheibe ausgestattet war. Durch sie sah man in einen zweiten Raum – auf ein schmales Bett, eine Toilette in der Ecke, einen Tisch und einen Stuhl … und auf eine Frau, die sich in die hinterste Ecke drängte und ihnen voller Panik entgegenstarrte.

Sie war jung, vielleicht zwanzig, und äußerst hübsch, daran konnte auch ihr verweintes Gesicht nichts ändern. Sie wirkte unverletzt, doch vollkommen verängstigt. Aus ihrem Mund kamen Worte, Satzfetzen, die Marie nicht verstand. Es klang …

»Was spricht sie da? Russisch?«

»Nein, auch kein Dialekt. Ukrainisch, eindeutig.« Parkov trat näher an die Scheibe heran, woraufhin die Frau erneut panisch schrie.

»Langsam«, rief Marie. »Geh nicht zu nah hin. Sie hat Angst.«

»Hauptsächlich vor mir, wie es scheint«, meinte Parkov. »Weil ich ein Mann bin?«

Marie trat neben ihn. »Das hier … das muss Meersens Geheimnis sein. Seins und das der anderen, mit denen er zu tun hatte. Und das von Alvarez … wenn er für ihn Botschaften übermittelte und uns hierherschickte.«

Parkov sah zu ihr herab und eine bittere Erkenntnis dämmerte in seinen Augen. »Dann habe ich mich in Alvarez getäuscht. Ich dachte, wir würden hier … jedenfalls nicht *das* finden.«

»Menschenhandel?«

»Alvarez muss …« Parkov fuhr herum, als es hinter ihnen knarrte: Jemand war auf der Kellertreppe. »Alvarez muss gewusst haben, dass wir ihn finden. Und das bedeutet, dass er uns mit Absicht hierhergeschickt hat. Weil die dadrin …«, er nickte in Richtung der Gefangenen, »entbehrlich ist. Und wir ebenso. Also haben sie auf uns gewartet. Hier. Und jetzt …«

Der Schuss aus der Dunkelheit war laut, Marie zuckte zusammen. Das Projektil traf sie, schleuderte sie gegen die Plexiglasscheibe.

Parkov zerrte sie zur Seite und erwiderte das Feuer. Marie hörte, wie die Projektile des Angreifers in den Putz eindrangen, an der dicken Plexiglasscheibe abprallten und als Querschläger durch den Raum jagten.

Parkov feuerte zurück, Marie umfasste ihre Dienstwaffe mit beiden Händen. In diesem Moment kam es ihr vor, als loderte ein Brand von ihrer Hüfte hinauf zum Hals, sie keuchte, wollte Luft holen, doch vergeblich. An der nackten Betonwand rutschte sie zu Boden.

»Daniel«, stieß sie hervor, »ich …«

Parkov gab einen letzten Schuss ab, dann war das Magazin leer – aus der Dunkelheit kam ein Schmerzensschrei. Parkov wechselte das Magazin, dann eilte er zu ihr.

»Es ist nur die Schutzweste«, sagte er heiser, »nur die Weste …«

Marie streckte die Hand aus, doch der Schmerz irgendwo in Höhe des Magens raubte ihr förmlich den Verstand. Sie bekam Parkovs Arm zu fassen. »Ist er … Bin ich …«

Parkov schüttelte den Kopf. »Unsinn, Marie, es ist nichts …« Sie spürte, wie seine Hände die Schussweste berührten, sanft zwar, und doch stöhnte sie vor Schmerz auf.

»Das Projektil steckt im Kevlar«, sagte er und klang erleichtert. »Kein Blut, nur eine starke Prellung. Kannst du stehen?«

»Ich …« Marie versuchte, die lodernden Schmerzen auszublenden, sie biss die Zähne zusammen und hielt sich an Parkov fest. »Ich versuch's. Ist der andere tot?«

»Augenblick.« Parkov half ihr auf die Füße. Aus den Augenwinkeln sah Marie, dass die Frau hinter der Plexiglasscheibe noch immer in ihrer Ecke kauerte und sie aus weit aufgerissenen Augen anstarrte.

»Wir müssen sie da rausholen.«

»Eins nach dem anderen. Zuerst du.«

Marie ließ sich von Parkov stützen, er leuchtete mit der Taschenlampe voraus und so gingen sie gemeinsam aus dem versteckten Gefängnis zurück ins Kellergewölbe. Der Angreifer lag regungslos auf dem Boden. Die Waffe hielt er noch immer in der Hand.

Der Schmerz der von dem Aufprall des Projektils verursachten Prellung schoss erneut durch ihren Körper, hinauf zum Nacken und hinab in die Beine. Sie hustete, fluchte vor sich hin. Dann hatten sie den Angreifer fast erreicht.

»Warte …« Etwas ließ alle Alarmsignale in ihr aufleuchten. Die Art, wie der Tote hier vor ihnen lag, die Waffe in der Hand …

»Verflucht, ich glaube, er lebt no…«

Parkov reagierte blitzschnell, fast im selben Moment riss der Mann am Boden den Arm mit der Waffe hoch. Zwei

Schüsse – einer flirrte glühend heiß und furchtbar nah an Maries Kopf vorbei, der andere traf den Angreifer.

Die Waffe fiel aus seiner Hand, Blut strömte von seinem Hinterkopf auf den schmutzigen Betonboden.

»Das war knapp«, sagte Parkov. »Alles noch dran?«

Marie biss die Zähne zusammen. »Das war mehr als knapp. Rufen wir Verstärkung. Holen wir die Gefangene da raus. Und hoffen wir, dass nicht noch mehr von denen hier auftauchen.«

Kapitel 13

Parkov sah zu, wie die Kriminaltechniker mit einer Spezialsäge die in die Plexiglasscheibe eingelassene Tür öffneten – dann ließ er den Sanitätern und der Psychologin den Vortritt, die sich der verängstigten Frau in ihrem engen Gefängnis vorsichtig näherten.

»Parkov, was sagt sie da immer wieder?« Krantz war ihm nach unten gefolgt – er und alle anderen waren kurze Zeit nach Parkovs Anruf eingetroffen, nun wimmelte es hier von Spurensicherern, Kriminaltechnikern und einem Hundeführer mitsamt Spürhund, die das Gelände absuchten.

»Sie sagt, ich will nicht, will nicht … Männer kamen, nahmen mich mit, sperrten mich ein … Der bleiche König, sagt sie … er will sie holen, *wird* sie holen.«

Als die Gefangene herausgeführt wurde, blickte sie Parkov in die Augen. »Wie heißt du?«, fragte er sie auf Russisch, doch sie schüttelte den Kopf und ging schneller, als wollte sie nur fort von ihm.

Er konnte es ihr nicht verübeln.

Krantz und er sahen ihr nach, dann fluchte Krantz laut: »Das hier, Parkov, das ist eine ganz große Scheiße. Winter angeschossen, wenn auch zum Glück nur die Weste, dieser tote

Unbekannte, Waffengebrauch, ein Verdächtiger hat euch von diesem Ort erzählt, was ihr aber nicht gleich weitergegeben habt ... Hab ich noch was vergessen? Was soll das alles?«

»Ich musste das hier so still und leise wie möglich tun. Und das wissen Sie auch, gerade weil wir nur so wenigen trauen können. Daran ändert sich auch nichts, Krantz. Wählen Sie für die Überstellung der Frau ins Krankenhaus nur die Vertrauenswürdigsten und stellen Sie auch nur solche vor die Tür zur Bewachung.«

»Sie haben mir nicht zu sagen, wie ich meinen Job zu erledigen habe«, blaffte Krantz. »Was ist mit Winter? Mir hiervon nichts zu sagen bedeutet ...«

»Es war ganz allein *meine* Idee. Sie hat damit nichts zu tun, ich habe sie gebeten, mich zu begleiten, aber keiner von uns wusste, was wir hier finden würden. Es traf uns beide vollkommen überraschend, die Lage hat sich rasant verändert und wir sind gerade so mit dem Leben davongekommen.«

»Worüber ich natürlich froh bin«, antwortete Krantz. »Aber Parkov«, seine Stimme klang nun weicher als sonst, »Sie müssen doch wissen, dass wir gerade jetzt zusammenhalten sollten. Keine Alleingänge. Nichts mehr wie das hier.«

Parkov nickte. »Wenn Sie all Ihren Leuten vertrauen können, stimme ich zu. Wenn nicht, überlassen Sie diese Entscheidung mir. Das passt Ihnen nicht, Krantz, oder? Pech für Sie.«

Krantz schüttelte den Kopf. Er wischte sich den Schweiß von der Stirn und blickte in den hier unten so seltsam unpassenden, hochmodernen versteckten Gefängnisraum. »Diese Frau dort ...«

»Ohne Zweifel ein Opfer von Menschenhändlern.«

»Was sollte mit ihr geschehen? Ich meine ... für gewöhnlich läuft das nicht auf diese Weise. Die Kollegen aus dem K22 sind informiert, aber auch für die ist diese Art der temporären Unterbringung Neuland. Dieser Aufwand hier, das …«

»Das ist ungewöhnlich, ja.« Parkov betrachtete die Zelle, in der die Frau eingeschlossen gewesen war. Sie wirkte sauber, nüchtern, ja klinisch rein. »Das hier wurde alles sorgfältig vorbereitet. Wenn Alvarez doch stärker involviert war, ein Teil dieser Organisation, dann sollten Marie und ich hier womöglich sterben. Sehen Sie sich die Zelle an: Hier wurde geputzt, all das instand gehalten. Die Gefangene ist attraktiv, vollkommen unversehrt, man hat sie weder geschlagen noch auf andere Art grob behandelt, vom Freiheitsentzug einmal abgesehen. Nein, sie war für jemand ganz Bestimmtes vorgesehen. Ein persönliches Geschenk. Spielzeug. Exquisit. Teuer. Eines, das unversehrt und unberührt geliefert werden sollte.«

»An wen, Parkov?«

»Das müssen wir herausfinden. Aber ich denke, wir sollten dort suchen, wo das nötige Geld bereitsteht und die nötige moralische Verkommenheit.«

Krantz schnaubte. »Bei Männern, die sich ihre jungen Frauen einfach wie ihre neuen Sportwagen bestellen? Maßgeschneidert?«

»Irgendwo in dieser Stadt, mein Lieber«, sagte Parkov und seine Stimme klang so düster wie der Gewölbekeller, »gibt es jemanden, der einen Raum vorbereitet hat … abgeschlossen, abgelegen … bereit, um seine Bestellung unterzubringen.«

»Und wenn er sie hier getroffen hat?«

»Untersucht das Bett dort drin. Untersucht sie. Sie ist bestimmt noch Jungfrau.«

Krantz zögerte. »Ja, das ergibt Sinn. Es wäre auch zu auffällig, wenn sich der Kunde zu dieser Bruchbude hier rausschleichen müsste … vor allem würde er das wohl nicht nur einmal tun.«

Parkov wandte seinen Blick nicht von der nüchtern hell erleuchteten Zelle ab, in der sich nun die Kriminaltechniker in ihren Tyvek-Schutzanzügen tummelten. »Irgendwo gibt es jemanden, der mit Lieferungen dieser Art gutes Geld verdient. Wer von uns kann schon genau sagen, wie lange das bereits läuft?«

»Sie haben aber eine Ahnung, oder?«

Parkov schüttelte den Kopf. »Ich muss nachdenken und … vor allem etwas *nachlesen*. Wir sehen uns morgen im Präsidium.«

»Nachlesen?« Krantz lachte. »Marie ist noch da oben beim Notarzt. Vergessen Sie sie nicht. Es ist«, er warf einen Blick auf seine Armbanduhr, Omega, wie Parkov bemerkt hatte, »halb vier. Vielleicht sorgen Sie zumindest dafür, dass sie sicher nach Hause kommt.«

Parkov nickte. »Ich werde auf sie achtgeben.«

»Und, Parkov?«

»Ja?«

»*Was* wollten Sie denn nachlesen?«

Ein schmales, zynisches Lächeln schlich sich auf Parkovs Lippen. Als er sich noch einmal umdrehte, lag Krantz' Gesicht im Schatten, fern der von der Spurensicherung eilig aufgestellten Scheinwerfer. »Einen Vers in der Bibel. Was denn sonst?«

Um Maries Schultern lag eine Decke. Sie sprach leise mit einer Notärztin, die ebenso leise auf ihre Fragen antwortete. Als Parkov näher kam, hörte er, dass sich Marie nach Isabelle erkundigte.

»So lange im OP«, hörte er sie sagen, »das bedeutet doch …«

»Es bedeutet nur, dass die Kollegen eine gute Chance sehen, dass alles wieder in Ordnung kommt«, erwiderte die Notärztin. »Haben Sie etwas Vertrauen.«

»Marie.« Parkov nickte ihr und der Ärztin zu, die ihn mit einem tadelnden Blick strafte.

»Sie hatte Glück. Ein paar Zentimeter tiefer und Ihre Kollegin wäre mit ebenso schweren Verletzungen eingeliefert worden wie die andere Polizistin.«

»Glück gibt es nicht«, sagte Parkov, als er den Gesichtsausdruck der Ärztin sah.

»Nur eine Prellung und ein Bluterguss. Und um genau zu sein … viel spüre ich davon auch schon nicht mehr«, behauptete Marie, reichte der Ärztin die Decke und bedankte sich bei ihr. Dann gingen sie ein Stück weit, entfernten sich von den anderen. Hinter ihnen ragte das alte, windschiefe Haus in den Nachthimmel. Von den Scheinwerfern der Spurensicherung angestrahlt, mit all den parkenden Pkw davor, wirkte es, als beherberge es mit einem Mal eine große Abendgesellschaft, als wäre plötzlich Leben zurückgekehrt.

Parkov schüttelte den Kopf. »Man sollte es abreißen, gleich nächste Woche. Dort gibt es nur Grausamkeit und Tod.«

Marie sah mit müden, erschöpften Augen zu ihm auf. »Die Notärztin hat wirklich recht. Es *war* knapp.«

»Willst du *mich* dafür verantwortlich machen? Vielleicht wäre es heute Abend wirklich angebracht. Ich hätte bemerken müssen, dass wir in eine Falle gelockt wurden.«

Über Maries Gesicht huschte ein Ausdruck der Verwunderung. »Dich verantwortlich machen? Das hatte ich nicht vor. Du hast mir das Leben gerettet. Wieder.« Sie gähnte. »Nein, ich will weder mit dir streiten noch dich beschuldigen … eigentlich will ich nur schlafen.«

Als Parkov den Wagen vom Gelände steuerte, kroch aus dem Osten die erste Dämmerung heran, ein schmaler blutroter Streifen, als hätte man mit einer scharfen Klinge in das nächtliche Blauschwarz geschnitten.

Marie telefonierte mit dem Krankenhaus. »Gibt es was Neues?«, fragte Parkov, nachdem sie aufgelegt hatte, doch sie schüttelte den Kopf.

»Nichts. Noch nicht.«

»Sie kommt durch. Ich bin mir sicher. Isabelle ist eine Kämpferin, sie ist stark, sie hat ihren Willen. Wie du.«

»Wie ich«, erwiderte Marie leise. Sie schien bereits einzuschlafen, doch Parkov fühlte mit jeder Minute, die verstrich, während sie in die stille, einsame späte Sommernacht fuhren, dass ihn die jüngsten Ereignisse belebten.

»Zu dir?«, fragte er.

»Wenn ich an meine überhitzte Wohnung denke, krieg ich Kopfschmerzen«, murmelte Marie. »Alternativen?«

»Es gäbe da ein Penthouse im obersten Stock eines brandneuen Grand Towers. Könnte sein, dass du sogar den neuen Eigentümer kennst.« Parkov sah kurz zu ihr hinüber. Marie hatte die Augen geöffnet und das Licht der Sterne spiegelte sich in ihnen.

»Keine Ahnung«, erwiderte sie. »Du warst fort«, fügte sie gedankenverloren hinzu. »Ich bin manchmal mit Lucie Eis essen gewesen, da unten bei Salvatore, du weißt schon, und von dort haben wir auf den Grand Tower geschaut ... Sie hat mich gefragt, wo du bist. Was du machst. Warum Daniel, den sie so gernhat, mit einem Mal einfach verschwunden ist.« Marie klang erschöpft und sehr traurig. »Ich hatte keine vernünftige Antwort. Und dann ...«, jetzt sah sie ihn an, »... habe ich versucht, irgendwie dieses Gefühl loszuwerden. Vielleicht wollte ich auch etwas tun ... das *dir* wehtut. Mich nach einem anderen umsehen. Klingt jetzt bescheuert. Ich bin ohnehin nicht besonders beziehungsfähig, und wer will schon eine Alleinerziehende, die auch noch Polizistin ist?«

»Hm«, machte Parkov.

»Was gibt's denn da zu hm-en?«

»War nur ein ganz allgemeines zustimmendes Hm.«

Marie musste lachen. Parkov dachte, dass er alles tun wollte, um dieses Lachen häufiger zu hören, sie lächeln zu sehen. *Am liebsten jeden Tag. Du warst zu lange fort. Drei Monate in dunklen Gassen irgendwo im Osten, mit abgründig schmutzigen Gestalten, das war viel zu lang. Ein Mann, der zu lange in einen Abgrund blickte, sah nicht nur hinab – was immer er dort unten erblickte, das starrte auch zu ihm hinauf. Und ein Mann, der zu lange allein war …*

Nein. Das war nichts für diese Nacht.

Schließlich erreichten sie den Grand Tower. Er ragte über zweihundert Meter in den nun klaren Himmel, an dessen Rand die Morgendämmerung heraufzog. Der Wind hatte die Schwüle vertrieben, alles war kühler und klar. »Von oben hätten wir bei diesem Unwetter bestimmt eine beeindruckende Aussicht gehabt.«

»Daniel … ich weiß nicht, ob das so eine kluge Idee ist.«

»Die Aussicht?«

Wieder dieses Lachen. Sie strich sich eine Strähne hinters Ohr. »Mit dir da hochzugehen.«

»Kluge Ideen sind nicht immer die richtigen.«

»Sagt man das?«

»*Ich* sage das jedenfalls.«

»Wir sollten Alvarez morgen noch mal ausführlich ausquetschen. Ich hoffe, dass wir irgendwo weiterkommen. Da muss was sein. Die Kollegen in der Lagerhalle mit all den Kisten und dem passenden Schlüssel zu einer davon. Oder Fischer mit dem Projektil. Das Labor mit den Essensresten. Die unbekannte Frau. Oder irgendein anderer Zeuge.«

»Er hinterlässt keine brauchbaren Zeugen. Das weißt du doch. Alvarez und die Entführte scheinen mir am sinnvollsten.«

»Aber zuvor ein paar Stunden Schlaf?«, fragte Marie und legte den Kopf schief. »Das klingt doch gut.«

»Nicht für mich, fürchte ich.«

»Wegen dieses Panthers? Und der Apostel?«

»Ja.« Parkov lenkte den Wagen in die Tiefgarage, sie stiegen aus und betraten den gläsernen Lift. Parkov legte die Keycard ein, die den Zugang zu den obersten Stockwerken freigab, und sie glitten in einer gläsernen Röhre im Gebäude nach oben. Die Türen öffneten sich lautlos und gaben den Weg in den Flur frei. Von dort gelangten sie in einen weitläufigen Wohnbereich mit hohen Decken, der in einem klaren asiatischen Stil eingerichtet war: Helles Holz und offene Glasflächen wechselten sich mit Steinstrukturen ab, es gab fließendes Wasser und breitblättrige Pflanzen.

Was aber Maries Aufmerksamkeit auf sich zog, war der Ausblick hinunter auf die hell illuminierte Stadt, die sich unter dem Gebäude ausbreitete wie ein Lichtermeer aus winzigen funkelnden Diamanten.

»Warst du oft hier in den letzten zwei Monaten?«, fragte sie ihn.

»Einmal.«

»Und die restliche Zeit …«

Parkov berührte seinen rechten Unterarm. Ihm entging nicht, dass Marie ihn musterte. »Vielleicht verlegen wir das auf ein andermal.«

Sie nickte, schob die Unterlippe vor und seufzte. »Ich wollte nicht, dass du …«

»Was?«, fragte er. Die Schärfe, die sich in seine Stimme geschlichen hatte, ließ Marie zusammenzucken. »Tut mir leid. Aber heute ist zu viel schiefgelaufen. Du wärst fast getroffen worden.«

»Ich bin nicht diejenige, um die du dir Sorgen machen solltest.«

Parkov kam in den Sinn, was Isabelle gesagt hatte, bevor sie ohnmächtig geworden war. Fast hätte er das vergessen. »Weißt du es?«

»Wovon sprichst du?« Marie berührte ihre Seite und zuckte zusammen. »Eigentlich sollte ich jetzt wirklich schlafen gehen.«

»Isabelle hat mir etwas gesagt, bevor sie ohnmächtig wurde. Eine Andeutung. Ich vermute, sie ist schwanger.«

Marie sah ihn überrascht an, dann schlich sich ein Lächeln auf ihre Lippen. »Isa ist … Du meinst …«

»So klang es. Und ich habe den Eindruck, er weiß es auch.« Parkov dachte an das verzweifelte Gesicht von Christian Hanke in der Notaufnahme. »Er fürchtet, sie und sein Baby könnten sterben.«

»Nein, sag das nicht.« Marie machte einige Schritte zurück und schüttelte den Kopf. »Ich will das nicht hören. Es wird gut gehen, hörst du? Es *wird*!«

»Marie …«

»Bitte, hör auf. Es wird gut gehen.«

Sie wirkte überrascht und erfreut und zugleich erschüttert. Parkov wechselte das Thema. »Wie fühlst du dich?«

»Na, wie man sich eben fühlt nach so einem Tag. Wie nach einem Boxkampf.« Sie zwinkerte ihm zu und wandte sich um, ein wenig kokett, fand er. »Entschuldige mich. Heute Nacht möchte ich zumindest noch mal duschen. Nicht weggehen, ja?«

Parkov sah ihr nach, als sie in Richtung eines der Badezimmer verschwand. Er dachte daran, wie sie hier beim letzten Mal mit den anderen ihren geheimen Plan geschmiedet hatten, um Mads Argo zu besiegen, den selbst ernannten Professor.

Es schien eine Ewigkeit her.

Wieder kroch der Schmerz seinen Arm entlang, wieder verkrampften sich die Muskeln. Er ballte die Hand zur Faust und biss die Zähne zusammen, bis es vorüber war.

Nachdem er sich noch mal davon überzeugt hatte, dass Marie nicht in der Nähe war, öffnete er einen Wandschrank. Dort lag eine kleine Dose mit grauen Tabletten, von denen er einige einnahm … sie schmeckten bitter, als er sie mit einem Glas Wasser die Kehle hinabspülte, doch nur wenige Augenblicke später ließen die Schmerzen auch schon nach und verschwanden schließlich ganz.

Er goss klares, kaltes Mineralwasser aus der Karaffe nach, setzte sich in den Sessel vor der breiten Fensterfront und überblickte die Stadt, während in der Ferne der Morgen dämmerte – ein schmaler blutroter Streifen quer über dem Horizont.

Als er die Augen schloss, suchten ihn die alten seltsamen Träume heim.

Kapitel 14

Der Panther, der beobachtet hatte, wie der Bentley in die Tiefgarage fuhr, blickte das Hochhaus hinauf. Zweihundert Meter und mehr – und ganz oben, hatte das Orakel berichtet, besaß Parkov eine Wohnung.

Einen Unterschlupf.

Es war riskant herzukommen, der Panther wusste das. Und doch war es ein Bedürfnis gewesen wie ein drängender Durst, den er stillen musste – er hatte Parkov sehen wollen.

Sie haben die Frau gefunden, hatte ihm das Orakel mitgeteilt. Das leise Knistern und Rauschen, das sich in die gesicherte Übertragung mischte, die sein jeweiliges Handy – er entsorgte sie regelmäßig – mit dem Anschluss des Orakels verband, war ihm allmählich vertraut. In die Stimme des Orakels aber hatte sich etwas Neues gemischt. Noch immer war sie voller Zutrauen und Überzeugung, nur ganz am Rand dieser volltönenden Stimme kroch noch etwas anderes hinein … Anspannung.

Der Panther schob diesen Gedanken beiseite. Was immer das Orakel geplant hatte, es würde gelingen. *Mit mir als starker ausführender Hand wird alles gelingen*, dachte er.

»Wie gehen wir weiter vor?«, hatte er das Orakel gefragt. Ihre Antwort war eine so brillante Lösung all ihrer Probleme, dass er sich nicht zurückhalten konnte: Er musste dieses planerische Genie bewundern, diese kühle Abgeklärtheit.

Du bist ein Meister deiner Waffen, Panther, hatte das Orakel gesagt, *doch du musst ein ebenso großer Meister deiner Gegner werden. Du musst ihnen voraus sein, so weit, dass du dir erlauben kannst, sie in dem Glauben zu lassen, sie kämen dir näher.*

Sie in Sicherheit wiegen.

In geruhsamem Schlaf.

Und dann werden wir zuschlagen. Erneut, wieder und wieder.

Bis es erfüllt ist.

»Und Parkov?«, hatte der Panther gefragt. »Was machen wir mit Parkov? Er war dort, er hat ihr Versteck gefunden, er und diese Polizistin, Winter, die ihn begleitet.«

Was denkst du? Du hast ihn beobachtet, während du dich auf deine Mission vorbereitet hast. Kenne dich selbst und kenne deinen Gegner, was sagst du?

»Sie war nicht bei ihm in den vergangenen Monaten«, hatte der Panther erwidert. »Als Parkov in Bulgarien, in der Ukraine und in England versucht hat, die Hintermänner dieses Netzwerks ausfindig zu machen, Solitude, wie der Professor es nannte … da war sie nicht bei ihm. Jetzt aber …«

Sieh genau hin, hatte das Orakel befohlen.

»Sie könnte ihn ablenken. Sie könnte seinen Blick entweder schärfen oder verwischen … Wenn er sich mehr um sie sorgt als um den Fall, macht es ihn verwundbar.«

Und was werden wir deshalb tun?

»Weiter beobachten«, hatte er geantwortet. Nun, da er sich tiefer in die Schatten zurückzog, den Beobachtungsposten verließ, da die Dämmerung nahte, ging er seine Worte in Gedanken noch einmal durch.

»Wenn es nötig ist«, hatte er erklärt, »werden wir sie gegen ihn einsetzen. Sie und ihre Tochter.«

Bist du bereit, Kollateralschäden hinzunehmen? Für das Ziel?

»Ich bin zu allem bereit.«

Kapitel 15

Was er sah, war nicht real, das wusste Parkov, und doch war dieser Albtraum so greifbar, so echt, dass er am liebsten erwacht wäre – und dies war das Schlimmste daran: Er wusste, dass er träumte, und konnte dennoch nichts tun.

Da war Marie, da war er, sie standen am Rand jenes alten Grand Hotels, hoch in den Alpen, da war der Geistliche, der sie trauen sollte – und wieder und wieder verbarg sich hinter der Bibel das Gesicht seines Feindes.

»Wir sind viele«, sagte der Professor. »Du hast uns getötet, andere hast du eingesperrt. Aber manche werden sich eines Tages erinnern … und dich bezahlen lassen. Dich und alle, die dir etwas bedeuten.«

Ein brutaler Schmerz schoss seinen rechten Arm hinauf bis zur Lunge, bis zu seinem Herzen, er war so brutal, dass er mit einem heiseren Schrei aufschreckte – mit einem Klirren fiel das Wasserglas von der Sessellehne und zersprang am Boden in viele Stücke.

»Daniel?«

Er blinzelte. Die Schmerzen hielten ihn wie in einem Käfig, umhüllten ihn, schlossen ihn ein, als befände er sich unter Wasser, eingewickelt in eine rostige Ankerkette, die ihn zum

Meeresgrund hinabziehen sollte. Das waren die Nachwirkungen des Medikaments … aber das war etwas, über das er *noch* weniger nachdenken wollte.

»Ich bin hier«, sagte er leise. *Du brauchst die Tabletten. Die Medizin, sofort!* Doch als er sich mühsam umsah, konnte er die Pillendose nirgends entdecken.

Sie merkt, dass etwas nicht stimmt. Marie wird es sofort bemerken. Du kannst es nicht verheimlichen, nicht wie gegenüber all den anderen.

Er hörte sie barfuß über den Parkettboden näher kommen. Sie trug ein zu großes T-Shirt, das sie aus einem der Schränke im Ankleidezimmer des Penthouse genommen hatte, und Boxershorts – und sie sah darin hinreißend aus. Er konnte den frischen Duft ihres noch feuchten Haares riechen, winzige Wassertropfen fielen zu Boden.

»Hab mir da mal was ausgeborgt. Was ist denn mit dir?« Sie kam näher, das dunkle Haar fiel ihr ins Gesicht. »Du kannst zwar den harten Typen spielen, der allein auf irgendeine Mission geht, aber du musst *mir* nicht vortäuschen, dass mit dir alles okay ist. Ist es nämlich nicht. Ich kann es spüren und vor allem kann ich es dir ansehen.« Marie nahm seine Hand, bei der Berührung zuckte Parkov zusammen. Er sah, wie seine Reaktion sie erschreckte.

»Marie, es gibt etwas, das du vielleicht wissen solltest …« Er schloss die Augen. Traf seine Entscheidung.

»Da drüben steht ein Schrank«, sagte er. »Öffne ihn. Nimm die Pillendose heraus.«

»Und dann?« Marie brachte ihm die Dose und Parkov schluckte zwei Tabletten ohne Wasser. »Was ist das?«

»Ein Schmerzmittel. Etwas Besonderes.«

Marie setzte sich vorsichtig auf die Sessellehne und streifte den Hemdärmel zurück, bis sie die Narbe auf seinem rechten Arm enthüllt hatte. »Ein dummer Fehler«, erklärte Parkov.

»Sich von einer Reihe Verbrecher gefangen nehmen zu lassen, die nichts lustiger finden, als mir diese Narbe zu verpassen.«

Marie streckte die Hand aus. »Darf ich?«

»Der Schmerz kommt nicht *davon*. Das ist längst verheilt. Er … er kommt von weiter innen. Lässt sich nicht so leicht behandeln … man kann ihn nur ausblenden. Mit großer Willenskraft, mit Meditation. Ich habe die vergangenen drei Monate auch damit verbracht zu lernen, wie man damit lebt.«

»Liegt es an dem, was dir zugestoßen ist? Dass Argo dich vergiftet hat?«

»Ja.«

»Und es gibt keinen Weg …? Wir hatten ein Gegenmittel. Wir *haben* es noch. Das BKA hat es, also wieso …«

»Ein Gegenmittel, das nicht alle Rückstände der Droge beseitigt hat.« Parkov sah zu ihr auf. »Sieh es ein. Du weißt, *was* es bedeutet, am Ende.«

Er sah, wie Marie allmählich begriff. Wie sich die Wahrheit in ihre Gedanken schlich und wie sich ihre Augen mit Tränen füllten.

»Das kann nicht sein«, erwiderte sie und ihre Stimme zitterte. »Du kannst nicht …«

»Ich kann. Ich bin nur ein Mann, bloß ein Mensch, und darauf läuft es hinaus. Was geschehen wird, wird geschehen. Ich werde sterben, Marie. Vor meiner Zeit, wenn es nicht einen Weg, irgendeinen Zufall gibt, der das noch umkehren kann.«

»Wie lange weißt du das schon?« Marie sah ihn aus nassen Augen an, Tränen liefen ihre Wangen herab.

Parkov dachte daran, wie man ihn vor einigen Monaten in eine Kammer gesperrt und mit einer synthetischen Droge über die Luft vergiftet hatte. Marie hatte das Gas aus dem Laborraum absaugen lassen und ihn befreit, doch es war schon zu spät gewesen. Die Behandlung mit einem Gegenmittel hatte gut angeschlagen und für einen Moment, ein paar Tage, hatte er sich einer trügerischen Hoffnung hingegeben.

»Es war ein Gedanke«, sagte er, »eine Idee, eine Hoffnung, der ich nachhing. Dass man die Auswirkungen von M-CotroX wirklich beseitigen, sie spurlos vernichten, ihre chemischen Effekte umkehren könnte. Ich dachte, es wäre geglückt.«

»Das dachten wir alle. *Ich* dachte das!« Marie machte sich nicht die Mühe, die Tränen wegzuwischen, die ihr über die Wangen liefen.

»Vor gut zwölf Wochen, Marie, habe ich zum ersten Mal bemerkt, dass ich falschlag. Dass die Ärzte falschlagen. Das Gegenmittel wirkt nicht länger.«

»Was ist mit den Tutonga?«, fragte Marie sofort. »Sie können doch mehr davon herstellen.«

»Nein. Sie wurden alle getötet, der Bürgerkrieg im Kongo hat auch vor ihnen nicht haltgemacht. Die Wälder, die einzigartige Vegetation, alles wurde niedergebrannt. Es gibt dort niemanden mehr. Mein Bruder hat die Forschungseinrichtung aufgegeben.«

Marie starrte ihn an und schüttelte den Kopf. »Du kannst das doch nicht ernst meinen«, erwiderte sie mit erstickter Stimme.

»Ich würde dich nicht belügen. Ich wollte diese Tatsache von dir fernhalten – ich bin noch immer fähig zu tun, was nötig ist, und es wird dauern, bis …«, Parkov räusperte sich, »bis es so weit ist, dass ich nicht mehr arbeiten kann. Aber Marie, das *ist* die Wahrheit. Und nun, da ich weiß, dass meine Zeit bald vorbei ist, sollte ich besser tun, was nur ich tun kann. Ich muss es zu Ende bringen. Alle losen Enden müssen verknüpft werden. Solitude ist da draußen und ich muss sie aufspüren, ehe sie mit den Resten von M-CotroX großen Schaden anrichten. Das Vermächtnis des Professors muss vernichtet werden.«

Marie schwieg einige Zeit, doch sie ließ seinen Arm nicht los. Parkov spürte Tränen auf seine Hand tropfen. »Wo ist Johann Münz? Hm? Wie hat er reagiert, als du ihm das alles enthüllt hast … oder hast du ihn etwa auch weggeschickt? So wie du alle anderen wegschicken willst?«

»Er ist unterwegs und sucht nach einem Weg, den Effekt der schleichenden Vergiftung doch noch umzukehren. Er sucht ihn in den entlegensten Winkeln dieser Erde.«

»Und wenn er ihn nicht findet? Wenn ihn niemand findet, kein Arzt, kein Wissenschaftler?«

»Dann gibt es keinen Weg.« Parkov sah zum Fenster hinüber, zum Horizont, wo der neue Tag anbrach. »Dann sollten wir beizeiten darüber nachdenken, was das bedeutet. Für dich, für mich, für uns.«

»Beizeiten?« Marie hob eine Hand und wischte sich über die Wange. »Wie lange bleibt dir noch?«

»Das kann ich kaum sagen. Es gibt dieses Medikament, das die Symptome unterdrückt. Es hilft. Fürs Erste.«

»Das war keine Antwort auf meine Frage.«

»Ich weiß es auch nicht. Jahre.«

»Jahre. Das … das klingt ja großartig.« Sie lachte traurig. »Jahre, Daniel. Wie viele? Eins? Zwei vielleicht?«

»Marie …«

»Verdammt, ich … ich hätte … Wenn du mir das nur gesagt hättest …«

»Dann?«

»Dann wär ich dich nicht so angegangen. Heute, meine ich. Ich hätte verstanden, was los ist mit dir.«

»Und das hätte *was* verändert?«

»Alles, Daniel. Alles. Ich weiß gar nicht, was ich sagen soll. War das der Grund, wieso ich heute mit dir hierherkommen sollte? Weil du mir das mitteilen wolltest? Jetzt? Kannst du dir vorstellen, wie ich mich gerade fühle? Du stößt mich mit dieser furchtbaren Neuigkeit vor den Kopf und erwartest …«

»Ich erwarte nichts, Marie«, erwiderte Parkov leise. »Und ich möchte mich entschuldigen. Meist …« Er suchte nach Worten. »Meist sind es die Menschen, die man am liebsten hat, denen man die schlimmsten Dinge antut. Aber heute, da wollte ich es nicht mehr länger zurückhalten. Ich konnte es nicht länger. Ich wusste, dass ich es dir irgendwann sagen muss. Wenn du gehen willst, versteh ich das.«

»Wieso sollte ich denn gehen wollen? Du hast diesen Tag gefürchtet?« Marie klang überrascht.

»Nicht viele wollen noch mit einem Kranken zu tun haben. Mit einem, den man mit einem schleichenden Gift umbringt. Das ist sein Vermächtnis: Der Professor hat dafür gesorgt, dass man mir dieses Gift verabreichte, damit verhöhnt er mich aus dem Grab.«

»Aber nur wenn du stirbst. Und so weit sind wir noch nicht.«

»Nein?«

»Nein, Daniel. Das werde ich nämlich *nicht* akzeptieren.« Marie beugte sich vor und nahm Parkovs Gesicht in die Hände. »Ich hab dich lieber lebend.«

»Dann sind wir schon zwei.«

»Hast du Angst?«

»Angst? Nicht vor dem Tod.«

»Aber?«

Parkov schüttelte den Kopf. »Ein andermal, meine Liebe.« Er erhob sich. »Wenn wir in wenigen Stunden im Präsidium Alvarez gegenübertreten wollen, brauchen wir noch etwas Schlaf.«

»Das klingt so *vernünftig*«, erwiderte Marie. »Sag mir die Wahrheit. War das alles? Wirklich alles?«

Er nickte. Das Licht spiegelte sich in den Tränen auf Maries Wangen. »Das war alles.«

Sie stellte sich auf die Zehenspitzen und küsste ihn zärtlich auf die Wange. »Wenn du mich brauchst, bin ich für dich da. Ich hoffe, du weißt das. Egal was. Egal wann.«

Aus dem Spiegel des weitläufigen Badezimmers im Penthouse blickte ihn ein Mann an, der den Schmerz nicht aus seinen blassblauen Augen verbannen konnte, zugleich aber sah er noch immer den Kämpfer, der er war. Für einen Moment lauschte er dem leisen Plätschern des künstlichen Wasserfalls, der inmitten der Wohnung über die Wände floss.

Irgendwo in seinem Kopf, da lachten die Männer, die er gejagt hatte. Eines Tages würden sie zurückkommen. »Eines Tages wirst sogar du sterben«, hatte Argo in seinem Traum gesagt, »und dann werde ich auf deinem Grab tanzen.«

»Wirst du nicht«, sagte Parkov ins Leere. »Du vermoderst jetzt. Du kannst nicht zurück.«

Das Wasser war zuerst kalt, dann heiß. Parkov hielt den Kopf unter den starken Wasserstrahl, ließ ihn auf seinen Nacken prasseln und seine verhärteten Muskeln massieren. Er stützte eine Hand gegen die Fliesen, wartete darauf, dass Wasser und Wärme all die schmutzigen Bilder und die Grausamkeiten, die er heute gesehen hatte, aus seiner Erinnerung spülen würden.

Doch es gelang nicht. Heute nicht, da waren noch immer die toten Augen der beiden Kinder, da waren noch immer die verängstigten Augen der unbekannten Frau, die – hätten Marie und er sie nicht gefunden – nach Meersens Tod dort unten womöglich gestorben wäre.

Einen Augenblick lang dachte er an die Gesichter all der Toten, die er jemals gesehen hatte. Er dachte an die Worte der eingesperrten Frau: *Der bleiche König wird mich holen.* Wen hatte sie damit gemeint? War Meersen der bleiche König?

Parkov drehte das Wasser wieder ab, stieg aus der Dusche und griff nach einem Tablet, das in der Nähe lag.

»Elvis«, sagte er, »zeig mir alles, was du zu den Begriffen Panther, Orakel, bleicher König und vor allem Vier Apostel findest.«

»Wie Sie wünschen, Sir.«

Die Ergebnisse erschienen nach wenigen Sekunden. Parkov betrachtete sie, wischte über den Bildschirm.

»Der als Panther bezeichnete Unbekannte ist ein weltweit agierender Auftragskiller. Seine Opfer oder Tatorte signiert er mit Vorliebe mit seinem Zeichen, einem Pantherkopf.«

»Weiter.«

»Die Vier Apostel«, sagte die androgyne Stimme der künstlichen Intelligenz, »ist ein Diptychon des Malers Albrecht Dürer aus dem Jahr 1526. Das letzte große Werk Dürers besteht aus zwei zusammenhängenden Gemälden und zeigt die Apostel Johannes, Petrus, Markus und Paulus. Zu Füßen der vier knapp lebensgroßen Gestalten befindet sich eine Inschriftenleiste. Sie fordert die weltlichen Regenten auf, das reine Bibelwort zu achten und sich vor religiösen Verführern und falschen Propheten zu hüten. Diese Mahnung wird mit vier Bibelzitaten untermauert, die den vier Dargestellten zugeordnet sind. Außerdem verkörpert jeder der Vier Apostel eines der vier Temperamente der griechischen Temperamentenlehre.«

»Das ist interessant. Vom Gemälde abgesehen, mehr konntest du zu diesem Begriff nicht finden?«

»Nur ein weiterer Treffer im Archiv des BKA. Die zugehörige Akte ist unter Verschluss, aber ich kann im frei zugänglichen Teil die Information auslesen, dass sich eine aus vier Personen bestehende Gruppe von Terroristen und Menschenhändlern die Vier Apostel nennt. Die Gruppe wird dem internationalen organisierten Verbrechen zugeordnet.«

»Welche Kategorisierung?«, fragte Parkov.

»Beim BKA führt man die Vier Apostel als Ziele in einer Sondereinheit zur Bekämpfung des Menschenhandels. Zuständiger leitender Ermittler: Mark Lansford.«

»Lansford«, wiederholte Parkov. »Ja, kenne ich. Wo finde ich Lansford zurzeit?«

»Das weiß ich leider nicht. Soll ich die Zentrale in Wiesbaden kontaktieren?«

Während ich im Badezimmer stehe? So weit kommt es noch. »Nein. Das erledige ich selbst.«

Kapitel 16

Marie schlief tief und fest, bis ihr Smartphone klingelte. Sie schreckte hoch. Die Sonne fiel durch die Jalousien und malte ein gleichmäßig gefächertes Muster aus Licht auf den Boden. Sie setzte sich auf und tastete nach dem Handy neben dem Bett. Die Luft war kühl, selbst die wenigen Stunden Schlaf hatten sie erfrischt. Parkov schlief neben ihr, sie hatte ihn nicht hereinkommen hören. *Du wolltest auf ihn warten, verrückt vor Sorge, wie du bist, aber dann musst du doch eingeschlafen sein.* Sie sah ihm eine Weile beim Schlafen zu, und als er sich regte, küsste sie sanft seine Stirn. Dann las sie die neu eingetroffene Nachricht auf dem Handy. Als Parkov schließlich die Augen aufschlug, sah sie abwechselnd ihn und die Nachricht auf dem Handy an.

»Hey«, sagte sie leise.

»Schon lange wach?«

Sie schüttelte den Kopf. »Nur ein paar Minuten.«

»Ist es die Uniklinik? Jörg?« Parkov setzte sich auf.

»Ja«, erwiderte sie. »Isa …« Marie holte tief Luft, suchte nach Worten. »Es gab Komplikationen. Sie lassen sie im künstlichen Koma und müssen noch mal operieren.« Sie ließ das Handy sinken, rutschte auf den Bettrand und starrte hinaus, auf die Lichter der Skyline, während der Tag anbrach.

»Das bedeutet, sie haben noch Hoffnung.«

»Ja.« Marie wischte sich über die Wange. »Das heißt es wohl. Ich weiß nicht, was ich tun würde, wäre sie …« Sie seufzte. Dann setzte sie sich neben ihn und Parkov legte ihr behutsam den Arm um die Schultern. Die Berührung war trostvoll. »Wenn sie stirbt, dann … Ich weiß kaum, was ich machen soll. Wenn *du* …«

»Das war nur eine Hypothese.«

»Hypothese«, wiederholte sie bitter. »Das ist eine Lüge.«

»Wir haben noch Zeit.«

»Zeit bedeutet *gar nichts*. Es geht darum, was wir mit ihr anfangen.«

»Du hast gelernt. Von mir, hm?«

»Halt die Klappe.« Sie lachte, doch es klang traurig und die Rippenprellung von der Kugel in der Kevlar-Schutzweste schmerzte. »Es muss einen Weg geben. Gibt es immer. Versprich mir, dass du kämpfen wirst. *Wir.* Bitte versprich mir das.«

»Versprochen«, erwiderte Parkov.

Sie schmiegte sich an ihn und streichelte seine Wange. »Das wird wieder. Ganz sicher.«

»Bleib einfach hier«, erwiderte er leise.

Sie spürte, wie Parkov nach wenigen Minuten wieder einschlief. Marie schloss die Augen, lauschte seinem gleichmäßigen Atem.

Es muss einen Weg geben. Das war schnell gesagt. Aber welchen? Wenn nicht mal er einen sieht? Mit all dem, was ihm zur Verfügung steht. Wie willst du ihm helfen, ihn zu finden?

Sie versuchte, sich zu entspannen und wieder einzuschlafen, doch der Schlaf wollte nicht mehr kommen. Stattdessen lag sie wach und grübelte, bis vielleicht zwanzig Minuten später irgendwo in den Tiefen des Penthouse etwas ganz leise und gleichmäßig piepte. Es klang wie ein Alarmton.

Da sie Parkov nicht schon wieder wecken wollte, stand sie leise auf und folgte dem Geräusch. Sie lief einen Flur entlang, den sie zuvor noch nicht betreten hatte. Der Alarm kam aus einem Raum, dessen Tür verschlossen war. Sie öffnete sie.

Vor ihr lag ein großes Labor voller technischer Geräte – ein Gaschromatograf, Massenspektrometer, ein hochauflösendes Elektronenmikroskop, Zentrifugen, die volle Ausstattung, daneben gab es noch eine ganze Reihe von unbekannteren komplexen technischen Maschinen, vermutlich von Parkov Industries, aus einer Abteilung, die sich mit experimenteller Rüstungs- und Waffentechnik beschäftigte. Marie dachte an Parkovs älteren Bruder Michail, der den Konzern leitete. Sie hatte ihn seit den Ereignissen im vergangenen Jahr nicht mehr gesehen. Über die Bildschirme an den Wänden flimmerten polizeiliche Datenbanken und Fahndungsprotokolle wie ein Best-of des Bösen. Dann fiel ihr Blick auf etwas, das wie ein flacher, technisch hochkomplexer Kopfschmuck aus Leiterbahnen, Mikrochips und Speicherbausteinen aussah und mit einem schmalen Gurt am Kopf befestigt werden konnte wie ein Stirnband. *RC V1.11* stand dort. Daneben gab es einige technische Konstruktionszeichnungen, die aus einer der Entwicklungsabteilungen von Parkov Industries stammen mussten: Sie zeigten dieses Ding und dazu menschliche Gesichtszüge, die sich veränderten.

Unheimlich, ging ihr durch den Kopf.

Marie erinnerte sich, wie sich Parkov als Obdachloser verkleidet hatte, um an Informationen zu gelangen, als sie gegen den Engel des Bösen ermittelt hatten, wie er sie in dieser Tarnung überrascht hatte, und es kam ihr vor, als wäre seitdem eine halbe Ewigkeit vergangen. Dann entdeckte sie auch hier eine dieser Pillendosen mit dem Schmerzmittel, das er nun einnahm, und spürte sofort wieder diesen schmerzhaften Kloß im Hals.

Auf einem großen Computerdisplay an der Ostseite des Labors blinkte ein Licht. *Eine Nachricht von Johann Münz* stand dort. Münz hatte schon für Parkovs Eltern gearbeitet, er war ein ehemaliger Elitesoldat, Butler, engster Vertrauter – und für Parkov das, was einem Freund am nächsten kam. Wenn er jetzt nach einem Weg suchte, wie Parkov erzählt hatte, den Effekt von M-CotroX umzukehren, musste die Nachricht von großer Bedeutung sein.

Vielleicht hatte er Erfolg, dachte sie.

»Marie.« Parkovs Stimme hinter ihr ließ sie zusammenzucken.

»Ich wollte nur …« Sie drehte sich um. »Da war dieser Alarmton. Ich wollte dich nicht wecken.«

»Ich weiß.« Parkov trat neben sie. »Das ist mein Labor, mehr nicht.«

»Ja? Sag mal, was ist das da drüben?« Sie deutete auf das technische Gerät neben den Konstruktionszeichnungen.

»Nanotechnik. Ein militärischer Prototyp, der sich im Augenblick in einer frühen Testphase befindet. Tarnung, Nanoframing, durch sich verändernde Strukturen kann sich der Anwender in jede Umgebung einfügen.«

»Kriegsbemalung und falsche Kontaktlinsen waren also gestern?«

»Es ist viel mehr als das. Es ist gefährlich.«

Marie spürte, dass er nicht mehr sagen wollte, also beließ sie es dabei. Parkov berührte das Display und öffnete die Nachricht.

VERSUCH PROBE 49/4 fehlgeschlagen. 49/5 folgt morgen. J.

»Geh wieder zurück ins Bett«, sagte er leise. »Ich komme gleich nach.« Wenn ihn diese Nachricht enttäuscht hatte, ließ er sich das kaum anmerken, höchstens eine Schwingung seiner Stimme verriet, wie er sich fühlte.

»Es gibt Hoffnung, Daniel.«

»Natürlich. Er wird weitersuchen. *Ich* auch. Aber die Zeit vergeht schnell. Bald ist es wieder Tag.« Parkov streckte die Hand aus, legte sie an ihre Wange. »Ich möchte keine Minute verpassen. Menschen kommen, Menschen gehen. Am Ende ist es die Zeit, die wir mit ihnen verbracht haben, die zählt. Das ist alles.«

Marie küsste seine Hand. »Dann lass mich nicht mehr zurück. Und versprich mir … weniger Überraschungen. Wenn es das überhaupt geben kann: einen Parkov ohne Überraschungen.«

»Keine Überraschungen«, erwiderte er. »Versprochen.«

Marie legte den Kopf an seine Schulter. »Erzähl mir noch mal von dem Traum, den du erwähnt hast. Dem mit uns beiden. Und komm.« Sie zog ihn an der Hand, weg von den Gerätschaften und Monitoren. »Die Sonne geht auf. Lass uns frühstücken – und den Sonnenaufgang draußen ansehen. Gemeinsam.«

Kapitel 17

5. August, 9.57 Uhr
Polizeipräsidium Frankfurt

Parkov deutete auf das Dürer-Gemälde, das der Projektor im großen Besprechungssaal des Präsidiums an die Wand warf. »Die Vier Apostel«, sagte er. Im Raum war es so still, dass man das Rascheln von Stoff und das Kratzen von Kugelschreiberminen auf Papier hören konnte. »Es existiert eine Akte unter Verschluss beim BKA, die sich mit einer Gruppe von internationalen Verbrechern, Terroristen und Menschenhändlern beschäftigt, die sich selbst die Vier Apostel nennen. Die Gruppe ist gefährlich, einflussreich, rücksichtslos und brutal, sie verfügt über weitreichende Verbindungen, die sich im Verborgenen wie ein Netz in alle Kreise des organisierten Verbrechens erstrecken. Die Apostel handeln so ziemlich mit allem, was verboten ist und Profit bringt. Auf ihr Konto gehen ein Anschlag auf ein Gerichtsgebäude in Kiew und auf eine Chemiefabrik in Lissabon, verschiedene Morde an Staatsanwälten sowie der Absturz eines Linienflugzeugs zwischen Moskau und Berlin, um einen Politiker zu töten … das BKA verfolgt sie schon sehr lange.«

»Parkov, was sagt dieser Kontakt beim BKA Wiesbaden?«, wollte Krantz wissen. »Mark Lansford?«

»Er wird mich später treffen.«

»Wieso dieser Name? Wieso die Apostel? Wieso vier? Sind es *nur* vier?«

Marie, die im übervollen Besprechungssaal keinen freien Platz mehr abbekommen hatte und jetzt nahe bei der Tür wartete, musterte Krantz genau. Der Leiter des K11 schien einen Sinneswandel durchzumachen, als hätte er angesichts der Brutalität des Meersen-Mordes entschieden, dass nun jegliche Zuständigkeitsstreitigkeit irrelevant wäre.

»Ein Apostel im Verständnis des Christentums«, erklärte Parkov ruhig, »ist jemand, der direkt mit der Verkündigung des Glaubens beauftragt wurde. Wenn sich nun eine Gruppe von Verbrechern diesen Namen gibt, ist das dann mehr als Blasphemie? Ich weiß es nicht.« Parkov wartete einen Moment, bis er sich wieder der Aufmerksamkeit aller Anwesenden sicher war. »Ich widme mich nicht Theorien und Mutmaßungen, sondern Handfestem: Den Kollegen des LKA liegen mittlerweile Hinweise vor, denen zufolge Ferdinand Meersen mehrfach das Land verlassen hat. Im Ausland verliert sich seine Spur in diversen osteuropäischen Staaten wie Bulgarien, Tschechien, Weißrussland und der Ukraine. Offiziell hat er diese Reisen als Geschäftsreisen im Rahmen seiner Aktivitäten im Kunsthandel deklariert. Die Vier Apostel bedienen eine exklusive Kundenschicht, sie sind diskret, unauffällig, vor allem aber wurden die Hintermänner *nie* entdeckt. Alles, was wir über ihre Identität in Erfahrung bringen konnten, zeigen folgende Aufnahmen.« Parkov gab einer BKA-Kollegin ein Zeichen, woraufhin diese ein neues Bild von Parkovs Laptop an die Leinwand projizierte. Parkov schien die hochgewachsene, attraktive rothaarige Frau im Hosenanzug zu kennen, doch hatte er sich nicht damit aufgehalten, sie den anderen vorzustellen – was ihr offenbar sehr recht war.

Die Fotografie zeigte ein großes, von Außenscheinwerfern angestrahltes Gebäude, vielleicht am Rand eines kleinen Dorfes inmitten von Wäldern. Es wirkte heruntergekommen, vier Männer standen auf einer Treppe, die in das Gebäude führte. Das Foto war mit einem Teleobjektiv aus der Ferne mittels Restlichtverstärker aufgenommen worden – alles wirkte, als hätte der Fotograf um nichts in der Welt riskieren wollen, entdeckt zu werden.

»Wir kennen diesen Ort nicht«, erklärte Parkov. »Die Details der Umgebung – der Wälder, der Gebäudestrukturen – liefern keine konkreten sachdienlichen Hinweise. Die anderen Männer, mit denen wir Meersen hier sehen, konnten noch nicht identifiziert werden, wir dürfen jedoch annehmen, dass es die anderen Apostel sind. Meersen war einer von ihnen.«

»Wie Heilige sehen sie ja nicht gerade aus«, sagte Krantz mit schnarrendem Unterton.

»Oh, das sind sie gewiss nicht.«

»Wer hat das Foto gemacht?«

»Das muss geheim bleiben. Der Informant will keine weiteren Informationen liefern, weil er fürchtet, enttarnt zu werden, daher liegen dem BKA die exakten GPS-Daten dieser Aufnahme nicht vor. Viele Kollegen, die in derartige Strukturen eingeschleust wurden, arbeiten unter Lebensgefahr.«

»Bitte?«, fragte Krantz.

»Das ist eine Sache von BKA und Interpol.«

»Es muss doch einen Weg geben«, warf Jörg ein, ehe Krantz etwas erwidern konnte. »Kontobewegungen, irgendwas, wodurch sich Meersen verrät, sich und dieses Doppelleben.«

Marie bemerkte, wie Parkov der Rothaarigen einen Blick zuwarf, den diese regungslos erwiderte. »Fischer?«, fragte er dann.

Der Leiter der Spurensicherung räusperte sich. »Das gibt es. Meersen hat sein Doppelleben gut verborgen, aber jetzt, da wir ihn genau unter die Lupe nehmen, ihn durchleuchten, tritt doch einiges ans Tageslicht. Es gibt da eine Art Trennwand im Kleiderschrank«, berichtete Fischer, »durch die man in einen Geheimraum gelangt. Der Mörder wusste das nicht, oder vielleicht hat es ihn auch nicht interessiert, aber da drinnen gab es einige Dinge, die ein Kunsthändler für gewöhnlich nicht benötigt, würde ich meinen.«

Marie warf einen Blick in das Dossier, das jedem von ihnen vorlag. Die Kriminaltechnik hatte in dem Geheimraum eine Schusswaffe entdeckt – mitsamt Munition – und einige Anzüge und Kleidungsstücke, die mit langem Haar übersät waren. »Helles Hundehaar«, sagte Fischer. »Der Hund, irgendeine sehr große Rasse, muss mit Meersen Kontakt gehabt haben. Er hat ihn berührt, das Tier ist ihm zwischen den Beinen umhergelaufen, und all das ist erst vor Kurzem passiert, denn die restlichen Anzüge sind sauber, chemisch gereinigt und ohne Spuren. Und die Meersens haben definitiv keinen Hund, das bestätigen uns alle Zeugen.«

»Ein Hund also.«

»Nicht nur ein Hund«, sagte Parkov. »Der Geheimraum enthielt auch einen Koffer mit fünfhunderttausend Euro. An dem Schloss finden sich Meersens Fingerabdrücke und die eines Unbekannten.«

»Und wir haben noch einen Ansatzpunkt … den Tresor«, bemerkte Fischer.

»Den wir nicht öffnen können.« Krantz schnaubte, doch Fischer warf Parkov einen Blick zu, den Marie nicht deuten konnte.

»Das ist ebenso eine Sache«, fuhr er fort. »Der Schlüssel, den Parkov gefunden hat, ließ sich mittlerweile einer der vielen Transportkisten in Meersens Lager zuordnen, dort, wo Odinsdottir …«

»Wir wissen, was geschehen ist. Mach weiter«, sagte Krantz.

»Die Transportkiste wiederum enthielt … das hier.«

Marie blätterte im Dossier und warf einen Blick auf das kleine Etwas, das Fischer gerade hochhielt wie eine Trophäe.

»Was ist *das* denn?«, fragte einer der Kollegen von weiter hinten.

Was Fischer da vorzeigte, war ein wundervoll gearbeitetes Holzkästchen, gut zwanzig Zentimeter breit, aus einem rötlich schimmernden Holz mit Goldintarsien, Elfenbein und Edelsteinen. »Diese Box«, erklärte der Leiter der Spurensicherung, »ist antik, südamerikanisch und unfassbar wertvoll. Ich denke, jeder Sammler würde sich darum reißen, aber …« Er drückte einen der Steine und ein verborgener Deckel öffnete sich. »Aber sein Inhalt dürfte *uns* mehr beschäftigen. Im Inneren befand sich ein doppelter Boden, der nur mit speziellen feinmechanischen Kenntnissen zu entnehmen war … darunter lag dies.« Was er herausnahm, glich einem etwa sechs Zoll großen Tablet, nur war es etwas dicker und hatte viele Tasten unter dem Display.

»Hat man es exklusiv angefertigt?«, fragte Parkov interessiert. »Das ist doch nichts, was man einfach erwerben könnte.«

»Genau.« Fischer drückte eine Taste, woraufhin der Bildschirm aufleuchtete – und nach einem Entsperrcode fragte.

»Höchst spannend«, meinte Parkov. »Ein Code von undefinierter Länge, dazu Tasten, mit denen alle Buchstaben des Alphabets und sämtliche Zahlen eingegeben werden können. Das ergibt weit mehr als sechsunddreißig hoch zehn Kombinationsmöglichkeiten, also …« Parkov schnaubte. »Ein Computer könnte innerhalb von wenigen Stunden alle Möglichkeiten durchtesten, uns hingegen bleibt nur die manuelle Eingabe, wir sind daher nicht in der Lage, das richtige

Passwort durch schlichtes Raten zu finden, zumindest nicht innerhalb unserer Lebenszeit.«

Lebenszeit. Marie jagte das Wort aus Parkovs Mund einen Schauer über den Rücken.

»Das ist korrekt«, sagte Fischer. »Dieses Gerät wurde von einem unbekannten Hersteller angefertigt. Man kann es im gesperrten Zustand weder mit einem Computer verbinden noch anderweitig darauf zugreifen, ohne es zu beschädigen.«

»Also raten wir nicht?«, fragte Jörg.

»Nein«, entgegnete Parkov. »Wir werden es *herausfinden.*«

»Können wir das Ding nicht … einfach aufbrechen? Die Speicherbauteile herausholen?«

»Wir könnten«, erwiderte Parkov, »aber wir können unmöglich sichergehen, dadurch seinen Inhalt *nicht* zu zerstören. Also? Nein.«

»Die Versuche, es zu röntgen, schlugen fehl, eine Bleiummantelung im Inneren scheint den Inhalt vor neugierigen Blicken zu verbergen … und vermutlich wurden Vorkehrungen getroffen, um den Inhalt zu zerstören, sollte jemand versuchen, das Ding zu beschädigen.«

»Wie nennen wir das Teil?«, fragte Jörg.

»Ein Krypticon«, antwortete Parkov sofort und warf einen Blick in die Runde. »Ist das nicht ein guter Name?«

»Na schön, Parkov«, sagte Krantz. »Dann lösen wir es also.«

»Oder sollten wir sagen, *ich* löse es?«

»Haben Sie das denn getan? Es gelöst?«

Parkov ließ sein kühles, zynisches Lächeln sehen. »Ich habe es gerade zum ersten Mal gesehen. *Noch* nicht.«

»Wenn sich am Ende herausstellt, dass Meersen uns damit nur verarschen wollte …«

»… geht das auf meine Kappe, wie man so schön sagt«, erwiderte Parkov. »Damit kann ich leben.« Seine eisblauen Augen wanderten durch den Raum und verharrten bei ihr. Marie wusste, dass nun sie an der Reihe war.

»Die unbekannte Frau aus dem versteckten Gefängnis«, erklärte sie laut, »wird ärztlich betreut. Ich habe vorhin nach ihr gesehen, doch sie wollte trotz der Psychologin und der Dolmetscherin nicht mit uns reden. Aber …«, Marie hob ein gefaltetes Blatt Papier hoch und entfaltete es, »… sie hat etwas gezeichnet. Das hier.« Sie reichte das Blatt Parkov, der es herumgehen ließ.

»Ein großes Gebäude«, fuhr Marie fort, »ziemlich heruntergekommen. Ich würde sagen, es könnte das sein, vor dem Meersen fotografiert wurde. Vielleicht hat man sie dort eine Zeit lang festgehalten.«

»Ja, die Möglichkeit besteht«, meinte Krantz. »Dennoch muss sie mit uns reden. Wir müssen sie überzeugen, dass sie sich nicht mehr in Gefahr befindet.«

»Nicht mehr in Gefahr?« Parkov hob eine Braue. »Wer sagt das?«

»Sie liegt im Krankenhaus, Parkov. Uniklinik, mit einem Polizeiposten gleich vor ihrer Tür.«

»Und deshalb ist sie nicht mehr in Gefahr? Das überzeugt mich nun gar nicht.«

»Der Tote in diesem Keller, wo wir sie gefunden haben«, sagte Marie schnell, ehe sich Parkov und Krantz weiter anfeinden konnten, »ist ein lokaler Drogendealer. Nicht besonders auffällig, ein paarmal vorbestraft. Es ist ungewöhnlich, dass er plötzlich bei einer solchen Sache mitmischt … aber dann haben die Kollegen von der MK2 herausgefunden, dass jemand für die Behandlung seiner Mutter bezahlt hat, seit langer Zeit schon, und er … na ja, er hat dafür einige Dinge erledigt und den Mund gehalten. Einfache Transportjobs, ein paar Leute quer durchs Land gefahren und so weiter. Wir versuchen, möglichst viele Typen wie ihn aufzuspüren – ich meine, das K42 versucht das –, aber wir wissen ja, dass das dauern kann. Ich werde den Eindruck nicht los, dass sich die Typen alle kennen. Und sie halten alle dicht.«

»Eine organisierte Struktur«, sagte Krantz. »Eine neue, unbekannte Struktur. Das wollt ihr andeuten?«

»Ich hätte noch einen anderen Namen dafür«, erwiderte Parkov. »Und alle hier kennen ihn.« Wieder wechselte er einen Blick mit der Rothaarigen im hinteren Teil des Raumes, die noch immer kein einziges Wort gesagt hatte.

Krantz fuhr sich durchs Haar, dann zog er ein Taschentuch aus seiner Jeanstasche und tupfte sich über die Stirn. »Also haben wir einen Toten, der für Meersen und die anderen Typen – Apostel, wenn wir sie wirklich so nennen wollen – Jobs erledigt haben soll, und wir haben Hector Alvarez oben in Vernehmung eins, der dasselbe getan hat …«

»Nur ist der nicht tot«, fügte Parkov hinzu. »Ja, darauf läuft alles hinaus. Alvarez *muss* reden.«

»Was ist mit diesem Panther?«, fragte Jörg und bedachte sowohl Marie als auch Parkov mit einem durchdringenden Blick. »Wir haben dieses Zeichen auf der Kugel, das Zeichen auf der Wand, das er als Markierung hinterlassen hat. Wie wäre es, wenn wir die ganze Sache nicht von den Opfer-Tätern wie Meersen her aufrollen, sondern bei ihrem Mörder ansetzen? Der Panther, das Orakel … ganz ehrlich, irgendwas stimmt doch mit diesen Typen nicht. Ich meine, wer denkt sich diese Namen aus? Setzen die sich morgens hin und sagen: Hey, heute spielen wir Scrabble und nehmen den möglichst bescheuertsten Namen für unsere kleine Organisation, der uns gerade einfällt?«

Marie lächelte nicht. »Das wissen wir nicht. Und was den Panther und das Orakel angeht, abgesehen von Parkovs Telefongespräch haben wir nichts. Keine Spuren, keinen Hinweis. Es ist, als wäre ein Geist in diese Wohnung gekommen und hätte alle Meersens ermordet. Wir wissen nicht einmal, ob das Orakel wirklich eine Frau ist oder ob wir es hier mit einer Stimmverfälschung zu tun haben.«

»Der Panther ist ein hocheffizienter Auftragskiller«, erklärte Parkov ernst, während es vollkommen still im Raum wurde. »Er hinterlässt keine Spuren und er verfehlt sein Ziel niemals.«

»Aber wir wissen, wie er denkt. Er tötet einen dieser Apostel … und wenn Meersen mit Menschenhandel zu tun hatte, dann frage ich mich doch *eines*.« Jörg tippte sich an die Stirn. »Wieso Meersen, wieso geht er dieses Risiko ein? Es gibt nur zwei Möglichkeiten: Entweder haben die jemandem ans Bein gepinkelt, der mächtiger ist als sie … oder es ist die Rache eines früheren Opfers.«

»Zwei sinnvolle Überlegungen«, erwiderte Parkov. »Und doch müssen wir alle mehr über Meersens Aktivitäten und die der anderen Apostel herausfinden und andere Opfer aufspüren, sonst stecken wir in einer Sackgasse.«

»Dieses Foto«, fing Krantz noch mal an. »Meersen und die anderen vor diesem Anwesen.«

»Ja?«, fragte Parkov. »Was ist damit?«

»Jemand war also dort. Wieso setzen wir da nicht an?«

»Ich sagte, die Aufnahme dieses Fotos ist Sache des BKA. Wir werden die Spur weiterverfolgen, aber das ist *keine* Angelegenheit dieser Mordkommission oder des K11.« Parkov klang unnachgiebig.

»Fünf Menschen sind gestorben«, sagte Krantz. »Was immer getan werden muss, um diesen Wahnsinn aufzuklären – ich *werde* es tun.«

»Nein, Krantz. Sie sind für diese Stadt zuständig. Alles andere, Spuren, die ins Ausland führen, überlassen Sie mir.«

Marie bemerkte, wie sich die Frau hinten im Raum regte. Parkov sah erneut zu ihr hinüber, dann nickte er. »Kollegen, das ist Lea Berger von der Einheit 11 des BKA. Sie und Mark

Lansford und ihr Team sind mit den Ermittlungen gegen diverse Gruppierungen wie die Apostel betraut.«

»Das ist korrekt«, sagte Berger. Ihre Stimme klang dunkel und kühl. »Dem BKA liegen Hinweise zu dieser Menschenhändler-Gruppierung vor. Das kann ich sagen. Alles andere ist klassifiziert.«

»Und ich nenne das Mist«, rief Krantz. »Wie sollen wir auf diese Weise arbeiten? Setzt ihr uns jetzt außer Gefecht und irgendeine Taskforce vor die Nase? Irgendeine vom BKA geleitete Sonderermittlungseinheit?«

»Sieben Tote allein letzte Nacht«, erwiderte Berger. »Ein Anschlag auf das Auto einer Zeugin. Darum geht es doch.«

»Nein, nein, nein.« Krantz schüttelte den Kopf, nun wirkte er wirklich zornig. »Es geht darum, Dinge unter den Teppich zu kehren. Wenn diese Typen wirklich so einflussreich sind, wer ist dann noch in diese Sache verwickelt? Welche Daten, welche Kontakte haben diese Apostel? Was darf da nicht ans Licht?«

Parkov musterte Krantz kühl. »Ich verstehe die Bedenken. Das wird nicht geschehen. Nicht solange ich hier bin.«

Krantz schnaubte. »Und jetzt? Was machen wir jetzt?«

»Die MK1 in Frankfurt macht weiter wie bisher und verknüpft die Enden auf dieser Seite. Spuren, die von Frankfurt ins Ausland führen, wird die neu zu gründende Ermittlungsgruppe Apostel übernehmen«, sagte Berger. »Parkov hat mich gebeten, diese Einteilung so vorzunehmen. Er selbst wird sich uns anschließen.«

Marie traute ihren Ohren nicht. Parkov warf ihr einen knappen Blick zu, der fast entschuldigend wirkte. Oder enttäuscht? Oder doch ganz anders?

»Diese Ermittlungsgruppe wird unabhängig agieren«, erklärte er, »aber ich finde es sinnvoll, wenn wir jemanden aus der MK1 ausleihen könnten. Jemanden, der sich mit den Vorgängen auskennt.«

»Jemanden?«

»Marie?«, fragte Parkov. »Was hältst du davon?«

»Ich …« Sie räusperte sich, spürte, wie alle Augen im Raum auf sie gerichtet waren. »Also ist das beschlossene Sache?« Sie dachte an Krantz' Worte: *Wenn diese Typen wirklich so einflussreich sind, wer ist dann noch in die Sache verwickelt? Welche Daten, welche Kontakte haben diese Apostel? Was darf da nicht ans Licht?*

»Es ist beschlossen. Definitiv.« Das war Lea Berger.

»Wir müssen Alvarez vernehmen«, erwiderte sie und straffte sich. »Und die Unbekannte. Ich bin dafür, dass wir endlich vorankommen. Wenn du mich im Team haben willst, bin ich einverstanden, sofern wir diese Besprechung dann *jetzt* beenden.«

Über Parkovs Lippen huschte ein kurzes Lächeln. »Wie nachvollziehbar. Gut. *Wunderbar*, sollte ich wohl sagen. Dann packen wir es an.«

Kapitel 18

Die Wände des Vernehmungsraums eins waren nackter Beton, der dringend einmal wieder überstrichen gehörte, voller Flecken der chemisch entfernten Hinterlassenschaften mancher Abhängiger, die hier ihre letzten Mahlzeiten wieder losgeworden waren, vermischt mit Blut und allen erdenklichen Körperflüssigkeiten. »Wir waren dort«, sagte Parkov. »Wir waren im Haus.«

Marie, die neben Parkov Hector Alvarez gegenübersaß, wartete auf eine Gesichtsregung, doch da kam keine. Alvarez schien gelangweilt, wirkte fast, als dämmerte er vor sich hin, als kümmerte ihn kaum, was ihm Parkov zu sagen hatte. Es war stickig hier drin, die Luft wie eine zähe Masse, die man nicht atmen mochte.

»Ja? Dann frage ich mich, wieso ich noch hier bin. Das ist alles, was ich weiß. Wie ich schon sagte: Ich überbringe ein paar Lieferungen für Meersen. Und das war's.«

»Wir waren dort«, sagte Parkov ein zweites Mal. Marie spürte, wie er unterschwellig Verachtung ausstrahlte, und sie war sich sicher, dass auch Alvarez es bemerkte. Dass er dennoch so ruhig blieb, deutete auf vollkommene Abgebrühtheit hin – und auf Schauspielkunst.

»Ja, und?«

»Das Haus war abbruchreif und leer«, fuhr Parkov fort. Er hatte einen Aktenordner zwischen ihnen auf dem Tisch platziert und die Fingerspitzen aneinandergelegt. »Wir verbrachten dort einige Zeit, ehe wir die Treppe entdeckten, die hinab in das Kellergeschoss führt. Du hast meine Zeit verschwendet, und meine Zeit ist *kostbar.*«

»Wir gingen also hinunter«, sagte Marie, »und fanden einen alten, ziemlich schmutzigen Gewölbekeller.«

»Wieso erzählt ihr mir das?«

»Da unten waren wir nicht allein.«

Alvarez rutschte auf dem Plastikstuhl hin und her, doch seine Hände verharrten, wo sie waren, sie lagen entspannt nebeneinander auf dem Tisch, der ihn von Marie und Parkov trennte.

»Weißt du, was wir da unten entdeckt haben?«

»Nein, Parkov.« Die Antwort kam gepresst aus seinem Mund. »Und das will ich auch nicht wissen.«

»Die Höhle eines Monsters. Und seine Beute.« Parkov ließ seine Worte einige Momente wirken. Dann, so plötzlich, dass sowohl Marie als auch Alvarez zusammenzuckten, schlug er mit der Faust auf den Tisch.

»Da unten war jemand eingesperrt wie ein Tier, das nur darauf wartete, abgeholt und an einen Ort gebracht zu werden, wo man es benutzt, missbraucht – und irgendwann, wenn man genug von ihm hat, entsorgt.«

Das linke Augenlid zuckte. Marie sah, wie Alvarez mit dem rechten Zeigefinger auf den Tisch trommelte … ganz leicht. Dann bemerkte er, dass sie ihn beobachtete, und zwang sich, die nervöse Reaktion zu beenden.

Ertappt.

»Ich weiß nichts von einer Frau.« Alvarez zuckte mit den Achseln. »Und ich will jetzt mit meinem Anwalt sprechen.«

Parkov beugte sich vor. »Ich habe gar nichts von einer Frau gesagt.«

»Was?« Alvarez' Hand zuckte, ballte sich zur Faust. »Ich muss es wohl irgendwo aufgeschnappt haben.«

»Nein. Nein, das hast du nicht. Niemand hat das erwähnt. Du hast dich in den vergangenen Stunden in Gewahrsam befunden ... Alvarez, das war so ein klassischer Fauxpas. Ärgerlich.«

Alvarez starrte zuerst Parkov an, dann wanderten seine Augen hinüber zu Marie. »Ups«, sagte er. »Muss mir wohl rausgerutscht sein.« Dann lachte er, dabei veränderte sich sein Gesicht völlig, als würde er zu einem anderen Menschen, einem ganz anderen Charakter. »Parkov, wie fändest du es, wenn wir irgendeinen kaputten Crackjunkie aus der Gosse mal nachts zu deiner Freundin schicken würden? Würde dir das gefallen, hm?«

Marie traute ihren Ohren kaum. Das Grinsen auf Alvarez' Gesicht war anzüglich, er leckte sich über die Lippen. »Und sie hat eine Tochter, oder?«

»Du Scheißkerl«, sagte Marie leise, doch Parkov schüttelte sofort den Kopf, als wollte er ihr sagen: *Nicht doch. Das ist er nicht wert.* Marie wurde wütend. Sie ertrug es nicht, wenn jemand Lucie bedrohte, und schon gar nicht, wenn jemand eine solche Drohung ihr gegenüber aussprach.

»Alvarez, es gibt eine ganz einfache Lösung für ... unser Problem hier.«

»Was für ein Problem?«

»*Dich.*« Parkov ließ sein kaltes, zynisches Lächeln sehen. Er griff wie nebenbei nach dem Aufnahmegerät, das die Vernehmung aufzeichnete, beendete sie offiziell und schaltete es ab. »Wir werden dich anklagen. Ich werde ein paar Leute noch mal in deine Wohnung schicken und sie werden etwas finden ... vielleicht Waffen, Drogen, Kinderpornografie ... und damit haben wir dich.«

»Da *ist* nichts, und das weißt du auch ganz genau, Parkov.«

»Ich bin vollkommen ahnungslos. Aber ich bin mir sicher, dass, wer gründlich sucht, auch etwas finden wird. Und dann …«, Parkov stand schnell auf, ging um den Tisch herum, beugte sich zu Alvarez hinab und flüsterte ihm ins Ohr, »… wird sich irgendein unachtsamer Beamter in der U-Haft verplappern. Und ein, zwei unangenehme Typen, vielleicht ein paar Hells Angels, vielleicht von irgendeinem anderen Kutten tragenden Klub, werden das mitbekommen. Und, Alvarez, es werden Familienväter sein. Deren kleine Jungs und Mädchen warten, bis Daddy nach ein paar Jahren wieder rauskommt. Vielleicht mögen die nicht, was du da draußen alles getrieben hast. Was man so unachtsam über dich erzählt. Und vielleicht ist einer von denen auch ganz gut darin, so ein billiges Knast-Waschbecken mit der Faust zu zerschlagen und eine Keramikfliese zurechtzufeilen …«

Parkov richtete sich wieder auf, strich über sein Hemd und justierte Ärmel und Kragen. Er wirkte von sich selbst angewidert. »Denk darüber nach. Du kennst mich, Alvarez. Ich werde tun, was ich tun muss, Apostel hin oder her.« Parkov bedeutete Marie, sie solle ihm folgen. Bei der Tür ertönte ein lautes Geräusch hinter ihnen, das sie beide herumfahren ließ.

»Du bist vollkommen wahnsinnig, weißt du das?« Alvarez hatte mit der flachen Hand auf den Tisch geschlagen. »Du hast keine Ahnung, mit wem du dich da einlässt. Die … fressen dich. Die fressen dich bei lebendigem Leib, ja? Wenn du denen ans Bein pisst, bist du erledigt. Diese Apostel … Ich meine, schon dieser Name … wer gibt sich *so* einen Namen, wenn er nicht wirklich vollkommen irre ist? Und das sind sie, glaub mir. Ich stand mit Mittelsmännern in Kontakt, die wiederum mit anderen Mittelsmännern arbeiten … da weiß keiner, was der andere weiß, es ist komplex, verschachtelt, getarnt und verborgen hinter Schichten und weiteren Schichten … Und du, Parkov …« Er sah wieder zu Marie hinüber und lachte kurz.

»Ich sehe, wie du die da ansiehst. Ja, du hast ihren Namen vermieden, aber du weißt, dass du dich dennoch damit angreifbar machst.«

»Und du?«, fragte Marie. Parkov warf ihr einen warnenden Blick zu. »Du weißt doch, was dir blüht, wenn die denken, du hättest geredet. Wir sind deine einzige Chance. Kapier es endlich. Deal … oder du versuchst es wieder draußen. Ich bin gespannt, wie lange dein Leben dann noch dauert. Drei, vier Tage?«

»Rede. Dann sehe ich zu, was wir für dich tun können«, fügte Parkov hinzu. »Meine Kollegin hat recht. Wir haben dich noch ein paar Stunden hier … die könnten auf den Gedanken kommen, du hättest uns alles erzählt.«

Alvarez starrte nur. Das Innere seiner Augen wirkte inzwischen weit blutunterlaufener als zuvor. Ein Speichelfaden tropfte ihm von der Unterlippe, er leckte ihn auf. Seine Lippen waren spröde, er hatte das Glas Wasser, das man ihm angeboten hatte, nicht angerührt.

»Sie sind überall, Parkov. Das weißt du.«

»Aber natürlich.«

Alvarez seufzte. »Liefer mir einen Deal, dann werde ich euch eine nette Geschichte erzählen. Anders läuft es nicht.«

»Aus netten Geschichten machen wir uns nichts. Uns interessiert nur die Wahrheit«, gab Marie zurück. »Der Deal ist die eine Sache, aber ich möchte zuvor eine Antwort. Das Betäubungsmittel im Wein, wie kam das da rein?«

Alvarez räusperte sich. »Das weiß ich wirklich nicht. Ich wollte nicht, dass Meersen stirbt. Herrgott, sie werden mich verdächtigen, genau wie ihr! Ich habe für ihn Dinge transportiert, und dabei hat mich sein Mörder ohne mein Wissen für seine Zwecke benutzt. Wie er an die Flaschen rankam? Fragt doch im Lager nach.«

Parkov sah zu ihr, als wollte er fragen: *Und das glauben wir ihm wirklich?* Laut sagte er: »Das haben wir. Niemand kann sich erklären, wie die Weinflaschen verunreinigt wurden. Nun denn … schön hierbleiben.« Sie verließen den Vernehmungsraum. Parkov nickte dem Polizisten zu, der eigens zu dessen Bewachung abgestellt worden war, und wartete, bis dieser die Tür verschlossen hatte.

Marie sah, dass Lea Berger auf sie wartete. »Wir müssen nach Wiesbaden«, sagte sie zu Parkov. »In die Zentrale. Mark will mit dir sprechen.«

»Und ich mit ihm«, erwiderte Parkov. »Wir haben hier einen besonderen Fall. Er will einen Deal.«

»Wir machen doch keine Deals«, sagte Berger.

»Natürlich nicht.«

»Und ich denke, das *weiß* er auch. Im Moment macht er nur dicht«, meinte Marie. »Setzt mich an der Uniklinik ab. Ich will nach Isa und unserer Unbekannten sehen.«

»Klar.« Parkov ging voraus. Im Lift, der sie nach unten zur Tiefgarage bringen sollte, herrschte Stille. »Da fällt mir ein, ihr kennt euch noch gar nicht«, sagte Parkov schließlich ungewohnt heiter. »Marie, das ist Lea Berger, Lea, Marie Winter, die vielleicht beste Kriminalbeamtin, die du an diesem Ort finden wirst. Nein, lass mich das korrigieren: nicht *vielleicht*.«

Berger warf ihr einen unterkühlten Blick zu, streckte ihr dann jedoch die Hand hin. »Schön. Freut mich.«

»Alle freuen sich, alle haben sich lieb«, trällerte Parkov mit ironischem Unterton.

»Du hast erstaunlich gute Laune dafür, dass wir es hier mit einem Mehrfachmord, irgendeinem seltsamen Auftragsmörder, seinem Drahtzieher und einigen Menschenhändlern zu tun haben«, entgegnete Marie.

»Das ist *keine* gute Laune.«

»Oh doch, ich glaube, *die* kenne ich mittlerweile. Du solltest wirklich aufpassen – am Ende denken hier noch einige, du würdest dich amüsieren.« Marie betrachtete noch einmal das Bild, das Meersen mit den anderen Aposteln vor diesem heruntergekommenen Gebäude zeigte. *Wo seid ihr da*, ging es ihr durch den Kopf, *wo habt ihr euer Versteck?*

»Ich werde es ihr zeigen«, sagte sie.

»Sie wird womöglich noch immer nicht antworten wollen. Aber ich *werde* deinen stets arbeitsamen Einsatz vermerken«, erwiderte Parkov mit einem Augenzwinkern.

»Haha«, sagte Marie trocken.

Dann erreichte der Lift die unterste Ebene.

Kapitel 19

Isabelles Gesicht war so schrecklich blass, wie sie es noch nie zuvor gesehen hatte. Marie nahm ihre Hand und erschrak darüber, wie kalt sie sich anfühlte. »Irgendwie habe ich befürchtet«, begann sie, »dass einem von uns eines Tages *das* zustoßen würde. Und ich hab mich vor diesem Tag gefürchtet.«

Die Geräte der Intensivstation piepten und brummten und gaben keine Antwort, ebenso wenig wie Isabelle selbst, die in ein paar Stunden zum zweiten Mal operiert werden sollte. »Du wirst wieder gesund, hörst du? Du *musst.*«

Draußen auf dem Flur stieß Marie auf den behandelnden Arzt, der, wie sich herausstellte, auch über die unbekannte Frau zwei Etagen weiter oben informiert war.

»Was Frau Odinsdottir angeht: Ich bin guter Dinge, dass sich alle Komplikationen beseitigen lassen. Unsere Unbekannte … sie ist unverletzt. Unversehrt, vollkommen ausreichend mit Wasser und Nahrung versorgt worden. Wäre sie nicht in einem solchen Schockzustand, ja fast schon katatonisch, dann …«

»Was denken Sie, wann kann man mit ihr sprechen?«

»Versuchen können Sie es, nur ihre Antworten … sind kaum mehr als kryptisch.«

Marie machte sich auf den Weg hinauf. Vor der Tür des Krankenzimmers saß ein Polizist, der sofort aufblickte, als er sie den Flur entlangkommen sah – *V. Batrenko* stand auf dem Namensschild.

»Kollegin«, begrüßte er sie.

»Hat sie etwas gesagt? Irgendwas?«

Er schüttelte den Kopf. »Nicht ein Wort.«

»Ich sage Bescheid, wenn ich Sie brauche«, erwiderte Marie und ging hinein. Die Frau saß auf einem Stuhl am Fenster und sah zu den Vögeln in den Baumkronen der Linden. Als Marie behutsam die Tür hinter sich schloss, rührte sie sich nicht.

»Hello«, begann Marie auf Englisch und zeigte der Frau den Zeichenblock, den sie unterwegs gekauft hatte. »Ich dachte mir, weil du so gern zeichnest … habe ich dir den mitgebracht.«

Als die Frau noch immer nicht reagierte, legte Marie den Zeichenblock auf den kleinen Abstelltisch neben dem Bett. »Du bist jetzt in Sicherheit. Du kannst den Leuten hier vertrauen.«

Die Frau rührte sich nicht, doch – und da war sich Marie sicher – ihre Augen bewegten sich einen kurzen Moment zu ihr herüber. Hatte sie verstanden? Im Beisein der Dolmetscherin hatte sie nichts anderes getan, als stur aus dem Fenster zu blicken, während ihre Finger im Schoß einander umklammerten … bis sie dann mit ihrer Zeichnung angefangen hatte, die schließlich jenes Gebäude zeigte, das dem auf der Fotografie glich.

Wir müssen diesen Ort finden, dachte Marie. *Und du musst zu ihr durchdringen.*

Man hatte auf Anweisung von Lansford einen Kollegen draußen postiert, der Russisch und Ukrainisch beherrschte. Da die Frau nur ein einziges Mal etwas gesagt hatte, war Parkovs Vermutung, dass sie Ukrainisch sprach, ihr einziger Anhaltspunkt – der Kollege vor der Tür hatte sich gleich bereit erklärt, die Sache zu übernehmen.

Marie sah sich im Raum nach ihrer Karte um, die sie der Frau heute Morgen gegeben hatte, konnte sie jedoch nicht entdecken, also legte sie ihr nochmals eine hin. »Wenn dir irgendetwas einfällt oder du auch nur mit jemandem reden willst, der deine Sprache spricht, bitte gib uns Bescheid. Wir werden alles tun, um dir zu helfen.«

Die Frau hob den Kopf. Ihre Hand – Marie traute ihren Augen kaum – bewegte sich in ihre Richtung. Sie legte ihre Finger um Maries Hand und hielt sie fest, so als wollte sie Marie davon abhalten zu gehen.

»Gefahr«, sagte sie leise. »*Gefahr.*«

»Hier? Gefahr an diesem Ort, für dich?«

Sie nickte. »Gefahr«, sagte sie noch einmal.

»Kannst du ... kannst du mir deinen Namen sagen?« Marie deutete auf den Zeichenblock und machte schreibende Bewegungen. »Oder ihn aufschreiben?«

Die Frau verstand. Sie nahm den Zeichenblock, schrieb in großen Buchstaben etwas darauf und drehte den Block herum: Svetlana Jatsenko.

»Svetlana?«

Die Frau nickte.

»Marie.« Sie spürte, wie sich ein erleichtertes Lächeln auf ihre Lippen schlich. In dieser kurzen Zeit einen solchen Fortschritt zu erzielen – das hatte sie nicht für möglich gehalten. Dann suchte sie nach den passenden Worten. »Gefahr ... was meinst du damit? Kannst du mir das sagen? Oder aufzeichnen? Oder – wir haben einen Kollegen draußen, der deine Sprache spricht, könnte er ...«

»Nein!« Svetlana Jatsenko packte Maries Arm, so fest, dass es beinahe schmerzte. »Nur *wir.*«

»Nur wir, alles klar. Aber ich kann dich leider kaum verstehen und umgekehrt geht es dir doch genauso.«

Svetlana starrte sie verständnislos an. *Genau das meine ich, du Arme*, dachte Marie.

»Mein Kollege ... ein anderer Kollege, meine ich, Daniel, er versteht dich vielleicht. Wenn ich ihm Bescheid sage ...«

»Ist er ... *Gefahr?*«

»Niemand von uns ist eine Gefahr.«

»Du bist ...« Svetlana starrte sie an. »Du bist Polizei. Polizei ist Gefahr.«

»Wie meinst du das?«

»Polizei kennt den bleichen König. Polizei hilft ihm. Nicht alle, aber ... aber manche Polizei hilft ihm.«

Marie holte tief Luft. Was Svetlana da andeutete ... Hatte Parkov am Ende recht? Wussten sie nicht, wem sie trauen konnten? War jemand in diese Sache involviert, jemand von viel weiter oben, als sie bisher vermutet hatten? Hatte sich das BKA deshalb eingeschaltet, die Ermittlungen an sich gezogen? Oder ging es gar darum, wie Krantz angedeutet hatte, Dinge zu vertuschen, Informationen verschwinden zu lassen?

Nein. Das darf nicht sein.

»Hast du jemanden gesehen? Kannst du jemanden beschreiben?«

Sie schüttelte den Kopf. Eine Träne lief ihr über die Wange, doch das schien sie nicht zu bemerken. »Ich weiß, was die vorhatten. Immer gleich.«

»Heute Morgen«, versuchte es Marie auf einem anderen Weg, »da hast du etwas gezeichnet. Ein großes Gebäude. Sehr, wie soll ich sagen, heruntergekommen.«

Svetlana nickte.

»Weißt du, wo das ist? Wie es heißt? Kennst du eine Adresse?«

Sie schüttelte den Kopf. »Nein. Da war ein Wort ... Ich ... ich weiß nicht mehr. Aber ... ich war dort. Hab selbst gesehen. Ist ... böser Ort.« Nun weinte sie, schien den Halt auf ihren

Beinen zu verlieren. Marie streckte die Arme aus und umschlang sie fest, strich ihr über den Rücken.

»Ich weiß«, sagte sie leise. »Aber ich verspreche dir, dass alles wieder gut wird. Und wenn ich es allein machen muss. Wir finden schon heraus, was hier vor sich geht.«

»Ich … ich bin müde«, sagte Svetlana. »Schlafen.«

»Aber natürlich. Soll ich … bleiben? Oder, wenn du willst, sehe ich heute Abend noch mal nach dir?«

»Ja. Bitte.« Svetlana setzte sich auf den Bettrand und ließ den Kopf hängen. »Bitte …«

»Es wird schon wieder«, meinte Marie. Für einen Moment hatte sie den Eindruck, dass Svetlana noch etwas sagen wollte, sich aber noch immer nicht traute. »Dann bis später.«

Hinter sich schloss Marie die Tür. Batrenko schaute von seiner Zeitschrift auf und nickte ihr zu. »Wie geht es ihr?«

»Sie sagt«, ihr gingen Svetlanas und Parkovs Worte durch den Kopf, »dass sie sich an kaum etwas erinnern kann. Nur Bruchstücke, und selbst die sind kaum verständlich.«

»Hoffen wir, dass sie sich erholt«, meinte Batrenko.

»Das sollten wir.«

Sie war bereits unten und wartete auf Jörg, der sie mit in die Innenstadt nehmen wollte – dort wartete ihre Schwester Lara mit Lucie auf sie –, als sich ihr Smartphone meldete.

»Was denn? Vermisst du mich schon?«

»Warst du bei ihr?« Parkov klang ernst. Marie erzählte ihm alles. Svetlanas Angst vor Verrätern in ihren Reihen, von ihrer Zeichnung und davon, dass sie sich nicht an den Namen des Ortes erinnern konnte.

»Würdest du mir einen Gefallen tun? Geh noch mal hinein und frag sie, jetzt, wo sie ja mit dir spricht, nach einer gewissen Maria Marchenko. Das ist eine andere verschwundene Frau, die mit den Machenschaften der Apostel in Verbindung stehen könnte.«

»Wie lange ist das her?«

»Gerade einige Wochen. Vielleicht haben sich die beiden gesehen, vielleicht hat man sie zusammen untergebracht.«

»Okay. Das mach ich.« Marie wollte noch etwas hinzufügen, doch Parkov hatte bereits aufgelegt.

»Na schön. Was man nicht alles für dich tut, Parkov.« Sie machte kehrt und ging wieder zurück, doch als sie nur wenige Minuten später oben ankam, war Svetlanas Krankenzimmer leer.

Sie war fort.

Kapitel 20

Batrenkos Posten war verlassen. Die Zeitschrift lag auf dem Boden, sonst nichts – kein Blut, keine Kampfspuren. Als hätten sie sich beide schlagartig in Luft aufgelöst.

Wie in aller Welt war das möglich?

Marie rannte den Krankenhausflur hinab, das Handy am Ohr, die Augen überall. »Wir haben hier einen Notfall«, rief sie. »Die letzte Nacht aufgegriffene Zeugin im Meersen-Mordfall ist aus ihrem überwachten Zimmer verschwunden.«

Die Leitstelle bestätigte und Marie wählte Parkovs Nummer, während sie die Tür zum Schwesternzimmer der Station aufstieß. Alle Köpfe wandten sich zu ihr herum, doch niemand hatte das Verschwinden bemerkt.

Du warst vielleicht zehn Minuten fort, schoss es ihr durch den Kopf. *Es muss gleich geschehen sein.*

»Die Frau in Zimmer 311 ist verschwunden. Sofort die Pförtner warnen, sofort unten ...« Ein lauter, spitzer Hilfeschrei hallte durch den Flur, Marie wirbelte herum. »Warnen Sie die Kollegen an den Ausgängen«, rief sie noch, »aber geben Sie auch durch, dass es gefährlich werden kann.«

Dann zog sie ihre P30 und lief mit ausgestreckter Dienstwaffe in die Richtung, aus der der Schrei gekommen war.

Eine Tür stand offen, sie führte in eine Abstellkammer. Auf der anderen Seite der Kammer war eine zweite Tür, aber sie ließ sich nicht öffnen. Hatte man sie von der anderen Seite blockiert? *Wie kommst du da durch?* Marie sah sich um, beschloss dann jedoch, einen anderen Weg zu wählen. Ihr Herz schlug schneller. An der Wand entdeckte sie einen Fluchtwegeplan von allen Stockwerken.

Und dann sah sie es.

»Oh, verflucht.«

Ein kleiner Stapel Zeichenpapier unter einem großen Eimer, der in einem bis unter die Decke reichenden Regal mit Reinigungsmitteln stand. Das Papier war mit präzisen Zeichnungen versehen … es war Svetlanas Handschrift, daran zweifelte Marie nicht. Was sie gezeichnet hatte, jagte ihr einen kalten Schauer über den Rücken.

Wieder das Anwesen, auf mehreren Zeichnungen, aber auch Männer, die Dinge taten, Furchtbares, und das letzte Blatt … Marie sah ein zweites Mal hin, so sehr entsetzte es sie.

Es zeigte einen Polizisten mit einer Narbe auf der Wange, seine Uniform war eindeutig zu erkennen. Und neben ihm stand ein Kollege, beide bedrohten eine Frau, die ganz offensichtlich Svetlana selbst darstellte.

Du kennst sie, großer Gott … irgendwie kommen dir diese Typen bekannt vor. Kann das sein? Denk nach, verflucht, woher kennst du die? Hat jemand Svetlana die Zeichnungen weggenommen und sie hier versteckt? Wollte dieser Jemand sie vernichten, aber du bist ihm zuvorgekommen? Oder hat Svetlana selbst sie hier versteckt?

Wieder ein Schrei, dieses Mal kam er von irgendwo jenseits der verschlossenen Tür. Marie rannte raus, folgte dem Korridor, eine Treppe hinab, eine halbe Treppe wieder hinauf, bis sie sich auf der anderen Seite der verschlossenen Durchgangstür befand. Von hier führte der Weg in ein schmales Treppenhaus. Marie spähte hinauf. Irgendwo dort oben bewegte sich etwas. Tritte auf den Metallstufen. *Zum Dach, er will zum Dach hinauf!*

Dann klingelte ihr Telefon, Parkov war in der Leitung. »Sie nähern sich dem Dach«, sagte sie leise.

»Kannst du sehen, wer da bei ihr ist?«

»Nein. Wer auch immer es ist, er muss Batrenko ausgeschaltet und irgendwo versteckt haben ... Sag den anderen, dass sie ihn finden müssen. Wenn er noch lebt, braucht er sicher ...«

»Wir sind auf dem Weg. Keine Risiken, hörst du?«

»Klar und deutlich.« Marie stieß auf die oberste Tür, den Zugang zu dem flachen Krankenhausdach. »Ich muss jetzt da raus. Die Tür ist nur angelehnt. Er ... Scheiße, was hat er mit ihr vor?«

»Sie ist eine Zeugin. Er will sie töten.«

»Der Panther?«

»Wenn *der* dort ist, lass deine Finger davon. Marie ...«

»Und wenn er *nicht* dort ist?«

»Dann arbeitet derjenige da oben für die Apostel – und ich weiß nicht, welche Variante die schlimmere wäre.«

»Warte. Ich geh raus. Ich lass dich in der Leitung, du kommst in meine Tasche, okay?«

»Marie, welches Dach? Und wie lange sind die schon da?«

»Richtung Süden. Zur Straße hin. Ich weiß nicht. Vielleicht ein paar Minuten.«

»Alles klar.«

Marie öffnete die Tür. Unten schrillten Sirenen heran. Sie trat hinaus, die Sonne blendete sie, mit der einen Hand beschirmte sie ihre Augen, mit der anderen hielt sie ihre Dienstwaffe.

Der Entführer war mit Svetlana an den Dachrand getreten, er schien drauf und dran, sie hinabzustoßen. Die Sonne blendete, Marie konnte sein Gesicht nicht sehen, sie trat näher – und erkannte ihn.

Batrenko war gar nicht niedergeschlagen worden. Der Entführer, der Svetlana in seiner Gewalt hatte, war er selbst.

Ein Kollege, schoss es Marie durch den Kopf. *Ausgerechnet der, der vor ihrer Tür postiert worden war. Verfluchte Scheiße, das kann doch nicht wahr sein.*

Sie hörte Parkovs Stimme aus dem Handy in ihrer Hosentasche, konnte seine Worte aber kaum zusammensetzen, so voller Adrenalin war sie.

»Polizei«, schrie sie und sah zu, wie er Svetlana herumwirbelte und sie zwischen sich selbst und Marie in die Schusslinie brachte. Mit der anderen Hand presste er seine Pistole gegen Svetlanas Schläfe. »Du verfluchtes Arschloch!«

»Hallo, Winter!« Er schrie nicht, fluchte nicht. Marie fand, dass er wie eine gefühllose Maschine wirkte, ganz anders als vor ein paar Minuten. Vielleicht war das die Maske gewesen, die er vor ihr getragen hatte.

Zwei Männer auf dem Bild. Denk nach, verflucht, wer war der andere?

»Was willst du hier? Lana und ich machen nur einen kurzen Dachspaziergang.«

Svetlana schrie etwas in einer Sprache zurück, die Marie nicht verstand, vielleicht Ukrainisch.

»Lass sie gehen.«

»Nein. Nein, Winter, unmöglich. Svetlana hier …«, er warf ihr einen Blick zu, ehe seine starren Augen sich wieder auf Marie fixierten, »hat sich einen Freiflug verdient. Wieso bist du zurückgekommen, du blöde Fotze? *Wieso?*«

»Nein!«, brüllte Marie, stürzte nach vorn, doch es war zu spät – Batrenko stieß Svetlana mit aller Kraft vom Dach. Ihr Schrei gellte durch die Luft. Marie sah, wie er seine Dienstwaffe hochriss und abdrückte. Kugeln schlugen zu ihrer Linken ein, dann erwiderte sie das Feuer. Batrenko hechtete zur Seite in Richtung eines auf dem Dach installierten Abluftkastens, Marie feuerte ein weiteres Mal und traf ihn in die Seite. Dann war er außer Sicht. Das Blut schimmerte in der Sonne, die Luft war erfüllt von Sirenen. Marie ging in Deckung.

»Daniel?« Sie presste das Handy ans Ohr. »Er hat sie vom Dach geworfen. Ich konnte … verfluchte Scheiße, ich konnte nichts tun.« Marie hörte, wie panisch ihre Stimme klang, wie sie zitterte.

»Und der Angreifer?«

»Es ist … Batrenko. Einer von uns.« Marie lief ein paar Schritte nach vorn und duckte sich gegen einen mannshohen, kastenförmigen Lüftungsauslass aus glänzendem Aluminium, der einen Teil des Flachdachs vom nächsten Dach abtrennte, das etwas höher gelegen war. Ihr Herz schlug heftig, die Pistole in ihrer Hand zitterte. Wie er sie vom Dach geworfen hatte, so kaltblütig, ohne jede Vorwarnung …

»Was sagst du da?«

»Batrenko! Du hattest recht. Wir sind unterwandert. Svetlana hat noch mehr gezeichnet, aber er hat versucht, alles verschwinden zu lassen. Und jetzt, nachdem sie sich mir gegenüber etwas geöffnet hat, muss er den Auftrag bekommen haben, sie endgültig auszuschalten! Außerdem … gibt es vielleicht noch einen anderen.«

»Einen anderen? Kannst du Batrenko festnehmen?«

»Er ist getroffen. Jetzt außer Sicht. Festnahme … negativ.«

Und dann – so jäh wie die Wolke, die sich plötzlich vor die Augustsonne schob – kam ihr ein Gedanke. »Wer ist Batrenkos Streifenpartner? Hm? Wer hat Lansford gesagt, dass er gut geeignet wäre, um zu übersetzen?«

»Augenblick.« Parkov klang sehr weit entfernt, Marie wünschte, er wäre hier, oder besser noch, sie beide wären am Morgen einfach geblieben, wo sie waren.

Von dem, was sie auf Svetlanas Zeichnungen gesehen hatte, war ihr immer noch übel …

»Ein … Gerd Trentmann. Und?«

Da war es, dieses Detail, das sie die ganze Zeit vermisst hatte, das sie nicht hatte zuordnen können. Aber jetzt war es da, hier auf dem Dach fügte sich ein Stück ins andere wie bei einem Puzzle. »Ihr müsst nach Alvarez sehen«, rief sie, »sofort!«

Ein zweiter Schuss knallte über das Dach. Das Projektil riss nicht weit von Marie entfernt Steinchen aus dem Mauerwerk.

»Alvarez, verstanden. Und das da eben? Was war das?«

»Er schießt auf mich.« Der Stein, gegen den sie lehnte, fühlte sich heiß an, obwohl ihn die Sonne erst wenige Stunden aufgewärmt haben konnte. Oder war das nur der Stress, die Schwelle der Panik, an der sie stand? »Daniel … ich … ich weiß nicht, ob ich ihn getroffen habe. Aber wenn er jetzt hier rüberkommt … so lebensmüde, wie er ist, und es darauf anlegt, dass ich nicht mehr von hier oben runterkomme … dann werde ich zumindest dafür sorgen, dass Svetlana gerä…«

»Marie, hör mir zu!«

Doch sie hörte nicht zu. Wieder schlug ein Projektil in die Wand ein und vertrieb Parkovs Worte aus ihren Gedanken. Da war nur noch Adrenalin, der Wille, zu kämpfen und zu überleben. Marie spähte um den Lüftungskasten, konnte Batrenko jedoch nicht entdecken. Das Heulen der Sirenen schien alle anderen Geräusche zu übertönen, auch Schritte, oder er hatte die Schuhe ausgezogen und schlich sich an, oder vielleicht lag er auch irgendwo da vorn und starb.

Panik kroch in ihr hoch, wollte ihr die Sicht nehmen. *Lass nicht zu, dass diese widerlichen Typen gewinnen.*

Wieder ein Schuss, doch dieses Mal sah sie ihn. Er presste sich die Hand gegen die Hüfte, blutete offenbar stark. Dann sank er zu Boden, hievte sich zurück hinter einen großen technischen Dachaufbau, der nach oben hin in Antennen auslief, nach unten in einem dicken grauen Verteilerkasten endete. Das war ihre Chance. Sie sprang auf und eilte geduckt vorwärts zu einem großen silbergrauen Auslass einer zweiten Lüftungsanlage. Von hier aus waren es nur noch wenige Meter. Marie stellte ihr Handy auf lautlos und legte es auf den Boden. Dann umfasste sie die Dienstwaffe mit beiden Händen und schlich weiter voran.

Nach ein paar Schritten hatte sie den Kasten erreicht, hinter dem er sich versteckte. Dahinter führte eine breite Treppe auf den höher gelegenen Teil des Daches mit dem Hubschrauberlandeplatz der Klinik. Marie spürte den Abgrund im Rücken. Sie schob sich vorwärts, setzte einen Fuß vor den anderen, während die Sonne auf sie herabstach.

Da war er. Kauernd, geduckt, eine Hand gegen die Hüfte gepresst, spähte er in Richtung ihres früheren Verstecks. Auf dem Boden sammelte sich eine große Blutlache. Sie schien ihn lebensbedrohlich getroffen zu haben. Auch seine Uniform hatte sich verfärbt, war nass von Blut.

Marie richtete ihre P30 auf Batrenkos Hinterkopf.

Er erstarrte nur Sekunden später, als spürte er ihre Anwesenheit. Dann ruckte sein Kopf herum.

»Winter«, zischte er.

»Verdammter Scheiß-Mörder.« Die Waffe in ihrer Hand zitterte, doch sie konnte sie genug kontrollieren, um ihn gut im Visier zu behalten. *Früher*, ging ihr durch den Kopf, *warst du eine kaum zu übertreffende Schützin.* Doch das, was geschehen war, hatte sie die ruhige Hand gekostet.

Und mehr noch.

»Du weißt nicht, mit wem du dich anlegst«, sagte Batrenko. »Wenn die sagen, die Schlampe stirbt, dann stirbt die Schlampe. Ich hab ihr verboten, mit dir darüber zu sprechen. Sie hat nicht gehorcht.«

»Wer ist der andere? Es waren zwei von euch. Zwei von uns.«

»Schieß. Du wirst kein Wort mehr von mir erfahren.«

Marie legte den Finger an den Abzug. Sie dachte an das traurige und zugleich hoffnungsvolle Gesicht von Svetlana, als sie ihr versichert hatte, nun wäre alles gut. Schweißtropfen standen auf Batrenkos Stirn. Das Blut floss aus seiner Wunde. Der Abzug direkt vor ihrem Zeigefinger.

Sie berührte ihn.

Kapitel 21

Parkov eilte durch die Korridore, Lea Berger dicht hinter ihm. »Aus dem Weg«, rief er und scheuchte ein paar Kollegen des KDD zur Seite. Die Vernehmungsräume, in denen man Alvarez untergebracht hatte, lagen noch ein paar Meter entfernt, als ihm Krantz entgegenkam.

»Was soll der Aufruhr?«

»Still!«, erwiderte Parkov, durchquerte den Vorraum mit den Überwachungsmonitoren und riss die Tür auf. Alvarez, der gerade einen Schluck aus seinem Wasserglas nahm, blickte auf.

»Schon wieder zurück?«

»Nein.« Parkov trat ein. »War hier jemand?« Er signalisierte Lea Berger, dass sie den wachhabenden Polizisten von draußen hereinholen sollte – wie sie es zuvor im Wagen besprochen hatten.

»Hier? Welche Frage … Seit ihr, du und die Kollegin, gegangen seid, war niemand mehr hier.«

Parkov betrachtete das Wasserglas. »Niemand?«

Berger kam mit dem Mann herein. Parkovs Blick fiel auf das Namensschild an seiner Uniform: *G. Trentmann.*

»Ich meine, der da hat mir natürlich was zu trinken gebracht, aber …«

Das genügte. Parkov zog seine Waffe so schnell aus dem Gürtelholster, dass sowohl Berger als auch Trentmann verwundert dreinblickten. Er zielte auf Trentmann. »Nimm ihm die Pistole ab«, wies er Berger an. »Sofort.«

»Parkov!« Krantz stand in der Tür. »Was in aller Welt tun Sie da?«

Parkov packte Trentmann, drehte seinen Arm auf den Rücken und drängte den Polizisten gegen die nackte Betonwand des Vernehmungsraums. Lea Berger hatte nun auch ihre Waffe gezogen und auf Trentmann gerichtet.

»Genau da stehen bleiben«, rief Parkov, fuhr herum und riss Alvarez den Wasserbecher aus den Fingern. Alvarez hustete. Schaum trat vor seine Lippen, blutiger Schaum, und aus dem Husten wurde ein Röcheln.

»Sanitäter, sofort«, rief Parkov. Krantz rannte hinaus. Parkov stürzte zu Alvarez, dem nun Blut aus Mund und Nase lief, und sagte: »Du stirbst, Hector. Was immer du sagen willst, sag es jetzt.«

Doch Alvarez brachte keinen Satz mehr zustande, er sagte gar nichts. Er kippte nach vorn, sein Kopf wäre auf die Tischplatte geschlagen, hätte ihn Parkov nicht gehalten. An der Wand begann Trentmann zu lachen. »Eins und zwei«, sagte er mit heiserer Stimme. »Schnell und effektiv, oder?«

»Was ist mit ihm?«, fragte Berger.

»Schwacher Puls, ich denke nicht, dass er es schafft.« Alvarez röchelte, doch die Geräusche wurden schwächer. Irgendwo draußen rief jemand nach einem Notarzt.

»Trentmanns Handy.« Berger warf es Parkov zu. Es war gesperrt, aber auf dem Display leuchtete die letzte Nachricht. Sie stammte von einer Nummer, die Parkov nicht kannte und die Trentmann nicht eingespeichert hatte, sie enthielt nur ein einziges Wort: IKARUS.

»Also waren es Batrenko und du«, sagte er. »Du musst den Tod bestätigen.«

»Muss ich?«

»Svetlana Jatsenko ist tot. Batrenko hat getan, was er tun sollte. Sie wollen wissen, ob du deine Aufgabe ebenfalls erledigt hast.« Parkov sah auf. »Und wenn wir dich nun daran hindern, dann werden die Apostel nie erfahren, was Alvarez uns erzählt hat, sie werden nie erfahren, ob du erfolgreich warst. Das ist schlecht. *Für dich.*«

»Ich will ihn sprechen.«

»Batrenko ist gerade unabkömmlich, fürchte ich.« Parkov las das Wort auf dem Display. »IKARUS. Was ist das?«

»Verpiss dich, Parkov.«

»Oh, ich *werde* es herausfinden, verlass dich drauf.«

»Wirst du das?«

»Du kennst mich doch. Du kennst die Geschichten. Aber natürlich werde ich das.« Parkov nahm die Handschellen von Bergers Gürtel und legte sie Trentmann auf dem Rücken an. Dann führte er ihn hinüber in den zweiten Vernehmungsraum und wies ihn an, sich zu setzen.

»Gib auf ihn acht«, sagte er zu Berger.

»Und du?«

»Ich muss nach ihr sehen. Was immer da oben geschehen ist, auf diesem Krankenhausdach …«

»Es gibt nur zwei Möglichkeiten.«

Parkov warf Berger einen langen Blick zu. Dann wandte er sich ab und ging, ohne ein weiteres Wort zu sagen.

Kapitel 22

Der Panther beobachtete die Polizistin und den Polizisten auf dem Flachdach des Krankenhauses, er beobachtete sie aus fast einem Kilometer Entfernung durch den Feldstecher und die Zieloptik des Scharfschützengewehrs. Die Polizistin mit dem dunkelbraunen Pferdeschwanz stand über dem Polizisten, den sie angeschossen hatte. Sie bedrohte ihn mit ihrer Waffe, doch er konnte nicht von ihren Lippen lesen, was sie zu ihm sagte, da sie ihm den Rücken zugewandt hatte.

Ein paar Minuten später schwang die Tür auf und Parkov trat auf das Dach.

Er hatte genug gesehen.

Der Polizist muss sterben, hatte das Orakel gesagt.

Er war ein Gehilfe der Apostel, er hatte sein Leben verwirkt.

Er war alleinstehend, niemand wartete auf ihn. Er verbrachte seine Nächte in Bars, hielt dort nach Frauen Ausschau. Er wusste, wozu er sie manches Mal gezwungen hatte. Das Orakel hatte ihm die Beweise gezeigt.

Parkov sprach mit Winter – und schließlich gelang es ihm, sie zu überzeugen, die Waffe zu senken. Er sah zu, wie Parkov dem Verletzten Handschellen anlegte. Wieder schwang die Tür auf, ein paar Sanitäter eilten herauf.

Jetzt.

Es war Zeit.

Er blickte durch das Zielfernrohr und nahm den Verletzten ins Visier. Das Präzisionsgewehr mit dem aufgeschraubten Schalldämpfer gab ein kurzes, trockenes Geräusch von sich, das wie lautes Husten klang. In vielen Hundert Metern Entfernung zerplatzte der Kopf des Polizisten wie eine reife Melone. Er sah zu, wie Parkov und Winter beiseitesprangen und Deckung suchten, dann packte er das Gewehr zusammen und verließ das Gebäude.

Ungesehen. Er würde längst verschwunden sein, wenn sie seine Position lokalisiert hatten.

Das war fast zu einfach.

»Scharfschütze«, schrie Parkov und Marie, die noch das warme Blut von Batrenko an ihren Händen spürte, duckte sich. »Richtung Norden.« Parkov hatte offenbar ein Funkgerät mitgebracht – oder war es das von Batrenko? In ihren Ohren hämmerte das Blut im Takt ihres Pulsschlags. Ihr war schlecht. Zu vieles war geschehen, all das Blut, die Grausamkeit, der wenige Schlaf. Svetlana, die vom Dach gestürzt war.

»Bist du okay?« Parkov berührte ihre Schulter, sie sah zu ihm auf und nickte.

»Unverletzt. Er … Ich …«

»Wolltest du Batrenko erschießen?« Parkovs Miene war unlesbar.

»Ich weiß nicht.« Sie schüttelte den Kopf. »Nein, natürlich nicht. Aber irgendwas in mir hätte es doch gern getan, ihm gern wehgetan. Er hat Svetlana vom Dach geworfen.«

Parkov erwiderte nichts, doch sie sah, wie er das Funkgerät abstellte. »Hat er etwas gesagt?«

»Nein. Nur gelacht. Was ist mit Alvarez?«

»Tot.« Parkov klang bitter. »Es war Trentmann, Batrenkos Streifenpartner. Beide haben für die Apostel gearbeitet – gerade als ich hier ankam, hat mich das Einsatzteam informiert, dass man in seiner Wohnung einen größeren Geldbetrag entdeckt hat. Bargeld, seine Bezahlung. Er wollte sich absetzen, nach Südamerika.«

Marie spähte in das gleißend helle Sonnenlicht. Schweiß lief ihr über die Wangen. Obwohl es erst elf Uhr vormittags war, hatte die Temperatur längst wieder die Dreißig-Grad-Marke geknackt. Das Flachdach reflektierte die Hitze wie ein Glutofen, die Schatten waren dürr und lang wie wandernde Skelette in einer endlosen Wüste. Sie suchte die umliegenden Hausdächer ab. Irgendwo dort musste der Schütze sein, irgendwo … Sah sie da das verräterische Funkeln einer Lichtspiegelung in einem Fernglas?

Vielleicht.

Vielleicht nicht.

»Er ist längst fort«, sagte Parkov, als hätte er ihre Gedanken erraten. »Das war der Panther. Er muss gewusst haben, dass Batrenko für die Apostel arbeitet, also für seine Feinde.«

»Wir hätten ihn befragen können.«

»Wir haben Trentmann.«

Sie warf Parkov einen Blick zu. Da war ein Glanz in seinen Augen, eine Falte auf seiner Stirn, als hätte er bereits eine Lösung für ihr Problem. »Was machen wir?«

»Zuerst müssen wir von diesem Dach runter. Ich würde ja den Sprint zur Tür wagen, aber …«

»Aber du musst den Beschützer spielen?«

Ein schiefes Lächeln. »So dachte ich mir das.«

Marie ließ sich gegen die Mauer sinken. Der Stein in ihrem Rücken war heiß, sie spürte, wie sich Erschöpfung in ihr ausbreitete. »Hätte er uns töten wollen, er hätte es längst getan. Wir sind hier oben leichte Ziele.« Sie seufzte. »Warum in aller

Welt ist es immer so, dass ich – nur wenige Stunden nachdem du wiederaufgetaucht bist – in Deckung liegen muss, während ein durchgeknallter Scharfschütze unsere eigenen Leute von den Dächern schießt? Und wieso stellen sich unsere Leute dann auch noch gegen uns?«

Die Dachzugangstür knallte gegen die Wand. Ein fünf Mann starkes Team des Spezialeinsatzkommandos stürmte das Flachdach, mit ihren schwarzen Einsatzanzügen, Helmen mit Schutzvisieren und schweren Schutzschilden. Zwei von ihnen eskortierten die Sanitäter nach unten, die anderen kamen zu Marie und Parkov, während ein Scharfschütze in Richtung der Dächer zielte.

»Der Schütze muss irgendwo nördlich sein. Das war ein Distanzschuss ... ein Kilometer, wenn ich schätzen müsste«, meinte der Beamte der Spezialeinheit.

»Bleibt hinter den Schilden«, wies er sie dann an. Marie rannte geduckt neben den Männern her, wartete auf den Projektileinschlag und fragte sich, ob die Schilde für diese Munition ausgelegt waren.

Sie zählte die Schritte, jeden einzelnen.

Dann hatten sie die Tür erreicht, waren in Sicherheit.

»Batrenko ist tot«, sagte Parkov. »Ihr könnt nichts mehr für ihn tun. Wartet, bis die umliegenden Gebäude geprüft wurden. Es ist zu riskant, noch mal rauszugehen.«

Die Polizisten der Spezialeinheit begleiteten sie die Treppe hinunter. Das Metall dröhnte unter ihren Stiefeln. Marie zwang sich bei jedem Schritt, ruhig durchzuatmen. *Du lebst*, sagte sie sich. Das da oben war nicht Afghanistan oder der Irak, auch wenn es sich ein bisschen so angefühlt hatte ... oder zumindest so, wie sie es sich dort vorstellte.

Du lebst.

»Einen Augenblick noch«, bat Parkov und berührte Maries Arm. »Gehen wir kurz in diesen Flur?«

Eine Krankenschwester eilte ihnen entgegen, als sie das Blut auf Maries Händen und Parkovs Anzug sah, doch er schickte sie weg.

Nachdem er sich davon überzeugt hatte, dass sie allein waren, sagte er leise: »Du musst etwas erfahren. Marie, hör mir zu.«

Sie holte tief Luft. »Kann ich mich wenigstens setzen?«

Er nickte. »Ja. Besser wäre es.«

»Alvarez ist tot«, sagte Krantz, als Marie und Parkov in sein Büro traten, »und ihr erzählt mir … was bitte?«

Parkov wiederholte seinen Vorschlag. Marie war von der Idee, die er ihr im Krankenhaus präsentiert hatte, überrascht gewesen und sie hatte mit Krantz' Reaktion gerechnet. Sie warf Parkov einen Ich-hab's-dir-ja-gesagt-Blick zu.

»Und Batrenko hat die Anweisung von diesem Ikarus erhalten, Svetlana Jatsenko zu töten, weil sie dabei war, sich Marie zu öffnen, ihr mehr über die Apostel zu erzählen?«, fragte Krantz erstaunt.

»Wir haben die Anweisung auf einem Wegwerf-Handy gefunden, das Batrenko bei sich trug«, erwiderte Marie.

»Wir werden es so umsetzen, wie ich sage«, fügte Parkov hinzu. »Oder ich gehe eine Stufe weiter nach oben in der Entscheidungshierarchie.«

»Aber Parkov … funktioniert das denn?«

»Es wird. *Muss.*«

»Und wenn nicht?«, fragte Marie.

»Es *muss* funktionieren«, wiederholte Parkov, »weil ich nicht weiß, was wir sonst tun können. Heute Abend ist es so weit. Also bereiten wir uns besser vor.«

Kapitel 23

Trentmann starrte an die graue Betonwand, als Parkov und Marie den Vernehmungsraum betraten. Der Abend war hereingebrochen, Hitze lag über der Stadt und die Sonne versank wie ein Stück glühende Holzkohle am Horizont. Die Stadt war in tiefrotes Licht getaucht, als wüsste die ganze Welt, wie viel Blut heute und am Tag zuvor vergossen worden war. Doch hier, mitten im Gebäude, hätte es auch tiefer Winter sein können, Frühling oder früher Herbst, hier existierte keine Zeit, weder Tag noch Nacht.

»Ihr verschwendet eure Zeit.«

»Du wolltest Batrenko«, sagte Parkov ohne Umschweife. »Du wolltest mit ihm sprechen.«

»Wollte ich.«

»Vielleicht freut es dich zu hören, dass wir Batrenko nicht fassen konnten. Ruf ihn an, ich wette, er wird mit dir sprechen.«

»Und?«

»Und dafür«, sagte Parkov und legte das Handy, das sie Trentmann abgenommen hatten, außerhalb seiner Reichweite auf den Tisch, »dafür gibst du uns den Entsperrcode für das hier.«

»Wieso sollte ich das tun?«

»Weil wir von *ihr* wissen. *Valerie.* Es ist unklug, sich mit den Aposteln einzulassen und eine schwangere Freundin zu verstecken. Hast du gedacht, die finden sie nicht? Wenn ich sie finde, finden auch die Apostel sie.«

Trentmann rührte sich nicht, doch Marie sah ihm an, dass Parkov den richtigen, den *wunden* Punkt getroffen hatte.

»Im Augenblick stehen zivile Einsatzfahrzeuge vor ihrem Haus, beobachten die Straße. Das ist alles. Aber wenn sie kommen ... werden unsere Leute sie aufhalten können?«

»*Niemand* kann sie aufhalten. Du weißt, dass es so ist, Parkov.«

»Du kannst den Tod bestätigen. Alvarez ist tot, du hast deine Arbeit getan. Sprich mit Batrenko, sende die Bestätigung an Ikarus und du hast ihr Leben gerettet. Du hast deine Aufgabe erfüllt. Valerie wird sicher sein, darauf gebe ich dir mein Wort.«

»Dein Wort? Dein Wort ist Wind.«

»Mein Wort ...« Parkov seufzte. »Mein Wort ist *alles*, was du noch hast. Aber du kannst fünfzehn Jahre bekommen, und vielleicht hast du Glück und überlebst.« Parkov warf Marie einen Blick zu. »Alvarez hat ausgepackt. Gestern schon, du warst also zu spät. Deshalb wissen wir von Valerie. Und wir wissen von Ikarus. Es geht nur noch um dein Handy.«

»Ich will ...« Trentmann schluckte. »Ich will, dass er es mir sagt. Dass Batrenko mir sagt, dass er diese Schlampe erledigt hat. Dass wir beide unseren Job getan haben. Dass Alvarez und Svetlana Jatsenko tot sind, dass wir sicher sind.«

Parkov holte ein Smartphone aus seiner Hemdtasche, schaltete es ein und legte es neben das andere vor Trentmann auf den Tisch.

»Rede mit ihm. Ruf ihn an.«

Trentmann nannte Parkov eine Nummer, dann blickte er auf das Smartphone, während Parkov die Nummer eingab. »Hallo?«, fragte Trentmann.

»Ich bin es«, sagte Batrenkos Stimme. »Wo zur Hölle warst du? Ist es erledigt?«

»Ja, Alvarez ist tot. Und du, hast du deinen Job erledigt?«

»Ich hab sie vom Dach geworfen. Gab einen großen Aufruhr, aber sie haben mich nicht fassen können.«

»Ich verstehe. Dann sag ihnen, dass auch ich getan habe, was sie wollten. Alvarez … wurde vergiftet.«

»Das werde ich, Bruder. Das werde ich.«

Parkov nahm das Smartphone wieder an sich. »Und jetzt den Code.«

Trentmann nickte. Er wirkte vorsichtig, Schweißtropfen standen auf seiner Stirn, seine Finger zitterten. »Gut. Gut, ich halte mein Wort. Was ihr da findet … Denkt nicht schlecht von mir. Ich habe nur einen Weg gesucht, um all der Scheiße hier zu entkommen. Um Val und mir ein anderes Leben aufzubauen, irgendwo, wo es warm ist. Fünfhunderttausend für vier Aufträge. Alvarez war ein Schwein, er hat es verdient. Er war der größte Abschaum, *der* kümmert mich nicht.«

»Du hättest das Geld niemals ausgeben können. Die Apostel hinterlassen keine losen Enden.« Parkov löste eine der Handschellen, sodass Trentmann sein Handy entsperren konnte. Als der Sperrbildschirm verschwand, schnappte Parkov es sich vom Tisch.

»Ich nenne es einen Sieg, Parkov. Für mich. Das genügt mir.«

»Gefängnis ist kein Sieg«, sagte Marie. Sie war überrascht, wie rau ihre Stimme klang. Dieser Tag voller Anstrengungen und Überraschungen hatte sie an die Grenze ihrer Kräfte gebracht.

»Irgendwann komme ich raus.«

»Du hast gerade einen Mord gestanden«, sagte Parkov und nickte in Richtung des Aufnahmegeräts. »Punkt eins. Ja, irgendwann kommst du wieder raus. Aber Punkt zwei …« Er gab Marie das Zeichen.

Sie ging zur Tür, blickte hinaus und sagte: »Wir haben es.«

»Moment, ihr habt … ihr habt was?« Trentmann starrte Parkov an, dann Marie. »Was zur Hölle bedeutet das?«

Jörg Bodenfeld trat neben Marie. Er trug ein Headset mit Mikrofon, war verkabelt. Dann stellte sich Svetlana Jatsenko höchstpersönlich in die Lücke zwischen ihnen. Parkov nickte ihnen zu. Er wirkte unübersehbar erleichtert.

»Aber … die ist *tot*!« Trentmann zerrte an der verbliebenen Handschelle, die ihn festhielt. »Verfluchte Scheiße, was läuft hier?«

»Tot? Nein. Nein, da haben wir wohl gelogen«, sagte Parkov. »*Batrenko* ist tot. Du hast mit einer digitalen Kopie seiner Stimme gesprochen. Elvis' Stimmmusteranalyse liefert überzeugende Ergebnisse, nicht wahr?« Er deutete auf Bodenfelds Headset.

»Aber wie … Was …«

»Führt ihn ab.« Parkov gab den Polizisten der Spezialeinheit, die draußen warteten, das vereinbarte Zeichen. »Und, Trentmann? Viel Glück in der Untersuchungshaft.«

Sie hörten ihn noch fluchen, als er schon längst aus ihrem Blickfeld gebracht worden war.

Svetlana lebt, dachte Marie. Parkov hatte es ihr im Krankenhaus erzählt. Der Sturz … ihr Fall … und die Landung.

Bodenfeld begleitete Svetlana zurück zum Lift, Marie blieb noch einen Moment bei Parkov, der das entsperrte Handy an einen Techniker zur Untersuchung weitergab.

»Was ich nicht verstehe … Wie hat die Feuerwehr es geschafft, rechtzeitig dieses Sprungkissen aufzubauen?«

»Gute Frage. Jemand da draußen wusste, dass man sie öffentlichkeitswirksam töten wollte. Und was wäre öffentlichkeitswirksamer als ein Sturz von der Nordseite des Krankenhausdachs mitten hinein in den laufenden Verkehr? Jemand hat die Kollegen informiert, in dem Moment, als Batrenko seinen Platz verlassen hat. In einem bestimmten Winkel lässt sich der Korridor zu ihrem Krankenzimmer durch das Fenster an dessen Ende einsehen, wusstest du das? Jemand da draußen wollte Batrenko töten, aber Svetlanas Leben retten.«

»Du meinst, der Panther ist das gewesen? Er hat die ganze Zeit das Gebäude beobachtet wegen Batrenko und dann die Feuerwehr informiert?«

»*Ich* war es jedenfalls nicht. Aber ich erkenne eine Gelegenheit, wenn ich eine sehe, und bei diesem Auftragsmörder wird es nicht anders sein. Ja, ich nehme an, er war es. Er hat ihr das Leben gerettet. Und das ist alles für heute«, sagte Parkov. Inzwischen waren sie beim Lift angelangt. Zusammen mit Bodenfeld und Svetlana stiegen sie ein, doch bevor sich die Türen schlossen, kamen Lea Berger und ein Unbekannter dazu. Der Mann war größer als Parkov, trug dunkles, militärisch kurz rasiertes Haar, einen maßgeschneiderten hellgrauen Anzug ohne Krawatte, ein blaues Hemd und helle rahmengenähte Lederschuhe.

»Lansford«, sagte er mit trockener Stimme. »Mark Lansford.« Er taxierte Marie, dann Parkov. »Ist *sie* dabei?«

»Aber sicher.«

»Ich verstehe nicht ganz, was hier geschieht«, meinte Marie.

»Svetlana Jatsenko wird an einen sicheren Ort gebracht«, sagte Lea Berger sofort. »Ich denke, hier, so unter uns, kann ich das offen sagen: in einen Unterschlupf des BKA. Da der Panther ihr das Leben gerettet hat, bedeutet das, dass die Apostel trotz Parkovs kleiner Show immer noch herausfinden können, dass sie lebt. Sie befindet sich also weiter in Gefahr und dem werden wir begegnen.«

»Er hat auf Isabelle gefeuert. Aber er rettet dir das Leben.«

Svetlana hatte die Arme vor der Brust verschränkt. »Ich … dankbar sein?«, fragte sie mit schwacher Stimme.

»Vielleicht. Doch ein Mörder bleibt ein Mörder«, erwiderte Parkov. »Ich frage mich nur, was in seinem Kopf vorgeht.«

Kapitel 24

Den ganzen Tag nach Trentmanns Befragung blieb Parkov verschwunden. Alles, was Marie von ihm erhielt, war eine kurze, kryptische Nachricht am Nachmittag, in der er sie bat, ihn im Präsidium zu treffen.

»Daniel«, sagte sie, als er ihren Anruf entgegennahm, »es ist halb fünf. Lucie und ich sind Eis essen. Und ich hab mir Sorgen um dich gemacht.«

»Dann bring sie mit«, erwiderte er und klang weit entfernt. »Ich muss dir etwas zeigen.«

»Fischer will uns *alle* in der Kriminaltechnik sehen. Später am Abend.«

»Ich weiß. Lansford wird dort sein. Aber diese Sache, die ich dir zeigen will, ist nur für uns beide bestimmt.«

Marie seufzte. Lucie saß mit baumelnden Beinen neben ihr auf der Bank, aß ihr Schokoeis und lauschte. Marie strich ihr durchs Haar. »Also gut. Bis nachher.« Wind kam auf und wehte das Laub am Mainufer entlang. In der Ferne waren Musik und Stimmen zu hören. Eine Ente pickte am Ufer nach Brot. Marie dachte an den gestrigen Tag, an all das, was geschehen war. Parkovs Bericht über die Vier Apostel hatte sie verunsichert, gestand sie sich insgeheim ein.

»Was hältst du davon, wenn wir zwei einen Ausflug machen?«, fragte sie Lucie. »Einen kleinen *geheimen* Ausflug für große Mädchen wie uns?«

»Gehen wir Daniel besuchen?«

»Genau das«, erwiderte Marie und zwinkerte ihr zu. »Er hat ein Geschenk für dich, hab ich gehört.«

Parkov wartete in einem leeren Konferenzraum im Präsidium auf sie und Lucie machte große Augen, als sie ihn bemerkte. »Du bist groß geworden«, sagte er mit seinem beinahe heiteren Lächeln, das Marie so selten an ihm sah.

»Hast du *wirklich* ein Geschenk für mich?«

»Lucie …«

Wenn Parkov überrascht war, ließ er sich nichts anmerken. Marie zwinkerte ihm hinter Lucies Rücken zu. »Es ist unten im Auto. Wir holen es später, einverstanden?«

Marie sah Parkov an, dass ihn etwas Ernstes beschäftigte. Vielleicht das Gift, das noch immer durch seinen Körper floss? »Süße, wartest du mal einen Augenblick da drüben? Daniel und ich müssen …«

»… etwas besprechen«, ergänzte Parkov.

»Ihr müsst immer was besprechen«, meinte Lucie.

Marie wartete, bis Lucie mit ihrem Malbuch beschäftigt war, dann folgte sie Parkov zur anderen Seite des Raumes. »Was gibt es denn?«

»Lansford hat etwas und will, dass wir es sehen.«

»Nicht dein Ernst, oder? Mit …«, Marie nickte in Lucies Richtung, »ihr hier im Raum?«

»Es gibt Kopfhörer.«

»Nein, Daniel. Sicher nicht.«

»Es ist wichtig.«

»Das ist es *immer.*« Doch sie sah ihm an, dass er sie nach ihrer Meinung fragen wollte. Sie war ihm wichtig. »Dann gib mir eine halbe Stunde. Ich bring die Kleine zu meiner Schwester, komme zurück und danach fahren wir ins Präsidium.«

»Und meine Überraschung?«

»Hast du *wirklich* eine?«

Parkov nickte. »Nicht für *diesen* Anlass, aber … ja.«

Marie strahlte ihn an. »Du bist … Ich meine, das ist wirklich lieb von dir.«

Als sie zu Lucie traten, sah Marie, dass Lucie sie und Parkov gemalt hatte.

»*Wirklich* super!«, meinte Parkov.

»Das bist du! Und das du, Mama«, erklärte Lucie und drehte das Bild herum, damit sie sich genau betrachten konnten.

»Und richtig gut getroffen«, meinte Marie. »Ich sehe allerdings ein bisschen aus wie ein …« Sie verdrehte die Augen, Lucie kicherte und Marie gab ihr einen Kuss. »Wie wär's mit einem kleinen Besuch bei Tante Lara?«

»Kommt Daniel mit?«

Marie warf Parkov einen Blick zu. »Klar«, erwiderte Parkov. »Ich bringe euch.«

Parkov fuhr sie die wenigen Kilometer durch die Stadt, und als Marie zurück zum Wagen kam, blickte er, gegen die Tür gelehnt, zum Horizont hinüber, wo allmählich die Sonne versank. Einen Augenblick kam er ihr vor wie irgendein Privatdetektiv aus einem alten Film-noir-Klassiker, der seinen Weg durch ein schier endloses urbanes Labyrinth suchte.

»Hättest mit reinkommen können«, sagte Marie.

»Nein. Weil Lara und ich …«, er zögerte kaum merklich, »nun, weil deine Schwester nichts von mir hält, und davon, dass Lucie mich mag, noch weniger. Du weißt ja.«

»Weil sie dich nicht kennt, das ist alles. Sie ist *vorsichtig.*«

»Ganz die große Schwester.«

Marie lag eine Anspielung auf Parkovs Bruder Michail auf der Zunge, aber sie verkniff sich die Bemerkung. Das Verhältnis der beiden war nicht mehr das allerbeste. »Wie geht's *dir*?«

»Was meinst du?«

Marie streckte die Hand aus und berührte das Anzugjackett, spürte die kleine Tablettendose.

»Wenn du mich anfassen willst …«, sagte Parkov, doch Marie schüttelte den Kopf.

»Ich meine es ernst. Wie fühlst du dich?«

»Ich komme zurecht.«

»Das ist keine Antwort.«

»Lansford hat mir etwas zugeschickt.« Parkov öffnete die Tür und stieg ein. Sie seufzte und setzte sich neben ihn. »Elvis. Spiel das Video ab.« Er ließ den Motor an und steuerte den Wagen langsam in den Abend hinein, während sich die Dämmerung über die Hochhäuser senkte, die in den kobaltblauen Himmel ragten. Wind kam auf und blies einen seltsam metallischen Geruch durch die Häuserschluchten wie eine Veränderung, die allmählich näher kam, die man beinahe körperlich spüren konnte. Vor einer roten Ampel hielt Parkov an, mit zitternder Hand griff er nach den Tabletten in seinem Anzug. »Daniel …«

»Geht schon«, erwiderte er schroff, schluckte eine Tablette und schloss die Augen.

Auf dem Bildschirm der Mittelkonsole des Bentley erschien nun endlich das Video: Zu sehen war ein Mann mit Tätowierungen im Gesicht, auf Hals und Nacken und den Händen, die er auf einen Tisch gelegt hatte. Dort war auch eine Zigarettenschachtel platziert worden.

»Die Apostel«, hörten sie eine Stimme aus dem Off, »was weißt du über sie?«

»Wer spricht da? Lansford?«

Parkov nickte. »Es ist das Verhör eines verurteilten Straftäters, der für die Vier Apostel gearbeitet hat.«

»Sie sind überall«, sagte der Mann. »Sie sitzen mit dir am Tisch und essen mit deiner Familie zu Abend. Sie denken, was du denkst. Sie sind«, er tippte sich gegen den Kopf, »hier drin.«

»Ist er«, Marie warf Parkov einen Blick zu, »krank?«

»Man hat ihn gezwungen, sich mit einem chemischen Cocktail das Leben zu nehmen. Entweder er oder seine kleine Tochter, hat man ihm gesagt. Aber er hat überlebt … zumindest ein Teil seines Verstandes.«

»Die kennen keine Grenzen«, erwiderte Marie. Was sie da sah, widerte sie an und machte sie wütend.

»Lansford hat ihn aufgespürt. Hör zu, jetzt kommt der wichtige Teil.«

Marie sah, wie Parkov vor Schmerzen das Gesicht verzog und zugleich versuchte, sich nichts anmerken zu lassen. »Einmal haben sie ein ganzes Dorf zerstört«, fuhr der Mann im Video fort, »weil einige der Männer versucht haben, die Kontaktleute ihrer Zwischenhändler in Rumänien an die Polizei zu verraten. Es war ein Gasleck, hieß es … aber ich weiß es besser. Sie hinterlassen keine losen Enden, sie schneiden sie alle ab. Niemand wird reden. Ihr habt nur eine Chance: Begebt euch auf ihre Ebene. Seid ebenso ruhelos, so brutal und unnachgiebig wie sie. Aber«, nun lachte er, »das dürft ihr nicht. Also werdet ihr sie nie finden, nie aufhalten können.«

Das Video endete. »Für mich klingt das nach dem seltsamen Gerede eines Verwirrten«, sagte Marie.

»Lansford hält ihn für glaubwürdig.«

»Wie gut kennst du Lansford?«

»Er ist ein harter Mann. Er verschließt sich, weil er genau weiß, dass er diesen Job anders kaum durchstehen kann. Aber hinter dieser rauen Schale liegt ein weicher Kern. Er hat eine Tochter, Miranda. Um sie sorgt er sich.«

Marie blickte zum Fenster hinaus, die Bankentürme zogen an ihnen vorüber, während der Bentley geschmeidig und fast lautlos über die Straßen glitt. Sie spürte, dass Parkov ihr Zeit gab, sich zu sammeln, ihr vielleicht den ganzen Tag Zeit gelassen hatte, um eine Entscheidung zu treffen. »Weißt du, ich hab mir diese Bilder noch einmal angesehen«, sagte sie schließlich. »Svetlanas Zeichnungen. Sie ist wirklich gut, talentiert und … Aber ich denke, da ist mehr dran, als wir im Moment erkennen.«

»Wie meinst du das?«

Marie sah Parkov lange an. Wenn er noch Schmerzen hatte, verbarg er das wirklich gut. »Ich glaube, sie versucht, uns etwas mitzuteilen. Aber das ist nur so ein Gedanke.«

»Und wie kommst du darauf?«

»Sie hat auf jedem Bild ihre Signatur hinterlassen. Wieso sollte sie das tun, dort im Krankenhaus? Und dann die Buchstaben der Signatur. Immer hat sie einen aus ihrem Namen auf den Kopf gestellt geschrieben … Hier, zum Beispiel das S, das steht verkehrt herum. Warum macht sie das?«

»Wir sollten sie fragen.« Parkov warf Marie einen Blick zu. »Ergeben diese Buchstaben einen Sinn?«

»Ich hab sie aufgeschrieben. Ein A, ein S, ein N. Ein U, wenn ich nach ihrer Handschrift gehe. Es könnte aber auch ein V sein. S-V-etl-A-na Jatse-N-ko.«

»Sauna«, erwiderte Parkov sofort.

»Wir haben nur ein verkehrtes A.«

»Oh, dann fällt mir nur noch *ein* anderes mögliches Wort ein.«

»Sehr lustig«, sagte Marie mit einem kleinen Lächeln. »Aber du hast recht. Wir *müssen* sie fragen.« Sie berührte seine Wange. »Und behutsam mit ihr umgehen. Sie öffnet sich, das kann ich fühlen.«

Parkov nickte. Als er zu ihr hinüberschaute, sah etwas in seinen Augen wie Hoffnung aus. »Aber zuerst zu Fischer und zur Kriminaltechnik«, erwiderte er. »Sie erwarten uns.«

Kapitel 25

»Die Bombe in Yo Nguyens Wagen war ein Selbstbau«, sagte Fischer gut eine halbe Stunde später, als sie ihn in den Gebäuden der Kriminaltechnik trafen. »Geschickt ausgeführt. Wer auch immer die gebaut hat, muss militärische Kenntnisse besitzen. Oder er hatte Hilfe. Das war kein Schnellbausatz aus dem Internet für den kleinen Dschihadisten von nebenan.« Er lachte, doch niemand stimmte mit ein.

Lansford warf Lea Berger einen Blick zu, die Augenbrauen spöttisch gehoben. »Militär also«, sagte er dann. Seine Stimme klang wie die eines Bürokraten und passte so gar nicht zu dem erstaunlich kräftigen Händedruck, mit dem er sich am Vortag im Lift Marie vorgestellt hatte.

Mark Lansford wirkte nicht wie ein gewöhnlicher Polizist, sondern wie ein Athlet, den man in einen Maßanzug gesteckt hatte, er bewegte sich kraftvoll und präzise, als könnte ihn nichts und niemand stoppen, während die dunklen Augen in seinem scharf geschnittenen Gesicht alles und jeden zugleich zu mustern schienen. Auf dem kantigen Kinn wuchs ein Dreitagebart. Neben dem schlanken, geschmeidigen Parkov wirkte der mehr als zehn Zentimeter größere Lansford wie ein Werkzeug fürs Grobe, wie ein schwerer Hammer neben einem Skalpell.

»Zwei Verbindungen zum Militär. Das Gewehr, der Sprengsatz«, fuhr Fischer fort. »Wie ich bereits sagte: Das Projektil, mit dem er Batrenko niedergestreckt hat, gehört zu einem Präzisionsgewehr des Kalibers .308. Bei Schussabgabe war er gut sechshundert Meter entfernt, vielleicht mehr.«

Marie wusste von Parkov, dass trotz sorgfältiger Überprüfung aller infrage kommenden Gebäude und Dächer in der Umgebung mit dem entsprechenden Radius der Schütze nicht aufgespürt worden war – und auch nichts, was er womöglich zurückgelassen hatte. Keine Patronenhülse. Keine Spuren, keine Fingerabdrücke. Und keine Zeugen, die einen Mann beobachtet hatten, der mit einem langen Kasten, in dem man ein Gewehr transportieren konnte, herumgelaufen war.

Marie dachte an Parkovs Trick. Trentmann mit einem Stimmveränderer vorzutäuschen, dass Batrenko noch lebte, war das eine. Dass Trentmann tatsächlich darauf hereingefallen war, das andere … und dass Svetlana am Leben war, konnte sie noch immer nicht ganz glauben.

Nun waren sie hier, besprachen die Spuren beziehungsweise das Fehlen derselben, und Marie war es, als hätte sich etwas zwischen sie und Parkov gedrängt wie eine unsichtbare Wand.

»Irgendwelche Neuigkeiten zu diesem gesperrten Tablet?«

»Dem Krypticon? Nein. Nichts.« Parkov tippte sich gegen die Schläfe. »Wenn ich gerade nichts zu tun habe – was in diesen Stunden nur selten vorkommt –, probiere ich neue Kombinationen aus. Bislang ohne Erfolg.«

»Es könnte eine beliebige Kombination sein«, meinte Fischer.

»Ja, aber das erwarte ich nicht. Meersen hat sein Vermächtnis zurückgelassen. Und der Schlüssel, um den Tresor zu öffnen, befindet sich im Inneren des Krypticons. Und was sich im Tresor befindet, das zeigen uns die letzten Scans und

Röntgenaufnahmen … Dokumente, CDs, Festplatten. Wir kommen an all das bloß noch nicht heran.«

»Und wo ist das Ding nun?«, fragte Lansford, der ihnen allen gegenüberstand.

»Hier, Lansford«, erwiderte Fischer. »Wollen Sie sich mal daran versuchen?« Fischer nahm das tabletähnliche Gerät und reichte es dem BKA-Beamten.

Lansford tippte ein paarmal etwas ein und schüttelte dann den Kopf. »Nein, keine Chance. Ich kann ja nicht einfach blind drauflosraten.« Ein kühles Lächeln umspielte seinen Mund, es verschwand ebenso schnell, wie es aufgetaucht war. *Er ist ganz bestimmt kein Mann, der sein Lächeln häufig sehen lässt,* dachte Marie und wartete, bis Lansford das Tablet Parkov reichte.

»Die Bilder, die Svetlana gemalt hat«, sagte sie dann in die Stille hinein. Als sich Lansford ihr zuwandte, wirkte er, als musterte er eine unerfahrene Polizeischülerin. »Ich bin in die Kammer zurück, kaum dass wir vom Dach runter waren, und habe sie mitgenommen. Nach all dem Trubel mit Trentmann und Alvarez hatten wir natürlich noch keine Zeit, sie genauer in Augenschein zu nehmen, aber ich weiß – bin mir sicher –, dass sie uns einiges verraten werden.«

»Gut, Winter. Dann machen Sie das. Aber jetzt, wo Svetlana in Sicherheit ist und auch schon mit Ihnen gesprochen hat, müssen wir uns wohl nicht mehr nur auf diese Zeichnungen verlassen. Ich erwarte, alles Relevante von ihr selbst zu erfahren.«

»So weit ist sie noch lange nicht«, antwortete Marie. »Sie ist erschöpft, sehr schwach nach diesem verrückten Tag.« Ihr gefiel diese überhebliche Art nicht, die Lansford an den Tag legte. *Er wirkt zu selbstsicher. Das kann bei einem Fall dieser Größenordnung schnell zu Fehlern führen. Das hatten wir früher schon.*

»Wir müssen wirklich behutsam mit ihr umgehen. Ich hatte nicht den Eindruck, dass sie sich auch nur ansatzweise auf dem Weg zu einem beruhigten, befragungsfähigen Zustand befindet… und das betrifft die fehlenden Erinnerungen an ihre Erlebnisse ebenso. Mit Druck erreichen wir gar nichts.«

»Wenn Druck nötig ist, machen wir Druck. Umso schneller kommen wir voran.«

»Wer leitet diese lustige kleine Ermittlungsgruppe? Sie oder Parkov?«, fragte Fischer.

»Parkov? Nein. Parkov war bis gestern noch nicht mal offiziell im Land.« Lansford ging einen Schritt auf sie zu. Er wirkte unbestreitbar einschüchternd, aber auch seltsam einnehmend und charismatisch. »Wir nehmen diese Dinge sehr, sehr ernst, Winter. Kindesentführungen. Menschenhandel. Moderne Sklaverei. In der Einheit 11 des BKA arbeiten knapp siebenhundert Spezialisten an diesen Fällen. Die Apostel sind vielleicht nur die Spitze des Eisbergs, vielleicht aber auch viel mehr. Solange wir das nicht wissen – geschweige denn, wer noch in welcher Weise involviert ist –, behandeln wir diese Sache mit äußerster Vorsicht. Also sollten Sie froh sein, dass im Moment nur ich und Berger mit diesem Spezialfall beschäftigt sind und nicht die ganze Einheit. Denn sonst, Winter, bräuchten wir Sie nicht. Und Parkov könnte seinen Rausch ausschlafen oder mit irgendeiner russischen Primaballerina um die Welt reisen oder was er sonst immer so tut.«

»Lass gut sein«, sagte Parkov. »Wir wissen, dass ihr diese Sache ernst nehmt.«

»Offenbar nicht ernst genug«, erwiderte Marie. »Wieso ist die Identität der übrigen Apostel nach wie vor unbekannt? Wieso können die jemanden in unsere Reihen schleusen, der eine wichtige Zeugin aus ihrem Zimmer holt?«

Parkov warf ihr einen warnenden Blick zu.

»Trentmanns und Batrenkos polizeiliches Wirken«, sagte Lansford, »wird genauestens untersucht. Irgendwo sind die beiden mit den Aposteln in Kontakt gekommen. Sobald

Trentmanns Handy überprüft wurde, sollten wir wissen, was er noch alles für sie tun musste.«

»Oder was sie uns glauben lassen wollen«, gab Marie zurück.

»Durchaus möglich.« Parkov warf Lea Berger einen Blick zu, den sie schweigend erwiderte. Irgendetwas ging zwischen den beiden vor sich, davon war Marie überzeugt, etwas, das Lansford nicht wusste – und sie auch nicht.

»Winter, Sie sind hier, weil Parkov jemanden aus dem Frankfurter K11 dabeihaben wollte. Das ist alles. Das bedeutet nicht, dass ich Sie plötzlich für kompetent in dieser Sache halte.«

»Sie können mich auch mal, Lansford.«

Lansford schnaubte. Dann fuhr er sich über das stoppelige Kinn. »Wissen Sie, was diese Menschen tun? Wissen Sie, womit Einheit 11 sich Tag für Tag herumschlägt? Es geht nicht nur um die Apostel. Auch um den einfachen Nachbarn von nebenan, der seine Kinder misshandelt, Videos von ihnen in den widerwärtigsten Foren verkauft, es geht um den Trainer einer Turnmannschaft, um den Wald-und-Wiesen-Zuhälter, dessen Cousin in Weißrussland und Rumänien den jungen Frauen einen Job als Model verspricht, sie mit Kleidern und Schmuck und Partys hier rüberlockt und sie dann in irgendeinem Loch unterbringt, damit sie ihre Schulden abarbeiten. Es geht um Typen, die diese Frauen abhängig machen, mit Drogen, Gewalt und so weiter und so weiter. Und dann haben wir diese Apostel …«

»Der Name ist widerwärtig«, sagte Berger. »Ich wäre für einen anderen.«

»Nein. Nennen wir sie beim Namen«, sagte Parkov. »Apostel. Die Vier Apostel. Auch wenn sie sich selbst nur so nennen mögen, weil es auf die meisten sicher bedrohlich wirkt.«

»Ja, und? Hat uns diese Erkenntnis weitergebracht?«, fragte Lansford.

»Dich nicht«, antwortete Parkov.

»Du warst schon immer ein Fremdkörper beim BKA. Und du wirst auch immer nur ein Fremder bleiben.«

»Ein effektiver Fremder. Ich *löse* meine Fälle.«

Marie musste schmunzeln. Dieser Seitenhieb hatte gesessen, das war Lansford eindeutig anzusehen.

»Schluss damit«, meinte Berger. »Dieses Kompetenzgerangel wird weder den Opfern noch all den Kollegen gerecht, die gerade da draußen nach Spuren des Kraken suchen.«

»Welch treffender Vergleich. Ein Krake. Ja, stimmt. Das sind diese Apostel wahrhaftig. Aber auch ein Krake stirbt, wenn man seinen Kopf erwischt«, sagte Parkov.

»Dieser König?« Lansford sah von Parkov zu Berger und schließlich zu Marie. »Er ist nur ein Schatten im Hintergrund.«

»Schatten sind meine Spezialität.« Parkov wandte sich an Marie. »Du hast Svetlanas Bilder gesehen und unzweifelhaft den Eindruck gewonnen, dass sie wichtig sind für diese Ermittlung.«

»Ja, auf einigen war wieder dieses Gebäude abgebildet, das mit Meersen in Verbindung zu stehen scheint. Und anderes, viel Schlimmeres. Auf einem sieht es so aus, als sitze jemand in einem Käfig. Wie ein Tier, das auf seinen Verkauf wartet. Auf einer Zeichnung ist ein ausgehobenes Grab zu sehen, in das Körper einfach so hineingeworfen wurden. Wieder ein anderes … ich denke, da hat sie das Dorf gezeichnet, aus dem sie kommt. Sieht idyllisch aus.«

»Wie interessant, Winter«, erwiderte Lansford. »Aber vielleicht sollten wir sie doch einfach selbst fragen, anstatt ihre Zeichnungen zu analysieren. Das kann nämlich schneller in die falsche Richtung laufen, als ich *Apostel* sagen kann.«

»Ich glaube, ich brauche jetzt mal frische Luft.«

»Die brauchen wir alle.« Weiter kam Lansford nicht, sein Smartphone unterbrach ihn. Er nahm den Anruf entgegen, sagte: »Ja?« und »Verstanden. Sendet es mir dann auf den privaten Account.« Dann legte er auf.

»Nun?« Parkov hob eine Braue. »Ist es das, was ich denke?«

»Noch eine Stunde, Parkov. Ist das nicht schnell? Ich würde sagen, das ist es. Dann haben die Kollegen in Wiesbaden Trentmanns Handy überprüft, analysiert und seine Inhalte aufbereitet.«

Marie war es, als hielte in diesem Moment jeder im Raum den Atem an. Wusste Lansford schon etwas über die Inhalte?

»Wir fahren«, sagte er jedoch nur.

»Marie?« Das war Fischer. »Hast du noch einen Moment?«

Sie nickte und sah sich nach Parkov um, der Lansford und Berger folgen wollte. »Daniel? Wartet bitte auf mich.«

»Aber nicht zu lange, Winter«, antwortete Lansford an Parkovs Stelle, »nicht zu lange!«

»Wir warten«, sagte Parkov. »Aber wenn ich Lansford nicht aufhalten kann … Du weißt, wo du uns findest.«

»Ist gut.« Sie wandte sich Fischer zu. Irgendwo hinter ihnen, in den Tiefen der kriminaltechnischen Abteilung, schlug eine schwere Metalltür zu. Sie waren allein.

»Ich weiß, dieses Gespräch war vertraulich, BKA-Ermittlungsgruppe und all das, aber … da gibt es jemanden, der mit dir sprechen möchte.«

»Jemanden?« Marie sah sich um. In dem alten Backsteingebäude, in das die Kriminaltechnik vor einigen Monaten umgezogen war, schien sich zu dieser späten Abendstunde niemand mehr aufzuhalten. »Ich sehe nur dich und mich.«

»Und mich, Marie.« Als sie sich umdrehte, sah sie sich Jörg Bodenfeld gegenüber, der aus der Dunkelheit der langen, winkligen Korridore kam.

Er wirkte angespannt. »Entschuldigst du uns?«, fragte er Fischer. Als der Kriminaltechniker gegangen war, zündete sich

Bodenfeld eine Zigarette an. »Svetlana wurde gestern an eine Kontaktbeamtin des BKA übergeben, und zwar durch mich persönlich. So weit, so gut. Ich muss dich das *jetzt* fragen, bevor du in dieser Ermittlungseinheit verschwindest. Was das BKA hier macht …«

»Ich verschwinde nicht«, wollte sie ihn beruhigen. »Aber ich versteh dich. Mir gefällt es auch nicht.« Marie versuchte zu lächeln. »Komm schon. Wir haben so viel erlebt, so viel Mist überstanden, wir werden auch mit dieser Einmischung fertig.«

»Immer wenn so was geschieht, wenn man einen Fall wie den an sich zieht, steckt dahinter viel mehr, als es zunächst den Anschein hat. Vielleicht hat Krantz recht, und wenn du ihm nicht glauben willst, dann denk an Parkovs eigene Worte: Möglicherweise reicht der Mist viel weiter nach oben. Wie schnell die hier waren! War ja, als hätte jemand Lansford und Berger sofort auf diese Sache aufmerksam gemacht. Ich kenne die beiden nicht, ich weiß nicht, wie effektiv die sind, aber eines weiß ich: Das Ganze nimmt Geschwindigkeit aus der Ermittlung. Es gibt Leuten Zeit, Dinge zu vertuschen.«

»Ich kenne die beiden auch nicht«, erwiderte Marie. Was Jörg da sagte, fasste ihre eigenen beunruhigenden Überlegungen zusammen, das musste sie sich eingestehen. »Aber ich kenne Parkov. Und ich weiß, dass er so was niemals zulassen würde.«

»Ja. Aber Parkov war während der letzten Monate verschwunden.«

»Hör auf. Er würde nicht … Nein. Er ist absolut integer.«

»Die kamen in Sachen Apostel nie zu Ergebnissen. Klingt das nicht seltsam?«

»Denk an den Tatort. Keine Spuren. Weder von diesem Panther noch von Meersen und seinen Apostel-Freunden. Die wissen genau, was sie tun.«

»Und auch das macht mir Sorgen.«

»Ich weiß.« Jörg war wie ein großer Bruder für sie, Isabelle und er hatten sie nach Eriks Tod aus dem tiefen, dunklen Tal ihrer Verzweiflung geholt. »Du tust so, als wäre ich, weiß nicht, in Gefahr, weil Parkov mich gebeten hat, bei dieser Sonderermittlungsgruppe dabei zu sein. Aber genau das denke ich eben nicht. Parkov würde es nicht zulassen. Davon bin ich überzeugt. Heute noch mehr als gestern.«

»Wieso?«

»Weil … ich denke, dass ich ihn einmal wenigstens ohne seine Schutzhülle erlebt habe, hinter der er sich sonst ständig versteckt. Und was ich da gesehen und gefühlt habe, nenn es meinetwegen Intuition, das sagt mir, dass er mich eher wieder ignoriert und alleingelassen hätte wie in den letzten Monaten, wenn ich in Gefahr wäre.«

»Vielleicht will er dich auch nur bei sich haben. Vielleicht hofft er, dass er dich so schützen kann.«

»Das muss er nicht. Ich bin längst groß, schon vergessen? Und so denkt Parkov auch nicht. Er weiß ebenso gut wie du und ich, dass das im Fall der Fälle ohnehin nicht funktioniert. Wenn es hart auf hart kommt, kann niemand noch ein Auge auf den anderen haben.«

»Aber genau das sollten wir … in diesen Zeiten.«

Marie seufzte. »Ja, ich weiß. Du hast ja recht. Aber jeder von uns ist in Gefahr. Solange er sich mit den Aposteln befasst.«

»Der Professor war *ein* Mann, das hier ist ein ganzes Netzwerk, da steht viel auf dem Spiel, sollten die Kunden in unsere Hände fallen – das wollen die in jedem Fall verhindern.«

»Das ist klar. Aber du weißt doch – wenn *ich* eine Liste mit potenziellen Kunden in die Hände bekommen sollte, würde ich sie auch verwenden.«

»Und Lucie?«, fragte Jörg.

»Was hat das mit Lucie zu tun?« Marie spürte allmählich, wie sie dieses Gespräch belastete. *Aber Jörg ist nur besorgt, vielleicht so besorgt, wie du es eigentlich sein solltest.*

»Diese Leute schrecken vor nichts zurück. Weder der Panther noch die Apostel.«

Marie starrte Jörg an. »Willst du sagen, es ist falsch, was ich tue? Soll ich mich irgendwo verkriechen? Einen Schreibtischjob übernehmen?«

»Das nicht. Aber du könntest hierbleiben. Das K11 hat genug zu tun, auch in diesem Fall. Wenn du bleibst, würde mich das schon sehr beruhigen.«

»Du bist nicht …« Marie schluckte den Satz runter, denn er hätte Jörg zu sehr getroffen. »Ich weiß, was du meinst. Aber wenn ich an diese Toten denke und an die Opfer der Apostel, dann kann ich nicht anders. Sie müssen aufgehalten werden. Und Parkov braucht mich. Er kann mit Berger und Lansford nicht zusammenarbeiten wie mit mir.«

Jörg sah sie lange an, dann nickte er. »Nur zusammenarbeiten, hm?« Ein Lächeln schlich sich auf seine Lippen. »Du bist wieder leicht zu durchschauen.«

Sie spürte, wie ihre Wangen rot wurden. »Ich melde mich bei dir. Sag mir, wie Isa sich macht. Wenn sie aufwacht …«

»*Wenn* …«

»… dann richte ihr aus, dass sie ja nichts anstellen soll, bis ich wieder da bin.«

»Das mach ich. Versprich mir, dass du auf dich achtgibst. Mehr noch als sonst. Keine Risiken. Du weißt, was passieren kann.«

»Jeden Tag. Jede Minute. Ich weiß es.«

»Ihr sucht ihn, nicht wahr? Den Ort, den wir auf der Fotografie mit Meersen gesehen haben. Da führt alles hin.«

»Alles?« Marie schüttelte den Kopf. »Nicht alles. Das glaube ich nicht. Aber wir werden uns dort umsehen, sobald wir wissen, wo er liegt.«

»Das *wisst* ihr. Lansford – die Sache gerade eben mit Trentmanns Handy, schon vergessen? Natürlich wollte er vor Fischer nichts sagen, aber komm schon, das war ziemlich offensichtlich. Er hat neue Informationen.«

»Wie lange hast du eigentlich schon gelauscht?«, lachte Marie. »Ich muss jetzt wirklich gehen. Die werden sicher nicht länger warten.« Jörg wollte noch etwas sagen, aber sie schüttelte den Kopf. »Wenn du weitermachst, bleibe ich wirklich noch hier.«

»Dann sollte ich das wohl.«

»Ach Jörg.« Marie warf ihm einen langen Blick zu und umarmte ihn schließlich. »Bis bald.«

TEIL ZWEI

Meine liebe Freundin Arka

Kapitel 26

Als Marie das gedrungene Backsteingebäude am Main verließ, waren Parkov, Lansford und Berger schon fort.

War klar.

Also dann, auf einen kleinen abendlichen Spaziergang.

Die Nacht war warm, die Luft lag wie ein schweres schwarzes Tuch über der Stadt. Marie wanderte durch die Straßen. All die Lichter. Die Dunkelheit. Aus einer Gasse drang ein Ruf, sie sah hinein, dort hockte eine Frau in den Vierzigern und setzte sich eine Spritze. Als sie Marie entdeckte, warf sie einen Stein nach ihr.

Marie setzte ihren Weg fort. Da waren die Hochhäuser, Banken, Großkanzleien. Ein dunkler Sportwagen schob sich aus einer Tiefgarage. Vielleicht ein junger Anwalt aus einer der Kanzleien nach dem Ende seines Zwanzig-Stunden-Tages. Wohin fuhr er jetzt? Ob da jemand wartete? Oder waren da nur ein paar Stunden Schlaf, ein paar Pillen, bevor sich das Rad weiterdrehte?

Am Haus ihrer Schwester klingelte sie. Lara öffnete im Pyjama. »Schwesterchen«, sagte Marie.

»Welch Überraschung. Lucie schläft.« Lara musterte sie von oben bis unten. »Du siehst ziemlich fertig aus. Immer noch diese Sache drüben im Westend?«

»Genau die. Wo ist die Kleine?«

»Im Bett natürlich. Ich hab ihr vorgelesen. Sie ist …«, Lara bemühte die Uhr an ihrem Handgelenk, »vielleicht vor einer Stunde eingeschlafen.«

»Ich seh nach ihr, dann … muss ich noch mal weg.«

»Parkov?«

Sie nickte. »Ist wieder da.«

»Oh Mann, Marie. Du weißt, was ich davon halte.«

»Nicht heute Abend. *Bitte.*«

Lucie schlief bereits, ihr dunkler Haarschopf lugte unter der Bettdecke hervor, sie sah so winzig aus in diesem großen Bett. Marie küsste sanft ihre Stirn, setzte sich neben sie auf den Bettrand.

»Mama ist da«, flüsterte sie leise.

Lucies Hand schloss sich um ihre. Vielleicht träumte sie, vielleicht war sie in diesem Dämmerzustand irgendwo zwischen Tiefschlaf und Wachsein, sie lächelte ein wenig.

Marie legte sich behutsam neben sie und schloss die Augen.

Wie oft hatte man sie als schlechte Mutter bezeichnet und ihr vorgeworfen, dass sie zu selten für Lucie da sei. Marie hatte versucht, all das zu ignorieren, beiseitezuwischen, doch diese Vorwürfe hatten sie jedes Mal stärker verletzt, als sie sich das zunächst eingestehen wollte.

Es ist schmerzhaft. Und manchmal … haben sie auch recht. Manchmal warst du nicht für sie da, als Lucie dich gebraucht hat.

Und nun? Wenn du dich dieser Sondereinheit anschließt, setzt du sie dann nicht einem unfassbar großen Risiko aus, ganz wie Jörg gesagt hat?

Racheakten?

Oder sogar der Gefahr, dass sie dich verliert?

Wenn ich irgendwo an einem verfluchten, gottverlassenen Ort sterbe, an dem man nur Erbarmungslosigkeit kennt … dann wird Lucie für immer damit leben müssen. Sie hat Elise und deine Schwestern, aber das ist nicht dasselbe.

Wird sie mich dafür verachten, wenn sie älter ist? Wenn sie versteht, was auf dem Spiel stand? Wie wird sie dann über mich denken? Über diese Entscheidung?

»Ich will es eigentlich nicht«, flüsterte Marie. »Aber irgendwie doch, und dafür … hasse ich mich.«

Sie blieb noch eine ganze Weile bei Lucie, bis irgendwo draußen ein Auto hupte und sie aufschreckte. Im Halbschlaf öffnete Lucie die Augen ein Stück weit. »Ich hab dich so sehr lieb«, flüsterte sie, »wie der kleine Bär den großen.«

»Und ich dich noch tausendmal mehr«, erwiderte Marie zärtlich. »Augen zu, kleiner Bär. Schlaf gut.« Sie schlich auf Zehenspitzen zur Tür. Lucie kuschelte sich an ihr Kopfkissen und schloss die Augen. Leise öffnete Marie die Tür und schlüpfte hinaus.

Lara kam ihr im Flur entgegen. »Und?«

»Ich muss noch mal los.«

»Das ist Mist, kleine Schwester.«

Marie senkte den Kopf. »Ich weiß. Es ist alles furchtbar kompliziert.«

»Ist es eigentlich nicht.« Lara streckte die Arme aus. »Ach, komm schon her. Ich bin auf deiner Seite. Egal was grad los ist.«

Der Grand Tower war nicht weit entfernt, und doch hatte sie eine Weile den Eindruck, ihr würde ein dunkler SUV mit verspiegelten Scheiben folgen, Abstand halten, näher kommen, wie ein Raubtier, das sich an ihre Fährte geheftet hatte.

Der Panther?

Sie berührte die P30 an ihrer Hüfte. Die Dienstwaffe war wie ein vertrauter Freund, gab ihr ein beruhigendes Gefühl, und doch war sie sich nicht sicher, ob sie ihr gegen den Panther helfen würde … nicht wenn er in der Dunkelheit zuschlug, nicht wenn sie ihn nicht einmal kommen sah.

In der Nähe des Grand Tower wechselte sie die Straßenseite und ging in einem zurückgesetzten Eingang in Deckung. Der SUV fuhr vorüber, erst am Ende der Straße wurde er langsamer, als suchte der Fahrer die Straßenseiten nach einer einsamen Fußgängerin ab.

Dann verschwand das Fahrzeug mit roten Rücklichtern in der Nacht.

Sie suchen dich. Die Apostel oder der Panther, oder sogar beide.

Marie dachte an Jörgs Worte und ihr wurde – trotz der nächtlichen Wärme – sehr, sehr kalt.

Ein paar Minuten später läutete sie an Parkovs Penthouse-Tür. Sie konnte kaum umhin, dieses massive, aus Bronze handgefertigte Meisterwerk zu bewundern. Parkov öffnete Sekunden später, als hätte er auf sie gewartet. Zu dem ein Stück weit aufgeknöpften Anzughemd trug er jetzt ein Paar verblichene Jeans, als hätte er beschlossen, sich den Rest des Abends freizunehmen.

»Na? Sind sie noch da?«

»Berger und Lansford? Gepriesen sei der Herr, nein.«

»*Das* gibt einen Strich bei Petrus«, gab sie zurück. »Ach ja: Danke fürs Stehenlassen.«

»Das war Lansford. Er hatte es … eilig.«

»Natürlich. Das entsperrte Handy?«

»Trentmann hat eine Reihe von Nachrichten erhalten, die alle vom Absender Ikarus stammen. Wir nehmen an, dass dies sein Kontakt zu den Aposteln ist. Ich verwende ein Höchstmaß an Rechenleistung, um die Spur des Anrufs zurückzuverfolgen, aber das, meine Liebe, kann dauern.«

»Wieso Ikarus?«

»Frag mich was Leichteres.«

»Dabei hast du doch sonst auf alles eine Antwort.«

Parkov legte den Kopf schief und musterte sie.

Marie folgte ihm hinein. Parkov wirkte, als steckten ihm die letzte Nacht und dieser Tag tief in den Knochen. Auf den hell erleuchteten Bildschirmen in dem großen Büro, von dem man über die ganze Stadt blicken konnte, flimmerten die Nachrichten von Ikarus an Trentmann.

»Meine Schwester war nicht gerade zufrieden, dass ich noch mal zu dir gehe. Hätte sich Lucie nicht immer schon so sehr für ihren lieben Daniel eingesetzt, würde sie dir überhaupt nicht mehr trauen.« Marie musste lachen. »›Er ist nichts für dich‹, sagt sie. Und ihr Lieblingssatz ist: ›Parkov ist gefährlich.‹«

»Und wie gefährlich ich bin«, erwiderte Parkov. »Ich bin bei der Polizei. Ich kann Menschen wehtun und werde dafür nicht mal belangt.«

»So etwas will ich nicht hören. Auch nicht von dir, nicht mal im Scherz.« Marie sah zur Tür. Von irgendwo aus den Tiefen der Penthouse-Wohnung wehte der milde Duft von frischem Baguette herein. »Was riecht hier so gut?«

»Komm mit. Ich zeig es dir.«

Sie betraten die weitläufige Küche, ein Traum aus Edelstahl und naturbelassenem Holz und allerlei technischen Küchengeräten. »Es ist halb zwölf, kurz vor Mitternacht, und du … du backst hier Baguette auf.« Marie fächerte sich Luft zu, schnupperte nach dem Duft, der aus einem der Backöfen kam. Erst jetzt merkte sie, wie hungrig sie war, und ihr fiel auf, wie lange sie nichts mehr gegessen hatte.

»Ich backe, wann immer ich will«, sagte Parkov und schob eine Reihe von Unterlagen, einen dicken Aktenordner und lose Blätterstapel beiseite. Das Licht einer aluminiumfarbenen Tischleuchte ließ sein Haar korngelb schimmern.

»Svetlana ist jetzt von einer zuverlässigen Kollegin erst mal sicher untergebracht worden«, sagte Marie. »Jörg hat sie hingebracht. Ich hoffe, sie verkraftet das alles. Irgendwie schäme ich mich, dass Batrenko sie so in Gefahr bringen konnte.«

Parkov sah sie sehr nachdenklich an.

»Das Sprungtuch der Feuerwehr … Weißt du, ich denke, es war wirklich der Panther selbst, der dort angerufen hat. Er hatte Batrenko vor Svetlanas Krankenzimmer im Blick, und als die beiden dann auf dem Dach aufgetaucht sind, hat er sofort die Behörden informiert. Es kann niemand anders gewesen sein.«

»Dann muss er eine seltsam zwiespältige Person sein. Brutaler Mörder. Und Lebensretter.«

Parkov nickte. »Ich habe den eingehenden Anruf bei der Leitstelle überprüft. Nicht zurückverfolgbar, eine unauffällige Männerstimme. Er oder das Orakel selbst. Sie wollten nicht, dass sie stirbt.«

»Weil sie unschuldig ist?« Marie schnaubte. »Sie haben auf Isabelle gefeuert, eine ganze Familie ausgelöscht. Und jetzt diese Skrupel? Das passt doch nicht.«

»Oh, ich denke, das passt sogar ganz wunderbar«, erwiderte Parkov. »In ihrer Vorstellung töten das Orakel und der Panther die schwarzen Schafe, nicht die weißen. Sie töten, als müssten sie die Verfehlungen einer Zivilisation auslöschen.«

»Sie sind Mörder. Brutale Verbrecher.«

»Natürlich. Sie haben Meersen leiden lassen. Dafür haben sie Kollateralschäden in Kauf genommen, seine Familie … aber bei Batrenko war das anders. Der musste *nur* sterben. Svetlana wäre ein unnötiges Opfer gewesen.«

»Isabelle ebenso.«

»Nun, der Panther hat seine Mission. Er lässt nicht zu, dass man ihn hindert oder gar aufhält.«

»Sie wird gerade noch mal operiert, weißt du das?«

»Dann denken wir an sie.«

Marie setzte sich neben Parkov auf einen der Barhocker und verbarg ihr Gesicht in den Händen. *Du bist so müde, dass du dich am liebsten irgendwo zusammenrollen und einschlafen würdest … aber für Schlaf ist noch keine Zeit.*

»Also, was sind das nun für Nachrichten, die Trentmann bekommen hat? Helfen sie uns weiter?«

»Zum größten Teil sind es Kleinigkeiten. Einmal musste er einen auf einem Müllentsorgungsgelände geparkten Wagen zu dem verlassenen Haus bringen, wo wir Svetlana Jatsenko gefunden haben … immer wurde er gut bezahlt. Zu seinen häufigsten Aufgaben zählte jedoch das Kopieren von Ermittlungsakten und das Weiterleiten an ein Netz aus toten Briefkästen. Akten von diversen Personen mit einer hübschen Liste an Vorstrafen. Lansford lässt derzeit alle kontaktieren, die ersten Rückmeldungen sind allerdings nicht besonders positiv. Mauern aus Schweigen.«

»Alle mit mutmaßlichen Kontakten zu den Aposteln?«

»Nicht direkt. Aber dieses Netzwerk, das rund um die Apostel geschaffen wurde … Ich muss gestehen, es *beeindruckt* mich. Wer immer dahintersteht, es muss ein Planungsgenie sein … Es wäre eine Freude, gegen ihn Schach zu spielen.«

»Weil du sehen willst, wie er denkt?«

»Nein, weil ich sehen will, wie er reagiert, wenn er sein erstes Spiel verliert.«

»Glaubst du, es ist … wie Svetlana ihn nannte … der bleiche König?«

»Ob er selbst einer der Apostel ist? Nein, das denke ich nicht.« Parkov blickte auf. »Aber er ist irgendwo da draußen. Und dann denk an die letzte Botschaft: Alvarez. Heute. Das war der Befehl, den Mann auszuschalten.«

»Mit Gift.«

»Eine winzige, aber hochkonzentrierte Dosis Blausäure. Niemand hätte Alvarez noch retten können.«

»Und woher hatte er die Blausäure?«

»Die hat er einfach aus der Asservatenkammer genommen.«

»Oh nein.«

»Nicht unser Problem. Damit wird Krantz sich herumschlagen müssen.« Parkov hielt inne. »Du wirkst, wenn ich mir diese Anmerkung erlauben darf, meine Liebe, als beschäftige dich etwas.«

»Ja, tut es. Du … du sprichst hier immer von *uns.*«

»Uns, ja. Die Sondereinheit.«

»Daniel, ich weiß nicht, gehöre ich hierher?«

Parkov hob die Brauen. »Was meinst du damit?«

»BKA, all das … Menschenhandel, die Apostel, Killer, die mit Präzisionswaffen auf Polizisten schießen, das ist doch etwas, ich weiß nicht … zu groß.«

»Zu groß? Wie meinst du das?«

»Für mich. Und spar dir die Scherze.« Marie rückte näher an Parkov heran und berührte seinen Arm. »Ich weiß nicht. Wenn ich ehrlich bin, macht mir das schon ein bisschen Angst.«

»Angst ist …«

»Hast du mir schon erzählt.« Marie sah zu ihm auf. »Erinnerst du dich? Aber, Daniel, auch wenn ich es versucht habe, ich bin nicht du. Ich bin nicht … all das hier.« Marie seufzte. »Ach, ich weiß auch nicht.«

»Es ist Lucie, nicht wahr?«

»Natürlich. Ich mach mir Sorgen. Das war auch früher so, aber jetzt … Ich meine, diese Typen schrecken vor nichts zurück. Vielleicht gab es früher mal Grenzen, auch für die, aber heute … Das da draußen ist rohe Brutalität, und ich darf sie da nicht mit hineinziehen. Lucie muss in Sicherheit leben, ich muss für sie da sein. Das werde ich mir sonst nie verzeihen. Bisher hatten wir Glück, aber was, wenn das jetzt aufgebraucht ist?«

»Ich weiß, was du meinst.« Parkov sah auf seine Akten, doch nun wirkte er unkonzentriert. »Ich dachte, es wäre gut, wenn ich euch in der Nähe habe. Als du gestern Nacht bei mir auf der Veranda gestanden hast, da war es, als wärst du nie weg gewesen, als wäre *ich* nie fort gewesen. Ich bin nur ein lächerlicher Mann mit etwas zu viel Geld, Marie. Ich hatte gehofft, dass ihr beide … Ja, jetzt sehe ich, wie egoistisch dieser Gedanke eigentlich ist. Wie gefährlich.«

»Es ist auch für dich nicht ungefährlich. Denk an das, was mit dir geschehen könnte. Ich wünschte, du würdest es nicht tun. Ich wünschte, du hättest Lansford einfach abgesagt.«

»Und dann?«

»Und dann wiederhole ich das, was ich dir vor ein paar Monaten schon mal gesagt habe. Vor der Gala, vor der Geiselnahme, vor … vor alldem. Dass wir fortgehen, zusammen, und das sage ich jetzt noch mal. Jetzt gleich.« Marie spürte, wie sich ihre Augen mit Tränen füllten, sie wischte sie ungehalten weg. »Das ist der Weg. Hörst du? Nicht … nicht *das.*« Sie deutete auf die Akten. »Nicht dieser Wahnsinn.«

»Trentmann hatte auch Bilder auf seinem Handy«, sagte Parkov.

»Halt den Mund. Ich … ich will das nicht hören.«

»Kinder, Marie. Mädchen. Männer, die für eine Jungfrau alles bezahlen.«

»Daniel, ich weiß, dass es die gibt. Und die wird es auch noch geben, wenn die Apostel fort sind. Selbst wenn dieser Panther sein Werk vollendet und sie alle erledigt … Andere kommen nach.«

»Der Lauf der Welt?«

Sie nickte.

»Der Lauf der Welt.«

»Also tut der Panther das Richtige. Und wir, die wir ihn stoppen wollen, indem wir die Identität der anderen Apostel herausfinden, seine Opfer in Gewahrsam nehmen …«

»Auf diese Diskussion hab ich keine Lust.«

»Du läufst lieber davon. Versteckst dich. Genießt das Leben.«

Marie starrte ihn an. Parkov stand halb im Schatten, doch auf sein Profil fiel schräg durch die satinierten Glasscheiben das Licht des Flures. So stand er da, als wollte er kämpfen, um etwas Unsichtbares, Moralisches, das ihm wichtig war. Dann machte er sich auf den Weg in das Büro, wo das Licht all der Monitore auf ihn fiel.

»Du bist ein seltsamer Mann, Daniel.«

»Das passt dir nicht?«

»Ich weiß es nicht. Doch. Das passt mir schon.«

»Jemand ist da draußen. Handelt mit Menschen. Tötet sie.« Parkov hielt inne. Marie spürte, dass er mehr sagen wollte, ihm das aber nicht ganz leichtfiel. »Aber der Grund, warum ich dich dabeihaben wollte, ist ein anderer. Weil ich es vielleicht nicht allein tun kann. Weil ich es allein nicht schaffe. Weil ich deine Hilfe brauche.« Parkov trat zur Rückwand des Büros und berührte die Holzvertäfelung, die sich daraufhin mit einem leisen elektrischen Summen beiseiteschob. Auf einem gut drei Meter breiten Monitor war eine große Karte zu sehen, sie zeigte Europa und ein gutes Stück Asien – mitsamt einer Vielzahl von unterschiedlich gefärbten Markierungen. Es sah aus wie eine riesige Spurenübersicht – die Hinterlassenschaften menschlicher Raubtiere, die ihr Unwesen schon seit langer Zeit trieben. Lansford und Berger hatte er die Karte nicht gezeigt, da war sich Marie sicher.

Parkov liebte seine Geheimnisse und das war ohne Zweifel ein Teil davon. Dass er sie nun einweihte, machte deutlich, wie sehr er ihr vertraute, doch unter diesen Umständen …

Was denkst du da? Wäre es dir wirklich lieber, er würde dich fortschicken? Allein gegen diese Verbrecher vorgehen?

Nein. Du kennst die Antwort.

»Was ist das?«, fragte sie. »Sag mir, dass es nicht das ist, wofür ich es halte.«

»Alles, was möglicherweise mit den Aposteln in Verbindung steht. Nie gelöste Entführungsfälle. Unaufgeklärte Morde. Unklare Vermisstenfälle, Kindesmissbrauch, verschwundene Kinder, Jugendliche, junge Erwachsene. Korrupte Polizeibeamte, Staatsanwälte, Richter und Politiker, die sich in Kreisen aufhalten, in denen sie nichts verloren haben.«

»Und all das … woher hast du das?«

»Ich habe hier und da einige Datenbanken angezapft. Ein Freund bei Interpol, einer beim englischen Scotland Yard … und anderswo.«

Marie nickte. »Nicht ganz legal, solltest du hinzufügen. Deine KI hat mitgeholfen?«

»Ich habe durchaus einen Namen«, beschwerte sich Elvis.

Marie zuckte zusammen. »Muss er zuhören?«

»Nein, muss er nicht. Elvis, schalt dich vorübergehend ab.«

»Wie Sie wünschen, Sir. Eine geruhsame Nacht, Frau Winter, Herr Parkov.«

»Ich finde ihn immer noch ein wenig gruselig.«

»Das ist er ja auch«, bestätigte Parkov mit einem schmalen Lächeln. »Aber er kennt hervorragende Wege, Firewalls von Polizeidatenbanken zu umgehen.«

»Sehr lustig.«

»Sieh es dir an: Natürlich steht nicht alles mit den Aposteln in Verbindung, ich würde sagen, wir könnten nach genauerer Überprüfung vielleicht zwanzig Prozent streichen, und wenn wir noch mal genauer hinsehen, vielleicht weitere dreißig …« Er berührte den Bildschirm. Eine ganze Reihe der Marker verschwand, doch zurück blieb zu Maries Entsetzen noch immer eine große Menge.

»All das«, sagte Parkov, »könnte ihr Werk sein.«

Sie schüttelte den Kopf. »Wie viele Vermisstenfälle?«

»Etwa achthundert. In zwanzig Ländern, in den letzten beiden Jahren.«

»Jesus.«

»Der war nicht darunter.«

Marie strich sich eine widerspenstige Haarsträhne aus der Stirn. »Was können wir zwei – wir vier, wenn wir Lansford und Berger dazunehmen – gegen solchen Wahnsinn ausrichten? Kannst du mir das verraten? Oder muss ich mir die Antwort gleich selbst geben? Richtig: gar nichts.« Marie seufzte. Die Entbehrungen des Tages machten sich bemerkbar, sie fühlte sich ausgelaugt.

»So kenne ich dich gar nicht.«

»Ich weiß. Vielleicht ist es auch nur dieser Tag. All das, was gerade geschieht. Vielleicht ist es einfach zu viel.«

»Vielleicht, Marie. Aber du hast früher schon den einen oder anderen hilfreichen Gedanken gefasst, obwohl wir beide am Ende waren.«

»War das ein Kompliment?«

»Wenn du das nicht erkennst, muss ich in den vergangenen Monaten wirklich alles verlernt haben.«

»Ist dir mal in den Sinn gekommen, dass diese Sondereinheit von Lansford und Berger absichtlich behindert wurde, weil man verhindern wollte, dass jemand all diese Verknüpfungen herstellt? Jeder Polizist nimmt Entführungsfälle sehr, sehr ernst. Aber solche Zusammenhänge herzustellen …«

»*Mögliche* Zusammenhänge«, warf Parkov ein.

»… dafür fehlt es fast immer an Zeit. Die Sondereinheit hätte das gekonnt. Wie hat Lansford es formuliert? Man hat die Zahl der zugeordneten Polizisten in der Ermittlungssache Apostel zurückgefahren, weil nicht *ein* sachdienlicher Hinweis entdeckt werden konnte. Die Beamten würden stattdessen gegen andere Gruppierungen ermitteln. Das ist die offizielle Begründung der Polizeiführung. Aber was, wenn in Wirklichkeit etwas anderes dahintersteckt? Wenn man nicht will, dass solche Verknüpfungen hergestellt werden?«

»Wenn *man* nicht will?«

»Wer auch immer in unseren Reihen sonst noch mit den Aposteln zusammenarbeitet. Du glaubst doch wohl nicht, dass Trentmann und Batrenko die Einzigen sind?«

»Ich glaube gar nichts, Marie.«

»Diese Karte zeigt vor allem eines: Dieser Mist ist professionell organisiert. Und er ist derart lukrativ, dass sie ihn schon lange mehr oder weniger ungestört betreiben können. Sie haben sich wie Geschwüre in unserer Mitte festgefressen. Meersen … Ja, es ist furchtbar, dass man seine Familie ermordet hat. Aber wenn er – und jetzt denk mal daran, wie sehr Meersen im Licht der Öffentlichkeit stand … und wenn das bekannt wird … was glaubst du, wie man dann über andere wie ihn denkt? Oder der einfache Mann von nebenan über seinen Nachbarn?«

»Menschen sind schlecht, Marie. Das ist nun mal so.«

»Nein. Nein, verflucht, das will ich nicht akzeptieren. Menschen …« Sie seufzte. »Menschen sind gut, Daniel. Viele sind das. Die meisten. Irgendwo im Herzen haben sie das Gute bewahrt, sie müssen es nur wiederentdecken.«

»Menschen sehen gern nicht, was sie nicht sehen wollen. Deshalb kann sich eine Struktur wie die der Apostel auch ausbreiten und wachsen wie ein Krebsgeschwür. Menschen sind feige. Es genügt ihnen, wenn sie mit ihren wenigen Habseligkeiten ihren primitiven Alltag leben können, und die primitive Befriedigung … nun, die findest du überall. Bis hinauf in die höchsten Kreise. Und auf Nachfrage folgen Angebote.«

»Menschenhandel als Produkt der Marktwirtschaft. Das ist selbst für dich zu zynisch.«

Parkov zuckte mit den Schultern, entschuldigte sich für einen Augenblick und kam schließlich mit einem großen Tablett aus der Küche zurück. Darauf lagen das duftende Baguette und ein großer Klecks Butter, Käse und eine Flasche teurer Rotwein. »Frisch, gesalzen, aus Frankreich. Ziemlich köstlich.«

»Du bist eiskalt. Kannst umschalten zwischen diesen grausamen Verbrechen und dem hier.«

»Wenn ich es nicht könnte, könnte ich nachts nicht schlafen.«

Marie legte den Kopf schief. »Stimmt nicht ganz.« Sie wollte das Gespräch zurück auf die Karte lenken, doch ein anderer Gedanke drängte sich dazwischen. *Irgendwann werdet ihr über die letzte Nacht sprechen müssen. Weder er noch du, ihr könnt nicht einfach so tun, als wäre nichts geschehen.*

»Weißt du, letzte Nacht ...«

»Nicht jetzt, Marie. Es gibt viel Arbeit.«

»Du hattest einen Albtraum. *Das* meinte ich. Du kannst nicht so gut schlafen, wie du behauptest.«

Parkov wandte sich ab.

»Wegen mir? Bin ich so furchtbar, dass du Albträume hast?«

»Wegen der vergangenen Monate.«

»Daniel. Seit wir gestern über diese Sache gesprochen haben, diese Krankheit, seitdem kann ich an kaum etwas anderes denken. Du musst was unternehmen. Kämpfen, verstehst du? Sag mir nicht, dass du zu müde oder was auch immer dafür bist. Das ist Unsinn.«

»Vielleicht, Häschen. Ich tue, was ich kann.«

Marie schüttelte den Kopf. »Hör auf damit. Nenn mich nicht so.« Dann fiel ihr Blick wieder auf die Karte. »Es gibt beides. Das war schon immer so. Glück und Elend, Leben und Tod, Anfang und Ende, alles dicht beieinander.«

»Der Kreislauf aller Dinge«, sagte Parkov. »Das Leben hat immer einen Preis. Wir müssen nur überlegen, welchen wir bereit sind zu zahlen.«

Klingt, als würde er spüren, worauf all das hinauslaufen wird.

Ob das sein Preis ist? Und was es dich kostet, weißt du das ebenso gut?

»Du musst es nur sagen«, erwiderte sie. Das Herz schlug ihr bis zum Hals. »Sag es einfach.«

»Bleib. *Hilf* mir. Und ich verspreche dir, dass ich alles tun werde, was in meiner Macht steht, um Lucie zu beschützen.«

»Und ich werde ...« Ein Summen unterbrach sie. Sie drehte sich im selben Moment wie Parkov zu der Quelle des Geräuschs.

Trentmanns Smartphone auf dem Tisch hinter ihnen. Jemand hatte eine neue Nachricht geschickt. Parkov war vor ihr dort, er las und wurde blass.

»Ist es von ihnen?«

»Ikarus«, sagte Parkov. »Ein neuer Auftrag.«

Marie spürte, wie sich ihr Pulsschlag beschleunigte. *Haben wir denn keine Minute Ruhe?*

»Sie müssen von Batrenko und Trentmann erfahren haben.« Parkov fluchte. »Und nun beginnen sie damit, alle losen Enden zu beseitigen.«

»Wo?«

»Das ... Ich weiß nicht, irgendeine GPS-Position. Sieh doch.« Er drehte das Handy, sodass sie die Nachricht lesen konnte.

Ikarus, stand dort, darunter eine Zahlenfolge.

»Rufen wir die Kollegen. Wir werden schnell sein müssen. Vielleicht haben sie Trentmann nicht allein mit dieser Sache beauftragt.«

»Dieser Ort, Daniel, was ist dort?«

»Ich weiß es nicht.« Er blickte auf das Baguette, den Rotwein, den er aus der Vorratskammer geholt hatte. Marie sah, dass seine Hand zitterte. »Aber ich habe eine Vorahnung.«

»Wie meinst du das?«

»Vielleicht solltest du hierbleiben.«

»Ganz bestimmt nicht.« Marie stand auf und stellte sich ihm in den Weg. »Wir treten auf der Stelle, begreifst du? Wenn wir dem Panther zuvorkommen wollen, müssen wir die Identität der anderen Apostel feststellen.«

»Oder seine. Und ihn stoppen.« Parkov legte Trentmanns Mobiltelefon zurück auf den Tisch und hielt sein eigenes ans Ohr.

»Parkov«, sagte er hinein, »verlegt alle verfügbaren Kräfte an folgende Koordinaten. Sofort.« Er eilte zur Tür. »Das hier, das sind die Apostel. Dieser Ort, Marie, ich glaube, das ist ein *Safe House*, ein sicheres Haus des BKA.«

Marie spürte, wie etwas tief in ihrem Inneren zu fallen drohte, für einen Moment drehte sich alles vor ihren Augen und sie musste Parkovs Arm packen. »Sag mir nicht … Svetlana?«

»Ich fürchte, es ist so.«

»Nein. Nein, nein …«

»Kommst du oder nicht?« Parkov sah sie an, sorgenvoll und energisch zugleich.

Marie holte tief Luft. »Ja, verdammt.«

Kapitel 27

Das Blaulicht der Einsatzfahrzeuge zuckte grell durch die schwüle Nacht. Parkov bremste den Bentley in einer schlammigen Zufahrtsstraße, die auf einen einsam gelegenen Hof führte. Das Tor zum Hof hatte bereits offen gestanden, als die Einsatzkräfte eingetroffen waren, wie er später erfuhr – und der Hund, der den Hof bewachte, war erschossen worden.

Marie begleitete ihn, doch als sie zu den Leichen von Svetlana und der BKA-Beamtin im Hauptgebäude kamen, stürzte sie hinaus; Parkov konnte hören, wie sie sich neben dem Gebäude übergab. Er betrachtete die beiden Toten, dann ging er wieder nach draußen, ließ das grelle Licht der Spurensicherung und das Aufleuchten der Kamera des Kriminalfotografen hinter sich. Im Licht der durch die Fenster zuckenden Kamerablitze wirkte sein Gesicht wie eine aus Marmor gefertigte Büste.

»Dafür werden sie bezahlen«, sagte Marie mit zitternder Stimme. Sie wischte sich über den Mund. »Das schwör ich dir. Irgendwer wird dafür bezahlen.«

Man hatte Svetlana Jatsenko auf einen Stuhl gefesselt und dann zuerst ihrer Begleiterin – einer vierundvierzigjährigen BKA-Beamtin – in den Kopf geschossen, danach … Parkov wollte kaum daran denken, welche Qualen sie hatte durchleiden müssen. Man hatte ihr mit einem Messer am Kopf um das Gesicht herum tief ins Fleisch geschnitten und ihr danach die Haut abgezogen. Die Haut- und Fleischfetzen ihres Gesichts hatte man auf den Kopf einer Schaufensterpuppe platziert, den Kopf in die Hände der toten BKA-Beamtin gelegt und deren Leichnam in einen Stuhl Svetlana gegenübergesetzt. So war sie verblutet, während sie auf die Reste ihres Gesichts starren musste.

»Nicht der Panther«, sagte Marie mit Bitterkeit in der Stimme, »das waren die Apostel. Das war die Rache. Dabei hat sie uns kaum etwas verraten! Was hat sie denn schon gesagt? Der bleiche König? Die Bilder, die sie gemalt hat?« Sie trat gegen einen rostigen Blecheimer, der auf dem Hof herumlag, und schrie in die Dunkelheit.

»Marie …«

»Sag mir nicht, ich soll mich beruhigen! Nicht angesichts dieses Wahnsinns hier! Wie ist das denn überhaupt möglich? Ein sicheres Haus? Dass ich nicht lache, verflucht!«

Parkov nahm den Einsatzleiter beiseite und deutete in Richtung der Nebengebäude, die den Hof umgaben. »Achtet auf Fallen. Eine dritte wurde angekündigt, gut möglich, dass wir sie hier finden. Sie haben womöglich erwartet, dass man die Leichen bald entdeckt.«

Marie starrte irgendwo in die Dunkelheit zwischen Scheune und Stall. Parkov spürte, wie wütend sie war, wie zornig.

»Sie wussten von Trentmann. Deshalb das hier. Sie wussten, dass wir Svetlana befreit haben, dass sie noch lebte.« Marie schnaubte. »Ein *Safe House* hast du es genannt. Das war kein *Safe House*, das war eine tödliche Falle.«

»Wir sollten die anderen Gebäude überprüfen.«

»Wozu? Die Kollegen waren schon drin.«

»Wie du sagtest: ein *Safe House*. Ich will wissen, wieso eine wichtige Zeugin sterben musste.«

»Die *zweite* wichtige Zeugin. Nach Alvarez.«

Parkov nickte. »Trentmann, Batrenko … und noch andere in den Reihen, die Details verraten.«

»Und woher sollen wir wissen, wem wir vertrauen können?« Marie verschränkte die Arme. »Denk an deine blöde Karte. Wenn das so lange geht, über so viele Länder verteilt, dann ist das ein verflucht großes Netzwerk.«

Marie sah zu einem uniformierten Polizisten hinüber, der in einem dichten Gebüsch an der Ostseite des Stalles nach Spuren suchte, und senkte die Stimme. »Jeder könnte ein Spitzel sein. Wir haben keine Chance, diese Verstrickungen zu durchdringen. Wir sind zu wenige und viel zu verletzlich. Wie viele von denen haben Familie, Kinder? Wie viele haben Schulden, zahlen ein Haus ab, die Behandlung für ein krankes Familienmitglied … wie viele sind angreifbar? *Zu viele.*«

»Und was schlägst du stattdessen vor?« Parkov folgte Marie, die sich nun offenbar doch entschlossen hatte, einen Blick in die Nebengebäude zu werfen. Durch ein hohes hölzernes Tor traten sie in einen etwas heruntergekommenen Stall. Leises Schnauben kam aus den Boxen zu beiden Seiten, die Augen der Pferde folgten ihnen. Es raschelte im Stroh. Weiter vorn suchte ein Kriminaltechniker den Boden mit der Taschenlampe ab, zum Glück zu weit entfernt, um mithören zu können.

»Ich schlage vor«, flüsterte Marie, »dass wir unsere Vorgehensweise ändern. Ohne die Identität der Apostel kommen wir dem Panther nicht zuvor – und er selbst hinterlässt keine Spuren. Aber wo können wir ansetzen? Wir kennen Svetlanas Herkunft. Denk an die Bilder, die sie gezeichnet hat.«

»Irgendein Dorf in der Ukraine.«

»Ja. Und wenn wir nun einmal unkonventionell vorgehen wollen, dann suchen wir es. Und denjenigen, der Svetlana dort getroffen hat, und wir folgen der Spur … bis in das Gefängnis, in das die Apostel sie hier in Frankfurt gesteckt haben.«

»Vielleicht sollten wir auch den finden, für den sie bestimmt war.«

»Irgendein Typ«, sagte Marie.

»Nein. Nicht *irgendeiner.*«

»Vielleicht solltest du dich mal bei deinen Freunden im Milliardärsklub umhören.«

»Vielleicht. Für denjenigen ist das jedenfalls wie ein Hobby. Eine Leidenschaft, die umso reizvoller wird, je gefährlicher ihre Ausübung ist. Eine dunkle Angewohnheit in einem Leben, das so gesättigt ist, dass einem nichts anderes mehr einen Nervenkitzel verschafft.«

»Oder einfach formuliert«, Marie strich einem großen Kaltblüter, der seine Nase durch die Gitterstäbe der Box streckte, über die Nüstern, »er kriegt keinen mehr hoch, wenn er es nicht gegen ihren Willen mit ihr treiben kann. Entschuldige meinen Ausdruck.« Sie schwieg für einige Augenblicke. »Weißt du, das wäre ein Teil dieses unkonventionellen Vorgehens. Wir klopfen hier und da an Türen … erschrecken ein paar Leute … treiben sie aus ihren Komfortzonen, bis sich einer von ihnen verrät.«

»Krantz wird dich schneller suspendieren, als dir lieb ist.«

»Im Augenblick sind wir Teil der BKA-Sonderermittlungseinheit.«

»Dann wird der BKA-Präsident es tun. Und die Presse wird ihre helle Freude haben, wenn wir auch nur einen falschen Schritt gehen.«

»Das wäre nichts Neues. Damit kommen wir zurecht. Oder wir versuchen einen anderen Weg. Was wissen wir über den Panther? Wenn er die Ziele kennt, werden wir die Apostel über ihn finden. Wo kommen Männer wie er her?«

»Von überall. Ich habe Berger bereits gebeten, den Flughafen auf kürzlich erfolgte verdächtige Einreisen hin zu überprüfen … Aber wenn der Panther klug ist, hat er den Flughafen gemieden.«

Er folgte Marie den Gang zwischen den Boxen entlang und betrat hinter ihr einen Sattelraum. Verschiedene Reitsättel hingen an den Wänden, dazwischen Zaumzeug und Sattelgurte.

»Was war das hier? Ein Reiterhof?«

»Eine Ferienpension. Früher mal. In letzter Zeit wurden hier zeitlich begrenzt Kronzeugen untergebracht, sicher bewacht, bis sie in ihr neues Leben überstellt wurden.«

»Was du alles weißt.« Marie wischte mit dem Finger über die Namensschilder, die an jedem Sattel angebracht waren, dann über die Schilder an den Metallspinden an der Wand. »*Sicher*, sagtest du? Was genau ist dann hier schiefgelaufen?«

»Die Kollegin hätte nie mit Svetlana allein sein dürfen. Die Angreifer hatten leichtes Spiel. Das Tor wurde mit einem SUV niedergerammt, der Hund erschossen, und noch ehe die Kollegin den Notruf absetzen konnte, waren die Angreifer im Haus.«

»Ich könnte heulen.« Marie strich sich eine Strähne hinters Ohr. In der Dunkelheit, die nur durchbrochen wurde von den entfernten Scheinwerfern der Spurensicherung, wirkte ihr hübsches Gesicht ernst und müde. »Ich würde mich am liebsten irgendwo hinsetzen und die ganze Welt verfluchen. Dass so was möglich ist. Dass es Menschen gibt, die anderen so was antun. Fickt euch.«

»Nun, dafür sind *wir* hier. Um sie aufzuhalten.«

»Und wenn wir scheitern? Bis jetzt war alles, was wir tun konnten, zu spät zu kommen. Wir laufen ihnen hinterher, wir jagen Schatten.« Sie hob eine Hand und ließ sie wieder sinken. Sie zitterte.

»Bist du okay?«

»Nein, Daniel, ich bin ganz bestimmt nicht okay.« Sie seufzte. »Gehen wir weiter.« Durch eine grüne Tür kamen sie in schlauchartig hintereinander angeordnete Räume. Spinde und Regale reichten hier bis unter die spinnwebenverhangene

Decke. Stroh raschelte am Boden. »Vielleicht brauche ich einfach mal jemanden, der mich in den Arm nimmt. Eine Schulter. Irgendwas, was mitten in diesem Chaos noch ein wenig Sinn ergibt.« Marie betrachtete einen der Spinde. »Warte mal. Dieser Name hier.« Sie wischte über das Schild. Parkov trat neben sie.

Y. Nguyen, las er.

»Das ist doch die Freundin von Meersens Frau. Christine Meersens Freundin Yo Nguyen. Wir haben sie befragt. Sie wollte mit Christine Meersen zur Polizei gehen, weil sie überzeugt davon war, dass mit Meersen etwas nicht stimmte.«

»Richtig.« Parkov versuchte, den Spind zu öffnen, doch das Vorhängeschloss war neu.

»Ferdinand Meersen, der Kunst- und Antiquitätenhändler. Yo Nguyen, die beste Freundin. Yogalehrerin. Verheiratet mit dem Seniorpartner einer Privatbank.« Marie kramte in einem Werkzeugschrank, der an der rückwärtigen Wand lehnte, und kam mit einem Bolzenschneider zurück. »Was die hier alles haben.« Sie drückte ihm das Werkzeug in die Hand. »Na los. Mach auf.«

Das Schloss hatte dem Bolzenschneider nichts entgegenzusetzen, der Metallbügel zersprang mit einem lauten Knacken.

»Vorsicht«, sagte Parkov und hielt Marie zurück, die nach der Tür des Spindes griff, um sie zu öffnen. »Wir wissen nicht …« Er ließ den Bolzenschneider zu Boden fallen und schaltete die Taschenlampenfunktion seines Smartphones ein. Den Lichtstrahl richtete er auf den schmalen Spalt zwischen Spind und Spindtür, die sich trotz des fehlenden Schlosses nur ein wenig geöffnet hatte.

Ein hauchdünner Draht war dort gespannt – hätte Marie die Tür auch nur ein Stück weiter geöffnet, sie hätte ihn womöglich zerrissen.

»Was in aller Welt ist das?«

»Ein Draht. Ein Auslösemechanismus.«

»Wie bitte?«

»Wir beide drehen uns jetzt um und gehen nach draußen, ganz langsam, ohne Panik. Verstehst du mich?«

»Ja. Ja, schon gut.«

Parkov packte ihre Hand und zog sie durch die Räume hinaus, zurück in den Mittelgang des Stalles, der sie an den Pferdeboxen vorbei zum Tor führte. Marie hielt den Atem an, ihre Hand zitterte in seiner. Dann standen sie wieder unter freiem Himmel.

»Was … was ist da gerade geschehen?«

»Eine Falle. Für uns. Dich, mich, wer auch immer Nguyens Namen kannte.« Parkov hielt Fischer auf, der im weißen Tyvek-Overall in Richtung Haupthaus eilte, den Koffer mit den Spurensicherungsutensilien in der Hand.

»Wir haben ein Problem«, sagte er. »Möglicherweise Sprengstoff im Stallgebäude. Der Spind mit der Aufschrift *Y. Nguyen.*«

»Nguyen? Ist das nicht …?«

Parkov nickte. »Ja. Ist sie.«

Die Villa, in der Nguyen und ihr Mann lebten, war ein auffallend modernes Gebäude im nüchternen Bauhausstil. Der Pool im Vorgarten wurde von eingelassenen Unterwasserscheinwerfern beleuchtet, während hinter den die ganze Südfassade einnehmenden Fenstern nur noch wenig Licht brannte.

»Bereit?«, fragte Parkov. Er zog seine P99 aus dem Gürtelholster. Marie nickte. Sie glaubte nicht, dass Nguyen etwas mit der Sache zu tun hatte, das wäre viel zu seltsam, viel zu offensichtlich, doch sie mussten es überprüfen. Parkov hatte darauf bestanden, er hatte den Tatort verlassen, noch ehe Lansford oder Krantz eintrafen, und Marie, die keinem der beiden in dieser Nacht noch einmal begegnen wollte, hatte sich entschlossen, ihn zu begleiten.

»Vorsichtig«, sagte er. »Sei auf alles gefasst.«

Sie nickte. Auf ihrer Stirn und ihren Wangen glänzte ein dünner Schweißfilm. Im Gegensatz zur vergangenen Nacht hatte es heute kein reinigendes Gewitter gegeben, noch immer war es schwül und unter den Schutzwesten, die sie beide trugen, staute sich die Hitze, dass es kaum mehr auszuhalten war.

Parkov klingelte. »Polizei Frankfurt«, sagte er mit autoritärer Stimme, die keinen Widerspruch duldete. »Wir müssen mit Yo Nguyen sprechen.«

»Wissen Sie, wie spät es ist?« Die Männerstimme war barsch und schien es gewohnt, Anweisungen zu geben.

»Machen Sie auf. *Sofort.*« Parkov hielt seinen BKA-Ausweis in die Kamera. Mit einem leisen elektrischen Surren öffnete sich die massive, gewiss drei Meter hohe Eingangstür aus einem exotischen Holz.

Parkov schob sie weiter auf und richtete die P99 in den Durchgang.

Ein Mann mit strengen asiatischen Gesichtszügen, in kurzen Hosen, einem marineblauen Hemd und mit silbergrauem Haar kam ihnen entgegen – und erstarrte, als er Parkovs Waffe sah.

»Sind Sie wahnsinnig, Mann?«

»Wo ist sie? Yo Nguyen?«

»Haben Sie eine Ahnung, welche Kontakte ich habe? Ein paar Anrufe und Sie …«

»Nein, habe ich nicht. Sie wissen aber auch nicht, wer ich bin«, erwiderte Parkov. Er senkte die Dienstwaffe nicht, doch sein Gegenüber wich keinen Schritt zurück. Marie spürte den kühlen Lufthauch einer Klimaanlage, der ihnen aus dem Gebäude entgegenblies.

»Sind Sie bewaffnet, Herr Nguyen? Besitzen Sie Waffen im Haus?«

»Eine Neun-Millimeter-Pistole mit gültigem Waffenschein.«

»Sicher verwahrt?«, fragte Marie. Nguyen starrte sie an, als würde er sie erst jetzt wahrnehmen.

»Was denken Sie denn? Noch mal: Diese Sache wird Konsequenzen haben. Ich lasse mich in meinem eigenen Haus nicht auf diese Weise belästigen.«

Auf der Treppe waren Schritte zu hören. »Was ist das für ein Lärm?«, fragte eine weiche Frauenstimme.

»Und Sie sind?« Parkov schwenkte den Pistolenlauf ein Stück zur Seite.

»Haben Sie den Verstand verloren, Mann? Das ist meine Frau Yo.« Nguyen wirkte nun, als stünde er kurz davor, die Polizei zu rufen. Und Marie traute ihren Augen nicht: Die Frau hatte mit der Yo Nguyen, die sie im Präsidium befragt hatten, nichts gemeinsam. Diese Yo Nguyen war groß gewachsen und trug schulterlanges braunes Haar, die andere war kleiner gewesen, ihre Frisur vollkommen anders.

»Wer sind diese Leute?«, fragte die Frau. »Ruf die Polizei.«

»Das muss er nicht.« Parkov musterte die Unbekannte.

»Wir sind die Polizei. Frau Nguyen, erkennen Sie mich nicht wieder?«, fragte Marie.

»Nein.« Die Frau schüttelte den Kopf und trat einen Schritt zurück. »Ich habe nicht die geringste Ahnung, wovon Sie sprechen. Wer sind Sie?«

»Eine Kollegin«, sagte Parkov und vermied damit ihren Namen, wofür sie ihm sehr dankbar war. »Ich täusche mich doch nicht. Du denkst genau das, was ich auch gerade denke?«

Marie nickte.

»Ja.«

»Kann mir jemand sagen, was hier vorgeht?«

»Christine Meersen«, sagte Parkov ungerührt. »Wann haben Sie beide zum letzten Mal mit ihr gesprochen?«

Nun wirkte Yo Nguyen doch etwas erschüttert. »Das … das war«, sie warf ihrem Mann einen kurzen Blick zu, »vor vier Tagen. Nein, warten Sie, fünf. Vor fünf Tagen.«

»Sie haben nichts von den aktuellen Ereignissen in Frankfurt mitbekommen?«

»Wir sind heute aus dem Urlaub zurückgekommen«, sagte Yo Nguyens Mann. Er wirkte noch immer, als wollte er sich auf Parkov stürzen und ihn hinauswerfen. »Dafür gibt es Beweise, Flugtickets, Hotelbuchungen, Taxiquittungen, all das.«

»Zeigen Sie es uns.«

»Ich wüsste nicht, wieso ich das tun …«

»Es ist wichtig.« Parkovs Ausdruck ließ keinen Zweifel daran, dass er seinen Willen bekommen würde, ob mit Nguyens Zustimmung oder ohne sie.

»Es geht um Menschenleben«, sagte Marie. Sie versuchte, die Situation ein wenig zu deeskalieren. »Bitte. Zeigen Sie uns diese Tickets.«

Yo Nguyen eilte den Flur hinunter, ihr Mann blieb, wo er war. »Das ist eine Frechheit. Ich bin noch nie so behandelt worden.«

»Steck die Waffe weg«, sagte Marie zu Parkov. »Steck sie einfach weg.«

Parkov tat, was sie sagte. Dann war Yo Nguyen zurück, mit den Quittungen, der Flugbuchung und allem anderen.

»Erste Klasse. Vietnam. Da waren Sie ja ein schönes Stück unterwegs«, meinte Parkov.

»Wir haben ihre Eltern besucht. War es das?«

»Was meinen Sie damit, es geht um Menschenleben?« Yo Nguyen war aufrichtig schockiert. *Sie schauspielert nicht*, dachte Marie. *Das ist echt.* »Und was ist mit Christine? Wieso haben Sie sie erwähnt?«

Marie warf Parkov einen Blick zu. Sag es ihr, signalisierte er wortlos, sonst werde ich es tun.

»Frau Meersen wurde ermordet. Die ganze Familie Meersen, es tut mir sehr leid, dass wir Ihnen das so unumwunden mitteilen müssen, aber die Familie ist getötet aufgefunden worden.«

»Nein!« Ein erstickter Schrei kam aus Yo Nguyens Kehle. »Ich wusste … ich wusste …«

Ihr Mann warf ihr einen warnenden Blick zu, für einen winzigen Moment nur, doch Marie hatte ihn bemerkt.

»Erklären Sie das.«

»Christines Mann … etwas war da faul. Ich hab schon eine ganze Zeit lang versucht, sie zu überzeugen, zur Polizei zu gehen, aber sie … sie fürchtete, dass da etwas herauskäme, das nicht herauskommen darf. Und jetzt … Oh Gott!« Sie murmelte etwas auf Vietnamesisch und schüttelte wieder und wieder den Kopf.

»Meine Frau und Christine haben sich gut verstanden«, sagte Nguyen. »Das ist aber noch lange kein Verbrechen.«

»Keineswegs«, erwiderte Parkov. »Frau Nguyen …« Er ging zu ihr hinüber und berührte behutsam ihren Arm. Sie blickte auf, Tränenspuren glänzten auf ihren Wangen. »Was Sie da gerade sagten … das haben wir schon einmal gehört.«

»W-was?«

»Christine Meersen und Sie … haben Sie über diese Sache, über diesen Plan, zur Polizei zu gehen, schon früher einmal gesprochen? Sie beide miteinander, vielleicht an einem besonderen Ort, irgendwo außerhalb Ihrer Häuser … vielleicht im Freien, in einem Café, einem Restaurant?«

Nguyen starrte Parkov an. Dann, zu Maries Überraschung, nickte sie und wischte sich mit den Fingern über die Augen, was sie sehr, sehr jung wirken ließ. »Ich hab einmal in der Öffentlichkeit mit ihr darüber gesprochen. Das … das war … in der Stadt. Ich bin mir sicher. In einem Café, ja. Aber das war der einzige Ort in der Öffentlichkeit, wo ich noch einmal versucht habe, sie davon zu überzeugen ... aber sie wollte nichts davon hören.«

»Wann war das?«

»Vor ... vor etwa drei Wochen.«

»Das genaue Datum wäre hilfreich«, warf Marie ein.

»Ich weiß es«, sagte Nguyens Mann. »An dem Donnerstag vor unserer Abreise. Das war der Abend, an dem wir erfahren haben, dass meine Mutter mit einem Herzinfarkt eingeliefert wurde, daher erinnere ich mich.«

»Du hast recht.« Yo Nguyen legte eine Hand zärtlich auf den Arm ihres Mannes. »Wenn ich gewusst hätte, wie es um Chrissi steht ... hätte ich sie überzeugt. Ich hätte ...«, nun weinte sie laut und heftig, »... und nichts wär geschehen ...«

»Das wissen wir nicht. Geben Sie sich nicht die Schuld.« Parkov sah den Flur hinab. »Ich muss Sie beide bitten, diese Aussage morgen im Präsidium in Frankfurt zu Protokoll zu geben. Und ...«, nun sprach er mit Nguyens Mann, »... ich würde heute Nacht alle Türen abschließen und die Alarmanlage scharf schalten. Haben Sie einen Hund?«

»Einen Dobermann.«

»Oh, gut. Aber halten Sie trotzdem Ihre Schusswaffe bereit.«

»Was meinen Sie damit?«

»Nur für den Fall«, erwiderte Parkov. »Nur für den Fall.«

Kapitel 28

Parkov eilte dermaßen schnell aus dem Haus, dass Marie Schwierigkeiten hatte hinterherzukommen. Kaum war sie eingestiegen, jagte Parkov den Bentley die Zufahrt hinab. Das matt erleuchtete kastenförmige Anwesen verschwand in der Nacht, Dunkelheit hüllte sie ein.

»Elvis«, sagte Parkov und berührte die Mittelkonsole. »Verbindung herstellen. Krantz, Präsidium Frankfurt.«

»Sofort, Sir.«

Nur wenige Augenblicke später kam Krantz' grelle Stimme aus den Lautsprechern, doch Parkov schnitt ihm sofort das Wort ab. »Wer hat Yo Nguyen überprüft? Die Zeugin, deren Wagen in die Luft gejagt wurde? Das war ein Fehler. Ein Trick. Jemand hat uns verarscht. Sagen Sie, war das Trentmann oder Batrenko? Oder jemand anders?«

»Wie bitte?«

»Sie haben mich verstanden. Nguyen war nicht Nguyen. Die Frau, mit der wir gesprochen haben, hat sich nur als Nguyen ausgegeben.«

Krantz fluchte. »Augenblick.«

Marie hielt sich am Sitz fest, so schnell trieb Parkov den Sportwagen in die Kurven. »Es war Trentmann«, sagte Krantz dann. »Er sollte Nguyen sicher nach Hause bringen und sicherstellen, dass sie zurechtkommt. Das hat er auch getan. Wir haben die Berichte vorliegen.«

»Also, dann hat Trentmann noch einmal meine volle Aufmerksamkeit verdient, würde ich meinen. Wo ist er?«

»Das … Moment, Parkov … finde ich heraus.«

»Augenblick. Zuvor schicken Sie die Kollegen der IT in Maries Büro.«

»Wie bitte?«

»Dort haben wir die falsche Nguyen empfangen. Es gibt nur eine logische Erklärung, wieso sie dort war und das Risiko, entdeckt zu werden, in Kauf genommen hat. Sie muss das Büro verwanzt haben. Da war eine Tasse Tee, erinnere ich mich, Bodenfeld hat sie ihr gebracht. Also gab es einen kleinen Zeitraum, in dem sie unbeaufsichtigt war. Genug Zeit für den Job.«

Krantz holte tief Luft, als müsste er die Vermutung erst verarbeiten. »Ich leite das weiter.« Dann legte er auf.

»Jemand hätte das kontrollieren sollen«, sagte Marie bestürzt. »Nguyen … ich meine, wir hätten bemerken müssen, dass die Frau, die da mit uns gesprochen hat, nicht die echte Yo Nguyen war. Das hätten wir bemerken müssen. Wenigstens kurz darauf, nicht … erst zwei Tage später. Sie war da, direkt vor uns. Hätten wir das bemerkt, dann … verflucht, vielleicht würde Svetlana noch leben.«

»Es ist zu viel geschehen. Isabelles Verletzung, all das andere – also gib dir nicht die Schuld. Wenn du sie überhaupt jemandem geben musst, dann mir.« Mit finsterer Miene steuerte Parkov den Wagen über die schmale Landstraße.

Dann rief Krantz wieder an. »Also … Trentmann wird heute Nacht zur Sicherheit aus der JVA I in Frankfurt in die II verlegt. Dort bleibt er dann während des Verfahrens.«

»Ach ja?« Parkov schüttelte den Kopf. »Wer hat das veranlasst?«

»Wer das veranlasst hat?« Krantz zögerte. »Hier steht … Hertzfelder, der zuständige Richter. Vom Frankfurter Landgericht.«

»Sorgen Sie dafür, dass er nicht in die Zwei, sondern zurück ins Präsidium transportiert wird. Ich habe nicht die Zeit, ihm hinterherzufahren. Oder besser noch: Überlassen Sie es mir, ihn abzuholen.«

»Wie stellen Sie sich das vor, Parkov?« Krantz lachte, es klang blechern aus den Lautsprechern wie aus einem schlecht eingestellten Radio. »*Sie* haben den Fehler gemacht, niemand anders. Lassen sich von einer Schauspielerin vorführen wie ein …«

»Für Anschuldigungen haben wir später noch Zeit. Jetzt müssen wir handeln.« Parkov berührte das Display und Krantz wurde aus der Leitung geworfen.

»Stell mich zum Direktor der JVA Frankfurt I durch«, sagte Parkov dann. »Sofort.«

Marie blickte in die Dunkelheit hinaus. In der Ferne zuckten Blitze über den tintenblauen Nachthimmel. Die hoch stehenden Kornähren eines Weizenfelds wogten im Wind wie ein Meer im Sturm. Sie waren dort draußen, sie konnte sie fast sehen, Ferdinand und Christine Meersen, Svetlana, auf diesen Stuhl gefesselt. Die BKA-Beamtin. Die Kinder der Meersens in ihren Zimmern. Batrenko auf dem heißen Klinikdach.

Sie hörte die Stimme des Orakels von jener Aufnahme, die ihr Parkov vorgespielt hatte. Das leise, begeisterte Flüstern, als sie Parkov verspottet und ihm ihre Pläne enthüllt hatte.

»Je größer das Leid, umso größer wird die Gerechtigkeit«, sagte sie leise. »So hat sie es formuliert.«

Parkov warf ihr einen kurzen Blick zu. Dann nickte er.

»Das ist keine Gerechtigkeit. Das ist nur grausam. Was die Apostel tun, was sie Svetlana angetan haben, ist das eine. Aber das Orakel und der Panther sind nicht besser. Kein bisschen. Sie töten ebenso grausam, ebenso brutal … und nennen es Gerechtigkeit. Ich …«, Marie holte tief Luft, »ich schäme mich fast schon dafür, dass ich es wenigstens für einen kurzen Moment als eine Art gerechte Rache empfunden habe, was mit Batrenko und Meersen geschehen ist.«

»Vermutlich hatte diese Empfindung jeder von uns. Aber am Ende des Tages werden wir sie aufhalten müssen – beide.«

»Und du? Hast du auch so empfunden?«

Parkov warf ihr abermals einen Blick zu. Der Ausdruck auf seinem Gesicht war nicht zu deuten, seine Züge wirkten wie in kühlen Marmor gemeißelt. »Ich denke immer daran, dass Menschen wie Meersen oder Batrenko das verdient haben.«

»Verdient? Wer hat das schon verdient? Diese Grausamkeit?«

»Viele. Viele nicht. Ich kann das nicht entscheiden. Darum versuche ich, sie aufzuhalten … genauso wie ihre Feinde. Weil in diesem Fall die Feinde meiner Feinde keineswegs meine Freunde sind.«

»Sir?«, meldete sich Elvis' androgyne Stimme zurück. »Der Direktor ist in der Leitung.«

»Dann stell ihn durch. Parkov hier. Wir haben letztes Jahr schon einmal miteinander gesprochen.«

Ein flüchtiges Rauschen, dann war Kielmanns Stimme zu hören. »Ja«, sagte er. »Ich erinnere mich.«

»Natürlich tun Sie das. Hören Sie zu: Trentmann ist der Name. Ein Untersuchungshäftling. Er soll verlegt werden.«

Einen Augenblick lang war nur Tastaturgeklapper im Hintergrund zu hören, dann meldete sich Kielmann zurück. »Er ist bereits unterwegs.«

»So? Dann informieren Sie den Fahrer. Er muss zum Präsidium. Sofort.«

»Ich versuche, ihn zu erreichen.«

»Nicht versuchen, Kielmann. Tun Sie es.« Parkov beschleunigte abermals. Marie spürte, wie sie in den Sitz gepresst wurde. »Wir haben keine Zeit mehr. Zu wenig«, sagte Parkov, »viel zu wenig.«

Marie legte die Hand auf seinen Arm. »Daniel …«

»Trentmann wusste es. Er wusste von der falschen Nguyen. Und er weiß auch, was mit Svetlana geplant war. Vielleicht weiß er sogar von der Falle in dem Stall. Sie haben sich auf alle Eventualitäten vorbereitet. Sie treiben dieses Spiel schon lange.«

Wieder knisterte der Lautsprecher. »Parkov, ich kann Ihnen den Standort senden«, sagte Kielmann. »Aber ist das Ganze in der derzeitigen Lage nicht etwas riskant?«

»Diese Verbindung ist hinreichend verschlüsselt. Tun Sie es.«

»Ich sende jetzt.«

Auf dem großen Display an der Mittelkonsole tauchten die Standortdaten auf – eine Landstraße, die in Richtung Norden durch den Taunus führte.

Sie waren, als hätte Parkov es vorausgeahnt, nur etwa zwanzig Kilometer entfernt.

»Gut«, erwiderte Parkov. »Das sollte weiterhelfen. Und jetzt rufen Sie den Fahrer an. Er muss umkehren. Ich treffe auf den Transport und begleite ihn zurück in die Stadt.«

»Wie Sie meinen. Sie schulden mir was, Parkov. Für dieses ungewöhnliche Manöver.«

»Schreiben Sie es zu den anderen«, erwiderte Parkov, berührte abermals das Display und Kielmann verschwand.

»Was hast du vor?«

»Sicherstellen, dass Trentmann auch dort ankommt, wo er hingehört.«

Marie spürte, wie sich ihr Herzschlag beschleunigte. »Du meinst, der Panther könnte den Wagen attackieren?«

»Er *muss* sogar. Trentmann und Batrenko, einen hat er bekommen, der andere …«

»Und *wir* fahren dahin. Na großartig.«

»Soll ich anhalten, damit du aussteigen kannst?« Ein schmales ironisches Lächeln umspielte Parkovs Lippen.

»Ich meine das wirklich so. Wenn es gefährlich wird …«

»Marie, du musst dich allmählich entscheiden, wie du mit dieser Sache umgehen willst. Wenn du der Gefahr nicht ins Auge sehen willst, dann weiß ich nicht, wieso du zu mir gekommen bist. Denn eines wusstet ihr genau: dass ihr mich braucht. Weil es gefährlich wird. Weil ihr Gegnern gegenüberstehen werdet, mit denen nur diejenigen fertigwerden, die bereit sind, alles zu unternehmen. Und wenn du mich zurückholst, bedeutet das für dich, dass du auf die eine oder andere Weise involviert werden wirst. Weil sie wissen, dass sie über dich an mich herankommen können.«

»Was soll das heißen?«

»Dass du jederzeit Lucie nehmen und in einem netten, ruhigen kleinen Polizeiposten arbeiten könntest.«

»Machst du mich gerade blöd an, Parkov?«

»Nein, Winter«, erwiderte er ernst. »Aber ich will, dass du endlich damit aufhörst.«

»Womit?« Sie starrte ihn an. Am liebsten hätte sie ihn gezwungen, abzubremsen und sie anzusehen. »*Womit* soll ich denn deiner Meinung nach bitte aufhören?«

»So zu tun, als würdest du diese Gefahr fürchten. Wenn du sagst, der Transport könnte attackiert werden, ist das natürlich wahr, ein sinnvoller Einwand, aber du sagst es nicht, weil du dir Sorgen wegen dieser Attacke machst … sondern weil du fürchtest, wir könnten dann *nicht* dort sein. Du hasst es, keine Kontrolle zu haben. Du willst wissen, wo ich in den vergangenen Monaten gewesen bin? Dann gesteh es dir ein. Du brauchst diese Sache, diesen Nervenkitzel ebenso wie ich. Er zieht dich an, wieder und wieder – wie eine Droge. Du bist süchtig, Marie. Vielleicht nach mir, aber viel mehr nach dem, womit ich es immer wieder zu tun bekomme.«

Marie seufzte. Sie legte ihre Finger auf die Scheibe, dahinter bewegten sich die nächtlichen Wälder vorüber, wie die Kulissen eines Filmes, dessen Ende noch in unsicherer, weiter Ferne lag. Zweifellos schlummerte ein dunkles Verlangen in ihr. Als sie auf dem Flachdach der Uniklinik den Lauf ihrer Dienstwaffe vor Batrenkos schweißnasses Gesicht gehalten hatte, da hatte sie es auch gespürt … Es wäre so leicht gewesen abzudrücken.

Es wäre richtig gewesen. Er hatte sich entschieden. Er hatte damit rechnen müssen, bestraft zu werden. Der Panther hatte ihr die Entscheidung abgenommen. Nein, korrigierte sie sich, das stimmte nicht. Parkov hatte entschieden, nachdem er auf dem Dach aufgetaucht war.

»Ich bin also süchtig nach dir«, sagte sie. »Und bescheidener wirst du heute wohl nicht mehr. Du sagst, ich lüge? Ich stehe in Wirklichkeit darauf, will das alles erleben, gebe das aber nicht zu, weil ich denke, ich sollte anders empfinden?«

»Wenn du uns beide zusammen irgendwo hingehen siehst, fern von dieser Gefahr, und sagst, dass es das ist, was du willst …«

»Halt besser den Mund, Daniel. Halt den Mund.«

»Wir sind gleich da.«

Marie zog ihre Dienstwaffe, nahm das Magazin heraus, prüfte die geladenen Patronen und den Schlitten und steckte sie wieder ein. »Denkst du nicht, der Fahrer findet es ziemlich unangenehm, wenn du hier mitten in der Nacht auftauchst?«

»Kielmann hat ihn informiert.«

Marie schnaubte. »Ja? Hat er das?« Sie drehte sich um, blickte in den Rückspiegel. »Wir sind jedenfalls nicht mehr allein.«

»Sir«, meldete sich die künstliche Intelligenz, »ich bemerke eine schnelle Annäherung von Süden. Ihre Straßenseite. Ein schwerer Geländewagen.«

»Ja, ich bemerke ihn auch. Marie …«

»Soll ich immer noch aussteigen? Aus dem Wagen springen?«

Parkov blickte in den Rückspiegel. »Vielleicht nur ein nächtlicher Rennfahrer. Hoffen wir es.«

»Sir, ich unterbreche Sie nur ungern, aber jemand versucht, Sie anzurufen.« Auf dem Display erschien eine unbekannte Nummer. Marie fühlte das seltsame Kribbeln, das sie so häufig vor einer drohenden Gefahr warnte. *Etwas stimmt hier nicht.*

»Stell den Anruf durch.«

»Sofort, Sir.«

»Wer ist da?«, fragte Parkov. Marie drehte sich auf ihrem Sitz herum und spähte nach hinten, doch der Geländewagen war noch hinter der letzten Kurve und damit außer Sicht. *Vielleicht nur ein nächtlicher Raser. Hoffentlich hat Parkov recht.*

Sie legte die Hand an die Waffe.

Enttäusch mich nicht, wenn ich dich heute noch brauche, alte Freundin.

Und dann sprach der Anrufer und sie erschrak. Es war, als wäre das Monster aus einer Kindergeschichte, das Ding im Schrank oder unter dem Bett, mit einem Mal Wirklichkeit.

»Parkov«, sagte eine Stimme, »und Winter, nehme ich an. Ihr kennt mich.«

Es war die Unbekannte, das selbst ernannte Orakel, die Auftraggeberin des Panthers. Marie blickte auf die Nummer. Eine unbekannte ausländische Vorwahl, und natürlich würde die Rückverfolgung ergebnislos bleiben, schließlich hatte das Orakel bereits unter Beweis gestellt, wie gut es die Kunst der Spurenverschleierung beherrschte.

»Wir kennen dich nicht«, erwiderte Parkov, »aber wir haben uns schon mal unterhalten. Und wir kennen … Yo Nguyen.«

»Hat sie euch gefallen?«

Parkov zögerte nur einen Augenblick. »Was willst du?«

»Trentmann. Also den Kollegen, der euch ein Messer in den Rücken gerammt hat, indem er mit jenen kooperiert, die er eigentlich hätte bekämpfen sollen. Dafür muss er bezahlen.«

»Dann schick doch deine Raubkatze«, sagte Marie. Parkov warf ihr einen warnenden Blick zu, doch sie zuckte die Schultern.

»Meine Raubkatze … nun, wenn sie da wäre, würde Trentmann nicht entkommen. Hör zu, Parkov … bring ihn mir. Bring mir Trentmann, und ich gebe dir im Gegenzug den zweiten Apostel. Sein Haus, sein geheimstes privates Innerstes. Und ihn dazu.«

»Du tauschst einen kleinen Polizisten gegen einen Apostel? Das ist doch Unsinn.«

Das Orakel schwieg.

»Weil der Panther schon dort ist«, fuhr Parkov fort, als wäre ihm gerade ein Licht aufgegangen. »Natürlich. Du gibst uns die Adresse, aber ihn … kriegen wir nur noch tot, nicht wahr?«

»Ich gebe dir eine Chance, Parkov. Die Chance, Nummer zwei lebend zu fassen. Aber du wirst dich beeilen müssen. Die Zeit drängt, wir sind euch voraus. Willst du ein weiteres Mal über die Leichen von Kindern steigen?«

»Du wirst auch bezahlen, eines Tages«, rief Marie.

»Der Tod kommt zu uns allen, Winter. Eines Tages wird er uns niedermähen, ob Milliardär oder Bettler. Ich fürchte ihn nicht. Aber Gerechtigkeit ist etwas anderes. Ich fürchte den Mangel an Gerechtigkeit. Daher werde ich diesen Mangel ausgleichen. Leid ist Gerechtigkeit. Je größer ihr Leid, umso größer wird meine Gerechtigkeit sein.«

»Du bist verrückt«, entfuhr es Marie.

Parkov schüttelte den Kopf und bedeutete ihr, ihm das Wort zu überlassen. »Was soll ich tun?«

»Spinnst du, Daniel?«

»Bring mir Trentmann. Bring ihn an einen Ort. Das ist alles.«

»Trentmann befindet sich derzeit …«

»Ich weiß, ich weiß. Aber für dich ist das kein Problem, nicht wahr?« Das Orakel schien zu frohlocken, klang euphorisch. »Stopp den Wagen. Bevor die Apostel ihn finden und auslöschen.«

Wieder sah Parkov in den Rückspiegel. Marie drehte sich um, der Geländewagen war dichter herangekommen. Er hatte aufgeblendet, das Fernlicht bohrte sich wie Lichtlanzen in die Nacht, der Fahrer war nicht zu erkennen. Dicke Nebelschwaden krochen zwischen den Bäumen hervor, flossen über die Straße, als wären sie lebendig.

Ein Nebelmeer, dachte Marie. *In was geraten wir da bloß gerade rein?*

»Hältst du dein Wort?«, fragte Parkov.

»Aber sicher.«

»Dann werde ich es tun. Du bekommst Trentmann.«

»Gut, Parkov. Ich wusste, dass dir Gerechtigkeit schmecken wird. Wir sind aus demselben Holz gefertigt, du und ich.«

»Das bezweifle ich«, gab Parkov zurück. »Ich bin nicht aus Holz, nicht so wie du. Eher ein *Holzfäller*.«

Das Orakel ließ ein Lachen hören, in Maries Ohren klang es vollkommen künstlich. »Ich sehe dich, Parkov. Immer. Also wag es nicht, mich zu betrügen. Wag es nicht. Eine große Flut wird kommen und am Ende wird sie all jene hinwegspülen, die ihr nicht entgegentreten.«

»Eines Tages treten *wir* uns gegenüber. Dann wirst du deine Strafe bekommen.«

»Ja? Darauf freue ich mich, Parkov. Darauf freue ich mich wirklich sehr. Einen so guten Polizisten wie dich … zu *treffen*. Ihr wisst doch: Leid ist auch Gerechtigkeit. Je größer das Leid, desto größer wird die Gerechtigkeit am Ende sein.«

Kapitel 29

»Das kann nicht dein Ernst sein.«

Sie waren noch hundert Meter von dem Gefangenentransporter entfernt. Ein einzelner Streifenwagen begleitete ihn, sie sahen die Lichter, runde Farbkleckse in tiefdunkler Nacht.

»Natürlich ist es mein Ernst. Mein voller, absoluter Ernst, meine Liebe.«

Marie merkte, dass ihre Rechte zitterte. Was hatte sie da gerade gedacht? Parkov mit vorgehaltener Waffe aufzufordern, weiterzufahren, den Transporter unbehelligt zu lassen?

»Wenn du deine Pistole auf mich richten willst, denk an meine Worte.«

»Worte?«

»Richte nie wieder deine Pistole auf mich, *das* waren letztes Jahr meine Worte.«

»Das kannst du nicht wirklich ernsthaft tun wollen. Trentmann da rausholen, ihn ausliefern … weißt du, was das bedeutet? Du bist raus, Daniel.« Sie schluckte, mit einem Mal war ihr Hals so rau wie Sandpapier. »Und ich weiß nicht, ob ich dir helfen kann. Weder jetzt noch später.«

»Das muss niemand erfahren.«

»Niemand erfahren? Dieser Wagen hier, denkst du ernsthaft, die erkennen dich nicht wieder? Denkst du, Kielmann kann nicht eins und eins zusammenzählen, wenn er davon erfährt?«

»Verflucht, hast du eine bessere Idee?«, rief Parkov aufgebracht. Er wirkte, als suchte er fieberhaft nach einem Ausweg. »Ich arbeite an einer effektiven Lösung, aber … Es sterben Menschen. Kinder, Marie. Trentmann hatte seine Chance.« Er warf ihr einen Blick zu, seine Züge wurden weicher. »Was immer sich aus dieser Sache ergibt, negative Konsequenzen für uns, jedenfalls kannst du dir sicher sein, dass ich da sein werde. Das verspreche ich.«

»Egal was geschieht? Ganz gleich, was ich gerade gesagt habe?«

»Natürlich.«

»Verflucht, Daniel.« Sie holte tief Luft. »Du bist wirklich seltsam.«

»Wir haben noch fünfzig Meter. Und unser Verfolger ebenfalls.«

»Die sind nicht zum Spaß hier.« Marie spähte abermals nach hinten, der Geländewagen war noch näher herangekommen. »Fuck, Daniel, ich … weiß nicht, ob ich das hinkriege. Und das ist ernst gemeint.«

»Wenn ich jetzt überhole und einfach weiterfahre, schnappen sich die Apostel Trentmann. Wenn ich weiterfahre, töten sie die Besatzung des Streifenwagens. Niemand von denen wird überleben.« Parkov berührte die Mittelkonsole. »Kannst du eine Funkverbindung zu den Kollegen dort vorn herstellen?«

»Selbstverständlich«, erwiderte Elvis.

»Streifenwagen und Justiztransporter«, sagte Parkov, »Daniel Parkov, BKA. Wir sind hinter euch, Abstand etwa vierzig Meter. Ihr seht uns?«

»Wir sehen euch, Parkov«, erwiderte eine Männerstimme. »PK Sundal hier. Was macht ihr da?«

»Keine Zeit für Diskussionen, Polizeikommissar«, antwortete Parkov, in seiner Stimme nur ein Hauch von Anspannung, seine Augen aber suchten wieder und wieder durch den Rückspiegel die Straße hinter ihnen ab, wo die Fernlichter des Verfolgers auftauchten, verschwanden und wieder auftauchten. »Jemand plant, den Gefangenen zu befreien.«

»Machen Sie Witze?«

»Nein. Ein zweites Fahrzeug befindet sich hinter uns. Sehen Sie es?«

»Ja.«

»Gut. Rufen Sie Verstärkung, aber rechnen Sie nicht damit, dass sie rechtzeitig eintrifft.«

»Parkov, meinen Sie damit etwa …«

»Dass wir uns auf einen Kampf vorbereiten sollten. Exakt.«

»Wir sollten uns eher …«

»Aufpassen!«, rief Marie. Der Geländewagen war herangerast, hatte zum Überholen angesetzt, im gleichen Augenblick traf ein heftiger Schlag den Bentley.

»Reifendruck«, sagte Elvis, seine Stimme klang viel elektronischer als sonst, »vorn links abgefallen.«

Marie sah mit Entsetzen, wie der Geländewagen auch den Transporter überholte und sich dann quer stellte, die Fahrbahn blockierte. Zwei Männer sprangen heraus, Sturmgewehre in den Händen. Das Mondlicht schimmerte auf ihren matten Gesichtsmasken aus Kevlar und massiven Körperpanzerungen, die jede Kugel stoppen würden.

»Runter«, rief Parkov. »Sofort.«

Marie duckte sich, erwartete einen Einschlag in die Windschutzscheibe, doch stattdessen hörte sie Reifen quietschen, als Parkov auf die Bremse trat.

Ein heftiger Ruck warf sie in den Gurt, dann kam der Bentley zum Stillstand. Ihr Herz hämmerte. Es roch nach verbranntem Gummi.

»Was machen wir, Parkov?«, brüllte jemand.

»Raus aus dem Wagen. Flieht.«

»Wie … wie bitte?«

»Sturmgewehre, Körperpanzer! Lauft, ihr Idioten!«

Die Lautsprecher schwiegen. Marie, halb auf dem Sitz, halb auf den Knien, starrte Parkov an. »Tür«, flüsterte er. »Und dann läufst du Richtung Waldrand. Bleib nicht stehen.«

»Und du?«

»Feuerschutz. Deckung.«

»Aber …«

»Kein Aber.«

Von draußen das Geräusch einer kleinen, präzise ausgeführten Sprengung. Ein Metallteil flog durch die Luft und bohrte sich in die Windschutzscheibe des Bentley.

Marie sah, dass Parkov einen flüchtigen Blick riskierte. »Jetzt holen sie Trentmann aus dem Transporter.« Er fluchte. Marie packte ihn, hielt ihn fest, klammerte sich an ihn.

Wenn er da jetzt rausging, würde er sterben.

»Sieh mich an, Daniel. Ich … werde laufen, hörst du? Zum Waldrand. Aber du musst mir folgen, ja?« Ihre Stimme zitterte. Wenn die Männer da draußen beschlossen, rüberzukommen und sie zu erschießen, was konnten sie ihnen schon entgegensetzen?

Rein gar nichts.

»Ich werd es jetzt tun«, sagte sie. »Okay?«

»Ja.«

Sie packte seine Hand, warf ihm einen Blick zu, Parkov erwiderte ihn. »Ich …«

»Lauf, Marie. Lauf.«

Marie griff nach der Türöffnung. Die Tür schwang auf. Von draußen waberte warme, feuchte Nachtluft herein. Im nahen Wald quakten Frösche, viel lauter aber war der Herzschlag in ihren Ohren, das Adrenalin, das ihr in diesem Moment nur eines riet: Flieh, flieh, lauf weit und schnell.

Sie rannte.

Fast erwartete sie den Schuss, einen dumpfen Schlag im Rücken … doch er blieb aus.

Als sie den Waldrand erreicht hatte, drehte sie sich um. Der Mond stand schräg, warf sein fahles gelbes Licht auf das hohe Gras und die aufgeschichteten Baumstämme neben ihr.

Der Geländewagen raste davon.

Parkov tauchte auf der Straße auf, er sah herüber, schien den Waldrand nach ihr abzusuchen.

»Ich bin hier!«, rief Marie, ihre Stimme schien ihr schwach und kraftlos.

Parkov winkte ihr, winkte sie heran. Mit müden Beinen machte sie sich auf den Rückweg, das hohe, scharfkantige Gras streifte ihre Beine, als wollte es sie schneiden.

Der Transporter war aufgesprengt worden, Trentmann fort. Die Polizisten im Streifenwagen und den Fahrer des Justiztransporters hatte man –

»Betäubungsgas«, sagte Parkov. Er prüfte den Puls des Fahrers, dann den der beiden anderen. »Sie leben. Alle. Gott sei Dank!«

»Das … das ging so schnell …«

Parkov kam zu ihr, packte sie bei den Schultern, beugte sich zu ihr herab und sah ihr ins Gesicht. »Wir müssen ihnen folgen, okay? Es gibt nur diesen Weg.« Er eilte zum Bentley zurück, griff nach dem Metallteil in der Windschutzscheibe, zerrte daran und fluchte.

»Daniel …« Marie berührte seinen Arm, sanft, bis er von dem Metallsplitter abließ. »Es ist vorbei. Wir können nichts mehr tun. Sie sind fort, Trentmann auch. Der Reifen vorn ist zerschossen. Bis wir den gewechselt haben, sind die über …«

»Über alle Berge und noch weiter.« Parkov schüttelte den Kopf. »Na schön. Dann warten wir … auf wen auch immer. Hast du Netz?«

Marie betrachtete ihr Smartphone. »Nein.«

Parkov musste lachen. Marie war, als fiele mit diesem Lachen all die Anspannung von ihm ab, die seit Beginn der Mordserie auf ihm und auch auf ihr lastete. Es tat gut, ihn so zu sehen.

»Es ist noch nicht vorbei«, sagte er. »Erst wenn wir es zulassen. Wenn wir aufgeben. Aber solange wir noch stehen und gehen und nachdenken können …«

Marie nickte. »Ist es nicht vorbei.«

Kapitel 30

Ein Mechaniker montierte einen Ersatzreifen, entfernte das Metallstück aus der Frontscheibe und überklebte sie notdürftig mit einem Dichtband. Ein Sanitäter wollte dringend die kleine Verletzung an Parkovs Unterarm in Augenschein nehmen, aber Parkov lehnte ab.

»Wir müssen los«, sagte er.

Marie wurde den Eindruck nicht los, dass Parkov noch etwas vorhatte, es schien ihr, als hätte sich in diesem komplexen, nur selten zu verstehenden Parkov-Gehirn eine Idee entwickelt, die er natürlich umsetzen wollte …

Also fuhren sie wieder.

»Was ist mit deinem Arm?«

»Was ist mit deinem Bauch?«

»Hör mal, ich hatte eine Weste an gestern. Ein großer blauer Fleck ist da, mehr nicht. Du bist hier derjenige, der sich anscheinend für kugelsicher hält.«

»Nicht kugelsicher«, erwiderte Parkov. »Nur … vorsichtig.«

»Das nennst du vorsichtig?« Marie schnaubte. »Das war leichtsinnig. Und weißt du, was? Vielleicht wollte das Orakel, dass die Angreifer uns töten. Vielleicht hat sie dir deshalb diesen Vorschlag gemacht.«

Parkov schüttelte den Kopf. Das Mondlicht spiegelte sich in seinen Augen. Er wirkte müde, erschöpft, mit geringer Geschwindigkeit ließ er den Wagen Richtung Frankfurt rollen. »Das war nicht nur ein Vorschlag, sondern ein Tauschhandel. Ich bin sicher, das Orakel hätte seine Hälfte des Deals erfüllt.«

»Das Orakel ist nur ein Mörder, ein Wahnsinniger.«

»Das bedeutet nicht, dass es sein Wort nicht gehalten hätte. Ich habe mit Serienmördern gesprochen, denen ihre Ehre wichtiger war als alles andere.«

»Na super.«

»Hast du dein Handy noch an?« Parkov sah zu ihr, und wieder hatte sie das Gefühl, dass er etwas vorhatte, was sie nicht einschätzen konnte. »Schalt es ab.«

»Ab?«

»Vertrau mir.«

»Okay.«

Als es ausgeschaltet war, deutete Parkov auf das Handschuhfach. »Einmal dort hinein, bitte.«

»Jetzt wird's spannend.«

»Elvis«, sagte Parkov, »prüfe den Wagen.«

»Keine ungewöhnlichen Verbindungen. Sir, Sie haben Ihr Handy abgeschaltet, Frau Winter ebenfalls. Die einzige ein- und ausgehende Verbindung ist das satellitengestützte Kommunikationsprotokoll, über das ich mit den Zentralservern kommuniziere, auf denen meine logischen Funktionen gespeichert sind.«

»Gut. Also hat uns niemand mit einem Sender versehen.«

»Mit einem Peilsender?«, fragte Marie verblüfft. »Wer denn? Die Apostel?«

»Oder noch ein Verräter in den eigenen Reihen. Oder die falsche Nguyen, als sie das Präsidium besucht hat.« Parkov sah aus dem Seitenfenster. Der Wagen wurde langsamer. »Irgendwo hier«, sagte er leise, mehr zu sich selbst.

Dann bog er ab, jetzt rumpelte der Wagen über einen schmalen Waldweg.

»Das ist nicht der Weg nach Frankfurt«, bemerkte Marie.

»Das hast du meisterhaft entschlüsselt.«

»Daniel, was machen wir hier?«

»Wir suchen … einen Ort.«

Marie sah in den dichten Wald hinein. Hier und da schimmerte Mondlicht auf stehende Tümpel, über die Nebelschwaden krochen, als wären sie mitten in einem Sumpfgebiet in Louisiana. »Ich wär jetzt lieber irgendwo in einem weichen Bett.«

»Das weiche Bett muss noch etwas warten. Ich denke, wir sind gleich da.«

»Du denkst? Gibt es keine Karte?«

»Für diesen Ort gibt es keine Karten.«

Marie lachte leise. »Früher hättest du mir mit diesen Sprüchen Angst gemacht. Oder zumindest hätte ich dich für … ziemlich seltsam gehalten.«

»Also nicht anders als heute.«

»Heute ist es eher ein positives Seltsam.«

»Frau Winter und ihr positives Seltsam«, sagte Parkov gedankenverloren, während er hinausspähte, den Wald absuchte, als erwartete er jeden Moment eine weitere Abzweigung, die er nicht verpassen durfte.

»Ich kapiere trotzdem nicht, was wir hier machen.« Inzwischen hüllte der Nebel den Bentley ein, ihre Sichtweite betrug kaum mehr als zwei Meter. *Eine Nacht im Spätherbst wäre kaum ungemütlicher*, dachte Marie.

»Wir suchen ein Versteck.«

»Ein Versteck? Eines von deinen?«

»Wer sagt denn, dass ich ein Versteck habe? Oder gleich mehrere?«

»*Ich* sage das«, erwiderte Marie mit einem Lächeln. »Und wenn mich mein Gefühl nicht trügt, habe ich auch recht.«

»Vielleicht täuscht dich dein Gefühl nicht«, sagte Parkov. Er schaute noch immer konzentriert in den Wald, suchte nach einem Ort, den nur er kannte. Plötzlich bremste er so ruckartig, dass Marie in den Gurt geworfen wurde. »Aha«, sagte er leise. »So ist das also.«

»Was ist wie?«

Parkov deutete zum rechten Seitenfenster hinaus. Irgendwo dort, tiefer im Wald, leuchtete ein kleines Licht.

Dann erlosch es. Leuchtete wieder auf. Erlosch erneut.

»Morsecode«, sagte Marie. »Warte mal … kurz, lang, lang, kurz … P, ja, das muss ein P sein, dann ein …«

»Ich weiß, was sie senden. *Parkov.*«

Marie wandte sich ihm zu. »Wieso sollte jemand mitten in der Nacht deinen Namen buchstabieren?«

»Woher kennst du den Morsecode?«

»Ach«, sagte Marie. »Das ist nur so ein … Ding.«

»Nur so ein Ding. Verstehe.« Parkov bremste am Rand des Waldwegs und stellte den Motor aus. Als das Licht der Scheinwerfer erlosch, war es so dunkel, dass sie kaum mehr die Umrisse der aufragenden Baumstämme um sich herum erkennen konnten. Der Mond war hinter einem dichten Wolkenschleier verborgen.

»Vielleicht habe ich ja eines Tages das Vergnügen, mehr über dieses … Ding zu erfahren?«

»Vielleicht«, gab Marie zurück. »Taschenlampe?«

»Ja. Hier.« Parkov reichte ihr eine, knipste seine an und machte sich dann querfeldein auf den Weg, immer auf das blinkende Licht zu. Kurze Zeit später erkannte Marie eine Hütte und daneben einen Schuppen mit einem gut drei Meter breiten Tor und schiefem, moosbewachsenem Dach. Die Regenrinne klapperte im Wind gegen die Holzbretter, rostige Nägel ragten hier und da aus dem Holz hervor.

»Und was erwartet uns hier?« Marie griff nach ihrer Pistole, doch Parkov winkte ab.

»Die wirst du hier nicht brauchen.«

Etwas rumpelte in dem Schuppen, der aussah, als wollte er jeden Moment zusammenfallen. Marie betrachtete das hohe Gras. »Das hier sind eindeutig Reifenspuren«, stellte sie fest. »Irgendwer ist vor Kurzem erst mit einem großen Wagen hergefahren.«

»Gut beobachtet. Ich würde sogar behaupten, sie sind noch da.«

»Was meinst du dami…«

Die Tore schwangen auf. Aus dem Inneren des Schuppens fiel das Licht eines Bauscheinwerfers auf einen großen Geländewagen, der unter einem Tarnnetz geparkt war. Das war das Licht, das sie im Auto gesehen hatten, es musste durch Lücken zwischen den Brettern geschienen haben, doch das registrierte Marie nur nebenbei. Sie starrte auf zwei Silhouetten vor dem Wagen – Fremde in Körperpanzerungen, die Sturmgewehre an Tragegurten über den Schultern trugen.

»Daniel, das …« Marie griff nach ihrer Dienstwaffe, doch Parkov hielt ihren Arm fest. Die Männer dort drüben sahen sie nur an, unternahmen nichts, reagierten nicht einmal überrascht.

»Das sind die Typen, die den Transporter überfallen haben. Das ist ihr Geländewagen.« Parkov hielt ihren Arm so fest, als erwartete er, dass sie etwas Unüberlegtes tat.

»Was geht hier vor?« Marie riss sich von Parkov los, als die beiden Männer näher kamen. »Daniel, was zur Hölle bedeutet das?«

»Ganz langsam, Winter«, sagte einer der Fremden. Sie erkannte die Stimme. *Nein, das kann nicht sein.*

Der Mann nahm die Gesichtsmaske ab. Ihr Gehör hatte sie nicht getäuscht. Mark Lansford. Den anderen kannte sie nicht.

»Wo ist Trentmann? Was habt ihr mit ihm gemacht?«

»Da drin«, erwiderte Lansford. »Und wenn du dich aufregen willst, Winter, dann tu es jetzt. Wir haben zu tun.«

»Ich kann nicht glauben, dass du eingewilligt hast«, schrie sie Parkov an, »das hier durchzuziehen! Ein vorgetäuschter Überfall?«

»Er hat in nichts eingewilligt, nur eins und eins zusammengezählt. Es war meine Idee, Winter.« Lansford trat noch einen Schritt vor. Er wirkte bedrohlich und Marie wurde bewusst, wie weit entfernt von jeder Siedlung sie sich befanden. Wie weit würde Lansford gehen, um seinen Willen zu bekommen? »Parkov war nicht der Einzige, den dieser Wahnsinnige aufgefordert hat, Trentmann zu befreien. Offenbar hat er ihm ebenso wenig vertraut wie ich.«

»Er hat …« Marie musste die Worte erst verarbeiten. »Na und? Es bleibt trotzdem vollkommen falsch! Trentmann hat immer noch Rechte! Wie könnt ihr ihn einem Irren einfach so ausliefern?« Sie sah Parkov an. »Das gilt auch für dich!«

Parkov trat zwischen sie und Lansford.

»Es reicht. Was geschehen ist, ist geschehen.«

»Woher wusstest du es, Parkov?«, fragte Lansford. »Und wie hast du hierhergefunden?«

»Ich kenne dich. Ich weiß, wie du arbeitest. Und ich weiß von diesem Versteck. Ihr habt ein Detail übersehen: das Kennzeichen des Geländewagens. Die Apostel hätten kein beschlagnahmtes verwendet, sondern ein völlig unauffälliges. Ja, du hast es aus der Datenbank gelöscht, aber nicht aus meiner Sicherungskopie.«

Lansford schnaubte. »Du und deine KI-Spielerei.«

»Sei froh, dass dich außer mir niemand gesehen hat.«

»*Ich* hab es gesehen«, sagte Marie laut. »Vielleicht sollte ich jemanden anrufen.« Dann dachte sie daran, wie Parkov sie aufgefordert hatte, ihr Handy abzuschalten und ins Handschuhfach zu legen.

Er wollte sichergehen, dass uns niemand folgen kann.

»Sie mit reinzuholen war falsch«, sagte Lansford. »Sie ist nicht aus dem richtigen Holz.«

»Ja? Und was für Holz soll das sein? Du bist nicht besser als der Typ, den ihr da drin sitzen habt. Du bist nicht besser als das Orakel und die Apostel und weiß Gott noch wer.«

»Pass auf, Winter. Ganz vorsichtig.« Lansford gab dem zweiten Mann ein Zeichen, woraufhin der in der Hütte verschwand. »Diese Pisser hatten ihre Chance. Trentmann ist ein Verräter. Wir liefern ihn aus und kriegen den zweiten Apostel. So einfach ist das.«

»Und wenn nicht? Wenn ihr reingelegt werdet?«

»Von wem, Winter? Von dir? Du stolperst blind durch die Gegend. Ruf an, wenn du willst. Wenn du schnell bist, schaffst du es vielleicht, noch ein paar Tasten auf deinem Handy zu drücken, bevor ich es dir wegnehme.«

»Scheißkerl.«

»Falsch.« Lansford hob ein Smartphone in die Höhe, drehte das Display in ihre Richtung. »Was siehst du, Winter?«

»Ein Mädchen.«

»Das ist Miranda. Meine Tochter. Sie ist der Grund. Der *einzige* Grund, wieso ich alles versuche, um diese Scheißkerle aufzuhalten. Damit sie nicht eines Tages, wenn sie nachts allein nach Hause geht, in einen Wagen gezerrt wird und …«

»Wo muss Trentmann hin?«, fragte Parkov. Er klang bitter, als bereite ihm diese Sache körperliche Schmerzen – oder er hatte gerade wirklich Schmerzen. Marie hätte ihn am liebsten geschlagen.

»Das Orakel hat mich informiert. Wir werden Trentmann in einen anderen Wagen packen. In der Stadt sollen wir ihn dann zwingen, nach unten auszusteigen.«

»Nach unten? Also in die Kanalisation.«

»Ja. Das Orakel wird uns in eine Baustelle führen, nehme ich an, wo es nicht besonders auffällt, wenn wir länger stehen bleiben.«

»Verstehe.« Parkov sah in den dichten Wald hinein, wo das Laub im Wind raschelte wie ein wispernder Gesprächspartner in dieser fatalen Unterhaltung über das Schicksal eines Menschen. »Wir statten ihn mit einem Sender aus.«

»Ich weiß nicht, Parkov. Das wird das Orakel bemerken. Und wenn, dann kriegen wir nichts. Dann haben wir Trentmann verloren und trotzdem keinen zweiten Apostel. Wie sicher können wir sein, dass sie Wort hält?, wirst du fragen. Ich denke, ziemlich sicher. Und wir haben einen Vorteil. Ich habe ein Team, das sofort unterwegs sein kann. Innerhalb von sechs Stunden ist es an jedem Ort in Europa. Wichtig ist nicht Trentmann. Wichtig sind die Köpfe dieses Vereins, und wenn das Orakel bereit ist, uns einen zu liefern, dann müssen wir zugreifen.«

»Er wird sein Wort nicht halten«, sagte Marie. »Er will die Apostel töten, und wenn er das Versteck des zweiten kennt, wieso in aller Welt sollte er es ausgerechnet euch verraten?«

Parkov nickte. »Wir werden ihn tot finden. Entweder das, oder der Panther scheitert und wir laufen in eine Falle der Apostel. So oder so«, sagte er, »wir werden nicht gewinnen. Nicht auf diese Weise. Aber wir können ein Stück Weg zurücklegen, ein Stück, das ich durchaus bereit bin zu gehen.«

»Gut. Und Winter?«

»Ich?« Sie schüttelte den Kopf. »Ich ganz bestimmt nicht.« Marie wandte sich von den beiden Männern ab und näherte sich der Hütte. Im Inneren brannte ein kleines Licht, eine nackte Glühlampe baumelte an einem Kabel von der Decke. Trentmann saß gefesselt auf einem alten Stuhl, Lansford hatte ihm eine Stoffkapuze über den Kopf gezogen.

Wie er dort gefesselt auf seinen Tod wartete … Marie ertrug den Anblick nicht. Sie drehte sich zu Parkov.

»Wenn du das mitmachst, brauchst du nie wieder *irgendwas* zu mir zu sagen. Kapierst du? Das da drin widerspricht allem, wofür wir stehen sollten.« Marie deutete auf den Gefesselten. »Ihr seid so was von kaputt.«

»Wenn deine Tochter bedroht wäre, Winter, würdest du ganz anders reden«, sagte Lansford. »Da bin ich mir sicher.«

»Halt die Klappe.« Marie wischte sich über die Wange. »Daniel … komm mit. Lass es sein. *Bitte.*«

»*Er kann nicht.*« Sie konnte Lansfords Gesicht in der Dunkelheit kaum ausmachen, aber er schien zu lächeln. »Er steckt schon zu tief drin. Jetzt einen Rückzieher zu machen ist unmöglich. Winter, er wusste es, als er den Wagen gesehen hat. Er hat ihn erkannt und beschlossen, mir zu folgen. Er weiß, was riskiert werden muss. Welche Opfer gebracht werden sollten. Er wird nicht gehen. Dafür bist du ihm nicht wichtig genug.«

Parkov sagte nichts.

»Schluss damit!« Lansford zog eine Pistole aus dem Gürtelholster und richtete sie auf Marie. »Du bist mit dabei, ob du willst oder nicht.«

»Lass das.« Parkov schob Marie ein paar Schritte zurück. »Gib uns ein paar Minuten.«

Lansford nickte und ging hinein, selbst jetzt konnte Marie ihm ansehen, wie verärgert er über ihre Einmischung war.

»Er wird es nicht sein lassen. Das weißt du. Und er wird uns nicht gehen lassen. Also tun wir es. Einen anderen Weg gibt es nicht.«

»Es gibt immer einen anderen Weg«, erwiderte Marie. »Du könntest mit mir kommen. Trentmann … wird angeklagt. Er kann aussagen, was er aussagen will, vielleicht einen Deal aushandeln und uns Informationen liefern. Aber lass uns ihn nicht wie … einen Verbrecher in den sicheren Tod führen. Ich schaff das nicht.«

»Dann geh.« Parkov beugte sich vor und Marie spürte, wie er ihr die Wagenschlüssel in die Hand drückte, eine kurze, kaum sichtbare Bewegung, die Lansford von der Hütte aus nicht mitbekommen konnte. »Ich lenke Lansford ab. Fahr in die Wohnung im Tower und bleib dort, bis ich zurückkomme. Wir werden den Austausch durchführen. Ich kann ihn nicht stoppen. Nicht jetzt.«

»Und was ist mit dir?«

»Nichts. Ich komme schon zurecht, wie immer.«

»Es gibt keinen anderen Weg?«

»Ich sehe keinen.«

Marie nickte. Nahm den Schlüssel. »Dann … pass auf dich auf.«

»Ich versuche es.«

»Das reicht nicht.«

»Geh. Geh jetzt.«

Sie ging.

Kapitel 31

Er sah sie zwischen den Bäumen verschwinden, einen letzten Widerschein des Mondlichts auf ihrem dunklen Haar, dann war sie fort. Parkov ging auf Lansford zu. »Der Sender. Hast du ihn?«

»Ich sagte doch, wir sollten es nicht auf diese Weise versuchen.«

»Und *ich* sage, wir machen es so oder gar nicht.«

Trentmann murmelte etwas Unverständliches unter seiner Kapuze. Lansford hatte ihn geknebelt, gut verschnürt wie einen Terrorverdächtigen, den die CIA in irgendein schmutziges Gefängnis ausflog.

»Ich habe kein gutes Gefühl bei der Sache.«

»Du hast doch nie ein gutes Gefühl.« Lansford stellte eine große Sporttasche auf den Boden. »Umziehen, Parkov. Mein Helfer holt den neuen Wagen. Dann fahren wir.« Er sah an Parkov vorbei, seine Hand wanderte erneut zur Pistole. »Wo ist Winter hin?«

»Ich habe sie fortgeschickt. Du hättest sie nicht überzeugen können, hierbei mitzumachen.«

»Du hast …« Lansford starrte ihn an. »Kleiner, verlogener Bastard.«

»Wir sind schlechte Menschen. Sie ist das noch nicht. Ich hoffe, das bleibt so. Du kannst niemanden großziehen, wenn du diese Arbeit machst – und dieses Blut an deinen Fingern klebt.«

»Oh, besorgt um ihr Seelenheil?« Lansford grinste. Es war ein schmutziges und zugleich müdes Grinsen. »Sie ist es nicht wert. Frauen wie die sind es *nie*.«

Trentmann rief etwas in seinen Knebel, woraufhin Lansford die Stoffkapuze fester zurrte. »Wir machen eine kleine Spritztour, Verräter. Und dann wirst du für uns die Kanalratte spielen.«

Ein paar Minuten später kam der neue Wagen, ein dunkler Transporter mit Schiebetür. Parkov und Lansford führten Trentmann hinein und fesselten ihn an eine Stahlöse an der Ladefläche. Trentmann zerrte an den Fesseln, schrie Worte in den Knebel, die niemand verstand. Er sträubte sich, konnte aber nicht gegen sie ankommen.

Die Fahrt verbrachten sie schweigend.

Ein schwerer, kräftiger Regen trommelte auf das Dach wie Gewehrfeuer. Lansford blickte hinaus, seine Hände hielten das Lenkrad fest umklammert, als dürfte er niemals loslassen, müsste weitermachen, immer weiter …

»Es ist falsch«, sagte Parkov laut. Er saß auf dem Beifahrersitz, sie waren nur zu zweit, Lansfords Helfer war bei der Hütte im Wald zurückgeblieben und hatte große Benzinkanister aus dem Schuppen geholt. Er würde sie niederbrennen und die Spuren vernichten, bis alles, was dort geschehen war, nur noch in ihrer Erinnerung existierte. »Es ist grundfalsch. Du weißt es.«

»Jeder weiß das. Und jeder weiß, dass wir es dennoch tun müssen. Und dass es nur wenige gibt, die auch die Eier dafür haben.« Lansford warf Parkov einen Blick zu. »Hat sie dich weich werden lassen? Wirst du alt, Parkov?«

»Wir werden alle alt, Lansford.« Parkov strich sich über den Arm, als neuer Schmerz seinen Körper durchzuckte. »Und alte Männer wollen eines Tages nur noch auf ihrer Veranda in der Sonne sitzen.«

»Du kannst alt werden, wenn wir mit ihnen fertig sind.«

»Das werden wir nicht«, erwiderte Parkov. »Es gibt immer wieder Apostel. Menschen wie sie. Du kannst nichts dagegen tun. Und zu werden wie sie macht es nicht besser.«

»Wieso bist du dann hier?«

»Weil ich nicht riskieren kann, dass du es versaust. Dass wir ohne ihn und ohne die Spur dastehen.«

Lansford ließ sein sonores Lachen hören. »Du überschätzt dich, Parkov. Ich brauche dich nicht.«

»Und ich brauche diesen Erfolg nicht.« Mit zitternder Hand suchte er nach der Dose in der Hosentasche, nahm eine Pille heraus und schluckte sie. Dann lehnte er den Kopf gegen die Stütze, schloss die Augen und wartete darauf, dass die von der Vergiftung tief in seinem Inneren verursachten Schmerzen nachließen.

»Du bist krank.«

»Sieh uns doch an«, sagte Parkov. »Was sind wir geworden? Was unterscheidet uns von denen?«

Lansford schwieg. »Du warst ein paar Monate fort. Es gab Gerüchte. Im BKA, bei meinen Quellen auf der Straße.«

»Ja?«

»Dass du einmal zu oft Dinge getan hast, die nicht legal sind, die die Grenze überschreiten.«

»Es war nie etwas wie das hier.«

»Wieso glaube ich dir das nicht?« Lansford schaltete den Scheibenwischer eine Stufe höher. »Du hast immer getan, was nötig ist. So wie diese Sache hier.«

Trentmann rief etwas, Worte, die im Knebel untergingen. »Halt's Maul«, sagte Lansford. »Du hast alles gesagt, und davon viel zu viel.«

Das Smartphone, das Lansford Parkov gegeben hatte, brummte leise. »Und?«, fragte Lansford.

»Eine Adresse. In Frankfurt. Du musst nach links.«

Die Geräusche hinter ihnen im Laderaum klangen, als würde Trentmann weinen, Hilfeschreie in seinen Knebel brüllen, die niemand verstand.

Parkov schloss die Augen. Maries Blicke, ihre stumme Anklage, kurz bevor sie gegangen war. *Es ist falsch. Grundfalsch.*

»Ja, sie hat dich ganz bestimmt weich gemacht. Das ist immer so mit ihnen.«

»Wenigstens bin ich nicht verbittert wie du.«

»Verbittert? Mach diese Sache ein Jahr lang und du wirst ein Zyniker sein. Mach sie zehn Jahre und du kannst dabei zusehen, wie du böse wirst.«

»Und wie lange genau bist *du* noch mal dabei?« Eine rhetorische Frage, natürlich wusste er das. »Wenn das Orakel sein Wort nicht hält, werde ich dich dafür zur Verantwortung ziehen.«

»Wirst du nicht. Parkov, du bist ebenso Teil dieser Sache wie ich. Nicht mal Winter würde das bestreiten.« Lansford setzte den Blinker. Er hielt sich exakt an das Tempolimit, an jede rote Ampel, jedes Verkehrsschild. Es galt, nicht aufzufallen, bis sie am Ziel angelangt waren.

»Weißt du, eigentlich hat sie recht. Du solltest damit aufhören. Werd der Mann, der nur noch auf seiner Veranda sitzt. Geh und überlass die Arbeit Leuten wie mir.«

»Leuten wie dir? Wenn ich das täte, würde alles in Chaos versinken. Wenn das hier publik wird …«

»Wird es nicht«, warf Lansford ein.

»… dann verlieren die Menschen noch den letzten Rest ihres Vertrauens. Es wäre ein Skandal so großen Ausmaßes … Heute verachten sie vielleicht die Polizei, aber danach würden wir mit offenem Misstrauen zu kämpfen haben, ja, mit Hass.«

»Wir? Du wirst dich doch nicht mit den anderen in einen Topf werfen, Parkov. Für dich sind wir doch ohnehin nur Fußvolk, ein paar einfache Erfüllungsgehilfen. Für dich geht es doch nur darum, dein ohnehin schon gewaltiges Ego weiter aufzuplustern. Wäre ich an deiner Stelle, Parkov, würde ich mich von diesem Dreck so weit fernhalten, wie ich nur könnte.« Wieder setzte Lansford den Blinker und bog ab, während der Regen auf das Dach trommelte und Trentmanns dumpfe Schreie übertönte.

»Fernhalten? Ja, das könnte ich«, antwortete Parkov. »Aber wie beurteilst du einen Mann in meiner Lage, der sich nicht fernhält, sondern sich lieber jeden Tag und jede Nacht mit diesem Abschaum, dieser Dunkelheit herumschlägt?«

»Vollkommen irre nenne ich den«, antwortete Lansford, ohne auch nur einen Moment zu zögern. »Genügt dir das?«

»Du weißt, was geschehen ist. Ich habe mir damals geschworen, dass es nie wieder passiert.«

»Und hattest nicht besonders viel Erfolg damit, wie mir scheint. Es geschieht jeden Tag. Menschen sterben. Was Suzann angetan wurde, was man deiner Frau angetan hat …«

»Sie war schwanger. Sie wusste es noch nicht mal, als sie getötet wurde. Und ich …«, Parkov blickte in den Regen hinaus, »ich selbst habe es erst vor einigen Monaten erfahren.«

»Von wem?«

»Das ist unwichtig.«

Lansford nickte. »Schwanger. Na, das tut mir leid für dich.«

»Sie wurde erpresst. Es gibt da jemanden oder etwas, vielleicht eine Organisation, die sie bedroht hat. Ich bin denen auf der Spur. Das war es, was ich in den letzten Monaten getan habe. Da hast du eine Erklärung für die Gerüchte.«

»Und was davon ist wahr?«

Ein Lächeln huschte über Parkovs Lippen. »Nicht mal die Hälfte.«

»Ja, das hab ich schon vermutet.« Lansford trat auf die Bremse. »Die Baustelle da vorn. Wir sind da.«

»Also doch eine Baustelle.«

»Ich hab's dir ja gesagt.«

Der Transporter kam vor einer Ampel zum Stehen. Die Baustelle, eine Straßensanierung mit einem kleinen Bagger, war kaum mehr als zwanzig Meter entfernt.

Nicht *ein* anderer Wagen war in der Nähe. Die Ampel blieb auf Rot stehen. Nichts rührte sich, nur der Regen trommelte weiter auf das Dach.

In Parkovs Penthouse lief Marie unruhig auf und ab. Sie konnte sich nicht hinsetzen und an nichts anderes denken als an das üble Vorhaben von Parkov und Lansford.

Du musst sie irgendwie aufhalten. Irgendwie. Koste es, was es wolle.

Doch wenn sie jemanden einschaltete, Kollegen oder das BKA selbst, würden Lansford und Parkov gewaltige Probleme bekommen, sie würden verhaftet und angeklagt werden. Wegen Trentmann. Wegen eines Verbrechers.

Marie dachte an das blasse Gesicht von Trentmann im Vernehmungsraum. Sie dachte an Svetlana, daran, wie grausam man sie zugerichtet hatte.

Sie dachte an Parkovs Karte. All die Opfer. So lange schon.

»Elvis?«, fragte sie vorsichtig, erwartete aber kaum, dass die künstliche Intelligenz nach Monaten noch immer auf sie reagierte.

»Frau Winter?«

»Daniel … hat doch ein Smartphone bei sich. Kannst du es aufspüren?«

»Das kann ich. Soll ich es tun?«

»Ja. Bitte.« Der Gedanke, dass diese mächtige KI nun für sie arbeitete, machte sie doch etwas nervös. Sie ging auf und ab, bis die angeschlossenen Monitore ein Bild ausspuckten – und eine GPS-Position.

Parkov bewegte sich durch die Stadt.

»Wir haben doch eine Garage hier, nicht wahr?«

»Aber natürlich.«

Marie holte tief Luft. Etwas an diesen Gedanken war aufregend, furchtbar aufregend, geradezu euphorisierend. Hatte Parkov am Ende doch recht? Brauchte sie das?

»Und die Schlüssel?«

»Dritte Schublade links hinter Ihnen. Großer Wandschrank.«

Marie fand sie sofort. Verschiedene Autoschlüssel lagen nebeneinander, sie wählte jenen ganz links. »Kannst du mich hinführen? Zur Position?«

»Haben Sie sich das auch gut überlegt, Frau Winter?«

»Nein«, erwiderte sie, »habe ich nicht. Aber … ich muss es machen. Zwei Männer sind dabei, etwas zu tun, das sie nie mehr loswerden können. Das wird für immer an ihnen kleben wie Blut. Um Lansford geht es mir nicht, aber um Daniel … Er verzweifelt, das weiß ich, aber das ist nicht der Ausweg, das ist nicht richtig, nicht der richtige Weg. Einen Mann dem sicheren Tod auszuliefern kann *nie* der richtige Weg sein.«

»Meine logischen Funktionen können auf diese Überlegung keine eindeutige Antwort finden, Frau Winter. Wenn Sie wünschen, öffne ich die Tür zum Lift, der Sie hinunter auf die Garagenebene bringt.«

»Ja. Sofort bitte.«

Unten angekommen, rannte Marie zu dem Auto, das sie ausgesucht hatte, Parkovs G-Klasse-Geländewagen. Als sie hinausfuhr, prasselte der Regen mit aller Kraft auf die Frontscheibe. Marie schaltete die Abblendlichter ein und folgte der Wegbeschreibung des Navis auf ihrem Smartphone. Voraussichtliche Fahrzeit: zwölf Minuten.

Marie trat aufs Gas.

Etwas stimmte nicht, das spürte Parkov instinktiv.

»Die Ampel schaltet nicht um.«

»Hat das Orakel keine weiteren Anweisungen gegeben?«

»Nein. Nein, hat es …« Parkov hielt inne. Lansfords Handy meldete sich erneut:

In den Schacht steigen.

»Da vorn. Bei der Baustelle fehlt der Gullydeckel«, sagte Lansford.

»Dann also wirklich die Kanalisation. Wie wunderbar.«

Lansford zog Trentmann die Kapuze vom Kopf. Der Gefesselte starrte sie aus weit aufgerissenen Augen an. »Du tust jetzt, was wir dir sagen, verstanden?«, blaffte Lansford.

»Nimm ihm die Handfesseln ab.«

»Mitten in der Stadt?« Lansford schnaubte. »Riskant. Zu riskant für meinen Geschmack.«

»Mit Fesseln kommt er da nicht runter.« Parkov warf einen Blick in den Seitenspiegel. Die Straße war verlassen ausgewählt worden, die Baustelle am Osthafen nur von Industriebauten umgeben. Keine Zeugen – für welches Vorhaben auch immer.

»Also schön«, sagte Lansford. »Ich mach ihn los. Der Knebel bleibt.«

Parkov nickte.

Lansford führte Trentmann aus dem Transporter, während Parkov die Straße im Auge behielt. Es goss in Strömen, durch den Regenschleier konnte er kaum weiter als ein paar Meter blicken … Noch immer stand die Ampel auf Rot wie ein kleines glühendes Auge, das in die Nacht hinausstarrte.

Die kleine Verkehrsüberwachungskamera daneben schien gleichgültig auf sie herabzusehen.

Trentmann murmelte Worte in seinen Knebel, Lansford trieb ihn unbarmherzig weiter voran. Sie betraten die Baustelle, näherten sich dem Kanalschacht. Der Gullydeckel lag neben dem Schacht, der Regen prasselte hinein, verschwand in der lichtlosen Tiefe.

Parkov hörte das Wasser im Schacht gluckern.

Da wartete jemand auf sie, ganz sicher.

»Du wirst jetzt da runtersteigen«, wies Lansford seinen Gefangenen an. »Und denk immer dran: Ich bin direkt hinter dir.«

Trentmann gehorchte, er wagte nicht mal einen Fluchtversuch. Er setzte den Fuß auf die erste in die Wand des Kanalschachts eingelassene Eisenstufe und kletterte mit unsicheren, zitternden Beinen nach unten.

Lansford warf Parkov einen Blick zu. »Kommst du?«

»Ja.«

Lansford folgte Trentmann nach unten, dann setzte Parkov den Schuh auf die oberste Stufe. Das Eisen war rostig, lag rau und regennass unter seinen Fingern. Er musste aufpassen, um nicht abzurutschen. Der Abstieg zog sich, schien Minuten zu dauern – doch natürlich waren es nur einige Meter senkrecht hinab, bis er wieder festen Boden unter den Füßen hatte.

Eine aus Steinen gemauerte Röhre wand sich vollkommen lichtlos nach links und rechts. In der Mitte floss ein kräftiger Strom, er trug Müll mit sich, alte Zeitungen, die im Regen zusammengeklumpt waren, die ersten bunten Blätter des Spätsommers, und auf den kleinen Wellen hüpfte ein gelber Tennisball.

Die Luft roch nach Moder und darunter – wie ein tiefer liegendes, düsteres Geheimnis – nach Verwesung. Eine Ratte floh vor den Lichtkegeln der Taschenlampen in Lansfords und

Parkovs Händen, verlor den Halt und stürzte in das schnell strömende Wasser, ging unter, tauchte wieder auf, kämpfte verzweifelt darum, zurück auf den Pfad neben der Rinne zu gelangen, dem Lansford, Trentmann und Parkov nun folgten.

»Hier entlang«, sagte Parkov. Seine Stimme hallte von den engen Wänden wider. Er wandte sich nach links und sie verließen die Kanalisation mit ihrem im Regen immer weiter anschwellenden Fluss und folgten einem alten Tunnelsystem.

»Das stammt noch aus dem Zweiten Weltkrieg.« Lansford schwenkte die Taschenlampe umher. »Und vorhin haben wir den Main unterquert, da bin ich mir sicher.«

Parkov warf einen Blick auf den Lageplan, den das Orakel geschickt hatte. »Wir sind nicht mehr weit entfernt. Es muss hier einen Zugang geben. Vielleicht sogar ein großes Tor.«

»Aber natürlich gibt es das. Er hat den Treffpunkt vorbereitet.«

»Und wir stolpern unwissend hinein wie zwei Anfänger.«

Lansford schüttelte den Kopf. »Du bist alles Mögliche, Parkov, aber kein Anfänger. Du kannst improvisieren. Du bist immer dann am besten, wenn du es mit Unvorhergesehenem zu tun hast.«

»Und du?«

»Das ist alles nur Training.«

Parkov wusste, dass Lansford vor seiner Zeit beim BKA viele Jahre als aktiver Operator einer Einsatzeinheit der GSG 9 angehört hatte. Und er schien nichts verlernt zu haben. Wie er sich durch die Gänge bewegte, die versteckten Winkel mit vorgehaltener Waffe sicherte und Trentmann dabei zu jeder Zeit unter Kontrolle behielt, war beeindruckend.

Schließlich erreichten sie ein hohes, weites Gewölbe, dessen Decke von Säulen getragen wurde. Am anderen Ende des Gewölbes stand ein Wagen, eine silberne Limousine mit aufgeblendeten Scheinwerfern.

Ein Mann, aus der Entfernung kaum mehr als eine Silhouette, stand davor.

Man erwartete sie.

»Halt«, rief der Fremde. »Das ist weit genug.«

Sie waren kaum mehr als zwanzig Meter von ihm entfernt. Parkov musterte den Mann: Er war groß, einen Meter neunzig oder mehr, und stand dort in der souveränen, wachsamen Haltung eines menschlichen Raubtiers, eines Profis, der die Situation kontrollierte, ganz gleich, was geschehen würde.

Das war der Panther, ohne Zweifel.

»Hier stinkt es nach Raubkatze«, rief Lansford in die Tiefe des Gewölbes hinein. Wenn diese Worte den Profikiller beleidigten, ließ er sich nichts davon anmerken. »Wir haben ihn hier, den Verräter.«

»Wer ist noch bei dir?« Die Stimme des Panthers war ein raues, heiseres Flüstern, als benutzte er sie nicht häufig, als hätte er verlernt, sie effektiv einzusetzen.

»Parkov. Ein Kollege.«

»Parkov soll Trentmann bringen.«

Lansford warf Parkov einen Blick zu. Dann nickte er. Parkov packte Trentmann am Arm und schob ihn vorwärts, während dieser hilflose Worte in den Knebel murmelte.

»Was sagt er, Parkov?«

»Er freut sich wirklich, dich zu sehen.«

Als Parkov mit Trentmann näher kam, hob der Panther in einer ansatzlos geschmeidigen Bewegung eine große, bedrohliche Pistole mit Laserzieloptik, der rote Punkt verharrte auf der Höhe von Parkovs Herz.

»Halt«, bestimmte er. »Den Rest wird er selbst gehen.«

»Er wird erst gehen, wenn wir sicher sein können, dass du deinen Teil der Vereinbarung einhalten wirst. Oder sollte ich sagen, sobald deine Auftraggeberin den Teil erfüllt hat?«

»Das wird sie«, erwiderte der Panther. »Sie hält immer ihr Wort.« Mit der Rechten hielt er einen USB-Stick hoch. »Der Standort – das Versteck – des zweiten Verbrechers, der sich als einer der Vier Apostel bezeichnet, ist hier gespeichert.«

»Hast du ihn schon getötet? Das hast du, nicht wahr? Du würdest ein so wichtiges Ziel niemals uns überlassen. Alles, was du mir im Gegenzug für diesen Helfer der Apostel gibst, ist eine Leiche, eine kalte Spur.«

Der Panther gab keine Antwort. »Ich werde den Stick hier auf den Boden legen. Bring mir den Verräter. Dann werde ich gehen. Danach könnt ihr eure Information mitnehmen.«

»Nein«, sagte Parkov sofort. Seine Stimme klang ruhig, souverän und ungerührt. »Wir müssen sichergehen, dass der Stick auch die Datei enthält, die man uns versprochen hat. Sonst gibt es keinen Deal.« Trentmann zerrte und fluchte, während seine Beine zitterten, doch Parkov bohrte ihm unbarmherzig den Lauf der Pistole in den Rücken. »Hast du mich verstanden, Panther? Es gibt keinen Deal, wenn *ich* sage, dass es keinen gibt.«

Der Auftragskiller musterte Parkov ungerührt. Die Hand, mit der er die seltsam großkalibrige Handfeuerwaffe auf ihn richtete, war vollkommen ruhig. »Wenn du es sagst, Parkov. Das ist … rührend.«

Dann gab er ein Zeichen.

Marie parkte den Geländewagen, stieg aus und ließ sich die Position von Parkovs Smartphone, die Elvis geortet hatte, auf ihrem eigenen anzeigen. Parkov schien nicht weit entfernt zu sein. Mit der Dienstwaffe in der Hand rannte sie die Straße hinab, eilte durch eine Unterführung, in der ein alter Mann mit einem kleinen Hund saß und Bier trank. Auf der anderen Seite stand sie am Main, auf dem Wasser spiegelten sich die Sterne durch eine Lücke in den tief hängenden Wolken hindurch.

Parkov muss hier irgendwo sein.

Doch da war nichts.

Niemand, nicht einmal, als sie sich der angezeigten Position noch weiter näherte, jetzt müsste sie ihn eigentlich in jedem Fall ausmachen können.

Wie war das möglich?

Was in aller Welt ging hier vor sich?

»Sie sind in die Kanalisation gestiegen«, sagte eine Stimme hinter ihr. Marie fuhr herum. Der Obdachlose mit seinem Hund an der Leine kam näher. »Die … suchen Sie doch, oder?« Sein Blick fiel auf die Waffe in ihrer Hand. »Die sind da bei der Baustelle runter … Passen Sie auf sich auf, Mädel.«

Marie bedankte sich und rannte zur Baustelle zurück. Ja, dort war ein Gullydeckel entfernt worden. Unten rauschte es, als würde dort ein verborgener Fluss entlangströmen, es gluckerte, schmatzte und gurgelte. Und es stank aus der Schachtöffnung.

Marie setzte die Füße auf die oberste Eisensprosse. Dann stieg sie hinab, hinein in das Tosen und Brausen des fließenden Wassers, in den Gestank und die Dunkelheit.

Die Kanalisation war ein klammer, feuchtkalter Ort, im Vergleich zu der schwülwarmen Luft, die wie ein undurchdringlich dichtes Tuch zwischen den Häuserschluchten hing, glich sie einer Eiskammer.

Einen Moment lang war sie versucht, Parkovs Namen zu rufen. Dann unterdrückte sie diesen Impuls. *Sei nicht kindisch. Er will nicht, dass du hier bist. Er will das durchziehen, koste es, was es wolle, und dabei kann er dich nicht gebrauchen.*

Es wäre ihm lieber, du würdest irgendwo warten.

Tja, dann hat er eben Pech gehabt.

»Ich mach das wegen dir«, flüsterte sie unhörbar in die Dunkelheit. Die Stabtaschenlampe warf ihr kreisrundes Licht gegen die Kanalröhre, Ratten flohen vor der jähen Helligkeit, tote Ratten trieben in der Abflussrinne an ihr vorbei, gefolgt von Müll und anderen Hinterlassenschaften der Menschen, als hätte der Regen beschlossen, den gesamten Schmutz der Großstadt auf einmal wegzuspülen.

Und dann hörte sie seine Stimme.

Sie konnte ihn zwar nicht verstehen, doch woher die Worte kamen, war klar. So leise und so schnell sie konnte, schlich sie vorwärts.

Da spiegelte sich Licht im Wasser.

Sie trat auf eine Art Empore, von der sie in ein großes Gewölbe hinabblicken konnte, das von Säulen getragen wurde. Männer standen da unten, und ein Fahrzeug, eine silberne BMW-Limousine mit aufgeblendeten Lichtern und laufendem Motor.

Ein Fluchtwagen. Irgendwo am anderen Ende des Gewölbes musste ein ansteigender Weg hinausführen. Breit genug, um mit dem Auto hinauszufahren. *Dieser Ort ist Teil einer alten Luftschutzbunkeranlage. Oder eine aufgegebene, nie fertiggestellte U-Bahn-Station.*

Dann sah sie Parkov. Zu ihrem Entsetzen ging er mit Trentmann vorwärts. Er sprach mit dem Mann, dessen Gesicht im Licht der Scheinwerfer kaum auszumachen war. Etwas furchtbar Bedrohliches ging von ihm aus, eine Aura der Gewalt. Ein Mann, der tötete, ohne mit der Wimper zu zucken, leidenschaftslos wie ein Tier auf der Jagd.

Das musste der Panther sein.

Marie sah, wie er eine Waffe auf Parkov richtete. Sie sprachen miteinander.

Parkov weiß, was er tut, aber es ist falsch.

Von hier oben kannst du den Panther treffen. Von hier oben kannst du es beenden, ihn außer Gefecht setzen, sodass Parkov ihn festnehmen kann.

Und doch zögerte sie. Den Panther festzunehmen bedeutete nicht, der übrigen Apostel habhaft zu werden; und außerdem würde er wohl kaum seine Auftraggeberin verraten.

Sie hörte Trentmann Worte in seinen Knebel rufen, sah, wie er zitterte, vor Panik und Angst schwankte er wie ein Betrunkener, Parkov musste ihn festhalten. Der Panther hob seine Linke und zeigte Parkov etwas – ihre Worte hallten von den hohen, steinernen Wänden wider.

Der USB-Stick mit dem Aufenthaltsort des zweiten Apostels. Der Panther wollte ihn gegen Trentmann eintauschen, Parkov wollte ihn zuvor prüfen.

Er weiß ebenso gut wie du, dass sie den zweiten Apostel nicht aus den Händen geben … das Orakel und der Panther würden ihnen nur erlauben, seine Leiche zu finden. Und das ist nicht genug. Nicht im Tausch gegen ein Menschenleben.

Mit einem Mal erinnerte sie sich an Worte, die sie längst vergessen geglaubt hatte: *Man sollte nicht einmal ein einziges Leben gegen das von vielen tauschen.*

Wie recht er hatte.

Aber ob er selbst mal vor einem Dilemma wie diesem gestanden hatte?

Die Spur war kalt. Der zweite Apostel würde sie wieder heiß werden lassen. Und Trentmann … Trentmann hatte Svetlana verraten. Er war mit schuld daran, dass man sie so grausam ermordet hatte.

Marie holte tief Luft. *Nein. Du hast dich entschieden. Du wärst nicht hierhergekommen, wärst ihm nicht gefolgt, wenn du dir nicht längst sicher gewesen wärst.*

Etwas bewegte sich hinter ihr. Sie wirbelte herum, doch eine Sekunde zu langsam – der Mann, der plötzlich in der Dunkelheit stand, wich ihr aus, dann packte er sie. Ein kräftiger, sehniger Arm schloss sich um ihren Hals und Nacken, sie wurde nach hinten gerissen und gegen den Oberkörper des Angreifers gepresst, seine Hände umschlossen sie wie ein stählerner Schraubstock.

»Kein Laut«, zischte er ihr ins Ohr.

Und dann sagte der Panther unten: »Wenn du es sagst, Parkov. Das ist … rührend.«

Marie wurde von dem Mann vorwärtsgedrängt, über eine Treppe ging es hinunter, vorbei an großen Rohren und gemauerten Backsteinwänden, immer weiter hinab, bis sie den Boden des Gewölbes erreicht hatten.

»Lass mich dir etwas zeigen, Parkov«, sagte der Panther. »Vielleicht wirst du verstehen, dass wir nicht gekommen sind, um zu verhandeln.«

Kapitel 32

Aus der Dunkelheit hinein ins Licht der aufgeblendeten Autoscheinwerfer trat ein Mann neben den Panther, und er war nicht allein: Er ließ eine Frau vor sich hergehen, der er seine Pistole gegen die Schläfe presste.

»Vielleicht erkennst du sie.« Der Panther lächelte nicht, er wirkte vollkommen ungerührt. »Ein weiser Mann sagte einmal: Kenne deinen Gegner. Erkenne seine Schwächen. Und nun, Parkov, sag mir, dass ich mich irre. Dass ich deine Schwäche nicht erkannt habe.«

Parkov tauschte einen Blick mit Marie. Sie legte den Kopf schief, als wollte sie sagen: *Tut mir leid, dass ich das hier versaut habe.* Sie zitterte ein wenig, der Anblick jagte ihm Angst ein und machte ihn zugleich zornig.

»Wir kriegen das hier doch hin, nicht wahr?«, sagte er laut. »Niemand muss jetzt einen Fehler machen.«

»Der Preis ist gerade gestiegen: Trentmann. Jetzt. Gegen das Leben von ihr. Keine Information, Parkov, die hast du gerade verloren. Und deine Kollegin werde ich noch eine Weile behalten. Damit du nichts Unüberlegtes unternimmst.«

Trentmann murmelte erneut etwas in den Knebel, das niemand verstand.

»Tut mir leid, Daniel«, sagte Marie traurig. »Ich ... konnte nicht einfach dasitzen und abwarten.«

»Lass sie gehen.« Parkov trat einen Schritt näher. »Dann gebe ich ihn dir.«

»Später. Du bist nicht mehr in der Position zu verhandeln.«

»Es ist hier, nicht wahr?« Parkov sah sich um. »Das Orakel selbst ist hier. Es interessiert sich für mich. Es will mich persönlich sehen.« Dann, lauter: »Wenn du verhandeln willst, wieso sprichst du nicht persönlich – wieso schickst du nur deinen Kettenhund?«

»Du hast noch zehn Sekunden.« Der Panther warf dem Mann hinter Marie einen Blick zu. »Töte sie danach. Zehn. Neun.«

Parkov starrte in die Dunkelheit. *Also muss es so sein. Es gibt keinen anderen Ausweg.* Die Hand, mit der er Trentmann am Arm festgehalten hatte, öffnete sich. Dann nickte er.

»Los«, sagte Parkov leise.

Dann geschahen mehrere Dinge zugleich:

Parkov feuerte zuerst und traf den Mann, der Marie festhielt, in den Hals. Dessen Pistole ging los, Marie warf sich auf den Boden. Betonstaub und Splitter flogen durch die Luft. Trentmann stürmte vorwärts. Parkov machte einen Schritt zur Seite und feuerte in Richtung Panther. Von irgendwoher hatte Trentmann ein Messer, er stürzte auf den Panther zu. Aus der Dunkelheit das Geräusch von Lansfords Waffe, der Panther lief rückwärts, feuerte auf Parkov und Trentmann. Trentmann brach zusammen, kaum einen Meter vom Panther entfernt. Der Killer huschte als konturloser Schemen zu seinem Wagen, während seine Männer weiter auf Lansford, Marie und Parkov feuerten. Kugeln schlugen neben Parkov ein. Er sah, wie Marie hinter eine Säule hechtete, und ging selbst in Deckung. Gewehrfeuer dröhnte in der Dunkelheit – da waren noch andere Angreifer neben jenen, die der Panther mitgebracht hatte, begriff Parkov.

Einer der Männer des Panthers ging nieder, ein anderer packte ihn, zerrte ihn zum Wagen, der mit hellen Lichtern zurücksetzte. Hinter dem Steuer der Panther; sein stechender Blick durchbohrte die Dunkelheit. Die Rücklichter warfen blutrotes Licht auf die Wände der Katakombe und die Wasserpfützen.

Dann war Lansford neben Parkov, presste sich an die Säule, lud seine Waffe nach. »Das sind nicht nur Leute des Panthers. Die würden doch nicht gegenseitig auf sich schießen.«

»Sicher. Das sind Männer der Apostel.« Parkov spähte aus der Deckung und sah, wie einer sich Trentmann näherte, der auf dem Boden lag.

Parkov feuerte in seine Richtung, der Mann warf sich zur Seite. Der Wagen des Panthers verschwand endgültig, jetzt verstummte auch das Gewehrfeuer. Drei Männer rannten an den Säulen vorbei hinaus. Ihre Schritte hallten von den feuchten Wänden wider. Dann war alles still.

»Marie?« Nach der Kakofonie aus Gewehr- und Pistolenfeuer klang seine Stimme sehr leise.

»Hier«, erwiderte sie schnell atmend. »Ich glaube, wir sind allein.«

Mit vorgestreckter Waffe eilte Parkov zu ihr, die Säulen in der nun beinahe undurchdringlichen Dunkelheit fest im Blick. Vielleicht waren nicht alle fort. *Alles* war hier unten möglich.

Marie hatte sich hinter einer massiven Säule versteckt, hielt ihre Waffe in der Hand, abgefeuerte Patronenhülsen lagen auf dem Boden. »Bist du okay?«

»Ja.« Mit großen Augen blickte sie zu ihm auf. »Aber du … Daniel, du … blutest.«

Nun sah auch er das Blut, es tropfte von seinem linken Arm hinab und sammelte sich am Boden, aber sein Körper war so voller Adrenalin, dass er keinen Schmerz fühlte.

»Das … Darum kümmern wir uns später.«

Marie kam auf die Beine. »Du bist verletzt, wir müssen uns sofort darum kümmern.«

»Später, sagte ich.«

Links von sich hörte er Schritte. Lansford ging auf Trentmann zu, der um Luft ringend am Boden lag, der tote Angreifer in seiner Nähe.

Auch Parkov durchquerte das Gewölbe. Lansford entfernte den Knebel. Trentmann hustete und spuckte Blut.

»Ihr seid doch komplett wahnsinnig«, stöhnte er. »Ihr komplett bescheuerten, verrückten Scheißkerle.«

»Lass es gut sein, Trentmann.« Parkov kniete sich neben ihn, während Lansford die Dunkelheit im Auge behielt. »Du hast kaum ein Recht, dich zu beschweren.«

Parkov knöpfte die Jacke auf, die sie Trentmann angezogen hatten. Die Kugeln, die der Panther abgefeuert hatte, steckten in der Schutzweste fest.

Dann spürte Parkov plötzlich einen zerrenden, reißenden Schmerz, er presste die Hand gegen den Arm und sah zu Lansford. »Haben wir ihn?«

Lansford berührte die In-Ear-Hör-und-Sprecheinrichtung, die er trug. »Berger, haben wir ihn? Sag mir jetzt bloß nichts Enttäuschendes nach der Scheiße, die hier unten gerade abgegangen ist.«

»Wir haben ihn«, bestätigte Lea Berger über das Digitalfunksystem. »Ich habe mich an den Wagen drangehängt. Wir sind bald aus der Stadt raus.«

»Bleib dran, und vor allem«, sagte Parkov, »lass dich nicht entdecken.«

Dann holte er tief Luft, nahm den In-Ear-Monitoring-Kopfhörer aus seinem Ohr und steckte ihn ein. Marie warf erst ihm einen skeptischen Blick zu, dann Lansford und Trentmann. »Also habt ihr … was genau geplant? Trentmann hätte nicht ausgeliefert werden sollen?«

Wie um das zu beantworten, bedeutete Lansford Trentmann mit vorgehaltener Waffe, vom Boden aufzustehen. »Ich habe ihm die Wahl gelassen, Winter. Sich auszuliefern oder zu kämpfen. Er *durfte* kämpfen. Wir haben ihm ein Messer mitgegeben. Und einen Sender natürlich. Seine Chance, etwas wiedergutzumachen. Niemand soll behaupten, ich wäre ein Unmensch.«

»Und zur zweiten Absicherung war Lea Berger draußen. Ich habe den Plan der Kanalisation mit diesem Ort hier verglichen, zu dem uns das Orakel gelenkt hat. Aus dieser unterirdischen U-Bahn-Baustelle führt nur ein Weg hinaus, der breit genug ist für einen Pkw. Also ein möglicher Fluchtweg für den Panther. Den hat er gerade mit seinem Wagen genommen und Berger hat sich an ihn drangehängt.« Parkov hielt sich den Arm. »Wir hätten die Information über den zweiten Apostel bekommen und womöglich hätte Trentmann überlebt, aber wichtiger noch: Wir hätten den Panther fassen können. Wir hätten …«

Er beendete den Satz nicht. Marie wusste auch so, was er nicht laut aussprach: *Wir hätten ihn womöglich stellen können, wenn du nicht aufgetaucht wärst. Wenn du dich nicht hättest fangen lassen.*

Trentmann ließ ein heiseres Lachen hören. »Ihr seid beide geliefert. Parkov, Lansford, ihr seid so was von am Arsch. Irgendwer wird euch kriegen, entweder die Apostel oder der Panther oder eure eigenen Leute … ihr seid fertig.«

Lansford gab ihm einen Stoß in den Rücken. »Darüber sprechen wir später. Im Augenblick denken alle, die Apostel hätten dich. Niemand erwartet, dass du noch lebst. Du bist jetzt vollkommen allein … und gehörst mir. Also sag lieber Danke, dass ich so nett mit dir umgesprungen bin in den vergangenen Stunden. Und nun … *beweg dich.*«

Trentmann fluchte und stolperte vorwärts, als ihm Lansford einen zweiten, heftigeren Stoß in den Rücken gab.

»Ihr müsst ihn gehen lassen.« Marie warf Parkov einen besorgten Blick zu. Das Blut floss noch immer von seinem Arm zu Boden. »Und du brauchst dringend jemanden, der sich das ansieht.«

»Nur eine Schramme. Von einem Stein, einem Splitter oder so.«

»Wieso waren die Leute von den Aposteln hier? Wie in aller Welt haben die hiervon erfahren?«

»Sie wollten Trentmann. *Beide* wollen ihn. Und natürlich am liebsten tot.« Parkov musterte Trentmann und biss die Zähne zusammen. »Ich frage mich, was du wirklich alles weißt.« Er streckte den Arm aus. »Hilf mir mal.« Marie stützte ihn. Parkov roch nach Schweiß und Waffenöl, er roch nach den Tunneln hier unten. Sie spürte die Wärme, die von seinem Körper abstrahlte, als hätte er hohes Fieber.

»Es wird schon«, sagte sie. »Vertrau mir.« Und dann, nach einigen Metern, sie waren ein Stück hinter Lansford zurückgeblieben: »Sag mir nicht, dass du böse auf mich bist. Einfach zu Hause rumsitzen und abwarten, das ist …«

»So sehr letztes Jahrtausend?« Parkov nickte. »Ich hätte es wissen müssen.«

»Du hattest recht. Ich … ich hab das wohl herausgefordert heute Nacht. Weil es mich irgendwie angezogen hat. Aber auch, weil ich mir Sorgen um dich gemacht habe … große Sorgen, Daniel. Eigentlich nur um dich.«

Danach folgten sie Lansford und Trentmann schweigend durch die Tunnel, bis sie die Eisenstiege erreichten.

»Und? Schaffst du es da hinauf?«

»Ich muss«, erwiderte Parkov. »Ich muss einfach.«

Und mit Lansfords Hilfe gelang es ihm tatsächlich. Sie gingen zurück zum Transporter. Die Ampel stand noch immer auf Rot.

»Das Orakel war nicht dort«, sagte Parkov mit leiser Stimme. »Es hat uns beobachtet. Es hat zugesehen, wie wir gescheitert sind.« Als er Maries Blick bemerkte, nickte er. »Ja, streite es nicht ab. Wir *sind* gescheitert.«

»Wenn du nicht gekommen wärst«, sagte Lansford und bedeutete Trentmann, in den Transporter zu steigen, »dann hätten wir die Information jetzt. So sieht's aus.«

»Aber Berger …«

»Der Panther wird vorsichtig genug sein, um uns nicht direkt an einen Ort zu führen, der für sie eine Bedeutung hat. Berger folgt ihm, ja, aber das bedeutet nichts. Sie war nur eine zweite Absicherung für den Fall der Fälle.«

»Daniel, es …« Marie holte tief Luft. »Es tut mir leid. Aber ich entschuldige mich nicht dafür, dass ich euch abgehalten habe, diesen Irrsinn weiterzuverfolgen. Und jetzt musst du erst mal irgendwohin und dich verarzten lassen.«

»Nein, Marie. Das musst *du* tun.« Parkov wandte sich an Lansford. »Versteck ihn. Ich muss nachdenken. Wie wir weiter vorgehen … Wir wurden besiegt, wir brauchen Zeit, ein paar Stunden oder Tage zum Nachdenken. Wir müssen uns sammeln, uns neu aufstellen.«

Lansford nickte. »Berger, hast du das mitbekommen?«

»Hab ich«, erwiderte sie über das In-Ear-Monitoring. »Ich folge denen immer noch, aber ich bin mir nicht sicher, wie lange ich das noch durchziehen kann, bis sie mich bemerken. Wir bewegen uns derzeit Richtung Nordost.«

»Nordost?«, wiederholte Parkov.

»Wahrscheinlich werden sie den Wagen wechseln und die Verletzten abladen. Ich muss improvisieren.«

»Keine Risiken«, sagte Parkov, »davon hatten wir heute Nacht schon genug.«

»Verstanden.«

Lansford legte Trentmann eine Handfessel um das linke Handgelenk und fesselte ihn wieder im Laderaum. »Das ist noch nicht vorbei«, sagte er mit bedrohlicher Stimme.

»Ich weiß nichts mehr. Das hab ich schon gesagt. Dass ihr diesen Deal versaut habt, ist ganz allein *euer* Problem.«

»Sei froh, dass du noch am Leben bist«, fauchte Marie. »Svetlana würde sich wünschen, sie wäre Typen wie euch nie begegnet.«

»Genug davon.« Lansford schloss die Seitentür des Transporters mit einem lauten Knall und unterbrach damit Trentmanns Erwiderung, dann öffnete er die Fahrertür und stieg ein. »Wenn der Panther das nächste Mal zuschlägt …«

»Oder bereits zugeschlagen hat«, warf Parkov ein. »Und es nur noch niemand gemeldet hat oder niemals melden wird.«

»… dann werden wir es erfahren, damit rechne ich. Aber wir werden zu spät kommen, der zweite Apostel wird in jedem Fall tot sein.«

Parkov stützte sich auf Maries Schulter, seine Hand bebte kaum merklich. »Genug für heute Nacht. Wir haben alle genug.«

»Eins ist klar, Parkov: Hättest du da unten wie ein Profi gehandelt, wären unsere Chancen, den Panther zu fassen, ziemlich hoch gewesen. Trentmann hätte ihn überraschen können. Ganz gleich, was mit Winter geschehen wäre, du hättest den Fokus auf die Mission gerichtet: den Mörder von Meersen zu stellen und die Information über den nächsten Apostel zu erhalten. Eine Gelegenheit wie diese kriegen wir kein zweites Mal. Stattdessen hast du dich vorführen lassen wie ein Anfänger.«

»Du hättest gewiss …«, begann Parkov, doch Lansford unterbrach ihn.

»*Ich* hätte getan, was nötig war«, sagte Lansford. »Ganz gleich, welche Kollegin oder welcher Kollege dort unten von unseren Gegnern gefasst worden wäre … ich hätte an all die Leben gedacht, die noch auf dem Spiel stehen. An die Kinder, die Frauen, die Hoffnungslosen. Ich hätte ihn aufgehalten, auch wenn es das Leben der Geisel gekostet hätte. Auch wenn es Winters Leben gewesen wäre.«

Ohne ein weiteres Wort fuhr Lansford in die Nacht davon.

Kapitel 33

Er raste durch die Dunkelheit Richtung Norden. Der Panther blutete – ein Streifschuss irgendeiner verirrten Kugel hatte seinen Oberarm verletzt. Den Schmerz spürte er kaum. Im Augenblick galt es, diese hartnäckige Verfolgerin abzuschütteln.

»Du hättest sie töten müssen«, sagte das Orakel. »Parkov muss lernen, was es bedeutet zu verlieren. Er steht uns im Weg. Und kommt näher.«

»Die Leute von den Aposteln waren da unten. Sie haben mich überrascht.«

»Überrascht? Ein Mann mit deinen Fähigkeiten darf sich von dem unerwarteten Eingreifen einer dritten Partei nicht überraschen lassen. Du hast mich einmal enttäuscht. Ein zweites Mal wirst du das nicht tun.«

»Ja«, erwiderte der Panther.

»Du wirst nun den zweiten unserer Feinde aufsuchen. Zögere nicht, mach keine Rast. Und lass niemanden am Leben.«

»Das werde ich.«

»Eine Privatmaschine steht für dich bereit. Du kennst den Flugplatz. Der Name, unter dem du dieses Mal Richtung Osten reisen wirst, lautet August Rieper, Kunsthändler, die Details übergibt dir meine Mitarbeiterin. Du kennst die Vorlieben des zweiten Feindes: Er hat sich auf dieselbe Tarnung spezialisiert wie Meersen, du wirst in seine inneren Kreise eindringen und ihn dort treffen, wo er am verwundbarsten ist. Gerechtigkeit ist Leid, vergiss das nicht. Und ihr Leid wird umso größer sein, wenn du mit ihnen fertig bist.«

»Das wird es.« Der Panther beschleunigte. Vor ihm flog die Landstraße dahin. Irgendwo, weit entfernt, kaum ein Fleck im Rückspiegel, sah er die Verfolgerin.

»Was soll ich mit der Frau machen, die mich verfolgt? Die Kollegin dieses anderen BKA-Mannes?«

»Häng sie ab. Wenn sie hartnäckig bleibt, töte sie.«

»Verstanden.«

»Wir werden Trentmann bekommen«, sagte das Orakel, die Stimme klang noch bedrohlicher als üblich. »Aber darum werde ich mich *persönlich* kümmern. Das ist für dich nicht mehr von Belang.«

»Sie waren mutig dort unten in dem Gewölbe. Parkov und die anderen haben erstaunlichen Mut bewiesen. Mehr, als ich von ihnen erwartet hatte.«

»Ist das so?« Das Orakel schwieg kurz. »Vielleicht haben sie sich doch eine Belohnung verdient. Immer einen Schritt zurückzuliegen wird Parkov in den Wahnsinn treiben.«

»Sie kennen ihn?« Der Panther wusste nicht, ob seine Auftraggeberin diese Frage unangemessen fand, doch seine Neugier war einfach zu groß, um sie nicht zu stellen.

»Natürlich.« Mehr sagte das Orakel nicht. Der Stimmverzerrer machte jede Emotion in dieser Stimme unkenntlich. »Ich werde Parkov etwas hinterlassen, das ihn an das schreckliche Schicksal erinnern wird, dem er nur sehr knapp entgangen ist.«

»Und wenn er doch näher kommt? Noch näher?«

»Er wird lernen müssen, was es bedeutet zu verlieren. Du kennst das Ziel. Das *letzte* Ziel.«

»Ja. Er wird es nicht kommen sehen. Wie könnte er auch? Niemand kann das.«

»Niemand«, erwiderte das Orakel.

»Er wird fallen, nicht wahr?«

»Ja. Parkov ist Teil des Problems, Teil des Status quo, den er verteidigt. Ihre lächerliche Moral wird enden, ein für alle Mal. Wenn wir fertig sind, wird alle Welt sehen können, was wirklich getan werden muss. Sie werden sehen und lernen. Sie werden es sehen *müssen*.«

Kapitel 34

Marie und Parkov waren allein. Das Rot der Ampel spiegelte sich auf dem feuchten Asphalt. Eine Krähe flog über sie hinweg, stieß ein heiseres Krächzen aus und betrachtete sie aus dunklen Augen. Der Wind trieb das erste Laub des Spätsommers vorüber, doch in der Ferne sammelten sich schon neue Gewitterwolken, in denen es blitzte.

»Was für eine Nacht«, sagte Parkov.

»Und was für ein Tag.«

Als Parkov schwankte, hielt sie ihn fest. »Hey, hey, langsam, Großer. Nicht umkippen. Die Nacht dauert noch ein bisschen, hörst du?«

»Hast du irgendwas Fahrbares in der Nähe?«

»Ich bin nicht her*gelaufen*, falls du das meinst.« Marie nahm seine Hand. »Gehen wir.«

»Du hattest recht«, sagte Parkov, als sie durch die nächtliche Stadt fuhren. Es war halb drei. »Trentmann dem Panther zu übergeben war falsch. Der Panther hätte sein Wort nie gehalten.«

»Meinst du?«

»Ich weiß es nicht. Ich kann ihn und das Orakel nicht einschätzen. Zum ersten Mal …« Er zögerte. »Zum ersten Mal fällt es mir schwer vorauszuahnen, was ihr nächster Schritt sein wird.«

»Der nächste Schritt … Wenn es nach Lansford ginge, würdet ihr jetzt den Panther zur Vernehmung bringen, und ich …«

»Es geht hier nicht nach Lansford.«

»Du hättest …«

»Ich hätte dich nie für diese Sache geopfert.« Parkov setzte ein Ersatzmagazin in seine Dienstwaffe ein. »Ich würde keinen Unschuldigen für eine Sache wie diese opfern, kein Menschenleben mit anderen aufrechnen.«

»Trentmann …«

»Ist nicht unschuldig. Er ist mitverantwortlich für den Tod der Meersens, für den Tod von Svetlana Jatsenko und der BKA-Beamtin, und er hat Alvarez ermordet. Und dennoch …«

»Und das ist alles? Ich bin für dich *nur* eine Unschuldige?«

Parkov schüttelte den Kopf, seufzte. »Du bist die sturste, eigensinnigste Polizistin, die mir begegnet ist. Und viel besser, als ich je sein könnte. Nur weil Trentmann mitschuldig ist, hat er noch lange nicht irgendetwas hiervon verdient. Ich hätte das gleich erkennen müssen. Du hast es gewusst. *Gefühlt.*«

»Und Lansford wird nicht von der Idee ablassen, auf diese Weise einen Vorsprung zu gewinnen.« Marie ließ den Geländewagen langsamer rollen, bog ab und fuhr in die Tiefgarage des Grand Tower. »Wenn Trentmann bei ihm bleibt … du weißt, was das bedeutet, früher oder später. Lansford ist von seinem Ego zerfressen. Er jagt diesen Aposteln schon viel zu lange hinterher. Dafür geht er über Leichen. Du hast ihn ja gehört. Mein Leben wäre ihm vollkommen gleichgültig gewesen und so wird er es auch mit Trentmann halten.«

Sie gingen zum Lift. Parkov lehnte sich an die Wand, während der Aufzug nach oben fuhr, holte die Tabletten aus seiner Hosentasche und schluckte eine. *M-CotroX*, dachte Marie. *Noch immer gibt es kein Gegenmittel gegen das Gift. Noch immer sucht Johann Münz nach einem Weg, die schleichende Vergiftung aufzuhalten.*

Drei Uhr in der Nacht. Marie fühlte sich wie gerädert, als wäre sie einen Marathon gelaufen, mit zusätzlichen Gewichten auf dem Rücken. »Setz dich hin«, sagte sie zu Parkov. »Ich muss mir den Arm ansehen.«

»Der Verbandskasten …«

»Ich weiß schon.«

Marie ging zu dem Kasten an der Wand neben dem großen Badezimmer und kam mit dem Erste-Hilfe-Set zurück. »Fast wie früher«, sagte sie und half ihm, die Schutzweste auszuziehen. Sie sah, wie er die Zähne zusammenbiss. »Also gut. Desinfektion. Nähzeug. Alles da.«

»Die Krankenschwester auch.« Ein schwaches Lächeln huschte über Parkovs Lippen. »Wie sieht es aus?«

»Ein Schnitt … da muss eine Kugel ein Stück Ziegelstein aus der Wand gerissen haben, an dem scharfkantigen Rest hast du dich wohl geschnitten wie an einem steinernen Messer, als du dich hinter eine dieser Säulen geworfen hast.«

»Ja, so ungefähr dachte ich mir das auch«, erwiderte Parkov ironisch.

»Du weißt, dass er Trentmann töten wird. Wenn Lansford sich sicher ist, dass Trentmann ihm keine Informationen mehr liefern kann – und zuvor wird er alles versuchen, um jedes bisschen Wissen aus ihm herauszuquetschen. Und niemand wird etwas bemerken, weil alle davon ausgehen, dass die Apostel Trentmann entführt haben.«

»Was schlägst … aua … du vor?«

»Entschuldigung.« Marie lächelte nervös. »Ich schlage vor, dass wir Lansford ein für alle Mal klarmachen, dass wir sein Vorgehen nicht akzeptieren. Dass es aufhören muss.«

»Trentmann wird den Mund nicht halten, das weißt du.«

Sie nickte. Die vergangenen Stunden fühlten sich noch immer vollkommen unwirklich an, als hätte jemand anders all das erlebt. *An der Grenze der Legalität und weit darüber hinaus. Allein die Entführung Trentmanns aus dem Gewahrsam der Justiz … damit hat dieser Irrsinn seinen Anfang genommen. Lansford war das. Und Lansford hat es getan, weil er keinen anderen Ausweg mehr erkennen konnte.*

»Dann werden wir alle wohl damit leben müssen, oder?«

»Und das impliziert?«

»Ich wollte immer schon mal was Neues probieren.«

Parkov schwieg eine Weile, während Marie den Schnitt mit größter Vorsicht und Behutsamkeit versorgte. Es war nur eine oberflächliche Verletzung, sie blutete zwar stark und sah schmerzhaft aus, aber besonders bedrohlich schien sie nicht.

Soweit du das einschätzen kannst.

»Du hast schon mal schlimmer ausgesehen«, sagte Marie. Als Parkov nicht reagierte, stupste sie ihn an.

»Ja«, erwiderte er, »ich erinnere mich.«

»Oh, wie schön. Du erinnerst dich. Irgendwie bin entweder ich diejenige, die dich zusammenflicken muss, oder du befreist mich aus …« Marie holte tief Luft. Sie dachte an einen dunklen Keller und das furchtbar schwere Gewicht von Semtex-Sprengstoff, der auf ihrem Körper klebte. Sie verdrängte die Erinnerung, so gut es ging. »Oder du befreist mich aus den Händen irgendeines Verrückten. Aber am Ende ist es doch so: Es geht immer weiter. Es gibt immer wieder jemanden, der meint, er müsse sich über andere stellen.«

»Immer wieder.«

»Ich sollte das nähen.« Marie nahm die sterile Nadel. In irgendeinem Notfallhilfekurs vor einigen Monaten hatte sie exakt dies noch einmal geübt. Damals war es leicht gewesen, sie hatte noch gescherzt, dass sie darin ja schon Übung habe, doch jetzt, mit nervösen, zitternden Händen …

»Du hast es einmal hinbekommen«, sagte Parkov beruhigend, »du wirst es auch ein zweites Mal schaffen.«

»Weil sich alles irgendwie wiederholt, hm?«

»Aua. *Genau.*«

Nachdem sie die Wunde genäht und desinfiziert hatte, klebte Marie ein großes Pflaster darauf und trat einen Schritt zurück. »Puh«, sagte sie heftig atmend. Ihre Hände zitterten noch immer. »Dieser Abend war nervenaufreibend.«

»Was würde ich nur ohne dich tun?« Parkov fuhr sich durchs Haar. Das schräg durch die breite Fensterfront hereinfallende Mondlicht fiel auf seinen nackten Oberkörper. Er wirkte abgekämpft – und sah trotzdem einfach gut aus.

»Augen hoch, Winter. Hier oben.« Parkov lachte. Sie warf ihm sein Hemd zu.

»Zieh dich wieder an, Blödmann.«

»Willst du das nicht machen? Mit *der* Verletzung«, Parkov machte ein schmerzgepeinigtes Gesicht, »bewegt es sich so schwer.«

»Nein, will ich nicht. Selbst ist der Mann.« Marie schob ein paar Aktenordner von einem Sessel und ließ sich hineinfallen. »Ich könnte jetzt einen ganzen Tag einfach nur schlafen.«

Parkov erhob sich und trat vor das breite, gewölbte Fenster, das den offenen Wohnbereich Richtung Norden begrenzte. Hinter ihm lag die ganze Stadt – ein Lichtermeer. »Weißt du, was jemanden wie Lansford so gefährlich macht?«

»Du wirst es mir wahrscheinlich gleich verraten.« Marie zögerte, als Parkov nichts erwiderte. »Er hat Ressourcen, auf die kein Verbrecher Zugriff hat. Kontakte, Kenntnisse, Fähigkeiten. Und er hat die Überzeugung. Ich wette, es gibt nicht wenige Kriminelle da draußen, die ihn fürchten.«

»Aber all das macht ihn nicht gefährlicher als, sagen wir, *mich.*«

»Wie bescheiden.« Marie stand auf und trat neben ihn. »Verrat's mir.«

»Er provoziert seine Gegner, ihre Rache an Unschuldigen. Vor allem aber ist es die Tatsache, dass er falschliegt mit seiner Überzeugung. Gefährliche Zeiten erfordern gefährliche Maßnahmen, ja, aber nicht das Leben von Unschuldigen. Er denkt aber, sein Weg wäre in dieser Lage der einzig richtige. *Das* macht ihn so gefährlich.«

»Aber am Ende, Daniel«, erwiderte Marie, »machen wir das doch alle. Wir alle glauben unseren eigenen Lügen. Sogar wenn wir es besser wissen.«

»Einen anderen Menschen zu töten ist das Schlimmste, zu dem wir fähig sind. Als Spezies, als Zivilisation. Jemanden zu töten bedeutet, ihm alles zu nehmen, was er jemals hätte haben können. Du übst eine zerstörerische Macht aus, die größte, die du überhaupt ausüben kannst, und es kostet dich … vermutlich alles. Und Lansford nimmt es in Kauf. Heißt es sogar willkommen.«

»Für das größere Wohl.«

Parkov nickte. »Das ist die Lüge, an die er glaubt. Jemanden willentlich in den Tod zu schicken kostet aber nur *eine* Seele: die eigene.«

»Trentmann ist also in größter Gefahr«, erwiderte Marie. Sie sah sich nach ihrem Smartphone um, entdeckte es aber nicht, sie musste es irgendwo liegen gelassen haben. »Weißt du, wo Lansford mit ihm hin ist? Wenn sie das Versteck im Wald niedergebrannt haben, hat er sicher noch ein zweites.«

»Ein zweites und wahrscheinlich auch ein drittes. Lansford ist auf alles vorbereitet. Seine Fähigkeiten übersteigen die jedes anderen BKA-Ermittlers bei Weitem.«

»Mit Ausnahme von dir. Du könntest ihn aufspüren?«

»Und wie willst du ihm Trentmann wegnehmen? Wie stellst du es an, das Leben eines Mannes zu retten, der andere verraten hat, ohne mit der Wimper zu zucken?«

»Ich würde Trentmann einen Deal vorschlagen. Anstatt noch mehr Druck auf ihn auszuüben, was Lansford versuchen wird, würde ich ihm sogar die Freiheit versprechen – im Gegenzug für sein Wissen.«

»Wie kannst du sicher sein, dass Trentmann die Informationen hat, die wir suchen?«

»Weil die Leute der Apostel da unten waren. Weil sie fürchten, er könnte etwas ausplaudern, weil sie alle losen Enden abschneiden …« Marie zögerte. »Hast du mal daran gedacht, dass der Panther und das Orakel Trentmann deshalb unbedingt in ihre Hände bekommen wollen? Weil sie gar nicht wissen, wo die anderen Apostel sind? Vielleicht hoffen sie, dass Trentmann ihnen diese Information liefern kann.«

Parkov nickte. Das Mondlicht spiegelte sich in seinen Augen, als er zu ihr hinübersah. »Natürlich habe ich das bedacht. Aber dann hätte der Panther dort unten mit dem Stick geblufft, und das entspricht nicht seinem Profil. So oder so, solange Trentmann schweigt, hilft er uns nicht weiter.«

Marie entdeckte das seltsame verschlüsselte Tablet, das sie in Meersens Lagerhalle gefunden hatten, in einem Regal, gleich neben einer Schachtel mit Parkovs Medikament. Sie probierte einige Kombinationen aus, doch der Sperrschirm verschwand nicht.

»Ikarus«, sagte sie, »wäre naheliegend, aber leider … nichts. Was auch immer ich versuche, ich kann es nicht erraten.«

Plötzlich raste ein Blitz, grellblau und verästelt wie ein uralter Eichenbaum, über den Himmel und schlug in die Spitze des Messeturms ein. Der Donner, kaum eine Sekunde später, rollte dröhnend wie ein startender Jet über sie hinweg. Selbst hier oben, hinter zentimeterdicken Schallschutzscheiben, spürte Marie seine Wucht.

»Klingt, als wäre da jemand ziemlich zornig.«

»Auf dich?«

»Auf mich?« Marie drehte ihren Zopf zwischen den Fingern, stellte das Tablet ab und ging zu Parkov zurück. Er blickte gedankenverloren aus dem Fenster und zupfte an dem Pflaster herum, das sie ihm angelegt hatte. Trotzdem schien ihn nicht der Schmerz der Verletzung zu beschäftigen. »Auf mich sicher nicht. Ich bin vollkommen unschuldig. Du armer, armer Mann«, sagte sie und legte die Hand auf seinen Arm. Dann stellte sie sich auf die Zehenspitzen und küsste seine Wange. »Vielleicht fällt mir ja heute Nacht noch etwas ein, was dich zumindest etwas aufmuntern könnte.«

Parkov umfasste ihr Handgelenk. »Du weißt, was man über Männer sagt, die gerade ein Feuergefecht hinter sich haben? Sie lieben umso besser.«

»Ist das so?« Marie blickte auf seine Hand. »Was machst du da?«

»Ich kann einen beschleunigten Puls fühlen.«

Sie entzog ihm ihre Hand, näherte sich ihm, balancierte auf Zehenspitzen, bis sie zwischen ihm und der Aussicht stand, und biss ihm zärtlich in die Schulter. »Vielleicht sollte da jemand mal einen Beweis für dieses Sprichwort erbringen.«

Parkov lachte leise. Dicke Regentropfen schlugen gegen das Fensterglas. Auf einem nahe gelegenen Hochhausdach bogen sich Radio- und Fernsehantennen im böigen Wind.

Marie beugte sich vor und fuhr mit ihren Fingern über den kühlen, seidenglatten Stoff von Parkovs Hemd, dann darunter über seine Haut, die Muskeln.

Plötzlich waren Parkovs Hände überall zugleich. Er küsste sie zärtlich, dann drängender, während seine Hände ihr T-Shirt hochschoben, es ihr über den Kopf zogen, ihren BH öffneten.

»Oh verdammt«, flüsterte Marie in sein Ohr. »Und ich dachte, du kommst überhaupt nicht mehr dazu.«

»Und Daniel rettet Grace aus dem tiefen Wasser«, sagte Parkov mit dem schiefen Lächeln, das sie so mochte. »Wie in diesem«, er küsste sie, »besonderen Song.«

»Und ich hoffe, Daniel kann schwimmen«, gab sie zurück und kicherte. Er schob sie an die Wand, hielt sie fest, küsste sie, von ihrem Hals bis zu ihren Brüsten und weiter hinab.

»Guter Musikgeschmack, Winter.«

Marie vergrub ihre Finger in seinen Haaren. »Mund halten.«

Parkov hob sie hoch, Marie schlang ihre Beine um ihn. »Das sagst du nur, weil du genau weißt, was ich mit ihm noch anstellen kann, mit diesem Mund.«

»Ach, hier, Beweise … Beweise, Daniel …«

»Wir sind zwar nicht mehr im Dienst, aber … die kriegst du.«

Er trug sie zum Bett und Marie ließ sich bereitwillig fallen. Sie legte eine Hand in seinen Nacken, sah zu ihm auf. Parkov atmete schneller.

»Bist du okay?«, fragte er.

»Aber klar.« Sie strahlte. »Bei dem Wahnsinn da draußen sollten wir für diese Nacht dankbar sein. Die gehört niemandem außer uns. Nicht irgendwelchen Mördern wie den Aposteln oder … was auch immer. Also lass sie uns einfach genießen.« Als er sie küssen wollte, legte sie ihm die Hand auf die Brust. »Ich will …«, Marie holte tief Luft, »ich will, dass wir das festhalten. Zu etwas Besonderem machen. Keiner von uns weiß, wie das hier endet.«

Parkov nickte. Dann beugte er sich über sie und Marie grub ihre Fingernägel in seinen Rücken.

Da war Licht. Schatten. Aber für einen Moment war all das fort. Und während das Gewitter draußen niederging, gehörte diese Nacht ihnen.

Kapitel 35

Zwölf Tage später

Eine Fliege summte am Fenster. Marie dachte an die letzten Tage, es war, als hätte sich die Zeit in eine zähe Masse verwandelt, in der sich Gedanken nur wiederholten, bereits Durchdachtes wieder aufgewärmt wurde. Eine große, lähmende Hitze lag über der Stadt und die Ermittlungen – beim MK1 und bei der Sonderermittlungsgruppe des BKA – waren kaum einen Millimeter vorangeschritten. Die Nächte hatten Marie und Parkov gemeinsam verbracht. Wie ein lauwarmer Spätsommerwind, der in den Baumkronen rauschte, waren sie voller Melancholie und Verheißung gewesen, weil alles Gute einmal enden würde. Weil sie beide etwas davon spürten, kaum mehr als eine Vorahnung, aber *etwas* war da.

Die Fliege flog gegen das Glas, wieder und wieder, ohne zu begreifen, dass sie so nicht weiterkam.

Wie diese Ermittlung, dachte Marie. *Wir treten auf der Stelle. Sie haben uns geschlagen. In der verrückten Nacht vor eineinhalb Wochen hätten wir den Panther vielleicht fassen können. Jetzt ist es zu spät.*

Sie dachte daran, wie dieser Mann sie unten in den Katakomben gepackt hatte, spürte den gefährlichen Druck seiner Waffe an ihrer Schläfe und erschauderte. Sie könnte auch tot sein. Hätte Lansford seinen Willen bekommen … wo wäre sie dann jetzt? Und was wäre mit den Menschen, in deren Leben sie zumindest im Moment eine wichtige Rolle spielte?

Beim Gedanken an Lansford kroch eine unangenehme Kälte über ihren Rücken, die so gar nicht in diesen noch immer hitzeschwangeren Spätsommer passte. Parkov hatte ihr erzählt, was Lansford tat, was er versuchte, um an Informationen zu gelangen …

Dann dachte sie daran, wie die Kollegen der IT vor Tagen ihr Büro geprüft und – wie von Parkov erwartet – eine von der falschen Nguyen installierte Abhörwanze entdeckt hatten.

Sie haben uns ausgetrickst. Sie sind bis hierher vorgedrungen.

»Winter!«, riss sie eine klirrende Stimme aus ihren Tagträumen, in die sie sich über der Katalogisierung der Kunstsammlung von Ferdinand Meersen verloren hatte. All die Kunstgegenstände, die man in seinem Penthouse, auf einem Landsitz, in der Lagerhalle im Frankfurter Osten und in einer weiteren in Norddeutschland aufgespürt hatte … es galt, sie alle durchzuarbeiten. Die Ermittlungen waren zum Stillstand gekommen, die Spuren zu dem Mörder von Svetlana und zu dem der Familie Meersen waren kalt und die Verbindungen, die sich Meersen wie eine Spinne im Netz geschaffen hatte, schienen undurchdringlich. Der Panther und seine mysteriöse Auftraggeberin waren ebenso schwer zu greifen wie Geister, die sich in dünnen Nebel auflösen konnten, der rasch in der Sommersonne schwand.

Krantz stand in der Tür ihres Büros. »Winter«, wiederholte er, »was machst du hier? Gibt es keine BKA-Sondereinheit, die deine Aufmerksamkeit fordert?«

»Ich musste ein paar Sachen nachschauen. Die Datenbanken sind immer noch nicht vollständig kompatibel, also kann ich nur hier …« Sie unterbrach sich, als sie begriff, dass Krantz gar nicht interessierte, was sie hier machte. »Es ist …«, sie räusperte sich, »was passiert, oder?«

»Der Kunstexperte ist hier. Wir werden sämtliche Gegenstände, Skulpturen, Zeichnungen, Gemälde und so weiter von ihm durchsehen lassen. Versteckte Bedeutungen und so. Ich brauche die Liste.«

Marie drehte sich auf dem Bürostuhl herum und spähte in die Schrankablagen. Sie hatte noch Parkovs Geruch in der Nase und das war für diese Arbeit nicht gerade hilfreich. Ihr Blick fiel auf die Kopien der Zeichnungen, die Svetlana im Krankenhaus angefertigt hatte. An den vergangenen Abenden hatten Parkov und sie manche Stunde damit verbracht, etwas aus diesen Bleistiftzeichnungen herauszulesen, eine versteckte Bedeutung. Da waren die Buchstaben ihrer Signatur – N, S, V oder U, je nachdem wie man es las, und ein A, das sie im Gegensatz zu den übrigen Buchstaben auf dem Kopf stehend geschrieben hatte.

»Irgendwelche Fortschritte, was das angeht?«, fragte Krantz mit Blick auf die Zeichnungen.

Marie deutete auf einige Linien. »Diese Bäume da … Ich werd den Eindruck nicht los, dass sie versucht hat, hier etwas zu verstecken. Vielleicht … ein Wort. Oder einen Buchstaben. Für mich sieht das wie ein lang gestrecktes S aus.«

»Für mich nicht«, erwiderte Krantz.

Marie fühlte sich seltsam rebellisch. Mit Svetlanas Tod und der Reaktion vieler Kollegen darauf – oder besser gesagt dem Fehlen einer Reaktion – war etwas in ihr zerbrochen. Aber sie musste weitermachen. Das war alles, was zählte.

»Hier ist die Liste. Ich hab ein paar Objekte markiert, vielleicht mag er ja mit denen anfangen.«

Krantz runzelte die Stirn. »Wieso lächelst du?«

»Ist das neuerdings nicht mehr erlaubt in diesem Stockwerk?«

»Nein, Marie. Aber die Haltung, die du neuerdings an den Tag legst, die verwundert mich.«

»Nur eine Prostituierte. Von denen verschwinden jährlich Hunderte.«

»Wie bitte?« Krantz runzelte die Stirn.

»Das hat der Leiter des Fahndungsabschnitts West zu mir gesagt. Natürlich gab es dann noch den üblichen Vortrag, wie schwer es ist, diese organisierten Schmuggelstrukturen zu durchschauen, aber … unterm Strich wollte er mir nur sagen, dass wir uns über die geringe Motivation seiner Leute nicht zu wundern brauchen.«

»Das ist dein Eindruck?«

Marie zuckte mit den Schultern. »Eine weitere für die Akten.«

»Dünnes Eis, Winter.«

»Eis schmilzt, Chef.«

»Und du verbringst zu viel Zeit mit Leuten, die zwar viel reden, aber wenige Ergebnisse liefern. Lansford zum Beispiel … was in aller Welt treibt er denn?«

»Ich kann nichts beantworten, was ich nicht weiß«, log sie und das fiel ihr nicht einmal schwer.

»Parkov geht und kommt, wie er will. Dieses Büro da drüben, das er in Beschlag genommen hat, hast du mal gesehen, wie es dadrin aussieht? Wenn er noch mehr Akten reinschaffen lässt, gleicht es bald einem …«

»Parkov ist aber einer von denen, die Svetlanas Tod ebenso mitnimmt wie der einer ganzen Familie aus der Oberschicht.« *Und ja*, ging es ihr durch den Kopf, *ich habe das Büro gesehen. Aber die Akten waren schnell vom Schreibtisch geräumt, als wir den Platz brauchten … letzte Nacht.* Marie schob den Gedanken daran schnell zur Seite.

Das war vollkommen unangemessen, nicht wahr?

»Und dann diese Sache mit Trentmanns Entführung. Und die andere … eine Schießerei im örtlichen Kanalisationsnetz … in einer alten U-Bahn-Station … verschiedene Projektile aus Waffen, die allesamt aus nicht nachverfolgbaren Beständen stammen, drei Parteien vermutlich, untereinander verfeindet …«

Marie beschloss, weiter zu schweigen. Das schien ihr am sinnvollsten.

»Vor ein paar Tagen hatte ich den Eindruck, Parkov sei verletzt. Aber vielleicht täusche ich mich da. Weißt du irgendwas darüber? Etwas, das man besser nicht zurückhalten sollte?«

»Nein«, erwiderte sie. »Natürlich nicht.«

Ihr Smartphone brummte auf dem Schreibtisch. Marie schlug jede Höflichkeit in den Wind und las die Nachricht direkt. Und dann sprang sie auf.

Gott sei Dank! Endlich!

Sie eilte zur Tür.

»Neuigkeiten?«, fragte Krantz und trat zur Seite.

»Von Isabelle aus dem Krankenhaus. Endlich ist sie aufgewacht.«

Die Uniklinik duckte sich wie ein großes Tier in der mittäglichen Hitze, über dem Asphalt des Parkplatzes lag ein Flirren und selbst der Verkehr klang träge, als schleppten sich die Wagen nur mit Mühe über die Straßen.

Marie hatte sich das dunkle Haar zu einem hastigen Zopf gebunden. Er hüpfte auf ihrer Schulter, als sie die Gänge hinabeilte. Der Oberarzt, den sie damals hier getroffen hatte, war nicht zu sehen, doch Marie entdeckte eine der Schwestern, die sich um Isabelle und die anderen komatösen Patienten kümmerten.

»Sie ist wach, Frau Winter. *Ich* habe Ihnen die SMS geschickt.«

»Wie geht es ihr?«

»Alle OPs sind überstanden und ich denke, sie wird in einigen Wochen wieder auf den Beinen sein … vorsichtig ausgedrückt und mit viel Optimismus … Hoffen wir, dass es klappt.«

Marie öffnete vorsichtig die Tür. Jemand hatte die Jalousien ein Stück hochgezogen, sodass die Sonne ein Muster aus Licht und Schatten auf den Boden warf, die breiten Streifen reichten jedoch nicht ganz bis an das Krankenbett heran. Isabelle war wach, eine Hand, in der eine Kanüle steckte, lag auf der Decke, ihr hellblondes Haar umgab den Kopf wie ein Kranz. Ein Geruch von chemischer Desinfektion hing in der Luft, das leise Surren der Klimaanlage war zu hören, die die Raumtemperatur auf einem erträglichen Niveau hielt.

»Sieh an, wer da ist«, sagte Isabelle mit schwacher Stimme.

»Du bist wach. Gott sei Dank!« Marie legte ihre Hand auf die ihrer Freundin, und obwohl sie es versuchte, gelang es ihr nicht, die Tränen zu unterdrücken. Isabelle wirkte, als hätte sie einen harten Kampf ausgetragen, der viel zu lange auf der Kippe gestanden hatte. Ihre Augen waren von dunklen Ringen umgeben. Marie spürte, wie sie vorsichtig die Hand um ihre Finger legte und sie festhielt.

»Marie«, sagte Isabelle, sie klang heiser und schwach. »Es tut so gut, dich wiederzusehen. War mir nicht sicher, ob … ob wir uns überhaupt noch mal sehen.«

»Quatsch, Süße. Natürlich tun wir das. Und bald bist du gesund.«

Isabelle sah zum Fenster hinüber. »Mir tut alles weh. Welcher … Tag ist heute noch mal?«

»Mitte August.« Marie lächelte und versuchte, die Situation ein wenig zu entspannen. »Du warst gut zwei Wochen im Tiefschlaf, du kleines Faultier.«

Isabelle musste lachen. »Au«, sagte sie, »bring mich ja nicht dazu …« Sie hustete. »Ich hab die seltsamsten Sachen geträumt. Ich bin irgendwo herumgeschwebt und dann war da

Arna, unsere kleine Hündin, mit der meine Brüder und ich in Akureyri aufgewachsen sind. Ich hatte das Gefühl, mir sollte das irgendwas sagen. Vielleicht war es auch nur das Schmerzmittel und was die mir sonst noch alles gegeben haben …«

»Der Stoff, aus dem süße Träume gemacht werden?«

»Süß waren sie nicht gerade, aber *wenigstens* auch nicht besonders schlimm.« Isabelle musterte sie von oben bis unten. »He, Marie …«

»Ja?«

»Wo ist er?«

»Wer?«

»Der Typ, mit dem du dich treffen wolltest.«

»Ach, der.« Marie lachte verlegen. »Den … gibt es nicht mehr.«

»Aber?«

»Du weißt, wer.«

Isabelle musste lachen. »Meine Güte, wirklich?«

»Ja. Wirklich.« Sie musterte ihre Freundin eindringlich. »Da ist etwas, was du mir noch nicht erzählt hast, oder?«

Isabelle begriff sofort. »Ich … Ja, klar. Parkov hat es verstanden?«

»Hat er. Und es ärgert mich, dass er es vor mir erfahren hat.«

»Ich bin schwanger. Ja, Überraschung. Und heilfroh, dass das hier alles …« Weiter kam sie nicht, Marie umarmte sie stürmisch und fest, drückte sie an sich. »Vorsicht«, ermahnte Isabelle sie. »Ich bin immer noch in dicke Verbände eingepackt, unter der Decke sehe ich aus wie ein Michelinmännchen …«

Sie tauschten einen Blick und mussten beide lachen.

»Also gut. Erzähl mir alles, und zwar …« Marie hielt inne, als sie plötzlich Blumen roch. Sie drehte sich zur Fensterbank. Ein Strauß mit Chrysanthemen stand dort in einer Vase.

»Schöne Blumen, nicht? Die Schwester sagte, dass sie vorhin jemand hier abgegeben hat und …«

»Moment. Du weißt nicht, wer die da hingestellt hat?« Marie spürte, wie sich etwas in ihrem Inneren anspannte, zusammenzog. Hier stimmte etwas nicht, das konnte sie mit jeder Faser ihres Körpers spüren. Etwas war falsch.

»Nein.« Isabelle schüttelte den Kopf.

»Solche Blumen hat mir Erik früher geschenkt. Rote Chrysanthemen …«

Plötzlich öffnete sich hinter Marie die Tür, sie fuhr herum, griff nach ihrer Waffe. Isabelle war hier vollkommen wehrlos.

»Kein Grund, eine geladene Pistole auf mich zu richten.« Parkov stand in der Tür und hob die Hände.

»Daniel …« Marie atmete auf. »Ich glaube, ich … bin froh, dich zu sehen.«

»Oh, wie schön!«

Isabelle blickte zwischen ihnen hin und her. »Marie«, fragte sie schwach, »was … was ist denn los?«

»Die Blumen.« Marie deutete in Richtung Fensterbank.

»Frisch.« Parkov trat einen Schritt näher, doch Marie streckte die Hand aus und hielt ihn zurück.

»Hier stimmt was nicht«, sagte sie. »Sieh mal. Dort, zwischen den Blüten.«

Parkov kniff die Augen zusammen. »Ja«, sagte er nach einem Augenblick. »Da ist etwas. Zwischen den Stängeln. Ein kleines schwarzes Ding.«

Marie hielt Parkov noch immer zurück. »Und das kann zweierlei bedeuten«, sagte sie mit leiser Stimme, sodass nur Parkov ihre Worte hören konnte. »Entweder wollte jemand sein Werk *vollenden* und das Ding ist gefährlich … oder …«

Parkov hob sein Smartphone und betrachtete einige Sekunden lang das Display. »Dieses Teil scheint elektronisch zu sein. Vielleicht etwas zur Überwachung?«

Sanft, aber bestimmt nahm er ihre Hand weg und näherte sich den Blumen. »Vielleicht kein Zufall.« Er pflückte das kleine Objekt heraus. »Ah«, sagte er, »wie ich mir dachte.«

»Was ist es?«

»Ich glaube, das hier ist unsere fehlende Information.« Parkov ließ das winzige Ding aufschnappen. »Ein USB-Stick. Vielleicht – sehr wahrscheinlich – ebender, den uns der Panther angeboten hat.«

Marie musterte das kleine Gerät. »Das bedeutet, dass jemand hier war. Der Panther oder …«

»Oder sogar das Orakel selbst?« Parkov nickte. »Ja, die Möglichkeit besteht.« Er hob die Vase an. Darunter klebte ein gefalteter Notizzettel, die Nachricht darauf war offenbar am Computer geschrieben worden.

»Für den Beweis von Mut«, las er betont vor, »eine Information von einem *Freund*. Und doch rate ich dir, Parkov, unsere Wege kein zweites Mal zu kreuzen. Gerechtigkeit ist Leid. Dieses Leid willst du nicht erleben. Halt dich fern von uns.«

Marie war es, als würde der Boden unter ihren Füßen einbrechen. »Er war hier. Verflucht, er war wirklich hier. Bei Isa, während sie im Koma lag, und … und hätte …«

»Was redet ihr denn da?«, fragte Isabelle.

»Es ist nichts, was dich aufzuregen braucht«, antwortete Parkov sofort. »Rein gar nichts.« Dann nahm er die Vase mitsamt den Blumen und trug sie hinaus. Marie folgte ihm und hielt im Flur eine Krankenschwester an.

»Die Blumen, die mein Kollege dort gerade trägt, wer hat die gebracht?«

»Das war eine Freundin Ihrer Kollegin.«

»Wie bitte?« Marie traute ihren Ohren nicht. »Welche Freundin?«

»Sie hat die Blumen hier oben abgegeben. Augenblick, ich müsste …«

»Daniel!«, rief sie Parkov hinterher. »Ich überprüfe das mal, ja?«

Parkov nickte. »Ich kümmere mich um Isabelle. Treffen wir uns unten.«

Die Oberschwester der Station kehrte mit einer Praktikantin zurück, die äußerst niedergeschlagen wirkte. »Eine Asiatin war das«, erklärte die junge Frau, nachdem sie sich Marie vorgestellt hatte. »Sie hat mich gebeten, ihr das Krankenzimmer zu zeigen … einfach so. Ich dachte …«

»Niemand darf dort hinein, ist das so schwer zu kapieren?«, fuhr Marie sie an. »Das ist wichtig, verdammt noch mal. Haben Sie Videoaufnahmen von hier oben?«

Die Oberschwester schüttelte den Kopf. »Nicht von hier oben. Aber vom Parkplatz und vom Eingang … da werden Sie Glück haben.«

»Isa schläft jetzt wieder«, sagte Parkov etwa eine halbe Stunde später, als sie zu ihm in den Bentley stieg.

»Wir müssen jemanden vor ihre Tür stellen. Jemanden, dem wir zu hundert Prozent vertrauen können.«

»Aber sie ist nicht in Gefahr.«

»Er war dort, Daniel!«, rief Marie. »Er hätte Gott weiß was mit ihr tun können. Und diese Nachricht, diese Drohung … es ist doch klar, was er damit ausdrücken will: ›Seht mal, ich hätte sie töten können, ich konnte ganz leicht zu ihr gelangen, und wenn ihr mich in Zukunft nicht in Ruhe lasst, werde ich meine Drohung wahr machen, auf welche Weise auch immer.‹ Er verhöhnt uns. Er gibt uns die Information, für die wir alles riskiert hätten, da unten in der Kanalisation, jetzt zwei Wochen später, einfach so. Weil er sich dazu *entschieden* hat.«

»Natürlich, genau das bedeutet es, aber Isabelle wird nicht sterben. Das lasse ich nicht zu.« Parkov entnahm dem Handschuhfach ein kleines Notebook, das ramponiert und alt aussah.

»Und du willst das Ding jetzt einfach da reinstecken?«, fragte sie.

»Das hier, meine Liebe, ist mein Offline-Wegwerf-Computer. Ohne jeden Internetkontakt, ohne Daten. Was immer hier drauf ist, es kann absolut nichts zerstören, weil es hier für einen Trojaner oder Virus nichts zum Zerstören gibt. Also genau das Richtige für einen unbekannten Datenträger.«

»Du hast an alles gedacht, hm?«

»Nein. An alles nicht.« Parkov steckte den USB-Stick ein, woraufhin sich ein Fenster auf dem Bildschirm öffnete. »Nur zwei Dateien. Eine Textdatei und ein Video.«

»Ein Video?« Marie bemerkte, wie Parkov sich anspannte. »Ich weiß nicht, ob ich das sehen will.«

»Wir müssen es prüfen.«

Marie dachte an das Video der Parkplatzüberwachung, das man ihr gerade gezeigt hatte. »Die Unbekannte, die sich als Yo Nguyen ausgegeben hat, ist auf dem Klinikplatz vor gut fünf Stunden aufgenommen worden. Sie hat die Blumen gebracht. Auf dem Video ist zu sehen, wie sie durch den Eingang nach draußen über den Parkplatz geht, aber sie hält den Kopf immer gesenkt und schaut kein einziges Mal nach oben in die Kameras. Und dann, auf dem Parkplatz, gut zehn Meter südlich von uns, hat sie telefoniert. Der Panther ist definitiv ein Mann, aber sie … Das Orakel hat immer einen Verzerrer benutzt.«

»Natürlich«, erwiderte Parkov. »Sie hat telefoniert, sagst du? Dann könnte sie ihren ersten Fehler gemacht haben.«

»Du willst die Daten der Funkmasten abfragen? Das dauert, mit Beschluss und allem, bestimmt …«

Parkov drückte eine Taste an der Mittelkonsole. »Erledigt«, sagte er.

»Wie bitte?«

»Nach der Engel-des-Bösen-Sache wusste ich, dass ich meine Möglichkeiten, solche Anrufe zurückverfolgen zu können, ausbauen muss. Verrat es einfach niemandem.« Parkov deutete auf eine ganze Reihe von Daten. »In dem infrage kommenden Zeitraum sind vierhundertachtundneunzig Mobiltelefone im Bereich der Funkmasten eingeloggt.«

Marie seufzte. »Verdammt. Also müssen wir jedes einzelne prüfen?«

»Wir kennen die Nummer, von der Trentmann und die anderen ihre Anweisungen erhalten haben«, sagte Parkov. »Ikarus. Ich vergleiche jetzt.«

Kaum mehr als zwanzig Sekunden später erklärte er: »Ikarus war nicht hier. Aber das Gerät, das die falsche Yo Nguyen schon beim ersten Kontakt zu uns benutzt hat … ja, das war kaum mehr als ein paar Meter von uns entfernt.«

Marie blickte aus dem Fenster auf den von Sonnenlicht gefluteten Parkplatz. Auf die vorbeieilenden Menschen, die nicht einmal ahnten, wer sich da gerade vor wenigen Stunden in ihrer Nähe aufgehalten hatte: nur eine weitere Helferin oder gar das Orakel selbst?

»Vor fünf Stunden und zweiunddreißig Minuten.« Parkov tippte etwas ein. »Wir könnten versuchen, die Spur des Handys anhand der Funkmasten zu verfolgen und so nachzuvollziehen, wohin es sich vom Parkplatz aus bewegt hat.«

»Ja.«

»Und verletzen dabei alle Gesetze, die uns genau das verbieten.«

»Ich weiß, aber … irgendwie sind wir doch mittlerweile weit darüber hinaus.«

»Weit«, erwiderte Parkov. »Aber es wird ohnehin nutzlos sein. Sie hat es zwei Wochen behalten, also hat sie Vorkehrungen getroffen, die eine Rückverfolgung unmöglich machen. Uns bleiben nur die Adresse und das Video, das sie uns geliefert hat.« Er öffnete die Textdatei und eine Reihe von Zahlen erschien, die Marie sofort als GPS-Koordinaten erkannte.

»Gut, das sollte leicht herauszufinden sein.«

»Es ist ein Dorf«, sagte Parkov leise, »ein kleines Dorf gut zweihundertachtzig Kilometer nördlich von Moskau. Das passt. Elvis konnte den Ursprung der Nachrichten von Ikarus auf Trentmanns Handy zwar nicht exakt orten, aber immerhin eine grobe Richtung ausmachen. Ja, wir bewegen uns definitiv Richtung Osten.«

»Russland?« Marie warf Parkov einen überraschten Blick zu. »Das dürfte interessant werden.«

Parkov erwiderte nichts, er bewegte den Mauszeiger auf das Video. Der Dateiname war ebenso kurz wie kryptisch: szp061102.mp4.

Der Videoplayer öffnete sich, eine ganze Weile sahen Marie und Parkov kaum mehr als einen verwackelten fleckigen Betonboden.

»Mir gefällt das nicht«, sagte Parkov leise.

Das Bild wurde dunkler, als würde sich der Kameramann in ein kaum ausgeleuchtetes Versteck zurückziehen. Sie sahen eine Notausgangsleuchte und im Hintergrund viele geparkte Autos.

»Ein Parkhaus. Aber keins in Deutschland. Diese Notleuchte, die stammt aus …«

Parkov schüttelte den Kopf. Nun kam jemand ins Bild, aus einer Distanz von etwa zwanzig Metern gefilmt, sie sahen nur die hochhackigen Schuhe, Schuhe mit roten Sohlen.

»Ich weiß, wer sie ist.« Parkov klang, als würde man ihm die Luft abschnüren. Marie begriff, noch ehe die Kamera zehn

Sekunden später ein Stück weiter nach oben schwenkte und die Identität der Frau offenbarte.

Sie war attraktiv, groß und schlank, langes, fast weißblondes Haar fiel ihr über den Rücken. Sie trug ein Kostüm, das ihre Figur betonte, Handtasche und Sonnenbrille. Sie wartete, sah sich um.

»Ist …«, Marie räusperte sich, »ist sie das?«

Parkov nickte. »Suzann. Ja.«

»Von wann ist das?«

»Ich weiß es nicht. Ich …« Parkov starrte wie gebannt auf das Bild. »Diese Haarfarbe hatte sie nicht besonders lange. Es muss kurz vor ihrem Tod gewesen sein.«

»Wir wissen, dass sie erpresst wurde. Von Solitude. Und dass sie schwanger war.« Marie bemühte sich, über Suzann zu sprechen, als wäre sie nur ein weiteres Opfer, mit dem sie sich aus professionellen Gründen beschäftigen mussten. »Was sie nicht wusste. Und doch hat sie etwas getan, aus Angst um dich und um ihr ungeborenes Kind … das sie in die Hände ihres Mörders brachte. Und du nimmst an, dass diese Erpresser noch immer … aktiv sind. Irgendwo.«

»Da kommt jemand.«

Ein Fremder trat ins Bild.

»Wir sehen sein Gesicht nicht«, sagte Parkov. »Verflucht, wieso sehen wir sein Gesicht nicht? Wieso bewegt sich dieser filmende Idiot nicht ein Stück?«

»Weil es ihm darum geht, Suzann zu filmen?«

»Nein, das ergibt keinen Sinn. Das …« Er verstummte, als Suzann ihre Sonnenbrille abnahm. Sie sprach mit dem Fremden, fühlte sich dabei aber offensichtlich nicht wohl.

Dann wischte sie sich über die Augen, über die Wangen.

»Sie weint«, sagte Marie. »Oh nein.«

Parkov holte tief Luft, als Suzann den Kopf wegdrehte, einen Schritt zurücktrat und gegen einen geparkten Wagen stieß. Der

Fremde war nun von hinten zu sehen, ein großer Mann. Er streckte eine Hand aus, schloss sie um ihr Kinn, drehte ihren Kopf mit Gewalt zu sich.

Dann schlug er ihr ins Gesicht.

»Halt«, sagte Marie. Parkov stoppte das Video. »Siehst du das?« Marie deutete auf den Bildschirm. »Ein paar Zehntel zurück … Augenblick. Ja. Genau da.«

Der linke Ärmel des Anzugs, den der Fremde trug, hatte sich nach oben geschoben und ein Stück seines Armes war zu sehen.

Inmitten der Pixel, nur schwer auszumachen, erkannten sie drei Narben. Drei breite, helle Streifen auf der Oberseite des Armes. Es sah aus, als hätte jemand mit dem Messer in den Arm geschnitten.

»Narben. Daran sollten wir ihn erkennen.«

Nach einigen Sekunden ließ der Fremde Suzann los und stieß sie von sich, sie prallte gegen den Wagen.

Dann wandte er sich ab und ging.

Suzann verharrte einen Moment, dann wischte sie sich wieder über die Wangen, setzte die Sonnenbrille wieder auf und eilte in die Gegenrichtung davon. Das Video endete.

Parkov hatte die Hand zur Faust geballt.

»Wenn diese Koordinaten von dem Orakel stammen und das Video ebenfalls«, sagte Marie, »dann muss derjenige, der Suzann bedroht hat, mit den Aposteln in Verbindung stehen. Und Solitude definitiv auch. Das Orakel spielt uns etwas zu, das unsere und seine Feinde zeigt.«

»Und es beweist noch mal, dass die falsche Yo Nguyen für das Orakel arbeitet. Sie ist nicht Ikarus, denn Ikarus ist ein Apostel, sie dagegen hilft dem Feind der Apostel.«

»Ja.« Marie nickte. »Aber das ergibt Sinn, nicht wahr? Sie hat diese Abhörwanze installiert, das hat das Orakel doch durchblicken lassen, als du das letzte Mal mit ihm gesprochen hast. So konnte es sich zumindest eine Zeit lang aus dem Innersten des Präsidiums über unser Vorgehen informieren.«

»Ja«, antwortete Parkov. Er wirkte benommen, schüttelte den Kopf, als wollte er mit aller Kraft diese Erinnerung an Suzann wieder verdrängen. »Vielleicht ergibt es Sinn. Vielleicht auch nicht.«

»Wir saßen ihr gegenüber.« Marie versuchte, sich das Gesicht der falschen Zeugin wieder in Erinnerung zu rufen, doch verschwamm alles miteinander – das blutige Gesicht von Svetlana, die toten Augen der Meersen-Kinder, Alvarez' glasiger Blick.

»An manchen Tagen«, sagte Parkov leise, »kann ich mich kaum mehr an Suzanns Gesicht erinnern. Es wird immer unschärfer. Ich erinnere mich an alles, was wir gemeinsam erlebt haben, aber … nicht mehr an ihr Gesicht.« Dann holte er tief Luft und reichte Marie das Notebook. »Vielleicht solltest du das Video löschen, bevor ich Gefahr laufe, es immer wieder anzusehen.«

»Das tut mir so leid.« Marie schloss das Notebook und entfernte den USB-Stick, steckte ihn ein, ohne das Video zu löschen. »Aber das brauchen wir vielleicht noch. So schwer es auch mit anzusehen ist.«

»Ja«, erwiderte er. »Vielleicht hast du recht.«

»Wahrscheinlich hängt alles zusammen. Alle stehen in Verbindung. Solitude, die Apostel …« Sie warf einen Blick aus dem Seitenfenster. Die Ahornbäume links und rechts der Straße rauschten im Wind. Über den Himmel zogen zerfaserte Wolkentürme. Ein junges Pärchen schlenderte vorüber, sie hielten sich verliebt an den Händen. Vor einem Obdachlosen stand ein Schild, er sei an Krebs erkrankt und habe seinen Job verloren, teilte er darauf den Passanten mit. In den Fassaden der Bankentürme spiegelte sich die Spätsommersonne. Blätter trieben vorbei.

»All das muss enden«, sagte Parkov, als hätte er ihre Gedanken erraten. »All das führt am Ende zu einem dunklen Ort. Ich kann das spüren.«

Marie spürte, wie sich die feinen Härchen auf ihren Armen aufstellten, ganz plötzlich war ihr kalt. »Er ist irgendwo da draußen. Und er wartet.«

»Der bleiche König«, sagte Parkov. »Ja. Das ist er.«

»Wir müssen nach Russland.«

Parkov nickte. »Wenn dieser Ort etwas mit dem Mann aus dem Video zu tun hat, dann umso mehr«, sagte er und berührte die Mittelkonsole. »Überprüf die Interpol-Meldungen im Zusammenhang mit den folgenden GPS-Koordinaten.« Er tippte die Zahlen ein.

»Nichts, Sir.« Die Stimme der künstlichen Intelligenz klang ein wenig enttäuscht, fand Marie, aber das war natürlich nur Einbildung. »Keine Meldungen in diesem Zusammenhang. Die Kriminalitätsrate in Britrovo liegt bei …«

»Danke«, sagte Parkov. »Sieht ganz danach aus, als wäre noch nichts geschehen. Oder man hat es noch nicht bemerkt.«

»Wenn wir dort sind …«

»Wir, Marie?« Parkov warf ihr einen durchdringenden Blick zu. »Das wird kein Spaziergang.«

»Ich werde mitkommen. Davon kannst du mich nicht abbringen.«

»Es ist gefährlich. Mit jedem neuen Tatort kommen wir ihnen näher, den Aposteln und dem Orakel, und keiner von beiden wird besonders erfreut sein, dass wir uns einmischen. Ganz davon abgesehen, dass die russischen Behörden … ich formuliere es mal so, *unangenehm* werden können.«

»Ich bin Teil des Teams.«

»Teil des Teams bedeutet nicht …«

»Daniel, ich *bin* Teil des Teams. Hör jetzt auf damit.«

Aus den Augenwinkeln sah Marie, wie ein großer Geländewagen auf den Parkplatz einbog und einige Meter entfernt parkte. »Und Lansford? Ihn können wir auch nicht außen vor lassen.«

»Besser wäre, wir könnten es.« Parkov hatte den Wagen offenbar ebenfalls bemerkt. Seine Hand wanderte zu seiner Waffe, sein Körper spannte sich an. »Aber wie es scheint, will *er* uns nicht aus den Augen lassen. Das da ist er.«

Und als hätte Lansford auf das Stichwort gewartet, öffnete sich die Tür und er stieg aus. Er trug ein kariertes Hemd, das ihn ein wenig wie einen Holzfäller wirken ließ, Jeans, an denen hier und da getrocknete Erde klebte, und einen Dreitagebart. Zielstrebig kam er näher und klopfte an die Scheibe.

»Parkov, Parkov«, sagte er und beugte sich hinein. »Was ist hier los?«

»Wir haben zu tun«, sagte Marie. »Können wir später … plaudern?«

»Plaudern, Winter? Wir plaudern doch *nie*.« Lansford lehnte sich in die Fensteröffnung des Bentley. »Meine lieben Freunde bei Interpol haben mir gerade etwas zugerufen. Da gab es eine ungewöhnliche Anfrage über den autorisierten Zugang eines gewissen BKA-Benutzeraccounts, der auf einen umtriebigen BKA-Beamten namens Parkov zugelassen ist.«

»Was du nicht sagst.« Parkov verzog keine Miene.

»Britrovo. Russland. Ein Dorf über zweihundert Kilometer nördlich von Moskau. Dreitausend Einwohner. Wenn ich dort hinflöge, wen würde ich wohl finden?« Lansford schüttelte den Kopf. »Überleg dir besser genau, was du jetzt sagst. Sonst könnte es noch Gerüchte geben, Parkov, dass du womöglich etwas verheimlichen willst. Du kennst die Vermutungen, dass jemand aus dem innersten Kreis der Polizei mit den Aposteln in engem Kontakt steht. Manche erzählen sich schon hinter vorgehaltener Hand, *du* könntest derjenige sein. Und, Gott bewahre, was, wenn diese Gerüchte weiter angeheizt werden?« Lansford starrte Parkov einige Sekunden länger in die Augen, dann lachte er. »Ich mach nur Witze, das wisst ihr doch. Ihr habt ihn also gefunden. Nummer zwei auf der Liste.«

»Er ist in Russland«, sagte Parkov. »Ich vermute, dass er sich dort versteckt hält … oder vielleicht nicht einmal das. Vielleicht gibt es für ihn auch keinen Grund, sich zu verstecken. Vielleicht hat er eine bessere Tarnung.«

»Und die GPS-Koordinaten deuten auf ein konkretes Gebäude innerhalb des Dorfes?«

»Das tun sie.«

»Worauf warten wir dann noch?« Lansford beugte sich weiter vor. Marie sah, dass seine rechte Hand, die unter dem langärmeligen Hemd hervorschaute, an den Knöcheln verletzt war. Verletzt von den Schlägen, mit denen er Trentmann malträtierte, da war sie sich sicher.

»Ja«, erwiderte Parkov, »worauf warten wir noch?«

Kapitel 36

Wieder war es Nacht, wieder regnete es, und doch war diese Nacht anders. Marie fühlte sich hellwach, obwohl sie wusste, dass sie die wenigen Stunden Schlaf dringend brauchen würde. Als sie sich vor einigen Stunden von Lucie verabschiedet und ihr gesagt hatte, dass sie in spätestens ein paar Tagen zurückkehren würde, hatte sie sich wieder furchtbar schlecht gefühlt. Die Augen ihrer Tochter waren groß geworden, als sie ihr erzählt hatte, wohin sie Parkov begleiten würde.

»Ich bin bald zurück, meine Süße.«

»Wann ist bald, Mama?«

»Zwei Tage, Schatz. Nicht länger.«

Letzte Chance umzukehren. Parkovs Worte hatten so endgültig geklungen, dass sie erschrocken war, und doch hatte sie den Kopf geschüttelt. »Ich werde dich begleiten«, hatte sie mit Nachdruck zu ihm gesagt. »Ich lasse dich nicht allein mit Berger und Lansford dorthin fliegen.«

Marie zog den Reißverschluss des Koffers zu und stellte ihn beiseite. Dann band sie sich das Haar zusammen und ging hinaus, sie fand Parkov im hintersten Winkel der Bibliothek über eine Landkarte gebeugt. Die Uhr an der Wand zeigte halb eins.

»Viktor Nemerov«, sagte er und blickte auf, »der Kollege vom russischen Omon erwartet uns morgen früh am Flughafen Scheremetjewo in Moskau. Von dort fahren wir direkt nach Britrovo.«

»Ja? Und welchen Eindruck hast du so von ihm?«

»Undurchsichtig, ganz wie erwartet. Diese Einheit, Omon, ist für die Bekämpfung Organisierter Kriminalität zuständig ... Er bat mich, ihm alle nötigen Unterlagen zu senden.«

»Was du nicht getan hast.«

»Was ich jedenfalls nicht *vollständig* getan habe. Er kennt unseren Auftrag, aber nicht den Ort. Wir werden improvisieren, je nachdem wie kooperativ sie sich verhalten, aber ich bin guter Dinge, dass es funktionieren wird.«

»Ich meine, *du* hast einen russischen Pass«, sagte Marie und verschränkte die Arme. »Das macht dich doch recht vertrauenswürdig. Was soll da schon geschehen? Diese Sache ist vom BKA und vom Außenministerium autorisiert. Sie können sich nicht einfach querstellen.«

»Oh, ich denke, das können sie mit Leichtigkeit. Und da mein Name heute über alle Kanäle gegangen ist, wird eine Entscheidung gefallen sein.«

»Wegen deines Namens?«

»Du kennst die Geschichte.«

»Na ja, so halb.« Marie kam näher. »Was befürchtest du?«

»Entweder sie schicken uns einfach unverrichteter Dinge zurück. Vielleicht lässt man euch nicht einreisen. Oder ... im schlimmsten Fall ... nun, im schlimmsten Fall haben die Apostel Freunde, die an zentralen Stellen sitzen.«

»Und das bedeutet?«

»Es ist ein riesiges Land, Marie. Da können vier Menschen jeden Tag vollkommen unbemerkt verschwinden.«

Marie blickte auf die große Landkarte, die Moskau und die nördliche Umgebung zeigte. »Da freu ich mich ja noch mehr mitzufliegen.« Sie zögerte, als Parkov nicht reagierte. »Warte mal, versuchst du gerade, die Sache in einem möglichst schlechten Licht darzustellen, damit ich ja hierbleibe?«

»Wie könnte ich? Ich beschönige bloß nichts.« Parkov nahm das Tablet und winkte sie heran. Er hatte eine höher aufgelöste Karte von Britrovo aufgerufen. »Knapp dreitausend Einwohner. Zwei Supermärkte. Ein Armeelager. Viele Bauern, viel Landwirtschaft. Die größeren Anwesen …«, er zoomte näher, »hier, da und hier. Vielleicht auch dort. Die GPS-Koordinaten weisen exakt auf diesen Fleck, der sich zwischen Haus zwei und drei befindet.«

»Ist das ein Fehler?«

»Die Karte könnte fehlerhaft sein. An neueres Material als dieses von 2011 konnte ich nicht kommen.«

»Mist.« Marie setzte sich im Schneidersitz neben ihn auf den Boden. »Ich glaube, so aufgeregt war ich noch nicht mal, als ich letztes Jahr nach Afrika fliegen musste.« Als sie Parkovs besorgtes Gesicht bemerkte, fügte sie hinzu: »Was nicht bedeutet, dass du auf mich aufpassen musst. Das kann ich schon selbst. Wir konzentrieren uns auf die Mission.«

»Aber natürlich. Man wird uns mit den Dienstwaffen einreisen lassen, Nemerov hat mir das bestätigt, mit dem Personal am Flughafen sei alles geklärt. Es ist besser so, denn wenn in Britrovo einer der Apostel lebt, weißt du, was alles geschehen kann.«

Marie nickte. Trotz dieser Waffenerlaubnis fühlte sie sich bei der ganzen Sache kein bisschen wohl. »Und welche Unterstützung, abgesehen von Nemerov, haben wir?«

»Du weißt nicht mal, ob *er* eine Unterstützung ist, vergiss das nicht.«

»Und wenn der Panther längst dort war?«

»Dann wird es schwer, Zeugen aufzuspüren. Sieh dir an, wie abgelegen diese Gebäude sind.«

»Und wie wird Nemerov reagieren, wenn wir dort Tote finden, wo wir ihn hinführen?«

Parkov nickte. »Ich weiß, was du meinst. Es könnte eine Falle sein.«

»Eine Falle … auf die eine oder andere Weise.« Marie strich über die Landkarte. Die Markierungen wirkten so unscheinbar, aber das bedeutete nichts, selbst Meersen hatte sich erfolgreich den Anstrich der Harmlosigkeit gegeben. Schließlich sah sie wieder zu Parkov auf und bemerkte, dass er sie die ganze Zeit über beobachtet hatte. »Manche würden angesichts dieser Lage vielleicht umdrehen und an einem anderen Ort eine andere Spur suchen. Manche würden … vielleicht die alte Marie, sie würde das tun … manche würden aufgeben. Es gut sein lassen. Aber nicht *wir*, oder?«

»Nein«, erwiderte Parkov ernst. »Wir nicht.«

Kapitel 37

Viktor Nemerov schüttelte einem nach dem anderen die Hände, Marie und Lea Berger zuerst, dann Lansford und schließlich Parkov, den er von ihnen allen am weitaus längsten in Augenschein nahm.

»Willkommen … daheim«, sagte er mit einem dünnen Lächeln. »Sollte ich es so formulieren?« Nemerovs Englisch klang ein wenig schwerfällig, er trug einen blaugrauen Tarnanzug. Er führte sie durch das geschäftige Treiben im Scheremetjewo-Flughafen hinaus und unter einem stahlblauen Himmel zu einem geparkten Jeep, der mit laufendem Motor auf sie wartete.

»Willkommen«, sagte Nemerov noch einmal, »im großartigsten Land unter der Sonne.« Dann warf er Parkov einen Blick zu. »Und jetzt brauche ich eine Information. Und die Pässe.«

»Unsere Pässe?«, fragte Berger.

»Nur zur Überprüfung. Nichts Ungewöhnliches.« Nemerov bedeutete ihnen einzusteigen. »Die Anfrage von Interpol bereitet mir Sorgen. Große Sorgen, wenn ich ehrlich bin. Wenn sich so jemand im Land versteckt – mit solchen Beziehungen, wie Kollege Parkov mir angedeutet hat –, dann müssen wir damit rechnen, dass noch andere involviert sind, nicht wenige, darunter einige, die uns bei der Nachforschung gefährlich werden können.«

Parkov reichte Nemerov einen verschlossenen Umschlag. »Das ist der Ort. Und hier die Koordinaten.« Nemerov warf einen Blick hinein, dann reichte er den Umschlag mit einem Nicken an den Fahrer weiter.

»Ein gutes Stück Weg liegt vor uns. Fahren wir.«

Marie sah aus dem Fenster auf die Moskwa, die sich durch die Stadt wand, die Morgensonne spiegelte sich im Wasser. Am Ufer saßen ein paar Touristen und fütterten Schwäne. Dann nahm die massiv aufragende Mauer des Kreml ihre Aufmerksamkeit gefangen, sein rot schimmernder Backstein, die zahnförmigen Spitzen und die zwanzig Türme.

Etwa eine halbe Stunde später gab ihnen Nemerov die Pässe zurück. »Das hat alles seine Richtigkeit. Parkov, erzähl uns mehr über diese Apostel. Ich habe mich nur im kleinen Kreis informiert, wie du es wolltest, um keine schlafenden Hunde zu wecken.«

»Sie sind überall«, berichtete Parkov. »Sie sitzen mit uns am Tisch. Sie essen zu Abend mit deiner Familie. Bezahlen dir dein Gehalt, sprechen von Rednerpulten, lächeln und streichen unseren Kindern über den Kopf. Das hat mal jemand gesagt, der für sie arbeitete.«

»Du denkst, der Panther war schon hier? Vor uns?«

»Ja, das ist möglich.« Parkov ließ sich nicht viel mehr entlocken. Die Straße führte sie aus Moskau hinaus, fort von der Großstadt. Marie scannte ihre Umgebung, versuchte, alles zugleich im Auge zu behalten, doch bald schon verlor sie bei den unzähligen Fahrzeugen, denen sie begegneten, den Überblick, unmöglich zu sagen, ob ihnen eines gefolgt war.

»Hast du Kinder?« Nemerov sah Parkov höchst interessiert an.

Parkov zögerte kaum merklich. »Nein.«

»Gut. Dann kann man dich nicht mit ihnen erpressen.«

»Und du?«, fragte Marie. Als sich Nemerov ihr zuwandte, hatte sie das Gefühl, ihn schon mal gesehen zu haben. Ein harter Zug umgab seinen Mund. »Hast du Kinder?«

»Zwei. Ein Junge«, sagte Nemerov, »acht Jahre, und ein elfjähriges Mädchen.«

»Das ist schön.«

»Das ist es wirklich«, sagte Lansford, »denn so weiß man, wofür man kämpft.«

Nemerov nickte. »Natürlich.«

»Miranda, das ist *mein* kleines Mädchen. Ich wüsste nicht, was ich tun würde, wenn ihr etwas zustößt«, erwiderte Lansford ernst. »Wohl einfach alles.«

Parkov warf Lansford und Nemerov einen Blick zu. »Ein Apostel könnte sich in Britrovo verstecken. Ein gefährlicher Auftragsmörder könnte dort sein und versuchen, ihn zu ermorden. Wenn wir da hineingeraten, stehen wir zwei verfeindeten Parteien gegenüber. Und *beide* werden versuchen, uns aufzuhalten.«

»Den Omon hält niemand auf«, erwiderte Nemerov mit Überzeugung und musterte Lansford. »Wir sind keine Hinterwäldler. Wir wissen, mit wem wir es zu tun haben. Und wir werden nicht zulassen, dass sich diese Verbrecher irgendwo in unserem Land verstecken. Wir werden sie jagen, aus ihren Verstecken heraustreiben und nie zur Ruhe kommen lassen.«

Lea Berger, die zwischen Marie und Lansford auf der Rückbank des Geländewagens saß, räusperte sich. »Aber vielleicht sind wir zu wenige. Für so eine Höhle voller Löwen.«

»Vielleicht. Oder auch nicht. Die Entscheidung werde ich vor Ort treffen.«

»Aber dann wird es vielleicht schon zu spät sein.«

Nemerov schüttelte den Kopf. Ein schmales Lächeln erschien auf seinen blassen Lippen. »Hier ist es nie zu spät. Das lassen wir nicht zu.«

Eine gute Stunde später machten sie an einer Tankstelle halt. Parkov stieg aus und folgte Nemerov, ein Stück abseits von den anderen blieben sie stehen. Als Marie ihnen ebenfalls folgen wollte, musterte sie Nemerov mit kritischem Blick.

»Was ist mit ihr?«

»*Ihr* können wir vertrauen«, antwortete Parkov.

»Und den anderen? Darüber wollte ich sprechen. Was ist mit denen?«

»Beides langjährige BKA-Mitarbeiter. Lansford hat einige ungewöhnliche Methoden, aber …«

»Du traust ihm nicht.«

»Ich traue ihm nicht so sehr wie … nicht so sehr wie ihr.« Parkov warf Marie einen Blick zu. »Er hat einige radikale Überzeugungen, die ihn außerhalb der uns gesetzten Grenzen agieren lassen.«

»Und du tust das nicht?«

»Ich bin *hier*, Nemerov. Was sagt dir das über mich?«

»Du bist ein Jäger. Du wirst nicht von deiner Beute ablassen. Nicht ehe du sie erlegt hast. Und ich bin nicht anders. Also sag mir, Parkov, und zwar aufrichtig: Wie weit haben die sich hineingeschlichen? Wie tief könnten die in unsere Strukturen eingedrungen sein? Oder in eure?«

»Tief«, erwiderte Parkov, ohne zu zögern. »Deshalb sind nur wir vier gekommen. Zu Hause in Deutschland wissen wir von zwei Polizisten, die mit den Aposteln zusammengearbeitet haben – und die haben uns ziemlich auf Trab gehalten.«

»Was ist mit den Verrätern geschehen?«

Marie dachte an Trentmann in Lansfords Versteck, von dem ihr Parkov erzählt hatte. Er war dort noch immer gefangen, Lansford schien es aber aufgegeben zu haben, ihm

Informationen entlocken zu wollen. *Du weißt, was das bedeutet. Du musst mit Parkov noch mal darüber sprechen. Es darf nicht so weit kommen.*

Und wenn er euch alle verrät?

Darauf hatte sie keine Antwort.

Ihr war, als wäre sie in einem Strudel aus Gewalt und Irrsinn gefangen, der sie immer weiter hinabzog und alle anderen mitriss.

Es muss aufhören, dachte sie wieder. *Und wenn das bedeutet, dass du es selbst tun musst. Dass du mit den Konsequenzen, die auch dich treffen werden, leben musst.*

»Was habt ihr mit diesen Verrätern gemacht, Parkov?«, wollte Nemerov noch einmal wissen. »*Ich* wüsste, was ich mit ihnen tun würde.«

»Einer von ihnen ist tot, getötet von einem der Männer, hinter denen wir her sind. Der zweite wird noch immer verhört.«

»Und schweigt? Dann solltet ihr vielleicht eure Methoden verändern.« Nemerov schüttelte eine Zigarette aus einer Schachtel und bot ihnen ebenfalls eine an, doch sie lehnten beide ab.

»Du hast eine Tochter«, wandte sich Nemerov ihr zu. »Nicht überrascht sein. Wir haben uns natürlich die Leute angesehen, die über unsere Grenze kommen. Es ist gefährlich, ein Kind großzuziehen und sich mit diesen Leuten anzulegen.« Nemerov blies Rauch in den blauen Himmel. Die Erlen- und Birkenwälder rund um die Tankstelle rauschten im Wind. Der Geruch eines Torffeuers lag in der Luft. Marie blickte an der Tankstelle vorbei auf die Straße, die sich wie ein langes graues Band aus rissigem Asphalt über das flache Land zog und irgendwo hinter Hügeln verschwand.

»Es ist für alle gefährlich. Wenn sie nicht aufgehalten werden, geht es immer so weiter. Immer und immer weiter.

Ich werde mich nicht damit abfinden. Meine Tochter ist in Sicherheit. Andere Kinder sind es nicht.«

»Jeden Tag sterben so viele. Weißt du, was Wahnsinn ist?« Nemerov warf die Zigarette weg und trat sie aus. »Immer und immer wieder dasselbe zu tun. Zu scheitern und es dennoch erneut zu probieren, obwohl du weißt, dass es nichts ändern wird. Wie hier. Töte diese Apostel und andere werden ihnen nachfolgen.«

»Hast du schon mal etwas von einem bleichen König gehört?«, fragte Parkov in beiläufigem Tonfall. Marie beobachtete Nemerovs Reaktion genau.

Er schüttelte den Kopf, wirkte jedoch nicht, als würde er den Namen wiedererkennen oder als versuchte er, sich nichts anmerken zu lassen. »Wer ist das? Noch einer mit einem ungewöhnlichen Spitznamen? Was in aller Welt habt ihr zwei da nur ausgegraben?«

»Vielleicht den Kopf dieser ganzen Sache.«

»Aber die Apostel, von denen du gesprochen hast …«

»Vielleicht gehören die nicht zur obersten Ebene.« Parkov warf eine leere Wasserflasche in den Müll, dann ging er zurück zum Geländewagen. »Wir sollten jetzt schneller fahren. Was immer dort ist, lassen wir es lieber nicht so lange warten. Es ist *Zeit.*«

Britrovo lag im roten Glanz der Abendsonne, als sie nach einigen Stunden Fahrt endlich dort eintrafen. Das Dorf war still, wirkte wie ausgestorben. Hinter den Tannen, die Ortsrand und Zufahrtsstraße säumten, schickte sich die Sonne an, allmählich unterzugehen, die obersten Baumspitzen schien sie mit ihrem goldroten Licht in Brand zu setzen. Auf einem Schrottplatz mitten auf einem Feld nahe beim Ortseingang rosteten Karosserien von alten Ladas und Militärtransportern vor sich hin. Ein Junge kickte einen Lederball über die Straße. Vor einem Krämerladen stand ein alter Mann und rauchte Zigarre, er folgte ihnen mit den Augen, Marie war, als hätte er nur auf ihre Ankunft gewartet. Kaum waren sie vorübergefahren, verschwand er im Inneren des Ladens; und vielleicht griff er dort nach dem Telefonhörer, um jemandem Bescheid zu geben.

»Ein Bauerndorf«, erklärte Nemerov, »das die Felder bestellte. Heute ist nur noch wenig Landwirtschaft hier, die Menschen wandern ab, die Jungen ziehen in die Städte. Man hat nach Öl und Erdgas gebohrt, aber nichts gefunden. Die Erde ist verseucht. Das Militär war auch einige Zeit hier. Da, seht ihr, die Baracken.« Er deutete zum Fenster hinaus. »Ein Armeeübungsgelände liegt ein paar Kilometer weit in den Wäldern. All das wurde strikt abgesperrt und geheim gehalten, Gott weiß, was die da getan haben.«

»Das weiß nicht mal der Omon?«, fragte Lansford, als wollte er Nemerov herausfordern.

»Das Militär macht, was es für richtig hält.« Nemerov zuckte mit den Schultern. »Aber sie sind auch wieder fort.«

»Und woher wissen Sie so viel über diesen Ort?«, fragte Berger. Parkov warf ihr einen warnenden Blick zu. Vielleicht sollte man ihn nicht so sehr löchern und ausfragen, schien dieser Blick zu sagen.

»Ich habe mich informiert«, erwiderte Nemerov und lächelte breit. »Man will seinen Gästen doch auch etwas Angenehmes bieten, oder nicht?«

»Angenehm oder nicht, das sehen wir am Ende.« Lansford zog seine Dienstwaffe aus dem Holster und prüfte das Magazin. »Und hoffen wir, dass niemand von uns die brauchen wird.«

Der Fahrer bog ab und lenkte den Geländewagen auf eine schmalere Straße, die in den Wald hineinführte. Sie erreichten den Ortsrand, fuhren einige Zeit an einem schmalen Bach entlang und dann wieder durch einen besiedelten Teil. Auf einigen

Höfen standen Traktoren herum, einige rostig, andere schienen noch in Gebrauch zu sein.

»Dort vorn«, sagte Nemerov, »die Koordinaten gehören zu einem Punkt zwischen diesen Gebäuden. Seht ihr sie?«

Marie sah zur Linken einen Bauernhof mit mehreren Nebengebäuden und einem Wohnhaus mit kleinem Walmdach, zur Rechten ein mehrstöckiges Lagergebäude, das unbewohnt wirkte. Und dann erkannte sie die Treppe wieder.

»Das muss es sein«, sagte sie und warf Parkov einen Blick zu. »Das Gebäude, das Svetlana gezeichnet hat. Das der unbekannte Informant fotografiert hat. Gott, wir sind *wirklich* hier. Und die Apostel waren ebenfalls alle hier.«

»Der Wagen dort«, sagte der Fahrer und deutete hinaus, »was hat der hier zu suchen?«

In der Einfahrt parkte ein Sportwagen in knalligem Rot. Zu sehen war niemand.

»Wie ich vorhin sagte«, meinte Nemerov, »der Eigentümer des Landes hier ist ein Moskauer Immobilienfonds. Ziemlich undurchsichtig.«

»Es war die richtige Entscheidung, gleich hierherzukommen«, erwiderte Parkov. Auch er zog nun seine Dienstwaffe. »Die richtige Entscheidung, um niemanden aufzuschrecken.« Er warf Nemerov einen Blick zu. »Wir sollten hier unten anhalten.«

»Ja, ich denke, das soll…« Nemerov verstummte. Er hatte etwas im Rückspiegel entdeckt. Als sich Marie umdrehte, sah sie einen Streifenwagen. Er bedeutete ihnen mit Signallicht, rechts ranzufahren.

»Das kann doch jetzt nicht wahr sein«, stieß der Fahrer aus. »Haben die nichts Besseres zu tun?«

»Britrovo hat keinen Polizeiposten. Die kommen aus einer der größeren Städte, dreißig, vierzig Kilometer von hier entfernt.« Nemerov kramte in seiner Jackentasche. »Aber das haben wir gleich. Der Omon kann die lokalen Polizisten anweisen, ihn zu unterstützen. Ich denke, zu acht sehen wir mehr, es sind große Grundstücke.«

»Hier stimmt was nicht«, sagte Lansford mit angespannter Stimme. Er wechselte einen Blick mit Parkov. »Wieso tauchen die ausgerechnet jetzt auf?«

»Zufall«, antwortete Nemerov. »Gibt es immer wieder.«

Der Fahrer hielt und Nemerov stieg aus, er bedeutete ihnen, im Geländewagen sitzen zu bleiben. »Das haben wir gleich.«

Marie beobachtete über die Rücksitzlehnen hinweg, wie sich Nemerov dem Streifenwagen näherte. Er klopfte gegen die Scheibe, sie wurde nach unten gelassen, dann sagte er etwas und zeigte ein Papier vor, das wie ein Ausweis aussah.

»Irgendwas stimmt da wirklich nicht«, sagte sie leise. »Das dauert viel zu lange.«

Ein Polizist stieg aus dem Streifenwagen und ging auf Nemerov zu. Sie wechselten ein paar Worte, lauter dieses Mal, und der Streifenpolizist zeigte zu ihnen herüber. Marie spürte, wie ihr ein Schweißtropfen über die Stirn lief, ein paar weitere über den Rücken. Wieso war es in diesem Wagen mit einem Mal so verflucht heiß, viel zu heiß? Ihre Pistole drückte gegen die Hüfte.

Dann nickte der Polizist. Nemerov deutete in Richtung der Gebäude und kam zum Geländewagen zurück.

»Wir bleiben hier stehen«, sagte er. »Die beiden Männer werden uns unterstützen. Aussteigen, Leute. Alle. Es geht los.«

Marie stieg hinter Lansford aus dem Wagen. Sie näherten sich den Gebäuden über einen Pfad im hohen Gras. Er führte sie zu einem schmalen, rostigen Eisengitter, das einer der Polizisten mit einem Bolzenschneider öffnete.

Dann waren sie auf dem Gelände.

»Acht Personen. Teilen wir uns auf«, sagte Nemerov, »immer zu zweit. Funkkontakt nur im Notfall – oder wenn ihr Tote findet. Eine halbe Stunde, dann sind wir alle wieder hier.«

Die Dämmerung war nun so weit fortgeschritten, dass es allmählich schwer wurde, ohne künstliches Licht zu sehen – aus diesem Grund hatte Nemerov ihnen schon vor gut einer Stunde Taschenlampen und Funkgeräte gegeben, außerdem trugen sie Schutzwesten.

Nemerov und der Fahrer schlossen sich jeweils einem der Polizisten an, Berger folgte Parkov in Richtung des linken Gebäudes, sodass Lansford bei Marie blieb. Sie näherten sich dem mehrstöckigen Lager zur Rechten, beide mit gezogenen Waffen und größter Vorsicht.

»Sieht alles vollkommen still aus«, sagte Lansford.

»Vielleicht war er schon hier.« Marie warf einen kurzen Blick über die Schulter und sah Parkov und Berger auf der anderen Seite das längliche Hauptgebäude betreten. Von den Wänden des Lagergebäudes blätterte rote Farbe ab und ein großer Pflug stand dort herum, dessen Scharen längst von Rost zerfressen waren. Ein Geräusch lag in der Luft, ein Rattern eines alten Motors – vielleicht ein Dieselgenerator?

Lansford stieß die Tür auf und trat mit erhobener Waffe ein. Marie folgte ihm. Das Erdgeschoss der Lagerhalle war in staubiges, schwaches Licht getaucht, die Fenster mit schweren Tüchern verhangen. Es wirkte wie das Lager eines Antiquitätenhändlers – Kommoden aus dunklem Holz, aufeinandergestapelte Tische, mit geschnitzten Intarsien verziert, Standuhren und leere Bilderrahmen, Büsten aus hellem Alabaster, hier und da mit Stofftüchern bedeckt.

Und Blutflecken am Boden.

Getrocknetes Blut.

Mehrere Tage alt – vielleicht sogar schon älter als eine Woche.

In der Dunkelheit schien sich etwas zu bewegen, Marie fuhr herum, hob ihre Dienstwaffe, aber es war nur ein Luftzug, der eines der Tücher an den Fenstern schwingen ließ.

Im Stockwerk darüber fanden sie den ersten Leichnam. Den eines Hundes. Der massige Kangal lag auf der Seite. Marie dachte an die hellen Hundehaare, die sie in Meersens Geheimversteck im Penthouse auf dessen Kleidung gefunden hatten.

»Er war wirklich hier«, sagte sie leise. »Meersen. Das Foto mit ihm und den anderen, dieser Hund … Verflucht, alles ergibt Sinn.«

»Hier liegt eine Leiche.« Lansford deutete auf einen Mann in einem Tarnanzug, in den Händen hielt er noch eine Pistole. Aus einiger Entfernung hatte man ihm in die Stirn gefeuert, ein präziser Kopfschuss, der Blut und Hirnmasse über den Boden und die kahle Wand verteilt hatte.

An der gegenüberliegenden Wand, nahe bei der Treppe, entdeckten sie Einschusslöcher, offenbar hatte der Tote versucht, sich zu verteidigen.

»Ein Toter. Lagerhalle auf dem westlichen Grundstück«, sagte Lansford in sein Funkgerät.

»Bestätige«, erwiderte Nemerov.

Marie ging mit erhobener Pistole in einen schmalen Korridor, die nackten Betonwände wurden von einer herabhängenden Glühlampe in ein schmutzig gelbes Licht getaucht. Der Korridor führte zu einer Tür. Nahe der Klinke sah sie einen blutigen Handabdruck.

Mit dem Fuß schob sie die Tür auf. Sie knarrte.

Ein Mann starrte ihr entgegen, zusammengesackt in einem Stuhl. Sein Kopf war in den Nacken gefallen, ein Teil der Stirn fehlte. Blut war auf der Wand hinter ihm verteilt und auf den Monitoren, vor denen er saß. Das Spritzmuster ähnelte einer kunstvollen Zeichnung – vielleicht auch einem Rorschachtest.

»Lansford«, sagte sie in ihr Funkgerät, »wir haben hier Videoaufzeichnungen und eine zweite Leiche.«

Marie berührte das Tastenfeld an der Kontrolleinheit. Die Monitore leuchteten auf, Strom war noch da. *Also war das Rattern, das du draußen gehört hast, doch das Geräusch eines alten Dieselgenerators gewesen.* Hinter ihr knarrte der Dielenboden, sie drehte sich zu Lansford.

»Vorsicht«, sagte sie und nickte in Richtung des Toten in seinem Bürostuhl. »Nichts anfassen.«

»Du hast doch die Monitorsteuerung angefasst.«

»Ich meinte eher …«

Lansford ignorierte sie und drückte ein paar Tasten. Er trug Gummihandschuhe. »Sieht nicht so aus, als wäre was gelöscht worden. Was immer hier geschehen ist …«

»Marie? Mark?« Parkovs Stimme, mit einem Rauschen unterlegt, drang aus den Funkgeräten. »Hier gibt es Tote. Ich zähle vier. Wie sieht es auf eurer Seite aus?«

»Nicht viel anders«, erwiderte Marie. »Bislang zwei. Und ein noch funktionierendes Terminal zur Videoüberwachung.«

»Videoaufzeichnungen?«

»Ja.«

»Wieso hat er die nicht gelöscht? Wenn der Panther hier war?«, rauschte Parkovs Stimme aus dem Funkgerät.

Lansford wollte noch eine Taste drücken, doch Marie schüttelte den Kopf. »Wir müssen warten«, sagte sie. »Spurensicherung. Und Nemerov wird mit Sicherheit auch was dazu sagen wollen.«

Lansford schaltete sein Funkgerät ab und griff nach ihrem, doch Marie trat einen Schritt zurück und hob warnend die Hand. Es war eng in diesem winzigen Kontrollraum.

»Was soll das?«

»Ist mir egal«, sagte er barsch. »Wir müssen es sehen. Wir haben keine Zeit mehr.«

Lansford rief eine Seite mit gespeicherten Aufzeichnungen auf und ging einen Tag zurück. »Hier gibt es eine Kamera, die den Eingang überwacht. Wenn die hier drin gestern noch am Leben waren …«

»Sollten wir sie mal raus- oder reingehen sehen?«

»Ja.« Lansford ließ die Aufnahme im schnellen Vorlauf abspielen und beugte sich vor. »Aber hier sieht es nicht danach aus, als wären sie gestern noch lebendig gewesen. Ich probiere …«, er scrollte in der Liste der gespeicherten Aufnahmen nach unten, »… eine ganze Woche früher.«

Eine Kakerlake kroch über einen der Bildschirme, Lansford wischte sie beiseite. »Viel mehr ist da auch nicht gespeichert. Wenn der Panther nach der Sache in dem Gewölbe gleich hergekommen ist, liegt das schon länger zurück.«

»Ja, aber sieh dir die Leichen an.« Marie schüttelte den Kopf. »Höchstens eine Woche. Nicht länger. Hier ist es bei Weitem nicht mehr so warm wie bei uns und die Verwesung läuft langsamer. Wir sollten auf den hiesigen Rechtsmediziner wart…«

»Nein. Das wird nicht funktionieren. Das dauert zu lange.« Lansford rief die letzte Datei auf, aufgenommen vor einer Woche und zwei Tagen. Eine ganze Weile geschah nichts, dann öffnete sich eine der Lagerhallentüren und sie sahen zu, wie ausgerechnet jener Mann hereinkam, der nun tot auf dem Bürostuhl vor ihnen saß.

»Neun Tage. *Treffer.*« Lansford sprang einen Tag nach vorn und startete abermals den Schnelldurchlauf. Wieder gingen ein paar Männer hinein und hinaus. Stunden verstrichen innerhalb weniger Minuten, die Schatten wurden länger.

»Stopp«, sagte Marie. »Der dort …« Sie zeigte auf einen Mann. In der schlechten, verwaschenen Auflösung war er kaum zu erkennen, doch sie hatte das seltsame Gefühl, ihn schon einmal gesehen zu haben. Vielleicht dort unten in der Kanalisation, vielleicht war er das, der Mann, der sich Panther nannte.

»Vor acht Tagen. Also war er hier. Und hat …« Marie drehte sich um, als sich der Tür Schritte näherten. »Wer ist da?«, rief sie.

»Ich bin es. Parkov. Und Berger.«

»Wir sind hier.« Seine Stimme zu hören beruhigte sie. Es war gut, ihn in der Nähe zu wissen.

Er kam herein und sie zeigten ihm und Berger die Aufzeichnung. »Er ist es. Seine Größe, das Bewegungsmuster. Der Panther war hier.«

»Habt ihr ihn? Den zweiten Apostel?«, fragte Lansford.

»Nein. Noch nicht.«

»Kollegen?«, kam Nemerovs Stimme aus den Funkgeräten. »Ihr solltet alle mal herkommen. Das kleine Nebengebäude an der Westseite. Das hinterste.« Nemerov klang ungeduldig. »Ich versteh das nicht.«

Parkov, Berger, Lansford und Marie sahen sich an. Dann griff Parkov nach seinem Funkgerät. »Was genau ist los?«, fragte er.

Aus dem Gerät kam nur ein lautes Knistern.

»Okay, das ist seltsam. Gehen wir zu Nemerov. Dieses Mal bleiben wir zusammen.«

Auf dem Weg hinaus kamen sie an einer riesigen Seemannskiste vorbei, die wirkte, als wäre sie von einem alten Segelschiff gefallen, die Beschläge aus Eisen waren massiv und rostig, der Deckel nur lose aufgelegt. Marie riss die Augen auf. Eine Hand ragte aus dem Spalt.

»Daniel … sieh mal.«

Parkov hielt inne, machte kehrt. »Noch ein Toter.« Er packte den Deckel und öffnete ihn, die Scharniere gaben ein lautes, rostiges Knarren von sich.

Der Mann in der Truhe war nackt. Man hatte ihm in die Stirn geschossen und mehrfach in die Brust, bis mehr als nur ein Magazin geleert war. Jemand hatte seine Genitalien abgeschnitten und in seinen Mund gestopft. Es stank nach Blut und Verwesung.

»Ist er das? Der zweite Apostel?«, fragte Marie. Der metallische Geruch des Blutes, die fortgeschrittene Verwesung, die Leichenflüssigkeit in der Truhe, all das wollte ihr den Magen umdrehen.

Parkov entdeckte einen achtlos weggeworfenen Geldbeutel in der Kiste. »Ein Pass«, sagte er. »Chekov, Jaroslaw, ist sein Name. Ja, das muss er sein. Der Panther hätte ihn nicht so behandelt, wenn …« Parkov überlegte und ging zu einem hölzernen Stützbalken. »Sieh dir das an.«

Marie trat neben ihn. In das Holz war ein Zeichen eingebrannt worden, die zähnefletschende Fratze einer Raubkatze, sie glich der, die das Projektil in Meersens Penthouse hinterlassen hatte.

»Großer Gott! Er war also wirklich hier.«

»In der Tat.« Parkov wirkte unruhig. Er tastete den Toten ab, als er sich wieder aufrichtete, hielt er ein Mobiltelefon in der Hand. »Vielleicht haben wir hier Ikarus«, sagte er ernst. »Mitsamt den Nachrichten. Aber dazu später. Jetzt zu Nemerov, Marie. Sehen wir nach ihm. Das hier … läuft uns nicht davon.«

Marie blickte an Parkov vorbei. »Wo ist Lansford?«

»Vorausgegangen.« Als Parkov nach seinem Funkgerät greifen wollte, schüttelte Marie den Kopf.

»Das wird nichts nützen. Er hat seins ausgeschaltet.«

Sie verließen die Lagerhalle und eilten über den schlammigen Boden zum zweiten Gebäudekomplex, die roten Häuser waren wie die Würfel eines Kindes wild in der Landschaft verteilt. In einem länglichen Stall wieherten ein paar Pferde. *Wer kümmert sich jetzt um die? Und wie ist es möglich, dass nach acht Tagen noch niemand bemerkt hat, was hier geschehen ist? Wir sind weit ab von allem.* Das war nicht ungewöhnlich. Und doch, sie wurde dieses Gefühl nicht los, dass hier etwas ganz, ganz falsch war, bedrohlich, und dass die Gefahr noch immer nicht abgewendet war.

»Wir sollten nach Lansford und Berger sehen«, sagte sie mit belegter Stimme. »Und uns nicht weiter aufteilen.«

»Nemerov zuerst«, erwiderte Parkov. »Die anderen beiden wissen, was sie tun, glaub mir.«

Parkov betrat das hinterste Gebäude durch eine hohe, schmale Türöffnung. Teile des Schlosses lagen am Boden, jemand hatte es von außen aufgebrochen. Ein Schwall abgestandener, übel nach Verwesung und Fäulnis riechender Luft schlug ihnen entgegen. Marie presste die Hand vor den Mund.

»Leise«, sagte Parkov. »Ganz leise.«

Da war etwas, eine Art Wimmern, zunächst schien es aus allen Richtungen zugleich zu kommen, nach einem Moment aber war Marie, als käme das Wimmern von unten.

Zwei Tote, Wachmänner, der Kleidung nach zu urteilen, lagen hinter der Tür. Blutlachen glänzten auf dem Boden.

»Wo ist Nemerov?«

Parkov legte den Finger an die Lippen und deutete auf einen Durchgang, zu dem eine Blutspur führte. Patronenhülsen rechts und links davon. Das letzte Licht der untergehenden Sonne, das durch die herabgelassenen Jalousien fiel, war blutrot wie die Flecken, die sich über die Tapeten zogen, zerflossen und in breiten Spritzern.

Mit vorgestreckter Waffe, jeden Winkel, jede Ecke absichernd, arbeiteten sie sich voran. Maries Herz schlug schnell, doch sie versuchte, jeden Gedanken daran zu verdrängen, dass sie fern von zu Hause an einem hochgefährlichen Ort war.

Du musst jetzt einfach weitermachen. Es hilft alles nichts.

Das Wimmern wurde lauter. Parkov stieg eine schmale Betontreppe hinab, die in einen lichtlosen Keller führte. Auch hier unten lag ein Toter, ein Gewehr neben ihm, mit dem er sich offenbar zu verteidigen versucht hatte. Eine niedrige Eisentür, fast nur eine Klappe, war in die Wand vor ihnen eingelassen, mit einem Riegel, der verhinderte, dass man sie von innen öffnete. An der Wand links neben der Treppe hing ein breites, mottenzerfressenes Tuch. In einer Ecke standen mit Munition gefüllte Holzkisten.

Ein Röcheln kam aus der Dunkelheit. Parkov und Marie fuhren herum, Parkov hielt seine Taschenlampe in die Richtung, aus der das Geräusch gekommen war.

»Er … ist noch hier …« Es war Nemerov. Er lag am Boden und blutete aus einer Schusswunde am Oberschenkel und aus einer zweiten in Höhe seines Brustbeins. »Achtung … er ist …«

Oben gingen Türen, jemand rief etwas auf Russisch. Parkov antwortete nicht, mit einer Geste bedeutete er Marie, sich von der Treppe zu entfernen. »Bleib da drüben«, formten seine Lippen. Marie ging neben dem Treppenabgang in Deckung. Oben dröhnten Schritte, Stiefel, die immer näher kamen.

Wo in aller Welt bleiben Lansford und Berger?

Marie machte einen Schritt zurück, während Parkov Nemerov half, ein Stück näher zur Wand zu kriechen. Er presste ein Stück Stoff auf die Brustwunde und machte sich daran, Nemerovs Bein zu verbinden. Marie wollte ihnen helfen, und doch rührte sie sich nicht, fühlte die Kälte hier unten, roch das Blut und lauschte dem panischen Wimmern hinter der schmalen Metalltür.

Hier unten ist jemand eingesperrt. Oder mehrere. Kinder?

Marie schaltete die Taschenlampe aus, mit ihrer Linken tastete sie nach der Wand, um sich zu orientieren. Der Beton fühlte sich kalt und rau an unter ihren Fingern, fast wie die Waffe in ihrer Rechten.

Oben verharrten die Schritte am Anfang der Treppe. Niemand sagte etwas. Ein Lufthauch strich über ihren Nacken. Sie trat noch einen Schritt zurück, dann griff ihre Hand ins Leere.

Nein, korrigierte sie sich schnell, schob das Entsetzen weg, das sich wie ein eisiges Messer zwischen ihre Rippen bohren wollte, *nicht nur ins Leere.*

Sie tastete über das Tuch, das sie zuvor im Lichtkegel der Taschenlampen für einen Wandbehang gehalten hatte – doch hinter dem Stoff war eine Nische in die Wand eingelassen.

In dieser Nische stand jemand.

Einen flüchtigen Augenblick lang spürte sie die grobe Textur eines Baumwollhemds, dann schloss sich eine große haarige Hand um ihre tastenden Finger.

Oben fiel etwas zu Boden. Die Schritte erklangen wieder, entfernten sich ein Stück, jemand rief etwas auf Russisch, Marie versuchte, sich von der Hand loszureißen, die ihre umschlossen hielt – und der Mann in der Nische versuchte, nach ihr zu greifen.

Sie riss sich los, taumelte nach hinten, prallte gegen die Munitionskisten. Parkov fuhr herum. Der Fremde aus der Nische feuerte in Parkovs Richtung, Parkov erwiderte das Feuer, seine P99 spuckte Kugeln. Marie riss ihre eigene Pistole hoch und feuerte in Richtung des Angreifers. Der Mann sank an der Wand herab.

Für einen Moment war alles still, die Schüsse klangen noch in ihren Ohren. Im Stockwerk über ihnen machten die

Männer – durch die Schüsse aufgeschreckt – kehrt, stürmten zur Treppe.

Nemerov brüllte etwas, das Marie nicht verstand, doch sie verstand Parkovs Geste. *Überprüf den da, ich selbst kann es nicht.* Marie tastete am Boden nach ihrer Taschenlampe, dann richtete sie den Lichtkegel und ihre Waffe auf die Nische.

Der Angreifer war tot. Es war Nemerovs Fahrer.

Die schweren Stiefel kamen die Treppe herab. Als Marie aufblickte, sah sie sich den beiden uniformierten Polizisten gegenüber, die Nemerov aufgehalten hatten. Die Männer richteten ihre Pistolen auf sie, brüllten Befehle. Marie hob die Hände. Ein Polizist richtete den Lichtkegel seiner Taschenlampe auf den toten Fahrer und auf Nemerov, der schwer verletzt vor Parkov lag.

»Nicht!«, rief Marie. »Das waren wir nicht! Wir sind nicht diejenigen, die das getan haben! *Er* war es! Nemerovs Fahrer! Er hat ihn attackiert!«

Parkov rief etwas auf Russisch und hob selbst die Hände. Nemerov am Boden rührte sich kaum noch, da war nur seine Hand, mit der er sich an Parkovs Arm klammerte, als wollte er sich so an seinem Leben festhalten.

»Weg mit der Waffe«, rief nun der größere der beiden Polizisten in rauem Englisch in Maries Richtung. »Weg damit, sofort!«

Sie gehorchte. Ihre P30 schlitterte über den Boden und blieb zwischen ihnen liegen.

»Aufstehen!«, blaffte er. »Zur Wand! Du auch!«

Parkov sagte wieder etwas auf Russisch, doch der größere Polizist schüttelte nur den Kopf. »Zur Wand!«, wiederholte er. Eine Hand stieß Marie hart in den Rücken in Richtung Wand. Sie zitterte. Ihre Gedanken überschlugen sich, Überlegungen voller Panik, die nach einem Fluchtweg suchten.

Einer der Polizisten tastete nach dem Puls des Fahrers, der andere kniete sich neben Nemerov. Nemerov spuckte Blut, hustete, Blutblasen platzten auf seiner Lippe, er rang um Atem. Der Polizist fragte Nemerov etwas, sein Ton war barsch.

»Wer war das? Wer hat das getan?«, übersetzte Parkov leise, und als Nemerov antwortete, übersetzte er auch dies: »Da drüben … er hat mich angegriffen.«

Marie sah, wie Nemerov auf den Fahrer deutete, der zusammengesunken auf der anderen Seite des Raumes lag. Erleichterung durchströmte sie. *Die müssen doch verstehen, dass wir nichts damit zu tun haben, auch wenn es gerade so aussieht, als …*

Der Polizist nickte. »Ich verstehe«, sagte er auf Englisch und musterte Marie und Parkov. Sein Kollege drückte auf einen Schalter an der Wand und Licht flackerte auf. Marie kniff die Augen zusammen, die plötzliche Helligkeit blendete sie, war zu viel in diesem Augenblick. Das Wimmern hinter der rostigen Eisentür war verstummt, doch Marie war überzeugt, dass Menschen dort eingesperrt waren, vielleicht sogar, so wie es klang, Kinder.

»Gut«, sagte der größere Polizist. »Sehr gut.« Für den Bruchteil einer Sekunde geschah nichts, sie musterten einander, während Nemerov keuchte und wimmerte. Dann hob der Polizist seine Pistole und schoss Nemerov ohne Vorwarnung aus nächster Nähe in den Kopf. Nemerov zuckte einmal, dann lag er still, während sich dunkles Blut auf dem fleckigen Betonboden ausbreitete. Marie schrie, sie packte Parkovs Arm. Die Mauer war kalt in ihrem Rücken, es gab keinen Fluchtweg.

Dann richteten die beiden Polizisten ihre Waffen auf Parkov und sie. »Ich soll euch«, sagte der Größere, »Grüße von den Aposteln ausrichten.«

»Nein!«, schrie sie und streckte die Hände aus, als könnte sie das vor den Kugeln schützen. Die auf sie gerichteten Pistolenläufe sahen aus wie schwarze Löcher, die alles Licht verschlucken wollten.

Wenn das der Ort sein soll, an dem du stirbst …

»Bitte nicht«, sagte Marie. »Bitte …«

»Umdrehen«, befahl der Polizist. *Ist er überhaupt einer? Aber Nemerov haben sie auch überrascht, also müssen sie echt sein. Sie haben hier gewartet. Sie wussten, wir würden kommen.* »Sofort!«

Sie spürte, wie Parkov sie nicht aus den Augen ließ. Ihre Beine zitterten. »Es tut mir leid«, sagte er.

»Schon gut«, erwiderte sie mit Tränen in den Augen. »Es war …«

Und dann knallte eine Pistole, einmal, zweimal, Marie zuckte zusammen, doch da war nichts, kein Schmerz, kein Licht, keine Dunkelheit, keine Kälte oder Hitze von einem Projektil, das sich in ihren Rücken bohrte.

Parkov stand dicht neben ihr, sie klammerte sich an ihn, hielt den Atem an, plötzlich polterte hinter ihnen etwas Schweres zu Boden, dann noch ein Poltern.

Nach einem kurzen Moment Stille bohrte sich der Lauf einer Pistole in ihren Rücken. Aus den Augenwinkeln sah sie, dass ein Fremder hinter Parkov stand und ihn in Schach hielt. Die Polizisten lagen am Boden. »Nicht umdrehen«, sagte der Mann hinter Parkov auf Englisch ohne den Hauch eines Akzents. Dann drückte man ihr etwas in die Hand. »Überziehen.«

Es war eine schwarze Stoffhaube.

»Wer seid ihr?« Parkovs Stimme klang, selbst kurz nachdem er dem Tod ins Auge gesehen hatte, ruhig.

»Zieht die Masken über. Wir machen eine Ausfahrt.«

»Lansford? Berger? Wo sind die?«

»In Sicherheit. Setzt jetzt die Augenbinden auf.«

Marie sah zu der schmalen Metalltür. Vielleicht täuschte sie sich, aber ihr kam es vor, als klopfte jemand von der anderen Seite dagegen.

Ohne weiter nachzudenken, stürzte sie nach vorn und schob mit einem Ruck den Riegel zur Seite.

»Weg da!«, rief eine zweite akzentfreie Männerstimme hinter ihr. »Sofort weg!«

Sie riss die Tür auf. Durch ein schmales Fenster weit oben fiel Licht herein. Vor ihr lag ein enger, schmaler Raum aus Beton – sie blickte in mehr Augenpaare, als sie zählen konnte. Junge Augen. Kinder. Zu ihrem Entsetzen waren nicht mehr alle am Leben.

»Hier sind Kinder eingesperrt«, sagte sie schwach. »Macht mit uns, was ihr wollt, aber … befreit die! Hört ihr?«

»Wir werden sie befreien«, sagte die Männerstimme. Sie klang rau und dunkel.

Ist das der Panther? Hat er gewartet, weil er seine Drohung, sie zu töten, wahr machen will?

Jetzt gehorchte Marie und zog sich die Stoffhaube über den Kopf. Sie dämpfte jedes Geräusch, machte die Sicht unmöglich. »Die Kinder, die hier unten eingesperrt sind, holt sie hier bitte raus.«

»Dreht euch um«, befahl die dunkle Stimme. »Und geht.«

Marie tastete sich im Dunkel voran, bis sie die Treppe erreichten. Sie spürte, dass Parkov noch bei ihr war, hörte seine Schritte. Vorsichtig stiegen sie hinauf, der Mann mit der dunklen Stimme blieb hinter ihnen. Sie spürte seine Präsenz.

Was auch immer jetzt geschieht, dachte Marie, *wir sind noch nicht tot. Und die Kinder da unten, vielleicht haben wir sie gerettet.*

Als sie mit einem Mal helles Geschrei aus dem Keller hörte, blieb ihr Herz für einen Sekundenbruchteil stehen. »Vorsichtig«, sagte die Stimme. »Noch zehn Meter.«

Man führte sie einen Hang hinunter. Sie fühlte den Wind auf ihrer Haut und die Kühle des Abends, Grashalme strichen an ihren Beinen entlang, wisperten im Wind. *Wie viel Zeit ist dort unten vergangen? Wie spät ist es jetzt?*

»Wer seid ihr?«, hörte sie Parkov fragen.

»Das wirst du erfahren. Ihr alle. Bald. Schnell jetzt, bevor jemand kommt.«

Da standen drei oder mehr Fahrzeuge, sie konnte die laufenden Motoren hören, man fesselte ihr die Hände auf den Rücken, ehe man ihnen befahl einzusteigen. »Und die Kinder?«

»Die nehmen wir mit. Wir bringen sie hier raus.«

»Wer seid …?«

»Später.« Die Tür schlug zu, der Wagen fuhr an. Marie wurde auf die Rückbank gepresst, der Wagen legte sich in eine Kurve, danach beschleunigte der Motor abermals mit voller Kraft.

»Daniel?«, flüsterte sie in die schwarze, samtene Dunkelheit ihrer Stoffmaske hinein, die ihr die Sicht nahm und bei jedem Luftholen nach bitterer, salziger Faser schmeckte.

»Ich bin hier. Neben dir.«

Sie rückte näher an ihn heran. »Irgendwie läuft dieser Tag nicht wie geplant, oder?«

»Nicht ganz«, erwiderte er, klang aber auch erleichtert. »Aber wir leben noch.«

Marie legte den Kopf an seine Schulter. »Wir leben noch. Ja. Immerhin.«

Sie spürte, wie die Erschöpfung ihre Krallen in sie schlug. Und mit jedem Rumpeln des Wagens über eine Bodenunebenheit, mit jedem Ächzen der Stoßdämpfer ließ sie sich ein Stück weiter fallen.

Du kannst nichts anderes tun. Du kommst hier nicht raus. Sei froh, dass du überhaupt noch in diesem Wagen sitzt.

Sie dachte an Nemerov, an seinen Fahrer, an die beiden Streifenpolizisten. *Ich hoffe, die haben die Wahrheit gesagt. Was die Kinder da unten angeht. Dann hätten wir … immerhin die befreit.* Marie spürte, wie ihr Tränen über die Wangen liefen und im Stoff der dunklen Kapuze versickerten.

»Marie?« Parkovs Stimme drang warm aus dem Dunkel.

»Ja?« Sie bemühte sich, das Beben in ihrer Stimme zu verbergen. *Aber wozu? Wozu solltest du das noch tun? Wohin sie uns auch bringen … wir werden es am Ende vielleicht nicht überleben.*

»Ich denke, ich weiß, wer *die* sind. Und wohin uns dieser Weg führt. Und ich glaube, dass uns keine Gefahr droht. Keine Gefahr für *dich*, zumindest.«

»Aber für dich? Willst du das damit sagen? Wo fahren wir hin?«

»Zu einer guten alten … Freundin«, erwiderte Parkov.

Kapitel 38

Durch sein leistungsstarkes Fernglas und aus einiger Entfernung beobachtete er, wie die Neuankömmlinge das Hofgelände durchkämmten. Sie hatten Parkov und Winter, Lansford und diese zweite Kollegin namens Berger in zwei große Geländewagen gesteckt, die in die hereinbrechende Nacht gefahren waren – dann hatten sie begonnen, die Toten nach und nach, in Leichensäcken verpackt, herauszutragen und in einen großen Transporter zu legen.

Nemerov, seinen Fahrer und die beiden Polizisten sah er nicht wieder. Sie mussten unter den Toten sein. Die Schüsse aus der Ferne … Was immer dort unten geschehen war, alles war am Ende gekommen, wie das Orakel es vorausgesehen hatte.

Parkov wird diesen Ort finden, hatte es gesagt. *Sie werden kommen, sie werden den zweiten Apostel finden. Sie werden dein Werk sehen, die Gerechtigkeit, das Leid. Bleib dort und sag mir, was dann geschieht. Behalte sie im Auge.*

Und dann?

Verfolge sie.

Zeig mir, mit wem sie Kontakt aufnehmen.

Und danach … werden wir die beiden verbliebenen Apostel töten. Wir werden sie ertränken, sie hinwegspülen.

»Wie?«, hatte er gefragt.

Es gibt einen Ort, an dem sie sich versammeln. Wir können ihn für unsere Zwecke nutzen, denn in der Nähe liegt ein großer See, ein See mit einer Staumauer. Und es gibt Wege, sie zu zerstören.

»Wir *selbst* werden das tun?«

Warte ab. Am Ende werden alle begreifen, dass unsere Sache die richtige ist. Fast alles ist bereit.

Aber nun geh.

Also war er, kaum dass die beiden Geländewagen der Neuankömmlinge zum Stillstand gekommen waren, hinabgeeilt, hatte die Dunkelheit genutzt, wie nur er sie zu nutzen gelernt hatte, um einen Peilsender an dem vorderen anzubringen, nahezu unsichtbar, versteckt am Heck, nahe am Auspufftopf … und ehe man ihn bemerken konnte, war er im Dunkel der hereinbrechenden Nacht verschwunden.

Nun führten die Männer eine Reihe von Kindern und Jugendlichen aus dem linken, niedrigen Gebäude.

»Was tun wir mit ihnen?«, hatte er das Orakel gefragt. »Die Apostel haben sie hier eingesperrt, wir können sie nicht hierlassen.«

Die Kinder sind nicht Teil deiner Mission, hatte das Orakel erwidert. *Aber wenn niemand sie findet, wirst du sie rausholen. Bis dahin wirst du dich nicht zeigen, nicht einmal ihnen. Keiner darf dich sehen.*

Befriedigung durchströmte ihn, als er nun zusah, wie man die Kinder rettete … und zugleich war da Enttäuschung. *Du weißt nicht, wer die da unten sind. Du weißt nicht, was sie mit ihnen tun. Wenn es Männer der Apostel sind, dann überleben weder diese Kinder noch Parkov und die anderen, die sie mitgenommen haben.*

Du wirst nicht eingreifen. Nicht über deine Ziele hinausschießen, hatte ihm das Orakel eingeschärft. Er musste die Zweifel, die sich für kurze Zeit in seinen Kopf geschlichen hatten, verdrängen.

Du bist weit gekommen. Nur noch zwei. Und diese letzten zwei verbrecherischen Apostel werden sich am selben Ort aufhalten.

So hatte es ihm das Orakel berichtet. Nicht mehr lange, dann würden sie das große Finale inszenieren und alle Welt würde sehen. Begreifen.

Doch zuvor gab es noch eine Sache zu erledigen.

Er holte das elektronische Gerät hervor, das ihm die Position des Peilsenders am Geländewagen anzeigte. Dann verließ er seinen Beobachtungsposten und eilte den Hügel hinunter, um ihnen zu folgen.

Kapitel 39

Wieder war es Nacht, im Regen wirkten die Lichter des nächtlichen Moskau wie goldene Sternschnuppen. Man hatte sie ohne viele Worte in ein teures Hotel gebracht, eine Suite weit oben, und hatte ihnen bedeutet, dort zu warten.

»Sie will«, hatte der Mann gesagt, ehe er ihnen erlaubt hatte, die Kapuzen abzunehmen, »dich später sehen, Parkov. Wartet hier.«

Und dann war er gegangen. Marie hatte vorsichtig die Stoffkapuze von ihrem Kopf gezogen und über die überbordend ausgestattete Suite gestaunt. Sie lag gleich unter dem Dach und wirkte wie der exaltierte Traum eines Oligarchen.

»Wo in aller Welt sind wir hier?«

»Moskau«, erwiderte Parkov. »Sie haben uns zurückgebracht.«

Marie starrte ihn an – dann hielt sie es nicht länger aus.

Die Gesichter der toten Kinder im Kellerverlies, die von Tränen verschmierten Wangen der noch lebenden, die Bilder drängten sich nach vorn, füllten alles aus. Blindlings stürzte sie fort, fand das Bad, schloss sich ein und trat, am ganzen Körper zitternd, unter die Dusche. Der warme, prasselnde Wasserstrahl übertönte ihr Schluchzen.

Parkov klopfte gegen die Tür, doch sie reagierte nicht.

Geh einfach. Geh weg. Nemerov ist tot, und hätte er uns nicht in allerletzter Sekunde vor dem Verräter, diesem Fahrer, gewarnt oder hätten diese Leute hier die beiden Polizisten nicht gerade noch rechtzeitig ausgeschaltet …

So viele Tote. So viel unnützes Leid.

Als Parkov abermals klopfte, ging sie zur Tür und schob den Riegel zurück.

»Ich kann nicht mehr«, sagte sie.

»Ich weiß. Ich *weiß*.«

Marie sah zu ihm auf. Dann griff sie nach dem großen weißen Badehandtuch, wickelte sich darin ein. »Und jetzt werde ich ins Bett gehen. Sie haben uns unsere Handys abgenommen und alles andere und ich wette, draußen vor der Tür steht ein Wachposten, also … was bleibt uns?«

»Ich kenne dieses Hotel«, sagte Parkov. »Das Red Star International. Eine Fünf-Sterne-Location. Im Erdgeschoss liegt der Red Star Club, vermutlich *der* Ort in ganz Moskau, um die beste Party …«

»Ja?« Marie schüttelte den Kopf, etwas ungläubig, dass er in ihrer Situation ausgerechnet daran dachte. »Also feiern wie die Russen, ja? Tut mir leid, aber allein der Gedanke nach all diesem Mist heute Nacht … Nein. Ganz bestimmt nicht.«

»Das war auch kein Vorschlag, nach unten zu gehen.« Parkov zögerte. »Obwohl ich es tun *muss*, ob ich will oder nicht.«

Sie ging durch den Flur der Suite, der in einem golden glänzenden pompösen Stil designt war, wo Wandlampen mit edelsteinverzierten Schirmen buttergelbe Lichtkegel warfen. Das Schlafzimmer lag in angenehm warmes, schwaches Licht gehüllt. Sie war nervös, mehr als nur ein Hauch von Angst und

Panik drückte ihr die Kehle zu wie ein unsichtbarer Angreifer, doch zugleich hatte sie das Gefühl, sie müsse sich nur in das große Bett legen und würde wenig später einschlafen.

Aber sie fürchtete die Albträume.

»Diese alte Freundin«, fragte sie Parkov, »wer ist das?«

Parkov schwieg einen Moment, als wollte er dem schwach von unten herauftönenden Bass lauschen. »Sie wird mich allein sprechen wollen.«

»Und wer ist sie?« Marie kletterte in das Bett und zog die Decke über sich. Parkov setzte sich an den Rand. Er hatte ein frisches Hemd angezogen, sein blondes Haar war zerzaust, doch er wirkte ebenso müde, wie sie sich fühlte.

»Arka Kasakova«, erwiderte er. »Waffenhändlerin. Russin. Reich, schön, effektiv. Ich wette, sie hat mich im Auge, seit ich russischen Boden betreten habe. Das ist Glück, Glück im Unglück. Es waren ihre Männer, die uns gerettet haben, ohne Zweifel, und jetzt wird sie eine Gegenleistung verlangen.«

»Was könnte das sein?«

»Keine Ahnung. Aber ich werde dafür sorgen, dass du nicht davon betroffen bist.«

»Daniel, du …« Marie verstummte, weil es an der Eingangstür am Ende des Flures klopfte. Parkov ging hinüber, öffnete, eine fremde Männerstimme sagte etwas auf Russisch, Parkov antwortete, sie wechselten ein paar Worte, dann kam Parkov zurück.

»Sie will mich allein sprechen. Wie erwartet …«

»Woher weiß ich, dass du nicht in Gefahr bist?«

»Du kennst mich doch. Ich finde immer einen Weg.« Ein warmes Lächeln schlich sich auf seinen Mund. »Oder etwa nicht?«

»Bis jetzt.« Sie beugte sich vor und küsste ihn. »Aber ich vertraue auf dich, das weißt du. Pass auf dich auf.«

»Bis später, meine Liebe.«

»Daniel?«

Er blieb stehen.

»Wenn du in, sagen wir, zwei Stunden nicht zurück bist … was soll ich dann tun?«

»Frag nach Arka«, sagte er. »Sie wird wissen, wo ich bin. Aber nicht vorher.«

Er ging und Marie sah ein paar Minuten lang aus dem breiten bodentiefen Fenster auf das nächtliche Moskau hinab. Der Rote Platz, die Mauern des Kreml, von Scheinwerfern beleuchtet, die Moskwa. Sie lauschte dem basstiefen Wummern aus den unteren Stockwerken des Hotels, es klang, als feierte man dort die beste Party des Lebens.

Du kannst nicht hierbleiben, ging es ihr durch den Kopf. *Nicht wenn Parkov in eine Sache gerät, die ihn weiß Gott wohin führt.* Sie zögerte. *Lansford und Berger müssen hier auch irgendwo sein. Wenn ich die beiden finde …*

Marie öffnete ein paar Schränke und entdeckte frische Kleidung.

Denk mal nach. Als du Parkov das letzte Mal gefolgt bist, hat dich der Panther fast getötet. Du weißt nicht, wie die Leute dieser Arka Kasakova reagieren werden, wenn du versuchst, dich hier rauszuschleichen.

Auf dem Tisch im großen Wohnzimmer der Suite entdeckte sie eine kristallene Karaffe, die mit frischem, kühlem Wasser gefüllt war. Darunter klemmte ein gefalteter Zettel. Sie öffnete ihn und sah Parkovs präzise Handschrift. Er hatte ihr eine Botschaft hinterlassen:

> Machen wir aus zwei Stunden lieber eine. Was immer ich für sie tun muss, sie wird wollen, dass ich es allein erledige, aber vielleicht kannst

du sie überzeugen, dass ich Unterstützung gebrauchen könnte, zumindest von Lansford. Mir selbst wird sie keine gewähren, selbst wenn ich sie bitte, dafür kenne ich sie gut, viel zu gut.

Nur bedenke: *kein* Risiko.

P

Kapitel 40

Parkov folgte dem ganz in Schwarz gekleideten Bodyguard durch die dicht gedrängte Menge der Feiernden. Champagner floss in Strömen, Stroboskoplicht blitzte. Große Subwoofer warfen ihre Bässe mit unerbittlicher Präzision gegen seinen Magen. Weiter hinten saßen Gäste in großen Pools und in den Boden eingelassenen Becken voll sprudelnden Wassers und tranken Wodka aus Flaschen. Kellnerinnen in Bikinis balancierten große Champagnerflaschen. Der Bodyguard führte ihn zu einer Tür, die in einen abgetrennten Bereich des Klubs führte. Ein gut zwei Meter großer Wachmann öffnete sie und Parkov tauchte ein in eine vollkommen andere Atmosphäre, die einem edlen Jazzklub glich: Hier waren die Bässe leiser, über die gesamte Rückwand zog sich eine breite Bar, wo die Spirituosenflaschen wie Kristalle im Licht schimmerten. Männer und Frauen saßen an runden Tischen, tranken Eisgekühltes aus kristallenen Gläsern und blickten zu einer ovalen Bühne in der Mitte des Raumes, wo eine attraktive platinblonde Russin in einem langen weißen Abendkleid im Zentrum der Aufmerksamkeit stand: Arka Kasakova.

»… auf einen Abend«, hauchte sie in ein Mikrofon und ihre Augen fanden Parkov, als hätte sie ihn just in diesem Moment erwartet, »den niemand von uns jemals vergessen wird.«

Dann kam eine Sängerin auf die Bühne und ein vibrierendes, treibendes Jazzstück begann, der Bass setzte ein, das Klavier, dann das Schlagzeug. Arka verschwand in der Menge, Parkov verlor sie kurz aus den Augen, doch dann kam sie mit wiegenden Hüften auf ihn zu wie eine geschmeidige, elegante Tänzerin.

»Daniel«, sagte sie und strahlte. »Ach, Daniel.«

»Arka«, erwiderte Parkov. Sein Blick erforschte den Raum und sie zugleich, suchte nach Fluchtwegen, ortete die Positionen, an denen sich ihre Leibwächter aufgestellt hatten. Sie fiel ihm mit gespielter Herzlichkeit um den Hals und küsste seine Wangen.

Sie roch nach teurem Parfüm und dem Hauch eines Drinks. Ihre Haut war samtweich, die Augen durchdringend blau wie das Polarmeer und ihr langes blondes Haar fiel in eleganten Wellen über den Rücken. Auf ihrem Dekolleté lag ein großer Diamant, sie trug ihn an einer fein gearbeiteten Halskette aus Gold und Platin. Ausnahmslos alle hereinkommenden Männer drehten sich nach ihr um und musterten ihn. Arka Kasakova nickte dem großen Leibwächter zu, der daraufhin einige Schritte zurücktrat.

»Weißt du, wie viel Karat er hat?«

»Nein.« Parkov gönnte sich ein ironisches Lächeln. »Ich wollte nur sehen, ob noch alles am richtigen Platz sitzt.«

»Daniel«, hauchte sie noch einmal, »es ist viel zu lange her.«

»Können wir das Spielchen überspringen?«

Seine Worte bewirkten nur, dass ihr Lächeln noch strahlender wurde. »Du weißt«, erwiderte sie sanft, »dass ich Spielchen liebe.« Sie bedeutete Parkov, ihr zur Bar zu folgen. Der Barkeeper war sofort zur Stelle. »Und außerdem weißt du doch, wie sehr ich dich vermisst habe, Daniel.«

»Cosmopolitan für sie«, sagte Parkov zu dem Barmann, »und Wodka für mich.« Dann wandte er sich wieder ihr zu. »Vielleicht bin ich ja hier, um dich aus dem Weg zu räumen.«

Arka lächelte, ohne mit der Wimper zu zucken. »Hast du eine Ahnung, was alles geschähe, wenn dir das gelänge?« Sie streckte die Hand aus und berührte Parkovs Wange. »Ich denke, das war ein Nein. Irgendetwas sagt mir, dass du in Schwierigkeiten steckst. Oder bist du krank? Oder etwa beides?«

»Britrovo«, wich Parkov ihr aus. »Deine Männer. Wieso waren sie dort?«

Arka lachte. Es klang glockenhell. »Du weißt doch, niemand kommt hierher und bleibt unbemerkt. Und ganz sicher kein alter … *Freund.*«

»Nur weil wir ein paarmal miteinander geschlafen haben«, erwiderte Parkov, »macht uns das noch nicht zu Freunden.«

Arka nahm das eisgekühlte Glas, das ihr der Barkeeper hinstellte, führte es zum Mund, kostete und fuhr sich danach mit der Zunge über die Lippen. »Und ich dachte, du gehst mit all deinen Freunden ins Bett.«

Parkov lächelte. Er nahm ebenfalls einen Schluck von seinem Drink. Der Alkohol umschmeichelte seine Zunge wie Samt. »Nur mit den allerliebsten, Arka.«

»Meine Männer waren da, um euch zu beschützen. Ich wusste, dass du dich in Gefahr bringen würdest. Nemerov hatte Feinde, er war zu vertrauensselig, und genau das hat ihn am Ende sein Leben gekostet. Verräter in den eigenen Reihen, sein eigener Fahrer, sein Adjutant, ist das zu fassen?« Arka nahm die Kirsche aus dem Glas und biss hinein. Ihre Lippen hatten den gleichen Rotton.

»Das war nicht der erste Verräter, dem ich in jüngerer Zeit begegnen musste. Sie haben ausgezeichnete Verbindungen.«

»Aber nicht so ausgezeichnete wie ich«, erwiderte sie. »Du bist, Daniel, nur aus einem Grund noch am Leben: weil ich beschlossen habe, dir zu helfen. Ganz gleich, wie sehr du mich verletzt hast, ich hätte es nicht ertragen, diesen attraktiven Hintern in einem Grab zu sehen.«

»Da sind wir ja schon zwei.«

Wieder lächelte sie. »Wir haben aufgeräumt. Die Kinder, die dieses Schwein, das du einen Apostel nennst«, sie spuckte das Wort regelrecht aus, »bei sich gefangen gehalten hat ... sie werden an einen sicheren Ort gebracht. Ein gutes Waisenhaus, ein Ort, an dem sie in Frieden aufwachsen können. Ich sorge mich um all die armen Waisen, das weißt du doch.«

Parkov nickte. »Ein jeder suche den Weg, seine Schulden zu begleichen.« Er ließ seinen Blick durch den Raum schweifen: Arka Kasakovas Männer hatten sich an allen strategisch wichtigen Punkten positioniert, er würde nicht entkommen, selbst wenn er es darauf anlegte. »Du machst Kinder zu Waisen, aber du sorgst dich auch um sie. Diese Moral hat mich schon immer gerührt.«

»Lass den Sarkasmus, er steht dir nicht. *Ich* mache Kinder nicht zu Waisen.« Arka spielte mit einer Strähne ihres platinblonden Haares, während sie näher an Parkov heranrückte. »Nur Männer tun das, Männer mit Waffen. Vielleicht mit *meinen* Waffen.«

»Was willst du? Was soll ich für dich tun – zum Ausgleich?«

»Ich will ihn, Daniel. Den Mann, der den Apostel tötete. Den ... Panther.« Ihre Stimme war nicht mehr als ein kehliger Hauch, erinnerte an die Dämmerung und den Wind über der Taiga. »Er beeindruckt mich. Nicht viele vollbringen, was ihm gelungen ist.«

»Das ist nur ein Mörder.«

»Er ist vor allem noch hier«, gab sie zurück. »Noch heute Nacht, mein Schatz. Das Bolschoiballett.«

»Ich *liebe* Ballett.«

»›Schwanensee‹, Daniel, aber du wirst wohl kaum Zeit finden, die neue Primaballerina zu bewundern. Sie werden sich dort treffen, er und sein Auftraggeber. Ein Mann namens Jegorov, der Panther kennt ihn nicht. Er wird die Information über seine beiden verbliebenen Ziele dort erhalten, über die beiden letzten Apostel. Dann wird er aufbrechen, um sie zu töten, aber du … *du* wirst ihn mir bringen. Dann sehe ich deine Schuld bei mir als«, sie lächelte strahlend, »beglichen an.«

»Und wenn ich mich weigere?«

»Ein Mann mit Ehre weigert sich nicht, wenn ihn eine alte Freundin um Hilfe bittet.«

Parkov nickte. »Da ist was dran.«

»Du weißt, wo du mich findest. Aber lass dir nicht zu viel Zeit. Geh jetzt. Unten in der Tiefgarage steht ein Wagen bereit, im Kofferraum findest du auch Jegorovs Bezahlung, die er für die Übermittlung der Information erwartet.«

Parkov wollte sich abwenden, doch Arka hielt ihn an der Schulter fest, ganz sanft und doch nachdrücklich. »Was ist mit ihr?«, fragte sie. »Liegt dir etwas an dieser Frau?«

»Kümmert dich das?« Parkov suchte nach einer Gefühlsregung in ihren eisblauen Augen und fand mehr als das. »Es sollte dich nicht kümmern.«

»Aber sie ist hier. Vielleicht sollte ich sie behalten, was meinst du? Und dann die anderen beiden … Was habt ihr euch nur gedacht, in aller Heimlichkeit hierherzukommen und nicht einmal Hallo zu sagen?«

Parkov ging einen Schritt auf Arka zu, sodass er dicht vor ihr stand. Er packte ihren Arm, zog sie näher zu sich. Arka schien es zu genießen. »Keine Spielchen. Nicht heute. Nicht mehr.«

»Weißt du«, hauchte sie in sein Ohr, »ich weiß noch viel mehr. Viel, viel mehr. Gerüchte über diesen Panther, Gerüchte, die ich mit dir teilen würde, wenn du nicht so … lieblos wärst.«

Parkov spürte, wie sie ihm etwas in die Hand drückte, unauffällig und blitzschnell. »Geh«, zischte sie dann in sein Ohr. »Sie beobachten dich sogar hier und ich weiß *nicht*, wer von denen zu ihnen zählt.«

Parkov schob sie von sich und wandte sich um. Auf dem Weg zurück durch den Klub heftete sich ein zweiter Leibwächter Arka Kasakovas an ihn. In der mit weißem Marmor ausgelegten Lobby des Red Star International ging der Mann voraus.

Während Parkov ihm folgte, öffnete er seine Hand. Arka hatte ihm einen Autoschlüssel gegeben.

Über lichtgraue Betontreppen ging es hinunter zur Tiefgarage.

»Frau Arka hat ein Geschenk für Sie«, sagte der Mann. Er deutete auf einen Sportwagen, der nahe der Ausfahrt geparkt war, ein Mercedes AMG Coupé. »Vielleicht werfen Sie auch einen Blick in den Kofferraum.« Der Leibwächter machte kehrt und verschwand. Seine Schritte verhallten, Parkov war allein in der großen Hoteltiefgarage. Im Kofferraum fand er in einem schlichten grauen Koffer ein Handy und eine geladene Pistole. Daneben lag ein weißer Umschlag, in dem sich etwas Festes befand. Parkov öffnete ihn: Ein kleiner, etwa fingerlanger schimmernder Goldbarren lag im Inneren. Jegorovs Bezahlung.

»Ich liebe dich auch, Arka.«

Parkov nahm das Handy, steckte den Goldbarren ein, setzte sich hinter das Steuer und wählte.

Kapitel 41

Der Wachmann drehte sich um, als hätte er sie erwartet. Marie hatte bemerkt, dass die Telefone in der Suite nicht mit dem Netz verbunden waren, Parkov konnte sie also gar nicht kontaktieren, selbst wenn er es versuchte. Und nun hielt sie es nicht länger in der Suite aus.

Entweder bleibst du sitzen und wartest … oder du reißt dich zusammen. Er hat gesagt, er brauche deine Hilfe.

Also rede wenigstens mit dieser seltsamen Frau.

»Sie bleiben besser dort drin«, sagte der Mann. Er überragte sie um gut vierzig Zentimeter und Marie sah ihm an, dass er trotz seiner Größe nicht schwerfällig war. Vielleicht würde sie vor ihm fliehen können, aber darauf wollte sie es nicht ankommen lassen.

»Ich muss mit ihr sprechen. Mit Arka Kasakova.«

»Sie aber nicht mit Ihnen.«

»Sie macht einen Fehler, wenn sie Parkov allein losschickt. Er kann jede Unterstützung gebrauchen. Wir sind nicht eure Feinde. Wir verfolgen dieselben Ziele.«

Der Wachmann starrte sie an. Dann griff er nach dem Funkgerät an seinem Gürtel. »Sie ist hier«, sagte er hinein. »Ja. Ich verstehe.«

»Und?«, fragte Marie. Sie versuchte, ihn anzulächeln und so ihre Aufregung zu verbergen.

»Folgen Sie mir.«

Parkov steuerte den Sportwagen auf die Ausfahrt der Tiefgarage zu, als aus dem Schatten nahe der Schranke ein Mann hervortrat.

Lansford.

»Willst du diese Sache ohne Hilfe durchziehen?«, fragte er. »Das wirst du nicht schaffen.«

»Wie bist du rausgekommen?«

Lansford schnaubte. »Die Wachposten einer mittelmäßigen Waffenhändlerin halten mich nicht auf.« Er öffnete die Tür des Mercedes und stieg ein. »Also, was will sie von dir? Dass du heute Abend noch eine Sache für sie erledigen musst, ist offensichtlich.«

Lansford war schnell, er war gut, daran bestand kein Zweifel. »Du hast sie gesehen?«, fragte Parkov.

»Ja. Flüchtig. Ich hab schon von ihr gehört. Aber dass ihr euch näher kennt, überrascht mich doch.«

»Sie würde dir ein Messer in den Hals jagen, könnte sie hören, dass du sie eine mittelmäßige Waffenhändlerin nennst.«

»Ja? Den Versuch würde ich zu gern sehen.«

»Der Panther wird seinen Auftraggeber heute Nacht im Bolschoitheater treffen und von ihm die notwendigen Informationen erhalten, um die letzten beiden Apostel auszuschalten. Arka will, dass ich ihn ihr bringe.«

»Was du natürlich nicht tun wirst.« Lansford zog eine Pistole hervor, die er einem Wachmann abgenommen haben musste, und prüfte das Magazin. »Der Panther gehört uns. Genau wie die Informationen über seine beiden Apostel-Ziele.«

»Solange Marie noch da oben ist, und Lea …«

»Die Mission, Parkov. Vergiss das nicht.«

»Wir tauschen keine Leben ein. Nicht mehr. Wenn das hier vorüber ist, wirst du Trentmann gehen lassen.«

Lansford reagierte nicht. »Wie willst du vorgehen?«, fragte er stattdessen.

»Arka sagte, dass der Panther den Kontaktmann noch nie gesehen hat. Also werde ich mich selbst als der Panther ausgeben und so die Informationen über den Aufenthaltsort der letzten beiden Apostel in Erfahrung bringen.«

Lansford hob die Brauen. »Mutig. Oder dumm?«

»Beides. Und im Augenblick unsere einzige Option.«

»Ich habe dich telefonieren sehen. Vor einigen Minuten, hier unten.«

Parkov startete den Wagen und steuerte ihn aus der Tiefgarage. »Das war meine Rückendeckung«, sagte er. »Wir alle brauchen jemanden, auf den wir uns verlassen können.«

»Wer ist es?«

»Ein alter Freund.«

Das Hotel glich einem komplexen Labyrinth, die Gänge verwinkelt und voller Nischen, mit jeder Treppe, die sie nach unten stieg, hörte sie die feiernde Menge lauter, die Basstöne tiefer und druckvoller. Der Wachmann brachte Marie in ein Nebenzimmer. Auf einem kleinen runden Tisch in einer Nische brannte eine rote Kerze, an den Wänden klebte eine Samttapete mit Goldornamenten.

»Hinsetzen. Abwarten.«

Marie setzte sich und wartete.

Es vergingen zehn, vielleicht fünfzehn Minuten. Dann schwang die Tür auf. Eine Frau in einem elegant geschnittenen, bodenlangen weißen Kleid schwebte geradezu herein. Marie hatte beschlossen, nicht lange um ihre Absichten herumzureden.

Sie legte ihre Hände auf den Tisch und Parkovs handschriftliche Notiz daneben. »Daniel«, sagte sie auf Englisch, »braucht unsere Hilfe. Das will er uns damit sagen.«

»Ich habe ihm eine Aufgabe gegeben«, erwiderte die Frau und bedeutete den Leibwächtern mit einer knappen Geste, sich zurückzuziehen. »Eine, die kein großes Aufsehen erregen darf. Deshalb nur er – allein.«

»Von mir aus. Aber wir sind nur zu viert. Wir vier werden genauso wenig Aufsehen erregen. Ganz bestimmt. Bitte, Arka. Wir stehen am Ende doch auf derselben Seite.«

»Denkst du, ich würde ihn an einen Ort schicken, der ihn sein Leben kosten könnte? Nach all dem Aufwand, den ich für eure Rettung betrieben habe?«

»Ich weiß es nicht. Ich will dir nichts unterstellen«, erwiderte Marie, »und ich weiß, dass Parkov viel zu stolz ist, um jemanden ein zweites Mal um Hilfe zu bitten, aber das hier … das *ist* eine solche Bitte. Also, vielleicht willst du, dass er stirbt, vielleicht ist dir auch *mein* Leben vollkommen egal, aber wenn nicht, wenn nur eine kleine Chance besteht …« Marie holte tief Luft. »Dann bitte *ich* dich um Hilfe.«

Arka Kasakova musterte sie. Ihre Augen waren so unfassbar blau und tief, dass Marie fast das Gefühl hatte, darin zu versinken. »Ich glaube«, sagte Arka schließlich mit einem Lächeln, »ich begreife, was Parkov an dir findet. Da ist Mut … ziemlich viel sogar.«

»Eigentlich bin ich nur eine Polizistin, die mitten in einer großen Sache steckt und gar nicht recht weiß, wie sie da reingeraten ist. Aber diese Apostel müssen wir stoppen. Es zumindest versuchen.«

»Die Apostel sind eine Plage, schon seit langer Zeit«, erwiderte Arka. Dann nickte sie, als hätte sie in diesem Moment eine Entscheidung gefällt. »Also gut. Lassen wir Parkov nicht allein. Auch wenn ich die Vorstellung für einen Moment sehr reizvoll fand, ihm die Überheblichkeit vom Gesicht zu wischen, indem ich ihn vor eine unlösbare Aufgabe stelle … Aber du hast recht. Wir sollten ihm helfen.«

Einer ihrer Bodyguards kam näher, beugte sich herab und flüsterte Arka etwas ins Ohr. Sie nickte. »Wie ich höre, hat dieser andere Mann, Mark Lansford, einen meiner Männer überwältigt, ihn niedergeschlagen, seine Waffe gestohlen und sich Parkov angeschlossen. Die beiden sind längst unterwegs.«

Marie hielt den Atem an. Wenn Lansford mit seinem Alleingang alles zerstört hatte, dann sollte es wohl so sein. Dann gab es nichts, was sie noch tun konnte.

Doch Arka lächelte strahlend, als würde sie der Gedanke an das, was vor ihnen lag, ganz besonders erregen. »Also dann«, sagte sie, »hopp, hopp. Machen wir Mädels uns fertig, ja?«

Kapitel 42

Ein Kontaktmann Arka Kasakovas wartete am Brunnen vor den hoch aufragenden Säulen des Bolschoitheaters und steckte ihnen die Eintrittskarten zu. Parkovs Blick fiel auf Apollo im Streitwagen; die Götterstatue thronte hoch oben auf dem Dach und spähte über die nächtliche Stadt hinweg. Dann betraten Lansford und er das mächtige, im Stil des russischen Klassizismus errichtete Gebäude. Über gepflegte rote Teppiche ging es hinein, auf den breiten Marmortreppen, die sie zu ihrer Loge im fünften Rang hinaufstiegen, hallten ihre Schritte. Von dort blickte Parkov hinunter in den großen, in leuchtendem Blattgold und samtenem Rubinrot gehaltenen Zuschauerraum. Wie sie dort unten saßen, voller Erwartung und Vorfreude darauf, dass sich der Vorhang öffnete … und vollkommen unwissend, wer sich heute Abend hier treffen wollte und zu welchem Zweck. Dann wanderte sein Blick hinauf, über ihnen schwebte ein mächtiger Kronleuchter an der gewaltigen und mit zahlreichen Malereien verzierten Decke.

»Wie lokalisieren wir ihn? Den Kontaktmann?«

Parkov nickte in Richtung der Loge direkt gegenüber. »Das müssen wir nicht. Er sitzt dort drüben.«

Lansford war verblüfft. »Ich verstehe. Du hast an alles gedacht.«

»Nein, das war Arka. Der Panther kennt ihn nicht, aber Arka hat mir ein Bild von ihm mitgegeben. Hoffen wir, dass er eine Zeit lang dortbleibt.« Parkov warf einen Blick auf die Patek Philippe an seinem Handgelenk. »Die Vorstellung beginnt in exakt zehn Minuten. Sobald das Licht ausgeht …« Er drückte Lansford einen Ohrhörer mitsamt Digitalfunksystem in die Hand, beides hatte er hinten im Wagen gefunden. »Darüber verständigen wir uns. Sag mir einfach, dass er da drüben sitzen bleibt, bis ich bei ihm bin.«

»Verstanden.«

Parkov eilte zurück hinunter ins Foyer und von dort aus möglichst unauffällig hinauf zu den gegenüberliegenden Logen. Er wich Frauen in langen Abendkleidern und mit blinkendem Diamantschmuck aus, die an der Seite ihrer Begleiter zu ihren Plätzen strömten, mit den Augen suchte er nach Ausgängen, Türen, Nischen – suchte nach Wegen, diese Aufgabe, diesen Irrsinn, in den ihn Arka Kasakova hineingeschickt hatte, zu überstehen.

Dort war eine Toilette. Parkov ging hinein. Hier war er allein, im kaltweißen Licht blickte er in den Spiegel und wartete darauf, dass im Zuschauerraum das Licht erlöschen würde.

In seiner Brust breitete sich der alte, fast schon vertraute Schmerz aus. Die Wirkung von M-CotroX. Er griff nach den Tabletten. Das Medikament schmeckte bitter, er schluckte und spülte es mit einem Schluck Wasser hinab.

»Er bleibt sitzen«, sagte Lansford in seinem Ohr. »Sieht nicht danach aus, als hätte er vor, sich *irgendwohin* zu bewegen.«

»Doch. Das hat er. Aber die Zeit ist noch nicht gekommen.«

»Und woher weißt du, wo er sich mit dem Panther treffen will?«

»Das weiß ich nicht. Spielt aber auch keine Rolle. Ich werde ihm folgen.«

»Und ich hoffe, du weißt, was du hier tust.«

»Jegorov ist der Kontaktmann des Panthers. Arka will den Panther, aber sie hat gewiss nichts dagegen, wenn wir den Kontakt zu seinem Auftraggeber für uns … behalten.«

»Du willst das Orakel?« Lansford klang angespannt. »Das ist mutig. Und du weißt nicht mal, ob es hier ist.«

»Das weiß doch niemand von uns.«

Von draußen erklangen die Streicherklänge von Tschaikowskys Ouvertüre. »Das Licht ist jetzt aus«, sagte Lansford. »Und es geht los. Aber Jegorov sitzt noch immer …«

»Hast du erwartet, sie würden gleich zu Beginn …?«

»Ich wäre nicht mal hier«, erwiderte Lansford. »Ich hätte mich nicht von einer verrückten Waffenhändlerin einspannen lassen.«

Parkov erwiderte nichts. Er lauschte den Orchesterklängen, es verstrichen weitere zehn Minuten, bis sich Lansford erneut zu Wort meldete.

»Jetzt geht er«, sagte er. »Jegorov ist aufgestanden und geht zur Tür der Loge.«

»Verstanden.« Parkov näherte sich der Tür der Herrentoilette.

»Er ist raus. Nach rechts.«

»Wir müssen ihn irgendwie markieren«, sagte Parkov. »Verdammt, wir *hätten* ihn irgendwie markieren müssen. Wenn ich ihm nicht unauffällig folgen kann …«

»Vielleicht will sie ja, dass du hier auffliegst? Dass du etwas riskierst und dabei auf die Schnauze fliegst? Vielleicht sucht sie nur nach einem leichten Weg, um dich auszuschalten? Hast du daran mal gedacht?«

Parkov erwiderte nichts. Als er hinausspähte, sah er Jegorov den Theaterkorridor hinabgehen.

»Ich hab ein mieses Gefühl bei dieser Sache«, sagte Lansford. »Ein sehr, sehr *mieses.*«

»Ruhe.« Parkov folgte Jegorov. Er achtete penibel auf seinen Abstand, immerhin waren sie beide, von einigen Theaterangestellten abgesehen, nun beinahe die Einzigen hier draußen. Jegorov musste sich nur umdrehen, um ihn zu entdecken.

Aber das wird er nicht, dachte Parkov. Weil er davon überzeugt ist, dass man ihn hier nicht beobachtet. Ein solches Treffen mitten in Moskau abzuhalten, an diesem Ort, an einem Abend wie diesem, war mutig – manch einer würde es sogar dumm nennen. Aber die besten Verstecke und Tarnungen waren schon immer die, die niemand erwartete.

Jegorov betrat durch eine Brandschutztür einen für Gäste gesperrten Bereich.

»Er verlässt den öffentlichen Teil des Theaters«, sagte Parkov leise. »Richtung Bühne, östlicher Flügel.«

»Ich komme von der anderen Seite.«

In Lansfords Funkübertragung knisterte und knackte es, als würde jemand mithören. Dann sagte eine Frauenstimme, die Parkov sofort erkannte, in leicht belustigtem Ton: »Dürfen wir mitspielen, Jungs? Ich hab es mir gerade anders überlegt.«

»Arka.« Parkov öffnete die Brandschutztür, ging hindurch und fand sich in einem nüchtern weiß gestrichenen Treppenhaus wieder. Durch die Metalltreppe hindurch sah er Jegorov drei Ebenen unter sich durch eine Tür in den Eingeweiden des Gebäudes verschwinden. »Halt dich raus.«

»Wie, du meinst, die Sache ist bereits in guten Händen? Das klang aber eben so, als bräuchtest du Hilfe. Wir hätten ihn markieren sollen!«, imitierte sie ihn und lachte leise, während Parkov die Treppen hinunterstieg. Auf halbem Weg erlosch das Licht, Parkov blieb stehen, bis sich seine Augen an die Dunkelheit gewöhnt hatten. Dann setzte er den Weg fort.

Doch hinter der Tür, durch die Jegorov gegangen war, herrschte ebenfalls Finsternis.

»Was ist hier los?«

»Da gab es wohl einen kurzen Stromausfall für einige Bereiche hinter den Kulissen. Nichts, was den Gästen auffällt.« Arka klang noch immer belustigt. »Beruhig dich, Daniel. Wir wollen doch alle, dass diese Sache erfolgreich über die Bühne geht. Also sei unbesorgt … wir passen auf dich auf.«

»Wir?« Parkov orientierte sich an den roten Notlichtern, die kreisrunde Farbkleckse auf den Boden warfen. Irgendwo in der Nähe hallten Schritte. Am anderen Ende des Korridors bog Jegorov um die Ecke, im roten Schein der Notbeleuchtung sah Parkov sein weißes Gesicht in einem Spiegel, ehe er verschwand. Er beschleunigte seine Schritte.

»Berger und ich sind auch da«, sagte Marie über Digitalfunk. »Oder hast du gedacht, wir lassen dich das allein durchziehen?«

»Natürlich nicht«, antwortete Parkov. »Ich verstehe. Arka wäre so ganz allein nicht auf die Idee gekommen.«

»Jetzt beleidigst du mich, Daniel«, erwiderte Arka. »Ich hatte nie vor, dich in eine solch unlösbare, gefährliche Sache zu schicken.«

»Natürlich nicht.« Seine Worte trieften vor Sarkasmus. »Nie.«

Er fand sich hinter der Bühne wieder – hier wurden die hoch aufragenden Kulissenteile hin und her bewegt und einige Balletttänzerinnen warteten auf ihren Auftritt, aber keine Spur von Jegorov.

»Er ist eine Ebene über dir«, sagte Marie. Parkov sah zur anderen Seite des Hinterbühnenbereichs und dort entdeckte er sie. Die Frauen gingen hinter einem großen Kulissenteil, das ein paar Bühnenarbeiter gerade zur Mitte schoben. Marie trug eine dunkelblaue Jacke mit der Aufschrift »Bühnentechnik«. Sie deutete nach oben. Parkov blickte hinauf und sah, wie Jegorov einen Teil des Schnürbodens überquerte, an dem die Kulissen über Seile abgesenkt werden konnten, er lief über einen Metallsteg zur linken Seite der Bühne, fort von ihnen.

»Wie komme ich da rauf?«

»Indem du dir die Pläne dieses Gebäudes ansiehst, Schatz«, sagte Arka über Funk. »Rechts von dir. Eine Leiter.«

»Sehe sie.« Parkov wich einer weiß gekleideten Balletttänzerin aus, die etwas außer Atem von der Bühne eilte, packte die stählerne Leiter und stieg hinauf. Dann balancierte er über den Metallsteg. Die Brüstung war nur hüfthoch, der Steg bebte unter seinen Schritten. Auf der anderen Seite angekommen, sah er, dass Jegorov über eine schmale Leiter weiter hinaufgelangt war und nun weit oben über der Bühne zwischen den Seilzügen entlangging. Ein Bühnenarbeiter kam näher, doch als er die Waffe in Parkovs Hand bemerkte, machte er sofort kehrt.

»Jegorov hat uns gesehen. Er wird schneller«, sagte er in das Funkgerät.

»Ich bleibe unten, falls er versucht, auf diesem Weg zu entkommen«, sagte Marie.

»Genau, und du spielst deine Rolle«, erwiderte Arka.

»Und *du* nennst ihn nicht mehr Schatz«, kam es von Marie.

»Verschiebt das auf ein andermal«, sagte Lansford. »Das können wir jetzt nicht gebrauchen. Ich stehe hier vor dem westlichen Bühneneingang und habe jetzt schon den dritten Theatermitarbeiter aufgehalten, der nach hinten wollte. Beeilt euch, verflucht.«

»Ganz ruhig, Leute«, warf Lea Berger ein. »Schrecken wir niemanden auf, ehe es nicht wirklich nötig wird.«

»Ganz meine Meinung.« Parkov stieg die zweite Leiter hinauf. Dicke Seile liefen in breiten Strängen links und rechts von ihm an Metallstegen entlang, weiter oben lagen große Kabeltrommeln und Motoren, die Bühnenteile auf und ab bewegen konnten. Das Metall klapperte unter seinen eiligen Schritten, aber noch immer behielt Jegorov den Vorsprung.

Unten wechselte das Orchester zu einem schnellen, dramatischen Teil. Parkov sah von oben auf die Bühne hinunter, die Primaballerina eilte in ihrer Rolle als Odile – der schwarze Schwan – in die Mitte, ein einzelner Spot-Scheinwerfer mit weiß-blauem Licht folgte ihren Bewegungen. Ringsum wurde alles nachtschwarz. Parkov zog seine Pistole, folgte mehr einer jähen Eingebung als einem bewussten Gedanken.

Er spürte, dass Jegorov nah war. Vielleicht zu nah.

Das Orchester hielt für den Bruchteil einer Atempause inne – und in seiner Nähe wurde in der Dunkelheit der Hahn einer Pistole gespannt.

Der Scheinwerfer bewegte sich und strich über die Silhouette Jegorovs hinweg. Er stand ihm gegenüber am anderen Ende des Schnürbodens und hatte seine Pistole auf ihn gerichtet. Weit unter ihnen setzte das Orchester wieder ein, steigerte sich zu einem kraftvollen Tutti und das Licht wurde hell.

»Bist du es?«, fragte Parkov.

»Bin ich es?« Jegorov hob eine Braue. »Das Zeichen.«

»Grüße«, erwiderte Parkov, »Grüße vom Orakel. Wir haben einen gemeinsamen Freund.«

Jegorov rührte sich nicht. »Das Zeichen, Panther. Ohne das Zeichen …« Er schüttelte den Kopf. »Keine Chance.«

»Und ich habe es nicht bei mir. Musste improvisieren.« Parkov hob seine Waffe ein Stück höher. »Dann ist das hier wohl ein klassisches Unentschieden.«

»Du bist nicht allein«, sagte Jegorov. »Auch das ist gegen die Abmachung.«

»Abmachung hin oder her, ich bin hier. Und du auch. Also, wieso ziehen wir das Geschäft nicht durch?« Parkov gönnte sich eine Kunstpause und trat einen Schritt näher, während sein Gegenüber einen nach hinten machte.

Jegorov sah ihn nur an.

»Vorsichtig«, sagte Berger leise. »Bedräng ihn nicht zu sehr.«

»Du kennst mich«, erwiderte Parkov. »Du weißt, was ich mache. Du weißt, was man mir nachsagt.«

»Ja.«

»Also weißt du, dass ich mir so oder so nehme, was ich will. Weil ich einen Auftrag zu erledigen habe.«

Jegorovs Augen spähten an Parkov vorbei, huschten hierhin, dorthin. *Er sucht nach einem Fluchtweg*, begriff Parkov. *Er hält dich wirklich für den Panther.*

»Mir wurde eine großzügige Bezahlung versprochen«, sagte Jegorov.

»Gib ihm was. Die Spesen gehen auf mich.« Arkas Stimme in seinem Ohr klang, als hätte sie gerade den Spaß ihres Lebens.

Parkov nahm den kleinen Goldbarren aus seiner Anzugtasche, den Arka ihm im Kofferraum des Wagens hinterlassen hatte. »Das genügt.«

Jegorov nickte. »Und ich frage nicht, woher der stammt.« Er griff in seine Jacketttasche, kam langsam näher, förderte eine Speicherkarte zutage und reichte sie Parkov. »Das nächste Ziel. Der dritte und der vierte Apostel. Direkt aus dem inneren Kreis eurer Feinde. Ich hoffe, das Orakel betrachtet unsere Vereinbarungen damit als erfüllt.«

»Das wird sie«, erwiderte Parkov. »Und vergiss nicht: Wenn du mich belogen hast … du wirst mich nicht kommen sehen.«

Jegorov nickte. Dann machte er hastig kehrt und eilte über die Schnürbodentreppen davon. Unten setzte das Orchester zu einem neuen Forte an.

»Also«, sagte Parkov und steckte die Speicherkarte ein, »das war doch recht einfach.«

»Einfach ist es erst, wenn wir alle wieder draußen sind«, schnarrte Lansford. »Jegorov hat genau zwei Wege, um den

Bühnenbereich zu verlassen. Wir greifen zu, sobald er nach draußen geht.«

»Und der Panther?« Das war Marie und sie klang besorgt. »Wo ist er? Wieso ist er nicht aufgetaucht?«

»Weil«, Parkov ging ein Stück den Schnürboden entlang, bis er sich am Rand des linken Bühnenbildelements befand und direkt in den Zuschauerraum blicken konnte, »der Panther bemerkt hat, dass jemand Jegorov verfolgt. Also hat er sich zurückgezogen. Aber er ist noch hier.«

»Das bin ich, Parkov«, mischte sich eine unbekannte Stimme in den Funkverkehr. »Es ist immer eine Freude, einen ebenbürtigen Gegner … zu *treffen*.« In diesem Moment leuchtete ein roter Punkt auf Parkovs Brust.

Kapitel 43

Jegorov stürmte an ihr vorbei, gleichzeitig hörte sie den Panther in ihrem Ohr. Jegorov drückte die Klinke des Seitenausgangs, doch vergeblich, die Tür ließ sich nicht öffnen, er fluchte, rüttelte und zerrte daran.

Pech gehabt, du Arsch! Marie selbst hatte die Tür vor einigen Minuten abgeschlossen. Als Jegorov herumwirbelte, richtete sie eine Pistole auf ihn.

»Hier geht's nicht mehr weiter«, sagte sie.

Arka Kasakovas Männer, die versteckt auf Jegorov gewartet hatten, fesselten seine Hände auf dem Rücken.

»Parkov«, sagte die Stimme des Panthers in ihrem Ohr, »du siehst, ich habe dich im Visier. Auf dich ist ein Präzisionsgewehr gerichtet, geladen mit einem Neun-Millimeter-Projektil, das dein Herz innerhalb einer Millisekunde zerstören kann.«

»Klingt, als verstünde er was von seinem Geschäft«, sagte Arka.

»Und ich habe die Information, die du haben willst«, erwiderte Parkov ruhig. »Deine nächsten Ziele.«

»Und außerdem haben wir Jegorov«, ergänzte Marie. »Können wir uns alle vielleicht … *etwas* beruhigen?«

»Ich bin vollkommen entspannt«, meinte der Panther. Seine Stimme klang heiser, so wie schon in der Frankfurter Kanalisation. »Aber ich brauche diese Information.«

»Dann gib sie ihm, verflucht«, rief Lansford über den Digitalfunk.

»Arka?«, fragte Parkov.

»Ja, Schatz?«

»Könntest du vielleicht für etwas weniger Licht sorgen?«

Marie fuhr herum, als das Licht im gesamten Bühnenbereich erlosch – aus dem Zuschauerraum kam ein verblüfftes Ooooh, über ihnen rannte Parkov über die Laufgitter des Schnürbodens.

Ein Projektil traf Metall, Funken sprühten, ein scharfkantiges Stück Blech krachte herunter. Marie sprang zur Seite.

»Alle raus hier«, rief Parkov. »Sofort! Alle! Raus!«

Marie sah aus den Augenwinkeln, wie Arka Kasakovas Männer Jegorov packten und in einen abzweigenden Gang schoben, dann fiel die Tür hinter ihnen ins Schloss. Marie wollte sie aufreißen, doch sie war von innen blockiert.

Sie rannte zum gegenüberliegenden Ausgang. Irgendwo dröhnte ein Alarm und weitere Schüsse wurden abgefeuert. Der Panther?

Mit Sicherheit.

»Arka, was soll dieser Mist?«, rief sie. »Deine Leute haben mir gerade die Tür vor der Nase zugeschlagen.«

»Man muss nehmen, was man kriegt«, erwiderte die Waffenhändlerin kühl. »Und da es gerade nicht danach aussieht, als würde Parkov mir wie versprochen meine Raubkatze bringen können, behalte ich lieber den anderen.«

»Das war so nicht …«

Marie sprang zur Seite, als zwei uniformierte Polizisten hereinstürmten. Sie duckte sich hinter ein Kulissenteil und wartete, bis die Männer vorübergeeilt waren. An einigen aufgeregten

Balletttänzerinnen vorbei gelangte sie zurück in den Korridor, der sie wieder nach draußen führen würde.

»Du bist ein Miststück«, sagte Parkov über den Digitalfunk. Er klang außer Atem. »Du könntest deinen Leuten wenigstens sagen …«

»Nein, Daniel, wir haben euch jetzt wieder und wieder geholfen. Wir sind raus. Macht's gut und bis bald!« Arka Kasakova war nicht mehr zu hören, stattdessen drang nun Lansfords Fluchen umso lauter aus den Ohrhörern.

»Dieser Verrückte sucht dich, Parkov!«, rief er.

»Ich weiß. Deswegen noch mal: Alle raus hier!«

»Verstanden«, rief Berger und klang dabei, als müsste sie einer Menschenmenge ausweichen.

Hinter Marie wurde mit aller Kraft eine Tür aufgestoßen, sie prallte gegen die Wand und blieb offen stehen. Ein Mann trat in den nüchtern weißen Korridor, er trug eine langläufige Pistole in der einen, eine abgesägte Schrotflinte in der anderen Hand. Sein Gesicht war vernarbt, fast schon von Narben entstellt. Sie verliehen ihm ein raubkatzenähnliches Aussehen, einen grimmigen Ausdruck, den er nicht ablegen konnte.

Er sah sie.

Marie riss ihre Waffe hoch und feuerte in seine Richtung, dann rannte sie um ihr Leben. Da war eine Tür, fünf, vier Meter weit weg, sie sprang fast schon hindurch, in das Türblatt schlugen Kugeln ein und sie stürzte zu Boden.

Mit einem Mal war Parkov da. »Los jetzt«, schrie er, zerrte sie zurück auf die Beine und inmitten des Trubels, inmitten des Geschreis der aufgeschreckten Theatergäste gelangten sie irgendwie zu einem Nebenausgang. Die Moskauer Nacht war kalt, sie sah die Lichter wie im Rausch, das Adrenalin ließ ihr Herz auf Hochtouren schlagen.

»Jetzt«, hörte sie Parkov sagen und sah aus den Augenwinkeln, wie er über den nassen Asphalt rannte. Sie folgte ihm über eine

Straße, Bremsen quietschten, verärgertes Hupen. »Wir sind in südlicher Richtung, Nebenausgang dort, du müsstest uns …«

Ein schlanker silbergrauer Mercedes kam dicht vor ihnen zum Stehen. Der Fahrer sprang heraus, rannte nach hinten, Parkov riss die Tür auf. »Steig ein!«, brüllte er und sprang selbst hinter das Lenkrad.

»Hast du sie gesehen?«, rief er nach hinten und trat mit aller Kraft aufs Gas, Marie wurde in den Sitz gepresst.

»Hab ich … wen?«, fragte Marie.

»Am Nordausgang«, sagte der Mann neben ihr. Erst jetzt erkannte ihn Marie. Der Mann, der mit dem Fluchtwagen so unerwartet aufgetaucht war, war niemand anders als Johann Münz, Parkovs Freund und Vertrauter. *Ob er auf seiner Reise und durch all die Nachforschungen mittlerweile ein Mittel gegen das Gift gefunden hat, das sich in Daniels Körper immer weiter ausbreitet?*

»Johann, wie …?«

»Ich war in der Stadt. Seit Tagen. Seitdem ihr wusstet, dass ihr herkommen müsst. Nur für den Fall. Und vorhin hat Parkov mich angerufen, kurz bevor er die Tiefgarage des Hotels verlassen hat.«

»Nordausgang«, wiederholte Parkov. Er schlängelte den Wagen durch den Verkehr und hielt Ausschau, während hinter ihnen immer mehr Polizeifahrzeuge auf das Bolschoitheater zurasten.

Dann entdeckte sie ihn.

»Da!«, rief sie. »Da ist Lansford!«

»Ich seh ihn auch.« Parkov steuerte den Mercedes zum Straßenrand. Lansford bemerkte sie, riss die Beifahrertür auf und ließ sich keuchend auf den Sitz fallen.

»Verfluchte Scheiße«, japste er, als Parkov beschleunigte und den Wagen in den Verkehr einfädelte, fort von den Polizeifahrzeugen, fort von dem grellen Blaulicht und den gellenden Sirenen, den aufgeregt davonlaufenden Zivilisten. Marie sah, wie ein paar Frauen zu einem Polizisten rannten und in ihre Richtung deuteten.

»Wo ist Berger?«, fragte Parkov. Seine Augen scannten den Verkehr, schienen überall zugleich zu sein.

»Sie war vor mir«, keuchte Lansford. »In dem Tumult wurden wir getrennt.«

»Dann ruf sie an«, sagte Parkov. Er steuerte den Mercedes auf die Hauptverkehrsstraße, die an der Moskwa entlangführte, bevor er in eine schmale Seitenstraße bog, wo sich der Verkehr endlich lichtete. »Wir vereinbaren einen Treffpunkt.«

»Wirklich?« Lansford schnaubte. »Darauf wär ich nicht gekommen.« Er nahm sein Handy und wählte, dann starrte er abwägend Johann Münz an.

»Und wer ist das?«

»Mein Butler«, erwiderte Parkov trocken.

»Geh ran, Berger.« Lansford tippte auf das Display, kurz darauf erfüllten Sirenengeheul, Verkehrslärm, Rufen und eilige Schritte den Wagen.

»Berger, wo bist du?«

»Mark«, hörten sie Lea Berger antworten, »er … er verfolgt mich! Ich glaube, der Panther versucht, mich zu schnappen. Er ist da irgendwo … Herrgott, ich weiß nicht, wo ich bin, ich bin Richtung Norden aus dem Theater gelaufen, aber … da war er, so dicht hinter mir.«

»Ganz ruhig, Lea«, sagte Lansford. »Ganz ruhig.« Dann wandte er sich an Parkov: »Dreh um. Wir müssen sie sofort einsammeln.«

»Zu viel Polizei«, sagte Münz und ignorierte Lansford. »Wenn wir zurückfahren, mit diesem Wagen hier auffallen und angehalten werden … Wir wissen nicht, wen die schon von den Überwachungsvideos identifiziert haben, und auch nicht, was

Arka Kasakova den Behörden verrät … Es ist zu riskant. Berger, Sie müssen ihn abschütteln.«

»Verflucht, wir können sie nicht einfach zurücklassen!« Marie starrte Parkov an, sein Blick im Rückspiegel fing ihren auf. Dann wendete er mit quietschenden Reifen.

»Parkov, das ist nicht besonders klug«, meinte Münz.

»Ich weiß. Aber unsere einzige Chance.« Parkov drückte das Gaspedal durch und der Mercedes schoss vorwärts.

»Bist du noch da?«, fragte Lansford.

»Ja … ja.« Berger war außer Atem. »Ich bin hier in einer Art … Alkoven. In einer Kirche. So eine Nische im Kirchenschiff.«

»Einer was?«, fragte Lansford. »Schick mir die GPS-Position. Wir finden dich.«

»Mark, ich … bin nicht allein. Ich meine … hier ist zwar niemand im Gebäude, aber … er ist da draußen. Fuck … Ich weiß nicht, wie er das macht, aber ich konnte ihn nicht abschütteln. Das kann doch nicht sein!«

»Die Position, sofort!«, rief Parkov dazwischen. Er überfuhr eine rote Ampel, was ihm wütendes Hupen einbrachte, in einem rasanten Drift raste er über eine Kreuzung und bog auf eine schnurgerade Straße ein. Marie sah den angeleuchteten Kreml mit seinen Zwiebeldächern, während sie sich am Sitz festkrallte und wieder und wieder in den Gurt geworfen wurde.

Lansfords Smartphone brummte. Parkov warf einen Blick darauf. »Die GPS-Position von Lea«, sagte er und schlug das Lenkrad ein. Dann rief er Lea Berger an. »Hab dich«, sagte er, »wir sind in … acht Minuten bei dir.«

»Acht?« Berger klang verzweifelt. »Das könnte zu lang sein.«

»Versteck dich.«

»Das ist eine Kirche, Parkov«, flüsterte sie, »es gibt hier keine …«

Sie hörten eine Tür knarren. »Okay, hier …«, sie hörten sie tief Luft holen, »hier geht es offenbar auf den Turm …«

»Kannst du ihn sehen?« Marie hatte Parkov noch nie so angespannt erlebt, noch nie so fokussiert. Er hielt das Lenkrad so fest umklammert, dass seine Fingerknöchel weiß hervortraten, als wollte er am liebsten jemanden erwürgen.

»Nein. Nein, das nicht, aber … er ist hier. Ganz sicher.« Sie verstummte. Eine schwere Tür, vielleicht eine Kirchentür, wurde aufgestoßen, sie hörten ruhige Schritte, die womöglich das Kirchenschiff hinabgingen, jemand ging mit der Zuversicht eines menschlichen Raubtiers, das wusste, dass ihm seine Beute nicht mehr entkommen konnte.

»Fuck, er ist … *hier.*« Bergers Stimme war nun kaum mehr als ein Hauch, voller Panik, Verzweiflung.

»Halt dich versteckt«, sagte Parkov und beschleunigte abermals. »Und wenn er dir zu nahe kommt, verteidige dich. Er ist nur ein Mann, eine Kugel verletzt ihn wie jeden anderen.«

Aus den Lautsprechern von Lansfords Handy kam kein Geräusch mehr. Lansford starrte entgeistert auf das Display, offenbar unfähig, etwas zu sagen.

»Lea«, sagte Marie in die Stille hinein, »Lea, du schaffst das, hörst du?«

Etwas rumpelte, so laut, dass sie alle zusammenzuckten. Es klang, als wäre Bergers Handy zu Boden gefallen. Dann hörten sie ihren Schrei, voller Panik und Schmerz.

»Parkov?«, sagte die heisere Stimme des Panthers. »Soll ich sie leben lassen?«

»Lass sie gehen«, erwiderte Parkov sofort. Marie starrte hinaus, die Kirche, in der Lea Berger sein musste, kam in Sicht, sie waren kaum mehr als fünfhundert Meter entfernt, das angestrahlte Gebäude ragte am Ende der Straße in den marineblauen Nachthimmel. »Sie ist keins deiner Ziele. Kein Apostel, keine Verbrecherin. Sie ist unschuldig.«

»Ich habe dich gewarnt«, sagte die heisere Stimme, »für den Fall, dass du dich mir noch einmal in den Weg stellst.«

»Wenn du sie tötest, bist du nicht anders als die, an denen du Rache übst.« Parkov bremste mit quietschenden Reifen. »Vergiss das nicht.« Mit diesen Worten sprang er aus dem Wagen und rannte los, setzte über eine Treppe hinweg und stürzte hinein. Marie, Lansford und Münz waren dicht hinter ihm.

Die Kirche war riesig, mit langen Reihen aus hölzernen Bänken. Wie ein steinernes Gemälde mit Gold und Ornamenten schien sie gefangen in Stille und Kälte, eine Jesus-Figur am Kreuz blickte von ihrer Leidensstätte auf sie herab.

Das Geräusch – tock, tock, tock – eines Schalldämpfers zerschnitt die Stille des heiligen Ortes. Dann entfernten sich Schritte. Parkov stürzte zu einer Tür, riss sie auf und verschwand dahinter.

Mondlicht fiel in die steinernen Gänge und warf lange Schatten. Marie fand Parkov bei Lea Berger, er kniete neben ihr, sie starrte zu ihm hinauf. Kugeln hatten sie in die Brust getroffen, sie war schwer verletzt, rang nach Luft, hustete, spuckte Blut.

»Halt durch«, sagte Parkov.

Lea deutete schwach nach draußen auf einen Pfad, der zwischen Säulen über einen Innenhof führte. Die Uhr des Kirchturms schlug elfmal, die bronzene Glocke hallte herab wie das Hämmern eines urzeitlichen Riesen.

Marie spürte den Tod, er stand mit ihnen in diesem kalten, steinernen Kirchengang. Lansford und Münz kamen hinzu, Parkov rief eine Ambulanz, obwohl sie alle wussten, dass Lea sterben würde, Blut floss auf den Boden und mit jeder Sekunde wich das Leben aus ihr.

»Mark, er … er …« Sie wollte noch einmal die Hand heben, versuchte, nach Parkovs Arm zu greifen, aber es gelang ihr nicht mehr.

»Bleib bei uns«, sagte Marie, während das Entsetzen ihr die Kehle zuzuschnüren drohte. Sie hielt die Hand ihrer Kollegin, in der Ferne heulten Sirenen und dann starb Lea Berger.

Marie blickte in ihre toten Augen, in diesem Moment hasste sie diesen Ort, alles an ihm, sie hasste die Menschen hier, nicht nur den Panther, auch Lansford, Münz, sogar Parkov, der sich schon wieder aufgerichtet hatte und wachsam in alle Richtungen blickte.

»Er ist weg«, sagte er. »Dieser Tod … ist so nutzlos.«

»Nutzlos?« Marie spürte, wie die Wärme bereits jetzt aus Bergers Körper wich. »Es ist *alles* nutzlos. All diese Tode, Daniel. Vollkommen wahnsinnig!«

»Die Maschine steht bereit?«, wandte sich Parkov an Münz, als wollte er ihr nicht antworten, sie nicht einmal ansehen.

»Ja.«

»Dann nehmen wir sie mit. Jetzt. Sofort.«

Lansford starrte in die Dunkelheit hinaus, hielt seine Waffe bereit, während Münz und Parkov Berger zum Wagen trugen. »Das war seine Rache, weil wir ihn dort unten in dem Tunnel nicht erledigt oder festgenommen haben«, sagte Lansford. »Das hier, Winter, ist auch dein Fehler.«

»Halt den Mund«, fauchte sie. »Halt einfach deinen Mund!«

Stumm fuhren sie in die Nacht hinein, nur einmal raste ein Polizeiwagen an ihnen vorbei, stumm ging es zum Scheremetjewo-Flughafen hinaus, der sich mit seinen Lichtern gegen die Dunkelheit stemmte.

Das Flugfeld für die Privatmaschinen war leer, man ließ sie durch. Ein Wachmann an einem Tor winkte sie weiter voran. »Grüße von Frau Kasakova«, sagte er. »Alles ist geklärt.«

Parkov wirkte zornig, ragte vor dem Nachthimmel auf wie eine düstere, unheilvolle Silhouette, als sie Berger in die Kabine der Gulfstream G650 trugen.

»Scheiße, Scheiße, Scheiße«, sagte Lansford. Marie breitete eine Decke über Bergers Leichnam aus, Parkov sprach mit Münz und dem Piloten.

Eine halbe Stunde später war die Maschine in der Luft.

»Wir haben verloren«, sagte Parkov. »Und es hat mehr gekostet, als ich mir jemals vorstellen konnte.«

Marie fühlte sich wie gelähmt. Ihre Hände zitterten, es kam ihr vor, als hätte sie wochenlang nicht mehr geschlafen, sie fühlte sich schmutzig, ausgelaugt, erschöpft und wütend, sie wollte etwas tun, Dinge umkehren, und zugleich wusste sie, dass es nichts gab, gar nichts, was sie hätte tun können. Diesen Tod mussten sie von nun an alle mit sich herumtragen wie eine unheilbare Krankheit, und das war schlimmer als alles andere.

Nein. Nicht schlimmer. Dass Lea Berger gerade vor ihren Augen sterben musste, war das Schlimmste. Und wozu?

»Sie hat ... eine Schwester. Und einen Vater, der ziemlich krank ist«, sagte Lansford nach einigen Minuten des Schweigens. Marie suchte Parkovs Blick, doch als er ihn erwiderte, wich sie ihm jedes Mal aus, weil sie den Ausdruck in seinen Augen doch nicht ertragen konnte und nicht wollte. »Ich werde ... Wir müssen das erklären.«

»Nicht erklären«, sagte Parkov. »Jemand muss hierfür die Verantwortung übernehmen.«

»Was willst du damit sagen?«, fragte Marie. Er sah sie wieder an und sie ahnte, was er meinte.

»*Ich* werde es tun. Die Verantwortung tragen. Aber nicht, ehe all das vorüber ist. Es gibt noch *etwas*, das ich tun muss.«

»Aber es ist vorbei«, erwiderte sie. »Daniel, es ist vorbei. Wir haben Isabelle fast verloren und jetzt Lea. Wir haben den zweiten Apostel ermordet vorgefunden ... wir haben es nicht geschafft, den Panther aufzuhalten. Du weißt, was das bedeutet. Sie werden uns abziehen. Wir werden mit der Sache nichts mehr zu tun haben. Und ...«, sie musterte Lansford, »... nach der Geschichte mit Trentmann können wir froh sein, wenn man uns nicht gleich auf der Stelle festnimmt.«

»Auch dafür wird jemand die Verantwortung übernehmen.« Parkov blickte aus dem Fenster. Die Welt tief unter ihnen war ohne Licht, in nichts als Dunkelheit gehüllt.

»Was hast du vor?« Lansford betrachtete Parkov ohne Emotion. Ein Ausdruck von kalter, gleichgültiger Härte lag auf seinem Gesicht, er wirkte wie eine Statue, die ein Bildhauer begonnen, aber nicht vollendet hatte.

»Ich werde ihn töten. Den Panther, und dann alle, die mit ihm zu tun haben.« Parkov griff in die Innentasche seines Anzugs und holte die Speicherkarte hervor, die Jegorov ihm überreicht hatte.

»Hast du sie überprüft?«, fragte Marie. Dieses winzige Ding, was war es wert, jetzt noch, nach allem, was geschehen war?

»Vor wenigen Minuten«, erwiderte Parkov. »Ich weiß, wohin der Panther gehen wird. Der dritte und der vierte Apostel werden beide dort sein und das kann er sich nicht entgehen lassen.«

»Und jetzt?«

»Jetzt werde ich ihn jagen.«

TEIL DREI

Die Parkov-Protokolle

Kapitel 44

An einem Tag, als alles vorüber war

Lassen Sie mich Ihnen etwas erzählen. Hören Sie gut zu und hören Sie genau hin, denn ich werde das hier nur einmal sagen. Es zu wiederholen fiele sogar mir schwer, und, nun, es sind Dinge geschehen, Steine ins Rollen geraten, die sich nicht mehr aufhalten lassen. Lassen Sie mich Ihnen eine Geschichte erzählen über den Tod.

Parkov stand vor dem hoch aufragenden Stein – schwarzer, nachtschwarzer Marmor, in den man eine goldene Inschrift geprägt hatte.

Er hob die behandschuhte Hand, strich über die Worte, die den Grabstein zierten. Er selbst hatte sie ausgesucht.

Der Sommer war zu Ende gegangen, die Wärme war fort und selbst der Herbst lag im Sterben. Eine Schneeflocke segelte durch die Luft. Der Wind ließ Parkovs Mantel wehen wie schwarze Schwingen. Die Sonne hatte sich hinter diesigem Nebel verborgen. Schritte näherten sich über den Gehweg, der die Grabfelder des Südfriedhofs durchschnitt.

Parkov sah sich nicht um. Er wusste, wer da kam.

Und dass er nicht mehr hier sein wollte, wenn der andere das Grab erreichte.

Vielleicht käme es sonst zu einem Kampf.

Und das wollte er vermeiden.

Es gab so viel zu tun. So viel Unrecht aufzuhalten.

Kalter Regen setzte ein, Parkov schlug den Kragen seines Mantels hoch und ging im Schatten der hohen Pappeln davon.

Eine Geschichte über den Tod, dachte er.

So ist es geschehen.

So ist Daniel Parkov gestorben.

Kapitel 45

Marie wurde von den lauten Stimmen wach, die durch das Penthouse hallten. Das Licht, das durch die halb geöffneten Jalousien hereinfiel, war das eines kühlen Morgens, der sich zum ersten Mal seit vielen, vielen Wochen wie das Ende eines langen Sommers anfühlte. Nebel ließ die Sonne wie eine blasse, ferne Silbermünze schimmern.

Parkov stand dort, seine Silhouette im Licht, und Marie hatte den Eindruck, dass er die ganze Nacht Pläne geschmiedet hatte.

»Wie lange habe ich geschlafen?«, murmelte sie. Lucies brauner Haarschopf lag neben ihr, sie konnte sich kaum mehr daran erinnern, wie sie ihre Tochter irgendwann in der vergangenen Nacht abgeholt hatte. Das Entsetzen über Lea Bergers jähen, grausamen Tod hielt sie gefangen.

»Elf Stunden. Es ist fast Mittag.«

»Und du? Gar nicht?«

»Das Verbrechen schläft nie«, erwiderte Parkov. »Wieso sollte ich dann schlafen?«

»Sehr lustig.« Sie lauschte den Stimmen. »Und wer ist das da draußen?«

»Lansford und Münz. Es gibt Uneinigkeiten über die weitere Vorgehensweise.«

Marie spürte, wie sie zitterte. Dieser Abstecher nach Russland hatte sie mehr erschöpft, als sie erwartet hatte, und all die Grausamkeit war schwer zu verkraften. Von Seiten der Apostel, von Seiten des Orakels und des Panthers, die kalte Abgebrühtheit, mit der Arka Kasakova mit alldem umgegangen war …

Parkov kam zu ihr, setzte sich auf das Bett. Marie umarmte ihn, hielt sich an ihm fest. »Was machen wir nur«, flüsterte sie, »was machen wir …«

»Wir bleiben dran«, erwiderte Parkov. »Wir geben nicht auf. Selbst jetzt nicht.«

»Aber Lea …«

»Wir werden sie mit allen Ehren bestatten, wenn das vorüber ist.«

Marie sah zu ihm auf. »Du weißt, dass ihr Tod genau das bestätigt, was ich dir schon die ganze Zeit zu sagen versuche. Dein Versprechen …«

»Ich werde dich beschützen. Und dir wird nichts geschehen.«

»Ja, aber weißt du«, erwiderte sie, »genau das ist doch der Punkt: Was Lea zugestoßen ist, hätte auch mir passieren können. Du kannst so etwas nicht versprechen, es geht einfach nicht. *Niemand* kann das.«

Parkov öffnete den Mund, um etwas zu erwidern, doch Marie beugte sich vor und küsste ihn. Sie wollte seine Antwort nicht hören, weil sie wusste, dass sie nichts an dieser Wahrheit ändern würde.

»Wäre ich letzte Nacht an ihrer Stelle gewesen, würde Berger noch leben. So ist es, und es nützt auch nichts, das abzustreiten. Es war Zufall.«

»Ich überlasse aber nichts dem Zufall. Ich verlasse mich auf mich, mein Können und auf diejenigen, denen ich vertraue.

Weil wir zusammen mehr erreichen als jeder von uns allein. Und ich meine uns beide damit. Niemandem sonst vertraue ich so sehr.«

Marie griff nach seiner Hand. »Pass auf, dass du nicht vollkommen sentimental wirst.«

Sie schwang die Beine aus dem Bett und ging zu der breiten Fensterfront hinüber, spähte durch die Lamellen der Jalousie hinab auf die Stadt, die im hellgoldenen Licht der Spätsommersonne lag. Die Glasfassaden der Wolkenkratzer funkelten, warfen das Licht auf die in der Sonne karmesinrot leuchtenden Ziegeldächer. Die Stadt wirkte so friedlich.

»Wir dürfen sie nicht gewinnen lassen. Weil dasselbe sonst irgendwo da unten oder in irgendeiner anderen Stadt ebenso geschehen kann, geschehen *wird* … Wir dürfen das nicht«, sagte Marie und wandte sich zu Parkov. An seinem Gesicht konnte sie fast ablesen, was er in der Zwischenzeit herausgefunden und geplant hatte.

»Du musst wieder los«, stellte sie fest und war entsetzt, wie erschöpft sie klang.

»Ich bin noch nicht dazu gekommen«, sagte Parkov leise. »Dieses Geschenk für Lucie, du erinnerst dich … eigentlich ist es für *zwei.*« Parkov streckte ihr die Hand entgegen. Darauf lagen zwei goldene, feingliedrige Halsketten, an deren Enden jeweils ein kleines wunderschön gearbeitetes Herz befestigt war. »Eine für sie, eine für dich.«

Marie drehte eines der Herzen herum. *Liebe dich so sehr, sagte der kleine Bär zum großen.* »Warte mal, das ist aus dem Buch, das Lucie so gernhat. Ich lese ihr gerade daraus vor. Hast du die Idee von …«

»Von Lucie. Und sie hat es deiner Schwester erzählt, die mich angerufen hat.«

Marie lächelte verblüfft. Dann schluckte sie, Tränen stiegen in ihre Augen, sie wischte sich über die Wange. »Daniel …«

»Du musst nichts sagen. Aber gib sie ihr«, Parkov sah zu Lucie hinüber, »von mir. Und trag *deine.*« Er zwinkerte, doch Marie hielt seine Hand fest. Parkov wirkte, als hätte er eine Entscheidung getroffen, an der er festhalten würde, obwohl er sie selbst ablehnte.

»Erzähl es mir. Was immer dich beschäftigt.«

»Der Panther kam mir schon länger bekannt vor«, entgegnete Parkov mit rauer Stimme. »Die Art seiner Ausbildung, seines Trainings … In dieser Moskauer Kirche stand ich ihm für einen kurzen Moment gegenüber, ich habe sein Gesicht gesehen und seinen Hals – und eine Tätowierung bemerkt.« Parkov wirkte in der Erinnerung gefangen. »So eine Tätowierung trägt nur eine ganz bestimmte Gruppe von Männern … Sie haben keine Bindung, keine Familie. Sie sind Waisen, die sich seit dem Kindesalter zu Kämpfern ausbilden lassen, weil man ihnen dafür einen Unterschlupf bietet, ein Dach, Nahrung, eine neue Familie. Ich weiß, wer diese verlorenen Jungen von der Straße geholt und trainiert hat. Wenn mich jemand in den Kopf des Panthers führen kann, dann ist er es, der Mann, der ihn alles gelehrt hat, was er heute weiß und kann.«

»Wovon sprechen wir hier, Daniel?«

»Einer meiner Informanten hat mir von einem kleinen Dorf berichtet, das hoch oben in den französischen Alpen liegt. Dort gibt es eine alte Abtei, vollkommen abgelegen im Gebirge. Dort könnte sich der Lehrer des Panthers versteckt halten, dieser Verbrecher an der menschlichen Natur. Jemand muss ihn aufsuchen, oder sollte ich sagen: *Ich* muss es tun, denn ich werde niemanden von euch darum bitten. Das wäre zu gefährlich.«

»Wie viele von denen gibt es? Männer wie den Panther? Auftragskiller, so effektiv wie er?«

»Nicht mehr viele. Die meisten wurden inhaftiert.«

»Aber nicht von dir, oder? Denn sonst wäre diese Reise vollkommener Wahnsinn.«

Parkov zögerte, ehe er antwortete. »Nicht *alle.*«

Marie betrat Parkovs Büro und blickte auf ein schroffes Alpenpanorama, das auf die gegenüberliegende Wand projiziert wurde. Blaue Linien und orange eingefärbte Symbole waren dort zu sehen, grüne Punkte stellten die Häuser dar, weiße Linien die Straßen. Sie führten in große Gebirgstunnel und kamen jenseits der massiven Felswände wieder zum Vorschein. Rechts befand sich ein mächtiger, hoch gelegener Stausee, neben einer hohen Staumauer wurde ein Kraftwerk betrieben. Parkov, Lansford und Münz debattierten heftig, doch als sie Marie bemerkten, verstummten sie alle im selben Moment. »Hallo, Jungs«, sagte Marie. »Irgendwas sagt mir, dass ihr euch nicht ganz einig über unsere Vorgehensweise seid.«

»Das Dorf in den französischen Alpen liegt hier«, sagte Münz. »Und der Ort, an dem der Panther den dritten und den vierten Apostel suchen, finden und töten wird, auf der anderen Seite des Gebirgsmassivs … etwa sechs Kilometer Luftlinie entfernt, mehr als neuntausend Höhenmeter, falls jemand die Berge auf direktem Weg hinauf- und wieder hinabsteigen würde – und gut dreiunddreißig Kilometer über die einzige befahrbare Straße. Es ist ein altes Grand Hotel aus den Zwanzigerjahren, abgelegen auf eintausendachthundert Metern Höhe … Morgen Abend wird es der Schauplatz der größten Kunstauktion sein, die es jemals gesehen hat. Massiv und stabil in den Felsen gebaut, zwischenzeitlich war es ein Standort für wichtige Datenserver, ehe man es wieder zum Hotel umfunktionierte.«

»Für unsere Kunstfreunde, als die sich die Apostel tarnen, genau der richtige Ort für eine Zusammenkunft. Sie werden natürlich wissen, was mit Meersen und Chekov geschehen ist … und ihren Gegenschlag planen. Im Geheimen.«

»Aber diese Veranstaltung ist nicht gerade geheim«, warf Marie ein.

»Zumindest ist sie nur für geladene Gäste«, erwiderte Parkov, »aber das ist kein Problem. Einladungen …«, er deutete auf einen Tisch in der Nähe, wo silbergraue Koffer und gefaltete Anzüge lagen, »… finden sich dort drüben. Sie werden dort sein. Was mich wirklich davon überzeugt, bin *ich* selbst.«

»Es ist Wahnsinn«, sagte Lansford.

»Es ist ein Köder«, erwiderte Parkov.

»Ich verstehe nicht ganz.« Marie blickte von Lansford zu Münz und schließlich zu Parkov.

»Meersens Geheimnis, das Geheimnis, das sie alle verbindet, liegt in seinem Tresor, den niemand von uns bisher öffnen konnte. Das Krypticon«, Parkov deutete auf das verschlüsselte Tablet, das gleich neben den gefalteten Anzügen bereitlag, »enthält eine Wahrheit, die Meersen vor den anderen Aposteln geheim gehalten hat. Die beiden noch lebenden Apostel fürchten diese Wahrheit. Vielleicht ist, was immer das Krypticon enthält, der Schlüssel zum Tresor, und der Tresor enthält Informationen von solcher Wichtigkeit – ihr wisst, die Scans zeigen eine Reihe von Dokumenten im Inneren, Festplatten, Fotografien –, sie können niemals riskieren, dass er geknackt wird.«

»Aber das wird er auch nicht. Nicht wenn das Ding da«, Marie warf dem Krypticon einen Blick zu, »nicht geknackt wird. Oder wenn es die Kombination gar nicht enthält. Der Safe ist unzerstörbar. Konstruiert, seinen Inhalt eher zu vernichten, als ihn preiszugeben.«

»Das wissen wir«, sagte Lansford.

»Ich habe das Krypticon – oder vielmehr das wertvolle, einzigartige Schmuckkästchen, in dem es versteckt gewesen war – vor fünf Stunden auf die Auktionsliste gesetzt«, berichtete Parkov. »Es wird morgen Abend versteigert. Wenn die Apostel es haben wollen – und das wollen sie, denn sie erkennen das einzigartige Artefakt ganz gewiss wieder –, dann werden sie kommen in der Hoffnung, so auch das Krypticon zu ersteigern. In der Beschreibung der Auktion habe ich darauf hinweisen lassen, dass das Schmuckkästchen verschlossen ist und der Boden im Inneren nicht berührt wurde, das Gewicht des Kästchens ist dabei exakt so hoch angegeben, wie es auch mitsamt seinem versteckten technischen Inhalt betragen würde. Die Apostel werden es verstehen und der Panther wird dort sein und zuschlagen.«

Alle schwiegen. Die Informationen, die schwierige Aufgabe, die damit vor ihnen lag, schien sich schwer wie Blei auf alle Schultern zu legen. Marie kam es vor, als sei die Last kaum zu stemmen.

»Euch allen traue ich.« Parkov sah Lansford an. »Bei dir weiß ich es nicht mal, aber du hast einen solch starken Willen gezeigt, dass mir nichts anderes bleibt, als dich einzuweihen.«

Lansford antwortete mit einem knappen Nicken.

»Du musst nicht dorthin«, sagte Marie. »Das Hotel ist eine Sache, das Dorf jenseits der Berge eine andere. Dieser Lehrer … wenn er noch am Leben ist, dann wird er ohnehin versuchen, dich aufzuhalten.«

»Und wenn der Lehrer selbst es ist?«, fragte Lansford. »Wenn er das Orakel ist? Derjenige, der den Panther die ganze Zeit über kontrolliert? Wenn das Orakel sich eines Tricks bedient, vielleicht einer Schauspielerin, die für ihn spricht?« Lansford berührte die Karte und zoomte näher auf das kleine Dorf, das sich an einen Hang schmiegte. »Dreihundert Einwohner. Eine Klosteranlage weiter oben in den Bergen. Das ist nicht viel. Wenn er dort versteckt ist, einen guten Rückhalt in der Bevölkerung genießt, finden wir ihn nie.«

»*Wir* finden ihn ohnehin nicht«, entgegnete Parkov.

Marie seufzte. Es war nutzlos. Parkov würde sich von seinem Entschluss nicht abbringen lassen. Ganz gleich, was jemand von ihnen vorbrachte, ganz gleich, was *sie* vorbrachte.

»Ich muss es *allein* tun.« Parkov drehte sich zu ihnen. »Und ihr … werdet das Hotel aufsuchen. Ihr werdet dort als die Personen einchecken, deren Legenden ich erschaffen habe, und am Abend werde ich zu euch stoßen. Dann haben wir noch einen ganzen Tag bis zur Auktion.«

»Vielleicht sind die Apostel auch noch aus einem anderen Grund dort«, sagte Marie. Sie betrachtete den Stausee, die Staumauer lag gefährlich nah oberhalb des Hotels. Dann sah sie Parkov in die Augen. »Vielleicht wollen sie M-CotroX verkaufen. *Die* Droge. Das vielleicht schlimmste chemische Gift, das wir kennen. Man hat es vergangenes Jahr gestohlen … vielleicht wollen sie es dort, unter dem Deckmantel dieser Auktion, heimlich an den Meistbietenden verkaufen. Und wenn das so ist, dann müssen wir die Gästeliste dieser Auktion in die Hände bekommen. Die Käufer.«

»Das wäre Irrsinn«, sagte Münz und klang müde. Marie sah wieder etwas mehr den alten Mann, den die Aufgabe, die ihm Parkov aufgetragen hatte, an den Rand seiner Kräfte brachte.

»Natürlich ist es Irrsinn«, erwiderte Parkov. »Aber es *ist* möglich. Also begegnen wir den Gästen entsprechend. Das ist alles, was bleibt.«

»Was soll das heißen, Parkov?«, wollte Lansford wissen.

»Dass ich nachdenken muss. Uns bleibt ein Tag ab dem heutigen Abend. Der wird genügen. Er *muss.*«

Kapitel 46

Marie begleitete Parkov und Münz mit Lucie zum General Aviation Terminal ganz im Süden des Frankfurter Flughafens, wo man die Privatmaschinen abfertigte. Während Lucie mit Münz das Flugzeug erkundete, verabschiedete sie sich von Parkov. Es war kurz nach zwölf Uhr mittags. Die Sonne spiegelte sich in den Pfützen am Straßenrand, schimmerte wie auf gesprungenem Glas, das jemand dort abgeladen hatte.

»Wir sehen uns dann«, sagte sie. Da war eine Dunkelheit in seinen Augen, die ihr Sorgen bereitete. »Du wirst dich dort umsehen, aber nichts riskieren. Einverstanden?«

»Einverstanden.«

»Und …«

»Nein, Marie.« Parkov schüttelte den Kopf und ein Ausdruck von unnachgiebiger Endgültigkeit trat auf sein Gesicht. »Ich allein muss diesen Ort finden.«

»Und wenn das vorüber ist? Wenn wir Erfolg haben und den Panther stoppen, die Apostel festsetzen können … was geschieht dann?« Marie hielt Parkov am Arm fest, wohl wissend, wie unmöglich es war, ihn vom Gehen abzuhalten. »Kommt es überhaupt *jemals* zu einem Ende? Für uns?«

»Für Leute wie uns …« Parkov sah einen Augenblick zum Himmel hinauf, wo die Wolken schnell mit dem Wind zogen, bevor sein Blick zu ihr zurückkehrte. »Eigentlich wollte ich gerade sagen, für Leute wie uns endet es nie, aber …« Parkov schüttelte den Kopf. »Das stimmt nicht. Vielleicht ist es eines Tages wirklich genug.«

»Eines Tages?«

»Bringen wir diese Auktion hinter uns. Dann gönnen wir uns Urlaub. Einen *langen* Urlaub.«

Marie stellte sich auf die Zehenspitzen und küsste Parkov, lange, zärtlich. »Ich brauche keinen Urlaub. Nur eines. Dich, lebendig.« Sie lachte. »Kapiert?«

»Wenn die Schweizer Polizei und das private Sicherheitsunternehmen, die für den Schutz der Auktion morgen zuständig sind, meinem Plan folgen …«

»Wie könnten sie denn anders?«, warf Marie mit einem Zwinkern ein, das allein dazu diente, ihre Nervosität zu überspielen.

»… dann liefern wir ihnen die Apostel und den Panther zugleich.«

»Ja. Das ist doch ohnehin alles, was wir tun können.«

»Nein.« Parkov blickte sich um. Nachdem er sich davon überzeugt hatte, dass niemand seine Worte hören konnte, fuhr er fort: »Nein, es gibt noch eine andere Möglichkeit. Lansfords Idee. Wir schaffen sie da raus. Wir entziehen sie dem Zugriff aller Behörden. Bringen sie zurück nach Deutschland. Oder an einen anderen Ort.«

»Wie Trentmann? Wenn wir den Panther dort verhaften, den dritten Apostel oder sogar den vierten oder alle zusammen, dann werden sie ohnehin nach Deutschland ausgeliefert. Oder wohin auch immer. Du kennst diese Männer, sie haben ihre Verbrechen nicht nur auf ein Land beschränkt. Man wird sie überall anklagen wollen.«

»Und überall«, erwiderte Parkov, »haben sie Freunde. Wer weiß schon, was bei einem Gefangenentransport alles schiefgehen kann?«

»Das weiß niemand. Lass uns darüber nachdenken, wenn wir sie haben, ja? Das allein klingt für mich noch immer vollkommen unmöglich.«

»Hast du mir nicht zugehört?«

»Doch«, gab sie zurück. »Ich kenne den Plan. Aber er klingt immer noch … ziemlich nach einem Trick.«

»Ich bin nicht der schlechteste aller Magier.« Parkov holte tief Luft. »Es wird Zeit. Eine Sache muss ich dir noch sagen, ehe ich aufbreche. Sollte mir etwas zustoßen …«

»Daniel …«

»Nein, hör mir zu. Sollte mir etwas zustoßen, dann geh ins Landhaus. Der neue Zentralrechner – du erinnerst dich, ich habe ihn dir gezeigt –, sag ihm, und jetzt hör mir genau zu, er soll die *Parkov-Protokolle* aktivieren.«

»Was bedeutet das?«

»Es ist ein Notfallplan. Und eine Absicherung für dich.«

Marie blickte über das Rollfeld und sah, wie Münz und Lucie wieder aus dem Flugzeug stiegen und ihnen entgegenkamen.

Die Zeit verrinnt und am Ende ist all das viel schneller vorüber, als uns lieb ist. Sie dachte an Parkovs eigene Worte: *Menschen kommen und gehen, und alles, was uns bleibt, ist die Zeit, die wir mit ihnen verbracht haben.*

»Sie mag ihn«, sagte Marie. »Er ist wie der Opa, den sie nie hatte.«

»Ich weiß.«

»Und sie mag auch dich. Also«, Marie spürte, wie Angst ihre Kehle zuschnüren wollte, »lass uns noch mal über diese Urlaubsidee nachdenken, wenn es vorüber ist, ja?«

»Wenn es vorüber ist«, wiederholte Parkov ernst.

»Dann werde ich mir mal ein angemessenes Abendkleid besorgen«, sagte sie und versuchte, möglichst heiter zu klingen, wie um diesen Moment für sie beide zu erleichtern. »Für eine Auktion wie diese. Diamanten, Fabergé-Eier und …«

»… und ein Krypticon, versteckt in seinem edlen Holzkästchen.« Parkov straffte sich. Er hatte Lucie und Münz ebenfalls bemerkt. »Wir sehen uns, meine Liebe. Aber jetzt muss ich gehen.«

Als sich die Gulfstream in den Himmel erhob, hielt Marie die Luft an und gab sich Mühe, dass niemand es bemerkte.

»Machen wir das Richtige? Können wir das überhaupt noch vernünftig beantworten?«, fragte sie Münz.

»Frau Winter, das kann doch in diesen Tagen schon lange niemand mehr sagen. Alles, was wir versuchen sollten, ist, unserem Herzen zu folgen. Und ich denke, Parkov versucht genau das.«

»Ist das so?«

»Ich bin mir sicher. Und Sie wissen es auch. Sonst wären Sie längst nicht mehr hier. Sonst würden wir ihm nicht mehr helfen.«

»Das haben Sie ihm mehr als einmal angedroht, nicht wahr?«, fragte Marie. »Dass Sie ihn verlassen werden, wenn er noch mal einen Schritt zu weit geht, meine ich.«

Münz nickte. Ein warmes Lächeln huschte über seinen Mund. »Er weiß, dass es nie so weit kommen wird.«

»Eines Tages vielleicht.« Marie sah dem Flugzeug nach, bis es kaum mehr als ein winziger Punkt am kobaltblauen Spätsommerhimmel war. »Eines Tages gehen wir alle zu weit.«

»Eines Tages scheitern diese Verbrecher. Auch wenn es im Augenblick anders und die ganze Sache hoffnungslos erscheint; sie sind doch nur wenige, verglichen mit denen, die sich ihnen entgegenstellen. Am Ende, Frau Winter, sind die Menschen immer noch … gut.«

Marie nickte. Münz' Worte berührten etwas in ihr, das sie seit der Ermordung der Meersens nicht mehr gespürt hatte. Hoffnung stellte sich all diesem Irrsinn entgegen. »Ich hoffe es sehr.«

»Wir müssen bald los«, sagte Münz und warf Lucie, die in der Nähe auf einer Bank die Beine baumeln ließ, einen kurzen Blick zu. »Wo bringen Sie sie hin?«

»Zu meiner Schwester. Sie und ihr Mann werden mit ihr für ein paar Tage wegfahren. Das ist sicher. Und wichtig. Anders könnte ich nicht tun, was wir vorhaben.«

»Und das ist auch gut so.« Münz winkte Lucie zu ihnen. »Aber versprechen Sie mir eines, Frau Winter, wenn dieser kleine Ausflug, den wir planen, vorüber ist und wir alle wieder zurück sind …«, Münz lächelte, »dann nehmen Sie diesen Sturkopf von einem Mann und bitten ihn um eine … *Auszeit.*«

Marie musste lachen. Wie immer hatte Münz ein untrügliches Gespür für Parkov. »Auszeit klingt gut.«

»Tun Sie es. Sonst muss ich mir noch etwas einfallen lassen, damit … ich ihn endlich verkupple.« Er zwinkerte.

»Worüber redet ihr zwei?«, fragte Lucie. »Kapier ich nicht.«

»Erklär ich dir«, erwiderte Marie, »ein andermal.«

Eine Stunde später fuhr Marie mit dem Lift wieder ins Penthouse hinauf. Ihr war, als näherte sie sich mit jedem Schritt dieser unvermeidlichen Auktion, jenem Abend, dem Ereignis.

So muss sich jemand fühlen, der einem großen Auftritt entgegengeht. Der spürt, wie die Aufregung mit jeder Minute zunimmt, die von diesem ewigen Granitblock der Zeit abbröckelt. Oder wie jemand, der seiner Hinrichtung entgegenbangt.

»Hallo?«, rief sie in die hohen, stillen Räume hinein. Münz war noch unterwegs, erledigte, was ihm Parkov aufgetragen hatte, Lucie war bei ihrer Schwester und –

Da sah sie ihn. Lansford kniete vor einem Rucksack, den er offenbar gerade packte, hatte aber innegehalten und sah sie an. *Etwas an ihm ist anders.*

»Wir bräuchten Lea«, meinte er. »Wir vier sind zu wenige.«

»Ja. Aber sonst gibt es niemanden.«

»Bodenfeld? Odinsdottir?«

»Vater eines kleinen Kindes. Und Isa wurde schwer verletzt.«

»Sie ist wach, wie ich gehört habe.«

»Sie *bleibt*, wo sie ist.« Marie schüttelte den Kopf. »Nein, wir sind auf uns allein gestellt.«

»Du bist auch …«

»Ja. Weiß ich.« Marie blickte zur Tür hinüber, die tiefer in das Penthouse führte, und versuchte, alle Gewissensbisse und Ängste wegzudrängen. »Und? Was rätst du mir?«

»Hierzubleiben.« Lansford zog den Reißverschluss des Rucksacks zu. »Und zu leben.«

»Wenn ich nicht gehe, wird es keiner von euch schaffen.«

»Es so zu formulieren ist mutig.«

»Drei haben überhaupt keine Chance. Vier … vielleicht. Wir können nicht gemeinsam leben, wenn einer von uns zulässt, dass ein anderer in die Gefahr gerät, allein zu sterben.«

»Das betrifft Parkov und dich.«

»Nein«, sie schüttelte den Kopf, »das betrifft uns alle. Trentmann, schon vergessen? Das ist ein Wissen, das wir teilen.«

»Trentmann ist fort«, sagte Lansford vollkommen unbeteiligt, mit einer Kälte in der Stimme, dass sich ihre Nackenhaare aufstellten. »Er hat sich befreit und ist abgehauen. Vielleicht war einer der Apostel dort, vielleicht haben sie mein Versteck entdeckt und einfach kurzen Prozess mit ihm gemacht.«

Marie schüttelte sich. »Und jetzt? Tun wir überhaupt noch das Richtige? Oder sind wir schon längst selbst die Bösen?«

»Wenn wir den Panther oder die beiden verbliebenen Apostel stellen, wird niemand mehr fragen, wie uns das gelingen konnte. Denk an die Kinder in Britrovo.«

»Ich denke an kaum etwas anderes. Das ist die einzige Motivation, die ich habe.« Nie wieder würde sie die traurigen Augen der eingesperrten Kinder vergessen.

»Und doch, wie Parkov sagte … kein Leben für ein anderes. Wenn du stirbst, wenn sich auch nur eine Kugel verirrt, nützen all die geretteten Leben deiner Tochter am Ende doch nichts.«

»Ja. Wahrscheinlich wird sie mich hassen.«

Lansford nickte. »Vielleicht. Wenn sie älter ist. Zuerst wird sie einfach nur trauern und nicht begreifen können.«

»Und was ist mit Miranda? Mit deiner Tochter? Ist das nicht genauso?«

»Sie ist in Sicherheit. Glaub mir, *ich* kann sie schützen. Du kannst das nicht.«

Marie ballte die Fäuste. »Das Thema ist beendet«, sagte sie.

»Winter?«

Marie, schon in der Tür, drehte sich nicht um.

»Es ist gut, dass du mitkommst. Parkov schätzt dich und ich begreife allmählich, wieso. Aber versprich mir … wenn es da drüben hart auf hart kommt, dann halt den Kopf unten.«

»Sorgen um mich? Nehme ich dir nicht ab.«

»Ich mache mir Sorgen um *Parkov*«, erwiderte Lansford. »Weil ich mir nicht vorstellen kann, was er tun wird, sollte sich wirklich einmal eine Kugel in deine Richtung verirren. Und ich will es auch nicht erleben. Ich möchte ihn ganz bestimmt nicht noch einmal so sehen.«

Marie machte kehrt. »Mark, eine Sache noch.« Sie deutete auf seinen rechten Arm, der gerade den Rucksackreißverschluss zuzog. »Zeig mir deinen Unterarm. Die Haut.«

Lansford sah zu ihr auf, mehr irritiert als verärgert. »Was soll das?«

»Da drüben steht Parkovs altes Notebook. Ich glaube, du hast dir dieses Video mit Suzann angesehen, als niemand hier war.«

»Und wenn es so wäre?«

»Zeig mir einfach deinen Arm.« Maries Hand wanderte zu ihrer Waffe. »Denn wenn du dich weigerst, weiß ich, warum. Zeig ihn mir. Los.«

Lansford sprang auf die Füße, viel schneller, als sie erwartet hatte. Sie wich zurück, doch dann krempelte er den rechten Ärmel seines Hemdes hoch.

»Keine Narben. Siehst du das? Du bist verrückt, mir so einen Mist zu unterstellen.« Er drehte den Arm hin und her. »Willst du den anderen auch noch sehen, hm?«

Marie schüttelte den Kopf und atmete durch. Für einen Moment war sie überzeugt gewesen, dass Lansford etwas vollkommen anderes im Sinn gehabt hatte. »Schon gut. Tut mir leid.«

»Es tut dir *leid*? Du kannst froh sein, dass ich die ganze Sache wegen deines Misstrauens nicht absage.« Lansford starrte sie an, dann machte er kopfschüttelnd kehrt und stürmte hinaus.

Kapitel 47

Das Dorf hatte zwar einen Namen, doch Parkov kam es vor, als hätten ihn seine Bewohner schon vor langer, langer Zeit vergessen. Es war ein Ort, an dem man sich in den langen, kalten und schneereichen Wintern in die Holzhäuser zurückzog, wo die Öfen glühten, die Eisblumen an den Fenstern schimmerten. Die wenigen Jungen waren schon längst fortgezogen, nur einige Fremde lebten noch hier und die Alten, die sich mit knorrigen Händen an ihren Leben festhielten.

Eine Glocke, die einzige im Turm der winzigen Kirche, schlug viermal. Das Licht der Sonne, die sich längst wieder dem Horizont näherte, schien blutrot über die Dächer und die Wipfel der Weißtannen.

Parkov betrat die Kirche, ein kühler, steinerner, ungeschmückter Raum, der sich so sehr von jenem Moskauer Kirchenschiff unterschied. Weihrauchgeruch lag in der Luft, eine alte Frau ging an ihm vorbei und bekreuzigte sich. Parkov ging nach vorn zum Altar.

Der Priester löschte eine Kerze, dann bemerkte er ihn.

»Gäste kommen selten hierher. Urlauber gar nicht.« Das schweizerische Französisch, das der Mann sprach, klang stockend.

»Gäste?«

»Das alte Kloster, ein paar Hundert Meter den Berg hinauf.«

»Ah.« Parkov nickte. »Das kann man ja von hier aus sehen. Ich dachte, es wäre eine Festung.«

»Keine Festung, aber manchmal sieht es wirklich danach aus. Wenn die Sonne in einem bestimmten Winkel darauf fällt. Manchmal auch nach etwas anderem.« Ein kleines Lächeln huschte über den Mund des Priesters. Er war noch jung, Parkov fragte sich, was ihn an diesen Ort verschlagen haben mochte. »Da oben leben noch drei Mönche. Franziskaner. Manchmal haben sie Gäste, daher dachte ich …«

»Welche Gäste?«, fragte Parkov sofort. Als er bemerkte, wie ihm der junge Mann ausweichen wollte, wie er sich nervös umsah, spürte er, dass er auf der richtigen Spur war. »Gäste von weiter her, die spät kommen und früh wieder gehen? Mit fremden Kennzeichen?«

»Durchaus.« Der Priester trat um den Altar herum. Er blickte sich um und deutete in Richtung Sakristei. »Vielleicht sollten wir dort hinten … sprechen.«

»Nur zu.« Parkov ließ ihn vorausgehen.

In der Sakristei öffnete der Priester eine Schublade und legte Kerzen hinein. So verharrte er, als wollte er Parkov nicht in die Augen sehen. »Sind Sie einer der Fremden, die immer wieder diesen Ort aufsuchen?«

»Ich bin einer von denen, die sich dort oben umsehen müssen. Ich suche jemanden, der von dort kommt.«

»Von dort kommt?« Der junge Priester lachte. »Das verstehe ich nicht. Das Kloster nimmt schon seit einiger Zeit keine neuen Brüder auf.«

»Nein?« Parkov spürte die Bedrohung, vielleicht einen Herzschlag bevor sich der Priester umwandte. Er zog seine Dienstwaffe, trat instinktiv einen Schritt zur Seite und richtete sie auf den jungen Mann. Einen Augenblick später hatte der seine Drehung vollendet, in der Hand hielt er eine kurzläufige Pistole, auf die ein Schalldämpfer geschraubt war.

»Lass sie fallen«, sagte Parkov und zielte mit der P99 auf den Kopf des Mannes. »Das ist es nicht wert. Vielleicht kannst du mich überraschen, wenn du noch ein paar Jahre übst … aber nicht heute.«

»*Merde*«, zischte der andere.

»Genau.« Parkov spannte sich an, war auf jede Reaktion dieses falschen Priesters vorbereitet. »Lass sie fallen.«

Die kurzläufige Waffe schlug auf den Boden.

»Hast du einen Wagen? Natürlich. Wie sonst würdest du schnell nach oben kommen?«

Der Priester sah ihn an. Da war keine Wut, nur kühle, gleichgültige Professionalität.

»Also gehst du jetzt vor mir her, hinaus zu deinem Wagen. Wir fahren nach oben.«

»Von mir aus. Mir ist gleich, was mit dir geschieht.« Der Priester trat aus der Sakristei und ging vor Parkov am Altar vorbei und durchs Kirchenschiff hinaus. Die Sonne schien auf sie herab, das Dorf war wie ausgestorben, beide Männer warfen lange, dürr gestreckte Schatten auf den rissigen Asphalt der Hauptstraße. Der Wind trieb feinen Staub von den schroffen, scharfkantigen Felsenhängen herab. Eine Krähe saß auf dem Schrägdach eines alten, vor langer Zeit aufgegebenen Gasthofs mit vernagelten Fenstern, sie musterte Parkov und den falschen Priester und krächzte.

»Das ist er«, sagte der Mann und deutete auf einen alten Golf aus den Zweitausenderjahren. »Mein Wagen.« Er griff in die Hosentasche und zog einen Schlüssel hervor, dann stieg er ein.

Parkov nahm auf der Rückbank Platz, die Waffe auf den Hinterkopf des Priesters gerichtet. »Bring mich hinauf«, befahl er.

»*Oui.*« Der Mann ließ den Motor an, der ebenso rostig und klappernd klang, wie der Wagen aussah … doch er fuhr, sie ließen das Dorf hinter sich. Über Serpentinen gelangten sie schnell nach oben und das Kloster, das sich an die schroffen Hänge schmiegte, kam näher.

»Niemand verlässt diesen Ort«, sagte der Mann. »Nicht wenn sie es nicht zulassen.«

Die Tannen wurden gedrungener und verschwanden schließlich ganz, sie überquerten die Baumgrenze. Sie fuhren durch eine dürre sandbraune Landschaft mit halbhohen Sträuchern, die im Wind schwankten, der nach fernem Gletschereis und bitteren Kräutern schmeckte. Die Schatten wurden länger.

Als sie in die Zufahrt der alten Klosteranlage einbogen, bremste der falsche Priester ab. Da war ein Torbogen, aus dem Steine und Putz bröckelten, dahinter steinerne, gedrungene Gebäude und Holzhütten, die allesamt so grimmig und dunkel wirkten, als hätten sie zu viele Winter hinter sich gebracht und zu viel Kälte erlebt.

Parkov entdeckte einen alten, gebeugt gehenden Mönch, der zwischen den Hütten zu warten schien. »Er erkennt deinen Wagen wieder«, sagte er.

»Sicher tut er das.«

»Fahr bis zum Ende«, befahl Parkov und wies auf das größte Steingebäude, »bis vor dieses Haupthaus.«

»Na klar.«

Etwas hier ist nicht richtig, wusste Parkov instinktiv, als sie das aus grauen Schiefersteinen gemauerte Hauptgebäude erreichten. *Etwas steht dir bevor. Es ist viel zu ruhig.*

»Weißt du, er hat uns gewarnt. Er sagte, dass du vielleicht eines Tages hierherkommen würdest. An diesen Ort, wo für ihn alles begonnen hat. Wo sein altes Leben endete und sein neues begann und er für immer verändert wurde.« Der falsche Priester stellte den Motor ab.

»Es wurde in den Felsen hineingebaut«, sagte er. »Das Kloster, seine Keller, all die Gänge. Schmuggler, die aus Frankreich die Alpen überquerten, haben geheime Pfade angelegt, Unterschlüpfe, Verstecke … und die Menschen dort unten«, er sah zum Dorf hinab, das weit unter ihnen lag, »sind vielleicht die letzten Nachfahren dieses lichtscheuen Volkes. Vielleicht stört sie unsere Anwesenheit auch deshalb nicht.«

»Du bist kein Priester.«

»Doch. Aber für die Alten dort unten macht es keinen Unterschied. Der Lehrer hier oben, sie nennen ihn den *Weisen vom Berg*, hat ihnen in harten Zeiten zur Seite gestanden, durch die kältesten und schwersten Winter geholfen. Sie respektieren ihn.«

Parkov blickte die Berghänge hinauf. Da war etwas, eine Besonderheit dieser Felsformation, die Farbe des Gesteins, des Mooses, der Flechten …

»Siehst du es?«, fragte der junge Priester. »Natürlich siehst du es. Er sagte, du wärst der Beste, dem er bisher gegenüberstand. Du hättest nicht hergefunden, wenn du es nicht wärst. Du hättest nicht so lange überlebt. Gegen seinen Willen. Aber nach dir werden andere kommen. So war es immer.« Er deutete hinauf. »Es gleicht einem Totenkopf. Das Gestein und die Farben bilden einen Totenschädel … oder den Kopf eines …«

»Eines Panthers«, sagte Parkov.

»Ja, so sieht es aus, wenn man im richtigen Licht hinsieht.« Der Priester zeigte in Richtung des Hauptgebäudes. Das Eingangsportal stand offen.

»Du hättest nicht herkommen sollen.«

Parkov sicherte seine Pistole und steckte sie weg. »Ich hätte nicht gedacht, dass dieser Ort wirklich existiert. Nicht hier, nicht in dieser Zeit.«

»Weißt du, was für ein Ort es ist? Was dich erwartet, wenn du durch die Tür gehst?«

»Nein.«

»Es ist ein dunkler Ort. Du wirst ihn nie mehr verlassen. Ein Ort, der Männer wie ihn hervorbringt. *Du* bist kein Mann wie er.«

»Und doch gehe ich hinein«, erwiderte Parkov, »und werde auch wieder herauskommen. Das gelingt mir rein zufällig immer wieder.« Er ließ den Priester stehen, ging auf das offen stehende Portal zu und trat, ohne zu zögern, ein.

Kapitel 48

Das Kloster war leer und verlassen, voller Spinnweben, Staub und Anzeichen eines schon Jahrzehnte währenden Verfalls: Risse in den Wänden, abbröckelnder Putz, Wasserflecken, eine Bibliothek, in der mehrere Regalreihen umgestürzt waren, die gewiss alten, wertvollen Bücher lagen auf dem Boden verteilt. Tauben nisteten im Gebälk, Gurren und unruhiges Flügelschlagen begleitete ihn auf dem Weg.

Da waren Kammern, in denen früher Mönche geschlafen hatten, es gab einen Speisesaal mit einem langen Tisch, der von einer zentimeterdicken Staubschicht bedeckt war.

Parkov blieb stehen.

Er war nicht allein.

Eine Buchseite wurde umgeblättert, das leise Geräusch erfüllte den ganzen Raum.

Parkov sah sich um und entdeckte hinten im Speisesaal einen alten Mann in einem Rollstuhl; er war in eine dicke Wolldecke gewickelt und so vor der klammen Kälte geschützt, die sich im Inneren des Klosters zwischen den meterdicken Steinwänden hielt. Er sah aus, als würde er schlafen – im ersten Moment hätte man ihn sogar für tot halten können –, doch dann blickte er auf und klappte das Buch mit einem lauten Knall zu.

»Er sagte, du würdest kommen. Er wollte uns warnen. Jetzt bist du wirklich hier.« Die Stimme des alten Mannes glich einem Stück Zedernholz, das in einem Kamin verbrannte, rau und heiser, erschöpft und knisternd.

»Er hat viele getötet«, sagte Parkov. »Mich aber nicht. Und jetzt bin ich hier. Bist du der Lehrer? *Sein* Lehrer?«

»Nicht nur der seine. Aber er war der Beste. Er hat begriffen, wie man überleben kann, mit einer Profession wie der seinen.«

»Mit dem Mord als Geschäft.«

»Wenn du es so nennen willst.«

»Frauen. Kinder. Alle hat er getötet.«

Schmerz stand im Gesicht des Alten. »Ich weiß. Was er tut, ist seine Sache.«

»Er folgt jetzt dem Auftrag eines anderen«, sagte Parkov. »Dem eines selbst ernannten Orakels. Das Orakel schreckt nicht davor zurück, schlechte Menschen leiden zu lassen, ehe es sie töten lässt. Es nennt das ganze Leid auch noch Gerechtigkeit.«

»Ich bin nicht der, den du suchst«, antwortete der Alte mit schwacher Stimme. »Den du suchst … ich weiß nicht, ob du ihn jemals finden wirst. Vielleicht, wenn du alles vergisst, was du an Moral und Anstand gelernt hast, und selbst zu jemandem wirst, den du jetzt jagen würdest, vielleicht dann.«

»Vielleicht bin ich schon so jemand.«

»Dann wärst du nicht hier und würdest auch nicht um Rat fragen.« Der Alte hob eine zitternde Hand. »Nein, Parkov. Das bist du nicht. Du hast das dünne Tuch der Zivilisation noch nicht zerschnitten.«

»Aber dein Schüler, er hat es längst getan.«

»Und ich betraure ihn darum.«

»Wer ist er?«, fragte Parkov und trat näher. Das Gurren der Tauben, ihr Flügelschlagen, das schräg hereinfallende Licht, all dies verlieh dem Ort eine lebendige Aura, die einen starken Kontrast bildete zu dem kalten Mauerwerk, das alt wie der Fels, wie das Gestein selbst zu sein schien, gleichgültig dem gegenüber, was in seinem Inneren vor sich ging. »Wie konnte es so weit mit ihm kommen?«

»Er war ein Opfer dieser Menschen, die er jagt. So viel kann ich dir sagen. Er entkam Menschenhändlern, floh … und ich fand ihn eines Tages, ein kleiner Junge von vielleicht zwölf Jahren, so voller Zorn und Dunkelheit … Er hat ein Ziel gefunden. Etwas, auf das er seinen Verstand lenken konnte. Das ihm Halt gab.«

»Du hast einen Mörder aus ihm gemacht. Und aus vielen anderen. Ein Haufen alter Männer, Söldner, die sich als Mönche tarnen und ihre eigene Verderbtheit weitergeben.«

»Ich habe aus ihm das gemacht, was er schon immer in sich trug. Aber ich nahm ihm das Versprechen ab, seinen Zorn stets nur gegen die zu lenken, die er verachtet. Wenn er sich heute manipulieren lässt, ist das eine Schwäche seines Charakters, die ich nicht vorhersehen konnte.«

»Gib mir seinen Namen.«

»Er hat Angst, weißt du das? Er fürchtet, dass er seinen Auftrag nicht überleben wird.«

»Also gab es Kontakt? In jüngster Zeit?« Parkov bemerkte, wie der Blick des alten Mannes abschweifte, zur Decke, in die Winkel und Tiefen des Raumes, als könnte er dort versteckte Geheimnisse erblicken. Vielleicht sah er im Geist diejenigen, die diesen Ort einmal belebt hatten. Vielleicht erinnerte er sich an eine Vergangenheit, die er heute bedauerte.

»Einmal rief er mich an. Das geschah seit vielen Jahren nicht.«

»Was hat er gesagt?«

»Dass er auf eine Frau geschossen habe. Eine Unbeteiligte. Eine deiner Kolleginnen. Und dass ihr Überleben unsicher sei, auch wenn er mit Absicht falsch gezielt habe.«

»Ich muss ihn aufhalten.«

»Das wird nicht möglich sein.« Der Alte schüttelte den Kopf, sein langes weißes Haar bewegte sich. »Aber …«, er seufzte, »vielleicht kannst du es persönlich mit ihm besprechen.«

Parkov starrte den Alten an. Das bedrohliche Gefühl, das ihn die ganze Zeit begleitet hatte, wurde stärker. Dann begriff er. *Vermutlich zu spät.* Er legte die Hand an seine Pistole, aber der alte Mann im Rollstuhl schüttelte abermals den Kopf, musterte ihn mit einem Blick voll Bedauern.

»Er ist hier, Parkov. Schon die ganze Zeit. Er hat auf dich gewartet. Nur deshalb hat er dich seine Zeichen sehen lassen. Damit du herfindest. Und nun … ist er da.«

»Leid«, sagte die heisere Stimme des Panthers dicht hinter Parkov, »bedeutet Gerechtigkeit. Je größer das Leid, desto herrlicher die Gerechtigkeit. Ich bin hier, Parkov. Die Gerechtigkeit ist hier.«

Parkov spürte, wie sich eine dünne Metallschnur um seinen Hals spannte, eine Garrotte. Der Panther zog mit aller Kraft, schnürte ihm die Luft ab.

»Du hättest«, hörte er die Stimme in seinem Ohr, während er versuchte, sich zu befreien, gegen die brutale Kraft anzukommen, gegen die Dunkelheit anzukämpfen, die sich näherte, sich vor seine Augen legte und ihn hinabzerrte, »du hättest gehen sollen, als du noch Zeit hattest. Ihr alle hättet …«

»Zeit«, ächzte Parkov, »Z-Zeit …«

»Und jetzt gibt es keine Zeit mehr. Für niemanden von uns.«

Kapitel 49

»Er kommt nicht.« Marie blickte aus dem Fenster im dritten Stock des alten Grand Hotels in den Alpen, hinab auf den Nebel, der aus dem Tal heraufzog und die Sicht versperrte, ein dichter weißer Nebel, der sich gegen den Wind zu bewegen schien, als wäre er lebendig. »Parkov kommt nicht.«

»Er wird kommen«, erwiderte Johann Münz. »Er *wird.*«

»Zwei Stunden«, sagte sie. »Er ist überfällig. Er wollte uns vor zwei Stunden hier treffen, aber … nicht mal eine Nachricht.« Sie deutete auf ihr Smartphone. »Er hat mich gebeten, diese App zu installieren. Ortungsfunktionen … Aber wenn ich jetzt versuche, sein Handy zu finden, sagt mir Elvis nur, dass das derzeit nicht möglich ist. Ja, er war auf der anderen Seite des Gebirges, aber dann ist das Signal plötzlich abgebrochen.«

»Der Kontakt mit der KI funktioniert sogar hier? In der Schweiz?«, fragte Münz.

Marie nickte. »Natürlich. Als ob sich Parkov von so etwas Altbackenem wie Länder- und Mobilfunknetzgrenzen abhalten ließe.« Wieder ging ihr Blick hinaus auf den Nebel, der hier auf über eintausendachthundert Metern Höhe eine vollkommen andere Stimmung heraufbeschwor: Es war, als hätten sie den Sommer hinter sich gelassen, als herrschte hier eine vollkommen andere Jahreszeit. Kalt war es hier oben und die Feuchtigkeit des Nebels schlug ihre Klauen in die hoch aufragenden Wände des Hotels, streckte sie aus nach all den Männern und Frauen, die nach und nach anreisten.

Marie hatte sie beobachtet: Sie kamen in aller Stille, einige von ihnen in Limousinen, andere landeten in Helikoptern auf dem Helipad hinter dem Anwesen und ein paar kamen mit Bodyguards und Beratern, die sie auf Schritt und Tritt begleiteten.

»Das alte Geld«, kommentierte Münz. »Ja, hier wird an diesem Wochenende wirklich vieles den Eigentümer wechseln.«

»Ich fühle mich vollkommen fremd. Marie-Alien. Das hier … ist alles komisch. Wie aus der Zeit gefallen. Oder, nein, eher wie ein Hybrid aus Altem und Neuem.« Der Nebel schwappte wie eine dichte weiße Suppe über die schroffen Felskanten. Tannen schwankten im Wind. Das alte Grand Hotel war in den Goldenen Zwanzigern erblüht, im Weltkrieg hatte es das Militär genutzt, zu früherem Glanz hatte es erst zurückgefunden, nachdem ein Investor es zu einem Resort umgebaut hatte. Der in einem Schweizer-Chalet-Stil renovierte Bau hatte einzig seine alte Hülle behalten. Es war ein prächtiger Ort, der auf seltsam anrührende Weise Vergangenheit und Zukunft vereinte. Durch die Gänge strich noch ein Hauch jener glanzvollen Vergangenheit, auf alten Fotografien lachten Frauen in eleganten Abendkleidern und Männer im Smoking, nicht ahnend, dass kaum ein Jahrzehnt später ein verheerender Krieg über sie alle hereinbrechen würde.

Münz legte Marie die Hand auf die Schulter, sanft und zugleich ermutigend. »Wir werden das zu einem guten Ende führen«, sagte er. »Ich bin mir sicher. Haben Sie Vertrauen. Nicht nur in Parkov, vertrauen Sie sich selbst, Marie. Sie können das. Ich weiß es. Auch Parkov glaubt an Sie.«

Marie holte tief Luft. »Ich bin nervös. Furchtbar. Und ... habe Angst. Ganz ehrlich, große Angst. Wenn das schiefgeht ...« Sie schüttelte den Kopf.

»Angst macht Sie stärker. Glauben Sie mir, ich wäre besorgter, hätten Sie in dieser Lage keine Angst.«

»Und Sie, Johann? Haben Sie keine Angst? Lansford wirkt, als würde es ihn kaum berühren, als wäre das nur Teil eines Witzes, über den er vielleicht schmunzeln kann, aber ... eigentlich will er es nur beenden, koste es, was es wolle. Er kümmert sich nicht um uns. Klar, er sagt zwar, dass es nicht so wäre, aber tief in ihm sieht es doch anders aus.«

»Sie vertrauen ihm nicht.«

Marie schüttelte den Kopf. »Überhaupt nicht.« Sie biss sich auf die Lippe, ballte die Hände zu Fäusten und versuchte, ihre Nervosität zu verbannen. »Sie haben meine Frage nicht beantwortet, Johann.«

»Doch«, sagte er, »Angst habe ich auch. Ich wäre ein Narr, wenn es anders wäre. Und ich bin noch nicht so alt, dass ich vollkommen gelassen in eine Sache wie diese gehen könnte. Ich bin noch nicht so weit, dass ich dem Tod Guten Tag sagen will.« Münz lachte heiser. »Das werde ich hoffentlich auch nie sein.«

»Es ist gleich acht«, meinte Marie. »Daniel ist immer noch nicht da. Das ist einfach scheiße.«

»Schlafen Sie, Marie. Wir alle brauchen Ruhe. Gönnen Sie sich die Stunden bis morgen früh. In den vergangenen Tagen gab es viel zu wenig Zeit, in der man alles gründlich überdenken konnte.«

»Ob sich Daniel wohl mit mehr Zeit anders entschieden hätte? Ich denke nicht. Das hier ist vielleicht die letzte Möglichkeit, die Ratten aus ihren Löchern zu locken, und das weiß er.« Marie spürte, wie die Müdigkeit sie niederringen wollte, und musste gähnen. Münz lachte.

»Gute Nacht.«

»Ich schließe hinter Ihnen ab«, sagte sie.

An der Tür wandte sich Münz noch einmal um. »Ab jetzt sollten wir natürlich unsere Identitäten annehmen. Also vergessen Sie nicht …«

Marie nickte. »Ich vergesse nicht. Ich bin Rena Grünbaum. Parkov ist Tacitus Grünbaum, Lansford Gabriel Ashton, unser Sicherheitsbeauftragter für den Aufenthalt in der Schweiz. Und Sie, mein lieber Alfred, sind ein lieb gewonnener Butler, der uns überallhin begleitet.« Sie senkte die Stimme. »Wenn sie uns hier drin abhören, wissen die doch ohnehin alles.«

»Nein, Miss Grünbaum«, erwiderte Münz, »das stimmt nicht.« Er griff in sein Jackett und holte ein kleines elektronisches Gerät hervor. »Mit dem hier habe ich vor gut einer Stunde die Zimmer untersucht. Es hätte alles aufgespürt. Wir sind sicher.«

»Sicher sind wir erst, wenn wir diesen Ort weit hinter uns gelassen haben. Im Augenblick«, Marie öffnete die Tür für Münz, »ist dieser Ort das gefährlichste Anwesen, in dem wir uns aufhalten können.«

Kapitel 50

Nachdem Münz gegangen war, schloss Marie ab, dreimal, mehr war nicht möglich, und kehrte zu den Fenstern zurück, aus denen sie hinab auf die Wälder schauen konnte, die sich an die Berghänge weit unter ihr schmiegten. Für kurze Zeit lichtete sich der Nebel etwas und gab den Blick frei auf die Dörfer mit ihren zahlreichen Lichtern, kleine golden schimmernde Flecke, die warm und trostreich wirkten.

Am liebsten wärst du jetzt dort unten. Marie spürte, wie sich ihre Fingernägel in die Handflächen bohrten, so angespannt und nervös war sie. *Einatmen, ausatmen. Er kommt schon. Und wenn nicht, findet ihr einen noch viel verrückteren Weg, es ohne ihn durchzuziehen.*

Aber daran wollte sie jetzt nicht denken. Denn wenn Parkov nicht kam, hatte man ihn aufgehalten, vielleicht getötet. Anders konnte es nicht sein. Er würde kommen. Wenn nicht, dann war er tot.

Marie spürte, wie ihre Hände zitterten. Sie sprang auf, lief zur Tür, schloss wieder auf und spähte den mit einem bordeaux-roten Teppich ausgelegten Flur hinunter. Er war menschenleer. Vielleicht war sie verrückt geworden, ging es ihr durch den Kopf, und sie irrte gerade durch einen alten, längst verlassenen

Ort, an dem außer ihr und den Ratten schon lange niemand mehr war … vielleicht war all das nur ein wirrer Traum.

Vielleicht träumte sie einfach. Vielleicht hatte sie nach Isabelles Anruf vor zwei Wochen einfach nichts getan, sich zurück ins Bett gelegt und in die hitzeschwangere Nacht gestarrt, während dort draußen etwas Böses vor sich ging … hatte es nicht an sich herangelassen, hatte es ausgeschlossen, ignoriert …

Vielleicht war sie in jener Nacht nicht zu Parkov hinausgefahren.

Vielleicht war Trentmann in irgendeinem Gefängnis in Untersuchungshaft, am Leben … vielleicht hatte man ihn auch nie enttarnt. Der Gedanke nagte an ihr und sogleich folgte ein weiterer. Vielleicht wäre Svetlana noch immer in ihrem Gefängnis. Vielleicht wäre sie auch schon abgeholt und wie ein Stück Ware zu ihrem Bestimmungsort geliefert worden …

Wenn wir nicht einschreiten, tut es niemand.

Marie dachte an die Nächte mit Parkov, die ihr Geheimnis waren, etwas, das nur sie beide und niemanden sonst etwas anging, daran, wie sie sich manchmal gewünscht hatte, dass die Tage nie anbrechen, die Nächte andauern würden, weil es nur diese Nächte waren, die sie mit ihrer samtenen Finsternis so schützend umarmt hatten wie ein weicher Mantel, sie versteckt hatten vor dem, was draußen bei Tagesanbruch auf sie wartete und dem sie nie entkommen konnten.

»Unsinn«, sagte sie zu sich selbst. Das Türschloss klickte laut, als sie noch einmal abschloss. Da stand ein Servierwagen mit silbernen Gloschen, unter denen sich ihr Abendessen befand, doch Marie hatte nicht den kleinsten Anflug von Hunger.

»Iss was, Mädchen«, sagte sie. »Sonst fällst du noch um.« Dann lachte sie über sich selbst. »Klingst wie deine Mutter.«

Sie nagte lustlos an einem gegrillten Stück französischen Chateaubriand-Filets, das neben hingetupfter dunkler Soße lag. Köstlich, ohne Zweifel, aber trotzdem konnte sie den Geschmack nicht ertragen.

Irgendwo dort unten schwankten die Tannen in der heraufziehenden Dunkelheit. Laternen fassten eine Art große Veranda mit Natursteinfliesen ein, die das Hotel zur Südseite hin begrenzte. An einer Stelle führte sie über die steil nach unten abfallenden Klippen, über das Felsmassiv hinaus. Sie wurde von mächtigen Stützen getragen wie eine Aussichtsplattform, ein ausgestreckter Finger, der Richtung Süden zeigte, tief unter ihm die Wälder und Dörfer.

Vielleicht würde sie sich morgen dorthin wagen. Vielleicht würde sie ihre Höhenangst überwinden, bis zur Brüstung gehen und vielleicht sogar einen Blick hinunter riskieren.

Rena Grünbaum hatte keine Angst. Sie würde morgen Abend das Krypticon ersteigern.

Das war der Plan.

Und dann würden sie kommen, um es ihr abzunehmen.

Dies wäre der Augenblick, in dem die Falle zuschnappen würde.

Marie zog sich aus, stellte sich unter die Dusche und blieb minutenlang unter dem warmen Strahl stehen. Sie betrachtete ihre Zehen und lauschte nach draußen. Wurde da eine Tür geöffnet? Waren da Schritte? Irgendetwas?

Doch da war nichts.

Weder ein Feind noch Parkov.

Nichts, niemand. Sie war allein. Als sie nach einer halben Stunde in das große Schlafzimmer ging, das denselben Blick aus den Fenstern hinab bot wie der Wohnraum der Suite, war die Uhr auf halb zehn vorangekrochen. Sie war allein mit ihrer Angst, der wachsenden Panik vor diesem Abend, der nur einige Stunden entfernt war. Eine unruhige Nacht lag vor ihr, und ein Tag, der ihr schon jetzt erschien wie aus einem verrückten Traum.

Du kannst es, dachte sie, *weil du es musst.*

Oder du läufst davon. Du läufst los, jetzt sofort, und lässt Lansford und Münz allein zurück.

Marie kroch unter die Bettdecke. »Mein lieber Tacitus Grünbaum«, sagte sie in den leeren Raum hinein, »komm sofort her. Jetzt.«

Dann schloss sie die Augen.

Der Schlaf ließ lange auf sich warten.

Kapitel 51

Parkov kam zu sich, er fühlte sich, als wäre er gestorben und wiedererweckt worden – ein brennender, tief einschneidender Schmerz schien seinen Kopf zu spalten. Die Wirkung von zwei Flaschen Wodka. Oder noch mehr.

Langsam nahm er die Umgebung wahr, noch etwas orientierungslos tastete er umher, seine Hände schrammten über kalten, feuchten Steinboden, der an vielen Stellen gerissen war, Gras wucherte bereits hindurch. Er war noch immer im Kloster. Aber die P99 war verschwunden.

»Sie ist hier«, sagte eine heisere Stimme, nicht weit entfernt. Parkov blickte auf. Die verschwommene Silhouette eines ganz in Schwarz gekleideten Mannes ragte vor einem Durchgang auf, versperrte den Weg und das hereinfallende Licht wie ein Dämon der Unterwelt.

Sein Gang, mit dem er sich jetzt näherte, war unzweifelhaft der eines Raubtiers. »Deine Dienstwaffe ist hier, Parkov.«

»Ah, gut«, krächzte Parkov. Seine Kehle war rau, er spuckte auf den Boden. »Danke fürs Aufbewahren. Du kannst sie mir jetzt zurückgeben.«

»Was ist mit dir? Wirst du alt? Ein alter Mann, gebrechlich, kaum mehr in der Lage, auf die Beine zu kommen, wenn man ihn einmal überwältigt hat?«

Da war die Spur eines Akzents in seiner Stimme. Er war gut trainiert worden, begriff Parkov, und fügte sich nahtlos in jede Umgebung ein.

Vielleicht hatte er ihn am Ende doch unterschätzt.

»Mach es schnell«, sagte er.

»Leid ist Gerechtigkeit. Und großes Leid ist große Gerechtigkeit.« Der Panther kam noch näher, wie ein animalisches Wesen, das von ihm Besitz ergriffen hatte. Es war dieser Ort, der ihn erschaffen hatte, doch was danach gefolgt war, dafür war der Panther ganz allein verantwortlich. *Er hat sich selbst geformt, war nicht länger ein Produkt seiner Umwelt …* Parkovs Gedanken waren wirr und noch immer träge vor Benommenheit. Der Panther war stehen geblieben, verharrte kaum mehr als drei Meter von ihm entfernt, die P99 locker in der linken Hand, der Lauf zeigte zu Boden.

»Versuch es besser gar nicht«, sagte er. »Du wärst sofort tot. Ich bin nicht wie die anderen. Du kannst mich nicht überraschen. Deine Schritte habe ich alle vorausgesehen. Und nun sind wir endlich hier.«

»Das warst nicht du«, zwang sich Parkov zu erwidern. »Das war dein *Auftraggeber.*« Seine Stimme war voller Spott. »Das Orakel. Du bist nur eine Marionette. Wie alle anderen.«

»Wie du?«

»Ich …« Parkov hustete. Da war Blut, Blutstropfen im Staub auf dem kalten Boden. Sein *eigenes.* »Ich nicht.«

»Man schickt dich genauso herum wie den Rest deiner Kollegen. Du tust, was man dir aufträgt. Oh, natürlich …«, er zögerte einen Moment, »du denkst, es wäre nicht so, aber du folgst einem Pfad, der für dich vorbereitet wurde.« Die Schuhe des Panthers kamen näher, schritten über den Staub. Parkov hustete noch einmal. Wieder Blut, mehr als zuvor. Er spürte den Schmerz, diesen alten, vertrauten Freund, der ihn nun schon seit Monaten begleitete, doch dieses Mal zeigte er ein anderes Gesicht – ein Reißen tief in seinem Inneren.

Dieses Mal ist womöglich etwas anderes oder noch mehr kaputtgegangen.

»Also ist es wahr? Parkov ist nur noch ein alter Mann?«

»So alt bin ich gar nicht. Ich fühle mich gerade, als wäre ich … auferstanden oder so was.« Er sah zu der dunklen Silhouette auf.

»Ich wollte dich töten, sollten wir beide uns wiedersehen. Aber heute … ist es doch anders.« Die Hand mit der Waffe schwang vor, und gerade als Parkov überzeugt war, dass sich nun ihr Lauf auf seinen Kopf richten würde, drehte der Panther sie herum und streckte ihm den Griff entgegen.

Parkov packte die Pistole und sprang auf die Füße. Auch wenn sich vor seinen Augen die Welt drehte, zu einem Gemisch aus Licht und zerlaufenden Farben wurde, versuchte er, die P99 zu heben und auf den Panther zu richten.

»Hör zu«, sagte dessen heisere Stimme. »Wir haben nicht viel Zeit. Was immer du da oben geplant hast, es wird nicht funktionieren. Die Apostel werden dort sein, ja, und sie werden das Krypticon an sich nehmen, weil sie nicht riskieren können, dass ihr Meersens Tresor öffnet. Aber das ist nicht der Grund, warum die Apostel kommen. Sie werden euch töten, wenn ihr versucht, sie aufzuhalten. Das musst du wissen, so dumm und blind kannst du nicht sein, nicht mal so verzweifelt, dass du die Wahrheit übersiehst.«

»Und die Wahrheit«, fragte Parkov, hustete und hielt sich die Hand vor den Mund, »lautet … wie?«

»Die Apostel treffen sich. Sie wollen etwas ganz Besonderes an den Meistbietenden verkaufen. Alles andere dort ist kaum mehr als ein Vorwand, um zusammenzukommen. Sie treffen sich, um etwas zu verkaufen, das ihnen vor Kurzem in die Hände gefallen ist. Eine gewisse Droge. M-CotroX, dieser wahnsinnige Kampfstoff, direkt an den Meistbietenden.«

Parkov holte tief Luft. Es war so, wie Marie vermutet hatte. Er spürte, wie sich eine Kälte in ihm ausbreitete. »Wie spielt das Orakel da hinein? Was hat sie dir aufgetragen?«

»Weißt du, Parkov … sie ist nicht mal eine *Sie*. Das Orakel ist ein Mann. Er selbst hat es mir vor Kurzem erzählt.«

»Wie hat er sich getarnt?«, fragte Parkov sofort. »Über eine Frau, die für ihn arbeitet, die für ihn mit mir gesprochen hat?«

»Genau so. Er ist so trickreich, und seine Motivation … Er trägt einen Zorn in sich, einen tief verwurzelten Hass, der immer mehr zum Vorschein kommt. Ich weiß nicht, ob ich ihm auch noch bis zu *diesem* Ende folgen kann.«

»Deshalb das hier?«, fragte Parkov und blickte auf die P99 in seiner Hand.

»Wir müssen uns verbünden. Es gibt keinen anderen Weg. Er wird alles tun, um die Apostel zu vernichten.« Der Panther ging zur südlichen Wand des Klosterraums und rieb über den feuchten Stein. »Wasser, Parkov. Die große Flut, von der das Orakel immer gesprochen hat. Ich habe erst zu spät begriffen, was das bedeuten soll. Weißt du, was dort oben in den Bergen liegt, was das ganze Tal mit Strom versorgt?«

Parkov starrte den Auftragsmörder an und versuchte, die Benommenheit abzuschütteln, die ihn noch immer mit eisernem Griff gefangen hielt. Er dachte an die Übersichtskarte, an den Stausee, die Staumauer, das Kraftwerk. »Ich *verstehe*«, erwiderte er. »Das ist Wahnsinn.«

»Nein, das ist nur *er*. Er will seine Gerechtigkeit und dafür ist er bereit, mehr Leid als je zuvor zuzufügen. Er wird den Staudamm im Norden sprengen und das aufgestaute Wasser aus dem Alpsee wird nicht nur das Hotel und das ganze Tal überfluten und alle in den Tod reißen … das Wasser könnte dann auch verseucht sein. Weißt du, was geschieht, wenn sich M-CotroX mit ihm vermischt?«

Parkov hustete erneut. Wieder tropfte Blut auf den Stein. »Er weiß, was die Apostel dort oben bei sich haben. Was geschehen könnte, wenn die Droge ins Wasser gerät. Er nimmt es in Kauf.«

»Das ist wohl zu befürchten.«

»Also haben wir die zwei verbliebenen Apostel, die diese Droge verkaufen, und ihren Gegner, der einen Staudamm sprengen will, um sie zu töten? Dazwischen wir?« Parkov seufzte. »Und ich bin doch jetzt schon müde.«

»Ich habe die Sprengladungen gesehen, Parkov. Ich war dort, um sie zu überprüfen. Ein Mann hat das für ihn erledigt, aber der ist tot, ich habe seine Leiche gesehen.« Der Panther nahm seine Pistole, die bedrohlich schimmerte, und steckte sie ein. »Aber noch haben wir *etwas* Zeit.«

»Wieso gehst du nicht zurück und entfernst die Zünder?« Der Panther war auf jede Reaktion vorbereitet, spürte Parkov. Bei dem kleinsten Versuch einer Attacke würde er ihn töten.

»Die Sprengsätze lösen jetzt sofort aus, wenn sich noch jemand an ihnen zu schaffen macht. Wir können das Unglück nur verhindern, indem wir das Orakel finden. Wenn wir ihn finden, dann finden wir auch den Zünder.«

Parkov schloss die Augen. Was der Panther ihm gerade verraten hatte, veränderte die Lage gravierend. »Pläne werden geschmiedet«, sagte er leise, »Pläne werden wieder verworfen. Woher weiß ich, dass ich dir trauen kann?«

»Das Orakel ist dort«, sagte der Panther. »Er ist persönlich gekommen, will mit eigenen Augen sehen, wie das Wasser all den Abschaum fortspült, ganz wie er es prophezeit hat.«

»Also hält er sich einen Fluchtweg offen?«

»Er hat ihn mir verraten, weil er mir nach wie vor vertraut. Dass ich dir das offenlege, sollte dir zeigen, dass du *mir* trauen kannst. Fürs Erste. Wenn das vorüber ist, werden wir wieder getrennte Wege gehen … und wenn ich dich dann noch einmal wiedersehe, töte ich dich.« Wieder strich er über das feuchte Gestein, machte einen Schritt zur Seite und wiederholte die Geste. »Wieso, denkst du, sind wir ausgerechnet *hier*?«

»Weil du hier aufgewachsen bist, Vincente.«

Der Panther kam näher und tastete die Wand ab, Parkov sah sein Gesicht nun zum ersten Mal. Er wirkte jung, kaum älter als Anfang dreißig, doch seine kaffeebraune Haut war von Narben entstellt. Ein Dreitagebart zierte das Kinn.

»Der Alte stirbt«, sagte der Panther. »Der Lehrer stirbt und es gibt nichts, was wir für ihn tun können, nichts, was er zuließe. Aber er hat dir meinen Namen verraten.«

»Woher bist du gekommen?«

»Sag du es mir. Zeig mir, was von deinem untrüglichen Spürsinn übrig geblieben ist.«

»Du bist Spanier. Man hat dich verschleppt. Aber du konntest entkommen und … ich denke, du hast hier Zuflucht gefunden. Sie haben dich an diesem Ort aufgenommen, dir geholfen.«

»Das haben sie.«

»Und nun wolltest du noch einmal zurückkehren.«

»Es gibt einen Weg«, sagte der Panther, ohne auf ihn einzugehen. »Einen Tunnel, den man schon vor langer Zeit durch den Felsen geschlagen hat. Du hast vielleicht das alte Bergwerk am Rand des Dorfes bemerkt.« Der Panther schien gefunden zu haben, was er suchte, jedenfalls verharrte seine Hand auf dem Stein und ein schmales Lächeln schlich sich auf seine Lippen. »Dieser Tunnel ist Teil des Bergwerks, doch er wurde erweitert. Die Schmuggler haben ihn benutzt und dann ist er in Vergessenheit geraten.«

»Und du kennst ihn?«

»Das Orakel kennt ihn. Und er sagte mir, wo der Eingang liegt. Der Tunnel ist sein Fluchtweg.« Der Panther berührte einen der Steine, dann stemmte er sich mit der Schulter gegen die massiv scheinende Wand.

Die vermörtelten Steine ließen sich wie eine Tür nach innen schieben, mit einem feuchten Knirschen öffnete sich ein Durchgang, kaum mehr als eineinhalb Meter hoch und einen Meter breit.

»Nicht dein Ernst«, sagte Parkov. »Ich muss zugeben, *das* überrascht mich nun doch.« Er hob die P99 und zielte auf den Rücken seines Feindes.

»*Nicht.*« Der Panther drehte sich um. »Die Waffe in deiner Hand ist nicht geladen. Dass du bislang keinen Versuch unternommen hast, auf mich zu schießen, rechne ich dir hoch an. Sag mir jetzt, was du tun willst. Mit mir arbeiten oder sterben?« Der Pistolenlauf in der Hand des Auftragsmörders schwang herum. »Denn das wirst du, wenn du dich gegen mich stellst.«

»Sterben wäre gerade ungünstig«, sagte Parkov mit einem Lächeln. »Ich entscheide mich für das Leben.«

»Das war nicht die Wahl, vor die ich dich gestellt habe.« Die Pistole bewegte sich nicht.

»Also gut. Wir erledigen es. Gemeinsam.«

Kapitel 52

Kurz vor elf in der Nacht erwachte Marie. Sie fühlte sich, als hätte jemand ihr Bett gegen ein Nagelbrett getauscht, so verspannt war sie, so hart waren ihre Muskeln im Nacken und in den Schultern.

Parkov war nicht gekommen.

Marie öffnete die Tür, die auf den Hotelkorridor führte, und spähte hinaus, nur mit einem knappen T-Shirt und Boxershorts bekleidet. Für einen winzigen Augenblick war ihr, als huschte am anderen Ende eine Gestalt um die Ecke. Von weiter unten drang Musik herauf. Irgendetwas wurde dort veranstaltet. Wenn die Tür jetzt ins Schloss fiele, ging ihr durch den Kopf, würde diese Nacht wirklich unangenehm werden.

Ein kühler Lufthauch strich durch den Flur und ließ sie frösteln. Marie trat schnell einen Schritt zurück und verschloss die Tür aufs Neue. Unschlüssig sah sie sich im Zimmer um. Ging zum Fenster, streckte den Kopf hinaus, atmete tief ein und genoss die kühle, feuchte Bergluft, die wenigstens für einen Moment ihre Nervosität vertrieb.

Als sie wieder im Bett lag, hörte sie leise Schritte vor ihrer Zimmertür auf und ab gehen, vielbeinige Kreaturen, stellte sie sich vor. Sie drehte sich um, wieder und wieder, doch der Schlaf wollte nicht mehr kommen.

Als sie erneut zum Fenster trat, schlich weit unter ihr jemand durch den Wald, zwischen den Tannen ließ der hin und her huschende Lichtkegel einer Taschenlampe die Nebelschwaden silbrig matt glänzen.

Wer war das?

Was hatte er dort unten zu suchen?

War das vielleicht Parkov?

Marie warf einen Blick auf ihr Smartphone, kein Anruf von ihm. Das Netz war schwach, kaum mehr als ein einziger Balken, zuvor hatte sie gar keine Verbindung gehabt. Marie dachte an Lucie und dann an Svetlana.

Sie spürte Tränen auf ihren Wangen.

»Du wirst das schaffen«, flüsterte sie in die Dunkelheit hinein. »Du wirst das schaffen.«

Sie kannten weder die Identität des dritten noch die des vierten Apostels, wussten nur, dass beide hier anwesend sein würden. *Bei dem Versuch, das Krypticon an sich zu bringen, werden wir sie aufhalten. Sie festsetzen.*

Das war Parkovs Plan und sie hielt ihn noch immer für furchtbar gefährlich.

Sie wollen nur verhindern, dass jemand Informationen erhält, der sie nicht bekommen darf. Wenn ein reiches Millionärspärchen dieses einzigartige Schmuckkästchen ersteigert, ohne etwas über seinen geheimnisvollen Inhalt zu wissen, werden die Apostel es ihnen abnehmen und unmissverständlich klarmachen, wem das Krypticon wirklich gehört.

Und wenn sie nicht mal auftauchten?

Aber das würden sie. Sie waren nicht nur deswegen hier. An diesem Ort ging mehr vor sich, viel mehr, da war sich Marie sicher.

Schlaflos lauschte sie in der Dunkelheit auf jedes Geräusch.

Was könnte die Apostel noch herführen?, überlegte sie. War es wegen M-CotroX? Und wer von den Gästen, die sie hatte ankommen sehen, gehörte zu ihnen? Hinter welcher freundlich lächelnden Maske steckte ein verkommenes Wesen?

Die Verkommenheit war niemandem von ihnen anzusehen.

Dann kamen ihr die Videoaufnahmen von Suzann und dem Unbekannten in den Sinn, den Parkov für eine Verbindung zwischen Solitude und den Aposteln hielt, die Narben auf seinem rechten Arm. Was würde sie wohl tun, wenn sie demjenigen gegenüberstand, der Svetlanas Mord oder auch nur ihre Entführung in Auftrag gegeben hatte? Zu ihrem Entsetzen konnte sie die Frage nicht länger eindeutig beantworten.

Vielleicht hast du Lansford zu schnell verurteilt. Vielleicht hat er nur diesem Teil seines Charakters, dem dunkleren, der jedem Menschen eigen ist, etwas schneller nachgegeben.

Du kannst dir nicht sicher sein, ob nicht auch du versucht hättest, Trentmann Informationen abzupressen, hätte er etwa Lucie entführt.

All das, was sie in den vergangenen Tagen und Wochen erlebt hatte, bewies doch nur eines: Für manche dort draußen gab es keine Grenzen. Sie ließen sich nicht abhalten. Weder durch Moral noch durch Gesetz und auch nicht durch Strafverfolgung. Man konnte sie nur stoppen. Bestrafen. Vielleicht nicht einmal das.

Marie wischte sich über die Wangen, drückte den Schalter bei ihrem Nachttisch, drehte sich auf den Rücken und starrte zur Decke. Dort war jetzt die Imitation des Sommernachthimmels zu sehen, winzige Lichtpunkte strahlten an der dunklen Decke, es war atemberaubend.

Sie haben sogar Sternbilder nachgestellt.

Im Schloss der Eingangstür knirschte es.

Marie schrak hoch.

Das war kein Traum, auch wenn sie es am liebsten für einen gehalten hätte. Jemand hantierte am Schloss herum.

Sie wagte nicht, das Licht einzuschalten.

In der dichten Dunkelheit der Suite tastete sie nach ihrer Dienstwaffe auf dem Nachttisch. Sie spürte kalten Stahl unter ihren Fingern, griff nach der Pistole und näherte sich auf nackten Füßen der Tür.

Das war kein Schlüssel. Da arbeitete jemand mit Dietrich und Spanner und versuchte, das Schloss lautlos zu öffnen.

Und dies bedeutete …

Marie hob die Waffe und richtete sie auf die Tür.

Ihr Instinkt warnte sie eine halbe Sekunde später, doch das war bereits zu spät … eine kräftige Hand schloss sich um ihren Mund, erstickte jeden Schrei, jeden Hilferuf.

»Kein Laut«, sagte die Stimme in ihr Ohr.

Kapitel 53

Parkov folgte dem Panther in den alten Minentunnel. Er war so niedrig, dass sie nur gebückt gehen konnten. Wasser floss über die Wände, über den rutschigen, steinigen Grund.

»Niemand kennt die Identität der beiden übrigen Apostel«, sagte der Panther. »Nicht mal das Orakel. Aber ich weiß, wie ich sie finden werde.«

»Mit Raubkatzensinnen?«

»Mach dich ruhig über den Namen lustig, Parkov. Ich habe ihn mir nicht ausgesucht. Eines Tages gehörte er zu mir. Eines Tages wird man auch über dich sprechen. Wie wird man dich dann nennen? Der Mann, der das Gesetz vertreten sollte und sich doch immer wieder darüber hinwegsetzte? Der Mann, der am Ende scheiterte?«

»Das ist mir vollkommen gleich.«

»Wenn wir da sind«, der Panther drehte sich zu Parkov um, »wie gehen wir weiter vor? Willst du, dass sie mich sehen? Sollen sie wissen, dass ich hier bin? Und du eingewilligt hast, mit einem Mörder zusammenzuarbeiten? Einem Mann, der Frauen und Kinder getötet hat?«

Parkov spürte, wie sich etwas in ihm zusammenzog. »Du kennst keine Grenzen.«

»Es *gibt* keine.«

»Doch. Die gibt es.«

»Weißt du, wie Meersen geweint hat, als ich seine Kinder vor seinen Augen tötete? Weißt du, wie sehr er gelitten hat? Es war großes Leid … und doch bedeutet sein Tod für so viele andere so viel weniger Leid.«

»Und damit kannst du nachts schlafen?«

Der Panther schüttelte den Kopf. »Ich schlafe nicht.«

»Wenn wir dort hinausgehen«, sagte Parkov und deutete auf die schmale Tür aus Bretterbohlen, die von Spinnweben überzogen war, »wird es nur *ein* Ziel geben. Wir werden sie stoppen. Deinen Auftraggeber und die Apostel. Wir halten ihn davon ab, den Staudamm zu sprengen … und wir halten die Apostel davon ab, M-CotroX zu verkaufen. Du kannst entweder tun, was wir tun, oder zurück zu deinem Auftraggeber laufen und ihm erzählen, dass du zum Verräter geworden bist.«

»Du kennst die Apostel nicht. Du weißt nicht, mit wem du es zu tun hast. Ganz gleich, was du versuchst, es wird dein Untergang sein. Sie werden sofort wissen, dass ihr hier seid.«

Parkov ging an ihm vorbei. Ein zynisches Lächeln trat auf seine Lippen. »Vincente, du magst ein Auftragsmörder sein, aber was das hier angeht, dieses Leben, das alte Geld, ein ganzes Wochenende in der Höhle des Löwen … das kennst du nicht. Ich dagegen weiß, auf was es hier ankommt und was ich vermeiden muss, um nicht aufzufallen. Weißt du es auch? Oder werden da draußen alle schon nach zwei Minuten bemerken, dass du ganz bestimmt nicht an diesen Ort gehörst?«

»Also?«

Parkov erwiderte nichts, stattdessen öffnete er die Tür. Sie standen in einem langen Weinkeller. In der Dunkelheit rauschte ein Fallrohr, es regnete in Strömen und die Kälte des Gebirges schien direkt durch den Holzfußboden zu ihnen heraufzusteigen.

»Stehlen wir das Krypticon«, sagte der Panther. »Locken wir sie aus ihrer Deckung, ehe sie uns zuvorkommen. Ich weiß, du erwartest, dass sie es an sich bringen, aber weißt du auch, wann sie das tun werden?«

»Sie warten damit bis nach der Auktion.«

»Wieso?«

»Weil sie danach weniger Aufsehen erregen.«

»Das kannst du nicht wissen.«

»Nein, aber ich kann mich in das Denken dieser Menschen hineinversetzen. Was glaubst du wohl, warum ich bei dem, was ich mache, so gut bin? Da hast du die Antwort.«

Der Panther warf ihm einen skeptischen Blick zu. Parkov sah die Dunkelheit in den blassen Augen des Mörders, die jede Farbe wie ein Schleier überdeckte. Seine Verbrechen – nicht nur die letzten Morde an den Aposteln, auch all die Morde zuvor – hatten Spuren auf seiner Seele hinterlassen. Auch wenn er es bestritt, Parkov sah es ihm an. »Am Ende«, sagte er, »werde ich dich aufhalten. Du weißt es. Ich werde einen Mörder wie dich nicht gehen lassen. Ich kann es nicht. Und ich weiß, dass du alles versuchen wirst, um dich einer Anklage und einem Urteil zu entziehen. Also *muss* ich selbst es tun.«

»Vielleicht wirst du das. Vielleicht bin ich dir aber auch ein weiteres Mal überlegen. Vielleicht bist du derjenige, der diesen Ort nicht lebend verlassen wird. Vielleicht bist du der, den man anklagen wird, weil er einen Mann gefangen gehalten hat. Trentmann … das ist doch der Name?«

»Ja«, sagte Parkov. »Einer, der dir entgangen ist.«

»Nicht entgangen, nein«, erwiderte der Panther. Er folgte ihm tief hinein in den Weinkeller des alten Grand Hotels. Kerzen und Wandlampen warfen ihr mattes Licht auf alte Eichenfässer und Weinregale, deren staubiger Inhalt bis unter die Decke reichte. »Aber wenn er tot ist, dann ist es gut. Ebenso gut, wie wenn er durch meine Hand gestorben wäre.«

»Es waren die Apostel selbst. Sie schneiden alle losen Enden ab.«

»Winter und du, ihr seid auch zwei solcher losen Enden. Ihr habt ihre Wege zu oft gekreuzt. Wenn sie euch hier bemerken, werden sie alles in Bewegung setzen, um euch endlich auszuschalten. Sie würden diesen ganzen Laden in Brand stecken, wenn sie dich dadurch in die Finger bekämen. Als wir uns in diesem Gewölbe gegenüberstanden … Wäre ich nicht dort gewesen, ich und meine Leute, sie hätten euch drei an Ort und Stelle hingerichtet.«

Parkov ließ sich seine Überraschung nicht anmerken. Wie gut der Panther doch informiert war. Er wusste sogar, dass sie sich nur zu dritt dort unten aufgehalten hatten. Und er hatte noch gehofft, seine Feinde davon überzeugen zu können, dass sie bei Weitem nicht so auf sich allein gestellt waren.

»Ihr seid jetzt nur zu viert, nicht wahr?« Als hätte der Panther seine Gedanken gelesen.

Parkov entdeckte einen feuchten Schuhabdruck auf den Holzdielen des Weinkellers. Er nahm eine Kerze aus ihrer Halterung in der Nähe und hielt sie an den Abdruck.

»Ja«, sagte der Panther, »das ist er. Das muss er sein. Das Orakel war selbst hier unten. Vielleicht hat er den alten Tunnel inspiziert, sich von seinem Zustand überzeugt.«

»Er musste sichergehen, dass sein Fluchtweg nicht eingestürzt ist. Er ist wirklich hier.«

»Hast du daran gezweifelt?«

»Ich zweifle nie«, erwiderte Parkov und straffte sich. »Ich habe einen Plan.«

Kapitel 54

Der Unbekannte zog sie vorsichtig nach hinten, fort von der Tür und demjenigen, der sich dort am Schloss zu schaffen machte.

Der Mann beugte sich vor, um ihr etwas ins Ohr zu flüstern. Sie roch sein Aftershave und erstarrte mitten in der Bewegung, mit der sie sich von ihm befreien wollte. Irritiert und erleichtert.

»Das wäre unklug, meine Liebe«, flüsterte Parkov, »ich habe mit so etwas gerechnet.«

Er ließ sie nicht los, doch Marie entspannte sich und atmete tief durch. »Du hast mir einen ziemlichen Schreck eingejagt.« Ihre Stimme war kaum lauter als ein Flüstern.

»Besser ziemlich erschrocken als ziemlich tot.«

Draußen war ein Husten zu hören oder etwas, das einem trockenen Husten sehr ähnelte. Das Knirschen im Schloss verstummte.

Dann fiel etwas Schweres zu Boden.

»Daniel, was …?« Von draußen war ein leises Schleifgeräusch zu hören, als ziehe jemand etwas über den Teppich. Dann nichts mehr.

»Wir müssen nachsehen«, sagte sie. »Da draußen …«

»Da draußen ist nichts.«

»Du lügst doch!« Sie machte sich von ihm los, fuhr herum. Parkovs Anzug war von Staub, Spinnweben und Nässe fleckig, er sah aus, als hätte er viel Zeit an einem engen, schmutzigen Ort verbracht, als wäre er irgendwo hindurchgekrochen, wo seit Ewigkeiten niemand mehr gewesen war.

»Wo in aller Welt warst du?« Sie hörte die Aufregung, Nervosität und Angst in ihrer Stimme und konnte nichts dagegen tun. Das hier war anders als alles andere zuvor. »Wir wollten uns am frühen Abend treffen, jetzt ist es längst nach Mitternacht.«

»Ich weiß«, erwiderte Parkov. »Hör zu, so viel ist geschehen, das alles verändert …« Er deutete auf einen Stuhl, der in der Nähe stand. »Setz dich.«

Marie schüttelte den Kopf. »Ich stehe lieber. Was ist los?«

»Der Panther ist hier.«

Die Neuigkeit wirkte wie ein Schwall eiskaltes Wasser, sie merkte, wie sich ihr Körper sofort wieder anspannte, verkrampfte. »Du meinst, du hast ihn getroffen? Da drüben, in diesem Dorf?«

Parkov erzählte ihr, was passiert war. Als er geendet hatte, schüttelte Marie den Kopf, ungläubig, abgestoßen. »Nein«, sagte sie. »Wir können ihm nicht trauen. Er ist hier im Hotel? Mit all dem, was er dir erzählt hat … Rufen wir die Polizei. Rufen wir die Schweizer Kollegen und heben all das endlich auf die Ebene, wo wir …«

»Nein«, sagte Parkov. Sanft, aber überzeugt. »Es würde nicht gelingen. Sie würden es bemerken, noch ehe wir zum Gegenschlag ansetzen könnten. Die Apostel sind hier und sie wollen M-CotroX verkaufen, während das Orakel versucht, alle zu töten.«

»Ich fasse das alles nicht«, erwiderte Marie leise und ungläubig. »Er will Sprengladungen an diesem Staudamm anbringen und damit das Hotel zerstören, um die Apostel zu töten? Ich meine, das ist doch verrückt.«

»Es ist mehr als das. Aber damit haben wir es zu tun.«

»Und doch ist der Panther ein Mörder. Denk an die Kinder, Daniel. Die Kinder der Meersens. Denk an Isabelle. Er hätte sie fast getötet. Ich kann da nicht …«

»Das werden wir auch nicht. Er wird dafür bezahlen, am Ende. Aber bis dahin ist der Feind unseres Feindes unser Freund. Vertrau mir.«

»Daniel, das … Ich weiß nicht.« Sie hob eine Hand, strich sich eine Strähne hinters Ohr und sah Parkov so an, dass er fürchtete, sie würde sich gegen ihn entscheiden.

»Ich selbst traue ihm kein bisschen«, sagte Parkov. »Das ist nicht möglich. Nicht nach dem, was er getan hat. Aber wir müssen diese Gelegenheit nutzen«, beschwor er sie.

»Weiß Johann davon? Und Lansford?«

»Nein. Noch nicht.«

»Was hast du jetzt vor?«

»Was auch immer der Panther sagt, ich werde nicht noch ein Leben aufs Spiel setzen. Aber wir müssen die Apostel hervorlocken.«

»Und was will er? Dein neuer Freund?«

»Er ist nicht mein Freund. Er ist so weit von einem Freund entfernt, wie es nur möglich ist. Er will das Krypticon sofort stehlen. Die Apostel werden sich zeigen müssen. Er will nicht bis morgen Abend warten, weil er fürchtet, sie könnten uns zuvorkommen und schon heute Nacht agieren.«

Marie schüttelte den Kopf. »Morgen Abend hätten sie sich uns enthüllen *müssen*«, fauchte sie. »Wir bieten auf dieses Ding und sie werden mitziehen. Das ist der einfachste Weg für die, an das Krypticon zu kommen. Sie werden es zuerst auf diese Weise versuchen. Wieso begreift er das nicht? Er will, dass alles *heute Nacht* geschieht, aber dahinter stecken Gründe, die er vor dir geheim hält.«

»Sicher?«

Marie griff nach seiner Hand. »Ich weiß nicht mal, ob er sich wirklich gegen das Orakel stellen will. Vielleicht ist das nur ein Trick. Und jetzt ist er hier. Daniel, wir dürfen ihm nicht trauen. Vertrau *mir*, nicht ihm!«

»Er hätte mich töten können. Viele Male. Er hat es nicht getan.«

»Verflucht«, rief sie und packte Parkov bei den Schultern, »von allen Bündnissen ist das hier wohl das vollkommen verrückteste! Mach es, wenn du willst, aber …« Sie verstummte, sie fühlte sich so erschöpft, am Rand ihrer Kräfte. »Ich kann das nicht. Ich war einverstanden mit diesem Schauspiel, aber ich bin nicht einverstanden mit ihm. Nicht mit jemandem, der kaltblütig tötet. Das ist ein Schritt zu weit. Eine Grenze, die wir nie überschreiten wollten.«

Parkov nickte knapp. »Dann sehe ich keinen anderen Weg.«

»Was meinst du damit?«

»Geh durch diesen alten Tunnel hinüber in die Klosteranlage. Sie werden dir nichts tun. Kehr in das Dorf zurück und hol Verstärkung, wenn du bis morgen Abend nichts von mir hörst.« Er wandte sich ab, da packte ihn Marie, hielt ihn so fest, wie sie konnte.

»Daniel, ich habe kein gutes Gefühl bei der Sache«, flüsterte sie in sein Ohr. »Aber nicht wegen mir.«

Das Klingeln von zwei Mobiltelefonen durchschnitt die Stille der Hotelsuite – seines und ihres.

Auf den beiden Displays ihrer Smartphones war dasselbe Bild zu sehen: ein Videoanruf von Mark Lansford.

»Da stimmt etwas nicht. Deck die Kamera ab«, rief Parkov. Er legte den Daumen auf die Kamera seines Handys, damit niemand sehen konnte, wo sie sich aufhielten. »Ich nehme das auf und mache ein paar Screenshots«, sagte Marie.

Dann war Lansford zu sehen. Er starrte in die Kamera … seine Lippe blutete, das Gesicht war auf einer Seite geschwollen. Die Kamera schwenkte hin und her, filmte eine schwarze Katakombe, eine Art Gewölbekeller mit staubigen Gemälden und Wandbehängen …

»Da ist er also«, sagte eine weibliche Stimme ganz nah bei der Kamera, die weiter durch den Raum schwenkte. »Lansford … einer deiner treuen Helfer, Parkov … er gehört jetzt mir.«

»Das ist sie«, flüsterte Parkov in Maries Ohr. »Das Orakel. Ich erkenne die Stimme.«

»Was bist du bereit zu tun«, fuhr die Fremde fort, »für ihn? Bedeutet er dir mehr oder weniger als …« Die Kamera schwenkte noch einmal zu Lansford zurück, der blutend in das Objektiv blickte und fluchte, schwenkte dann weiter und enthüllte ein Stück entfernt, hinter einer Glasscheibe, Johann Münz, der auf einem Stuhl vor einer Reihe von Weinregalen saß, mit hinter dem Rücken verschnürten Händen.

Die Kamera verharrte auf Münz, dessen Kopf auf die Brust gesunken war. Er atmete kaum noch, ohnmächtig, vielleicht schwer verletzt.

»… weniger als dieser alte Mann? Willst du zwischen den beiden wählen?« Die Stimme klang, als würde sie einen routinierten Vortrag halten – da war keine Aufregung, keine Begeisterung, nur Kälte, Abgeklärtheit und ein unbändiger Wille, zum Ziel zu gelangen, koste es, was es wolle.

»Oder«, fuhr sie fort, »ersparen wir uns diese Spiele. Komm her. Komm zu mir. Wir werden eine Lösung finden. Für unser Problem, Parkov. Das zwischen dir und mir.«

»Wer bist du?«

»Nur ein Landstreicher. Ein bunter Farbklecks, den du im Vorübergehen auf einer Hauswand siehst. Ich bin niemand. Ich bin das freundliche Gesicht, das dich aus der Menge anlächelt. Ich bin im Kopf der Frau, die du willst. Ich bin all das zugleich.«

»Wenn du mich tötest, wirst du die Apostel nicht bekommen. Die letzten werden entkommen können. Sie werden sich verstecken, selbst für deinen Auftragsmörder unerreichbar sein.«

»Die Apostel … Nein. Sie werden nicht entkommen. Sie sind voller Angst vor mir, denn ich habe sie aufgeschreckt. Sie werden leiden. Untergehen. Wie eine Flut wird die Gerechtigkeit über all jene hinwegspülen, die dieses Leid verdient haben.«

»Du bist verrückt«, entfuhr es Marie.

»Winter, das ist nicht wahr. Ich *bin* die Flut.«

»Was willst du?«, fragte Parkov. Die Kamera verharrte noch immer auf Johann, während von Lansford nichts mehr zu hören war. *Vielleicht ist er jetzt auch bewusstlos*, ging es Marie durch den Kopf.

»Ich will, dass du mir das Krypticon bringst.«

»Das ist irgendwo hier eingeschlossen. Bei den Auktionsgegenständen.«

»Natürlich. Bring es mir. Du hast sechs Stunden. Bis zum Anbruch des neuen Tages, Parkov, dann töte ich Lansford und deinen alten Butler. Drei Fallen, das sagte ich mal zu dir. Das hier ist die dritte.«

»Du bi…« Parkov verstummte, als das Bild verschwand und jedes weitere Wort überflüssig war. Marie musterte ihn. Er war blass, wirkte aber gefasst.

»Wieso will er das Krypticon? Ausgerechnet dieses Ding? Er hätte es doch die ganze Zeit schon verlangen können, wieso jetzt?«

»Er will in Meersens Safe. Es muss etwas darin sein, das auch ihm viel bedeutet, nicht nur den Aposteln.« Parkov fluchte. »Ich hätte es kommen sehen müssen.«

»Wir können Lansford und Johann nicht sterben lassen. Wir müssen sie entweder finden oder tun, was er verlangt.«

»Du wolltest gehen.«

»Ich *wollte* nie gehen. Ich wollte nicht mit dem Panther zusammenarbeiten.«

Marie wandte sich um und sah, dass der Panther die Tür der Suite von außen geöffnet hatte. Ganz in Schwarz gekleidet, stand er im Durchgang.

Marie seufzte. »Aber jetzt … Es sieht so aus, als hätten wir keine andere Wahl.«

»Habt ihr das gesehen?«, fragte der Panther »Diese Videoübertragung? Ich auch. Gerade eben.«

Marie hob ihre Pistole und zielte auf den Panther, der unbewaffnet in der Tür stand.

»Er weiß es«, sagte der Auftragsmörder. »Dass ich mich von ihm abgewandt habe. Und jetzt ist er wütend und umso fokussierter. Er wird erfüllen, was er angekündigt hat. Nur zu, töte mich, Winter.« Er schüttelte den Kopf. »Ihr seid nur Figuren in einem Schachspiel, zwei kleine Vögel in einem Orkan. Ohne meine Hilfe seid ihr tot.«

Kapitel 55

»Marie. Nimm die Waffe runter.«

Ihr Finger lag am Abzug.

»Marie!«, wiederholte Parkov. Für einen Moment war er überzeugt, dass seine Worte durch den Korridor hallten und sämtliche Gäste aufweckten.

»Schieß«, sagte der Panther. »Tod bedeutet nichts. Es gibt viele wie mich.«

Parkov wusste, dass er in diesem Augenblick log. Vielleicht gab es andere wie ihn – die alte Abtei hatte mehr solcher Männer hervorgebracht –, doch der Panther war nicht bereit zu sterben. Nein, unbändiger Zorn durchfloss ihn. Er wollte das hier zu Ende bringen, war nicht gewillt, schon jetzt abzutreten, und er fürchtete den Tod, da war sich Parkov sicher.

Ja. Das ist es – sein Bruchpunkt, an dem ich ansetzen kann.

»Ich denke nicht«, sagte Marie und senkte die Waffe, »dass du diese Kugel überhaupt wert bist. Noch nicht.«

»Gehen wir.« Der Panther deutete den stillen Flur hinab. »Diesen Typ, der gerade mit einem Dietrich in deine Suite einbrechen wollte, Winter … ein Unbekannter, der sich als Hotelangestellter verkleidet hatte und nichts bei sich trug, den habe ich außer Gefecht gesetzt und nebenan gefesselt.

Die Apostel haben eure Tricks längst durchschaut. Sie wissen, dass ihr hier seid. Aber *ich* konnte herausfinden, wo die Auktionsgegenstände gelagert werden. Holen wir das Krypticon. Bringen wir es ihm, tauschen es gegen die Geiseln. Danach rate ich euch: Flieht, solange ihr noch könnt.«

»Und du?«

»Ich werde die Apostel suchen. Überlasst sie *mir*. Das ist der Deal. Hört ihr die Musik von unten? Die veranstalten etwas. Ich weiß nicht, *was*, aber es wird genügen, um von uns abzulenken.«

Parkovs Hand zitterte, als er nach den Tabletten in seinem Anzugjackett griff und eine davon schluckte. Marie sah ihn mit großen Augen an. »Es gibt noch einen anderen Weg«, sagte er mit kühler Stimme. »Wir holen uns *zuerst* die Gästeliste. Das ist riskant, deshalb wollte ich diesen Weg auch nicht gehen, sondern die Apostel zwingen, sich selbst zu offenbaren, aber jetzt, unter Zeitdruck, müssen wir improvisieren und versuchen, diese Liste in unsere Hände zu kriegen. Die Käufer, die Verkäufer … wir müssen ihre Identität in Erfahrung bringen. Wir *haben* noch Zeit, beide Seiten aufzuhalten. Das Orakel *und* die Apostel.«

»Niemand soll erfahren, wer an diesem Wochenende anwesend ist«, erwiderte der Panther ernst. »Es gibt einen Grund, wieso man sich *hier* trifft. Anonym, in aller Abgeschiedenheit. Sie werden diese Liste gut bewachen.«

»Ich *werde* sie finden.«

Der Panther nickte. »Dann geh. Du hast eine Stunde. Danach werde ich es auf meine Art erledigen.«

»Nein, ich habe *zwei*«, sagte Parkov, ehe Marie oder der Panther etwas erwidern konnten. »Marie, du wirst mich begleiten.«

»Das *werde* ich?«

»Ich lasse dich ganz sicher nicht hier.«

Marie blickte an sich herab. »Dann sollte ich mich wohl besser umziehen.«

»Das solltest du«, bestätigte Parkov.

»Gibst du uns eine Minute?«, fragte sie den Panther.

»Ihr beide wisst, dass es nicht funktionieren wird? Ihr könnt versuchen davonzulaufen, aber selbst wenn ihr euch dafür entscheidet, alles hinter euch zu lassen, selbst dann wird es euch eines Tages einholen. Einer von denen, die ihr gejagt habt, wird sich immer an euch erinnern. Es gibt keine Gerechtigkeit ohne großes Leid. Ihr wisst, dass es so ist. Und eure Feinde suchen diese Gerechtigkeit ebenso. Dafür hat er gesorgt. Das ist seine Absicherung.«

Marie sah, wie diese Worte Parkov trafen, auch wenn er versuchte, sich nichts davon anmerken zu lassen. *Lass nicht zu, dass er diese Psychospiele mit ihm treibt.*

»Eine Minute«, sagte Marie noch einmal. »Bitte.«

Der Panther schloss die Tür hinter sich. Marie packte Parkov bei den Schultern und schob ihn in das angrenzende Schlafzimmer. Sie schloss die Tür und flüsterte: »Versprich mir eines, Daniel: dass heute Nacht niemand mehr stirbt. Wenn er versucht, jemandem etwas anzutun … dann ist es zu Ende. Dann stellen wir uns gegen ihn.«

»Hast du gehört, was er gerade …«

»Ja. Aber das ist mir egal. Es gibt immer jemanden. Immer einen Größeren, Gefährlicheren … Heute Nacht stirbt niemand mehr.«

Parkov nickte und Marie berührte seine Wange. »Wir kommen hier raus. Es wird gut gehen.«

Kapitel 56

Nur wenige Minuten später verließen sie das alte Hotel durch einen Seitenausgang und liefen über die Natursteine der großen Veranda, um die Eingangshalle und das Foyer zu umgehen, wo der Nachtportier oder Gäste sie womöglich bemerkt hätten. Parkov hatte den Anzug gegen einen Smoking getauscht, Marie war hastig in eines der Abendkleider geschlüpft, die sie mitgebracht hatte. »Halb zwölf«, sagte Parkov. »Hier ist immer noch zu viel los.«

»Was hast du erwartet? Dass alle schlafen?«

»Das ist nur Show. Die wirklich wichtigen Leute sind nicht gekommen.« Parkov warf einen Blick über die Veranda, bis hin zu dem Aussichtspunkt, der weit über die steil abfallende Schlucht hinausragte. »Kommst du?«

Marie zögerte. »Du weißt doch, ich mag diese Höhe nicht.«

»Nur einen Augenblick.«

Sie folgte ihm auf den Aussichtspunkt hinaus. Ihre Höhenangst lauerte irgendwo am Rand dieser Tiefe, sie versuchte, sie zu verdrängen. Das alte Grand Hotel ragte hell erleuchtet hinter ihnen in den Nachthimmel, während es vor ihnen tief hinabging, in eine Schlucht voll schroffer Felsen.

Marie lauschte der Musik, die aus dem Hotel herausdrang. Es klang nach Jazz, nach einem Kontrabass und Saxofon. Ein warmer buttergelber Lichtschein fiel durch die hohen Fenster des Grand Hotels auf die steinerne Veranda, ein sanfter Wind strich durch die Baumwipfel – in diesem Moment wirkte alles friedlich. »Das ist der Ort«, sagte Parkov leise, »von dem ich geträumt habe. Aber das ist nicht möglich.«

»Und dabei bin ich aufgetaucht?« Marie fragte sich, wie sie diesen Ort wohl empfinden würde, gäbe es keine Apostel und andere Bedrohungen.

Parkov nickte. »Das bist du auch. Du bist hier in diesen Träumen, aber dann verliere ich dich.«

»Wie?«

»Unser alter Feind.«

»Aber er ist tot. Er kann dir nichts mehr tun.«

Parkov deutete hinab. Unter ihnen, wo die steinernen Fundamente des Hotels durch moderne Betonverstrebungen gesichert waren, strahlten Außenscheinwerfer den mit Moos und Flechten bewachsenen Fels an. Dort verlief ein schmaler, überdachter Weg hin zu einer stählernen Treppe, die sich an die Gebirgswand schmiegte. Sie führte zu einer Tür.

»Das ist ein Wartungszugang zum Keller des Hotels. Wir kommen nicht an den Computer in der Lobby, aber«, Parkov blickte auf sein Smartphone, »nach dem Plan, der mir vorliegt, zum Standort des Zentralrechners. Das Grand Hotel war eine Zeit lang ein sicheres Rechenzentrum für wichtige Server, bis es dieser Hotelinvestor gekauft hat. Dort unten steht noch immer die Technik.«

»Und du meinst, wir kommen da runter?«

»Dort vorn gibt es einen Geräteschuppen, dahinter führt ein Weg zu dieser Treppe. Sieh nicht hin.« Parkov schüttelte den Kopf, als sie hinüberblicken wollte. »Da steht jemand.«

»Ich hätte da eine Idee«, sagte Marie leise und nahm seine Hand. »Wir *gehen*. Wenn wir da drüben sind, küsst du mich. Du weißt schon, die meisten schauen automatisch weg, wenn sie Intimität in ihrer Nähe sehen. Wir sind nur zwei angetrunkene Gäste, die sich verirren.«

»Ein Plan nach meinem Geschmack«, erwiderte Parkov.

Marie lachte nicht, dafür war sie viel zu angespannt. »Die Zeit läuft uns davon. Johann und Mark, vergessen wir sie nicht.«

Sie spazierten über die Veranda zu jenem Geräteschuppen, der sich an einen Seitenflügel des Hotels schmiegte. »Wir sind betrunken, denk dran«, flüsterte sie. Der Mann, der an der Wand des Schuppens lehnte, blickte ihnen entgegen. Er hielt ein Walkie-Talkie in der Hand.

»Jetzt.« Marie kicherte gespielt, als Parkov ihr Gesicht in die Hände nahm, sie küsste und zugleich näher an die Tür drängte.

»Hey«, rief der Mann, »ich glaub, die sehn das nicht gern, wenn hier jemand langgeht …«

»Wir suchen nur einen ungestörten Ort«, lallte Parkov. Seine Lippen lagen warm und drängend auf ihren. Er stieß die Tür des Geräteschuppens auf und Marie schlüpfte hinein. Allerlei Werkzeug lehnte an den Wänden. Im schummrigen Licht, das durch die Ritzen zwischen den Holzbrettern hereinfiel, sah es aus wie die Sammlung eines Serienkillers. Marie schob den Riegel vor, dann eilten sie zur Tür auf der anderen Seite und wieder hinaus. Ein schmaler Pfad führte sie ein Stück über eine abfallende Rasenfläche, dann weiter abwärts, in die Schlucht hinein. Einmal blickte Marie zurück und ihr war, als bewegten sich die schweren Vorhänge hinter dem Fenster eines Hotelzimmers, als beobachtete sie jemand von dort oben. Der Wind pfiff und zerrte an ihrem Kleid. Parkov beschleunigte seine Schritte. Sie gelangten zu der Treppe. Die Metallstreben bebten unter ihren Schritten, Marie blickte nicht zurück, folgte

Parkov, hielt sich am Geländer fest und vermied jeden Blick in die Tiefe. *Viele Hundert Meter geht es da runter. Sieh nicht hin.*

Der Weg war lang, führte tiefer und tiefer in immer schwärzere Dunkelheit. Dann blieb Parkov stehen.

»Das war irgendwie leichter als gedacht«, sagte er im pfeifenden Wind. Sie hatten die Tür im Fundament des ursprünglichen Bauwerks aus den Zwanzigern erreicht. Parkov machte sich am Schloss zu schaffen, während Marie zurückblickte, voller Furcht, dass man ihnen folgte. Der Wind peitschte gegen die Felswände, raste mit einem laut klagenden Geräusch durch die Schlucht. »Los jetzt.« Parkov zog sie hinein und warf die Tür zu.

Stille.

Von dem lauten Windheulen war nichts mehr zu hören. Sie standen im sanften Halbdunkel eines Serverraums, in dem kleine Lichter blinkten. Matte schwarze Flächen reichten bis unter die Decke und eine Lüftung rauschte.

Parkov näherte sich einem Terminal. Aus den Tiefen seines Smokings förderte er einen USB-Stick zutage, den er an einen freien Port steckte.

»Irgendwie hab ich das Gefühl, wir kommen heute Nacht schon wieder nicht zu unserem Tanz.« Marie lachte angespannt, während Parkov einige Befehle eintippte.

»Das ist sie«, sagte er nach einer Minute. »Die Gästeliste.«

»Und? Wer steht drauf?«

Parkov schüttelte den Kopf. »Sie ist verschlüsselt, wir können sie hier nicht decodieren, nur kopieren und mitnehmen. Der Kopiervorgang läuft jetzt. Zehn Minuten noch. Das ist viel zu la…«

»Daniel?« Sie sah, wie sich sein Gesichtsausdruck veränderte – eine Sekunde bevor sie das Klicken einer Pistole in ihrem Rücken hörte.

»Niemand rührt sich.«

Marie kannte die Stimme. Sie hatte schon einmal mit der Frau gesprochen. Es war Yo Nguyen. Die *falsche* Nguyen. Die es gewagt hatte, eine Wanze in ihrem Büro anzubringen, die Helferin des Orakels, die ihnen auch das Video mit Suzann und die Information zu Britrovo in Russland geliefert hatte.

»Man sieht sich immer zweimal.« Parkovs Stimme war kühl wie der Fluss, der draußen tief unter ihnen durch die Schlucht toste. Er wandte sich ihr zu und Marie, die zwischen ihm und der falschen Nguyen stand, sah, wie er unauffällig den USB-Stick mit der Hand abdeckte.

»Weg von diesem Computer, Parkov«, sagte die Frau. »Das sind Informationen, die euch nichts angehen.«

»Der Sprengsatz in dem Wagen, an dem Abend, als Meersen tot aufgefunden wurde«, entgegnete Parkov und rührte sich nicht, »war der für Marie bestimmt?«

»Das wäre nicht nötig gewesen. Ich habe nur einen Weg gesucht, zu euch zu gelangen, direkt in eure Büros.«

»Und was machen wir jetzt?«, fragte Marie.

»Habt ihr es? Das Krypticon?«

Marie ließ Parkov nicht aus den Augen. »Nein«, erwiderte er sofort.

»Dann haben wir wohl ein Problem. Denn *hier* findet ihr es ganz bestimmt nicht.«

»Wir sind …« Marie wollte sagen: *keine Feinde*. Doch das stimmte natürlich nicht. Die Brutalität, mit der das Orakel Unschuldige ermordet hatte, war nicht zu entschuldigen, nicht zu rechtfertigen. »Wir wollen auch die Apostel stoppen. Wir wollen doch beide, dass keine Unschuldigen mehr sterben«, sagte sie stattdessen. »Aber ihr nehmt unsere Leute als Geiseln. Das können wir einfach nicht akzeptieren.«

»Dreh dich um, Winter.«

Marie gehorchte. Sie fühlte Parkovs warnenden, angespannten Blick auf sich lasten, wusste aber zugleich, dass sie

Zeit gewinnen musste, um jeden Preis. Was sie sah, als sie sich umgedreht hatte, überraschte sie. Der Frau, die sich als Yo Nguyen ausgegeben hatte, liefen Tränen über die Wangen.

»Was ist denn los?« Marie bemerkte, dass die Pistole, die auf sie gerichtet war, zitterte. *Vielleicht kannst du sie ihr abnehmen.*

»Sie haben sie *getötet*«, sagte die Frau. »Meine Tochter Airi. Das ist jetzt fünf Jahre her, und diese Schweine, diese Vier Apostel, tragen die Schuld daran … Ich will nur Rache, mehr nicht. *Er* hat sie mir versprochen, wenn ich ihm dafür helfe. Das Orakel, wie er sich nennt, er hat mir gesagt, dass er sie leiden lassen wird für das, was sie mir und all den anderen angetan haben. Ich war es, Parkov.« Dann veränderte sich ihre Tonlage, jetzt sprach sie so, wie sie als *Orakel* mit ihnen gesprochen hatte. »Ich war seine Stimme. Er war in meinem Ohr. Ich bin nicht das Orakel, aber er hat durch mich gesproch…«

Weiter kam sie nicht. Sie zuckte, schrie auf, ging in die Knie, fiel auf die Seite, die Pistole krachte auf den Boden. Der Panther stand hinter ihr, in seiner Hand ein Taser, mit dem er ihr einen Stromschlag verpasst hatte.

Marie stürzte nach vorn und sicherte die Pistole. Die falsche Nguyen zitterte, dann wurde sie bewusstlos, Speichel tropfte aus ihrem Mund auf den Boden. Sie atmete schwer.

»Wir müssen gehen«, sagte der Panther ungerührt. Unter dem Mantel zog er seine langläufige, bedrohliche Pistole hervor und richtete sie auf den Kopf der Bewusstlosen.

»Nein!«, rief Marie. »Du wirst sie nicht töten. Verflucht, wo hast du überhaupt dieses Ding her?«

»Den Taser? Von einem Wachmann.« Der Panther legte den Finger auf den Abzug. »Die Zeit läuft ab, Winter.«

»Wir opfern kein weiteres Leben für diese Sache.« Sie hob die Pistole der falschen Yo Nguyen und richtete sie auf den Panther. »Ich werde mich um sie kümmern. Nur noch *eine* Tote, Arschloch, und das Ganze hier wird sofort zu Ende sein.«

Parkov trat zwischen sie. Marie sah ihm an, dass er verstanden hatte, worauf sie hinauswollte. »Wo ist das Lager?«

»Nicht weit entfernt. Aber die Türen«, entgegnete der Panther, »sind verschlossen.«

»Von *hier* aus lässt sich alles öffnen. Wir brauchen nur noch etwas Zeit, um das Sicherheitssystem zu überwinden.« Parkov deutete auf einen Monitor, auf dem ein langer betongrauer Personalkorridor zu sehen war. »Jemand vom Personal kommt gerade her.«

»Das ist kein Problem.«

»Nein«, sagte Marie. »Du lässt die Finger von ihm. *Geht.* Ich werde ihn überzeugen.«

»Einverstanden«, erwiderte Parkov sofort. »Wir finden das Lager und das Krypticon, du musst nur sicherstellen, dass die Türen geöffnet werden. Kriegst du das hin?«

Marie holte tief Luft. Der Panther hatte den USB-Stick nicht bemerkt und nun versperrte sie ihm die Sicht darauf. »Natürlich. Wartet dort auf mich.«

Sie sah den beiden nach. Das rote Nachtlicht, das den schmalen, aus hellem Beton gegossenen Korridor erhellte, der sich an den Serverraum anschloss, glich frischem Blut. Als Parkov und der Panther verschwunden waren, eilte Marie zum Terminal zurück.

Download: fünfundachtzig Prozent.

Sie sah nach der falschen Nguyen, brachte sie in eine stabile Seitenlage und fühlte ihren Puls. Die Atmung ging wieder ruhiger, gleichmäßiger.

Keine weiteren Toten.

Eine Linie, die nicht mehr überschritten werden sollte.

Dann versteckte sie sich in der Dunkelheit nahe der Tür und wartete auf den Mann vom Hotelpersonal.

Er trat ein und blieb abrupt stehen, als er Nguyen am Boden entdeckte. Marie hob ihre Waffe und räusperte sich. Der

Mann fuhr herum, er sah so erschrocken aus, als stünde er kurz vor einem Herzinfarkt. »Was in …«

»Ruhig«, sagte sie und legte den Finger auf die Lippen.

»Wer sind Sie? Wie sind Sie hier reingekommen?«

»Öffne das Lager der Auktionsgegenstände. Sofort!«

»Fuck, wollt ihr … uns ausrauben?«

»Nein.« Marie zeigte ihm die Screenshots des Videoanrufs auf ihrem Handy. Münz hinter der Glasscheibe … und Lansford mit seinen blutenden Lippen. »Öffne den Raum. Und sag mir, wo dieser Kellerraum liegt. Wo diese zwei Menschen gefangen gehalten werden.«

»Er sagte mir, ihr würdet kommen.« Der Wachmann zitterte. »Und ich muss tun, was ihr sagt. Er hat die anderen weggeschickt.«

Zorn und Angst durchströmten sie und etwas zog sich in ihr zusammen. »Los jetzt!«

»Das ist ein älterer Weinkeller, Teil der Struktur aus den Zwanzigerjahren. Zwei Ebenen unter uns. Es gibt eine Leiter, drüben im Versorgungskorridor, der parallel zu uns verläuft …«

»Schon verstanden. Mach jetzt die Tür auf.«

»Wenn ich das tue«, der Wachmann deutete auf eine Konsole in seiner Nähe, »wird ein Alarm ausgelöst. Das kann ich nicht ändern. Dann kommt jemand von der Direktion und wird nachfragen, was hier unten los ist. Und … ich schätze, er hat jemanden angewiesen, den Fragesteller zu töten.«

Keine Toten heute Nacht.

»Niemand wird sterben. Öffnen Sie die Tür und dann gehen Sie einfach. Verschwinden Sie. Nehmen Sie die Seilbahn nach unten oder was auch immer. Gehen Sie in aller Stille.« Sie senkte die Waffe, als Zeichen, dass sie ihn nicht bedrohen wollte. »Wir sind hier nicht die Bösen.«

Der Mann schnaubte. Dann gab er ein Passwort ein und drückte einen Schalter. Marie sah auf den Monitoren, wie sich eine schwere Stahltür öffnete und Parkov und der Panther ins Innere des Lagers gingen. Zugleich begann eine rote Lampe an der Konsole zu blinken.

Sie warf einen Blick auf das andere Terminal, an dem sich Parkov zu schaffen gemacht hatte.

Download: hundert Prozent. Datei gespeichert.

Marie zog den USB-Stick aus dem Port und steckte ihn ein. *Jetzt haben wir die Gästeliste.*

Und dann flackerten die Monitore.

»Was ist das?«

Der Wachmann starrte ins Leere. »Ich weiß es nicht. Er ist in unserem System.«

Wieder dieses Flackern – und dann war auf allen Bildschirmen dasselbe Bild zu sehen.

Maries Herz stolperte, blieb einen Augenblick stehen, ehe es mit aller Kraft und in Panik loshämmerte. Auf den Monitoren war ein kleiner goldener Anhänger an einer feinen Halskette zu sehen – ein Anhänger in Form eines Herzens. Daneben lag eine Uhr, die auf null zurückzählte, im Hintergrund ein großes Ölgemälde, schmutzig und voller Spinnweben.

Fünf Stunden und zehn Minuten, zeigte die Uhr … genauso viel Zeit, wie Lansford und Münz noch blieb.

»Nein«, ächzte Marie, »nein, das kann nicht sein … das ist nicht wahr.«

Sie kannte den goldenen Anhänger. Sie selbst trug das Gegenstück. Parkov hatte ihn ihr geschenkt.

Der Anhänger auf den Monitoren gehörte Lucie.

Kapitel 57

Marie fand Parkov im Lager, doch sie hatte kein Auge für all die Kunstgegenstände, die hier, fein säuberlich nummeriert, in hintereinander aufgereihten Regalen auf die Auktion warteten. Parkov betrachtete gerade die schwere Marmorstatue eines griechischen Helden – er hielt das Krypticon in der Hand.

»Wer sucht, der findet«, sagte er mit leisem Spott, dann bemerkte er ihren Zustand. »Marie? Was ist passiert?«

Sie starrte den Panther an, dann Parkov. Das Zittern ihrer Hände konnte sie kaum noch kontrollieren. »Die haben Lucie. Ich weiß nicht, wie, aber … so ist es. Sie ist … irgendwo *hier.*«

»Wie bitte?« Parkov runzelte sorgenvoll die Stirn.

»Im Kontrollraum war ein Bild … ihre kleine Halskette mit dem Herz.« Sie nestelte an dem Gegenstück, das um ihren Hals lag, konnte es aber kaum festhalten.

»Ganz ruhig.« Parkov legte ihr die Hand auf die Schulter. »Erzähl mir alles.«

»Sieh dir den Anhänger an. Du weißt doch, Lucie hat den anderen. Du hast ihn uns geschenkt … Ich meine, ich hab die Rückseite und die Gravur nicht gesehen, aber wieso sonst sollte er mir das zeigen? Daniel, er wusste, was wir vorhaben!«

»Natürlich. Er hat uns hierhergeschickt.«

»Nein, ich meine … alles! *All* diese Dinge!«

»Und wenn es nur ein Trick ist?«

»Was meinst du damit, *nur* ein Trick?«

»Wenn er dir dieses Bild zeigt, um dich verrückt zu machen? Denk dran, er plant weit voraus.«

»Da war eine Uhr daneben. Zeit, die uns davonläuft! Das, Herrgott, das ist kein Trick! Glaub mir, verdammt! Sie ist hier!«

Parkov sah sie an, dann nickte er. Marie blickte, noch immer zitternd, zum Panther hinüber, spürte die Waffe in ihrer Hand, aber bevor sie etwas tun konnte, trat Parkov zwischen sie und nahm sie sanft in die Arme. Sie spürte, wie angespannt sie war, bereit, sofort loszulaufen, während zugleich unbändige Panik und Angst sie lähmen wollten, Angst davor, Lucie nur noch tot wiederzufinden, ganz gleich, wie schnell sie lief. »Wir finden sie«, sagte er so leise, dass nur sie ihn verstehen konnte. »Hast du angerufen? Bei deiner Schwester?«

»Da geht niemand dran. Und du weißt, was das bedeutet. Keine Ahnung, wie er das gemacht hat, aber …« Sie starrte Parkov ins Gesicht, dann auf den Panther, der mit ausdrucksloser Miene zugehört hatte, und schließlich auf das Krypticon in Parkovs Hand.

Manchmal, sagte eine Stimme in ihren Gedanken, *sehen unsere schlimmsten Feinde aus wie die besten Freunde.*

Woher hatte sie das?

Von Münz?

»Daniel …« Tränen liefen ihr über das Gesicht. »Ich muss sie finden. Wenn sie hier ist, muss ich das … und allein schaffst *du* es nicht, die beiden anderen zu befreien. Weil das unsere einzige Chance ist, sie alle …«, Marie wischte sich über die Wange, »… zu retten.«

»Ich werde dir helfen, Winter«, hörte sie die Stimme des Panthers. »Wenn das Orakel deine Tochter hat, dann lass mich dir helfen.«

»Ein Kind bedeutet dir doch nichts«, fuhr sie ihn an. »Nimm du ihn mit, Daniel. Ich will ihn nicht. Ich werde sie allein suchen. Geht ihr beide und sucht Münz und Lansford.«

»Und wenn es eine Falle ist?«, fragte Parkov.

»Es ist mit Sicherheit eine. All das hier ist nichts anderes als eine einzige große, beschissene Falle. Aber weißt du, was?« Marie sah zu ihm auf und beschloss in diesem Augenblick, all die Angst beiseitezuschieben. »Wenn er Lucie etwas antut, werde ich ihn töten.«

Der Panther lachte.

»Ich muss los«, sagte sie. »Münz und Lansford werden irgendwo zwei Ebenen unter uns festgehalten, hat der Wachmann gesagt. Es gibt wohl auf der anderen Seite des Korridors einen Weg nach unten. Und Lucie … Auf dem Monitorbild war im Hintergrund ein Ölgemälde zu sehen, der Wachmann meinte, das würde auf dem großen Dachboden des Hauptgebäudes gelagert … Also, ihr geht runter, ich geh ganz hoch. Okay?«

»Nicht okay«, erwiderte Parkov, »aber wenn du dir sicher bist, dass du es so machen willst, werden wir es auf diese Weise tun. Lass dein Handy an.«

»Und du deins.«

Marie drehte sich um und eilte zur Tür hinaus.

»Und da läuft sie. Direkt in ihr Verderben.« Der Panther lachte nicht, es klang nicht einmal nach Schadenfreude. »Suchen wir die anderen. Du hast das Krypticon. Du hast das, was er will. Wenn er sich zeigt oder die Apostel …«

»Wir werden ihn nicht töten.« Parkov steckte das Krypticon in die Brusttasche seines Smokings. »Und die Apostel ebenso wenig.«

»Noch nicht. Parkov, wenn sie nicht mehr zurückkommt, wenn Lucie nicht hier ist, wenn das nur eine Falle ist, in die er sie lockt, was machst du dann? Würdest du ihn wirklich nicht töten wollen, ganz am Ende?«

»Da sind wir noch nicht«, erwiderte Parkov.

»Nein.« Der Panther ging voraus, musterte die Auktionsobjekte in den Regalen und nickte bewundernd. Als er sich zu Parkov umwandte, fiel aus dem Korridor ein Lichtstrahl durch die Tür, die Marie halb offen gelassen hatte. Er fiel auf seine linke Gesichtshälfte und teilte das Gesicht mittig in hell und dunkel. »Noch nicht.«

Kapitel 58

Stillhalten. Abwarten.

Fast hätte sie den Wachmann zu spät gesehen, der mit einer Taschenlampe in der einen und einer kurzläufigen Pistole in der anderen Hand in Richtung Keller rannte – sie dachte an die blinkende rote Lampe im Kontrollraum. *Alle werden wissen, dass jemand in den Lagerraum eingedrungen ist. Mehr noch, sie werden die Kameras prüfen. Dann sehen sie uns. Uns alle.*

Beeil dich.

Und während sie die Treppen hinaufrannte, sah sie die tickende Uhr neben der Halskette von Lucie vor sich.

Zeit, die abläuft.

Am Ende verstreicht die Zeit für uns alle gleichermaßen. Wir sollten sie nutzen.

Was in aller Welt dachte sie da?

Irgendwo hatte sie etwas Ähnliches schon einmal gehört. Jemand hatte das gesagt.

Lansford!

Und was war da noch?

Du hast es fast. Eine Kleinigkeit … ein Detail.

Marie duckte sich in einer Nische hinter ein Holzpodest, auf dem eine große Porzellanvase stand, als zwei weitere Wachmänner vorbeieilten.

Das Licht im Flur flackerte – vielleicht ein kurzer Aussetzer im Netz, vielleicht mehr.

Versucht er, den Strom abzuschalten, jetzt, da wir ihm näher kommen?

Sie ignorierte ihre Angst. *Lucie*, das war jetzt alles, was zählte.

Der Plan des Hotels auf ihrem Handy zeigte ihr einen Weg hinauf unter das Dach, doch einige der Türen waren verschlossen. Sie wich aus, suchte alternative Wege und bemerkte schließlich, dass sie im Kreis lief, als sie nach einer Weile wieder vor dem Holzpodest mit der Porzellanvase stand. Durch eine Glasfront blickte sie hinunter auf ein gespenstisch indigoblau beleuchtetes Schwimmbecken, in dem nicht ein einziger Schwimmer seine Bahnen zog.

Ein toter Körper trieb auf dem Wasser, bewegte sich sanft in der Strömung.

Marie blinzelte. *Unsinn.* Ihr überanstrengtes Gehirn gaukelte ihr dieses Bild vor. Da unten war nichts.

Okay, was jetzt? Vielleicht mal rechts statt links. Da warst du noch nicht.

Marie drehte den Türknopf und hob die Waffe. Sie stand vor einer engen Wendeltreppe aus mattem Eisen, die sich hoch hinaufdrehte – in einen Raum, der nicht in den Plänen verzeichnet war.

Und dann sah sie es.

Die Überraschung fühlte sich an wie ein Schlag ins Gesicht. Da hing ein Gemälde, an der mit einer schimmernd grünen Samttapete verzierten Wand, gleich neben der Treppe. Ein Gemälde, dessen Motiv sie augenblicklich wiedererkannte.

Es zeigte das große Gebäude, das Svetlana im Krankenhaus immer wieder gezeichnet hatte, als sie zu verängstigt, zu panisch gewesen war, um zu sprechen. Das war der abgelegene Hof in Britrovo, eine Nachtszene mit Vollmond.

Nein. Unmöglich, dass dieses Motiv hier hängt.

Es sei denn, jemand hatte es hier für sie platziert. Einer der Apostel. Weil sie wussten, dass sie hierherkommen würde. Weil all das wirklich eine Falle war.

Marie ging hinüber und betrachtete das Gemälde.

Auch hier standen die Männer vor dem Haus in Britrovo – ganz wie es auch Svetlana im Krankenhaus gezeichnet hatte. Marie scrollte durch die Aufnahmen auf ihrem Smartphone, bis sie die von Svetlanas Zeichnungen fand.

Dieses Gemälde hier musste von Svetlana stammen. Vielleicht hatte sie es während ihrer Gefangenschaft bei den Aposteln angefertigt, vielleicht hatte man sie voll grausamer Ironie sogar dazu gezwungen.

Und jetzt war es hier. Um sie zu verhöhnen, ein allerletztes Mal.

Aber etwas war anders: Marie betrachtete die kaum auszumachenden handyähnlichen Gegenstände, die die Männer in ihren Händen hielten, betrachtete die Wälder, die an das Gebäude grenzten. Wieder kam ihr der Gedanke, dass Svetlana ihnen in ihrer Zeichnung eine Information versteckt hatte.

Wir hätten es, begriff sie mit dem eisigen Gefühl des Erkennens, *fast herausgefunden.*

Aber das war es noch nicht ganz.

Svetlana muss es gesehen haben.

Mit dem schmerzhaften Gefühl einer dunklen Vorahnung griff sie nach dem Gemälde, hob es von der Wand und drehte es um.

Es war wie in Meersens Penthouse, wo das gefälschte Gemälde mitsamt dem Lagerschlüssel vor dem Tresor gehangen hatte. Auch hier war etwas am Keilrahmen befestigt.

Eine Botschaft. Marie faltete das Papier auseinander.

Sie hat dir alles verraten, stand dort. *Alle Einzelheiten. Sie war mutig. Deshalb haben wir sie getötet. Manchmal muss man die Dinge nur anders betrachten. Zum Beispiel auf den Kopf gestellt.*

Marie hielt den Atem an. Alle Einzelheiten. Was bedeutete das? Sie ging auf ihrem Smartphone die Bilder durch, die sie von Svetlanas anderen Zeichnungen gemacht hatte.

Auf den Kopf gestellt.

Sie drehte ihr Handy herum, scrollte durch die Zeichnungen, warf dem Ölgemälde nochmals einen Blick zu, legte es auf den Boden und betrachtete es von der anderen Seite.

Und dann sah sie es.

Svetlana hatte auch dieses Gemälde signiert. Sie dachte daran, wie Parkov und sie Abend für Abend versucht hatten, auf den Bildern etwas Verstecktes zu erkennen, ein neues Wort aus den Buchstaben ihrer Signatur zu bilden.

N. A. S. U/V. Diese Buchstaben wichen auf den älteren Bildern von den anderen ihrer Signatur ab. Auf diesem Ölgemälde war es nun das große J aus ihrem Nachnamen Jatsenko, das auf den Kopf gedreht war.

Mit zitternden Fingern ging Marie auf ihrem Handy noch einmal alle Zeichnungen durch, die einen Sternenhimmel mit einem Vollmond zeigten.

Die Sterne waren nicht überall gleich. Der Vollmond wanderte am Himmel. *Zeit, die verstreicht …*

U/V. J. N. A. S.

»Das ergibt keinen Sinn.«

Mache ich etwas falsch? Nein.

Dann sortier sie eben neu. Der Mond wandert, die Nacht schreitet voran.

Marie wählte Parkovs Nummer und stürmte die Treppe hinauf, während die Verbindung aufgebaut wurde.

»Geh ran, bitte geh einfach ran.« Da war eine schlichte Tür, aus Brettern gezimmert … ein Vorhängeschloss lag offen auf dem Boden. Jemand hatte es geknackt.

Parkov meldete sich nicht. Vielleicht kein Empfang, vielleicht hinderte ihn auch etwas Schlimmeres daran, ihren Anruf entgegenzunehmen. Marie drehte sich um und spähte die lange Treppe hinab, spürte ihre Höhenangst an ihr zerren. Da unten fiel Licht vom Korridor herein, hier oben hingegen herrschte nichts als Kälte und Dunkelheit.

Und noch während sie hinabsah, erlosch das Licht weit unter ihr.

Also war es ihnen gelungen. Die Apostel hatten den Strom abgestellt.

Und vielleicht waren sie sogar hier oben. Sie hatten das Bild hergeschafft und gewagt, es ihr zu präsentieren.

Vielleicht gab es kein Zurück mehr, wenn sie durch diese Tür trat.

»Dann ist es eben so«, sagte sie leise. »Ihr nehmt mir nicht meine Tochter. Von mir aus alles andere, aber nicht sie.«

Marie öffnete die Tür, sie knarrte und schwang langsam nach innen. Auf dem Dachboden roch es nach Staub und Regen und nach feuchtem Holz.

Marie hob die Pistole.

Ein bleicher Vollmond warf Licht durch ein Dachfenster.

Sie erkannte Statuen, Büsten, steinerne Gesichter schienen sie zu beobachten, leere Bilderrahmen, große Kisten. Feiner Staub lag in der Luft, es raschelte am Boden.

Sie können überall sein. Überall können sie dich beobachten und du siehst sie erst, wenn es zu spät ist.

»Lucie?«, fragte sie in die Stille hinein. »Bist du hier?«

Sie erhielt keine Antwort. Marie war es, als würde sie mit jedem Meter zwischen dem uralten Gerümpel, das man hier oben abgestellt und vergessen hatte, tiefer in einen Irrgarten hineingehen.

Ein Irrgarten ohne Ausgang.

Ein Labyrinth ohne Wiederkehr, von einem teuflischen Verstand erdacht.

Sie drehte sich nach rechts und schrie leise. Aus der Dunkelheit starrte ein weißes Gesicht in ihre Richtung. Nach dem ersten Schreck erkannte sie, dass es nur eine steinerne Büste war. Sie ging um sie herum. Der Kopf der Büste hatte ein zweites Gesicht am Hinterkopf.

Ein eisiger Gedanke ergriff sie. Die Buchstaben … das musste es sein!

Es gab nur diese Lösung.

Ihr Handy summte. Marie fuhr zusammen und schlug die Hände vor den Mund, um einen Schrei zu unterdrücken.

»Daniel?«

»Wir sind unten, suchen die beiden, aber bislang nichts. Und du?« Er klang weit entfernt, seine Stimme war durch kurze Aussetzer und knisternde Störungen verfremdet.

»Oben. Auch nichts. Aber ich habe etwas anderes. Hier hängt ein Gemälde von Svetlana. Es zeigt denselben Ort. Die Männer darauf, die wir für die Apostel halten …«

»Ja?«

»Diese Dinger, die sie da in den Händen halten … was ist, wenn das weitere Krypticons sind? Wenn jeder von ihnen eines hatte? Was, wenn sie damit kommunizieren? Du hast selbst gesagt, eigens angefertigt, verschlüsselte Kommunikation auf höchstem Standard … Vielleicht haben wir deshalb nie etwas davon erfahren, Lansford auch nicht und …« Sie brach ab. Da war er wieder, dieser nagende, drängende Gedanke.

Die Furcht, dass sie etwas übersahen.

»Ich glaube, Svetlana hat das gewusst, vielleicht hat sie einen von ihnen bei der Eingabe des Krypticon-Passworts beobachtet. Ich vermute, sie hat es uns versteckt hinterlassen. Auf ihren Bildern, da …«

»Was meinst du?«

»Hast du mal daran gedacht, dass der dritte oder vierte Apostel ihr Anführer sein könnte? Nicht Meersen, sondern ein anderer? Was, wenn er nicht flüchtet oder versucht, Chaos zu kreieren, um sich in dem Trubel zu verstecken und sich unserem Zugriff zu entziehen, sondern wenn er das hier inszeniert hat, uns mit Absicht hierhergelockt hat … Oder mehr noch, was … wenn der Code des Krypticons direkt etwas mit ihm zu tun hat? Und – wollte Svetlana uns vielleicht genau das durch die verkehrten Buchstaben mitteilen?«

Wenn ich er wäre, hörte sie eine Stimme in ihren Gedanken, *ich würde mich vor ihrer Nase verstecken.*

»*Was* hast du gerade gesagt?«

»Diese Buchstaben, die Svetlana uns hinterlassen hat … ich glaube, ich weiß jetzt, wie sie zusammengehören. Ich habe mir ihre Zeichnungen noch mal angesehen. Mit etwas Fantasie … Ich nehme an, das war es, was sie uns mitteilen wollte. Den Code.«

»Und wie?«

Marie blickte in die Dunkelheit. »*Janus*«, sagte sie. »Wie der römische Gott mit den zwei Gesichtern. Der Gott des Anfangs und des Endes.«

»Janus? Das würde bedeuten …« Parkov zögerte. »Lass es mich probieren«, sagte er dann.

Bitte, dachte Marie und hielt den Atem an. *Bitte lass es funktionieren.*

Für einen Moment herrschte Stille, dann war Parkov zurück. »Es ist gelöst«, sagte er beeindruckt. »Aber das Krypticon ist komplett leer. Jemand hat das ganze Dateisystem beseitigt, alles gelöscht. Das ergibt keinen Sinn.«

Marie schloss die Augen. »Verfluchter Mist!«

»Lass mich etwas versuchen.«

»Was?«

»Jetzt, wo es entsperrt ist … vielleicht kann ich es mit meinem Handy verbinden und der KI Zugriff gewähren. Vielleicht kann Elvis etwas finden, das nicht sauber gelöscht wurde.«

»Versuch es bitte. Wie lange dauert das? Bleib dran, ja?«

»Ein paar …« Sie hörte Parkovs Atem, seine Schritte. »Marie, ich denke, wir haben gerade diesen Ort gefunden«, sagte er. »Da ist eine Trennwand aus Glas und ich kann Münz sehen. Wir gehen runter, befreien sie und …«

»Und?«, fragte Marie nervös. »Was sagt der Scan des Krypticons?«

»Da ist tatsächlich … doch eine Datei. Ein Zahlencode, tiefer im System gespeichert und nicht vollständig gelöscht. Eins – acht – drei – vier.«

»Das muss er sein.« Marie lauschte dem Wind, der über das Dach heulte und an den Dachziegeln rüttelte, sie lauschte auf alle Geräusche, aber da waren keine knarrenden Schritte, die ihr folgten. »Der Code für den Tresor in Meersens Penthouse. Er hat ihn gespeichert.«

»Ich weiß nicht. Vielleicht hat jemand anders diese Kombination hinterlassen.«

»Aber wer? Niemand hatte Zugriff, nachdem wir das Tablet in Meersens Lagerhalle gefunden haben.«

»Doch. *Jemand* schon. Derjenige, der alles andere gelöscht hat.«

»Aber wie kann das sein? Das Krypticon war doch in einer Transportkiste in Meersens Lager, bis wir es gefunden haben.«

»Marie«, Parkov klang weiter entfernt, die Übertragung wurde durch Rauschen und Knistern gestört, »wenn mir etwas zustößt«, sagte er leise, »musst du etwas für mich tun.«

»Daniel, sag …«

»Du musst diesen Tresor öffnen. Den Inhalt sichern.«

»Du hast mir etwas *versprochen*. Keine Geheimnisse. Keine Überraschungen mehr.«

»Ja. Ich weiß. Aber vielleicht lag diese Ermittlung nie ganz in *unserer* Hand. Vielleicht kann ich nicht tun, was ich tun will, sondern eher, was ich tun muss. Vielleicht muss ich noch eine letzte Über…«

In diesem Moment brach die Verbindung ab. Verzweifelt blickte Marie auf das Smartphone, sie hatte keinen Empfang mehr. »Eine was?«, wiederholte sie. »Eine *was*?«

Parkov meldete sich nicht mehr.

»Lucie?«, fragte sie wieder, und wieder erhielt sie keine Antwort. Plötzlich roch sie in der staubigen Luft den stechenden, durchdringenden Gestank von Benzin. Sie ging in die Hocke und leuchtete mit ihrem Handy unter einen Tisch. Dort lag ein roter Kanister in einer schimmernden Benzinlache. Eine Benzinspur führte tiefer in den Dachboden hinein.

Das hier oben ist eine Falle.

Marie fuhr herum, als ein Bodenbrett knarrte.

Hinter ihr krachte eine Standuhr zu Boden, blockierte den Rückweg. Und dann loderte plötzlich Feuer, ein Flammenmeer schlug ihr entgegen, heißer Wind blies ihr ins Gesicht. Das Feuer kroch über den Boden, näherte sich den Sparren und Pfetten, die den Dachstuhl trugen.

Lief da auf der anderen Seite des sich rasch ausbreitenden Feuers jemand davon? Als sie herumfuhr, nach einem zweiten Ausgang suchte, bemerkte sie im hellen Schein der Flammen ein Funkeln … gar nicht weit entfernt, die Dunkelheit zuvor hatte es verborgen.

Die Flammen spiegelten sich auf Gold.

Lucies Kette!

Marie rannte hinüber. Daneben war auch die Uhr, zeigte die Zeit, die ihnen geblieben war. Ihre Finger schlossen sich bebend um die Halskette mit dem Herz, drehten es herum.

Für einen Moment hoffte sie, dass auf der Rückseite nichts eingraviert war und sie sich getäuscht hatte.

Dann las sie, was dort stand, und ihr Mut sank. Es war der Anhänger, den Parkov Lucie geschenkt hatte.

Liebe dich so sehr, sagte der kleine Bär zum großen.

Also war Lucie hier.

Wie gern würde sie sich fallen lassen, ihr Gesicht in den Händen verbergen und weinen … doch das Feuer kroch immer näher, sie musste nach einem Fluchtweg suchen.

Du musst es schaffen. Für sie.

Dass Lucie einmal benutzt werden würde, um sie in die Enge zu treiben – sie hatte es befürchtet und doch gehofft, dass der Tag nie kommen würde. Doch nun war er da.

Und du wirst dich dieser Situation stellen.

Du wirst kämpfen.

Marie steckte die Halskette ein, erreichte das Ende des Dachbodens, fand aber keine Tür, keinen Ausweg, nur ein weiteres Fenster in der Wand und einen gemauerten Schornstein … und sie entdeckte ein Gerüst an der Außenfassade, das dicht unter dem Fenster endete.

Mit zitternder Hand öffnete Marie einen Fensterflügel und spähte hinaus. Der frische Sauerstoff ließ das Feuer auflodern und fauchen wie ein wildes Tier. Die Hitze war kaum zu ertragen – Marie kletterte hinaus. Das Gerüst war feucht vom nächtlichen Nebel, rutschig unter ihren Schuhen, und unter ihr schien ein endloser Abgrund zu klaffen.

Nicht nach unten sehen.

Einfach nicht hinsehen.

Zitternd klammerte sich Marie an das kalte Metall, mit rasendem Herzen tastete sie sich voran, ging ein Stück nach Osten, wo eine Leiter nach unten führte. Das Metall der Gerüststangen war rutschig, sie klammerte sich fest, kletterte langsam herunter. Irgendwo aus der Tiefe dröhnte ein Alarm, der die Hotelbewohner vor dem Feuer warnte, Stimmen riefen wirr durcheinander, doch sie konnte kein Wort verstehen, der Wind zerrte an ihr und pfiff, und das Pochen ihres Herzschlags dröhnte in ihrem Kopf.

Dann vibrierte ihr Handy. Am Ende der Leiter setzte sie sich mit dem Rücken an die Wand, so weit wie möglich von der Gerüstkante entfernt, und sah aufs Display.

Isabelle Odinsdottir, stand dort.

»Isa?«, rief sie in ihr Handy.

»Gott sei Dank, Marie. Ich versuche schon die ganze Zeit, euch zu erreichen, seitdem mir Parkov diese Zahlen geschickt hat.«

»Zahlen? Du meinst die Zahlen von dem Krypticon?«

»Er schrieb, ihr hättet den Code geknackt.«

»Ja, ich glaube schon.«

»Parkov hat geschrieben, es sei unfassbar dringend. Ich bin in Meersens Penthouse.« Sie klang angestrengt, atmete schnell. »An seinem Tresor.«

»Du bist was? Isa, das … Ist das eine gute Idee? Du bist gerade erst …«

»Weiß ich.« Isabelle klang sehr ernst. »Lass mich jetzt ausreden. Ich hab die Zahlen am Tresor ausprobiert … sie funktionieren. Er ist jetzt offen. Da … Scheiße, Marie, was da alles drin ist. Meersen hat versucht, sich abzusichern, hat Beweise gesammelt, die alle in diesem Umfeld in den Untergang ziehen können. Ich geh die Sachen gerade durch. Aber eins kapier ich nicht. Es gibt hier ein paar Daten, Aktenauszüge, an die er eigentlich nie hätte kommen können … Daten aus der BKA-Sondereinheit, die sich mit den Aposteln beschäftigt.«

»Wie bitte?« Marie war, als drehte sich die Welt vor ihren Augen, als würde das gewaltige Gerüst umkippen und sie hinab in die Tiefe stürzen. »Das kann nicht sein. Lansford sagte, die Einheit wäre sicher. Kein Maulwurf. Er hat sie alle persönlich …« Marie verstummte.

»Oh nein. Oh Scheiße.«

»Marie, hier …« Isabelles Stimme zitterte. »Hier gibt es ein Bild … ich glaube, das zeigt alle vier Apostel. Und einer …« Isabelle erklärte ihr, was sie entdeckt hatte.

Marie blickte in die Nacht hinaus. »Ja. Ich fürchte, wir haben gerade verstanden, wer hier welche Fäden in der Hand hält. Sichere die Dokumente aus dem Tresor. Ich muss Daniel warnen.«

Kapitel 59

Parkov schritt vorsichtig in den Gewölbekeller hinab, hielt die P99 vor sich, prüfte jeden Winkel, jede Nische, jeden Schatten. Dann eilte er zu der gut vier Meter breiten Glasscheibe, die in die helle Gewölbemauer eingelassen war. Nirgends sah er eine Tür und Münz auf der anderen Seite schien noch immer bewusstlos. Hinter ihm ragten Regale mit Weinflaschen auf.

»Wahrscheinlich ein begehbarer Weinkühlschrank«, sagte der Panther, der ihm gefolgt war. »Temperiert, für die teuersten Weine.«

»Schlagen wir die Scheibe ein.«

»Und womit?«

»Wir werden schon was finden.« Parkov wandte sich um und entdeckte Lansford auf dem Stuhl. Der Kopf des gefesselten BKA-Beamten war auf die Brust gesunken, er rührte sich nicht. Im Licht der Taschenlampen und einiger Wandleuchten wirkte es, als habe man ihm ein Grinsen ins Gesicht geschnitten.

»Er ist schwerer verletzt«, sagte der Panther, »als es auf der Videoübertragung wirkte.«

»Such etwas, womit wir diese Scheibe durchbrechen können. Wenn wir darauf schießen, machen wir auf uns aufmerksam, also nehmen wir die Pistolen nur als letzten Ausweg. Außerdem könnte Münz verletzt werden. Oder … such nach einem Eingang. Der muss hier irgendwo sein. Ich kümmere mich um Lansford.«

»Verstanden.« Der Panther eilte davon und Parkov näherte sich dem gefesselten Lansford.

»Zeit aufzuwachen«, sagte er und hob Lansfords Kopf an, doch obwohl der Puls ruhig und regelmäßig schlug, reagierte Lansford nicht. »Komm schon.«

»Parkov!«, hörte er die Stimme des Panthers. »Hier drüben!«

Er hatte eine gläserne automatische Schiebetür entdeckt. Hinter ihr führte ein enger Gang an großen staubigen Fässern vorbei in den Weinkühlschrank … Dort stand jetzt der Panther, eine dunkle, unheilvolle Silhouette. »Kein Puls«, sagte er leise. »Er ist tot.«

Parkov beugte sich zu Münz hinunter und berührte die Halsschlagader, tastete nach einem Puls.

Er konnte ihn spüren, ganz schwach. Dann entdeckte er eine Einstichstelle an Münz' Hals. Hinter ihm schloss sich die Schiebetür mit einem leisen hydraulischen Zischen.

Parkov drehte sich um. Der Panther stand draußen, auf der anderen Seite.

»Was soll das?«

»Es tut mir leid.« Er musterte ihn ausdruckslos, dann wandte er sich ab und ging hinaus, zurück in das Gewölbe, wo Lansford noch immer –

Nein.

Als Parkov aufblickte, war der Stuhl, an den Lansford gefesselt gewesen war, leer. Er war leer, Lansford hatte sich erhoben. Ein paar Meter entfernt wischte er sich das Blut ab, streckte sich, bewegte den Kopf hin und her, ließ die Fingerknöchel knacken.

Dann kam er näher. Er führte ein kleines Gerät zum Mund und sprach hinein, woraufhin seine Worte im Inneren des Weinkühlschranks erklangen, als stünde er neben ihm.

»Die Falle, Parkov. Die *dritte* …«

»… war nie eine physische Falle. *Du* bist es.«

»Ich bin es«, sagte Lansford. »Das Orakel. Ich bin der dritte Apostel. Ich bin sie beide. *Janus.*«

Kapitel 60

Marie hörte Lansfords Worte in ihrem Versteck. Sie duckte sich hinter eine der Säulen, die den Gewölbekeller trugen. So tief in den Fels des Gebirges gebaut, war hier unten kein Laut des Feueralarms aus dem alten Grand Hotel zu hören. Sie fühlte sich so weit entfernt von allem, was sie kannte, dass sie sich genauso gut an einem vollkommen anderen, gespenstisch dunklen und kalten Ort aufhalten könnte …

In ihrer Erinnerung hörte sie die Stimme des Orakels an einem Ort, von dem es keine Wiederkehr gibt.

Und da war noch eine andere Erinnerung, die sie die ganze Zeit wie ein flüchtiges Bild am Rand ihres Bewusstseins gespürt hatte, aber nicht hatte fassen können: wie Lansford vor Wochen im Labor der Kriminaltechnik das Krypticon in die Hand nahm, nachdem Fischer es ihm überreicht hatte. Er hatte ihnen zugehört, wie sie sich im Labor unterhielten, und dabei …

Mit einem eisigen Schaudern begriff Marie, dass er in diesem Augenblick das Krypticon mit dem Passwort entsperrt und alles gelöscht haben musste, ehe er es ihnen mit den Worten zurückgegeben hatte, er habe nur versucht, den richtigen Code zu erraten.

Sie dachte an Chekov, den toten zweiten Apostel in dem abgelegenen Hof in Britrovo, an sein Handy, von dem die Ikarus-Nachrichten versendet worden waren. Lansford war damals vorausgegangen, er hatte es dort platziert. Sie dachte an Lea Bergers letzte Worte in der russischen Kirche, daran, wie sie in Lansfords Richtung gezeigt und seinen Namen gesagt hatte … sie hatte es ihnen dort mitteilen wollen. Sie hatte in dem Moment begriffen, wer Lansford wirklich war, aber da war es zu spät gewesen.

Er war das Orakel, er hatte den Panther gegen seine eigenen Leute ausgesandt, er war der dritte Apostel, er war ein Verbrecher, ein Terrorist, ein Menschenhändler, ein Mörder … und ein BKA-Beamter.

Marie zitterte am ganzen Körper.

»Am Ende begegnen wir uns hier unten. Das wusste ich. Ich wusste, dass es hier unten enden wird.«

»Das ist noch nicht das Ende«, erwiderte Parkov. Über die Gegensprechanlage hinter der Glasscheibe klang seine Stimme verzerrt und elektronisch.

»Doch. Ist es.« Lansford drehte sich zum Panther um. »Bring sie.«

Der Panther verschwand in der Dunkelheit des Gewölbekellers, Lansford sprach weiter.

»Frag mich, Parkov. Frag mich, was du mich schon die ganze Zeit fragen willst.«

»Warum? Warum all dieser Wahnsinn? Und wieso hast du dem Panther gesagt, dass er Lea Berger, deine eigene Kollegin, töten soll? Warum diese Grausamkeit?«

»Weil es nur das große Leid ist, das große Gerechtigkeit bringt. Weil ich die Tatenlosigkeit unserer Tage nicht länger ertragen konnte. Die Machtlosigkeit unserer eigenen Behörde gegen all diese Verkommenheit, die so weit hinaufreicht.«

»Das ist dein Motiv?«

Lansford schüttelte den Kopf. Ein Schatten huschte über sein Gesicht, seine Stirn legte sich in Falten, ein Ausdruck von Trauer trat in seine Augen. »Begreifst du es nicht, Parkov?«

»Doch«, entgegnete dieser heiser. »Es ist deine Tochter. Miranda. Du hast uns belogen. Sie … sie ist nicht mehr am Leben, nicht wahr?« Parkov fluchte. »Warum, Mark? Warum nur?«

»Miranda ist tot. Sie wurde nicht älter als zehn. Ich *hatte* eine Tochter. Ich hatte mein kleines Mädchen, aber sie wurde …« Nun schien es ihm schwerzufallen weiterzusprechen. »Sie wurde entführt. Ermordet. Ich konnte sie nie wiederfinden, ganz gleich, wo ich nach ihr suchte. Aber ich habe mir geschworen, sie alle zur Strecke zu bringen. Ich habe alles riskiert, um die Verantwortlichen aufzuspüren. Ich war nach ihrem Tod mehr ein Geist als ein Mensch. Mein Leben hat mir nichts mehr bedeutet, mein Beruf, meine Ehre, mein Ansehen … nichts. Also habe ich die Apostel unterwandert und wurde einer von ihnen. Sie sind trickreich, gerissen, ja, das sind sie ohne Zweifel, und ich weiß nicht, ob sie mir am Ende vertraut haben. Und so wurde ich zugleich das Orakel. Ich bediente mich der Fähigkeiten des besten Auftragsmörders unserer Zeit, um mit all jenen abzurechnen, die jedes Leid verdient haben, weil sie selbst so viel Leid verursachen. Meine Rache ist ihr Leid, meine Rache ist Gerechtigkeit.«

»Diese Begründung …« Marie sah, dass Parkov nah an die Scheibe getreten war und den Kopf schüttelte. Er wirkte angeschlagen, bestürzt, fassungslos. »Wenn du einer der Apostel warst, dann hättest du doch *alles* beenden können. Du kanntest die anderen.«

»Nein, das kann ich *nicht*. Niemand darf erfahren, was ich getan habe.«

»Das verstehe ich nicht.«

»Das wirst du.« Lansford drehte sich um und für einen Moment war sich Marie sicher, dass er sie direkt ansah. »Weißt du, wieso ich nicht tun kann, was du willst? Ich muss weiter eine Rolle spielen. Ich bin derjenige, der heute Nacht hier rausgehen wird und den BKA-Verräter verhaftet oder getötet hat. Dich. Ich werde *dich* verhaftet haben, Parkov. Weil du alles gestehen wirst. *Du* bist der letzte Apostel. Du hast die anderen getötet, niemand anders als du hat all das getan. Denk nach … Mit einem gewissen Dreh werden die Leute es glauben, und weißt du auch, wieso? Heutzutage glauben sie *alles*. Die Geschichte muss nur gut sein, mit einem gewissen Twist zum Ende hin, sie muss sie packen. Ein BKA-Mann, ein reicher, mit einer Persönlichkeit wie deiner, die immer so dicht an der Dunkelheit entlangschrammt, dass man schon früher nicht genau sagen konnte, auf welcher Seite du eigentlich stehst. Sie werden sagen: Ja, das war abzusehen. Das haben wir schon immer gewusst. Und wenn du aus dem Weg bist, wer könnte mich dann noch aufspüren? Ich bin frei. Endlich wieder.«

»Es muss dir Spaß bereitet haben, mit uns zusammenzuarbeiten.« Parkov schlug nicht auf das Glas ein, er verlor nicht die Beherrschung, wie es anderen in seiner Lage vielleicht ergangen wäre, doch sein Ton wurde rauer, schärfer. »Aber wenn ich hier rauskomme …«

»Willst du kämpfen? Du würdest verlieren. Das weißt du. Die einzige Weise, auf die du diesen Ort verlassen kannst … Du wirst gestehen. Ganz einfach.«

»Und wenn nicht?«

»Es gibt kein *wenn nicht*.« Lansford drehte sich um. »Wo zur Hölle bleibt er denn?«

»Vielleicht prüft er die Sprengladungen am Staudamm.«

»Ja, vielleicht.« Lansford kramte in seinem Anzug und präsentierte einen kleinen Fernzünder. »Und alles verschwindet in der Flut, wie angekündigt.« Dann griff er nach seinem linken Hemdärmel und krempelte ihn hoch. Und da waren die Narben! Er war der Mann, der Suzann bedroht hatte, er war der Mann aus dem Video.

Aber das kann nicht sein. Ich hab selbst überprüft, ob er diese Narben hat … aber nur seinen rechten Arm, nicht den linken. Weil auf dem Video mit Suzann der rechte Arm der vernarbte war – aber dieses Video, begriff sie nun mit Entsetzen, war *gespiegelt*. Links, nicht rechts. Und Lansford hatte ihr eiskalt seinen unversehrten Arm präsentiert.

»Ich war es«, erwiderte Lansford. »Die ganze Zeit. Ich wusste, dass dich diese Aufnahme von Suzann nach Russland locken würde und du alles unternehmen würdest, um endlich voranzukommen.«

Alles lag vor uns, dachte Marie. *Wir hätten es erkennen können. Wir hätten nur genau hinsehen müssen. Wie er in seiner Dreistigkeit mitten in unsere Gesichter gelacht hat. Manchmal muss man nur genau beobachten.*

Sie hörte einen leisen Schrei, verängstigt und sehr, sehr jung. Dann tauchte der Panther auf – doch er war nicht länger allein.

Wenn Marie nach Lansfords Enthüllung vielleicht noch daran geglaubt oder gehofft hatte, dass wenigstens die Sache mit Lucie nur ein Trick gewesen war, um sie von Parkov wegzulocken … nun wusste sie es besser.

Der Panther führte sie herein, sie trug eine dicke Jacke, die sie seltsam gepolstert aussehen ließ, und wirkte zumindest äußerlich unversehrt. Aber sie weinte, ihre Tränen schimmerten im fahlen Licht der Wandleuchten und der taghellen Lampen im Weinlager.

»Lucie«, sagte Parkov. Nun klang er niedergeschlagen, doch nur für den Bruchteil einer Sekunde, ehe er sich wieder fing. »Du bist verrückt. Das ist niederträchtig, wie es nicht niederträchtiger sein könnte. Wenn du ihr …«

»Jaja«, sagte Lansford und winkte ab. »Dann wirst du mich bestrafen.« Seine Stimme veränderte sich, klang plötzlich vollkommen anders, als würde ein Fremder Lansfords Gesicht als Maske tragen. »Hast du vergessen, wer ich bin? Einer der Apostel. Ich habe Frauen getötet, Kinder … es gibt für mich nichts, was ich nicht tun würde. Ich kenne keine Grenzen.« Er blickte zur Seite, abermals in Maries Richtung. »Komm raus. Ich weiß, dass du hier bist. Irgendwo da oben in den Schatten, aber die werden dir nichts nützen. Du kannst dich in ihnen nicht vor mir verstecken, Winter.«

»Ah, Lansford«, sagte Parkov, »jeder von uns braucht doch ein Hobby.«

»Und deins? Was ist deines?«

»Den Tod hereinzulegen. Immer wieder.«

Marie zitterte. In ihr vermischte sich eine Kälte mit einem glühenden, furchtbar schmerzhaften Zorn. Zu sehen, wie Lucie verloren, zitternd und weinend dort unten stand, raubte ihr jede Widerstandskraft.

Marie trat hervor. Sofort richtete der Panther seine Pistole auf sie, doch Marie hob die Hände, ließ ihre eigene Waffe vom Zeigefinger baumeln.

»Mama!«

»Ich bin hier, Süße.«

Lucie riss sich los, rannte am Panther vorbei, doch Lansford streckte den Arm aus und hielt sie fest. »Wir müssen erst einen Deal machen, Winter. Leg die Waffe weg, wenn du reden willst.«

»Natürlich. Tu ihr nichts, ja?« Marie legte die Pistole auf den feuchten Boden, kickte sie zur Seite.

»Gut. Braves Mädchen. Eine Mutter muss tun, was sie eben tun muss.« Lansford sah sie lange an, als müsste er abwägen, was er nun unternehmen wollte und wie sie reagieren würde. »Du liebst sie, nicht wahr?«

»Natürlich!«

»Dann ist meine Frage doch ganz einfach zu verstehen: Wen willst du?«

»Wie b-bitte?«

»Wir haben hier Daniel Parkov, einen Polizisten, der gescheitert ist, und da haben wir ein junges Mädchen, unschuldig … der wertvollste aller Einsätze.«

»Ich will meine Tochter. Verflucht, bist du wahnsinnig? Als könnte ich überhaupt darüber nachdenken.«

»Oh, das ist hart.« Lansford klang ein wenig belustigt. »Hörst du das, Parkov? Sie hat keine Sekunde gezögert.«

»Kein normaler Mensch würde das«, erwiderte Parkov ruhig. »Aber genau *das*, Lansford, verstehst du nicht. Das wirst du nie begreifen. Das ist deine größte Schwäche.«

Für einen Moment huschte ein Schatten des Zweifels über Lansfords Gesicht, ein Stirnrunzeln, er schien über Parkovs Worte nachzudenken. »Winter«, sagte er dann, »ihr werdet dem Panther hinausfolgen. Es gibt einen Weg, der euch zu den Parkplätzen führt. Nehmt einen Wagen und flieht. Fahrt so schnell, wie ihr könnt. Aber«, nun sah er sie direkt an und Marie war es, als könnte sie die Abgründe sehen, die sich in seinen Augen auftaten. »Aber vergiss eines nie: Was hier geschieht, wird für immer hierbleiben. Du wirst schweigen, über diese Nacht, über Parkov, für immer. Du wirst dein Leben leben, deine Tochter aufwachsen sehen … aber denk daran, dass ich irgendwo da draußen bin. Dich beobachte. Vielleicht zurückkomme, wenn du unartig wirst.«

Marie nickte schwach. Es gab nichts, was sie tun konnte.

»Sag, dass du verstanden hast. Sag es!«, rief er.

»Ich habe es v-verstanden.« Marie warf Parkov einen Blick zu, Parkov erwiderte ihn, nickte knapp, als wollte er sagen: Es ist gut. Nimm Lucie und geh. Alles ist gut.

Aber das war es nicht und sie hatte keine Ahnung, wie er sich aus dieser Schlinge befreien könnte. Vielleicht war es diesmal wirklich anders. Vielleicht gab es keinen Ausweg.

»Und du, Parkov«, fuhr Lansford fort, »wirst auch eine Entscheidung treffen. *Wo* du sterben wirst. Dort drinnen … oder draußen, bei dem Versuch, nach deinem Geständnis zu entkommen. Ich muss dich dann natürlich aufhalten, es gibt keine andere Möglichkeit. Parkov, der die Ungerechtigkeiten und die Unfähigkeiten seiner eigenen Behörde nicht mehr ertragen konnte, schlich sich in die Reihen der Apostel … doch am Ende wurde er selbst zum Bösen. Zu dem, was er bekämpfen wollte.«

»Du liest zu viele Bücher.«

»Jede Geschichte braucht einen altmodischen Schurken. Aber ich bin keiner. *Du* bist es, Parkov. Gestehe, und ich gestatte dir zu sterben – in dem Wissen, dass du Winter und ihrer Tochter das Leben gerettet hast.«

»Sag mir noch eines«, verlangte Parkov. »M-CotroX. Ist es hier?«

»Natürlich nicht. Die Käufer werden vergeblich warten.« Lansford drehte sich schnell um und sah den Panther an, er wirkte enttäuscht. »Aber ich weiß jetzt, *wer* hier geredet hat.«

»Lass sie gehen«, sagte Parkov.

»Sie gehen lassen? Ja. Wenn du deine Schuld bekennst. Hol ihn da raus«, wies Lansford den Panther an, »aber nur ihn. Parkov, lass deine Pistole liegen.«

»Was hast du vor, Lansford?«, fragte Marie.

»Wir machen es anders. Auf *meine* Weise.« Lansford sah zu, wie der Panther Parkov aus dem Weinkeller holte, ihn mit seiner Waffe in Schach hielt. »Und jetzt bring das Mädchen her.«

»Nein!«, schrie Marie, doch der Lauf von Lansfords Pistole war auf sie gerichtet und so blieb ihr nichts, als zuzusehen, wie der Panther Lucie wegführte.

»Ich will von dir«, sagte Lansford zu Parkov, »ein Geständnis. Und von dir, Winter, will ich das, was alle Welt sehen soll. Dass selbst jemand wie du, so *aufrecht*, erkennt, was getan werden muss. Was ihr schon längst hättet tun sollen.«

Er warf ihr etwas zu, das sie verblüfft auffing. Ein Fernzünder. »Jag alles in die Luft. Spül alles hinweg, Winter. Wenn du es tust, *wenn* du ihn drückst und *wenn* Parkov gestanden hat, verrate ich dir, wo deine Tochter ist. Natürlich ist Parkov dann sehr wahrscheinlich tot, denn er wird jetzt mit mir die Sprengladungen besichtigen. Und er wird ein Video aufnehmen, in dem er sagt, was ich hören will. Parkov, Lucie und ich, wir werden nun einen Ausflug machen. Zum Staudamm. Ihr folgt uns«, sagte er zum Panther gewandt, »aber haltet Abstand.«

Lansford bedeutete Parkov und Lucie vorauszugehen. Parkov warf Marie noch einen Blick zu, dann nahm er Lucies Hand, sie drückte sich an ihn, und dann verschwanden die drei in den Tiefen des Gewölbes.

Marie wollte ihnen hinterherlaufen, doch der Panther stellte sich ihr in den Weg. »Du folgst ihnen erst, wenn es so weit ist. Er will, dass du den Zünder drückst, aber nicht bevor du dort bist. Nachdem er dir dann verraten hat, in welchem Maschinenraum des Stauwerks er deine Tochter versteckt hat, bleiben dir vielleicht noch zehn Minuten, um sie zu retten.«

»Das ist Wahnsinn!«

»Das ist der Plan.«

»Du stehst da und siehst einfach zu, wie er ein Kind in Gefahr bringt?« Marie hätte sich auf ihn stürzen können, doch wenn er hier auf sie schoss, hatte Lucie überhaupt keine Chance mehr.

»Es ist der einzige Weg.«

»Was redest du da?«

Der Panther warf einen Blick auf seine Armbanduhr. Dann nickte er. »Das sollte genügen. Dreh dich um.«

»Wenn du mich töten willst, du Scheißkerl, dann sieh mir dabei in die Augen.«

»Wie du willst.«

Die Waffe klickte, als er den Hahn spannte. Marie straffte sich. *Das kann nicht sein. So darf es nicht enden.*

»Wir haben keine Zeit zu verlieren.«

Er drückte ab.

Sie zuckte zusammen, spürte, wie das Projektil an ihr vorbeiraste – dann schlug es in das Bedienfeld neben der Tür ein. Funken sprühten und die Tür glitt auf.

»Hol den alten Mann da raus. Wenn der Staudamm bricht, könnte es hier nass werden.«

»Was in aller Welt soll das?«

»Es ist eigentlich *dein* Plan, Winter. *Keine* Unschuldigen sollen mehr sterben. Parkov hat mich überzeugt, als wir im Lager waren. Es war falsch. Die Apostel mussten leiden, ja, aber der Preis war zu hoch.« Er trat einen Schritt zurück, senkte die Pistole, als wollte er sagen, sieh her, ich bin keine Bedrohung für dich. Marie sah ihn an: Da war eine Härte in seinen Augen, als hätte er so viele Abgründe in seinem Leben gesehen, dass er sie nicht mehr zählen konnte.

»Aber du hast gerade Lucie gehen lassen!«

»Wolltest du riskieren, dass Lansford sie erschießt, vor deinen Augen? Wie hätte ich eingreifen sollen, wenn er ihr eine Pistole an den Kopf hält? Parkov ist bei ihr, genügt dir das nicht für den Moment?«

»Du bist ein wahnsinniger Mörder.«

»Was ich getan habe, ist *meine* Sache. Ich werde damit leben müssen, nicht du. Ich habe vielleicht kein Herz, aber ich habe meine Rache.«

Sie starrte auf den Zünder. »Und damit? Was ist damit?«

»Er hat ganz sicher einen zweiten. Für den Fall, dass du dich weigerst.« Der Panther deutete auf Münz, der noch immer bewusstlos auf dem Stuhl im Weinlager saß. »Weck ihn. Er muss uns begleiten.«

»Wie bitte?«

»Willst du deine Tochter retten oder nicht?«

»Das will ich.«

»*Ich* habe geschworen, den letzten Apostel zu töten – und Lansford *ist* der letzte Apostel. Lucie und Parkov sind deine Sache. Es gibt einen zweiten Helikopter oben auf dem Landeplatz. Folgen wir ihnen.«

»So wie er es erwartet?«

»Ja. Und er wird dich zwingen, den Auslöser zu betätigen, wenn du Lucies Versteck erfahren willst. Aber wir können ihm zuvorkommen.«

»Und wie?« Die Angst um Lucie brachte Marie schier um den Verstand.

»Indem *ich* fliege.«

Sie starrte ihn an, unsicher, was sie davon halten sollte. *Ihm trauen? Ganz bestimmt nicht.*

Marie betrat das Innere des Weinkühlschranks, folgte dem Gang an den Fässern vorbei zu den Regalen, wo Münz an den Stuhl gefesselt war. Die Luft kam kühl aus einer großen unterirdischen Lüftungsanlage, sie roch antiseptisch. Marie rüttelte Johann an der Schulter, bis er aufwachte. Die Wunde an seinem Kinn blutete immer noch und sah übel aus. Lansford musste ihn mit etwas Schwerem getroffen haben.

»Was … was ist denn los?« Verwirrt sah er sich um.

»Lansford war der dritte Apostel.« Sie half ihm aufzustehen. »Und jetzt hat er meine Tochter und Parkov.«

Kapitel 61

Marie hob ihre Waffe vom Boden auf, dann wollte sie Münz aufhelfen, doch er schüttelte ihre Hand ab. »Ich kann gehen«, rief er. »Los doch. Wartet nicht auf mich.«

Oben erreichten sie einen Nebenausgang des Hotels. Die lodernden Flammen des brennenden Dachstuhls erhellten die Nacht, die Gäste deuteten aufgeregt hinauf, doch Marie, Johann Münz und der Panther ignorierten sie. Auf dem Landeplatz standen zwei Helikopter, wie der Panther gesagt hatte.

»Hast du den Schlüssel?«

»Ich bin vorbereitet«, sagte der Panther. »Steigt ein. Kopfhörer auf. Gleich wird es sehr laut.« Er sprang auf den Pilotensitz und ließ die Maschine anlaufen. Die Rotorblätter beschleunigten mit aller Kraft, dröhnten laut. Münz schloss die Seitentür. Einige Gäste drehten sich zu ihnen um, ein paar rannten auf sie zu, doch da hoben sie bereits ab. Marie wurde in den Sitz gepresst, ihr Magen schlingerte. Das brennende Grand Hotel blieb hinter ihnen zurück, der Panther beschleunigte und flog eine steile Kurve. Das Bergmassiv war bedrohlich nah, schroffe, eisbedeckte Giganten, die teilnahmslos in die Nacht ragten.

»Da vorn«, sagte der Panther in das Headset, »das ist sie.« Er riss den Helikopter nach oben. Marie starrte hinaus, dann sah sie die Staumauer, ein hoch aufragendes betongraues, von Menschenhand geschaffenes Massiv, das Wassermassen in einem gewaltigen nachtschwarzen See zurückhielt und durch Röhren Wasser zu einem Kraftwerk im Tal ableitete.

»Können wir da landen?«

»Ich kann«, rief der Panther zurück. »Aber bald nicht mehr. Der Wind wird stärker.«

Rechts ragte etwas Großes in der Dunkelheit auf, erkannte Marie. Dann streifte der Suchscheinwerfer ihres Helikopters die zweite Maschine auf der Staumauer. Dachantennen, die auf dem östlichen Teil der Anlage installiert waren, bogen sich in den Böen.

Mit dem anderen Hubschrauber sind Lansford, Parkov und Lucie geflogen. Marie zwang sich, tief durchzuatmen. *Wenn du sie retten willst, darfst du keine Panik zulassen.*

»Wir gehen runter«, sagte der Panther.

Maries Magen sackte ab, als der Hubschrauber zu einem erbarmungslos senkrechten Sinkflug ansetzte. In ihrer Angst dachte sie an einen Spruch: Flugzeuge wurden gebaut, um zu fliegen, Helikopter dagegen, um sich gegen jeden Flugversuch zu wehren.

Die Räder der Maschine setzten auf der Staumauer auf. Marie war, als könnte sie den Wind spüren, der den metallenen Vogel herabwehen wollte, entweder in die schier unendliche Tiefe, wo er auf scharfkantigem Gestein aufschlagen würde, oder in dieses eisige Wasserbecken auf der anderen Seite. Sie wusste nicht, was schlimmer wäre.

Sie landeten.

»Raus«, rief der Panther. Er sprang als Erster, landete mit beiden Füßen auf dem harten Beton der Staumauer, zückte seine Pistole. »Die Funkgeräte«, sagte er, »nehmt sie.«

Als Marie ihres einschalten wollte, hielt er sie zurück. »Ich werde Lansford suchen«, erklärte er, »und töten. Es ist mir gleich, was geschieht, solange er stirbt. Beeilt euch, wenn ihr eure Freunde retten wollt.«

Mit diesen Worten eilte er davon. Marie hob ihre Pistole, doch was sollte sie schon tun? Ihm drohen? Ihm in den Rücken schießen, um ihn zu stoppen? *Er ist ein Mörder. Aber in diesem Augenblick auch ein Verbündeter.*

»Was machen wir jetzt?«

»Wir sind hier. Wie Lansford es wollte«, sagte Münz und blickte zum östlichen Ende der Staumauer hinüber. Das Licht des Helikopters fiel auf den wasserfleckigen Beton und auf eine Tür, die hinab ins Innere der Anlage führte. »Er will, dass Sie den Zünder drücken. Dann …«

»Ich werde doch nicht dieses ganze Ding in die Luft jagen«, sagte Marie mit erstickter Stimme. »Das ist Wahnsinn!«

Münz nickte. »Dann suchen wir Lucie.«

»Wie? Wenn Lansford bemerkt, dass wir hier sind, aber trotzdem nicht tun, was er will …« Sie sah das Funkgerät an, das sie wie einen Fremdkörper in der Hand hielt, und spürte, wie die Verzweiflung ihr die Luft nahm wie eine eisige Welle, sie niederringen wollte. Sie atmete tief ein, zwang sich, die Angst beiseitezuschieben.

»Eins nach dem anderen«, erwiderte Münz und klang ein wenig wie Parkov. »Noch mal: Suchen wir Lucie.« Er lief los und Marie folgte ihm. Vor der Tür am Rand der Staumauer hatte sie ihn überholt. »Taschenlampen«, sagte Münz leise und nahm seine in die Hand. Dann traten sie durch die Tür. Als sie hinter ihnen zufiel, schnitt sie das pfeifende Heulen des Windes ab.

Sie waren jetzt in einer kalten Welt aus gegossenem Beton und rostigen Treppen mit grün gestrichenen Handläufen, die in die Tiefe führten. Ein Summen lag in der Luft, von großen Maschinen, die irgendwo in der Dunkelheit hockten wie Spinnen in ihrem Netz.

»Das ist wie ein Irrgarten«, flüsterte Marie. »So finden wir sie nie.« Sie tastete nach dem Fernzünder, den Lansford ihr zugeworfen hatte. Sein Angebot wurde immer verlockender. *Tu es. Dann hast du noch einige Minuten, um Lucie zu retten. Ich verrate dir, wo sie versteckt ist.*

»Marie!«

»Ich muss es tun«, sagte sie mit zitternder Stimme.

»Denken Sie an all die Menschen!«

»Ich denke an meine Tochter. Das genügt.«

»Sehen Sie mal.« Münz klang erschöpft und Blut aus der Wunde an seinem Kinn tropfte auf den Beton, doch er ging aufrecht vor ihr. »Dort.«

Sie erreichten einen Maschinenkontrollraum. Monitore leuchteten in die Dunkelheit. Tabellen, Skalen, Messwerte wurden angezeigt. Von hier aus wurde offenbar die Durchflussmenge aus dem Stausee hinunter ins Kraftwerk reguliert. In einer Ecke hing eine Videokamera, schien sie zu beobachten.

Lansford sah ihnen zu, Marie war sich sicher.

Das Funkgerät in ihrer Hand knisterte. »Winter«, hörten sie seine Stimme, »also bist du hier. Schneller als erwartet und doch zum richtigen Zeitpunkt. Jetzt drück ihn.«

Marie spürte Johanns Blick auf ihr lasten. Was Parkov in dieser Lage wohl tun würde? »Nein«, erwiderte sie. »Ich werde sie finden. Und der Panther wird dich …«

»Oh, dann ist er auch hier? Hat er mich verraten?« Lansford lachte. »Wieso überrascht mich das nicht? Lauf, Winter. Lauf, so schnell du noch kannst. Denn ich werde es *auch* tun und die Waffe in meiner Hand wird tödlich sein.«

Er unterbrach die Verbindung und Marie fluchte. »Was machen wir?«

Münz deutete auf einen Übersichtsplan an einer Betonwand. »Sehen Sie mal.«

Marie wollte sich zu ihm drehen, aber dann sah sie ein Flackern auf den Monitoren. Jetzt erkannte sie zwei Maschinenräume mit mächtigen Motoren zum Öffnen und Schließen der Schleusentore, und in einem saß Parkov …

»Oh Scheiße«, stieß sie einen Augenblick später hervor und starrte auf den anderen Monitor. »Da … da ist sie.«

Lucie hockte in einer Ecke, die Arme um die angewinkelten Beine geklammert. Sie zitterte. Marie starrte auf die aufgeklebten Markierungen oberhalb der Monitore: *Pumpenraum 1* stand dort, *Pumpenraum 2* über dem Monitor mit der Aufnahme von Parkov.

»Pumpenraum 1«, rief sie, »wo ist der?«

Münz tippte auf den Lageplan. »Hier. Wir müssen dort hinaus und immer weiter nach unten und dann …«

Marie war schon auf dem Weg. Die Metallstufen der Treppe schepperten, während sie in die Tiefe hastete.

Finde sie. Hol sie zurück. Das wiederholte sie wie ein Mantra, wieder und wieder, es war alles, woran sie noch denken konnte.

Sie rannte durch spärlich beleuchtete Gänge, vorbei an den Flecken auf dem Beton, vorbei an der summenden Wandbeleuchtung, Lichtkleckse in großen Abständen, und die ganze Zeit versuchte sie, jeden Gedanken an die gewaltigen Wassermassen, die sich jenseits der Wände auftürmten, zu verdrängen.

Pumpenraum 1. Lucie.

Da war eine Abzweigung. Sie blickte zurück. Johann Münz war ein paar Meter hinter ihr, er hielt ein Taschenmesser in der Hand. *Wie gut, dass er daran gedacht hat.* »Nur weiter«, rief er. »Holen wir zuerst Lucie.«

Sie nickte und eilte weiter. Unter mächtigen Rohren hindurch, die sich unter der Decke entlangzogen wie urzeitliche Schlangen, hin zu einer weiteren Stahltreppe. Das Summen der Maschinen wurde mit jedem Schritt lauter, bald schon erfüllte es die Luft wie ein aufgescheuchter Hornissenschwarm, als wollten die Maschinen ihr zurufen, dass sie zu spät kam, ganz gleich, wie schnell sie lief.

Ein Labyrinth.

»Marie!« Münz deutete auf einen massiven Stützpfeiler. Daran klebte ein Paket Semtex-Sprengstoff, verbunden mit einem Funkempfänger, der grün leuchtete.

»Scheißkerl. Können wir das … entschärfen?«

»Sicher nicht schnell genug«, sagte Münz.

»Dann gehen wir weiter. Es wird klappen. Irgendwie.«

Mit weichen Knien eilte sie vorwärts. Ihr war, als drückte eine eiserne Faust ihr Herz zusammen, als lähmte die Panik jeden Muskel. Ihre Schritte hallten durch die leeren Korridore, und dann – Marie hätte aufschreien können vor Anspannung – kam sie zu einer grünen Tür. *Pumpenraum 1* stand auf einem Schildchen.

Gott sei Dank.

Wie winzig und verängstigt Lucie auf diesem Monitorbild gewirkt hatte. *Aber das ist jetzt vorbei, ich hab dich gleich gefunden.*

Marie öffnete die Tür. Der Lichtkegel der Stabtaschenlampe in ihrer Hand strich über staubigen Boden, eine große Pumpenanlage brummte, und daneben –

Parkov.

Er war mit der rechten Hand an ein Rohr gefesselt.

»Nein!«, entwich es Marie. »Wieso bist *du* hier? Pumpenraum 1 bedeutet …« Sie eilte zu Parkov, kniete sich neben ihn. Was immer Lansford mit ihm gemacht hatte – er wirkte benommen. Als er sie bemerkte, kam er mühsam auf die Beine.

»Marie, Lucie … wo … Wo?«

»Sie sollte hier sein«, sagte Marie mit zitternder Stimme. »Aber …«, sie dachte an die Aufkleber oberhalb der Überwachungsmonitore, »er muss die Beschriftungen vertauscht haben. Er hat mich hierhergeschickt.«

»Das hat er. Er hat mich gezwungen, etwas aufzunehmen. Lucie … lebt, aber … Mein Gott, finde sie!«

Münz durchschnitt das Seil an Parkovs Hand mit dem Armeetaschenmesser. Parkov rieb sich die Schulter. Dann fasste er sie bei den Armen, plötzlich wieder kräftiger. »Wir werden sie finden. Pumpenraum 2 ist …« Er sah sich nach Münz um.

»Ich bin mir nicht sicher«, erwiderte Münz sofort. »Gehen wir zurück in den langen Quergang, und von dort …«

»Worauf warten wir noch?« Marie stürmte an Münz vorbei, rannte ihnen voraus, konnte hören, wie Parkov ihr folgte und Münz ein Stück hinter ihnen zurückblieb. An einer Kreuzung, wo mehrere Gänge zusammenstießen, blieb sie stehen.

»Wo lang, verflucht?«

Parkov nahm ihr sanft, aber bestimmt die Taschenlampe aus der Hand und richtete sie auf den Boden. Da waren Fußabdrücke im Staub. »Diese Richtung«, sagte er. »Komm schon.«

Marie rannte und tastete zugleich nach dem Auslöser. Über eine Stahltreppe ging es hinauf und schließlich standen sie wieder im Kontrollraum mit den Monitoren. Als Parkov auf den Lageplan blickte, holte sie den Fernzünder mit zitternden Fingern aus ihrer Jackentasche.

»Tu das nicht.« Parkov sah, was sie vorhatte. »Marie, nicht. Wir finden sie.«

Ihr Funkgerät meldete sich mit einem trockenen Knistern. »Letzte Chance, Winter«, hörte sie Lansfords Stimme.

Münz kam schwer atmend herein. »Der Plan ist nicht vollständig«, keuchte er. »Er muss einen Teil davon entfernt haben und …«

»Marie, nicht!«, rief Parkov abermals.

Marie ging einige Schritte zurück und hielt den Auslöser fest. Sie spürte, wie ihre Hände zitterten, wie ihr Tränen über die Wangen liefen. *Kein Ausweg, es gibt keinen anderen Weg. Ihr findet sie nicht.*

Ihr Daumen senkte sich auf den Auslöseknopf.

Dann drückte sie ihn.

Kapitel 62

Stille.

Nichts als Stille.

Marie starrte auf das kleine graue Gerät mit dem roten Auslöseknopf und schüttelte es.

»Ich hab es getan, hörst du?«, rief sie in Richtung des Funkgeräts, dann sah sie zu der Überwachungskamera in der Ecke, die sie teilnahmslos filmte. »Also, wo ist sie? *Wo?*«

Lansfords Stimme mischte sich wie ein dunkles bedrohliches Knurren in das Rauschen des Funkgeräts. »Ich bin beeindruckt. Ich hätte nicht gedacht, dass du wirklich den Mumm aufbringen würdest. Wie weit man doch zu gehen bereit ist, wenn das Leben der eigenen Tochter auf dem Spiel steht. Damit habe ich es bewiesen, in Farbe auf Video. Du bist nicht anders als ich, Winter. Genau in diesen Stunden sind einige Kilometer weiter all diejenigen zusammengekommen, die M-CotroX kaufen wollen, eine Droge, ein *Kampfstoff*, wie ihn die Welt noch nicht gesehen hat – genau jetzt erkennen sie, dass es nichts zu kaufen gibt und der letzte Apostel sie hereingelegt hat. Sie werden begreifen, dass es zu spät ist, um wieder davonzulaufen. Sicher, einige werden es versuchen, aber die Flut holt sie *alle* ein.«

Aus den Augenwinkeln sah sie Parkov auf den Lageplan deuten, dann zur Tür auf der anderen Seite des Raumes.

»Wo«, fragte sie noch einmal, »ist Lucie?«

»Steuerungsraum 2. Die Aufschrift über dem Monitor ist falsch, ich hab sie getauscht. Du hast …«, er zögerte, »vielleicht zehn Minuten. Ihr alle habt vielleicht zehn Minuten. Denn jetzt bin *ich* am Zug.«

Ein Schlag fuhr durch den Boden, Marie suchte Halt. Eine Schallwelle raste durch den Fels, Infraschall, sie spürte ihn mehr, als dass sie ihn hörte. Wände vibrierten. Ein Dröhnen schwoll an wie etwas fürchterlich Gewaltiges, das beständig näher kam. Etwas Urzeitliches, unaufhaltsam, kalt und tödlich.

»Er hat es getan«, hörte sie Parkov sagen. »Er hat es wirklich selbst getan.« Staub rieselte von der Decke, feine Risse öffneten sich im Beton, Putz platzte von den Wänden.

Marie und Parkov tauschten einen Blick. Es gab nichts zu sagen. Zu spät, die Zeit war abgelaufen.

»Steuerungsraum 2«, rief Münz. »Hier lang!« Dieses Mal war Parkov vor ihr, er lief, als könnte ihn nichts aufhalten.

Eine grüne Tür.

Nur zwanzig Meter entfernt.

Ein Schlag traf die unablässig bebenden Wände. Marie schrie, als sie gegen die Wand geschleudert wurde, mühsam rappelte sie sich wieder auf.

Sie stürmten in einen hohen Raum über der Wasseroberfläche. Gitterroste führten hier über die Maschinen und Steuergeräte hinweg. Sie erkannte eine Treppe. Fenster knirschten, drohten zu brechen, auf der anderen Seite strahlten Außenscheinwerfer auf die nachtschwarze Wasseroberfläche des Sees, kaum mehr als sechs Meter unter ihnen.

Und dann endlich sah sie Lucie! Sie hockte da unten neben einer großen Maschine, einer summenden Pumpe, die sich staubig und unablässig brummend in die Dunkelheit duckte. »Lucie!«, rief Marie mit aller Kraft.

Sie kam an die Treppe. Erneut bebte der Boden. Und da trat er ihr in den Weg: Lansford hielt sich mit einer Hand am Geländer fest.

»Geh zur Seite. Es ist genug«, fuhr sie ihn an.

»Ich habe gewonnen. Parkovs Geständnis, und du, Winter, die all diese Sprengsätze gezündet hat. Für euch ist es vorbei.«

»Nein, Lansford. Solange ich hier bin, fängt es gerade erst an.« Parkov stürzte sich auf ihn, drängte ihn zurück, hin zu einer Tür, die aus dem Maschinenraum hinausführte – sie kämpften. Marie rannte an ihnen vorbei, stürmte die Treppe hinunter, vorbei an den sich biegenden Fenstern, den aufplatzenden Rissen im Beton.

Lucie rannte ihr entgegen, warf sich in ihre Arme. Marie hob sie hoch, hielt sie fest. Oben stürzte sich Parkov mit aller Kraft auf Lansford, drängte ihn weiter fort.

»Lauf«, rief er, dann verschwanden er und Lansford in dem lichtlosen Korridor, der in die Tiefen der Anlage führte.

Lucie zitterte, schlang ihre Arme um Maries Hals und klammerte sich an sie. Marie nahm sie fest in den Arm. »Wir werden jetzt da hochlaufen, hörst du? Ist nicht weit, wir kommen hier raus.«

»Hier lang!« Münz hielt ihr eine Tür auf. »Links!«, rief er dann und folgte ihnen.

»Was ist mit Parkov?«

»Der kommt zurecht.«

Sie rannte, wie sie noch nie gerannt war – ein Stein stürzte herab, traf sie an der Schläfe, sie taumelte, ihr wurde schwarz vor Augen, doch Lucies warmer Körper, ihr Atem an ihrer Wange, trieb sie weiter.

Halt durch, verflucht!

Wieder eine Treppe. Sie eilte hinauf, Stufe um Stufe, umklammerte Lucie mit aller Kraft. Der Boden bebte, das Licht flackerte. Ihr kam es vor, als wollte sich das ganze mächtige Bauwerk selbst aufbäumen, die Treppe herausreißen, die man in seinem Inneren errichtet hatte.

Als sie die obere Ebene erreichten, plärrten Alarmsirenen. Der Boden vibrierte. Für einen Moment kam Marie das Grand Hotel in den Sinn, der brennende Dachstuhl, all die Gäste, die nach draußen gelaufen waren.

Wenn sich das Wasser einen Weg durch die beschädigte Staumauer gesucht hatte, würde es sie alle wegspülen. Sie mitreißen, töten. *Eine Flucht durch die Luft. Das ist es. Ihr einziger Ausweg.*

Und sie haben dort nur noch einen Hubschrauber.

Der Wind war zum Sturm geworden, trieb ihnen den Regen mit messerstichstarker Kraft ins Gesicht. Die Staumauer vibrierte. »Los!«, brüllte Münz. Der Helikopter, mit dem sie gekommen waren, ragte in den Nachthimmel hinein wie ein Raubvogel, der sich in einen Sturm verirrt hatte, noch viele Meter entfernt.

»Wir können ihn nicht nehmen«, rief sie Münz durch Regen und Wind hindurch zu. »Ich meine … wer soll den fliegen?«

»Johann kann es.« Lucie sah sie mit großen, ängstlichen Augen an. »Als er mir gestern das Flugzeug gezeigt hat, hat er mir davon erzählt.«

»Joh… Aber natürlich!«

Ihre Beine brannten, sie rang nach Luft, und dann endlich erreichte sie die Maschine, setzte Lucie auf einen Sitz und schnallte sie an, während Münz die Turbine startete, die Rotorblätter begannen, sich zu drehen – viel zu langsam, wie ihr schien.

Ein Schrei hallte durch die Nacht.

Sie drehte sich um. In dem Licht, das die Treppe beleuchtete, kämpften Silhouetten miteinander. Lansford, Parkov und der Panther.

Sie konnte kaum erkennen, wer von ihnen wer war.

Der Panther – glaubte sie – fuhr herum und hob die Waffe, aber er war nicht schnell genug. Ein Schuss traf ihn, er ging zu Boden. Ein weiterer heftiger Schlag erschütterte sie alle. Marie starrte herüber: War wirklich der Panther getroffen worden?

Sie kniff die Augen zusammen und meinte, Lansford und Parkov zu erkennen. Parkov drängte Lansford dicht an den Rand der Staumauer, fort aus dem Licht.

»Marie!«, schrie Münz. »Steigen Sie ein!«

»Aber Parkov …«

»Der Wind, verflucht! Rein, sofort!«

Sie sprang in die Maschine, schloss die Helikoptertür. Münz brachte den Hubschrauber steil in die Luft. Böen packten ihn, rüttelten an den Außenhüllen. Münz aktivierte einen Scheinwerfer und richtete ihn auf die Staumauer.

Auf die zwei kämpfenden Männer.

Parkov?

Es blitzte, im zuckenden Licht erkannte sie ein Messer in Lansfords Oberarm, aber er riss es wieder heraus …

Er schlug mit der Klinge nach seinem Gegenüber. Der wich ihm aus.

Marie suchte die Staumauer mit den Augen ab. Wo war der Mann, der von einer Kugel getroffen worden war?

»Ist das Parkov?«, rief sie. »Können wir näher heran?«

»Ich versuche es!« Münz zerrte an den Steuerhebeln, der Helikopter stemmte sich gegen die Windböen, aber sie waren zu stark.

Ihr war, als verginge die Zeit schleppend langsam, zugleich sah sie jetzt alles, was dort drüben geschah, mit erschreckender Klarheit: Zuerst sah es aus, als behielte Parkov die Oberhand, doch dann bekam Lansford ihn zu fassen, machte einen Schritt zur Seite, riss Parkov in einer Drehung herum und drehte ihm den Arm auf den Rücken. Sie konnte Parkov schreien hören – vielleicht war es aber auch ihre eigene Stimme.

Lansford trat Parkov in den Rücken, Parkov prallte gegen das Geländer der Staumauer. Er wirkte benommen, angeschlagen, verletzt, musste sich an der Brüstung festhalten, einen Augenblick Luft holen, doch Lansford gewährte ihm keine Ruhe. Unbarmherzig stürzte er sich auf ihn, packte seine Beine, riss sie hoch, hievte Parkov mit brutaler Kraft über die Brüstung und brachte ihn mit einem weiteren Stoß aus dem Gleichgewicht.

»Nein!«, schrie Marie.

Parkov schwankte für den Bruchteil einer Sekunde, dann fiel er. In der Luft suchte er nach Halt, seine Arme ruderten – und dann war Parkov fort, in der Tiefe verschwunden.

»Dreh den Helikopter!«, schrie sie. Und gerade als sie dachte, Parkov unten in der Tiefe noch einmal zu erkennen, spürte sie Münz' Hand auf ihrer Schulter.

»Es ist zu spät.«

Marie drehte sich zu Lucie. Ihre Tochter sah sie von der Rückbank des Hubschraubers aus mit riesigen Augen an, sie zitterte. Marie begriff nicht, was gerade geschehen war, was sie gesehen hatte … *Parkov ist gefallen, aber …*

Ich habe gesehen, wie er abgestürzt ist. Er ist in die Tiefe gefallen, und das bedeutet … Aber Lucie hast du gerettet …

Sie warf Münz einen Blick zu. Die Staumauer entfernte sich immer weiter. Da war eine winzige Silhouette im Licht, als der Scheinwerfer noch einmal über die Mauer hinwegstrich, vielleicht der Panther, der sich angeschossen weiterschleppte, es blitzte, Sturmböen rüttelten am Helikopter …

Marie hielt Lucies Hand.

»Fliegen wir zurück zum Hotel, wenn es geht. Sammeln wir dort ein, wen immer wir retten können, und bringen sie in Sicherheit.« Ihre Stimme klang, als gehörte sie nicht mehr ihr selbst.

Münz nickte. »Bestätigt«, sagte er heiser.

Und später, als sie inmitten von Menschen – verängstigtem Hotelpersonal und einigen Gästen – halb saß, halb auf dem Boden des Helikopters lag und aus dem Fenster zusah, wie der Boden unter ihnen zurückblieb, das Feuer des Hotels kleiner und kleiner wurde, konnte sie eine Flut erkennen, Wassermassen, die Bäume umknickten, einen reißenden Strom, der sich mit Geröll und Schlammmassen vermischte und unaufhaltsam näher kam …

Der Helikopter bebte im Wind, ehe Münz eine Neunzig-Grad-Drehung ausführte und beschleunigte.

Dann verschluckte sie die Dunkelheit.

EPILOG

Gemeinsam leben, allein sterben

Kapitel 63

Ein Ausschnitt aus einer gemeinsamen internen Mitteilung des BKA und der Schweizer Bundespolizei Fedpol vom 2. September:

> Sieben Tage nach der Staudamm- und Schlammlawinenkatastrophe im Wallis konnten dreizehn weitere Todesopfer geborgen werden. Die deutschen BKA-Beamten Daniel Parkov und Mark Lansford werden noch immer vermisst.
>
> Ein terroristischer Hintergrund ist weiterhin nicht auszuschließen.

Ein zweiter Ausschnitt aus einer internen Mitteilung von BKA und Fedpol vom 13. September:

Suchmaßnahmen eingestellt. Schwer zugängliches Gebiet erschwerte Vorgehen. Fels weiter instabil. Spuren des Sprengstoffs Semtex an der zerstörten Struktur der Rütli-Staumauer entdeckt.

Die BKA-Beamten Lansford und Parkov bleiben verschollen.

Kapitel 64

Und so ist es geschehen.

So ist er gestorben.

Etwas an diesen Worten fühlte sich falsch an.

Sie wusste, dass sie sich damit abfinden musste. Doch dass trotz all der Suchaktionen seine Leiche nicht gefunden worden war, gab ihr etwas Hoffnung.

Erzählt euch nicht, wie er starb.

Erzählt euch, wie er lebte.

Marie stand vor dem hoch aufragenden Marmorgrabstein. DANIEL PARKOV. Die beiden Sätze schimmerten unter seinem Namen in mattgoldenen Buchstaben im Regen, die Tropfen auf dem glatten schwarzen Stein glichen Tränen.

»Soll ich gehen?«, fragte Isabelle. Sie war die Letzte, die noch da war, die Einzige hier bei Marie. Viele waren zur Trauerfeier gekommen, doch sie hatte den Eindruck, dass es den meisten eher um ein Spektakel gegangen war als um ihn. Ein leerer Sarg, ein Priester, der viele Worte verloren hatte, aber keines davon hatte Marie das Gefühl gegeben, dass dieser Mann Parkov auch nur entfernt gekannt hatte. Viele Kollegen waren gekommen, Schaulustige und Polizisten Seite an Seite. Doch Michail, sein

Bruder, hatte gefehlt, ebenso wie Johann Münz. »Willst du lieber allein sein?«, fragte Isabelle.

»Nein. Das möchte ich ganz bestimmt nicht.« Marie schüttelte den Kopf. Der Regen lief über ihre Wangen, spülte die Tränen fort. »Bleib. Bitte. Wenn *du* auch noch fort …«

»Wie geht es deiner Schwester?«

»Sie macht sich unfassbare Vorwürfe. Aber es war nicht ihr Fehler. Sie hat Lucie für einen Moment aus den Augen gelassen und das hat denen gereicht. Sie haben sie sich geschnappt, als Lara mit ihr einkaufen war. Aber jetzt geht es ihnen wieder gut, allen, außer …« Sie verstummte.

»Was man ihm vorwirft … Du musst verstehen, dass sich viele von ihm abwenden. Wenn sie denn je auf seiner Seite gestanden haben.«

»Viele nicht.« Marie wischte sich über die Wange. Der Schmerz fühlte sich an wie ein dunkles, dumpfes Hintergrundrauschen, wie etwas, mit dem sie fortan leben musste. »Sie haben seine Uhr gefunden. Unten am Fluss, bei den Felsen. Und Blut, Daniels Blut, ohne Zweifel. Außerdem einen … einen …«

»Hey, Marie.« Isabelle legte ihr den Arm um die Schultern. »Du musst nicht tapfer sein. Nicht jetzt. Ich kann das verstehen. Du musst mal alles rauslassen. Weinen. Das zu unterdrücken ist nicht gut.«

»Er dachte, nach dieser Sache wäre es vorbei. Er dachte, wir hätten Zeit, viel mehr Zeit für uns, er hat nach einem Weg gesucht, die M-CotroX-Vergiftung zu heilen, und ich bin mir sicher, er hätte ihn gefunden.« Sie schüttelte den Kopf. »Außerdem hat er mir *versprochen*, dass er mich nicht noch einmal im Unklaren darüber lassen würde, was mit ihm los ist. Also muss er … er muss wirklich …« Sie brachte den Satz nicht zu Ende.

Isabelle streichelte ihren Rücken. »Ich weiß es nicht. Aber er ist Daniel Parkov. Wenn jemand einen Weg findet …«

Marie sah sie an. Die Welt vor ihren Augen, die herbstlich gefärbten Blätter, die über den Friedhofsrasen wehten, alles zerlief in lange, nasse Schlieren. Sie rieb sich die Augen, wischte ihre Tränen weg. »Und wenn es keinen gibt?«

»Es gibt immer einen. Das hätte er doch jetzt geantwortet.«

Marie lachte traurig. »Er hat mir gedroht, weißt du? Lansford. Wenn ich«, sie holte tief Luft, »es jemals wagen sollte, über die Ereignisse in der Nacht zu sprechen, käme er zurück.«

»Mein Gott, das ist furchtbar.«

»Wir können ihn nicht damit durchkommen lassen. Auch wenn niemand weiß, wo sich Lansford jetzt aufhält. Diese Dokumente, die man der Presse zugespielt hat, rücken Daniel in ein furchtbares Licht. Lansford hat Daniel gezwungen, ein Geständnis aufzuzeichnen. Er kann ihn verbrennen, sein Ansehen beschmutzen … Aber Daniel würde das nicht kümmern, er hat das Risiko auf sich genommen, er hat gegen Lansford gekämpft, ihn aufgehalten, um Lucie und mir das Leben zu retten.« Marie blickte zum Himmel hinauf, dann zum Horizont, in die Ferne. »Viele wollten Daniel fallen sehen. Jetzt denken sie, es geschieht ihm nur recht. Selbst wenn sie erfahren, dass es unwahr ist – wenn es sich nach allen Untersuchungen als unwahr herausstellt –, etwas bleibt immer kleben.«

Isabelle sah sie lange und mitfühlend an. »Trentmann wurde gefunden, weißt du das schon? Man hat ihn erschossen. Und auch an seiner Kleidung waren Fingerabdrücke von Parkov.« Isabelle nahm Marie fest in die Arme, als Marie erneut weinen musste. »Ich glaube dir«, sagte sie behutsam. »Und ich zweifle nicht an ihm. Ich glaube an Parkov.«

»Lucie … Lucie muss außen vor bleiben. Ich werde nichts riskieren. Einmal … einmal war schon zu viel. Also sind mir die Hände gebunden. Lansford könnte immer noch wahr machen, was er mir angedroht hat.« Marie sah sich um. Sie beide waren zwar die Einzigen weit und breit, doch in den letzten Tagen fühlte sie sich immer wieder beobachtet. Menschen auf der Straße, die wegsahen, sobald sie sie musterte, Autos mit fremden Kennzeichen, die ihr folgten, seltsame Anrufe. Sie schluckte. »Lansford hat es so eingerichtet, dass alles, was er getan hat, auf Daniel zurückfällt. Die beiden haben in der Apostel-Sache zusammengearbeitet und Daniel hat ihm vertraut, also hat er keine Vorkehrungen getroffen, für Lansford war es damit leicht, ihm all das unterzuschieben. Den Mord an Lea Berger, den Kontakt zu einer Waffenhändlerin in Russland. Die Beauftragung des Panthers, der sich an Meersen rächen sollte. Es ergibt Sinn, und diese fingierten Spuren … na ja, die auch. Aber nur auf den ersten Blick. Wenn man genauer hinsieht …«

»Aber die Untersuchungskommission wird das herausfinden. Sie werden diese Täuschung durchschauen. Hab ein bisschen Vertrauen.«

»Vertrauen? Nein, ohne die Beweise aus dem Tresor wird das nichts. Und du weißt, dass Lansford sich jederzeit umentscheiden kann. Dass er noch immer eine Bedrohung ist. Und er weiß, dass *ich* es weiß. Er hat dieses Video. Er hat mich, wie ich auf einen Auslöser drücke, weil ich den Gedanken nicht ertrage, meine Tochter sterben zu sehen.«

»Ich weiß. Es tut mir so … leid.« Isabelle schwieg. Es regnete, ein monotones Prasseln auf den Blättern der Rotbuchen über ihnen. »Was Meersens Tresor angeht … Da oben im Penthouse bin ich das Gefühl nicht losgeworden, dass da jemand war. Und vielleicht wäre ich jetzt nicht hier, wenn ich nicht abgehauen wäre.«

»Ich mach dir keinen Vorwurf.« Marie legte den Kopf an Isabelles Schulter. »Ich hab dich lieber am Leben und ohne diese Beweise aus Meersens Safe als umgekehrt.«

»Dass irgendjemand danach das Penthouse angezündet hat, bestätigt ja nur, dass sie es im Blick behalten haben.« Isabelle sah den langen, mit feinem Kies bedeckten Pfad hinab, der über den Friedhof führte. »Und womöglich beobachten sie mich immer noch, weil sie annehmen, dass ich etwas hinausgeschafft habe, ehe sie eingreifen konnten.«

»Und *mich*. Die Gästeliste des Hotels, mit den potenziellen Käufern von M-CotroX. Daniel konnte die ganze verschlüsselte Datei kopieren. Wenn wir einen Weg finden, sie zu entschlüsseln, könnte sie in Verbindung mit den Fotos aus dem Tresor alles verändern. Die Fotos beweisen, dass Lansford Kontakt mit den anderen Aposteln hatte. Lansford wusste, dass sich im Tresor belastendes Material befindet, deshalb wollte er die Daten auf dem Krypticon um jeden Preis löschen.«

»Was ihm allerdings, wie wir ja wissen, nicht vollständig gelungen ist. Also haben wir deine Fotos und eine Liste, die wir nicht nutzen können«, sagte Isabelle, seufzte und legte ihre Hand auf ihren Bauch. »Oh, wow.«

Für einen Moment war Marie abgelenkt. »Spürst du ihn?«

»Wenigstens bilde ich mir das ein«, erwiderte Isabelle und Marie musste trotz ihrer Trauer lachen.

»Leben und Tod. *Leben und Tod.*« Sie wischte sich über die Wangen. »Ich hätte Daniel helfen sollen. Weißt du, ich wäre ihm nicht mal böse, wenn er jetzt hinter irgendeinem dieser Bäume auftauchen würde. Mich zwei Wochen hätte trauern lassen … aber dann wäre er wenigstens wieder da.«

»Marie …«

»Das würde ich mir wünschen. Sonst nichts. Dass er einfach … aufhört damit.« Sie streckte die Hand aus, berührte den Stein, dann die Halskette mit dem kleinen Herz, die er Lucie und ihr geschenkt hatte. *Liebe dich so sehr, sagte der kleine Bär zum großen.* »Hörst du, Daniel? Noch etwas Zeit, ist das zu viel verlangt?«

Sie drehte sich um, entschlossen, nicht mehr zurückzuschauen. »Niemand von uns kann zurück. Wir können nur versuchen, neu anzufangen. Unser Bestes geben. Wenn das genügt …«

»Das wird es, Marie.«

Marie hakte sich bei Isabelle unter und sie wollten schon davongehen, als Schritte über den feinen Kies herankamen. Sie spürte, wie Isabelle sich anspannte, doch es war nur Johann Münz, der hinter den hochgewachsenen Hecken zum Vorschein kam. Er trug einen langen schwarzen Mantel und hatte einen Hut tief ins Gesicht gezogen, seine Augen waren hinter einer Sonnenbrille verborgen, als wollte er verstecken, dass er geweint hatte.

»Sie waren nicht auf der Beerdigung«, sagte Marie.

»Er hätte es nicht gewollt. Weil es nichts zu beerdigen gibt.« Münz sah sich um, als müsste er sich davon überzeugen, dass sie allein waren. Isabelle musterte ihn.

»Er wollte, dass ich Ihnen das hier gebe. Für den Fall, dass ihm etwas zustößt.«

Mit zitternden Fingern zog er einen dicken weißen Umschlag aus der Manteltasche und gab ihn Marie. So wie er sich anfühlte, lagen darin Dokumente, ein ganzer Stapel. »Und das hier. Das war ihm wichtig.«

»Flugtickets?«

»Nach Island.« Münz wirkte ernst.

Isabelle runzelte die Stirn. »Wie bitte?«

»Ich wusste nicht, dass er dort ein Haus besitzt.«

»Ehe er in die Alpen geflogen ist, hat er mich gebeten, mir etwas einzuprägen«, sagte Marie leise, »die *Parkov-Protokolle*, hat er es genannt. Es hat mit seiner KI zu tun.«

Münz sah auf. »*Das* hat er gesagt?«, fragte er scharf.

»Ja.«

»Haben Sie es getan?«

»Nein. Ich … ich konnte es noch nicht über mich bringen, zurück in sein Landhaus zu gehen.«

»Sie sollten es tun, Marie. Sie sollten es.«

»Johann?«, fragte Marie, als Münz sich abwenden wollte. »Ist er wirklich tot?«

Münz blieb stehen. »Verraten *Sie* es mir, Marie. Ich kann es nicht sagen, ich weiß es nicht. Aber eines weiß ich sicher … Verpassen Sie nicht diesen Flug.«

Er ging, während der Wind an seinem Mantel zerrte. Und während Marie ihm nachsah, gingen ihr Daniels Worte durch den Kopf: *Menschen kommen und gehen, und alles, was uns bleibt, ist die Zeit, die wir mit ihnen verbracht haben.*

»Das ist ja seltsam.« Isabelle musterte die Tickets. »Die wurden schon vor vier Wochen ausgestellt.«

Marie sah noch immer irritiert zu der Stelle, wo Münz zwischen den Buchen verschwunden war. »Er hat recht. Wir müssen gehen, und zwar erst mal weg von hier. Uns sammeln, all das überdenken. Und ihr kommt mit, ja?«

»Ich werde dich nach dieser Sache ganz bestimmt nicht allein lassen. Der Flug nach Reykjavík gilt für eine von Parkovs Gulfstream-Maschinen, das steht hier.«

»Weißt du, wo das ist? Dieser Ort auf Island, diese Adresse hier?«

»Nicht genau. Mitten im Nirgendwo.«

»Mitten im Nirgendwo.« Marie sah sich um. Die Eichen und Pappeln, die in der Nähe in den grauen Himmel ragten, rauschten im Wind, als wisperten sie ihnen ein Geheimnis zu. »Daniel ist mir immer noch ein Rätsel. Oder sollte ich sagen: Das war er bis zuletzt.« Sie schüttelte den Kopf, strich sich abermals die Tränen von den Wangen und hustete. Ein winziger Blutstropfen landete auf ihrer Hand.

Sie wischte ihn energisch weg. »Was immer es kostet, ich werde Lansford stoppen. Es muss einen Weg geben, ihn aufzuhalten und Parkovs Namen wieder reinzuwaschen. Das schulden wir ihm. Lansford darf nicht gewinnen.«

Isabelle nickte. »Also gut. Wo fangen wir an?«

Kapitel 65

Mark Lansford saß auf der Veranda eines weit im Norden gelegenen Hauses und betrachtete den Sonnenaufgang, der das stille Wasser aufglühen ließ, als würde ein Stück Kohle darin versinken. Eine Tasse Schwarztee stand vor ihm auf dem Tisch, der aus einem einzigen Stück einer Sitkafichte gefertigt war. Der Dampf, der aus der Tasse stieg, vermischte sich mit dem silbrigen Schimmer des Nebels, der über die Hänge des Fjordes zog.

Ein Elch graste in der Nähe.

Der Nordwind war alles, was er hörte.

Bis es an der Haustür klopfte, Punkt sieben Uhr, wie erwartet. Der einzige Besucher heute.

Lansford stand auf, ging hinein.

Die Dielenbretter knarrten leise.

Das Haus bestand aus einem einzigen Raum, der von einem offenen gemauerten Kamin beheizt wurde. Ein silberner Koffer lag auf einem niedrigen Tisch vor einer grauen Couch, darin lagen Pistolen, Gewehre, Schalldämpfer, ein paar Pässe und Geldbündel. Lansford war barfuß, ein dicker Verband bedeckte seinen Arm. Im Inneren der Hütte war es heiß, sodass er schon vor Stunden alles bis auf eine dünne Leinenhose ausgezogen hatte. Ein dünner Schweißfilm lag auf seiner Haut, als er die Hand nach der Türklinke ausstreckte.

»Ich klopfe an«, sagte der Mann, der draußen im Nebel stand, eine Kapuze tief ins Gesicht gezogen, »aber willst du den Teufel auch wirklich hereinlassen?«

»Der Teufel ist schon lange unter uns«, erwiderte Lansford, trat zur Seite und ließ ihn ein. Dann ging er voraus, zurück auf die Veranda. Der Elch hob den massigen Kopf und sah zu ihnen herüber, rührte sich jedoch nicht. Tautropfen glitzerten auf seinem Fell.

»Er ist also tot«, sagte der Mann.

»Parkov ist tot.« Lansford nickte. »Ich habe ihn fallen sehen. So einen Sturz überlebt niemand.«

»Unsere Leute bei den Suchmannschaften, die das ganze Gebiet evakuiert haben, haben eine Uhr gefunden, die man ihm zuordnen kann … und einen Finger. Er hat ihn sich abgerissen, vielleicht bei dem Versuch, sich an einem Felsen festzuhalten. Offenbar ist es ihm nicht gelungen. Vielleicht war es auch ein herabfallender Stein, der ihn getroffen hat.«

Lansford verschränkte die Arme. »Und trotzdem hätte er nicht sterben dürfen. So war es nicht geplant. Er hätte seine Rolle spielen müssen, wie vorgesehen. Jetzt müssen wir improvisieren. Alles ist ein einziges Chaos.«

»Aber das Material ist doch veröffentlicht. Das wird sie in jedem Fall eine Weile beschäftigen.«

Lansford berührte den Verband an der Stelle, an der Parkov ihn mit einem Messer verletzt hatte. Er sog scharf Luft ein, die Wunde schmerzte. Er hatte es bislang nicht gewagt, einen Arzt aufzusuchen. Das Antibiotikum, das er einnahm, schien nicht anzuschlagen, die Wunde hatte sich entzündet. »Das wird nicht genügen. Er hätte *nicht* sterben sollen. Er hätte leiden müssen. Nur das Leid ist ausreichend große Gerechtigkeit für ihn. Nein, es wird nicht genügen.«

Der Fremde starrte ihn an. »Was soll ich tun?«

»Du musst zurück. Töte die Frau und das Mädchen. Und alle anderen, die bei ihr sind. Keine Zeugen. Keine losen Enden mehr. Kannst du das?«

»Du brichst das Versprechen?«

»Versprechen bedeuten nichts.«

Der Fremde blickte über das Wasser. Dann nickte er. »Also gut. Betrachte es als erledigt.«

Er wandte sich ab und ging, ohne ein weiteres Wort zu verlieren. Die Tür fiel ins Schloss.

Lansford blickte auf den Fjord hinaus, beobachtete den Nebel, der näher an das Haus herankroch. Wie ein Raubtier, das sich anschlich.

Parkov ist verschwunden und der Panther auch. Vielleicht ist er tot, vielleicht auch nicht. Vielleicht weiß nicht mal Gott, was er gerade ausheckt. Vielleicht hat er beschlossen, sich zu rächen, dafür, dass er so benutzt worden ist.

Vielleicht ist er auch klug und bleibt fort, wenn er noch lebt.

Weit fort.

Besser wäre es, für alle.

Und Parkov?

»Wir hätten seine Leiche längst finden müssen«, sagte er zu sich selbst. Dann drehte er sich um und warf einen Blick in das leere Haus. Der Mann, der ihn gerade aufgesucht hatte, dieser Auftragsmörder, hatte ihm nicht ein Finger gefehlt? Hatte er sich nicht mit einer Hand an der Seite gekratzt, als juckte ihn dort die Haut unter einem Verband?

Natürlich nicht. Parkov ist tot. Er sucht mich nicht heim, nicht mit Masken, nicht mit Tarnung. Er ist fort. Einen solchen Sturz, solche Wassermassen überlebt keiner.

Lansford ließ sich mit leisem Stöhnen zurück in den Korbsessel sinken, griff nach der Tasse und blickte über den Fjord.

Die Apostel waren tot. Er hatte sie unterwandert, ausgehöhlt, von innen zerfressen, das Orakel erfunden, dieses Phantom erschaffen, um etwas zu zerstören, das zerstört werden musste. Er hatte sein Leben riskiert, das, was ihm davon geblieben war. *Doch Rom muss brennen, um neu und weniger verkommen erbaut zu werden.* Ihr Geschäft war widerwärtig, nun hatten sie bekommen, was sie verdienten. Die kriminellen Strukturen existierten noch, doch ohne ihre Köpfe würden sie in Panik verfallen, in alle Richtungen fliehen. Er allein war übrig, der letzte Apostel. Was er jetzt tun sollte? Oder war die bessere Frage: Was er jetzt alles tun *konnte*?

Er dachte daran, wie Meersen um Gnade gewinselt hatte. Der Panther hatte das Video geschickt, kaum dass er das Penthouse verlassen hatte, und Lansford hatte es mit Genugtuung betrachtet. Genau wie das von Chekov, vom Mord an dem zweiten Apostel in Britrovo. Er dachte an die Asiatin, die sich für ihn als Yo Nguyen ausgegeben hatte, er dachte an ihre Tochter, er dachte an seine eigene Tochter, die man ihm vor so langer Zeit genommen hatte.

Ich war in den Jahren nach Mirandas Tod mehr Geist als Mensch. Aber das kann sich jetzt ändern. Ich kann wieder leben.

Jetzt ist sie gerächt.

Lansford entspannte sich etwas und schloss die Augen. *Am Ende*, dachte er, *wollen wir alle auf einer Veranda sitzen und uns am heimischen Feuer wärmen. Wenn die Gerechtigkeit hinausgetragen wurde, wenn ein Werk vollendet ist.*

Unrecht, Gerechtigkeit. Leid.

All diese Dinge sind bloß eine Frage der Perspektive.

In diesem Augenblick klopfte es wieder an der Tür.

Winter und Parkov kommen zurück …

Printed in Germany
by Amazon Distribution
GmbH, Leipzig

28562481R00299